MADAME BOVARY

© Flammarion, Paris, 1986.
Édition mise à jour en 2006.
ISBN : 978-2-0807-1306-3

INTRODUCTION

L'anecdote est la première voie imposée pour qui se penche sur la généalogie de *Madame Bovary*. Le premier roman d'un inconnu vient en 1857 dans le vacarme d'un procès, les remous d'un scandale que ne calme point la sentence d'acquittement, marquer d'une empreinte durable le paysage littéraire de ce milieu de siècle. Toutes les conditions sont réunies pour la naissance d'un mythe.

On sait que les *Souvenirs littéraires* (1882) de Maxime Du Camp contribuèrent pour beaucoup à sa fortune et à la légende qui entoura longtemps la genèse du chef-d'œuvre. Un jour de la fin de septembre 1849, Flaubert mande à Croisset ses deux fidèles amis Louis Bouilhet et Maxime Du Camp. Il vient de mettre la dernière main à *La Tentation de saint Antoine*, pour laquelle il retarde depuis mai son départ pour l'Orient et sollicite leur avis. La lecture de l'œuvre dure quatre jours et le jugement est sévère : « Nous pensons qu'il faut jeter cela au feu et n'en jamais reparler ! », accompagné d'un conseil engageant à de déchirantes révisions : « Du moment que tu as une invincible tendance au lyrisme, il faut choisir un sujet où le lyrisme serait si ridicule que tu seras forcé de te surveiller et d'y renoncer. Prends un sujet terre à terre, un de ces incidents dont la vie bourgeoise est pleine, quelque chose comme *La Cousine Bette*, comme *Le*

Cousin Pons, de Balzac, et astreins-toi à le traiter sur un
ton naturel, presque familier, en rejetant ces digressions, ces divagations, belles en soi, mais qui ne sont
que des hors-d'œuvre inutiles au développement de la
conception et fastidieuses pour le lecteur. »

« Nous étions tristes, poursuit Maxime Du Camp,
en pensant à la déception de Flaubert et aux vérités que
nous ne lui avions point ménagées. Tout à coup
Bouilhet dit : « Pourquoi n'écrirais-tu pas l'histoire de
Delaunay ? » Flaubert redressa la tête, et avec joie,
s'écria : « Quelle idée ! »

« Delaunay était un pauvre diable d'officier de santé
qui avait été l'élève du père Flaubert et que nous
avions connu. Il s'était établi médecin près de Rouen, à
Bon-Secours. Marié en premières noces à une femme
plus âgée que lui qu'il avait crue riche, il devint veuf et
épousa une jeune fille sans fortune qui avait reçu
quelque instruction dans un pensionnat de Rouen.
C'était une petite femme sans beauté, dont les cheveux
d'un jaune terne encadraient un visage piolé de taches
de rousseur. Prétentieuse, dédaignant son mari, qu'elle
considérait comme un imbécile, ronde et blanche, avec
des os minces qui n'apparaissaient pas, elle avait dans
la démarche, dans l'habitude générale du corps, des
flexibilités et des ondulations de couleuvre ; sa voix,
déshonorée par l'accent bas-normand, était plus que
caressante, et dans ses yeux de couleur indécise et qui,
selon les angles de lumière, semblaient verts, gris ou
bleus, il y avait une sorte de supplication perpétuelle.
Delaunay adorait cette femme, qui ne se souciait guère
de lui, qui courait les aventures et que rien n'assouvis-
sait. Elle était la proie d'une des formes de la grande
névrose qui ravage les anémiques. Atteinte de nym-
phomanie et de prodigalité maniaque, elle était peu
responsable, et, comme on ne la soignait que par de
bons conseils, elle ne guérissait pas. Accablée de
dettes, poursuivie par ses créanciers, battue par ses
amants, pour lesquels elle volait son mari, elle fut prise
d'un accès de désespoir et s'empoisonna. Elle laissait
derrière elle une petite fille, que Delaunay résolut

Love Your Local

KEEPING THE HOME TURF UNIQUE

subterranean
BOOKS

d'élever de son mieux ; mais le pauvre homme, ruiné, épuisant ses ressources sans parvenir à payer les dettes de sa femme, montré au doigt, dégoûté de la vie à son tour, fabriqua lui-même du cyanure de potassium et alla rejoindre celle dont la perte l'avait laissé inconsolable[1]. »

La prudence s'impose quant aux assertions de Du Camp, et plus encore lorsque s'ébauche sous sa plume le mythe d'un Flaubert à ce point habité de son projet qu'il en aurait été indifférent aux séductions de l'Orient où l'auteur des *Souvenirs littéraires* l'accompagne de novembre 1849 à septembre 1851 : « Il me disait : J'en suis obsédé. [...] Aux confins de la Nubie inférieure, sur le sommet de Djebel-Aboucir, qui domine la seconde cataracte, pendant que nous regardions le Nil se battre contre les épis de rochers en granit noir, il jeta un cri : J'ai trouvé ! Eurêka ! Eurêka ! je l'appellerai Emma Bovary[2]. »

Récit romancé certes, mais l'enjolivement *a posteriori*, qui fait du témoignage un miroir déformant, retrouve ici ou là un fond de réel. La scène de la lecture de *La Tentation* a bien eu lieu et Flaubert fut très affecté de l'accueil réservé à son œuvre comme l'atteste la Correspondance du romancier[3]. De même, s'il est aujourd'hui certain que « l'histoire de Delaunay » n'a pu être proposée au romancier avant son départ pour l'Orient[4], puisque la mort de l'officier de santé, Delamare de son nom véritable, lui est postérieure de quelques mois, il n'en est pas moins vrai que c'est sur elle que s'est porté définitivement, durant l'été de 1851, le choix de Flaubert. Deux lettres de Maxime Du Camp sont ici précieuses, l'une du 23 juillet alors que la décision n'a pas encore été prise : « Que fais-tu ? que décides-tu ? que travailles-tu ? Qu'écris-tu ? as-tu pris un parti ? est-ce toujours *Don Juan* ? est-ce l'histoire de Mme Delamarre [*sic*] qui est bien belle ? » ; l'autre du 2 août où Du Camp confie à Flaubert, avant d'entreprendre un voyage : « — je pars [...] avec la mort dans l'âme. Enfin ce peut être curieux, et je vais prendre ça comme un *sujet de notes :* je te donnerai pour ta Bovary tout ce que j'ai eu dans le corps à cet endroit, ça pourra peut-être te servir [5] ».

Si l'anecdote contribue à fonder une chronologie précise, elle ne suffirait pas à elle seule à justifier que l'on s'attarde sur un épisode fort connu.

Il nous semble, plus avant, que la contingence des faits révèle un enjeu plus profond où se dessinent les premiers traits d'un projet d'écriture qui conduira à la perfection esthétique de *Madame Bovary*. Le jugement de Bouilhet et Du Camp sur *La Tentation de saint Antoine* invite sans ambages Flaubert à donner congé à son penchant pour la « gueulade métaphysique » ; l'épanchement lyrique d'un moi hypertrophié cher à la tradition romantique ne peut plus tenir lieu de seul principe d'écriture. Flaubert pressent cette rupture qu'il exprime d'abord en termes autobiographiques : « Celui qui vit maintenant et qui est moi ne fait que contempler l'autre qui est mort. J'ai eu deux existences bien distinctes : des événements extérieurs ont été le symbole de la fin de la première et de la naissance de la seconde ; tout cela est mathématique [6]. » Distance et étrangeté à l'intérieur même de soi, coupure biographique, dont *Madame Bovary,* si proche et si lointaine à la fois de *Novembre* (1842) et des *Mémoires d'un fou* (1838), donne une illustration esthétique. Vivre ce trouble de l'identité, être à la fois le même et un autre, c'est aussi dire obscurément l'intuition d'une coupure dans l'ordre esthétique, d'une transition : « Nous sommes venus, nous autres, ou trop tôt ou trop tard. Nous aurons fait ce qu'il y a de plus difficile et de moins glorieux : la transition. Pour établir quelque chose de durable, il faut une base fixe : l'avenir nous tourmente et le passé nous retient. Voilà pourquoi le présent nous échappe [7]. » Le « désir de s'établir » en littérature rencontre d'abord un sol qui se dérobe. Le romantisme avait substitué au modèle classique de l'imitation le schéma égocentrique de l'expression, dont Flaubert sent confusément la péremption. L'ère d'une voix poétique ou narrative, qui trouve son fondement dans l'émanation, spontanée et facile, du

Moi, commence sa fin. L'effusion lyrique, devenue dans l'univers romantique, la norme de toute œuvre littéraire, est désormais suspecte et, avec elle, la relation naguère transparente d'une conscience et d'un *dire*. Dès lors, la forme autobiographique, qui avait été celle de mainte œuvre de jeunesse, est impraticable. Peu à peu s'impose la nécessité d'une fiction qui permettra peut-être d'écrire sans s'écrire. Tel est bien le point premier de la généalogie de *Madame Bovary* que désigne implicitement le glacis de l'anecdote. L'*incipit* du roman scandé par le retour d'un « nous » qui ne laisse de surprendre dans une œuvre qui tend vers une écriture de l'impersonnalité

> (« Nous étions à l'Étude, quand le Proviseur entra »
> « Nous avions l'habitude, en entrant en classe, de jeter nos casquettes par terre »
> « Nous le vîmes qui travaillait en conscience »
> « Il serait maintenant impossible à aucun de nous de se rien rappeler de lui »)

montre assez comment la narration naît de l'autobiographie. L'écriture flaubertienne choisit d'abord la voix qui lui est familière avant de s'établir insensiblement dans la mise à distance propre au roman. L'examen des états antérieurs du texte révèle combien cette tendance, à l'œuvre dans les premiers écrits, est chère au romancier et à quel point il s'emploie, sans y parvenir pleinement, à la maîtriser. Tel passage sacrifié dans la version définitive est significatif : « il [Charles] ne lisait pas tous les drames nouveaux, il ne faisait pas de vers ! [...] et enfin ne voyait pas comme nous au bout de sa dix-septième année, ainsi qu'au fond d'une avenue funèbre, dont chaque classe serait un cyprès, resplendir avec des magnificences inexplicables, je ne sais quel grand soleil de liberté à rayonnements d'amour. Jamais à la lueur jaune du quinquet qui file, en chemise, assis sur son lit, la tête baissée, le dos courbé, il n'a passé les heures des nuits d'hiver à dévorer immobile quelque gras roman d'un cabinet de lecture, qui vous ravageait le cœur. Mélancolie des dortoirs de *mon collège*, il ne t'a pas connue[8] » ! Le glissement à la première personne corrobore s'il en est besoin l'hypothèse d'une rémanence autobiographique à l'origine d'un récit d'abord vécu comme conquête : « Les livres que j'ambitionne le plus de faire sont justement ceux pour lesquels j'ai le moins de moyens. *Bovary* en ce sens, aura été un tour de force inouï et dont moi seul jamais aurai conscience : sujet, personnage, effet, etc., tout est hors de moi[9]. » Le caractère abrupt du propos auquel on aurait beau jeu d'opposer le fameux « Madame Bovary, c'est moi ! — D'après moi » que Flaubert aurait lancé à Mlle Amélie Bosquet[10] (le romancier dit toujours tout ensemble son attraction et sa répulsion pour le modèle autobiographique), révèle encore une fois la volonté d'exorciser la tentation de se dire. Par réaction à ses premières amours, à ce goût invétéré pour la confession d'un moi hyperbolique, Flaubert choisit un sujet qui, comme le souligne Du Camp, ne laisse pas de prise au lyrisme et à l'expressivité. Mais cette rupture est douloureuse à assumer ; elle fait de l'écriture une lente et régulière ascèse. Écrire ce qui est hors de soi, c'est aller contre soi.

Rupture et transition. Quoi d'étonnant si ces termes reviennent souvent pour caractériser l'œuvre d'un romancier que d'aucuns considèrent comme l'initiateur des tendances les plus modernes de la littérature contemporaine ? Pourtant *Madame Bovary* est aussi le produit d'une longue continuité. Revenons encore à Maxime Du Camp proposant à Flaubert un sujet bourgeois, « quelque chose comme *La Cousine Bette*, comme *Le Cousin Pons*, de Balzac ». La référence à Balzac est ici de première importance. Il suffit, pour en apprécier la portée, de se référer aux projets de Flaubert pendant son voyage en Orient : « A propos de sujets, écrit-il à Louis Bouilhet le 14 novembre 1850, j'en ai trois, qui ne sont peut-être que le même [...] 1° *Une nuit de Don Juan* [...] 2° l'histoire d'*Anubis*, la

femme qui veut se faire aimer par le Dieu. [...] 3° mon
roman flamand de la jeune fille qui meurt vierge et
mystique entre son père et sa mère, dans une petite
ville de province, au fond d'un jardin planté de choux
et de quenouilles, au bord d'une rivière grande comme
l'Eau de Robec [11]. » On notera d'abord la présence
d'éléments qui constitueront plus tard un peu du décor
de *Madame Bovary*, le jardin, la petite rivière où
J. Pommier a reconnu « le jardin de Tostes avec la
rivière d'Yonville ». L'imagination de Flaubert
invente, quitte puis retrouve les mêmes motifs au gré
des résurgences d'une continuité souterraine. Mais on
sera sensible surtout à l'unité d'inspiration des trois
projets que Flaubert souligne lui-même : « Ce qui me
turlupine, c'est la parenté d'idées entre ces trois plans.
Dans le premier, l'amour inassouvissable sous les deux
formes de l'amour terrestre et de l'amour mystique.
Dans le second, même histoire ; mais on se donne, et
l'amour terrestre est moins élevé en ce qu'il est plus
précis. Dans le troisième, ils sont réunis dans la même
personne et l'un mène à l'autre ; seulement mon
héroïne crève d'exaltation religieuse après avoir connu
l'exaltation des sens [12]. » Un peu plus tard, dans une
lettre à Mlle Leroyer de Chantepie, lectrice qui avait
cru se reconnaître en Emma Bovary, Flaubert précise :
« L'idée première que j'avais eue était d'en faire une
vierge, vivant au milieu de la province, vieillissant dans
le chagrin et arrivant ainsi aux derniers états du
mysticisme et de la passion rêvée. J'ai gardé de ce
premier plan tout l'entourage (paysages et personnages
assez noirs), la couleur enfin [13]. » Soit une passion qui
grandit au fond d'une province, une « couleur », c'est-
à-dire la relation nécessaire d'un caractère à un milieu :
nous sommes déjà dans *Madame Bovary* et encore...
dans l'univers balzacien. « Mœurs de province » le
sous-titre du roman, même s'il n'apparaît que dans le
manuscrit du copiste, indique assez ce que Flaubert
doit au thème balzacien de la vie de province. Le récit
d'un voyage en Touraine dans *Par les champs et par les
grèves* dit la fascination du romancier pour ces âmes

passionnées qui languissent à l'ombre des « longs murs gris » : « On se plaît à rêver, dans ces paisibles demeures, quelque profonde et grande histoire intime, une passion maladive qui dure jusqu'à la mort, amour continu de vieille fille dévote ou de femme vertueuse [...] Ces réflexions [...] nous ont fait nous demander si M. de Balzac, qui est de ce pays, y a puisé ses héroïnes, si c'est là, enfin, qu'il a découvert *La Femme de trente ans*, cette création immortelle ! »

Outre cette atmosphère, le roman gardera à son héroïne certains traits de la jeune vierge du « roman flamand », depuis les premières ferveurs du pensionnat qui la voient « s'assoupi[r] doucement à la langueur mystique qui s'exhale des parfums de l'autel, de la fraîcheur des bénitiers et du rayonnement des cierges » jusqu'à son heure dernière où elle retrouve « au milieu d'un apaisement extraordinaire la volupté perdue de ses premiers élancements mystiques, avec des visions de béatitude éternelle ». On sait qu'entre-temps Emma avait connu, après le départ de Rodolphe, les mêmes emportements religieux : « Il existait donc à la place du bonheur des félicités plus grandes, un autre amour au-dessus de tous les amours, sans intermittence ni fin, et qui s'accroîtrait éternellement. Elle entrevit, parmi les illusions de son espoir, un état de pureté flottant au-dessus de la terre, se confondant avec le ciel, et où elle aspira d'être. Elle voulut devenir une sainte. »

Le personnage glisse par soif d'absolu d'un amour terrestre pauvrement borné à l'espace infini des passions célestes, retrouvant par accès les ardeurs métaphysiques des héroïnes de Balzac. Mme Cl. Gothot-Mersch, prolongeant les travaux de J. Pommier, a mis en lumière [14] tout ce que le roman de Flaubert doit à l'influence de son illustre prédécesseur, en rapprochant notamment *Madame Bovary* et *Physiologie du mariage*. On sait que Flaubert admirait beaucoup Balzac d'avoir « si bien étudié les femmes [15] ». Il cite, sur ce point très tôt ses sources, lorsqu'il écrit dans *Smarh* en 1839 : « Lune de miel (Voyez la *Physiologie du mariage* du sire de Balzac, pour les phases succes-

sives de la vie matrimoniale). La femme s'aperçoit que
son mari est beaucoup plus bête qu'elle ne le
croyait [16]. »

La connaissance intime de la psychologie féminine,
dont témoigne aux yeux de Flaubert la *Physiologie du
mariage* a pu sans doute inspirer la trame d'un roman,
où les mésaventures conjugales sont un peu plus qu'un
simple canevas anecdotique.

Ainsi cette œuvre qu'on se plaît à considérer comme
l'aube du roman moderne est d'abord le produit d'une
continuité, d'une filiation. Héritier d'une tradition
romanesque illustrée par Balzac, Flaubert conçoit un
décor, une atmosphère, un milieu dans lequel se
développent un caractère, une psychologie. L'histoire
d'une passion proprement mystique que seul un éternel ailleurs pourrait assouvir, nourrie et condamnée à
la fois par la monotonie écrasante de la vie de
province : telle est à l'origine *Madame Bovary*.

Tenons-nous-en toutefois à cette conception
d'ensemble. La dette de Flaubert est plus générique
qu'anecdotique et il serait vain de vouloir préciser à
l'excès l'influence balzacienne qui joue surtout, comme
l'écrit R. Dumesnil, de façon « souterraine » et « diffuse [17] ». D'étranges coïncidences viennent, de façon
salutaire, relativiser l'étude des sources du roman, telle
cette curieuse analogie dont sa mère avertit Flaubert
entre la scène de la visite à la nourrice dans *Madame
Bovary* et semblable passage du *Médecin de campagne*
que Flaubert n'a pas lu : « Ce sont les *mêmes détails*,
mêmes effets, même intention, à croire que j'ai copié,
si ma page n'était infiniment mieux écrite, sans me
vanter [18]. » Ou encore cette similitude de rencontre que
Flaubert évoque dans la même lettre : « *Louis Lambert*
commence, comme *Bovary*, par une entrée au collège,
et il y a une phrase qui *est la même*. »

Il faut ici laisser sa gratuité au hasard et se garder de
conclure hâtivement. Les deux écrivains se rencontrent autour de thèmes communs.

Ainsi encore de celui de la femme mal mariée qui
justifie aux yeux de J. Pommier un rapprochement

entre *Madame Bovary* et *La Muse du département*[19].
Mais ce motif retrouve bien davantage les fantasmes
intimes de Flaubert qu'une quelconque filiation, aussi
essentielle soit-elle. Les œuvres de jeunesse ne laissent
guère d'équivoque sur ce point : « Il y eut dès lors
pour moi un mot qui sembla beau entre les mots
humains : adultère, une douceur exquise plane vaguement sur lui, une magie singulière l'embaume ; toutes
les histoires qu'on raconte, tous les livres qu'on lit,
tous les gestes qu'on fait le disent et le commentent
éternellement pour le cœur du jeune homme, il s'en
abreuve à plaisir, il y trouve une poésie suprême, mêlée
de malédiction et de volupté[20]. » On aura remarqué
que la passion de Flaubert est une passion du mot :
le désir se dit chez lui d'abord dans sa cristallisation
littéraire. La liaison avec Rodolphe sera de même,
pour Emma, l'occasion de s'identifier à ses lectures de
jeunesse : « Alors elle se rappela les héroïnes des livres
qu'elle avait lus, et la légion lyrique de ces femmes
adultères se mit à chanter dans sa mémoire avec des
voix de sœurs qui la charmaient. » C'est qu'il est une
autre continuité, interne cette fois, qui préside à
l'œuvre. Unité thématique très profonde qui nous
conduit des *Œuvres de jeunesse* au premier roman.
L'imaginaire flaubertien retrouve inlassablement les
mêmes motifs et les mêmes figures. Répétitive parfois
jusqu'à l'obsessionnalité, l'œuvre affiche une cohérence
très forte. Le thème de l'adultère est présent déjà dans
Passion et Vertu (1837) inspiré d'un fait divers que
Flaubert put connaître par le *Journal de Rouen*. Une
femme empoisonne mari et enfants pour rejoindre en
Amérique un amant dont elle reçoit une lettre de
rupture alors qu'elle est sur le point de s'embarquer.
Au dernier désespoir, elle s'empoisonne à son tour. La
critique a justement souligné combien cette œuvre
préfigure déjà *Madame Bovary*[21] : même exaltation
romanesque chez les deux héroïnes Mazza et Emma,
même désillusion ; « elle pensait aux sensations qu'elle
avait éprouvées, et ne trouvait, en y pensant, rien que
déception et amertume. « Oh ! ce n'est pas là ce que

j'avais rêvé ! » disait-elle [22] », même suicide final par le poison. Quant au séducteur, Ernest Vaumont, il partage bien des traits [23] avec Rodolphe Boulanger : semblables effets, vestimentaires ou rhétoriques chez cet « homme à bonnes fortunes » : « Il y a tant de moyens de s[e] faire aimer [...] le négligé d'une cravate, la prétention à être désespéré, quelquefois la coupe de votre habit, ou la finesse de vos bottes [24] ! » « Ernest lui fit croire à la phrénologie, au magnétisme [25] », même détermination cynique : « C'est une sotte, je l'aurai [26] », même incapacité à vivre une passion : « il était ennuyé et fatigué de cette femme, qui prenait le plaisir au sérieux, qui ne concevait qu'un amour entier et sans partage [27] », un jour, je le vis avec les yeux rouges, d'où l'on pouvait conclure qu'il avait pleuré... ou mal dormi [28] », enfin même une lettre de rupture. On trouverait aussi dans un autre écrit de jeunesse, *Agonies* (1838), dédié par Flaubert à son ami Alfred Le Poittevin, une première ébauche de la scène entre Emma et Bournisien, où l'héroïne bouleversée par son amour pour Léon vient chercher secours auprès du prêtre qui ne lui donne en retour qu'incompréhension et trivialités [29]. Outre cet épisode précis, l'œuvre baigne dans une atmosphère d'ennui désespéré dont *Madame Bovary* portera la marque : « Pourquoi donc tout m'ennuie-t-il sur cette terre [30] ? » « Et qu'est-ce le malheur ? la vie [31]. » De même, les *Mémoires d'un fou* (1838), *Novembre* (1842) et la première *Éducation sentimentale* (1845) offrent bien des exemples d'épisodes ou de motifs que l'on retrouverait, trait pour trait, dans *Madame Bovary* [32]. Intrigue, thèmes, motifs et personnages du roman sont le produit d'une longue maturation qui modèle, corrige, reprend et remodèle les mêmes figures, à la confluence d'une tradition littéraire et de fantasmes intimes.

Mais l'ordre de la filiation et de la continuité n'épuise point les origines du roman. Le cheminement qui conduit lentement Flaubert de l'autobiographie à la fiction est contemporain de la construction d'une esthétique qui s'élabore sous les espèces de la rupture.

De 1851 à 1856, la correspondance du romancier
propose un long commentaire critique de l'œuvre en
gestation. L'espace théorique qui s'ouvre s'accom-
mode parfois de l'incohérence. Les propositions se
heurtent ici ou là plus qu'elles ne s'épousent. J.-P.
Sartre a montré comment la pensée de Flaubert joue
sur des concepts ambigus, aux contours indécis. Mais à
l'origine de ces remarques éparses, de ce discours
d'allure antisystématique, volontiers dissolvant, qui se
refuse explicitement à élaborer une pensée esthétique
cohérente, se trouve une assurance, celle de la nécessité
d'une forme romanesque nouvelle. Pendant son voyage
en Orient, Flaubert qui vient d'apprendre la nouvelle
de la mort de Balzac, écrit le 14 novembre 1850 à Louis
Bouilhet : « Pourquoi la mort de Balzac m'a-t-elle
vivement affecté ? Quand meurt un homme que l'on
admire on est toujours triste. On espérait le connaître
plus tard et s'en faire aimer. Oui, c'était un homme
fort et qui avait crânement compris son temps. — Lui
qui avait si bien étudié les femmes, il est mort dès qu'il
a été marié, et quand la société qu'il savait a commencé
son dénouement. Avec Louis-Philippe s'[en] est allé
quelque chose qui ne reviendra pas. Il faut maintenant
d'autres musettes [33]. » Remarque qui corrobore une
intuition vague formulée un peu auparavant : « Est-ce
que je touche à une période nouvelle ? ou à une
décadence complète ? [...] Ah ! bonnes époques tranquilles, bonnes époques à perruques, vous viviez
d'aplomb sur vos hauts talons et sur vos cannes. Mais
le sol nous tremble. Où prendre notre point d'appui,
en admettant même que nous ayons le levier ? [...]
D'où partir et où aller [34] ? »

Dans ce vide provisoire, l'esthétique flaubertienne
hésite entre deux horizons : un modèle organique,
total, hérité du romantisme, où le moi et le monde,
manifestations d'une même puissance originaire, parti-
cipent d'une seule totalité métaphysique, et un modèle
dont la prétention est également exhaustive, mais qui
doit se contenter, pour l'heure, d'objets partiels : la
science. A chacun de ces pôles correspond un mode de

connaissance ou de représentation : au premier intuition et pénétration, au second mise à distance et
observation. L'ambition originelle du projet littéraire,
« montrer », « exposer », se dit souvent chez Flaubert
dans l'idéal d'une distance au monde, dont la visée
scientifique donne peut-être plus qu'une approxima-
tion métaphorique. La première exigence est
d' « observer » sans interposer entre le sujet et le
monde la moindre impureté, volonté de système ou
théorie : « *observons*, tout est là. Et, après des siècles
d'études, il sera peut-être donné à quelqu'un de faire la
synthèse. La rage de vouloir conclure est une des
manies les plus funestes et les plus stériles qui appartiennent à l'humanité. [...] Homère, Shakespeare,
Goethe, tous les fils aînés de Dieu (comme dit Michelet) se sont bien gardés de faire autre chose que
représenter[35]. » La référence à l'histoire naturelle
s'impose à ce stade : « L'esthétique attend son Geof-
froy Saint-Hilaire, ce grand homme qui a montré la
légitimité des monstres[36]. » « C'est là ce qu'ont de
beau les sciences naturelles : elles ne veulent rien
prouver [...] il faut traiter les hommes comme des
mastodontes et des crocodiles[37]. » La mise à distance
est ici constitutive de l'art d'écrire. Elle frappe tout
objet d'étrangeté : « Il y a maintenant un si grand
intervalle entre moi et le reste du monde que je
m'étonne parfois d'entendre dire les choses les plus
naturelles et les plus simples[38]. » L'éloignement dis-
sout les contours familiers des choses et replonge les
formes du monde dans leur indifférenciation première.
Cet état préalable à toute identification souligne l'arbi-
traire du « beau sujet » en esthétique : « Yvetot vaut
bien Constantinople[39] », et plus avant, ébauche en
creux une nouvelle hiérarchie des objets d'expression :
« Il n'y a que les lieux communs et les pays connus qui
soient d'une intarissable beauté[40]. » Le vieux projet du
Dictionnaire des idées reçues[41] resurgit ici dans l'esquisse
d'une esthétique du lieu commun, dont *Madame
Bovary* sera une première incarnation.

Mais tout autant que s'abstraire pour mesurer un

écart, observer c'est aussi s'approprier, abolir cet écart. Le rapport de pure extériorité à l'objet est intenable. Aussi le regard du romancier doit-il s'assigner la tâche d'une peinture totale[42] qui mette à jour une épaisseur du monde : « Il faut faire des tableaux, montrer la nature telle qu'elle est, mais des tableaux complets, peindre le dessous et le dessus[43]. » Intuition précubiste, pourrait-on dire, où l'œil n'est plus seulement sens de la distance à l'objet, mais instrument de pénétration : « Pas si rêveur que l'on pense, je sais voir et voir comme voient les myopes, jusque dans les pores des choses parce qu'ils se fourrent le nez dessus[44]. » De façon significative, les métaphores scientifiques changent de registre, glissant de l'observation à la dissection : « Je dissèque sans cesse : cela m'amuse[45] », écrit Flaubert, dès l'âge de dix-sept ans, pour reprocher beaucoup plus tard à Lamartine de manquer du « coup d'œil médical de la vie[46]. » C'est que l'idéal de reproduction passe par une pénétration au gré de laquelle l'on s'ouvre et s'offre au monde pour se laisser habiter par lui : « Le relief vient d'une vue profonde, d'une *pénétration, de l'objectif* ; car il faut que la réalité extérieure entre en nous, à nous en faire presque crier, pour la bien reproduire[47]. » Cet impératif engage une démarche où la science le cède à ce qu'il faut bien nommer une métaphysique. Il y va d'une sympathie avec les choses, d'une communion avec ce que la tradition romantique nommerait l' « âme universelle » : « Je me suis toujours efforcé d'aller dans l'âme des choses [...][48]. » Car il faut « être *âme* le plus possible, et c'est par ce détachement que l'immense sympathie des choses et des êtres nous arrivera plus abondante[49] ». La distance impersonnelle propre au modèle scientifique se double, on le voit, d'une pénétration intuitive : « L'observation artistique [est] une chose bien différente de l'observation scientifique : elle doit être surtout instinctive et procéder par l'imagination, d'abord[50]. » L'écrivain doit « se faire [...] le centre de l'humanité, [...] tâcher enfin d'être son cœur général où toutes les veines éparses se réunissent[51] ». Infinité de visions que donne une présence au cœur du monde : pour représenter la réalité extérieure, il faut d'abord la « sentir » intérieurement. Pour Flaubert qui s'imprègne des *Préceptes du style* de Buffon, « bien écrire c'est à la fois bien *sentir*, bien penser et bien dire[52] ».

Souterraine pénétration, où un sens intime conduit au principe intrinsèque du monde et permet à l'œuvre de reproduire les espèces d'une nature « sereine d'aspect, incompréhensible ». L'illusion de présence du réel ne peut être donnée que du dedans : le détour par une féconde épaisseur, où se joue l'efficace des choses et des êtres, est l'itinéraire obligé de la représentation. Ainsi l'idéal flaubertien d'impersonnalité peut s'exprimer sans contradiction : « l'artiste doit être dans son œuvre comme Dieu dans la création, invisible et tout-puissant : qu'on le sente partout, mais qu'on ne le voie pas[53] ». Tel passage célèbre de la correspondance livre l'illustration de cette esthétique de l'intuition : « Voilà une des rares journées de ma vie que j'ai passée dans l'illusion, complètement, et depuis un bout jusqu'à l'autre. Tantôt à six heures, au moment où j'écrivais le mot attaque de nerfs, j'étais si emporté, je gueulais si fort et sentais si profondément ce que ma petite femme éprouvait, que j'ai eu peur moi-même d'en avoir une. Je me suis levé de ma table et j'ai ouvert ma fenêtre pour me calmer. La tête me tournait. J'ai à présent de grandes douleurs dans les genoux, dans le dos et dans la tête [...] N'importe, bien ou mal, c'est une délicieuse chose que d'écrire, que de ne plus être *soi*, mais de circuler dans toute la création dont on parle. Aujourd'hui, par exemple, homme et femme tout ensemble, amant et maîtresse à la fois, je me suis promené à cheval dans une forêt, par un après-midi d'automne, sous des feuilles jaunes, et j'étais les chevaux, les feuilles, le vent, les paroles qu'ils se disaient, et le soleil rouge qui faisait s'entre-fermer leurs paupières noyées d'amour[54]. » Écriture de l'hallucination où le romancier peut à l'infini mourir à soi-même et s'épancher dans l'être. Paradoxale imperson-

nalité où l'écrivain se laisse voir en tous ses personnages, comme l'a souligné une critique attentive à la
part autobiographique et personnelle des créations
flaubertiennes. Il y a de Flaubert en Emma comme en
Charles, en Léon ou même en Justin[55]. Mais l'œuvre
impose à la biographie une nouvelle syntaxe : le moi se
dilate ou se disperse et son identification n'est possible
qu'au prix de son éclatement et de sa reconstruction.
Le trajet qui conduit de *Novembre* à *Madame Bovary*
montre assez comment la fiction décompose et recom-
pose ; l'alchimie de l'œuvre fait de la vie une nouvelle
combinatoire rêvée où le moi se perd tout autant qu'il
se retrouve : « Je me suis toujours défendu de rien
mettre de moi dans mes œuvres, et pourtant j'en ai mis
beaucoup. [...] J'ai imaginé, je me suis ressouvenu et
j'ai combiné. Ce que tu as lu n'est le souvenir de
rien[56]. » A la fois dit et dépossédé par la transforma-
tion esthétique, le moi, comme toute autre matière,
doit idéalement s'anéantir dans la visée fameuse du
« livre sur rien » : « Ce qui me semble beau, ce que je
voudrais faire, c'est un livre sur rien, un livre sans
attache extérieure, qui se tiendrait de lui-même par la
force interne de son style, comme la terre, sans être
soutenue, se tient en l'air, un livre qui n'aurait presque
pas de sujet, ou du moins où le sujet serait presque
invisible, si cela se peut. Les œuvres les plus belles sont
celles où il y a le moins de matière[57]. » Il ne faut pas se
méprendre sur le sens de ce passage célèbre. Flaubert
ne fait pas ici l'apologie du style en soi, d'une « écriture
artiste » qui dirait une profonde affinité avec les
tenants de l'Art pour l'Art. Le choix pour *Madame
Bovary* d'un sujet banal entre tous dont il exècre la
platitude bourgeoise et la « couleur cloporte », indique
certes que « le style est tout[58] », mais un style où la
forme ne fait qu'un avec le fond. Pour affirmer cette
solidarité indéfectible, l'idéal flaubertien retrouve un
vieux fond platonicien :

« Où la Forme, en effet, manque, l'idée n'est plus.
[...] Ils sont aussi inséparables que la substance l'est de
la couleur et c'est pour cela que l'Art est la vérité

même[59]. » Profonde unité de la représentation littéraire qui condamne comme désormais caduques « ces
divisions de la forme et du fond, de l'âme et du corps,
qui ne mènent à rien ; — il n'y a que des faits et des
ensembles dans l'univers[60] ». « [L]'affranchissement
de la matérialité » dont parle Flaubert s'exprime dans
ce qu'on pourrait appeler un schéma énergétique de
l'écriture : « ce qui fait la force d'une œuvre, c'est la
vesée... c'est-à-dire une longue énergie qui court d'un
bout à l'autre et ne faiblit pas[61] ». Cette force réside
dans la coïncidence intime de l' « idée », l' « âme de la
chose » et de cette enveloppe sensible que l'on nomme
forme et qui se définit, chez Flaubert, en une plastique
sonore : « Plus une idée est belle, plus la phrase est
sonore[62]. » « A force de chercher, je trouve l'expression juste, qui était la seule et qui est, en même temps
l'harmonieuse[63]. » Une telle esthétique, qui baigne
tout entière dans un platonisme diffus, laisse à imaginer les fameuses « affres du style[64] ». Le défaut du
langage est inacceptable car il renvoie à un impossible :
un défaut de l'Être. Il faudra donc, en toute occur-
rence, remonter à l'idée pour en voir découler la juste
représentation, car, émanation facile, « la forme sort
du fond comme la chaleur du feu[65] ». Mais cette
transparence idéale où il suffit de dire le monde (« pas
un atome de matière qui ne contienne la pensée[66] ») ne
va pas sans apories. On connaît la formule fameuse de
Thibaudet à propos de *La Tentation de saint Antoine*,
selon laquelle la vie est pour Flaubert « une réalité qui
se défait[67] ». Comment trouver la forme adéquate, si le
monde qu'elle tente de désigner se dérobe ? La « pourriture instantanée des choses sur lesquelles elle s'appuyait » vient dire l'échec de la quête d'Emma ; elle
livre, en même temps, l'image de cette évanescente
labilité du réel qui exaspère désormais la difficulté
d'écrire. Il faut donc redoubler d'efforts pour extraire
du désordre des apparences un principe d'ordonnance-
ment, auquel s'arrime la représentation. Flaubert le
trouve dans ce qu'il nomme invariablement la
« conception » : « La difficulté capitale, pour moi,

n'en reste pas moins le style, la forme, le Beau
indéfinissable *résultant de la conception même* et qui est
la splendeur du Vrai, comme disait Platon [68]. »

A Baudelaire qui vient de lui envoyer *Les Fleurs du
Mal*, il confirme : « L'originalité du style découle de la
conception [69]. » Souci du plan d'ensemble, de la Vérité
du sujet, qui s'exprime très souvent sous les espèces du
continu :

« La continuité constitue le style comme la cons-
tance fait la vertu [70]. »

« Les perles composent le collier mais c'est le fil qui
fait le collier [71]. » Pour un romancier à la fois « épris de
gueulades, de lyrisme, de grands vols d'aigle, de toutes
les sonorités de la phrase et des sommets de l'idée » et
qui « fouille et creuse le vrai autant qu'il peut, [...]
aime à accuser le petit fait aussi puissamment que le
grand », l'œuvre pose un problème aigu de mise en
perspective, d'équilibre du tout et de la partie, d'harmonie du détail et de l'ensemble. La critique contemporaine de Flaubert fut d'emblée sensible à cette
difficulté. G. Merlet écrit dans la *Revue européenne* du
15 juin 1860 :

> « Y a-t-il un roman, sous cette surcharge d'illus-
> trations qui étouffent le texte ? Oui, sans doute, et
> même toutes les parties en sont fort habilement
> ajustées. Cependant l'esprit se trouble, la vue se
> brouille, le lecteur est comme assailli par des
> souvenirs tumultueux qui se dérangent et
> s'encombrent. Loin de s'éclairer mutuellement
> par leur rapprochement, les images trop pressées
> se superposent, se confondent, se gênent les unes
> les autres. Nous ne pouvons les classer, car
> chacune d'elles nous a saisis avec la même viva-
> cité. L'accessoire nous dérobe le principal.
> « C'est que le réalisme méconnaît les lois les plus
> élémentaires de la perspective. »

Comment traiter les superfluités parasites, tant
aimées parce qu'elles offrent à l'œil la même résistance
matérielle et donc le même intérêt que les grandes

masses, tout en respectant les proportions de l'ensemble ? Comment équilibrer la peinture individuelle et celle des rapports qui subordonnent les éléments à l'ordonnance d'une conception générale ? Que l'on se souvienne encore ici du conseil de Maxime Du Camp de « rejet[er] ces digressions, ces divagations, belles en soi, mais qui ne sont que des hors-d'œuvre inutiles au développement de la conception ». Barbey d'Aurevilly, dans un article publié dans *Le Pays* du 6 octobre 1857, voit en Flaubert « un *descripteur*, jusqu'à la plus minutieuse subtilité » et pressent, lui aussi, la difficulté d'articuler la passion de l'infime et la vue d'ensemble :

« Son style a, comme son observation, le sentiment le plus étonnant du détail, mais de ce détail menu, imperceptible, que tout le monde oublie et qu'il aperçoit, lui, par une singulière conformation microscopique de son œil. Cet homme, qui voit comme un lynx dans l'âme *ombrée* de sa Madame Bovary, et qui nous fait le compte des taches qui bleuissent ici, noircissent là, cette belle pêche tombée aux velours menteurs, est un entomologiste du style qui décrirait les éléphants comme il décrirait des insectes. Il fait des tableaux de grandeur naturelle, au pointillé, dans lesquels rien ne se fond et où tout se détache. Certes, pour peindre ainsi, il faut une main dont on soit sûr, mais la largeur vaut mieux que la finesse. Tant de subtiles observations finissent par donner des bluettes ! La lumière se met à papilloter sur toutes ces nervures, sur tous ces linéaments rendus perceptibles et *heurtants* par le relief trop marqué de dessin, comme elle papillote intersectée par les angles des pierres précieuses et nous éblouit. Un détail aussi enragé détruit l'effet même projeté par l'écrivain. Que M. Flaubert prenne garde à cela ! Il a peut-être un superbe avenir, mais son succès d'aujourd'hui force la critique à plus de rigueur dans la vérité. Grand talent, qui penche vers les petites choses et qui peut s'y perdre, s'y noyer, comme s'il était petit ! »

On trouvera un écho comparable plus tard, après la

publication de *Salammbô*, dans le *Journal* des Goncourt : « Je relis vingt lignes de *Madame Bovary* [...] le procédé matériel de la description infinitésimale de toutes choses, d'un reflet comme d'un petit pain dans une serviette, me saute aux yeux avec son ridicule, son effort, ses faux effets, sa misère [72]. »

Quoi qu'il en soit des jugements de valeur, l'écriture de Flaubert trouve dans la description du monde une de ses épreuves majeures. J. Levaillant a même pu parler du « drame flaubertien des rapports avec le monde [73] » ; difficulté paradoxale pour un romancier dont on fait souvent par simplification abusive le père du réalisme. Mais il est juste de parler de drame et Flaubert montre un véritable acharnement à pénétrer l'épais mystère de la matière. La tâche est en effet ardue, et si P. Danger évoque la « douce et lente pénétration de la conscience dans les choses [74] », il sait que cette douceur n'est que l'image trompeuse d'une grande douleur car la matière résiste longtemps, en son opacité, à l'écriture. Plus que le bloc, ou la masse qui, peu à peu, prendra forme par l'efficace d'une intelligente soustraction, elle est cette pâte molle qu'il est peut-être impossible d'informer, sur laquelle, en tout cas, le langage ne trouve pas d'abord d'angle d'attaque. Il va falloir d'abord tracer une esquisse, dessiner une épure qui contraigne le monde à exhiber un ordre, lui faire porter la trace éphémère ou l'empreinte durable d'une géométrie. Mais il est malaisé de préciser la nature de ce repérage : c'est souvent l'écriture elle-même qui fixe souverainement un haut et un bas, distribue les positions réciproques, organise l'espace en nombres et proportions ; parfois aussi, pourtant, il nous est suggéré que l'espace de la représentation se structure de façon autonome, comme si la matière sécrétait ses propres repères cartésiens.

La perception se fixe toujours chez Flaubert des pôles entre lesquels le regard cesse d'être nomade pour devenir géomètre ; on touche ici à une première donnée essentielle de l'écriture descriptive dans *Madame Bovary* : l'urgence d'organiser dans l'espace toute la série des voisinages. Cette urgence donne naissance à une technique où il est permis de reconnaître une véritable combinatoire : chaque objet, chaque lieu n'est pas décrit pour lui-même en tant qu'il occupe une place privilégiée dans l'espace, mais fait constamment signe vers tous les autres objets ou tous les autres lieux par le jeu d'un écart ou d'une mise à distance. J. Levaillant évoque, quant à lui, l'abondance, dans *L'Éducation sentimentale*, des expressions adverbiales telles que « plus loin », « à gauche », « de l'autre côté », et conclut qu' « à la conscience vivante et globale du sujet percevant se substitue une conscience analytique, séparatrice, celle de l'auteur. Car les choses ont beau encombrer, emplir ou envahir, elles sont ordonnées, maîtrisées par l'écrivain [75] ». Cette analyse se vérifie largement dans *Madame Bovary*. Aux Bertaux, « la bergerie était longue, la grange était haute », la cour « plantée d'arbres symétriquement espacés » (73), tandis qu'à l'extérieur, « le long des bâtiments s'étendait un large fumier ». L'intérieur nous montre que « le long des murs s'étendait une abondante batterie de cuisine » (73). Même effet dans la description de Tostes, où « la façade de briques était juste à l'alignement de la rue, ou de la route plutôt » (91) ; le texte est ensuite littéralement jalonné de repères tels que « derrière la porte », « à droite », « de l'autre côté du corridor », « au milieu du cadran solaire [76] ».

Si l'on prend soin de relire la description du jardin à Tostes, on constate qu'elle se réduit pratiquement à une série de repères essentiels : le jardin est « plus long que large », trois sortes de clôtures apparaissent (« entre deux murs de bauge », « jusqu'à une haie d'épines qui le séparait des champs », « quatre platesbandes [...] entouraient symétriquement le carré plus utile des végétations sérieuses (92) »). Flaubert porte non seulement un vif intérêt à la précision topographique, mais s'attache de surcroît à établir des proportions et symétries [77].

Avant donc de se fixer sur son objet et de l'investir, le regard du narrateur pratique l'esquive et glisse vers la généralisation topographique ; entité abstraite, chaque point de l'espace se refuse provisoirement à être un foyer de représentation pour n'être encore qu'un lieu de contiguïté, d'adjacence ou d'éloignement. Cette généralisation topographique implique le plus souvent une détermination à multiples entrées, qui prend les allures d'un « relevé » au sens technique, donc accumulatif, du terme : « L'église est de l'autre côté de la rue, vingt pas plus loin, à l'entrée de la place (135). »

Tout se passe donc comme si Flaubert, avant d'aborder l'aspect strictement matériel de la description, en bornait, délimitait ou balisait l'espace avec une étonnante méticulosité. Les premières maisons d'Yonville « sont encloses de haies, au milieu de cours pleines de bâtiments épars (134) », leurs toits de chaume « descendent jusqu'au tiers à peu près des fenêtres basses (134) », et « les rez-de-chaussée ont à leur porte une petite barrière tournante pour les défendre des poussins, qui viennent picorer, sur le seuil, des miettes de pain bis trempé de cidre (134-135) ».

Toutes ces frontières, naturelles ou artificielles, venant borner le regard ou quelque autre mouvement physique, ont sans doute une double fonction : préciser d'emblée la matérialité d'un espace original, au topo unique, et réduire ainsi la part que tout roman laisse à l'imagination du lecteur en imposant à la vision des repères incontournables. Donner à voir ne signifie donc pas faire des concessions à une esthétique du pittoresque, mais implique que l'on arrache l'espace à une native indistinction en sacrifiant à une orientation générale qui permettra au lecteur de « s'y reconnaître ».

La bordure joue ici un rôle primordial : elle est ce qui assoit l'objet dans son milieu, ce qui permettra peut-être plus tard de le reconnaître. Elle est garante d'une symétrie : devant la maison de Maître Guillaumin à Yonville, « deux vases en fonte sont à chaque bout du perron (135) » ; aux Comices, « ce que l'on admirait surtout, c'étaient deux longs ifs couverts de lampions qui flanquaient une estrade où s'allaient tenir les autorités (198) » ; devant le théâtre de Rouen, « la foule stationnait contre le mur, parquée symétriquement entre des balustrades (290) ». Elle est aussi garante du principe de transitivité de la perception : « Pour arriver chez la nourrice, il fallait, après la rue, tourner à gauche, comme pour gagner le cimetière, et suivre, entre des maisonnettes et des cours, un petit sentier que bordaient des troènes (156). »

Si les ouvertures, comme l'a souligné J. Rousset[78], représentent des lignes de fuite vers l'horizon et aussi la promesse d'accéder à un ailleurs vaporeux, la clôture participe, à un degré supérieur, de la même technique de géométrisation de l'espace : avec elle, Flaubert parcellise, et donc autonomise une entité vague, comme le petit cimetière qui entoure l'église d'Yonville, « clos d'un mur à hauteur d'appui (135) ». La clôture amenuise le champ de vision, fige le regard qui s'abandonnait jusque-là à des divagations de surface et le concentre progressivement sur un point unique : « Des bourrées, debout contre la clôture d'épines, entouraient un carré de laitues, quelques pieds de lavande et des pois à fleurs montés sur des rames (156-157). »

Ces quelques exemples indiquent que l'espace est bien, d'abord, la forme privilégiée de la sensibilité au monde et que, partant, il impose au langage romanesque un parcours optique infini, en tous sens.

Mais si une géométrie en repères et figures précède ou accompagne toute vision, elle n'en constitue en aucun cas le terme ultime. En effet, l'attribut essentiel de la matière est d'échapper à toute mesure, de contester pied à pied au langage une rationalité durable ; en imposant aux mots de n'être que les supports contingents de sa profusion première. Si le texte donne à voir, la représentation, en retour, accuse parfois quelque retard sur son objet. La multitude des mouvements qui animent la matière en fournit une illustration. Chacun d'eux adresse au regard une sollicitation originale ; il permet d'en apprécier la mobilité, l'extensibilité et la rapidité. Son incarnation élémentaire, omniprésente dans le roman, est figurée par le vent, invisible, impalpable, tantôt arrivant par rafale, « brises de la mer [...], roulant d'un bond sur tout le plateau du pays de Caux (105) », tantôt agitant les « longues dentelles de la coiffure cauchoise (90) » de la mère d'Emma. Agitation dont le caractère anomique premier attire le regard vers des pistes contingentes, éphémères, le vent représente aussi cette quantité minimale de mouvement qui froisse la surface des choses, les anime doucement d'un vibrato infime. Le lendemain du bal masqué de la mi-carême, alors même qu'Emma est en proie à toutes sortes d'agitation intérieure, Flaubert note que la nature hésite entre l'immobilité et son contraire : « La rivière livide frissonnait au vent ; il n'y avait personne sur les ponts ; les réverbères s'éteignaient (365). » Frissons posés sur les objets et oscillation molle du regard : le vent excite la vision plus qu'il ne prête à sentir, mais en exerçant une insinuante hypnose par laquelle les passions de l'âme s'évanouissent au bénéfice d'un tremblé visuel, d'un brouillage rétinien ; encore pleine des étourdissements de l'adultère, Emma, seule dans sa chambre, « voyait les arbres, les chemins, les fossés, Rodolphe, et elle sentait encore l'étreinte de ses bras, tandis que le feuillage frémissait et que les joncs sifflaient (229) ».

Parce qu'il est ample et « roulant d'un bond », le vent anime presque en même temps tout ce qu'il touche et exigerait de l'écriture qu'elle se fasse témoin synoptique et instantané de l'agitation créée. Mais l'écriture, par nature sélective, n'a pas cette vertu et doit donc suggérer la concomitance des états nouveaux en juxtaposant par exemple deux éléments hétérogènes qui, ayant valeur d'échantillons, suggèrent tout ce qui n'est pas dit : « le vent frais de la prairie faisait trembler les pages du livre et les capucines de la

tonnelle (189) »... Il faut alors parler d'un étrange
unanimisme du vent par lequel chaque point de
l'espace sollicite une notation visuelle, mais qui, alors
même qu'il accentue l'impossibilité d'un regard idéalement présent au monde, semble priver chacun de ces
points de l'espace de son identité, ou de son principe
d'individuation.

Le vent apparaît donc comme cette quantité indéfi-
nie de mouvement qui subvertit déjà la représentation
en la désignant comme tardive et inadéquate. On
pourrait ici multiplier les exemples, mais l'essentiel est
de souligner que le regard flaubertien tend à oublier —
ou à transgresser — l'épaisseur propre du monde pour
n'en scruter que les lois du mouvement. Peu à peu
matière et espace aspirent le regard pour en miniaturi-
ser le champ d'application, le happent pour en faire
l'organe de la promiscuité aux choses, de la présence
optimale aux changements de place et aux modifica-
tions de forme. Ce n'est plus l'œil qui voit, qui mesure,
quantifie, apprécie ; c'est le monde qui dicte sa propre
visibilité, qui signale, sans médiation perspectiviste, à
l'attention du roman la plus infime de ses transforma-
tions. Si l'on peut encore parler de « réalisme » à
propos de Flaubert, il serait donc vain de se représenter par là un art exclusivement soucieux de netteté, de
précisions, ou des techniques descriptives ayant pour
objet commun de saisir chaque détail dans son authen-
ticité. Tout se passe comme si le langage tendait de
façon originale à s'effacer devant le monde pour mieux
en reproduire les espèces. On se souvient de l'intention
du romancier d'agir à la façon de la nature : « Les
chefs-d'œuvre sont bêtes ; ils ont la mine tranquille
comme les productions mêmes de la nature, comme les
grands animaux et les montagnes [79]. »

Même privilège à l'extériorité dans un autre champ
romanesque traditionnel, la peinture de l'âme. Dans sa
conclusion à l'étude qu'elle consacre à la genèse de
Madame Bovary, Claudine Gothot-Mersch souligne
qu'il convient d' « admirer dans l'œuvre, plutôt que le
roman " réaliste ", le roman " classique " d'analyse

psychologique ». « C'est dans le heurt, poursuit-elle, d'un caractère avec un autre et avec tout son milieu que se situe le nœud de l'action. *Madame Bovary* est, d'abord, un roman de la désillusion [80]. » Tel apparaît bien, mais sous des formes singulièrement nouvelles, l'un des centres d'intérêt essentiels du roman. C'est que le labyrinthe de l'intériorité fascine Flaubert, comme la *Correspondance* en témoigne abondamment. Très tôt, ses projets littéraires de jeunesse le portent vers des sujets psychologiques. Il propose, le 22 janvier 1842, à Gourgaud-Dugazon de lui montrer l'une de ses œuvres — sans doute *Novembre fragments de style quelconque*, que Flaubert terminera le 25 octobre 1842 [81] : « Au mois d'avril je compte vous montrer quelque chose. C'est cette ratatouille sentimentale et amoureuse dont je vous ai parlé. L'action y est nulle. Je ne saurais vous en donner une analyse, puisque ce ne sont qu'analyses et directions psychologiques [82]. » Avant même l'écrivain, c'est l'homme Flaubert qui fait son apprentissage de l'âme humaine en pratiquant sans cesse l'introspection. Ainsi, dans une aspiration déjà étrangement bovaryenne, il écrit à son ami Alfred Le Poittevin le 17 juin 1845 : « As-tu réfléchi quelquefois, cher et tendre vieux, combien cet horrible mot " bonheur " avait fait couler de larmes ? Sans ce mot-là, on dormirait plus tranquille et on vivrait plus à l'aise. Il me prend quelquefois d'étranges aspirations d'amour, quoique j'en sois dégoûté jusque dans les entrailles. Elles passeraient peut-être inaperçues, *si je n'étais pas toujours attentif et l'œil tendu à épier jouer mon cœur* [83]. »

La période pendant laquelle Flaubert compose *Madame Bovary* coïncide précisément avec l'affirmation la plus marquée d'une volonté d'approfondissement psychologique : « Quant à l'amour, écrit-il à Louise Colet le 3 juillet 1852, ç'a été le grand sujet de réflexion de toute ma vie. Ce que je n'ai pas donné à l'art pur, au métier en soi, a été là ; et le cœur que j'étudiais c'était le mien. Que de fois j'ai senti à mes meilleurs moments le froid du scalpel qui m'entrait dans la chair ! *Bovary* (dans une certaine mesure, dans

la mesure bourgeoise, autant que je l'ai pu, afin que ce
fût plus général et humain) sera sous ce rapport, la
somme de ma science psychologique et n'aura une
valeur originale que par ce côté[84]. »

Et pourtant, même pour ce « vieux roquentin qui
connaît le cœur humain[85] », ce « vieux psycholo-
gue[86] », l'entreprise est malaisée. L'introspection
amène très tôt Flaubert à l'incertitude de celui qui,
pour trop avoir observé, finit par perdre tout repère :
« J'ai cru me connaître dans un temps, mais à force de
m'analyser je ne sais plus du tout ce que je suis ; aussi
j'ai perdu la sotte prétention de vouloir se diriger à
tâtons dans cette chambre obscure du cœur[87]. » La
peinture de l'âme, aussi exercée soit-elle, retrouve
enfin l'opacité qui entoure les motivations humaines.
Puisque « l'anatomie du cœur humain n'est pas encore
faite », que la science psychologique n'en est qu'à son
commencement[88], la tâche du romancier sera là encore
de reproduire les espèces de la nature, soit l'impénétra-
bilité. L'examen des versions antérieures de l'œuvre
est révélateur de ce point de vue : les analyses psychologiques y étaient beaucoup plus longues et détaillées ;
elles livraient d'abondance explications et interpréta-
tions. Tout se passe comme si Flaubert avait voulu
rendre plus flous, plus opaques, les ressorts de l'âme
dans l'état définitif du roman : « Je tourne beaucoup
plus à la critique, confie-t-il à Louise Colet. Ce roman
que j'écris m'aiguise cette faculté. — Car c'est une
œuvre surtout de critique, ou plutôt d'anatomie[89]. Le
lecteur ne s'apercevra pas (je l'espère) de tout le travail
psychologique caché sous la Forme mais il en ressen-
tira l'effet[90]. » Sous l'épiderme de la forme, se cache la
masse musculaire, ce que Flaubert appelle ailleurs
l'âme ou l'idée dont l'auteur ne doit montrer que
l'hypostase ou « l'effet ». Paradoxal art de l'ellipse où
l'absence seule donne à voir et où l'écriture s'assigne
pour champ d'exercice une mince frange à la surface de
l'être. La fameuse visée flaubertienne de l'impersonnalité trouve ici, dans l'infime épaisseur du mouvement
ou du phénomène, son accomplissement.

La profondeur ou l'intériorité sera donc cette présence par défaut, cette illusion d'optique où le fil continu du style fait signe vers le véritable centre de gravité de la représentation, qui, comme dans la nature, se dérobe à la vue. Dans l'ordre psychologique aussi, la parole est au monde, la prime à l'extériorité : « Au lieu d'étaler la psychologie des personnages en dissertations explicatives, écrit Maupassant, il la faisait simplement apparaître par leurs actes. Les dedans étaient ainsi dévoilés par les dehors, sans aucune argumentation psychologique [91]. » La critique fut très tôt sensible à ce trait original. En 1861, dans son article pour la *Revue européenne*, Gustave Merlet relève qu'il n'y a pas dans *Madame Bovary* « un sentiment qui ne soit ramené à une sensation ». Déjà Charles de Mazade, dans la *Revue des Deux Mondes* du 1er mai 1857, après avoir reconnu à Flaubert « un certain don d'observation vigoureuse et âcre », avait regretté qu'il « saisî[t] les objets pour ainsi dire par l'extérieur sans pénétrer jusqu'aux profondeurs de la vie morale ». Plus tard, Brunetière note, dans son étude sur le naturalisme, ce qu'il nomme la « transposition systématique du sentiment dans l'ordre de la sensation [92] ». « [O]n dirait [...] que les faits eux-mêmes viennent parler, souligne encore Guy de Maupassant, tant il attache d'importance à l'apparition visible des hommes et des choses [93]. » Ce parti de révéler « les dedans par les dehors [93] » ne laisse d'avoir, en matière psychologique, des conséquences originales. Dans cette esthétique du montrable l'âme se donne comme suite de phénomènes observables, « collection de petits faits », pour reprendre la formule de Taine, entre lesquels le romancier se refuse à établir de façon didactique un lien d'interprétation. Au lecteur de s'employer à le reconstituer. Dès lors l'accès à l'intériorité cesse d'emprunter les voies de la transparence et se donne comme relevé d'hypothèses, comme si la qualification psychologique hésitait devant les comportements. Ainsi de Léon, à Rouen, tentant de séduire Emma : « Pour se faire valoir, ou par une imitation naïve de cette mélancolie qui provoquait la sienne, le jeune homme déclara s'être ennuyé prodigieusement tout le temps de ses études (305). » Ou d'Emma qui retrouve avec son amant « toutes les platitudes du mariage » : « comment pouvoir s'en débarrasser ? Puis, elle avait beau se sentir humiliée de la bassesse d'un tel bonheur, elle y tenait par habitude ou par corruption (364). » Ou encore de Charles, qui après la mort d'Emma procède à des recherches, dont il espère retrouver quelque chose de celle qu'il aime : « Par respect, ou par une sorte de sensualité qui lui faisait mettre de la lenteur dans ses investigations, Charles n'avait pas encore ouvert le compartiment secret d'un bureau de palissandre, dont Emma se servait habituellement (422). » On pourrait ici multiplier les exemples dont l'enseignement est invariable : l'analyse psychologique choisit, chez Flaubert, de montrer sans démontrer, de donner à voir sans interpréter ou conclure.

Mais ce privilège donné à l'extériorité a encore un autre corollaire original. L'âme se dit bien souvent chez Flaubert dans les termes du monde. Ainsi, l'imaginaire d'Emma lie constamment dans ses représentations les états d'âme et leur décor ; dans les romans et keepsakes du couvent, le bonheur ou l'amour apparaissent comme mécaniquement associés à des détails concrets, qui finissent par les résumer. Ces « formes convenues », faites des voitures et des chaises de poste, de « postillons qu'on crève à tous les relais », de « vieux manoir[s] », de lagunes, de balcons, de jeunes filles « rêvant sur des sofas près d'un billet décacheté », hanteront les rêves de bonheur de Madame Bovary, et seront, pour elle, liées à l'amour comme la cause à l'effet. Les souvenirs de lecture figés en images-clichés sécrètent ainsi comme une théorie sommaire du bonheur : « Il lui semblait que certains lieux sur la terre devaient produire du bonheur, comme une plante particulière au sol et qui pousse mal tout autre part. Que ne pouvait-elle s'accouder sur le balcon des chalets suisses ou enfermer sa tristesse dans un cottage écossais, avec un mari vêtu d'un habit de

velours noir à longues basques, et qui porte des bottes
molles, un chapeau pointu et des manchettes ! (100) »

« Ne fallait-il pas à l'amour, comme aux plantes
indiennes, des terrains préparés, une température
particulière ? Les soupirs au clair de lune, les longues
étreintes, les larmes qui coulent sur les mains qu'on
abandonne, toutes les fièvres de la chair et les langueurs de la tendresse ne se séparaient donc pas du
balcon des grands châteaux qui sont pleins de loisirs,
d'un boudoir à stores de soie avec un tapis bien épais,
des jardinières remplies, un lit monté sur une estrade,
ni du scintillement des pierres précieuses et des
aiguillettes de la livrée (119-120). » Vite déçue de son
mariage avec Charles et s'employant à refouler sa
passion naissante pour Léon, Emma retrouve cette
conception qui fait du bonheur le catalogue des objets,
des lieux ou des attributs, qui l'accompagnent nécessairement : « Elle [...] gémissait du velours qu'elle
n'avait pas, du bonheur qui lui manquait, de ses rêves
trop hauts, de sa maison trop étroite (173). » La symétrie accusée entre l'abstrait et le concret souligne
vigoureusement les liens essentiels qui unissent le
bonheur à ses auxiliaires matériels. Plus tard, dans la
rêverie où la plongent ses projets de fuite avec
Rodolphe, l'héroïne imaginera une existence « facile et
large comme leurs vêtements de soie ». Comme par
contagion, la psychologie se fixe tout au long du roman
sur l'objet, médiation nécessaire des états d'âme. Ainsi
le mirage mondain de la Vaubyessard se pose sur ce
« porte-cigares tout bordé de soie verte » qu'Emma
conserve pieusement « dans l'armoire, entre les plis du
linge ». A l'heure où, déjà, le temps a commencé
d'effacer les contours précis de la mémoire, l'objet
s'érige en médiateur et s'anime pour devenir une
véritable métaphore de l'amour :

« Elle le regardait, l'ouvrait, et même elle flairait
l'odeur de sa doublure, mêlée de verveine et de tabac.
A qui appartenait-il ?... Au Vicomte. C'était peut-être
un cadeau de sa maîtresse. On avait brodé cela sur
quelque métier de palissandre, meuble mignon que

l'on cachait à tous les yeux, qui avait occupé bien des heures et où s'étaient penchées les boucles molles de la travailleuse pensive. Un souffle d'amour avait passé parmi les mailles du canevas ; *chaque coup d'aiguille avait fixé là une espérance ou un souvenir, et tous ces fils de soie entrelacés n'étaient que la continuité de la même passion silencieuse* [94] (117). »

Dans un mouvement comparable, Léon conservait amoureusement, dans une version antérieure du texte, un gant égaré par Emma, un soir, chez les Homais : « Chez le pharmacien, un soir, Madame Bovary en cousant, laissa tomber son gant par terre. Léon le poussa sous la table sans que personne y prît garde. Mais quand on fut couché, il se releva, descendit les marches à tâtons, le trouva sans peine et revint dans son lit. C'était un gant de couleur jaune, souple, avec des rides sur les phalanges, et la peau semblait soulevée davantage, au grand morceau du pouce, à cet endroit de la main, où il y a le plus de chair. Il sentait un parfum vague, quelque chose de tendre comme les violettes fanées. Alors Léon cligna les yeux, il l'entrevit au poignet d'Emma, boutonné, tendu, agissant coquettement dans mille fonctions indéterminées. Il le huma ; il le baisa ; il y passa les quatre doigts de la main droite et s'endormit la bouche dessus [95]. »

Avant la possession de l'être aimé, l'amour procède par approches successives, qui investissent tout ce qui l'entoure. Rodolphe, justifiant à Madame Bovary son absence de six semaines, après les Comices :

« — Mais, si je ne suis pas venu, continua-t-il, si je n'ai pu vous voir, ah ! du moins j'ai bien contemplé ce qui vous entoure. La nuit, toutes les nuits, je me relevais, j'arrivais jusqu'ici, je regardais votre maison, le toit qui brillait sous la lune, les arbres du jardin qui se balançaient à votre fenêtre, et une petite lampe, une lueur, qui brillait à travers les carreaux, dans l'ombre (223). »

De même, Léon, quittant Yonville, cherche, dans sa dernière entrevue avec Emma, à fixer dans sa mémoire les objets qui l'entourent : « Il jeta vite autour de lui un large coup d'œil qui s'étala sur les murs, les étagères, la cheminée, comme pour pénétrer tout, emporter tout [96]. »

L'objet, traditionnel médiateur de l'amour (« et je courais après tous les fiacres où flottait à la portière un châle, un voile pareil au vôtre... » (306) dira Léon à Emma), vaut aussi comme substitut de l'être aimé et Léon peut prêter à la robe d'Emma une épaisseur presque charnelle : « Son vêtement, ensuite, retombait des deux côtés sur le siège, en bouffant, plein de plis, et s'étalait jusqu'à terre. Quand Léon parfois sentait la semelle de sa botte poser dessus il s'écartait, comme s'il eût marché sur quelqu'un » (163).

La fonction signifiante de l'objet dans la psychologie flaubertienne imprègne profondément l'écriture même du roman. Les comparaisons ou métaphores qui expriment l'intériorité associent ainsi fort souvent un comparé abstrait et un comparant concret. La considération à la fois des versions antérieures et de la version définitive du texte met en lumière une tendance profonde de l'écriture de Flaubert. Même si ce dernier, conformément au parti pris, dont il s'ouvre fréquemment dans sa correspondance, sacrifie bon nombre de comparaisons ou de métaphores [97], celles qu'il conserve ont mêmes caractéristiques. Ainsi l'intériorité s'exprime volontiers en termes d'espace, comme à Tostes, où dans les premiers temps de son mariage, Emma rêve d'un autre destin, fait du « bourdonnement des théâtres » et des « clartés du bal » : « Mais elle, sa vie était froide comme un grenier dont la lucarne est au nord, et l'ennui, araignée silencieuse, filait sa toile dans l'ombre à tous les coins de son cœur (105). » Auparavant, le père Rouault, assailli de souvenirs, après avoir marié sa fille, s'était senti « triste comme une maison démeublée [98] ».

Ainsi encore, après la rupture avec Rodolphe, lorsque Emma se livre au mysticisme et tente d'enfouir au fond d'elle-même l'image de son amant, Flaubert note : « Quant au souvenir de Rodolphe, elle l'avait descendu tout au fond de son cœur ; et il restait là, plus solennel et plus immobile qu'une momie de roi dans un souterrain [99] (283). »

Aussi le cœur finit-il lui-même par se chosifier. Par simple frottement mécanique, le monde lui imprime sa marque. Au retour de la Vaubyessard, Emma « serra pieusement dans la commode sa belle toilette et jusqu'à ses souliers de satin, dont la semelle s'était jaunie à la cire glissante du parquet. Son cœur était comme eux : au frottement de la richesse, il s'était placé dessus quelque chose qui ne s'effacerait pas (116-117) ».

Dans un registre métaphorique analogue, la mémoire obéit à un processus comparable ; avant d'écrire sa lettre de rupture, Rodolphe, qui cherche à ressaisir quelque chose d'Emma, tombe sur une miniature qu'elle lui avait donnée : « à force de considérer cette image et d'évoquer le souvenir du modèle, les traits d'Emma peu à peu se confondirent en sa mémoire, comme si la figure vivante et la figure peinte, se frottant l'une contre l'autre, se fussent réciproquement effacées » (269). Tout comme la colère ; lorsque Emma s'emporte contre Léon que le bavardage de Homais tient intempestivement éloigné d'elle, Flaubert remarque : « le dénigrement de ceux que nous aimons toujours nous en détache quelque peu. Il ne faut pas toucher aux idoles : la dorure en reste aux mains (355) ».

Des solides, le sentiment possède donc poids, étendue, épaisseur, surface, mais il peut aussi emprunter aux liquides. Dans les versions antérieures, Flaubert évoque le « flot de colère » qui monte chez Emma, à la vue de Charles ou la « tristesse liquide » qui s'empare d'elle [100]. Le cœur se fait alors matière spongieuse comme dans ce passage où Madame Bovary s'enferme dans une passion muette pour Léon : « elle traînait son cœur comme une éponge sur toutes les parties de sa vie, elle le tordait avec acharnement, elle en faisait couler un continuel ennui [101] ». Ailleurs, dans les temps heureux de sa liaison avec Rodolphe : « l'amour si longtemps contenu, jaillissait tout entier avec des bouillonnements joyeux. Elle le savourait sans remords, sans inquiétude, sans trouble (230) ». Puis dans son repli : « leur grand amour, où elle vivait plongée, parut se diminuer sous elle, comme l'eau d'un fleuve qui s'absorberait dans son lit, et elle aperçut la vase [102] (238) ».

Jusqu'à ce que liquides et solides se mêlent dans cette image de la passion, sacrifiée dans la version définitive : « Réminiscences de lecture, velléités mystiques, délires charnels et tendresses en poudre, tout ainsi se confondait dans la largeur de cette passion. Un tas de choses petites et grandes, communes ou rares, insipides ou savoureuses s'y résumaient en la diversifiant et c'était comme ces salades d'Espagne, où l'on voit flotter dans l'huile blonde des fruits et des légumes, des quartiers de bouc et des tranches de cédrat [103]. »

Dotée de tous les attributs de la matière, l'intériorité a aussi un volume, comme dans cette flânerie de Rodolphe parmi ses souvenirs : « ces femmes, accourant à la fois dans sa pensée, s'y gênaient les unes les autres et *s'y rapetissaient,* comme sous un même *niveau d'amour* qui les égalisait. Prenant donc *à poignée* les lettres confondues, il s'amusa pendant quelques minutes à les faire tomber en cascades, de sa main droite dans sa main gauche [104] ».

La tradition critique présente souvent *Madame Bovary* comme un roman de l'échec, de la désillusion et de l'incommunicabilité. Mais dans cet univers romanesque où les rencontres subjectives ne sont que le fruit d'un entrecroisement contingent et comme accidentel — qu'il s'agisse de la non-rencontre d'Emma et de Bournisien, ou des joutes si stéréotypées qu'on en vient à douter de leur « réalité » entre Homais et Bournisien — le lien profond de l'âme aux choses semble ouvrir la voie à une possible connivence qui mettrait pour un temps en suspens la loi de la juxtaposition, du parallélisme absolu, qui régit jusqu'à l'absurde *Madame Bovary.* Si les relations intersubjectives offrent le spectacle d'une succession infinie d'impénétrabilités, où l'opacité et l'étrangeté sont de règle, il semble que le monde puisse offrir la chance d'une fusion qui transcende les discordances et les fragmentations.

Ainsi la perception qu'ont les personnages non seulement du monde dans lequel ils sont immergés, mais aussi de leur propre vie intérieure, paraît soumise *a priori* à des catégories dont l'origine spécifiquement matérielle est patente. Ce que la phénoménologie nommerait leur « intentionnalité » porte l'empreinte native d'une évidente matérialité. Il devient alors difficile d'opposer, avec Schelling et la tradition romantique, le « moi » et le « non-moi » chez des êtres qui, le plus souvent, présentent les apparences d'une profonde consubstantialité avec la matière. Ainsi Emma souvent s'abandonne au monde et se l'approprie en un mouvement d'où la réflexivité s'absente pour laisser place à une sensibilité diffuse, à une connivence antéprédicative avec les choses.

Flaubert installe ainsi d'emblée Emma dans le statut d'un personnage qui « sent » l'univers matériel par un instinct de communion aveugle, ressemblant du reste en cela à toutes les femmes, « inerte et flexible à la fois », ayant « contre elle les mollesses de la chair ».

C'est que cette mollesse — et avec elle les états d'âme qu'elle engendre — est aussi un attribut du monde, comme l'indiquent clairement le sol que foule Emma et qui « sous ses pieds était plus mou qu'une onde » et la boue où les rêves de la jeune femme tombent « comme des hirondelles blessées (252) ». On pourrait dire que la mollesse est l'accident de la substance le plus répandu, en tout cas le plus familier à Flaubert dont on sait les obsessions plastiques. Elle évoque avant tout une ressemblance et comme une consanguinité à la matière, en suggérant que matière et chair ne sont pas distinctes : « Tous ces gens-là se ressemblaient. Leurs molles figures blondes, un peu hâlées par le soleil, avaient la couleur du cidre doux, [...]. (207) »

Mais elle implique aussi que l'univers matériel sollicite davantage, pour être bien « senti », la complicité du toucher. Ainsi, le regard se double maintes fois d'une sensorialité tactile et, lorsqu'il pourrait se contenter de rendre compte de rondeurs ou de sinuo-sités, choisit d'être plus sensuel en se faisant plus caressant : pour varier sa coiffure, Emma « se mettait à la chinoise, en boucles molles, en nattes tres-sées (190) » ; au moment de recevoir dans sa chambre la communion des mains de l'abbé Bournisien « [l]es rideaux de son alcôve se gonflaient mollement, autour d'elle, en façon de nuées (282) » ; plus loin encore, alors que Charles et Emma flânent dans les rues de Rouen avant d'entrer à l'Opéra, « un vent tiède, qui soufflait de la rivière, agitait mollement la bordure des tentes en coutil suspendues à la porte des estami-nets (290) ». Si la description est, dans chaque cas, relativement pauvre en éléments réalistes, si l'informa-tion visuelle peut sembler uniformément répétitive, c'est que le regard perd sa fonction analytique pour n'être plus que palpation de son objet. Butant sur une matière et des variations matérielles ineffables, il devient un sens autre dont la force prédicative s'est émoussée et qui ne produit plus que des impressions vagues, quoique prégnantes : « quelque chose de sub-til qui vous pénétrait se dégageait même des draperies de sa robe et de la cambrure de son pied (263) ». De même, l'emprunt de l'analyse psychologique au regis-tre du monde témoigne de la force d'extension des éléments matériels et de leur application à l'écriture flaubertienne. Ainsi, évoquant l'effet produit par les paroles de Rodolphe, Flaubert use, pour rendre compte du sentiment d'Emma, de l'image physique d'un corps se modifiant sous l'action thermique d'un autre corps : « et son orgueil, comme quelqu'un qui se délasse dans une étuve, s'étirait mollement et tout entier à la chaleur de ce langage (222-223) ».

Ailleurs, la présence du monde influe sur les méca-nismes de l'âme. C'est en retrouvant dans la chevelure de Rodolphe une « odeur de vanille et de citron » qu'Emma se rappelle le bal de la Vaubyessard et qu' « une mollesse la saisit (213) ». L'odorat devient dès lors souvent le sens privilégié d'une fusion avec l'univers des objets. Le premier rapport de Madame Bovary au monde n'est pas de reconnaissance visuelle, ou d'analogie contemplative, mais une sorte d'*anima*, de souffle vital qui confère d'abord à son personnage quelque existence. Flaubert nous la montre tour à tour aux Comices ouvrant les narines « pour aspirer la fraîcheur des lierres autour des chapiteaux (214) », au théâtre de Rouen aspirant « de toute sa poitrine l'odeur poussiéreuse des couloirs (291) », à la cathédrale respirant « le parfum des juliennes blanches épanouies dans les grands vases (313) », ou encore dans *L'Hirondelle* qui la conduit à Rouen pour ses rendez-vous avec Léon, se penchant « des deux mains par le vasistas, en humant la brise (336) ».

Il s'établit ainsi une fusion entre l'héroïne et une nature non encore chargée de signes romanesques, fusion si intime qu'elle fait apparaître une matière antéprédicative, socle sur lequel s'érigent tous les autres éléments du récit. Palpation, respiration prolongent un regard qui lui-même se fait voration, engloutissement de l'objet lorsqu'il s'agit de dépasser sa propre incomplétude. L'univers est trop riche, la diversité des lieux et des expériences trop grande pour être embrassés par la contemplation. La frénésie est le pendant de la frustration, et si Emma souhaite un fils, que ce soit du moins un homme, être « libre » par excellence, qui « peut parcourir les passions et les pays, traverser les obstacles, mordre aux bonheurs les plus lointains (153) ». « Percevoir, penser, aimer, c'est d'une certaine façon dévorer [105] », écrit J.-P. Richard qui parle de « quête frénétique » et de « sadisme », en suggérant que le regard se fait pénétration aveugle : « La seule chance de passer à travers les formes sera d'épouser leur mouvement tout en l'accélérant et l'affolant [106]. » Lorsque le spectacle du monde est si foisonnant ou si attrayant qu'il invite à une consommation immédiate et entière, l'œil est d'un pauvre secours : « Elle n'avait pas assez d'yeux pour contempler les costumes, les décors, les personnages, les

arbres peints qui tremblaient quand on marchait, et les
toques de velours, les manteaux, les épées, [...]. » (292)

« Emma pensait qu'il y avait quarante-huit heures à
peine, ils étaient ensemble, loin du monde, tout en
ivresse, et n'ayant pas assez d'yeux pour se contempler (325). » L'élan infrangible vers des sensations multiples naît ici de la conscience douloureuse d'une fini-
tude, celle de la distance spéculaire aux choses, qui devra
se résoudre en appétit. D'autre part, l'analyse psychologique ne nous révèle pas un sujet s'enfermant sur soi et
développant un monologue intérieur ; elle nous signifie, au contraire, que l'âme n'est rien si on la prive de
ses fantasmes matériels et de son violent désir d'union
avec le monde. L'interpénétration des deux instances
se révèle tout particulièrement dans les fréquents
vertiges, hébétudes ou stupeurs des personnages flau-
bertiens : « Tout sentiment ici tend à se liquéfier en
sensation, et toute sensation à son tour s'immobilise en
stupeur, note Charles Du Bos. Il existe chez Flaubert
comme une intensité de la stupeur, et, en général, une
prodigieuse intensité de tous les états, dits négatifs. Il
part, si l'on peut ainsi s'exprimer, de la positivité du
négatif. La pesanteur de la sensation, et l'absorption
que cette pesanteur engendre, telle me paraît sa
" constante " ; c'est par le degré même de la prostra-
tion et par la durée de celle-ci que la sensation finit par
acquérir la dignité d'un sentiment. » On songe ici à
tous les instants où la contemplation hébétée du monde
extérieur tient lieu d'intériorité : revenue à Tostes le
lendemain du bal à la Vaubyessard, Emma se promène
« dans son jardinet, passant et revenant par les mêmes
allées, s'arrêtant devant les plates-bandes, devant
l'espalier, devant le curé de plâtre, considérant avec
ébahissement toutes ces choses d'autrefois qu'elle
connaissait si bien (116) ». De même, la fixation du
regard sur un détail ou un objet est contemporaine
d'une rêverie vague, d'une sorte d'état hypnotique ;
attendant Emma à la cathédrale de Rouen, Léon fixe
son attention sur un des vitraux : « Il le regarda
longtemps, attentivement, et il comptait les écailles des

poissons et les boutonnières des pourpoints, tandis que sa pensée vagabondait à la recherche d'Emma (313) ». C'est la même torpeur vague qui s'empare d'Emma venue chercher refuge chez la mère Rolet : « Couchée sur le dos, immobile et les yeux fixes, elle discernait vaguement les objets, bien qu'elle y appliquât son attention avec une persistance idiote. Elle contemplait les écaillures de la muraille, deux tisons fumant bout à bout, et une longue araignée qui marchait au-dessus de sa tête, dans la fente de la poutrelle. »

C'est cet échange permanent entre l'univers matériel et l'intériorité des personnages qui confère sa singularité à la fois au « roman des choses » et au roman d'analyse psychologique. L'enjeu ici est d'importance : l'avènement du monde extérieur n'est pas en effet chez Flaubert, comme nous l'avons esquissé, un épisode d'écriture ni une enclave narrative, mais une exigence première et absolue. Ce que P. Danger désigne comme « la glorification de l'objet pur [107] » est, en même temps, le parcours initiatique à l'ensemble du roman, cette présence muette sans laquelle, à coup sûr, le « livre sur rien » ne serait pas.

Bernard AJAC.

NOTES

Nous citons *Madame Bovary* d'après la présente édition (GF Flammarion, 1986). Les références au roman sont indiquées dans le corps même du texte, à la suite des citations, par le seul numéro de la page placé entre parenthèses.

Quant aux références à la *Correspondance*, elles sont empruntées à l'édition Conard (1926) et, dans quelques cas particuliers que nous indiquerons, à l'édition J. Bruneau, Bibliothèque de la Pléiade (t. I, 1973; t. II, 1980).

Nous nous référons aussi aux versions antérieures du texte de *Madame Bovary* dans deux de ses états successifs : les brouillons (1800 feuillets écrits *recto* et *verso*, se trouvant à la Bibliothèque de Rouen sous la cote Ms.g 223$^{1-6}$) et le manuscrit autographe (487 feuillets se trouvant à la Bibliothèque de Rouen sous la cote Ms.g 221). Nous recourons, à cette fin, aux éditions de G. Leleu, *Madame Bovary, Ébauches et fragments inédits*, Paris, Conard, 1936, 2 vol., et de J. Pommier et G. Leleu, *Madame Bovary, Nouvelle version précédée des scénarios inédits*, Paris, Corti, 1949, que nous indiquerons sous la forme simplifiée Pommier-Leleu.

---

1. *Souvenirs littéraires*, Paris, Hachette, 1962, p. 107-113.
2. *Ibid.*, p. 140.

3. A sa mère, 5 janvier 1850, *Correspondance* (II, 146-147), et à Louis Bouilhet, 4 septembre 1850, *ibid.*, II, 237.

4. Cf. Claudine Gothot-Mersch, *La Genèse de Madame Bovary*, Paris, Corti, 1966, p. 19-60.

5. *Correspondance*, éd. J. Bruneau, Bibliothèque de la Pléiade, II, 859. La première allusion au début de la rédaction de *Madame Bovary* nous est livrée par une lettre de Flaubert à Louise Colet du 20 septembre 1851 : « J'ai commencé hier au soir mon roman. » (II, 5.)

6. *Correspondance*, I, 277.

7. *Ibid.*, II, 279.

8. *Madame Bovary*, éd. Pommier-Leleu, Paris, Corti, 1949, p. 142. C'est nous qui soulignons.

9. *Correspondance*, III, 3.

10. Cité par R. Descharmes, *Flaubert, sa vie, son caractère et ses idées avant 1857*, p. 103, note 3.

11. *Correspondance*, II, 253-254.

12. *Ibid.*, p. 254.

13. *Ibid.*, p. 168.

14. *Op. cit.*, p. 50-60.

15. Flaubert s'en ouvre, dans une lettre à Louis Bouilhet du 14 novembre 1850, où il fait part de sa profonde émotion à la nouvelle de la mort de Balzac.

16. *Œuvres de jeunesse*, éd. Conard, Paris, 1910, t. II, p. 72.

17. *Madame Bovary*, Paris, Société Les Belles-Lettres, 1945, Introduction, p. LXXVIII.

18. *Correspondance*, III, 78.

19. « *La Muse du département* et le thème de la femme mal mariée chez Balzac, Mérimée et Flaubert », *L'Année balzacienne*, 1961, p. 191-221. On pourrait voir encore une filiation balzacienne dans le thème des embarras financiers qui accablent Madame Bovary, si les travaux de J. Pommier et de G. Leleu n'avaient mis au jour une autre influence sans doute décisive. En étudiant le dossier de *Bouvard et Pécuchet*, Mlle Leleu découvrit, en 1947, un document intitulé *Mémoires de Madame Ludovica* : l'écriture en était gauche, l'orthographe incertaine. Il apparut bien que Madame Ludovica n'était autre que Louise Pradier, épouse en secondes noces du sculpteur, et que ces « mémoires » avaient été rédigés d'après ses confessions par la femme d'un menuisier parisien (cf. J. Pommier et G. Leleu, « Du nouveau sur *Madame Bovary* », R.H.L.F., 1947, p. 211-244). Flaubert qui avait connu au collège Charles d'Arcet, frère de Louise, était devenu un ami de Pradier et était parfaitement au courant de la vie d'aventurière de Louise-Ludovica. Il trouva probablement dans ses *Mémoires* des éléments essentiels à son récit : les embarras financiers qui poussent la femme adultère à l'extrémité du suicide, la fin subite du mari trompé incapable d'affronter son infortune.

20. *Novembre*, O.J., II, 193.

21. Cf. notamment Cl. Gothot-Mersch, *op. cit.*, p. 61.

22. *O.J.* I, 250.

23. *Ibid.*, p. 242.

24. *Ibid.*, p. 243.

25. *Ibid.*, p. 243-244.

26. *Ibid.*, p. 243.

27. *Ibid.*, p. 254.

28. *Ibid.*, p. 253.

29. *Ibid.*, fragment VI, p. 409 et fragment IX, p. 411.

30. *Ibid.*, fragment II, p. 403.

31. *Ibid.*, fragment XIX, p. 417.

32. Nous renvoyons pour plus de détails à Édouard Maynial, *La Jeunesse de Flaubert*, Paris, Mercure de France, 1913, à Jean Bruneau, *Les Débuts littéraires de Gustave Flaubert*, Paris, Colin, 1962, et à Claudine Gothot-Mersch, *op. cit.*, p. 62-69.

33. *Correspondance*, II, 256-257.

34. *Ibid.*, 201 et 202.

35. *Ibid.*, V, 111.

36. *Ibid.*, III, 368.

37. *Ibid.*, 154.

38. *Ibid.*, I, 192.

39. *Ibid.*, III, 249.

40. *Ibid.*, IV, 74.

41. Cette œuvre est chez Flaubert une idée ancienne. On peut remonter à *La Leçon d'histoire naturelle* (1837). Puis, pendant le voyage en Orient, le projet resurgit. Le 4 septembre 1850, Flaubert écrit à Louis Bouilhet : « Tu fais bien de songer au *Dictionnaire des idées reçues*. Ce livre, *complètement fait*, et précédé d'une bonne préface où l'on indiquerait comme quoi l'ouvrage a été fait dans le but de rattacher le public à la tradition, à l'ordre, à la convention générale, et arrangé de telle manière que le lecteur ne sache pas si on se fout de lui, oui ou non, ce serait peut-être une œuvre étrange et capable de réussir, car elle serait toute d'actualité... Où le bourgeois a été plus gigantesque que maintenant ? » On se reportera aussi à la lettre du 14 novembre 1850 et à celle du 17 décembre 1852. Il importe ici seulement de souligner que ce vieux projet ne quitte pas Flaubert et qu'il continue de cheminer en lui pendant qu'il rédige *Madame Bovary*. (Le roman en porte la marque, comme nous le verrons. Cf. Appendice, Madame Bovary et les idées reçues, p. 500-510.)

42. On se reportera également à la *Correspondance*, II, 384 ; IV, 62, 243 ; VII, 285.

43. *Correspondance*, III, 158.

44. *Ibid.*, II, 343.

45. *Ibid.*, I, 39.

46. *Ibid.*, II, 398.

47. *Ibid.*, III, 269.

48. *Ibid.*, VII, 281.

49. *Ibid.*, III, 328. C'est nous qui soulignons.

50. *Ibid.*, 230.

51. *Ibid.*, 225.

52. *Ibid.*, VII, 290. C'est nous qui soulignons.

53. *Ibid.*, IV, 164.

54. *Ibid.*, III, 406.

55. On se reportera notamment pour plus de détails à *Madame Bovary*, Société Les Belles-Lettres, Paris, 1945, Introduction, p. LXXXIII à LXXXV et à Cl. Gothot-Mersch, *op. cit.*, p. 61-81.

56. *Correspondance*, I, 254.

57. *Ibid.*, II, 345.

58. *Ibid.*, IV, 10.

59. *Ibid.*, II, 416.

60. *Ibid.*, IV, 357.

61. *Ibid.*, III, 164.

62. *Ibid.*, IV, 243.

63. *Ibid.*, VII, 290. Cf. aussi V, 241.

64. *Ibid.*, III, 423.

65. *Ibid.*, II, 423.

66. *Ibid.*, III, 138.

67. A. Thibaudet, *Gustave Flaubert, sa vie, ses romans, son style*, Paris, Plon, 1922, p. 206.

68. *Correspondance*, IV, 164-165.

69. *Ibid.*, IV, 205. On se reportera également à III, 21, 140.

70. *Ibid.*, III, 401.

71. *Ibid.*, III, 322.

72. 18 décembre 1862, éd. Ricatte, t. V, p. 230.

73. J. Levaillant, « Flaubert et la matière », *Europe*, sept.-oct.-nov. 1969, p. 202-209.

74. P. Danger, « La Perception du monde extérieur dans l'œuvre romanesque de Flaubert », *L'Information littéraire*, nᵒ 5, 1972, p. 209-212.

75. Art. cit., p. 206.

76. On remarquera également combien, d'une part, la description du château de la Vaubyessard est scandée par des motifs purement topographiques (« au bas d'une immense pelouse », « entre des bouquets de grands arbres espacés », « par-derrière, dans les massifs, se tenaient, sur deux lignes parallèles, les remises et les écuries », « en face », « à gauche » (106-107) et combien, d'autre part, Flaubert y a sacrifié quantité de détails annexes (ormes, platane, poulains, cascade, moulin) dont le pittoresque alourdissait la version antérieure (*Madame Bovary*, cf. *Ébauches et Fragments Inédits*, Paris, Conard, 1936, t. I, p. 203). De même la description d'Yonville-L'Abbaye est rythmée par des expressions comme « au bout de l'horizon », « au bas de la côte », « de l'autre côté de la rue », « en face de l'auberge du *Lion d'Or* ».

77. Les versions antérieures du passage cité, consignées dans les brouillons et le manuscrit autographe, font déjà apparaître cette minutieuse description de type cadastral ; Flaubert en a pourtant retranché les éléments non binaires (« un triangle de pieux » ; les « longues plates-bandes étroites » ont été remplacées par « quatre plates-bandes ») et y a ajouté l'élément de symétrie final.

78. « Madame Bovary ou le livre sur rien », dans *Forme et Signification*, Paris, Corti, 1966, p. 109-133.

79. *Correspondance*, II, 451.

80. *Op. cit.*, p. 283.

81. Cf. J. Bruneau, *Les Débuts littéraires de Gustave Flaubert*, Paris, Colin, 1962, p. 306-343.

82. *Correspondance*, I, 95.

83. *Ibid.*, 185. Datation J. Bruneau.

84. *Ibid.*, II, 457.

85. *Ibid.*, éd. J. Bruneau, Bibliothèque de la Pléiade, I, 737.

86. *Ibid.*, éd. Conard, III, 100.

87. *Ibid.*, Pléiade, I, 246.

88. « Ce sera l'unique gloire du XIXe siècle que d'avoir commencé ces études » *(Correspondance*, IV, 314).

89. L'insistance avec laquelle Flaubert recourt au registre métaphorique de l'anatomie autorise l'imagerie classique — on songe naturellement à la caricature de Lemot parue dans *La Parodie*, 5-12 septembre 1869 — dont la critique de l'époque semble d'ailleurs à l'origine. Sainte-Beuve terminait en effet ainsi son article dans *Le Moniteur universel* du 4 mai 1857 : « Fils et frère de médecins distingués, M. Gustave Flaubert tient la plume comme d'autres le scalpel. Anatomistes et physiologistes, je vous retrouve partout. » Paulin Limayrac, dans *Le Constitutionnel* du 10 mai 1857, reprend la même formule : « Le roman devait arriver, de guerre lasse, à se servir de la plume comme du scalpel, et à ne voir dans la vie qu'un amphithéâtre de dissection. » Pour la place de l'anatomie dans le roman lui-même, on se reportera à la description de Larivière représentant de « la grande école sortie du tablier de Bichat » ; « son regard, plus tranchant que ses bistouris, vous descendait droit dans l'âme et désarticulait tout mensonge à travers les allégations et les pudeurs (395) ». Ou encore, à la mort de Charles envisagée à la lumière des conseils des *Recherches physiologiques sur la vie et la mort* de Bichat (1800) qui cherche dans le cadavre les secrets de la vie et de la maladie. Flaubert avait-il lu ou entendu d'autre part la *Leçon inaugurale au Collège de France sur les effets des substances toxiques et médicamenteuses* de Claude Bernard (1856) qui propose pour cette même investigation de remplacer ou de seconder le scalpel par le poison : « Les agents toxiques [...] peuvent être envisagés comme des instruments physiologiques plus délicats que les moyens mécaniques, et destinés à disséquer les propriétés anatomiques de l'organisme vivant : ce sont de véritables réactifs de la vie » ?

90. *Correspondance*, Pléiade, II, 497.

91. Guy de Maupassant, Étude sur Gustave Flaubert en introduction aux *Lettres de G. Flaubert à G. Sand*, Charpentier, 1889, p. XVI-XVIII.

92. F. Brunetière, *Le Roman naturaliste*, Paris, Calmann-Lévy, s.d., p. 156.

93. *Op. cit.*, p. XVII.

94. C'est nous qui soulignons.

95. Pommier-Leleu, p. 282-283. De même, Justin, l'aide de Homais, éprouve pour les atours d'Emma une fascination : « il considérait avidement toutes ces affaires de femmes étalées autour de lui : les jupons de basin, les fichus, les collerettes, et les pantalons à coulisse, vastes de hanches et qui se rétrécissaient par le bas » (255-

256). Jusqu'à ses bottines qu'il contemple avec un respect religieux. Cette fixation, qu'il faut bien dire « fétichiste » sur l'objet, est très fréquente chez Flaubert comme l'atteste, souvent, la *Correspondance*. On se reportera notamment à Pléiade, I, 273, 284.

96. Dans le manuscrit autographe, l'investissement par le regard se faisait plus minutieux et plus complet : « Alors, il jeta vite autour de lui un large coup d'œil rapide, qui l'enveloppa [la chambre] depuis les fissures du plafond jusqu'aux raies noires du tapis, à la manière d'une inondation » (*Ébauches et Fragments inédits*, t. I, p. 474-475).

97. Flaubert écrit à Louise Colet, le 27 décembre 1852 : « Je crois que ma Bovary va aller ; mais je suis gêné par le sens métaphorique qui décidément me domine trop. Je suis dévoré de comparaisons, comme on l'est de poux, et je ne passe mon temps qu'à les écraser ; mes phrases en grouillent » (*Corr.*, Pléiade, II, 220). On se reportera aussi à la lettre à Louis Bouilhet du 26 décembre 1852, où Flaubert, dans le même registre de comparaison — emprunté à Plutarque (*Les Vies des hommes illustres*, Bibliothèque de la Pléiade, t. I, p. 1067) — pastiche la langue du XVIᵉ siècle, en s'inspirant notamment de Rabelais, Amyot et Montaigne : « Par affinité d'esperits animaulx et secrète coniunction d'humeurs absconses, ie me suys treuvé estre ceste septmaine hallebrené de mesme fascherie, à la teste aussy, au dedans, voyre ; pour ce que toutes sortes grouillantes de papules, acmyes, phurunques et carbons (allégories innombrables et métaphores incongrues, ie veux dire) tousiours poussoyent emmy mes phrases, contaminant par leur luxuriance intempestive, la nice contexture d'icelles ; ou mieux, comme il advint à Lucius Cornelius Sylla, dictateur romain, des poulx et vermine qui issoyent de son derme à si grand foyson que quant et quant qu'il en escharbouylloit, plus en venoyt, et estoyt proprement comme ung pourceau et verrat leperoseux, tousiours engendrant corruption de soy-mesme, et si en mourut finalement » (*Corr.*, Pléiade, II, 215). On se reportera aussi à Pléiade, *Corr.* VII, 250, 350, 512, 573, 752 et Conard, IV, 390.

98. A Tostes, encore, où après le bal à la Vaubyessard, Mme Bovary s'enferme dans l'ennui des existences uniformes : « L'avenir était un corridor tout noir, et qui avait au fond sa porte bien fermée (124). »

99. Flaubert avait d'abord écrit : « Quant au souvenir de Rodolphe, elle l'avait descendu depuis longtemps tout au fond de son cœur et il y restait immobile et solennel comme une momie de roi dans un souterrain fermé. Elle avait chanté dessus la complainte funèbre de sa jeunesse perdue. Elle avait entendu derrière elle retomber l'un après l'autre *comme des portes de bronze* tous les empêchements du passé, toutes les *résolutions du désespoir*. Entre elle et lui il y avait maintenant pour l'en séparer *comme une enfilade de douleurs* inconnues toutes *pleines d'ombre*, de *poussière et d'or* » (Pommier-Leleu, p. 455). (C'est nous qui soulignons.) On peut constater que, dans la version définitive, Flaubert sacrifiase deux comparaisons sur trois envisagées d'abord, mais que chacune présente la même structure rapprochant un comparé abstrait dési-

gnant un état d'âme (souvenir, résolutions du désespoir, douleurs) et un comparant concret (souterrain fermé, portes de bronze, enfilade, ombre, poussière et or). Soulignons que le mécanisme du refoulement entraînait déjà la chosification de l'être aimé — et de l'amour même —, dans le premier épisode amoureux avec Léon : « Léon se tenait en sa pensée, toujours plus immobile qu'une chose inerte » (*ibid.*, p. 297), tout comme les rêveries amoureuses d'Emma figeront Rodolphe en une représentation pétrifiée : « Puis l'image de Rodolphe se rapprochant, restait là tout immobile comme une statue vivante et comme une apparition » (*Ébauches et Fragments inédits*, t. II, p. 31).

100. « Cela montait, comme une marée ; les forces défaillaient ; comme un nageur qui baisse la tête sous la vague, pour la mieux couper, elle s'avançait de plus en plus dans les sujets de dégoût. Mais le flot la roulait, après celui-ci, un autre, et un infini autour, et l'amertume à la bouche » (Pommier-Leleu, p. 298).

101. Pommier-Leleu, p. 298. Dans un brouillon, Flaubert avait écrit : « Il en sortait une eau sale où se noyait sa vie. »

102. Le deuil de Charles après la mort d'Emma est aussi évoqué par des comparaisons du même type : « Après un désespoir il en venait un autre, et toujours, intarissablement, comme les flots d'une marée qui déborde (408). » Tout comme son attendrissement devant sa petite fille Berthe : « une délectation infinie l'envahissait, plaisir tout mêlé d'amertume comme ces vins mal faits qui sentent la résine (418) ».

103. Pommier-Leleu, p. 383. Doit-on s'étonner que l'âme ait aussi une odeur, comme dans ce passage d'une version antérieure : « Puis elle répandait autour d'elle une odeur sainte et froide par ses vertus » (*Ébauches et Fragments inédits*, t. I, p. 423).

104. C'est nous qui soulignons.

105. J.-P. Richard, *Littérature et Sensation*, Paris, éditions du Seuil, 1954, p. 122.

106. *Ibid.*, p. 167.

107. P. Danger, art. cit., p. 212.

NOTE SUR LA PRÉSENTE ÉDITION

L'établissement du texte de *Madame Bovary* pose un problème particulier. La tradition voudrait que l'on prît pour référence la dernière édition publiée du vivant de Flaubert, soit l'édition Lemerre (1874), cinquième réimpression autorisée par le romancier. Il se trouve cependant que cette édition représente, dans l'histoire du texte, un cas assez curieux. Au lieu, en effet, de tenir compte des corrections apportées par les éditions successives (1862, 1869, 1873) qui furent l'objet des soins minutieux de Flaubert, le texte de 1874 semble méconnaître cette tradition et revenir brutalement en arrière sur bien des points ; aussi doit-on admettre que Flaubert accorda à Lemerre l'autorisation d'imprimer un texte que, pour des raisons restées obscures, il ne put revoir. Il est donc plus sage de reprendre le texte de l'édition Charpentier (1873) à laquelle le romancier accorda tous les soins d'une patiente minutie au point qu'elle put être qualifiée d' « édition définitive ».

Nous nous sommes fixé pour règle de reproduire le texte de cette édition, sous réserve d'en corriger certaines erreurs manifestes. Il nous a paru intéressant aussi de porter à la connaissance du lecteur les leçons du manuscrit autographe dans son dernier état, chaque fois du moins que ce rappel pouvait mettre en lumière les tendances de l'écriture flaubertienne, ses goûts, ses choix et ses sacrifices.

MADAME BOVARY

A

MARIE-ANTOINE-JULES SENARD

MEMBRE DU BARREAU DE PARIS
EX-PRÉSIDENT DE L'ASSEMBLÉE NATIONALE
ET ANCIEN MINISTRE DE L'INTÉRIEUR

Cher et illustre ami,

Permettez-moi d'inscrire votre nom en tête de ce livre et au-dessus même de sa dédicace ; car c'est à vous, surtout, que j'en dois la publication. En passant par votre magnifique plaidoirie, mon œuvre a acquis pour moi-même comme une autorité imprévue. Acceptez donc ici l'hommage de ma gratitude, qui, si grande qu'elle puisse être, ne sera jamais à la hauteur de votre éloquence et de votre dévouement.

GUSTAVE FLAUBERT

Paris, 12 avril 1857

A

LOUIS BOUILHET

PREMIÈRE PARTIE

I

Nous étions à l'étude, quand le Proviseur entra, suivi d'un *nouveau* habillé en bourgeois et d'un garçon de classe qui portait un grand pupitre. Ceux qui dormaient se réveillèrent, et chacun se leva comme surpris dans son travail.

Le Proviseur nous fit signe de nous rasseoir ; puis, se tournant vers le maître d'études :

— Monsieur Roger, lui dit-il à demi-voix, voici un élève que je vous recommande, il entre en cinquième. Si son travail et sa conduite sont méritoires, il passera *dans les grands*, où l'appelle son âge.

Resté dans l'angle, derrière la porte, si bien qu'on l'apercevait à peine, le *nouveau* était un gars de la campagne, d'une quinzaine d'années environ, et plus haut de taille qu'aucun de nous tous. Il avait les cheveux coupés droit sur le front, comme un chantre de village, l'air raisonnable et fort embarrassé. Quoiqu'il ne fût pas large des épaules, son habit-veste de drap vert à boutons noirs devait le gêner aux entournures et laissait voir, par la fente des parements, des poignets rouges habitués à être nus. Ses jambes, en bas bleus, sortaient d'un pantalon jaunâtre très tiré par les bretelles. Il était chaussé de souliers forts, mal cirés, garnis de clous.

On commença la récitation des leçons. Il les écouta,

de toutes ses oreilles, attentif comme au sermon,
n'osant même croiser les cuisses, ni s'appuyer sur le
coude, et, à deux heures, quand la cloche sonna, le
maître d'études fut obligé de l'avertir, pour qu'il se mît
avec nous dans les rangs.

Nous avions l'habitude, en entrant en classe, de jeter
nos casquettes par terre, afin d'avoir ensuite nos mains
plus libres ; il fallait, dès le seuil de la porte, les lancer
sous le banc, de façon à frapper contre la muraille, en
faisant beaucoup de poussière ; c'était là le *genre*.

Mais, soit qu'il n'eût pas remarqué cette manœuvre
ou qu'il n'eût osé s'y soumettre, la prière était finie que
le *nouveau* tenait encore sa casquette sur ses deux
genoux. C'était une de ces coiffures d'ordre composite,
où l'on retrouve les éléments du bonnet à poil, du
chapska, du chapeau rond, de la casquette de loutre et
du bonnet de coton, une de ces pauvres choses, enfin,
dont la laideur muette a des profondeurs d'expression
comme le visage d'un imbécile. Ovoïde et renflée de
baleines, elle commençait par trois boudins circu-
laires ; puis, s'alternaient, séparés par une bande
rouge, des losanges de velours et de poil de lapin ;
venait ensuite une façon de sac qui se terminait par un
polygone cartonné, couvert d'une broderie en soutache
compliquée, et d'où pendait, au bout d'un long cordon
trop mince, un petit croisillon de fils d'or, en manière
de gland. Elle était neuve ; la visière brillait.

— Levez-vous, dit le professeur.

Il se leva : sa casquette tomba. Toute la classe se mit
à rire.

Il se baissa pour la reprendre. Un voisin la fit tomber
d'un coup de coude ; il la ramassa encore une fois.

— Débarrassez-vous donc de votre casque, dit le
professeur, qui était un homme d'esprit.

Il y eut un rire éclatant des écoliers qui décontenança
le pauvre garçon, si bien qu'il ne savait s'il fallait
garder sa casquette à la main, la laisser par terre ou la
mettre sur sa tête. Il se rassit et la posa sur ses genoux.

— Levez-vous, reprit le professeur, et dites-moi
votre nom.

Le *nouveau* articula, d'une voix bredouillante, un nom inintelligible.

— Répétez !

Le même bredouillement de syllabes se fit entendre, couvert par les huées de la classe.

— Plus haut ! cria le maître, plus haut !

Le *nouveau*, prenant alors une résolution extrême, ouvrit une bouche démesurée et lança à pleins poumons, comme pour appeler quelqu'un, ce mot : *Charbovari*.

Ce fut un vacarme qui s'élança d'un bond, monta en *crescendo*, avec des éclats de voix aigus (on hurlait, on aboyait, on trépignait, on répétait : *Charbovari ! Charbovari !*), puis qui roula en notes isolées, se calmant à grand-peine, et parfois qui reprenait tout à coup sur la ligne d'un banc où saillissait encore çà et là, comme un pétard mal éteint, quelque rire étouffé.

Cependant, sous la pluie des pensums, l'ordre peu à peu se rétablit dans la classe, et le professeur, parvenu à saisir le nom de Charles Bovary, se l'étant fait dicter, épeler et relire, commanda tout de suite au pauvre diable d'aller s'asseoir sur le banc de paresse, au pied de la chaire. Il se mit en mouvement, mais, avant de partir, hésita.

— Que cherchez-vous ? demanda le professeur.

— Ma cas..., fit timidement le *nouveau*, promenant autour de lui des regards inquiets.

— Cinq cents vers à toute la classe ! exclamé d'une voix furieuse, arrêta, comme le *Quos ego*[1], une bourrasque nouvelle. — Restez donc tranquilles ! continuait le professeur indigné, et, s'essuyant le front avec son mouchoir qu'il venait de prendre dans sa toque : Quant à vous, le *nouveau*, vous me copierez vingt fois le verbe *ridiculus sum*.

Puis, d'une voix plus douce :

— Eh ! vous la retrouverez, votre casquette ; on ne vous l'a pas volée !

Tout reprit son calme. Les têtes se courbèrent sur les cartons, et le *nouveau* resta pendant deux heures dans une tenue exemplaire, quoiqu'il y eût bien, de temps à autre, quelque boulette de papier lancée d'un bec de plume qui vînt s'éclabousser sur sa figure. Mais il s'essuyait avec la main, et demeurait immobile, les yeux baissés.

Le soir, à l'étude, il tira ses bouts de manches de son pupitre, mit en ordre ses petites affaires, régla soigneusement son papier. Nous le vîmes qui travaillait en conscience, cherchant tous les mots dans le dictionnaire et se donnant beaucoup de mal. Grâce, sans doute, à cette bonne volonté dont il fit preuve, il dut de ne pas descendre dans la classe inférieure ; car, s'il savait passablement ses règles, il n'avait guère d'élégance dans les tournures. C'était le curé de son village qui lui avait commencé le latin, ses parents, par économie, ne l'ayant envoyé au collège que le plus tard possible.

Son père, M. Charles-Denis-Bartholomé Bovary, ancien aide-chirurgien-major, compromis, vers 1812, dans des affaires de conscription, et forcé vers cette époque de quitter le service, avait alors profité de ses avantages personnels pour saisir au passage une dot de soixante mille francs qui s'offrait en la fille d'un marchand bonnetier, devenue amoureuse de sa tournure. Bel homme, hâbleur, faisant sonner haut ses éperons, portant des favoris rejoints aux moustaches, les doigts toujours garnis de bagues et habillé de couleurs voyantes, il avait l'aspect d'un brave, avec l'entrain facile d'un commis voyageur. Une fois marié, il vécut deux ou trois ans sur la fortune de sa femme, dînant bien, se levant tard, fumant dans de grandes pipes en porcelaine, ne rentrant le soir qu'après le spectacle et fréquentant les cafés. Le beau-père mourut et laissa peu de chose ; il en fut indigné, se lança *dans la fabrique*, y perdit quelque argent, puis se retira dans la campagne, où il voulut *faire valoir*. Mais comme il ne s'entendait guère plus en culture qu'en indienne, qu'il montait ses chevaux au lieu de les envoyer au labour, buvait son cidre en bouteilles au lieu de le vendre, mangeait les plus belles volailles de sa cour et graissait ses souliers de chasse avec le lard de ses cochons, il ne tarda point à s'apercevoir qu'il valait mieux planter là toute spéculation.

Moyennant deux cents francs par an, il trouva donc à louer dans un village, sur les confins du pays de Caux et de la Picardie, une sorte de logis moitié ferme, moitié maison de maître ; et, chagrin, rongé de regrets, accusant le ciel, jaloux contre tout le monde, il s'enferma, dès l'âge de quarante-cinq ans, dégoûté des hommes, disait-il, et décidé à vivre en paix.

Sa femme avait été folle de lui autrefois ; elle l'avait aimé avec mille servilités qui l'avaient détaché d'elle encore davantage. Enjouée jadis, expansive et toute aimante, elle était, en vieillissant, devenue (à la façon de vin éventé qui se tourne en vinaigre) d'humeur difficile, piaillarde, nerveuse. Elle avait tant souffert, sans se plaindre, d'abord, quand elle le voyait courir après toutes les gotons de village et que vingt mauvais lieux le lui renvoyaient le soir, blasé et puant l'ivresse ! Puis l'orgueil s'était révolté. Alors elle s'était tue, avalant sa rage dans un stoïcisme muet, qu'elle garda jusqu'à sa mort. Elle était sans cesse en courses, en affaires. Elle allait chez les avoués, chez le président, se rappelait l'échéance des billets, obtenait des retards ; et, à la maison, repassait, cousait, blanchissait, surveillait les ouvriers, soldait leurs mémoires, tandis que, sans s'inquiéter de rien, Monsieur, continuellement engourdi dans une somnolence boudeuse dont il ne se réveillait que pour lui dire des choses désobligeantes, restait à fumer au coin du feu, en crachant dans les cendres.

Quand elle eut un enfant, il le fallut mettre en nourrice. Rentré chez eux, le marmot fut gâté comme un prince. La mère le nourrissait de confitures ; son père le laissait courir sans souliers, et, pour faire le philosophe, disait même qu'il pouvait bien aller tout nu, comme les enfants des bêtes. A l'encontre des tendances maternelles, il avait en tête un certain idéal viril de l'enfance, d'après lequel il tâchait de former son fils, voulant qu'on l'élevât durement, à la spartiate, pour lui faire une bonne constitution. Il l'envoyait se

coucher sans feu, lui apprenait à boire de grands coups
de rhum et à insulter les processions. Mais, naturellement paisible, le petit répondait mal à ses efforts. Sa
mère le traînait toujours après elle ; elle lui découpait
des cartons, lui racontait des histoires, s'entretenait
avec lui dans des monologues sans fin, pleins de gaietés
mélancoliques et de chatteries babillardes. Dans l'isolement de sa vie, elle reporta sur cette tête d'enfant
toutes ses vanités éparses, brisées. Elle rêvait de hautes
positions, elle le voyait déjà grand, beau, spirituel,
établi dans les ponts et chaussées ou dans la magistra-
ture. Elle lui apprit à lire, et même lui enseigna, sur un
vieux piano qu'elle avait, à chanter deux ou trois
petites romances. Mais, à tout cela, M. Bovary, peu
soucieux des lettres, disait que ce *n'était pas la peine !*
Auraient-ils jamais de quoi l'entretenir dans les écoles
du gouvernement, lui acheter une charge ou un fonds
de commerce ? D'ailleurs, *avec du toupet, un homme
réussit toujours dans le monde.* Madame Bovary se
mordait les lèvres et l'enfant vagabondait dans le
village.

Il suivait les laboureurs, et chassait, à coups de
motte de terre, les corbeaux qui s'envolaient. Il
mangeait des mûres le long des fossés, gardait les
dindons avec une gaule, fanait à la moisson, courait
dans le bois, jouait à la marelle sous le porche de
l'église, les jours de pluie, et, aux grandes fêtes,
suppliait le bedeau de lui laisser sonner les cloches,
pour se pendre de tout son corps à la grande corde et se
sentir emporter par elle dans sa volée.

Aussi poussa-t-il comme un chêne. Il acquit de
fortes mains, de belles couleurs.

A douze ans, sa mère obtint que l'on commençât ses
études. On en chargea le curé. Mais les leçons étaient si
courtes et si mal suivies, qu'elles ne pouvaient servir à
grand-chose. C'était aux moments perdus qu'elles se
donnaient, dans la sacristie, debout, à la hâte, entre un
baptême et un enterrement ; ou bien le curé envoyait
chercher son élève après l'*Angelus*, quand il n'avait pas
à sortir. On montait dans sa chambre, on s'installait :

les moucherons et les papillons de nuit tournoyaient autour de la chandelle. Il faisait chaud, l'enfant s'endormait ; et le bonhomme, s'assoupissant les mains sur son ventre, ne tardait pas à ronfler, la bouche ouverte. D'autres fois, quand M. le curé, revenant de porter le viatique à quelque malade des environs, apercevait Charles qui polissonnait dans la campagne, il l'appelait, le sermonnait un quart d'heure et profitait de l'occasion pour lui faire conjuguer son verbe au pied d'un arbre. La pluie venait les interrompre, ou une connaissance qui passait. Du reste, il était toujours content de lui, disait même que le *jeune homme* avait beaucoup de mémoire.

Charles ne pouvait en rester là. Madame fut énergique. Honteux, ou fatigué plutôt, Monsieur céda sans résistance, et l'on attendit encore un an que le gamin eût fait sa première communion.

Six mois se passèrent encore ; et, l'année d'après, Charles fut définitivement envoyé au collège de Rouen, où son père l'amena lui-même, vers la fin d'octobre, à l'époque de la foire Saint-Romain.

Il serait maintenant impossible à aucun de nous de se rien rappeler de lui. C'était un garçon de tempérament modéré, qui jouait aux récréations, travaillait à l'étude, écoutant en classe, dormant bien au dortoir, mangeant bien au réfectoire [2]. Il avait pour correspondant un quincaillier en gros de la rue Ganterie, qui le faisait sortir une fois par mois, le dimanche, après que sa boutique était fermée, l'envoyait se promener sur le port à regarder les bateaux, puis le ramenait au collège dès sept heures, avant le souper. Le soir de chaque jeudi, il écrivait une longue lettre à sa mère, avec de l'encre rouge et trois pains à cacheter ; puis il repassait ses cahiers d'histoire, ou bien lisait un vieux volume d'*Anacharsis* qui traînait dans l'étude. En promenade, il causait avec le domestique, qui était de la campagne comme lui.

A force de s'appliquer, il se maintint toujours vers le milieu de la classe ; une fois même, il gagna un premier accessit d'histoire naturelle. Mais, à la fin de sa troisième, ses parents le retirèrent du collège pour lui faire étudier la médecine, persuadés qu'il pourrait se pousser seul jusqu'au baccalauréat.

Sa mère lui choisit une chambre, au quatrième, sur l'Eau-de-Robec[3], chez un teinturier de sa connaissance. Elle conclut les arrangements pour sa pension, se procura des meubles, une table et deux chaises, fit venir de chez elle un vieux lit en merisier, et acheta de plus un petit poêle en fonte, avec la provision de bois qui devait chauffer son pauvre enfant. Puis elle partit au bout de la semaine après mille recommandations de se bien conduire, maintenant qu'il allait être abandonné à lui-même.

Le programme des cours, qu'il lut sur l'affiche, lui fit un effet d'étourdissement ; cours d'anatomie, cours de pathologie, cours de physiologie, cours de pharmacie, cours de chimie, et de botanique, et de clinique, et de thérapeutique, sans compter l'hygiène ni la matière médicale, tous noms dont il ignorait les étymologies et qui étaient comme autant de portes de sanctuaires pleins d'augustes ténèbres.

Il n'y comprit rien ; il avait beau écouter, il ne saisissait pas. Il travaillait pourtant, il avait des cahiers reliés. Il suivait tous les cours, il ne perdait pas une seule visite. Il accomplissait sa petite tâche quotidienne à la manière du cheval de manège, qui tourne en place les yeux bandés, ignorant de la besogne qu'il broie.

Pour lui épargner de la dépense, sa mère lui envoyait chaque semaine, par le messager, un morceau de veau cuit au four, avec quoi il déjeunait le matin, quand il était rentré de l'hôpital, tout en battant la semelle contre le mur. Ensuite il fallait courir aux leçons, à l'amphithéâtre, à l'hospice, et revenir chez lui, à travers toutes les rues. Le soir, après le maigre dîner de son propriétaire, il remontait à sa chambre et se remettait au travail, dans ses habits mouillés qui fumaient sur son corps devant le poêle rougi.

Dans les beaux soirs d'été, à l'heure où les rues tièdes sont vides, quand les servantes jouent au volant sur le seuil des portes, il ouvrait sa fenêtre et s'accoudait. La rivière, qui fait de ce quartier de Rouen comme une ignoble petite Venise, coulait en bas, sous lui, jaune, violette ou bleue entre ses ponts et ses grilles. Des ouvriers, accroupis au bord, lavaient leurs bras dans l'eau. Sur des perches partant du haut des greniers, des écheveaux de coton séchaient à l'air. En face, au-delà des toits, le grand ciel pur s'étendait, avec le soleil rouge se couchant. Qu'il devait faire bon là-bas ! Quelle fraîcheur sous la hêtrée ? Et il ouvrait les narines pour aspirer les bonnes odeurs de la campagne, qui ne venaient pas jusqu'à lui.

Il maigrit, sa taille s'allongea, et sa figure prit une sorte d'expression dolente qui la rendit presque intéressante.

Naturellement, par nonchalance, il en vint à se délier de toutes les résolutions qu'il s'était faites. Une fois, il manqua la visite, le lendemain son cours, et, savourant la paresse, peu à peu, n'y retourna plus.

Il prit l'habitude du cabaret, avec la passion des dominos. S'enfermer chaque soir dans un sale appartement public, pour y taper sur des tables de marbre de petits os de mouton marqués de points noirs lui semblait un acte précieux de sa liberté, qui le rehaussait d'estime vis-à-vis de lui-même. C'était comme l'initiation au monde, l'accès des plaisirs défendus ; et, en entrant, il posait la main sur le bouton de la porte avec une joie presque sensuelle. Alors, beaucoup de choses comprimées en lui se dilatèrent ; il apprit par cœur des couplets qu'il chantait aux bienvenues, s'enthousiasma pour Béranger, sut faire du punch et connut enfin l'amour.

Grâce à ces travaux préparatoires, il échoua complètement à son examen d'officier de santé [4]. On l'attendait le soir même à la maison pour fêter son succès !

Il partit à pied et s'arrêta vers l'entrée du village, où il fit demander sa mère, lui conta tout. Elle l'excusa, rejetant l'échec sur l'injustice des examinateurs, et le raffermit un peu, se chargeant d'arranger les choses.

Cinq ans plus tard seulement, M. Bovary connut la vérité ; elle était vieille, il l'accepta, ne pouvant d'ailleurs supposer qu'un homme issu de lui fût un sot.

Charles se remit donc au travail et prépara sans discontinuer les matières de son examen, dont il apprit d'avance toutes les questions par cœur. Il fut reçu avec une assez bonne note. Quel beau jour pour sa mère ! On donna un grand dîner.

Où irait-il exercer son art ? A Tostes. Il n'y avait là qu'un vieux médecin. Depuis longtemps, Madame Bovary guettait sa mort, et le bonhomme n'avait point encore plié bagage, que Charles était installé en face comme son successeur.

Mais ce n'était pas tout que d'avoir élevé son fils, de lui avoir fait apprendre la médecine et découvert Tostes pour l'exercer : il lui fallait une femme. Elle lui en trouva une : la veuve d'un huissier de Dieppe, qui avait quarante-cinq ans et douze cents livres de rente.

Quoiqu'elle fût laide, sèche comme un cotret, et bourgeonnée comme un printemps, certes madame Dubuc ne manquait pas de partis à choisir. Pour arriver à ses fins, la mère Bovary fut obligée de les évincer tous, et elle déjoua même fort habilement les intrigues d'un charcutier qui était soutenu par les prêtres.

Charles avait entrevu par le mariage l'avènement d'une condition meilleure, imaginant qu'il serait plus libre et pourrait disposer de sa personne et de son argent. Mais sa femme fut le maître ; il devait devant le monde dire ceci, ne pas dire cela, faire maigre tous les vendredis, s'habiller comme elle l'entendait, harceler par son ordre les clients qui ne payaient pas. Elle décachetait ses lettres, épiait ses démarches, et l'écoutait, à travers la cloison, donner ses consultations dans son cabinet, quand il y avait des femmes.

Il lui fallait son chocolat tous les matins, des égards à n'en plus finir. Elle se plaignait sans cesse de ses nerfs, de sa poitrine, de ses humeurs. Le bruit des pas lui faisait mal ; on s'en allait ; la solitude lui devenait odieuse ; revenait-on près d'elle, c'était pour la voir mourir, sans doute. Le soir, quand Charles rentrait, elle sortait de dessous ses draps ses longs bras maigres, les lui passait autour du cou, et, l'ayant fait asseoir au bord du lit, se mettait à lui parler de ses chagrins : il l'oubliait, il en aimait une autre ! On lui avait bien dit qu'elle serait malheureuse ; et elle finissait en lui demandant quelque sirop pour sa santé et un peu plus d'amour.

II

Une nuit, vers onze heures, ils furent réveillés par le bruit d'un cheval qui s'arrêta juste à la porte. La bonne ouvrit la lucarne du grenier et parlementa quelque temps avec un homme resté en bas, dans la rue. Il venait chercher le médecin ; il avait une lettre. Nastasie descendit les marches en grelottant, et alla ouvrir la serrure et les verrous, l'un après l'autre. L'homme laissa son cheval et, suivant la bonne, entra tout à coup derrière elle. Il tira de dedans son bonnet de laine à houppes grises une lettre enveloppée dans un chiffon, et la présenta délicatement à Charles, qui s'accouda sur l'oreiller pour la lire. Nastasie, près du lit, tenait la lumière. Madame, par pudeur, restait tournée vers la ruelle et montrait le dos.

Cette lettre, cachetée d'un petit cachet de cire bleue, suppliait M. Bovary de se rendre immédiatement à la ferme des Bertaux, pour remettre une jambe cassée. Or, il y a, de Tostes aux Bertaux, six bonnes lieues de traverse, en passant par Longueville et Saint-Victor. La nuit était noire. Madame Bovary jeune redoutait les accidents pour son mari. Donc, il fut décidé que le valet d'écurie prendrait les devants. Charles partirait trois heures plus tard, au lever de la lune. On enverrait un gamin à sa rencontre, afin de lui montrer le chemin de la ferme et d'ouvrir les clôtures devant lui.

Vers quatre heures du matin, Charles, bien enveloppé dans son manteau, se mit en route pour les Bertaux. Encore endormi par la chaleur du sommeil, il se laissait bercer au trot pacifique de sa bête. Quand elle s'arrêtait d'elle-même devant ces trous entourés d'épine que l'on creuse au bord des sillons, Charles, se réveillant en sursaut, se rappelait vite la jambe cassée, et il tâchait de se remettre en mémoire toutes les fractures qu'il savait. La pluie ne tombait plus ; le jour commençait à venir, et, sur les branches des pommiers sans feuilles, des oiseaux se tenaient immobiles, hérissant leurs petites plumes au vent froid du matin. La plate campagne s'étalait à perte de vue, et les bouquets d'arbres autour des fermes faisaient, à intervalles éloignés, des taches d'un violet noir sur cette grande surface grise qui se perdait à l'horizon dans le ton morne du ciel. Charles, de temps à autre, ouvrait les yeux ; puis, son esprit se fatiguant et le sommeil revenant de soi-même, bientôt il entrait dans une sorte d'assoupissement où, ses sensations récentes se confondant avec des souvenirs, lui-même se percevait double, à la fois, étudiant et marié, couché dans son lit comme tout à l'heure, traversant une salle d'opérés comme autrefois. L'odeur chaude des cataplasmes se mêlait dans sa tête à la verte odeur de la rosée ; il entendait rouler sur leur tringle les anneaux de fer des lits et sa femme dormir... Comme il passait par Vassonville, il aperçut, au bord d'un fossé, un jeune garçon assis sur l'herbe.

— Etes-vous le médecin ? demanda l'enfant.

Et, sur la réponse de Charles, il prit ses sabots à ses mains et se mit à courir devant lui.

L'officier de santé, chemin faisant, comprit aux discours de son guide que M. Rouault devait être un cultivateur des plus aisés. Il s'était cassé la jambe, la veille au soir, en revenant de *faire les Rois* chez un voisin. La femme était morte depuis deux ans. Il n'avait avec lui que sa *demoiselle*, qui l'aidait à tenir la maison.

Les ornières devinrent plus profondes. On approchait des Bertaux. Le petit gars, se coulant alors par un trou de haie, disparut, puis il revint au bout d'une cour en ouvrir la barrière. Le cheval glissait sur l'herbe mouillée ; Charles se baissait pour passer sous les branches. Les chiens de garde à la niche aboyaient en tirant sur leur chaîne. Quand il entra dans les Bertaux son cheval eut peur et fit un grand écart.

C'était une ferme de bonne apparence. On voyait dans les écuries, par le dessus des portes ouvertes[5], de gros chevaux de labour qui mangeaient tranquillement dans des râteliers neufs. Le long des bâtiments s'étendait un large fumier, de la buée s'en élevait, et, parmi les poules et les dindons, picoraient dessus cinq ou six paons, luxe des basses-cours cauchoises. La bergerie était longue, la grange était haute, à murs lisses comme la main. Il y avait sous le hangar deux grandes charrettes et quatre charrues, avec leurs fouets, leurs colliers, leurs équipages complets, dont les toisons de laine bleue se salissaient à la poussière fine qui tombait des greniers. La cour allait en montant, plantée d'arbres symétriquement espacés, et le bruit gai d'un troupeau d'oies retentissait près de la mare.

Une jeune femme, en robe de mérinos bleu garnie de trois volants, vint sur le seuil de la maison pour recevoir M. Bovary, qu'elle fit entrer dans la cuisine, où flambait un grand feu. Le déjeuner des gens bouillonnait alentour, dans des petits pots de taille inégale. Des vêtements humides séchaient dans l'intérieur de la cheminée. La pelle, les pincettes et le bec du soufflet, tous de proportion colossale, brillaient comme de l'acier poli, tandis que le long des murs s'étendait une abondante batterie de cuisine, où miroitait inégalement la flamme claire du foyer, jointe aux premières lueurs du soleil arrivant par les carreaux.

Charles monta, au premier, voir le malade. Il le trouva dans son lit, suant sous ses couvertures et ayant rejeté bien loin son bonnet de coton. C'était un gros petit homme de cinquante ans, à la peau blanche, à l'œil bleu, chauve sur le devant de la tête, et qui portait des boucles d'oreilles. Il avait à ses côtés, sur une chaise, une grande carafe d'eau-de-vie, dont il se versait de temps à autre pour se donner du cœur au ventre ; mais, dès qu'il vit le médecin, son exaltation tomba, et, au lieu de sacrer comme il faisait depuis douze heures, il se prit à geindre faiblement.

La fracture était simple, sans complication d'aucune espèce. Charles n'eût osé en souhaiter de plus facile. Alors, se rappelant les allures de ses maîtres auprès du lit des blessés, il réconforta le patient avec toutes sortes de bons mots, caresses chirurgicales qui sont comme l'huile dont on graisse les bistouris. Afin d'avoir des attelles, on alla chercher, sous la charretterie, un paquet de lattes. Charles en choisit une, la coupa en morceaux et la polit avec un éclat de vitre, tandis que la servante déchirait des draps pour faire des bandes, et que mademoiselle Emma tâchait à coudre des coussinets. Comme elle fut longtemps avant de trouver son étui, son père s'impatienta; elle ne répondit rien; mais, tout en cousant, elle se piquait les doigts, qu'elle portait ensuite à sa bouche pour les sucer.

Charles fut surpris de la blancheur de ses ongles. Ils étaient brillants, fins du bout, plus nettoyés que les ivoires de Dieppe, et taillés en amande. Sa main pourtant n'était pas belle, point assez pâle, peut-être, et un peu sèche aux phalanges; elle était trop longue aussi et sans molles inflexions de lignes sur les contours. Ce qu'elle avait de beau, c'étaient les yeux : quoiqu'ils fussent bruns, ils semblaient noirs à cause des cils, et son regard arrivait franchement à vous avec une hardiesse candide.

Une fois le pansement fait, le médecin fut invité, par M. Rouault lui-même, à *prendre un morceau*, avant de partir.

Charles descendit dans la salle, au rez-de-chaussée. Deux couverts, avec des timbales d'argent, y étaient mis sur une petite table, au pied d'un grand lit à baldaquin revêtu d'une indienne à personnages représentant des Turcs. On sentait une odeur d'iris et de draps humides qui s'échappait de la haute armoire en bois de chêne faisant face à la fenêtre. Par terre, dans les angles, étaient rangés, debout, des sacs de blé. C'était le trop-plein du grenier proche, où l'on montait par trois marches de pierre. Il y avait, pour décorer l'appartement, accrochée à un clou, au milieu du mur dont la peinture verte s'écaillait sous le salpêtre, une tête de Minerve au crayon noir, encadrée de dorure, et qui portait au bas, écrit en lettres gothiques : « A mon cher papa ».

On parla d'abord du malade, puis du temps qu'il faisait, des grands froids, des loups qui couraient les champs la nuit. Mademoiselle Rouault ne s'amusait guère à la campagne, maintenant surtout qu'elle était chargée presque à elle seule des soins de la ferme. Comme la salle était fraîche, elle grelottait tout en mangeant, ce qui découvrait un peu ses lèvres charnues, qu'elle avait coutume de mordillonner à ses moments de silence.

Son cou sortait d'un col blanc, rabattu. Ses cheveux, dont les deux bandeaux noirs semblaient chacun d'un seul morceau, tant ils étaient lisses, étaient séparés sur le milieu de la tête par une raie fine, qui s'enfonçait légèrement selon la courbe du crâne ; et, laissant voir à peine le bout de l'oreille, ils allaient se confondre par derrière en un chignon abondant, avec un mouvement ondé vers les tempes, que le médecin de campagne remarqua là pour la première fois de sa vie. Ses pommettes étaient roses. Elle portait, comme un homme, passé entre deux boutons de son corsage, un lorgnon d'écaille.

Quand Charles, après être monté dire adieu au père Rouault, rentra dans la salle avant de partir, il la trouva debout, le front contre la fenêtre, et qui regardait dans le jardin, où les échalas des haricots avaient été renversés par le vent. Elle se retourna.

— Cherchez-vous quelque chose ? demanda-t-elle.

— Ma cravache, s'il vous plaît, répondit-il.

Et il se mit à fureter sur le lit, derrière les portes, sous les chaises ; elle était tombée à terre, entre les sacs et la muraille. Mademoiselle Emma l'aperçut ; elle se pencha sur les sacs de blé. Charles, par galanterie, se précipita, et, comme il allongeait aussi son bras dans le même mouvement, il sentit sa poitrine effleurer le dos de la jeune fille, courbée sous lui. Elle se redressa toute rouge et le regarda par-dessus l'épaule, en lui tendant son nerf de bœuf.

Au lieu de revenir aux Bertaux trois jours après, comme il l'avait promis, c'est le lendemain même qu'il y retourna, puis deux fois la semaine régulièrement, sans compter les visites inattendues qu'il faisait de temps à autre, comme par mégarde.

Tout, du reste, alla bien ; la guérison s'établit selon les règles, et, quand, au bout de quarante-six jours, on vit le père Rouault qui s'essayait à marcher seul dans sa *masure* [6], on commença à considérer M. Bovary comme un homme de grande capacité. Le père Rouault disait qu'il n'aurait pas mieux été guéri par les premiers médecins d'Yvetot ou même de Rouen.

Quant à Charles, il ne chercha point à se demander pourquoi il venait aux Bertaux avec plaisir. Y eût-il songé qu'il aurait sans doute attribué son zèle à la gravité du cas, ou peut-être au profit qu'il en espérait. Etait-ce pour cela, cependant, que ses visites à la ferme faisaient, parmi les pauvres occupations de sa vie, une exception charmante ? Ces jours-là il se levait de bonne heure, partait au galop, poussait sa bête, puis il descendait pour s'essuyer les pieds sur l'herbe, et passait ses gants noirs avant d'entrer. Il aimait à se voir arriver dans la cour, à sentir contre son épaule la barrière qui tournait, et le coq qui chantait sur le mur, les garçons qui venaient à sa rencontre. Il aimait la grange et les écuries ; il aimait le père Rouault, qui lui tapait dans la main en l'appelant son sauveur ; il aimait les petits sabots de mademoiselle Emma sur les dalles lavées de la cuisine ; ses talons hauts la grandissaient un peu, et, quand elle marchait devant lui, les semelles de bois, se relevant vite, claquaient avec un bruit sec contre le cuir de la bottine.

Elle le reconduisait toujours jusqu'à la première marche du perron. Lorsqu'on n'avait pas encore amené son cheval, elle restait là. On s'était dit adieu, on ne parlait plus ; le grand air l'entourait, levant pêle-mêle les petits cheveux follets de sa nuque, ou secouant sur sa hanche les cordons de son tablier, qui se tortillaient comme des banderoles. Une fois, par un temps de dégel, l'écorce des arbres suintait dans la cour, la neige sur les couvertures des bâtiments se fondait. Elle était sur le seuil ; elle alla chercher son ombrelle, elle l'ouvrit. L'ombrelle, de soie gorge-de-pigeon, que traversait le soleil, éclairait de reflets mobiles la peau blanche de sa figure. Elle souriait là-dessous à la chaleur tiède ; et on entendait les gouttes d'eau, une à une, tomber sur la moire tendue.

Dans les premiers temps[7] que Charles fréquentait les Bertaux, madame Bovary jeune ne manquait pas de s'informer du malade, et même, sur le livre qu'elle tenait en partie double, elle avait choisi pour M. Rouault une belle page blanche. Mais quand elle sut qu'il avait une fille, elle alla aux informations ; et elle apprit que mademoiselle Rouault, élevée au couvent, chez les Ursulines, avait reçu, comme on dit, *une belle éducation*, qu'elle savait, en conséquence, la danse, la géographie, le dessin, faire de la tapisserie et toucher du piano. Ce fut le comble !

— C'est donc pour cela, se disait-elle, qu'il a la figure si épanouie quand il va la voir, et qu'il met son gilet neuf, au risque de l'abîmer à la pluie ? Ah ! cette femme ! cette femme !...

Et elle la détesta, d'instinct. D'abord, elle se soulagea par des allusions. Charles ne les comprit pas ; ensuite, par des réflexions incidentes qu'il laissait passer de peur de l'orage ; enfin, par des apostrophes à brûle-pourpoint auxquelles il ne savait que répondre.

— D'où vient qu'il retournait aux Bertaux, puisque M. Rouault était guéri et que ces gens-là n'avaient pas encore payé ? Ah ! c'est qu'il y avait là-bas *une personne*, quelqu'un qui savait causer, une brodeuse, un bel esprit. C'était là ce qu'il aimait : il lui fallait des demoiselles de ville ! Et elle reprenait :

— La fille au père Rouault, une demoiselle de ville ! Allons donc ! leur grand-père était berger, et ils ont un cousin qui a failli passer par les assises pour un mauvais coup, dans une dispute. Ce n'est pas la peine de faire tant de fla-fla, ni de se montrer le dimanche à l'église avec une robe de soie, comme une comtesse. Pauvre bonhomme d'ailleurs, qui, sans les colzas de l'an passé, eût été bien embarrassé de payer ses arrérages !

Par lassitude, Charles cessa de retourner aux Bertaux. Héloïse lui avait fait jurer qu'il n'irait plus, la main sur son livre de messe, après beaucoup de sanglots et de baisers, dans une grande explosion d'amour. Il obéit donc ; mais la hardiesse de son désir protesta contre la servilité de sa conduite et, par une sorte d'hypocrisie naïve, il estima que cette défense de la voir était pour lui comme un droit de l'aimer. Et puis la veuve était maigre ; elle avait les dents longues ; elle portait en toute saison un petit châle noir dont la pointe lui descendait entre les omoplates ; sa taille dure était engainée dans des robes en façon de fourreau, trop courtes, qui découvraient ses chevilles avec les rubans de ses souliers larges s'entre-croisant sur des bas gris.

La mère de Charles venait les voir de temps à autre, mais, au bout de quelques jours, la bru semblait l'aiguiser à son fil ; et alors, comme deux couteaux, elles étaient à le scarifier par leurs réflexions et leurs observations. Il avait tort de tant manger ! Pourquoi toujours offrir la goutte au premier venu ? Quel entêtement que de ne pas vouloir porter de flanelle !

Il arriva qu'au commencement du printemps, un notaire d'Ingouville, détenteur de fonds à la veuve Dubuc, s'embarqua par une belle marée, emportant avec lui tout l'argent de son étude. Héloïse, il est vrai, possédait encore, outre une part de bateau évaluée six mille francs, sa maison de la rue Saint-François ; et cependant, de toute cette fortune que l'on avait fait sonner si haut, rien, si ce n'est un peu de mobilier et quelques nippes, n'avait paru dans le ménage. Il fallut tirer la chose au clair. La maison de Dieppe se trouva vermoulue d'hypothèques jusque dans ses pilotis ; ce qu'elle avait mis chez le notaire, Dieu seul le savait, et la part de barque n'excéda point mille écus. Elle avait donc menti, la bonne dame ! Dans son exaspération, M. Bovary père, brisant une chaise contre les pavés, accusa sa femme d'avoir fait le malheur de leur fils en l'attelant à une haridelle semblable, dont les harnais ne valaient pas la peau. Ils vinrent à Tostes. On s'expliqua. Il y eut des scènes. Héloïse, en pleurs, se jetant dans les bras de son mari, le conjura de la défendre de ses parents. Charles voulut parler pour elle. Ceux-ci se fâchèrent, et ils partirent.

Mais *le coup était porté*. Huit jours après, comme elle étendait du linge dans sa cour, elle fut prise d'un crachement de sang, et le lendemain, tandis que Charles avait le dos tourné pour fermer le rideau de la fenêtre, elle dit : « Ah ! mon Dieu ! » poussa un soupir et s'évanouit. Elle était morte ! Quel étonnement !

Quand tout fut fini au cimetière, Charles rentra chez lui. Il ne trouva personne en bas ; il monta au premier, dans la chambre, vit sa robe encore accrochée au pied de l'alcôve ; alors, s'appuyant contre le secrétaire, il resta jusqu'au soir perdu dans une rêverie douloureuse. Elle l'avait aimé, après tout.

III

Un matin, le père Rouault vint apporter à Charles le payement de sa jambe remise : soixante et quinze francs en pièces de quarante sous, et une dinde. Il avait appris son malheur, et l'en consola tant qu'il put.

— Je sais ce que c'est ! disait-il en lui frappant sur l'épaule ; j'ai été comme vous, moi aussi ! Quand j'ai eu perdu ma pauvre défunte, j'allais dans les champs pour être tout seul ; je tombais au pied d'un arbre, je pleurais, j'appelais le bon Dieu, je lui disais des sottises ; j'aurais voulu être comme les taupes que je voyais aux branches, qui avaient des vers leur grouillant dans le ventre, crevé, enfin. Et quand je pensais que d'autres, à ce moment-là, étaient avec leurs bonnes petites femmes à les tenir embrassées contre eux, je tapais de grands coups par terre avec mon bâton ; j'étais quasiment fou, que je ne mangeais plus ; l'idée d'aller seulement au café me dégoûtait, vous ne croiriez pas. Eh bien, tout doucement, un jour chassant l'autre, un printemps sur un hiver et un automne par-dessus un été, ça a coulé brin à brin, miette à miette ; ça s'en

est allé, c'est parti, c'est descendu, je veux dire, car il
vous reste toujours quelque chose au fond, comme qui
dirait... un poids, là, sur la poitrine ! Mais puisque
c'est notre sort à tous, on ne doit pas non plus se laisser
dépérir, et, parce que d'autres sont morts, vouloir
mourir... Il faut vous secouer, monsieur Bovary ; ça se
passera ! Venez nous voir ; ma fille pense à vous de
temps à autre, savez-vous bien, et elle dit comme ça
que vous l'oubliez. Voilà le printemps bientôt ; nous
vous ferons tirer un lapin dans la garenne, pour vous
dissiper un peu.

Charles suivit son conseil. Il retourna aux Bertaux. Il
retrouva tout comme la veille, comme il y avait cinq
mois, c'est-à-dire. Les poiriers déjà étaient en fleur, et
le bonhomme Rouault, debout maintenant, allait et
venait, ce qui rendait la ferme plus animée.

Croyant qu'il était de son devoir de prodiguer au
médecin le plus de politesses possible, à cause de sa
position douloureuse, il le pria de ne point se découvrir
la tête, lui parla à voix basse, comme s'il eût été
malade, et même fit semblant de se mettre en colère de
ce que l'on n'avait pas apprêté à son intention quelque
chose d'un peu plus léger que tout le reste, tels que des
petits pots de crème ou des poires cuites. Il conta des
histoires. Charles se surprit à rire ; mais le souvenir de
sa femme, lui revenant tout à coup, l'assombrit. On
apporta le café ; il n'y pensa plus.

Il y pensa moins, à mesure qu'il s'habituait à vivre
seul. L'agrément nouveau de l'indépendance lui rendit
bientôt la solitude plus supportable. Il pouvait changer
maintenant les heures de ses repas, rentrer ou sortir
sans donner de raisons, et, lorsqu'il était bien fatigué,
s'étendre de ses quatre membres, tout en large dans
son lit. Donc, il se choya, se dorlota et accepta les
consolations qu'on lui donnait. D'autre part, la mort
de sa femme ne l'avait pas mal servi dans son métier,
car on avait répété durant un mois : « Ce pauvre jeune
homme ! quel malheur ! » Son nom s'était répandu, sa
clientèle s'était accrue ; et puis il allait aux Bertaux tout
à son aise. Il avait un espoir sans but, un bonheur

vague ; il se trouvait la figure plus agréable en brossant ses favoris devant son miroir.

Il arriva un jour vers trois heures ; tout le monde était aux champs ; il entra dans la cuisine, mais n'aperçut point d'abord Emma ; les auvents étaient fermés. Par les fentes du bois, le soleil allongeait sur les pavés de grandes raies minces, qui se brisaient à l'angle des meubles et tremblaient au plafond. Des mouches, sur la table, montaient le long des verres qui avaient servi, et bourdonnaient en se noyant au fond, dans le cidre resté. Le jour qui descendait par la cheminée, veloutant la suie de la plaque, bleuissait un peu les cendres froides. Entre la fenêtre et le foyer, Emma cousait ; elle n'avait point de fichu, on voyait sur ses épaules nues de petites gouttes de sueur.

Selon la mode de la campagne, elle lui proposa de boire quelque chose. Il refusa, elle insista, et enfin lui offrit, en riant, de prendre un verre de liqueur avec elle. Elle alla donc chercher dans l'armoire une bouteille de curaçao, atteignit deux petits verres, emplit l'un jusqu'au bord, versa à peine dans l'autre et, après avoir trinqué, le porta à sa bouche. Comme il était presque vide, elle se renversait pour boire : et, la tête en arrière, les lèvres avancées, le cou tendu, elle riait de ne rien sentir, tandis que le bout de sa langue, passant entre ses dents fines, léchait à petits coups le fond du verre.

Elle se rassit et elle reprit son ouvrage, qui était un bas de coton blanc où elle faisait des reprises : elle travaillait le front baissé ; elle ne parlait pas. Charles non plus. L'air, passant par le dessous de la porte, poussait un peu de poussière sur les dalles ; il la regardait se traîner, et il entendait seulement le battement intérieur de sa tête, avec le cri d'une poule, au loin, qui pondait dans les cours. Emma, de temps à autre, se rafraîchissait les joues en y appliquant la paume de ses mains, qu'elle refroidissait après cela sur la pomme de fer des grands chenets.

Elle se plaignait d'éprouver, depuis le commencement de la saison, des étourdissements ; elle demanda

si les bains de mer lui seraient utiles ; elle se mit à
causer du couvent, Charles de son collège, les phrases
leur vinrent. Ils montèrent dans sa chambre. Elle lui fit
voir ses anciens cahiers de musique, les petits livres
qu'on lui avait donnés en prix et les couronnes en
feuilles de chêne, abandonnées dans un bas d'armoire.
Elle lui parla encore de sa mère, du cimetière, et même
lui montra dans le jardin la plate-bande dont elle
cueillait les fleurs, tous les premiers vendredis de
chaque mois, pour les aller mettre sur sa tombe. Mais
le jardinier qu'ils avaient n'y entendait rien ; on était si
mal servi ! Elle eût bien voulu, ne fût-ce au moins que
pendant l'hiver, habiter la ville, quoique la longueur
des beaux jours rendît peut-être la campagne plus
ennuyeuse encore durant l'été ; — et, selon ce qu'elle
disait, sa voix était claire, aiguë, ou, se couvrant de
langueur tout à coup, traînait des modulations qui
finissaient presque en murmures, quand elle se parlait
à elle-même, — tantôt joyeuse, ouvrant des yeux naïfs,
puis les paupières à demi closes, le regard noyé
d'ennui, la pensée vagabondant.

Le soir, en s'en retournant, Charles reprit une à une
les phrases qu'elle avait dites, tâchant de se les
rappeler, d'en compléter le sens, afin de se faire la
portion d'existence qu'elle avait vécu dans le temps
qu'il ne la connaissait pas encore. Mais jamais il ne put
la voir en sa pensée, différemment qu'il ne l'avait vue
la première fois, ou telle qu'il venait de la quitter tout à
l'heure. Puis il se demanda ce qu'elle deviendrait, si
elle se marierait, et à qui ? Hélas ! le père Rouault était
bien riche, et elle !... si belle ! Mais la figure d'Emma
revenait toujours se placer devant ses yeux, et quelque
chose de monotone comme le ronflement d'une toupie
bourdonnait à ses oreilles : « Si tu te mariais, pourtant ! si tu te mariais ! » La nuit, il ne dormit pas, sa
gorge était serrée, il avait soif ; il se leva pour aller boire
à son pot à l'eau et il ouvrit la fenêtre ; le ciel était
couvert d'étoiles, un vent chaud passait ; au loin
des chiens aboyaient. Il tourna la tête du côté des
Bertaux.

Pensant qu'après tout l'on ne risquait rien, Charles se promit de faire la demande quand l'occasion s'en offrirait ; mais, chaque fois qu'elle s'offrit, la peur de ne point trouver les mots convenables lui collait les lèvres.

Le père Rouault n'eût pas été fâché qu'on le débarrassât de sa fille, qui ne lui servait guère dans sa maison. Il l'excusait intérieurement, trouvant qu'elle avait trop d'esprit pour la culture, métier maudit du ciel, puisqu'on n'y voyait jamais de millionnaire. Loin d'y avoir fait fortune, le bonhomme y perdait tous les ans : car, s'il excellait dans les marchés, où il se plaisait aux ruses du métier, en revanche la culture proprement dite, avec le gouvernement intérieur de la ferme, lui convenait moins qu'à personne. Il ne retirait pas volontiers ses mains de dedans ses poches, et n'épargnait point la dépense pour tout ce qui regardait sa vie, voulant être bien nourri, bien chauffé, bien couché. Il aimait le gros cidre, les gigots saignants, les *glorias*[8] longuement battus. Il prenait ses repas dans la cuisine, seul, en face du feu, sur une petite table qu'on lui apportait toute servie comme au théâtre.

Lorsqu'il s'aperçut donc que Charles avait les pommettes rouges près de sa fille, ce qui signifiait qu'un de ces jours on la lui demanderait en mariage, il rumina d'avance toute l'affaire. Il le trouvait bien un peu gringalet, et ce n'était pas là un gendre comme il l'eût souhaité ; mais on le disait de bonne conduite, économe, fort instruit, et sans doute qu'il ne chicanerait pas trop sur la dot. Or, comme le père Rouault allait être forcé de vendre vingt-deux acres de *son bien*, qu'il devait beaucoup au maçon, beaucoup au bourrelier, que l'arbre du pressoir était à remettre :

— S'il me la demande, se dit-il, je la lui donne.

A l'époque de la Saint-Michel, Charles était venu passer trois jours aux Bertaux. La dernière journée s'était écoulée comme les précédentes, à reculer de quart d'heure en quart d'heure. Le père Rouault lui fit la conduite ; ils marchaient dans un chemin creux, ils s'allaient quitter ; c'était le moment. Charles se donna

jusqu'au coin de la haie, et enfin, quand on l'eut
dépassée :

— Maître Rouault, murmura-t-il, je voudrais bien
vous dire quelque chose.

Ils s'arrêtèrent. Charles se taisait.

— Mais contez-moi votre histoire ! Est-ce que je ne
sais pas tout ! dit le père Rouault, en riant doucement.

— Père Rouault..., père Rouault, balbutia Charles.

— Moi, je ne demande pas mieux, continua le
fermier. Quoique sans doute la petite soit de mon idée,
il faut pourtant lui demander son avis. Allez-vous-en
donc ; je m'en vais retourner chez nous. Si c'est oui,
entendez-moi bien, vous n'aurez pas besoin de revenir,
à cause du monde, et, d'ailleurs, ça la saisirait trop.
Mais pour que vous ne vous mangiez pas le sang, je
pousserai tout grand l'auvent de la fenêtre contre le
mur : vous pourrez le voir par-derrière, en vous
penchant sur la haie.

Et il s'éloigna.

Charles attacha son cheval à un arbre. Il courut se
mettre dans le sentier ; il attendit. Une demi-heure se
passa, puis il compta dix-neuf minutes à sa montre.
Tout à coup un bruit se fit contre le mur ; l'auvent
s'était rabattu, la cliquette tremblait encore.

Le lendemain, dès neuf heures, il était à la ferme.
Emma rougit quand il entra, tout en s'efforçant de rire
un peu, par contenance. Le père Rouault embrassa son
futur gendre. On remit à causer des arrangements
d'intérêt ; on avait, d'ailleurs, du temps devant soi,
puisque le mariage ne pouvait décemment avoir lieu
avant la fin du deuil de Charles, c'est-à-dire vers le
printemps de l'année prochaine.

L'hiver se passa dans cette attente. Mademoiselle
Rouault s'occupa de son trousseau. Une partie en fut
commandée à Rouen, et elle se confectionna des
chemises et des bonnets de nuit, d'après des dessins de
modes qu'elle emprunta. Dans les visites que Charles
faisait à la ferme, on causait des préparatifs de la noce,
on se demandait dans quel appartement se donnerait le

dîner ; on rêvait à la quantité de plats qu'il faudrait et quelles seraient les entrées.

Emma eût, au contraire, désiré se marier à minuit, aux flambeaux ; mais le père Rouault ne comprit rien à cette idée. Il y eut donc une noce, où vinrent quarante-trois personnes, où l'on resta seize heures à table, qui recommença le lendemain et quelque peu les jours suivants.

IV

Les conviés arrivèrent de bonne heure dans des voitures, carrioles à un cheval, chars à bancs à deux roues, vieux cabriolets sans capote, tapissières à rideaux de cuir, et les jeunes gens des villages les plus voisins dans des charrettes où ils se tenaient debout, en rang, les mains appuyées sur les ridelles pour ne pas tomber, allant au trot et secoués dur. Il en vint de dix lieues loin, de Goderville, de Normanville et de Cany. On avait invité tous les parents des deux familles ; on s'était raccommodé avec les amis brouillés ; on avait écrit à des connaissances perdues de vue depuis longtemps.

De temps à autre, on entendait des coups de fouet derrière la haie ; bientôt la barrière s'ouvrait : c'était une carriole qui entrait. Galopant jusqu'à la première marche du perron, elle s'y arrêtait court, et vidait son monde, qui sortait par tous les côtés en se frottant les genoux et en s'étirant les bras. Les dames, en bonnet, avaient des robes à la façon de la ville, des chaînes de montre en or, des pèlerines à bouts croisés dans la ceinture, ou de petits fichus de couleur attachés dans le dos avec une épingle, et qui leur découvraient le cou par-derrière. Les gamins, vêtus pareillement à leurs papas, semblaient incommodés par leurs habits neufs (beaucoup même étrennèrent ce jour-là la première paire de bottes de leur existence), et l'on voyait à côté d'eux, ne soufflant mot dans la robe blanche de sa première communion rallongée pour la circonstance, quelque grande fillette de quatorze ou seize ans, leur cousine ou leur sœur aînée sans doute, rougeaude, ahurie, les cheveux gras de pommade à la rose, et ayant bien peur de salir ses gants. Comme il n'y avait point assez de valets d'écurie pour dételer toutes les voitures, les messieurs retroussaient leurs manches et s'y mettaient eux-mêmes. Suivant leur position sociale différente, ils avaient des habits, des redingotes, des vestes, des habits-vestes ; — bons habits, entourés de toute la considération d'une famille, et qui ne sortaient de l'armoire que pour les solennités ; redingotes à grandes basques flottant au vent, à collet cylindrique, à poches larges comme des sacs ; vestes de gros drap, qui accompagnaient ordinairement quelque casquette cerclée de cuivre à sa visière ; habits-vestes très courts, ayant dans le dos deux boutons rapprochés comme une paire d'yeux, et dont les pans semblaient avoir été coupés à même un seul bloc, par la hache du charpentier. Quelques-uns encore (mais ceux-là, bien sûr, devaient dîner au bas bout de la table) portaient des blouses de cérémonie, c'est-à-dire dont le col était rabattu sur les épaules, le dos froncé à petits plis et la taille attachée très bas par une ceinture cousue.

Et les chemises sur les poitrines bombaient comme des cuirasses ! Tout le monde était tondu à neuf, les oreilles s'écartaient des têtes, on était rasé de près ; quelques-uns même, qui s'étaient levés dès avant l'aube, n'ayant pas vu clair à se faire la barbe, avaient des balafres en diagonale sous le nez, ou, le long des mâchoires, des pelures d'épiderme larges comme des écus de trois francs, et qu'avait enflammées le grand air pendant la route, ce qui marbrait un peu de plaques roses toutes ces grosses faces blanches épanouies.

La mairie se trouvant à une demi-lieue de la ferme, on s'y rendit à pied ; et l'on revint de même, une fois la cérémonie faite à l'église. Le cortège, d'abord uni comme une seule écharpe de couleur, qui ondulait dans la campagne, le long de l'étroit sentier serpentant entre les blés verts, s'allongea bientôt et se coupa en groupes différents, qui s'attardaient à causer. Le ménétrier allait en avant avec son violon empanaché de rubans à la coquille ; les mariés venaient ensuite, les parents, les amis tout au hasard, et les enfants restaient derrière, s'amusant à arracher les clochettes des brins d'avoine, ou à se jouer entre eux, sans qu'on les vît. La robe d'Emma, trop longue, traînait un peu par le bas ; de temps à autre, elle s'arrêtait pour la tirer, et alors délicatement, de ses doigts gantés, elle enlevait les herbes rudes avec les petits dards des chardons, pendant que Charles, les mains vides, attendait qu'elle eût fini. Le père Rouault, un chapeau de soie neuf sur la tête et les parements de son habit noir lui couvrant les mains jusqu'aux ongles, donnait le bras à madame Bovary mère. Quant à M. Bovary père, qui, méprisant au fond tout ce monde-là, était venu simplement avec une redingote à un rang de boutons d'une coupe militaire, il débitait des galanteries d'estaminet à une jeune paysanne blonde. Elle saluait, rougissait, ne savait que répondre. Les autres gens de la noce causaient de leurs affaires ou se faisaient des niches dans le dos, s'excitant d'avance à la gaieté ; et, en y prêtant l'oreille, on entendait toujours le crin-crin du ménétrier qui continuait à jouer dans la campagne. Quand il s'apercevait qu'on était loin derrière lui, il s'arrêtait à reprendre haleine, cirait longuement de colophane son archet, afin que les cordes grinçassent mieux, et puis il se remettait à marcher, abaissant et levant tour à tour le manche de son violon, pour se bien marquer la mesure à lui-même. Le bruit de l'instrument faisait partir de loin les petits oiseaux.

C'était sous le hangar de la charretterie que la table était dressée. Il y avait dessus quatre aloyaux, six fricassées de poulets, du veau à la casserole, trois gigots et, au milieu, un joli cochon de lait rôti, flanqué de quatre andouilles à l'oseille. Aux angles, se dressait l'eau-de-vie, dans des carafes. Le cidre doux en bouteilles poussait sa mousse épaisse autour des bouchons et tous les verres, d'avance, avaient été remplis de vin jusqu'au bord. De grands plats de crème jaune, qui flottaient d'eux-mêmes au moindre choc de la table, présentaient, dessinés sur leur surface unie, les

chiffres des nouveaux époux en arabesques de nonpa-
reille. On avait été chercher un pâtissier à Yvetot pour
les tourtes et les nougats. Comme il débutait dans le
pays, il avait soigné les choses ; et il apporta, lui-même,
au dessert, une pièce montée qui fit pousser des cris. A
la base, d'abord c'était un carré de carton bleu figurant
un temple avec portiques, colonnades et statuettes de
stuc tout autour dans des niches constellées d'étoiles en
papier doré ; puis se tenait au second étage un donjon
en gâteau de Savoie, entouré de menues fortifications
en angélique, amandes, raisins secs, quartiers
d'oranges ; et enfin, sur la plate-forme supérieure, qui
était une prairie verte où il y avait des rochers avec des
lacs de confiture et des bateaux en écales de noisettes,
on voyait un petit Amour, se balançant à une escarpolette de chocolat, dont les deux poteaux étaient ter-
minés par deux boutons de rose naturelle, en guise de
boules, au sommet.

Jusqu'au soir, on mangea. Quand on était trop
fatigué d'être assis, on allait se promener dans les cours
ou jouer une partie de bouchon dans la grange, puis on
revenait à table. Quelques-uns, vers la fin, s'y endor-
mirent et ronflèrent. Mais, au café, tout se ranima ;
alors on entama des chansons, on fit des tours de force,
on portait des poids, on passait sous son pouce, on
essayait à soulever les charrettes sur ses épaules, on
disait des gaudrioles, on embrassait les dames. Le soir,
pour partir, les chevaux gorgés d'avoine jusqu'aux
naseaux eurent du mal à entrer dans les brancards ; ils
ruaient, se cabraient, les harnais se cassaient, leurs
maîtres juraient ou riaient ; et toute la nuit, au clair de
la lune, par les routes du pays, il y eut des carrioles
emportées qui couraient au grand galop, bondissant
dans les saignées, sautant par-dessus les mètres de
cailloux, s'accrochant aux talus, avec des femmes qui
se penchaient en dehors de la portière pour saisir les
guides.

Ceux qui restèrent aux Bertaux passèrent la nuit à
boire dans la cuisine. Les enfants s'étaient endormis
sous les bancs.

La mariée avait supplié son père qu'on lui épargnât les plaisanteries d'usage. Cependant, un mareyeur de leurs cousins (qui même avait apporté, comme présent de noces, une paire de soles) commençait à souffler de l'eau avec sa bouche par le trou de la serrure, quand le père Rouault arriva juste à temps pour l'en empêcher, et lui expliqua que la position grave de son gendre ne permettait pas de telles inconvenances. Le cousin, toutefois, céda difficilement à ces raisons. En dedans de lui-même, il accusa le père Rouault d'être fier, et il alla se joindre dans un coin à quatre ou cinq autres des invités qui, ayant eu par hasard plusieurs fois de suite à table les bas morceaux des viandes, trouvaient aussi qu'on les avait mal reçus, chuchotaient sur le compte de leur hôte et souhaitaient sa ruine à mots couverts.

Madame Bovary mère n'avait pas desserré les dents de la journée. On ne l'avait consultée ni sur la toilette de la bru, ni sur l'ordonnance du festin ; elle se retira de bonne heure. Son époux, au lieu de la suivre, envoya chercher des cigares à Saint-Victor et fuma jusqu'au jour, tout en buvant des grogs au kirsch, mélange inconnu à la compagnie, et qui fut pour lui comme la source d'une considération plus grande encore.

Charles n'était point de complexion facétieuse, il n'avait pas brillé pendant la noce. Il répondit médiocrement aux pointes, calembours, mots à double entente, compliments et gaillardises que l'on se fit un devoir de lui décocher dès le potage.

Le lendemain, en revanche, il semblait un autre homme. C'est lui plutôt que l'on eût pris pour la vierge de la veille, tandis que la mariée ne laissait rien découvrir où l'on pût deviner quelque chose. Les plus malins ne savaient que répondre, et ils la considéraient, quand elle passait près d'eux, avec des tensions d'esprit démesurées. Mais Charles ne dissimulait rien. Il l'appelait ma femme, la tutoyait, s'informait d'elle à chacun, la cherchait partout, et souvent il l'entraînait dans les cours, où on l'apercevait de loin, entre les arbres, qui lui passait le bras sous la taille et continuait

à marcher à demi penché sur elle, en lui chiffonnant
avec sa tête la guimpe de son corsage.

Deux jours après la noce, les époux s'en allèrent :
Charles, à cause de ses malades, ne pouvait s'absenter
plus longtemps. Le père Rouault les fit reconduire
dans sa carriole et les accompagna lui-même jusqu'à
Vassonville. Là, il embrassa sa fille une dernière fois,
mit pied à terre et reprit sa route. Lorsqu'il eut fait
cent pas environ, il s'arrêta, et, comme il vit la carriole
s'éloignant, dont les roues tournaient dans la poussière, il poussa un gros soupir. Puis il se rappela ses
noces, son temps d'autrefois, la première grossesse de
sa femme ; il était bien joyeux, lui aussi, le jour qu'il
l'avait emmenée de chez son père dans sa maison,
quand il la portait en croupe en trottant sur la neige ;
car on était aux environs de Noël et la campagne était
toute blanche ; elle le tenait par un bras, à l'autre était
accroché son panier ; le vent agitait les longues dentelles de sa coiffure cauchoise qui lui passaient quelquefois sur la bouche, et, lorsqu'il tournait la tête, il
voyait près de lui, sur son épaule, sa petite mine rosée
qui souriait silencieusement, sous la plaque d'or de son
bonnet. Pour se réchauffer les doigts, elle les lui
mettait de temps en temps dans la poitrine. Comme
c'était vieux, tout cela ! Leur fils, à présent, aurait
trente ans ! Alors il regarda derrière lui, il n'aperçut
rien sur la route. Il se sentit triste comme une maison
démeublée ; et les souvenirs tendres se mêlant aux
pensées noires dans sa cervelle obscurcie par les
vapeurs de la bombance, il eut bien envie un moment
d'aller faire un tour du côté de l'église. Comme il eut
peur, cependant, que cette vue ne le rendît plus triste
encore, il s'en revint tout droit chez lui.

M. et Madame Charles arrivèrent à Tostes vers six
heures. Les voisins se mirent aux fenêtres pour voir la
nouvelle femme de leur médecin.

La vieille bonne se présenta, lui fit ses salutations,
s'excusa de ce que le dîner n'était pas prêt, et engagea
Madame, en attendant, à prendre connaissance de sa
maison.

V

La façade de briques était juste à l'alignement de la rue, ou de la route plutôt. Derrière la porte se trouvaient accrochés un manteau à petit collet, une bride, une casquette de cuir noir, et, dans un coin, à terre, une paire de houseaux encore couverts de boue sèche. A droite était la salle, c'est-à-dire l'appartement où l'on mangeait et où l'on se tenait. Un papier jaune serin, relevé dans le haut par une guirlande de fleurs pâles, tremblait tout entier sur sa toile mal tendue, des rideaux de calicot blanc, bordés d'un galon rouge, s'entre-croisaient le long des fenêtres, et sur l'étroit chambranle de la cheminée resplendissait une pendule à tête d'Hippocrate, entre deux flambeaux d'argent plaqué, sous des globes de forme ovale. De l'autre côté du corridor était le cabinet de Charles, petite pièce de six pas de large environ, avec une table, trois chaises et un fauteuil de bureau. Les tomes du *Dictionnaire des sciences médicales*, non coupés, mais dont la brochure avait souffert dans toutes les ventes successives par où ils avaient passé, garnissaient presque à eux seuls les six rayons d'une bibliothèque en bois de sapin. L'odeur des roux pénétrait à travers la muraille, pendant les consultations, de même que l'on entendait de la cuisine les malades tousser dans le cabinet et débiter toute leur histoire. Venait ensuite, s'ouvrant immédiatement sur la cour, où se trouvait l'écurie, une grande pièce délabrée qui avait un four, et qui servait maintenant de bûcher, de cellier, de garde-magasin, pleine de vieilles ferrailles, de tonneaux vides, d'instruments de culture hors de service, avec quantité d'autres choses poussiéreuses dont il était impossible de deviner l'usage.

Le jardin, plus long que large, allait, entre deux murs de bauge couverts d'abricots en espalier, jusqu'à une haie d'épine qui le séparait des champs. Il y avait, au milieu, un cadran solaire en ardoise, sur un

piédestal de maçonnerie ; quatre plates-bandes garnies
d'églantiers maigres entouraient symétriquement le
carré plus utile des végétations sérieuses. Tout au
fond, sous les sapinettes, un curé de plâtre lisait son
bréviaire.

Emma monta dans les chambres. La première n'était
point meublée ; mais la seconde, qui était la chambre
conjugale, avait un lit d'acajou dans une alcôve à
draperie rouge. Une boîte en coquillages décorait la
commode ; et, sur le secrétaire, près de la fenêtre, il y
avait, dans une carafe, un bouquet de fleurs d'oranger,
noué par des rubans de satin blanc. C'était un bouquet
de mariée, le bouquet de l'autre ! Elle le regarda.
Charles s'en aperçut, il le prit et l'alla porter au
grenier, tandis qu'assise dans un fauteuil (on disposait
ses affaires autour d'elle), Emma songeait à son
bouquet de mariage, qui était emballé dans un carton,
et se demandait, en rêvant, ce qu'on en ferait, si par
hasard elle venait à mourir.

Elle s'occupa, les premiers jours, à méditer des
changements dans sa maison. Elle retira les globes des
flambeaux, fit coller des papiers neufs, repeindre
l'escalier et faire des bancs dans le jardin, tout autour
du cadran solaire ; elle demanda même comment s'y
prendre pour avoir un bassin à jet d'eau avec des
poissons. Enfin son mari, sachant qu'elle aimait à se
promener en voiture, trouva un *boc* d'occasion, qui,
ayant une fois des lanternes neuves et des garde-crotte
en cuir piqué, ressembla presque à un tilbury.

Il était donc heureux et sans souci de rien au monde.
Un repas en tête à tête, une promenade le soir sur la
grande route, un geste de sa main sur ses bandeaux, la
vue de son chapeau de paille accroché à l'espagnolette
d'une fenêtre, et bien d'autres choses encore où
Charles n'avait jamais soupçonné de plaisir, compo-
saient maintenant la continuité de son bonheur. Au lit,
le matin, et côte à côte sur l'oreiller, il regardait la
lumière du soleil passer parmi le duvet de ses joues
blondes, que couvraient à demi les pattes escalopées de
son bonnet. Vus de si près, ses yeux lui paraissaient

agrandis, surtout quand elle ouvrait plusieurs fois de suite ses paupières en s'éveillant ; noirs à l'ombre et bleu foncé au grand jour, ils avaient comme des couches de couleurs successives, et qui, plus épaisses dans le fond, allaient en s'éclaircissant vers la surface de l'émail. Son œil, à lui, se perdait dans ces profondeurs, et il s'y voyait en petit jusqu'aux épaules, avec le foulard qui le coiffait et le haut de sa chemise entrouvert. Il se levait. Elle se mettait à la fenêtre pour le voir partir ; et elle restait accoudée sur le bord, entre deux pots de géraniums, vêtue de son peignoir, qui était lâche autour d'elle. Charles, dans la rue, bouclait ses éperons sur la borne ; et elle continuait à lui parler d'en haut, tout en arrachant avec sa bouche quelque bribe de fleur ou de verdure qu'elle soufflait vers lui et qui, voltigeant, se soutenant, faisant dans l'air des demi-cercles comme un oiseau, allait, avant de tomber, s'accrocher aux crins mal peignés de la vieille jument blanche, immobile à la porte. Charles, à cheval, lui envoyait un baiser ; elle répondait par un signe, elle refermait la fenêtre, il partait. Et alors, sur la grande route qui étendait sans en finir son long ruban de poussière, par les chemins creux où les arbres se courbaient en berceaux, dans les sentiers dont les blés lui montaient jusqu'aux genoux, avec le soleil sur ses épaules et l'air du matin à ses narines, le cœur plein des félicités de la nuit, l'esprit tranquille, la chair contente, il s'en allait ruminant son bonheur, comme ceux qui mâchent encore, après dîner, le goût des truffes qu'ils digèrent.

Jusqu'à présent, qu'avait-il eu de bon dans l'existence. Était-ce son temps de collège, où il restait enfermé entre ces hauts murs, seul au milieu de ses camarades plus riches ou plus forts que lui dans leurs classes, qu'il faisait rire par son accent, qui se moquaient de ses habits, et dont les mères venaient au parloir avec des pâtisseries dans leur manchon ? Était-ce plus tard, lorsqu'il étudiait la médecine et n'avait jamais la bourse assez ronde pour payer la contredanse à quelque petite ouvrière qui fût devenue sa maîtresse ?

Ensuite il avait vécu pendant quatorze mois avec la
veuve, dont les pieds, dans le lit, étaient froids comme
des glaçons. Mais, à présent, il possédait pour la vie
cette jolie femme qu'il adorait. L'univers, pour lui,
n'excédait pas le tour soyeux de son jupon ; et il se
reprochait de ne pas l'aimer, il avait envie de la revoir ;
il s'en revenait vite, montait l'escalier, le cœur battant.
Emma, dans sa chambre, était à faire sa toilette ; il
arrivait à pas muets, il la baisait dans le dos, elle
poussait un cri.

Il ne pouvait se retenir de toucher continuellement à
son peigne, à ses bagues, à son fichu ; quelquefois, il
lui donnait sur les joues de gros baisers à pleine
bouche, ou c'étaient de petits baisers à la file tout le
long de son bras nu, depuis le bout des doigts jusqu'à
l'épaule ; et elle le repoussait, à demi souriante et
ennuyée, comme on fait à un enfant qui se pend après
vous.

Avant qu'elle se mariât, elle avait cru avoir de
l'amour ; mais le bonheur qui aurait dû résulter de cet
amour n'étant pas venu, il fallait qu'elle se fût trompée, songeait-elle. Et Emma cherchait à savoir ce que
l'on entendait au juste dans la vie par les mots de
félicité, de *passion* et d'*ivresse*, qui lui avaient paru si
beaux dans les livres.

VI

Elle avait lu *Paul et Virginie* et elle avait rêvé la
maisonnette de bambous, le nègre Domingo, le chien
Fidèle, mais surtout l'amitié douce de quelque bon
petit frère, qui va chercher pour vous des fruits rouges
dans des grands arbres plus hauts que des clochers, ou
qui court pieds nus sur le sable, vous apportant un nid
d'oiseau.

Lorsqu'elle eut treize ans, son père l'amena lui-
même à la ville, pour la mettre au couvent. Ils
descendirent dans une auberge du quartier Saint-
Gervais, où ils eurent à leur souper des assiettes peintes

qui représentaient l'histoire de Mademoiselle de La
Vallière. Les explications légendaires, coupées çà et là
par l'égratignure des couteaux, glorifiaient toutes la
religion, les délicatesses de cœur et les pompes de la
Cour.

Loin de s'ennuyer au couvent les premiers temps,
elle se plut dans la société des bonnes sœurs, qui, pour
l'amuser, la conduisaient dans la chapelle, où l'on
pénétrait du réfectoire par un long corridor. Elle jouait
fort peu durant les récréations, comprenait bien le
catéchisme, et c'est elle qui répondait toujours à M. le
vicaire, dans les questions difficiles. Vivant donc sans
jamais sortir de la tiède atmosphère des classes et parmi
ces femmes au teint blanc portant des chapelets à croix
de cuivre, elle s'assoupit doucement à la langueur
mystique qui s'exhale des parfums de l'autel, de la
fraîcheur des bénitiers et du rayonnement des cierges.
Au lieu de suivre la messe, elle regardait dans son livre
les vignettes pieuses bordées d'azur, et elle aimait la
brebis malade, le sacré cœur percé de flèches aiguës, ou
le pauvre Jésus qui tombe en marchant sur sa croix⁹.
Elle essaya, par mortification, de rester tout un jour
sans manger. Elle cherchait dans sa tête quelque vœu à
accomplir.

Quand elle allait à confesse, elle inventait de petits
péchés, afin de rester là plus longtemps, à genoux dans
l'ombre, les mains jointes, le visage à la grille sous le
chuchotement du prêtre. Les comparaisons de fiancé,
d'époux, d'amant céleste et de mariage éternel qui
reviennent dans les sermons lui soulevaient au fond de
l'âme des douceurs inattendues.

Le soir, avant la prière, on faisait dans l'étude une
lecture religieuse. C'était, pendant la semaine, quelque
résumé d'Histoire sainte ou les *Conférences* de l'abbé
Frayssinous, et, le dimanche, des passages du *Génie du
Christianisme*, par récréation. Comme elle écouta, les
premières fois, la lamentation sonore des mélancolies
romantiques se répétant à tous les échos de la terre et
de l'éternité ! Si son enfance se fût écoulée dans
l'arrière-boutique d'un quartier marchand, elle se

serait peut-être ouverte alors aux envahissements lyriques de la nature, qui, d'ordinaire, ne nous arrivent
que par la traduction des écrivains. Mais elle connaissait trop la campagne ; elle savait le bêlement des
troupeaux, les laitages, les charrues. Habituée aux
aspects calmes, elle se tournait au contraire vers les
accidentés. Elle n'aimait la mer qu'à cause de ses
tempêtes, et la verdure seulement lorsqu'elle était
clairsemée parmi les ruines. Il fallait qu'elle pût retirer
des choses une sorte de profit personnel ; et elle rejetait
comme inutile tout ce qui ne contribuait pas à la
consommation immédiate de son cœur, — étant de
tempérament plus sentimentale qu'artiste, cherchant
des émotions et non des paysages.

Il y avait au couvent une vieille fille qui venait tous
les mois, pendant huit jours, travailler à la lingerie.
Protégée par l'archevêché comme appartenant à une
ancienne famille de gentilshommes ruinés sous la
Révolution, elle mangeait au réfectoire à la table des
bonnes sœurs, et faisait avec elles, après le repas, un
petit bout de causette avant de remonter à son ouvrage.
Souvent les pensionnaires s'échappaient de l'étude
pour l'aller voir. Elle savait par cœur des chansons
galantes du siècle passé, qu'elle chantait à demi-voix,
tout en poussant son aiguille. Elle contait des histoires,
vous apprenait des nouvelles, faisait en ville vos
commissions, et prêtait aux grandes, en cachette,
quelque roman qu'elle avait toujours dans les poches
de son tablier, et dont la bonne demoiselle elle-même
avalait de longs chapitres, dans les intervalles de sa
besogne. Ce n'étaient qu'amours, amants, amantes,
dames persécutées s'évanouissant dans des pavillons
solitaires, postillons qu'on tue à tous les relais, chevaux
qu'on crève à toutes les pages, forêts sombres, troubles
du cœur, serments, sanglots, larmes et baisers, nacelles
au clair de lune, rossignols dans les bosquets, *messieurs*
braves comme des lions, doux comme des agneaux,
vertueux comme on ne l'est pas, toujours bien mis, et
qui pleurent comme des urnes. Pendant six mois, à
quinze ans, Emma se graissa donc les mains à cette

poussière des vieux cabinets de lecture. Avec Walter
Scott, plus tard, elle s'éprit de choses historiques, rêva
bahuts, salle des gardes et ménestrels. Elle aurait voulu
vivre dans quelque vieux manoir, comme ces châtelaines au long corsage qui, sous le trèfle des ogives,
passaient leurs jours, le coude sur la pierre et le menton
dans la main, à regarder venir du fond de la campagne
un cavalier à plume blanche qui galope sur un cheval
noir. Elle eut dans ce temps-là le culte de Marie Stuart
et des vénérations enthousiastes à l'endroit des femmes
illustres ou infortunées. Jeanne Darc, Héloïse, Agnès
Sorel, la belle Ferronnière et Clémence Isaure, pour
elle, se détachaient comme des comètes sur l'immensité ténébreuse de l'histoire, où saillissaient encore çà
et là, mais plus perdus dans l'ombre et sans aucun
rapport entre eux, saint Louis avec son chêne, Bayard
mourant, quelques férocités de Louis XI, un peu de
Saint-Barthélemy, le panache du Béarnais, et toujours
le souvenir des assiettes peintes où Louis XIV était
vanté.

A la classe de musique, dans les romances qu'elle
chantait, il n'était question que de petits anges aux
ailes d'or, de madones, de lagunes, de gondoliers,
pacifiques compositions qui lui laissaient entrevoir, à
travers la niaiserie du style et les imprudences de la
note, l'attirante fantasmagorie des réalités sentimentales. Quelques-unes de ses camarades apportaient au
couvent les keepsakes qu'elles avaient reçus en
étrennes. Il les fallait cacher, c'était une affaire ; on les
lisait au dortoir. Maniant délicatement leurs belles
reliures de satin, Emma fixait ses regards éblouis sur le
nom des auteurs inconnus qui avaient signé, le plus
souvent, comtes ou vicomtes, au bas de leurs pièces.

Elle frémissait, en soulevant de son haleine le papier
de soie des gravures, qui se levait à demi plié et
retombait doucement contre la page. C'était, derrière
la balustrade d'un balcon, un jeune homme en court
manteau qui serrait dans ses bras une jeune fille en
robe blanche, portant une aumônière à sa ceinture ; ou
bien les portraits anonymes des ladies anglaises à

boucles blondes qui, sous leur chapeau de paille rond, vous regardent avec leurs grands yeux clairs. On en voyait d'étalées dans des voitures, glissant au milieu des parcs, où un lévrier sautait devant l'attelage que conduisaient au trot deux petits postillons en culotte blanche. D'autres, rêvant sur des sofas près d'un billet décacheté, contemplaient la lune, par la fenêtre entrouverte, à demi drapée d'un rideau noir. Les naïves, une larme sur la joue, becquetaient une tourterelle à travers les barreaux d'une cage gothique, ou, souriant la tête sur l'épaule, effeuillaient une marguerite de leurs doigts pointus, retroussés comme des souliers à la poulaine. Et vous y étiez aussi, sultans à longues pipes, pâmés sous des tonnelles aux bras des bayadères, djiaours, sabres turcs, bonnets grecs, et vous surtout, paysages blafards des contrées dithyrambiques, qui souvent nous montrez à la fois des palmiers, des sapins, des tigres à droite, un lion à gauche, des minarets tartares à l'horizon, au premier plan des ruines romaines, puis des chameaux accroupis ; — le tout encadré d'une forêt vierge bien nettoyée, et avec un grand rayon de soleil perpendiculaire tremblotant dans l'eau, où se détachent en écorchures blanches, sur un fond d'acier gris, de loin en loin, des cygnes qui nagent.

Et l'abat-jour du quinquet, accroché dans la muraille au-dessus de la tête d'Emma, éclairait tous ces tableaux du monde, qui passaient devant elle les uns après les autres, dans le silence du dortoir et au bruit lointain de quelque fiacre attardé qui roulait encore sur les boulevards.

Quand sa mère mourut, elle pleura beaucoup les premiers jours. Elle se fit faire un tableau funèbre avec les cheveux de la défunte, et, dans une lettre qu'elle envoyait aux Bertaux, toute pleine de réflexions tristes sur la vie, elle demandait qu'on l'ensevelît plus tard dans le même tombeau. Le bonhomme la crut malade et vint la voir. Emma fut intérieurement satisfaite de se sentir arrivée du premier coup à ce rare idéal des existences pâles, où ne parviennent jamais les cœurs médiocres. Elle se laissa donc glisser dans les méandres lamartiniens, écouta les harpes sur les lacs, tous les chants de cygnes mourants, toutes les chutes de feuilles, les vierges pures qui montent au ciel, et la voix de l'Éternel discourant dans les vallons. Elle s'en ennuya, n'en voulut point convenir, continua par habitude, ensuite par vanité, et fut enfin surprise de se sentir apaisée, et sans plus de tristesse au cœur que de rides sur son front.

Les bonnes religieuses, qui avaient si bien présumé de sa vocation, s'aperçurent avec de grands étonnements que Mademoiselle Rouault semblait échapper à leur soin. Elles lui avaient, en effet, tant prodigué les offices, les retraites, les neuvaines, les sermons, si bien prêché le respect que l'on doit aux saints et aux martyrs, et donné tant de bons conseils pour la modestie du corps et le salut de son âme, qu'elle fit comme les chevaux que l'on tire par la bride : elle s'arrêta court et le mors lui sortit des dents. Cet esprit, positif au milieu de ses enthousiasmes, qui avait aimé l'église pour ses fleurs, la musique pour les paroles des romances, et la littérature pour ses excitations passionnelles, s'insurgeait devant les mystères de la foi, de même qu'elle s'irritait davantage contre la discipline, qui était quelque chose d'antipathique à sa constitution. Quand son père la retira de pension, on ne fut point fâché de la voir partir. La supérieure trouvait même qu'elle était devenue, dans les derniers temps, peu révérencieuse envers la communauté.

Emma, rentrée chez elle, se plut d'abord au commandement des domestiques, prit ensuite la campagne en dégoût et regretta son couvent. Quand Charles vint aux Bertaux pour la première fois, elle se considérait comme fort désillusionnée, n'ayant plus rien à apprendre, ne devant plus rien sentir.

Mais l'anxiété d'un état nouveau, ou peut-être l'irritation causée par la présence de cet homme, avait suffi à lui faire croire qu'elle possédait enfin cette passion merveilleuse qui jusqu'alors s'était tenue comme un grand oiseau au plumage rose planant dans la splendeur des ciels poétiques ; — et elle ne pouvait s'imaginer à présent que ce calme où elle vivait fût le bonheur qu'elle avait rêvé.

VII

Elle songeait quelquefois que c'étaient là pourtant les plus beaux jours de sa vie, la lune de miel, comme on disait. Pour en goûter la douceur, il eût fallu, sans doute, s'en aller vers ces pays à noms sonores où les lendemains de mariage ont de plus suaves paresses ! Dans des chaises de poste, sous des stores de soie bleue, on monte au pas des routes escarpées, écoutant la chanson du postillon, qui se répète dans la montagne avec les clochettes des chèvres et le bruit sourd de la cascade. Quand le soleil se couche, on respire au bord des golfes le parfum des citronniers ; puis, le soir, sur la terrasse des villas, seuls et les doigts confondus, on regarde les étoiles en faisant des projets. Il lui semblait que certains lieux sur la terre devaient produire du bonheur, comme une plante particulière au sol et qui pousse mal tout autre part. Que ne pouvait-elle s'accouder sur le balcon des chalets suisses ou enfermer sa tristesse dans un cottage écossais, avec un mari vêtu d'un habit de velours noir à longues basques, et qui porte des bottes molles, un chapeau pointu et des manchettes !

Peut-être aurait-elle souhaité faire à quelqu'un la confidence de toutes ces choses. Mais comment dire un insaisissable malaise, qui change d'aspect comme les nuées, qui tourbillonne comme le vent ? Les mots lui manquaient donc, l'occasion, la hardiesse.

Si Charles l'avait voulu, cependant, s'il s'en fût douté, si son regard, une seule fois, fût venu à la rencontre de sa pensée, il lui semblait qu'une abondance subite se serait détachée de son cœur, comme tombe la récolte d'un espalier, quand on y porte la main. Mais, à mesure que se serrait davantage l'intimité de leur vie, un détachement intérieur se faisait qui la déliait de lui.

La conversation de Charles était plate comme un trottoir de rue, et les idées de tout le monde y défilaient, dans leur costume ordinaire, sans exciter d'émotion, de rire ou de rêverie. Il n'avait jamais été curieux, disait-il, pendant qu'il habitait Rouen, d'aller voir au théâtre les acteurs de Paris. Il ne savait ni nager, ni faire des armes, ni tirer le pistolet, et il ne put, un jour, lui expliquer un terme d'équitation qu'elle avait rencontré dans un roman.

Un homme, au contraire, ne devait-il pas tout connaître, exceller en des activités multiples, vous initier aux énergies de la passion, aux raffinements de la vie, à tous les mystères ? Mais il n'enseignait rien, celui-là, ne savait rien, ne souhaitait rien. Il la croyait heureuse ; et elle lui en voulait de ce calme si bien assis, de cette pesanteur sereine, du bonheur même qu'elle lui donnait.

Elle dessinait quelquefois ; et c'était pour Charles un grand amusement que de rester là, tout debout, à la regarder penchée sur son carton, clignant des yeux, afin de mieux voir son ouvrage, ou arrondissant, sur son pouce, des boulettes de mie de pain. Quant au piano, plus ses doigts y couraient vite, plus il s'émerveillait. Elle frappait sur les touches avec aplomb, et parcourait du haut en bas tout le clavier sans s'interrompre. Ainsi secoué par elle, le vieil instrument, dont les cordes frisaient, s'entendait jusqu'au bout du village si la fenêtre était ouverte, et souvent le clerc de l'huissier qui passait sur la grande route, nu-tête et en chaussons, s'arrêtait à l'écouter, sa feuille de papier à la main.

Emma, d'autre part, savait conduire sa maison. Elle envoyait aux malades le compte des visites, dans des lettres bien tournées qui ne sentaient pas la facture. Quand ils avaient, le dimanche, quelque voisin à dîner, elle trouvait le moyen d'offrir un plat coquet, s'entendait à poser sur des feuilles de vigne les pyramides de reines-claudes, servait renversés les pots de confitures dans une assiette, et même elle parlait d'acheter des parmi les autres, et comme un dessert prévu d'avance, après la monotonie du dîner.

Un garde-chasse, guéri par Monsieur d'une fluxion de poitrine, avait donné à Madame une petite levrette d'Italie ; elle la prenait pour se promener, car elle sortait quelquefois, afin d'être seule un instant et de n'avoir plus sous les yeux l'éternel jardin avec la route poudreuse.

Elle allait jusqu'à la hêtrée de Banneville, près du pavillon abandonné qui fait l'angle du mur, du côté des champs. Il y a dans le saut-de-loup, parmi les herbes, de longs roseaux à feuilles coupantes.

Elle commençait par regarder tout alentour, pour voir si rien n'avait changé depuis la dernière fois qu'elle était venue. Elle retrouvait aux mêmes places les digitales et les ravenelles, les bouquets d'orties entourant les gros cailloux, et les plaques de lichen le long des trois fenêtres dont les volets toujours clos s'égrenaient de pourriture, sur leurs barres de fer rouillées. Sa pensée, sans but d'abord, vagabondait au hasard, comme sa levrette, qui faisait des cercles dans la campagne, jappait après les papillons jaunes, donnait la chasse aux musaraignes en mordillant les coquelicots sur le bord d'une pièce de blé. Puis ses idées peu à peu se fixaient et, assise sur le gazon, qu'elle fouillait à petits coups avec le bout de son ombrelle, Emma se répétait :

— Pourquoi, mon Dieu, me suis-je mariée ?

Elle se demandait s'il n'y aurait pas eu moyen, par d'autres combinaisons du hasard, de rencontrer un autre homme ; et elle cherchait à imaginer quels eussent été ces événements non survenus, cette vie différente, ce mari qu'elle ne connaissait pas. Tous, en effet, ne ressemblaient pas à celui-là. Il aurait pu être beau, spirituel, distingué, attirant, tels qu'ils étaient sans doute, ceux qu'avaient épousés ses anciennes camarades du couvent. Que faisaient-elles maintenant ? A la ville, avec le bruit des rues, le bourdonnement des théâtres et les clartés du bal, elles avaient des existences où le cœur se dilate, où les sens s'épanouissent. Mais elle, sa vie était froide comme un grenier dont la lucarne est au nord, et l'ennui, araignée silencieuse, filait sa toile dans l'ombre à tous les coins de son cœur. Elle se rappelait les jours de distribution de prix, où elle montait sur l'estrade pour aller chercher ses petites couronnes. Avec ses cheveux en tresse, sa robe blanche et ses souliers de prunelle découverts, elle avait une façon gentille, et les messieurs, quand elle regagnait sa place, se penchaient pour lui faire des compliments ; la cour était pleine de calèches, on lui disait adieu par les portières, le maître de musique passait en saluant, avec sa boîte à violon. Comme c'était loin, tout cela ! comme c'était loin !

Elle appelait Djali, la prenait entre ses genoux, passait ses doigts sur sa longue tête fine et lui disait :

— Allons, baisez maîtresse, vous qui n'avez pas de chagrins.

Puis, considérant la mine mélancolique du svelte animal qui bâillait avec lenteur, elle s'attendrissait, et, le comparant à elle-même, lui parlait tout haut, comme à quelqu'un d'affligé que l'on console.

Il arrivait parfois des rafales de vent, brises de la mer qui, roulant d'un bond sur tout le plateau du pays de Caux, apportaient, jusqu'au loin dans les champs, une fraîcheur salée. Les joncs sifflaient à ras de terre et les feuilles des hêtres bruissaient en un frisson rapide, tandis que les cimes, se balançant toujours, continuaient leur grand murmure. Emma serrait son châle contre ses épaules et se levait.

Dans l'avenue, un jour vert rabattu par le feuillage éclairait la mousse rase qui craquait doucement sous ses pieds. Le soleil se couchait ; le ciel était rouge entre les branches, et les troncs pareils des arbres plantés en ligne droite semblaient une colonnade brune se détachant sur un fond d'or ; une peur la prenait, elle appelait Djali, s'en retournait vite à Tostes par la grande route, s'affaissait dans un fauteuil, et de toute la soirée ne parlait pas.

Mais, vers la fin de septembre, quelque chose

d'extraordinaire tomba dans sa vie ; elle fut invitée à la Vaubyessard, chez le marquis d'Andervilliers.

Secrétaire d'État sous la Restauration, le Marquis, cherchant à rentrer dans la vie politique, préparait de longue main sa candidature à la Chambre des députés. Il faisait, l'hiver, de nombreuses distributions de fagots, et, au Conseil général, réclamait avec exaltation toujours des routes pour son arrondissement. Il avait eu, lors des grandes chaleurs, un abcès dans la bouche, dont Charles l'avait soulagé comme par miracle, en y donnant à point un coup de lancette. L'homme d'affaires, envoyé à Tostes pour payer l'opération, conta, le soir, qu'il avait vu dans le jardinet du médecin des cerises superbes. Or, les cerisiers poussaient mal à la Vaubyessard, M. le Marquis demanda quelques boutures à Bovary, se fit un devoir de l'en remercier lui-même, aperçut Emma, trouva qu'elle avait une jolie taille et qu'elle ne saluait point en paysanne ; si bien qu'on ne crut pas au château outre-passer les bornes de la condescendance ni, d'autre part, commettre une maladresse en invitant le jeune ménage.

Un mercredi, à trois heures, M. et Madame Bovary, montés dans leur *boc*, partirent pour la Vaubyessard, avec une grande malle attachée par-derrière et une boîte à chapeau qui était posée devant le tablier. Charles avait, de plus, un carton entre les jambes.

Ils arrivèrent à la nuit tombante, comme on commençait à allumer des lampions dans le parc, afin d'éclairer les voitures.

VIII

Le château, de construction moderne, à l'italienne, avec deux ailes avançant et trois perrons, se déployait au bas d'une immense pelouse où paissaient quelques vaches, entre les bouquets de grands arbres espacés, tandis que des bannettes d'arbustes, rhododendrons, seringas et boules-de-neige bombaient leurs touffes de verdure inégales sur la ligne courbe du chemin sablé. Une rivière passait sous un pont ; à travers la brume on distinguait des bâtiments à toit de chaume, éparpillés dans la prairie, que bordaient en pente douce deux coteaux couverts de bois, et par-derrière, dans les massifs, se tenaient, sur deux lignes parallèles, les remises et les écuries, restes conservés de l'ancien château démoli.

Le *boc* de Charles s'arrêta devant le perron du milieu ; des domestiques parurent ; le Marquis s'avança, et, offrant son bras à la femme du médecin, l'introduisit dans le vestibule.

Il était pavé de dalles en marbre, très haut, et le bruit des pas avec celui des voix y retentissait comme dans une église. En face montait un escalier droit, et à gauche une galerie donnant sur le jardin conduisait à la salle de billard, dont on entendait, dès la porte, caramboler les boules d'ivoire. Comme elle la traversait pour aller au salon, Emma vit autour du jeu des hommes à figure grave, le menton posé sur de hautes cravates, décorés tous, et qui souriaient silencieusement en poussant leur queue. Sur la boiserie sombre du lambris, de grands cadres dorés portaient, au bas de leur bordure, des noms écrits en lettres noires. Elle lut : « Jean-Antoine d'Andervilliers d'Yverbonville, comte de la Vaubyessard et baron de la Fresnaye, tué à la bataille de Coutras le 20 octobre 1587. » Et sur un autre : « Jean-Antoine-Henry-Guy d'Andervilliers de la Vaubyessard, amiral de France et chevalier de l'ordre de Saint-Michel, blessé au combat de la Hogue-Saint-Vaast le 29 mai 1692, mort à la Vaubyessard le 23 janvier 1693. » Puis on distinguait à peine ceux qui suivaient, car la lumière des lampes, rabattue sur le tapis vert du billard, laissait flotter une ombre dans l'appartement. Brunissant les toiles horizontales, elle se brisait contre elles en arêtes fines, selon les craquelures du vernis ; et de tous ces grands carrés noirs bordés d'or sortaient, çà et là, quelque portion plus claire de la peinture, un front pâle, deux yeux qui vous regardaient, des perruques se déroulant sur l'épaule poudrée des habits rouges, ou bien la boucle d'une jarretière en haut d'un mollet rebondi.

Le Marquis ouvrit la porte du salon ; une des dames se leva (la Marquise elle-même), vint à la rencontre d'Emma et la fit asseoir près d'elle, sur une causeuse, où elle se mit à lui parler amicalement, comme si elle la connaissait depuis longtemps. C'était une femme de la quarantaine environ, à belles épaules, à nez busqué, à la voix traînante, et portant, ce soir-là, sur ses cheveux châtains, un simple fichu de guipure qui retombait par-derrière en triangle. Une jeune personne blonde se tenait à côté, dans une chaise à dossier long ; et des messieurs, qui avaient une petite fleur à la boutonnière de leur habit, causaient avec les dames, tout autour de la cheminée.

A sept heures, on servit le dîner. Les hommes, plus nombreux, s'assirent à la première table dans le vestibule, et les dames à la seconde, dans la salle à manger, avec le Marquis et la Marquise.

Emma se sentit, en entrant, enveloppée par un air chaud, mélange du parfum des fleurs et du beau linge, du fumet des viandes et de l'odeur des truffes. Les bougies des candélabres allongeaient des flammes sur les cloches d'argent ; les cristaux à facettes, couverts d'une buée mate, se renvoyaient des rayons pâles ; des bouquets étaient en ligne sur toutes la longueur de la table, et, dans les assiettes à large bordure, les serviettes, arrangées en manière de bonnet d'évêque, tenaient entre le bâillement de leurs deux plis chacune un petit pain de forme ovale. Les pattes rouges des homards dépassaient les plats ; de gros fruits dans des corbeilles à jour s'étageaient sur la mousse ; les cailles avaient leurs plumes, des fumées montaient ; et, en bas de soie, en culotte courte, en cravate blanche, en jabot, grave comme un juge, le maître d'hôtel, passant entre les épaules des convives les plats tout découpés, faisait d'un coup de sa cuiller sauter pour vous le morceau qu'on choisissait. Sur le grand poêle de porcelaine à baguettes de cuivre, une statue de femme drapée jusqu'au menton regardait immobile la salle pleine de monde.

Madame Bovary remarqua que plusieurs dames n'avaient pas mis leurs gants dans leur verre.

Cependant, au haut bout de la table, seul parmi toutes ces femmes, courbé sur son assiette remplie et la serviette nouée dans le dos comme un enfant, un vieillard mangeait, laissant tomber de sa bouche des gouttes de sauce. Il avait les yeux éraillés et portait une petite queue enroulée d'un ruban noir. C'était le beau-père du marquis, le vieux duc de Laverdière, l'ancien favori du comte d'Artois, dans le temps des parties de chasse au Vaudreuil, chez le marquis de Conflans, et qui avait été, disait-on, l'amant de la reine Marie-Antoinette entre MM. de Coigny et de Lauzun. Il avait mené une vie bruyante de débauches, pleine de duels, de paris, de femmes enlevées, avait dévoré sa fortune et effrayé toute sa famille. Un domestique, derrière sa chaise, lui nommait tout haut, dans l'oreille, les plats qu'il désignait du doigt en bégayant ; et sans cesse les yeux d'Emma revenaient d'eux-mêmes sur ce vieil homme à lèvres pendantes, comme sur quelque chose d'extraordinaire et d'auguste. Il avait vécu à la Cour et couché dans le lit des reines !

On versa du vin de Champagne à la glace. Emma frissonna de toute sa peau en sentant ce froid dans sa bouche. Elle n'avait jamais vu de grenades ni mangé d'ananas. Le sucre en poudre même lui parut plus blanc et plus fin qu'ailleurs.

Les dames, ensuite, montèrent dans leurs chambres s'apprêter pour le bal.

Emma fit sa toilette avec la conscience méticuleuse d'une actrice à son début. Elle disposa ses cheveux d'après les recommandations du coiffeur, et elle entra dans sa robe de barège, étalée sur le lit. Le pantalon de Charles le serrait au ventre.

— Les sous-pieds vont me gêner pour danser, dit-il.

— Danser ? reprit Emma.

— Oui !

— Mais tu as perdu la tête ! on se moquerait de toi, reste à ta place. D'ailleurs, c'est plus convenable pour un médecin, ajouta-t-elle.

Charles se tut. Il marchait de long en large, attendant qu'Emma fût habillée.

Il la voyait par-derrière, dans la glace, entre deux
flambeaux. Ses yeux noirs semblaient plus noirs. Ses
bandeaux, doucement bombés vers les oreilles, lui-
saient d'un éclat bleu ; une rose à son chignon tremblait sur une tige mobile, avec des gouttes d'eau
factices au bout de ses feuilles. Elle avait une robe de
safran pâle, relevée par trois bouquets de roses pom-
pon mêlées de verdure.

Charles vint l'embrasser sur l'épaule.

— Laisse-moi ! dit-elle, tu me chiffonnes.

On entendit une ritournelle de violon et les sons
d'un cor. Elle descendit l'escalier, se retenant de
courir.

Les quadrilles étaient commencés. Il arrivait du
monde. On se poussait. Elle se plaça près de la porte,
sur une banquette.

Quand la contredanse fut finie, le parquet resta libre
pour les groupes d'hommes causant debout et les
domestiques en livrée qui apportaient de grands pla-
teaux. Sur la ligne des femmes assises, les éventails
peints s'agitaient, les bouquets cachaient à demi le
sourire des visages, et des flacons à bouchon d'or
tournaient dans des mains entrouvertes dont les gants
blancs marquaient la forme des ongles et serraient la
chair au poignet. Les garnitures de dentelles, les
broches de diamants, les bracelets à médaillon frissonnaient aux corsages, scintillaient aux poitrines, bruissaient sur les bras nus. Les chevelures, bien collées sur
les fronts et tordues à la nuque, avaient, en couronnes,
en grappes ou en rameaux, des myosotis, du jasmin,
des fleurs de grenadier, des épis ou des bleuets.
Pacifiques à leurs places, des mères à figure renfrognée
portaient des turbans rouges.

Le cœur d'Emma lui battit un peu lorsque, son
cavalier la tenant par le bout des doigts, elle vint se
mettre en ligne et attendit le coup d'archet pour partir.
Mais bientôt l'émotion disparut ; et, se balançant au
rythme de l'orchestre, elle glissait en avant, avec des
mouvements légers du cou. Un sourire lui montait aux
lèvres à certaines délicatesses du violon, qui jouait seul,

quelquefois, quand les autres instruments se taisaient ;
on entendait le bruit clair des louis d'or qui se versaient
à côté, sur le tapis des tables ; puis tout reprenait à la
fois, le cornet à pistons lançant un éclat sonore. Les
pieds retombaient en mesure, les jupes se bouffaient et
frôlaient, les mains se donnaient, se quittaient ; les
mêmes yeux, s'abaissant devant vous, revenaient se
fixer sur les vôtres.

Quelques hommes (une quinzaine) de vingt-cinq à
quarante ans, disséminés parmi les danseurs ou causant à l'entrée des portes, se distinguaient de la foule
par un air de famille, quelles que fussent leurs
différences d'âge, de toilette ou de figure.

Leurs habits, mieux faits, semblaient d'un drap plus
souple, et leurs cheveux, ramenés en boucles vers les
tempes, lustrés par des pommades plus fines. Ils
avaient le teint de la richesse, ce teint blanc que
rehaussent la pâleur des porcelaines, les moires du
satin, le vernis des beaux meubles, et qu'entretient
dans sa santé un régime discret de nourritures
exquises. Leur cou tournait à l'aise sur des cravates
basses ; leurs favoris longs tombaient sur des cols
rabattus ; ils s'essuyaient les lèvres à des mouchoirs
brodés d'un large chiffre, d'où sortait une odeur suave.
Ceux qui commençaient à vieillir avaient l'air jeune,
tandis que quelque chose de mûr s'étendait sur le
visage des jeunes. Dans leurs regards indifférents
flottait la quiétude de passions journellement assou-
vies ; et, à travers leurs manières douces, perçait cette
brutalité particulière que communique la domination
de choses à demi faciles, dans lesquelles la force
s'exerce et où la vanité s'amuse, le maniement des
chevaux de race et la société des femmes perdues[10].

A trois pas d'Emma, un cavalier en habit bleu
causait Italie avec une jeune femme pâle, portant une
parure de perles. Ils vantaient la grosseur des piliers de
Saint-Pierre, Tivoli, le Vésuve, Castellamare et les
Cassines, les roses de Gênes, le Colisée au clair de lune.
Emma écoutait de son autre oreille une conversation
pleine de mots qu'elle ne comprenait pas. On entourait

un tout jeune homme qui avait battu, la semaine d'avant, *Miss Arabelle* et *Romulus*, et gagné deux mille louis à sauter un fossé, en Angleterre. L'un se plaignait de ses coureurs qui engraissaient ; un autre, des fautes d'impression qui avaient dénaturé le nom de son cheval.

L'air du bal était lourd ; les lampes pâlissaient. On refluait dans la salle de billard. Un domestique monta sur une chaise et cassa deux vitres ; au bruit des éclats de verre, madame Bovary tourna la tête et aperçut dans le jardin, contre les carreaux, des faces de paysans qui regardaient. Alors le souvenir des Bertaux lui arriva. Elle revit la ferme, la mare bourbeuse, son père en blouse sous les pommiers, et elle se revit elle-même, comme autrefois, écrémant avec son doigt les terrines de lait dans la laiterie. Mais, aux fulgurations de l'heure présente, sa vie passée, si nette jusqu'alors, s'évanouissait tout entière, et elle doutait presque de l'avoir vécue. Elle était là ; puis, autour du bal, il n'y avait plus que de l'ombre, étalée sur tout le reste. Elle mangeait alors une glace au marasquin, qu'elle tenait de la main gauche dans une coquille de vermeil, et fermait à demi les yeux, la cuiller entre les dents.

Une dame, près d'elle, laissa tomber son éventail. Un danseur passait.

— Que vous seriez bon, monsieur, dit la dame, de vouloir bien ramasser mon éventail, qui est derrière ce canapé !

Le monsieur s'inclina, et, pendant qu'il faisait le mouvement d'étendre son bras, Emma vit la main de la jeune dame qui jetait dans son chapeau quelque chose de blanc, plié en triangle. Le monsieur ramenant l'éventail, l'offrit à la dame, respectueusement ; elle le remercia d'un signe de tête et se mit à respirer son bouquet.

Après le souper, où il y eut beaucoup de vins d'Espagne et de vins du Rhin, des potages à la bisque et au lait d'amandes, des puddings à la Trafalgar et toutes sortes de viandes froides avec des gelées alentour qui tremblaient dans les plats, les voitures, les unes après les autres, commencèrent à s'en aller. En écartant du coin le rideau de mousseline, on voyait glisser dans l'ombre la lumière de leurs lanternes. Les banquettes s'éclaircirent ; quelques joueurs restaient encore ; les musiciens rafraîchissaient, sur leur langue, le bout de leurs doigts ; Charles dormait à demi, le dos appuyé contre une porte.

A trois heures du matin, le cotillon commença. Emma ne savait pas valser. Tout le monde valsait, mademoiselle d'Andervilliers elle-même et la Marquise ; il n'y avait plus que les hôtes du château, une douzaine de personnes à peu près.

Cependant, un des valseurs qu'on appelait familièrement *Vicomte*, dont le gilet très ouvert semblait moulé sur la poitrine, vint une seconde fois encore inviter madame Bovary, l'assurant qu'il la guiderait et qu'elle s'en tirerait bien.

Ils commencèrent lentement, puis allèrent plus vite. Ils tournaient : tout tournait autour d'eux, les lampes, les meubles, les lambris, et le parquet, comme un disque sur un pivot. En passant auprès des portes, la robe d'Emma, par le bas, s'ériflait [11] au pantalon ; leurs jambes entraient l'une dans l'autre ; il baissait ses regards vers elle, elle levait les siens vers lui ; une torpeur la prenait, elle s'arrêta. Ils repartirent ; et, d'un mouvement plus rapide, le Vicomte, l'entraînant, disparut avec elle jusqu'au bout de la galerie, où, haletante, elle faillit tomber, et, un instant, s'appuya la tête sur sa poitrine. Et puis, tournant toujours, mais plus doucement, il la reconduisit à sa place ; elle se renversa contre la muraille et mit la main devant ses yeux.

Quand elle les rouvrit, au milieu du salon, une dame assise sur un tabouret avait devant elle trois valseurs agenouillés. Elle choisit le Vicomte, et le violon recommença.

On les regardait. Ils passaient et revenaient, elle immobile du corps et le menton baissé, et lui toujours dans sa même pose, la taille cambrée, le coude arrondi, la bouche en avant. Elle savait valser, celle-là ! Ils continuèrent longtemps et fatiguèrent tous les autres.

On causa quelques minutes encore, et, après les adieux, ou plutôt le bonjour, les hôtes du château s'allèrent coucher.

Charles se traînait à la rampe, les genoux *lui rentraient dans le corps*. Il avait passé cinq heures de suite, tout debout devant les tables, à regarder jouer au whist, sans y rien comprendre. Aussi poussa-t-il un grand soupir de satisfaction lorsqu'il eut retiré ses bottes.

Emma mit un châle sur ses épaules, ouvrit la fenêtre et s'accouda.

La nuit était noire. Quelques gouttes de pluie tombaient. Elle aspira le vent humide qui lui rafraîchissait les paupières. La musique du bal bourdonnait encore à ses oreilles, et elle faisait des efforts pour se tenir éveillée, afin de prolonger l'illusion de cette vie luxueuse qu'il lui faudrait tout à l'heure abandonner.

Le petit jour parut. Elle regarda les fenêtres du château, longuement, tâchant de deviner quelles étaient les chambres de tous ceux qu'elle avait remarqués la veille. Elle aurait voulu savoir leurs existences, y pénétrer, s'y confondre.

Mais elle grelottait de froid. Elle se déshabilla et se blottit entre les draps, contre Charles qui dormait.

Il y eut beaucoup de monde au déjeuner. Le repas dura dix minutes ; on ne servit aucune liqueur, ce qui étonna le médecin. Ensuite mademoiselle d'Andervilliers ramassa des morceaux de brioche dans une bannette, pour les porter aux cygnes sur la pièce d'eau, et on s'alla promener dans la serre chaude, où les plantes bizarres, hérissées de poils, s'étageaient en pyramides sous des vases suspendus, qui, pareils à des nids de serpents trop pleins, laissaient retomber, de leurs bords, de longs cordons verts entrelacés. L'orangerie, que l'on trouvait au bout, menait à couvert jusqu'aux communs du château. Le Marquis, pour amuser la jeune femme, la mena voir les écuries. Au-dessus des râteliers en forme de corbeille, des plaques de porcelaine portaient en noir le nom des chevaux.

Chaque bête s'agitait dans sa stalle quand on passait près d'elle, en claquant de la langue. Le plancher de la sellerie luisait à l'œil comme le parquet d'un salon. Des harnais de voiture étaient dressés dans le milieu sur deux colonnes tournantes, et les mors, les fouets, les étriers, les gourmettes rangés [12] en ligne tout le long de la muraille.

Charles, cependant, alla prier un domestique d'atteler son *boc*. On l'amena devant le perron, et, tous les paquets y étant fourrés, les époux Bovary firent leurs politesses au Marquis et à la Marquise, et repartirent pour Tostes.

Emma, silencieuse, regardait tourner les roues. Charles, posé sur le bord extrême de la banquette, conduisait les deux bras écartés, et le petit cheval trottait l'amble dans les brancards, qui étaient trop larges pour lui. Les guides molles battaient sur sa croupe en s'y trempant d'écume, et la boîte ficelée derrière le *boc* donnait contre la caisse de grands coups réguliers.

Ils étaient sur les hauteurs de Thibourville, lorsque devant eux, tout à coup, des cavaliers passèrent en riant, avec des cigares à la bouche. Emma crut reconnaître le Vicomte ; elle se détourna, et n'aperçut à l'horizon que le mouvement des têtes s'abaissant et montant, selon la cadence inégale du trot ou du galop.

Un quart de lieue plus loin, il fallut s'arrêter pour raccommoder, avec de la corde, le reculement qui était rompu.

Mais Charles, donnant au harnais un dernier coup d'œil, vit quelque chose par terre, entre les jambes de son cheval ; et il ramassa un porte-cigares tout bordé de soie verte et blasonné à son milieu, comme la portière d'un carrosse.

— Il y a même deux cigares dedans, dit-il ; ce sera pour ce soir après dîner.

— Tu fumes donc ? demanda-t-elle.

— Quelquefois, quand l'occasion se présente.

Il mit sa trouvaille dans sa poche et fouetta le bidet.

Quand ils arrivèrent chez eux, le dîner n'était point prêt. Madame s'emporta. Nastasie répondit insolemment.

— Partez! dit Emma. C'est se moquer, je vous chasse.

Il y avait pour dîner de la soupe à l'oignon, avec un morceau de veau à l'oseille. Charles, assis devant Emma, dit en se frottant les mains d'un air heureux :

— Cela fait plaisir de se retrouver chez soi !

On entendait Nastasie qui pleurait. Il aimait un peu cette pauvre fille. Elle lui avait, autrefois, tenu société pendant bien des soirs, dans les désœuvrements de son veuvage. C'était sa première pratique, sa plus ancienne connaissance du pays.

— Est-ce que tu l'as renvoyée pour tout de bon ? dit-il enfin.

— Oui. Qui m'en empêche ? répondit-elle.

Puis ils se chauffèrent dans la cuisine, pendant qu'on apprêtait leur chambre. Charles se mit à fumer. Il fumait en avançant les lèvres, crachant à toute minute, se reculant à chaque bouffée.

— Tu vas te faire mal, dit-elle dédaigneusement.

Il déposa son cigare, et courut avaler à la pompe un verre d'eau froide. Emma, saisissant le porte-cigares, le jeta vivement au fond de l'armoire.

La journée fut longue, le lendemain. Elle se promena dans son jardinet, passant et revenant par les mêmes allées, s'arrêtant devant les plates-bandes, devant l'espalier, devant le curé de plâtre, considérant avec ébahissement toutes ces choses d'autrefois qu'elle connaissait si bien. Comme le bal déjà lui semblait loin ! Qui donc écartait, à tant de distance, le matin d'avant-hier et le soir d'aujourd'hui ? Son voyage à la Vaubyessard avait fait un trou dans sa vie, à la manière de ces grandes crevasses qu'un orage, en une seule nuit, creuse quelquefois dans les montagnes. Elle se résigna pourtant : elle serra pieusement dans la commode sa belle toilette et jusqu'à ses souliers de satin, dont la semelle s'était jaunie à la cire glissante du parquet. Son cœur était comme eux : au frottement de la richesse, il s'était placé dessus quelque chose qui ne s'effacerait pas.

Ce fut donc une occupation pour Emma que le souvenir de ce bal. Toutes les fois que revenait le mercredi, elle se disait en s'éveillant : « Ah ! il y a huit jours... il y a quinze jours... il y a trois semaines, j'y étais ! » Et peu à peu, les physionomies se confondirent dans sa mémoire ; elle oublia l'air des contredanses ; elle ne vit plus si nettement les livrées et les appartements ; quelques détails s'en allèrent, mais le regret lui resta.

IX

Souvent, lorsque Charles était sorti, elle allait prendre dans l'armoire, entre les plis du linge où elle l'avait laissé, le porte-cigares en soie verte.

Elle le regardait, l'ouvrait, et même elle flairait l'odeur de sa doublure, mêlée de verveine et de tabac. À qui appartenait-il ?... Au Vicomte. C'était peut-être un cadeau de sa maîtresse. On avait brodé cela sur quelque métier de palissandre, meuble mignon que l'on cachait à tous les yeux, qui avait occupé bien des heures et où s'étaient penchées les boucles molles de la travailleuse pensive. Un souffle d'amour avait passé parmi les mailles du canevas ; chaque coup d'aiguille avait fixé là une espérance ou un souvenir, et tous ces fils de soie entrelacés n'étaient que la continuité de la même passion silencieuse. Et puis le Vicomte, un matin, l'avait emporté avec lui. De quoi avait-on parlé, lorsqu'il restait sur les cheminées à large chambranle, entre les vases de fleurs et les pendules Pompadour ? Elle était à Tostes. Lui, il était à Paris, maintenant ; là-bas ! Comment était ce Paris ? Quel nom démesuré ! Elle se le répétait à demi-voix, pour se faire plaisir ; il sonnait à ses oreilles comme un bourdon de cathédrale ; il flamboyait à ses yeux jusque sur l'étiquette de ses pots de pommade.

La nuit, quand les mareyeurs, dans leurs charrettes,

passaient sous ses fenêtres en chantant la *Marjolaine,*
elle s'éveillait ; et, écoutant le bruit des roues ferrées
qui, à la sortie du pays, s'amortissait vite sur la terre :

— Ils y seront demain ! se disait-elle.

Et elle les suivait dans sa pensée, montant et
descendant les côtes, traversant les villages, filant sur
la grand-route à la clarté des étoiles. Au bout d'une
distance indéterminée, il se trouvait toujours une place
confuse où expirait son rêve.

Elle s'acheta un plan de Paris, et, du bout de son
doigt, sur la carte, elle faisait des courses dans la
capitale. Elle remontait les boulevards, s'arrêtant à
chaque angle, entre les lignes des rues, devant les
carrés blancs qui figurent les maisons. Les yeux
fatigués, à la fin, elle fermait ses paupières, et elle
voyait dans les ténèbres se tordre au vent des becs de
gaz, avec des marchepieds de calèches, qui se
déployaient à grand fracas devant le péristyle des
théâtres.

Elle s'abonna à la *Corbeille,* journal des femmes, et
au *Sylphe des Salons.* Elle dévorait, sans en rien passer,
tous les comptes rendus de premières représentations,
de courses et de soirées, s'intéressait au début d'une
chanteuse, à l'ouverture d'un magasin. Elle savait les
modes nouvelles, l'adresse des bons tailleurs, les jours
de Bois ou d'Opéra. Elle étudia, dans Eugène Sue, des
descriptions d'ameublements ; elle lut Balzac et George
Sand, y cherchant des assouvissements imaginaires
pour ses convoitises personnelles. A table même, elle
apportait son livre, et elle tournait les feuillets, pendant que Charles mangeait en lui parlant. Le souvenir
du Vicomte revenait toujours dans ses lectures. Entre
lui et les personnages inventés, elle établissait des
rapprochements. Mais le cercle dont il était le centre
peu à peu s'élargit autour de lui, et cette auréole qu'il
avait, s'écartant de sa figure, s'étala plus au loin, pour
illuminer d'autres rêves.

Paris, plus vaste que l'Océan, miroitait donc aux
yeux d'Emma dans une atmosphère vermeille. La vie
nombreuse qui s'agitait en ce tumulte y était cependant

lignes, le laissait tomber sur ses genoux. Elle avait envie de faire des voyages ou de retourner vivre à son couvent. Elle souhaitait à la fois mourir et habiter Paris.

Charles, à la neige, à la pluie, chevauchait par les chemins de traverse. Il mangeait des omelettes sur la table des fermes, entrait son bras dans des lits humides, recevait au visage le jet tiède des saignées, écoutait des râles, examinait des cuvettes, retroussait bien du linge sale ; mais il trouvait, tous les soirs, un feu flambant, la table servie, des meubles souples, et une femme en toilette fine, charmante et sentant frais, à ne savoir même d'où venait cette odeur, ou si ce n'était pas sa peau qui parfumait sa chemise.

Elle le charmait par quantité de délicatesses ; c'était tantôt une manière nouvelle de façonner pour les bougies des bobèches de papier, un volant qu'elle changeait à sa robe, ou le nom extraordinaire d'un mets bien simple et que la bonne avait manqué, mais que Charles, jusqu'au bout, avalait avec plaisir. Elle vit à Rouen des dames qui portaient à leur montre un paquet de breloques ; elle acheta des breloques. Elle voulut sur sa cheminée deux grands vases de verre bleu, et, quelque temps après, un nécessaire d'ivoire, avec un dé de vermeil. Moins Charles comprenait ces élégances, plus il en subissait la séduction. Elles ajoutaient quelque chose au plaisir de ses sens et à la douceur de son foyer. C'était comme une poussière d'or qui sablait tout du long le petit sentier de sa vie.

Il se portait bien, il avait bonne mine ; sa réputation était établie tout à fait. Les campagnards le chérissaient parce qu'il n'était pas fier. Il caressait les enfants, n'entrait jamais au cabaret, et, d'ailleurs, inspirait de la confiance par sa moralité. Il réussissait particulièrement dans les catarrhes et maladies de poitrine. Craignant beaucoup de tuer son monde, Charles, en effet, n'ordonnait guère que des potions calmantes, de temps à autre de l'émétique, un bain de pieds ou des sangsues. Ce n'est pas que la chirurgie lui fît peur ; il vous saignait les gens largement, comme des chevaux, et il avait pour l'extraction des dents une *poigne d'enfer*.

Enfin, *pour se tenir au courant*, il prit un abonnement à la *Ruche médicale*, journal nouveau dont il avait reçu le prospectus. Il en lisait un peu après son dîner, mais la chaleur de l'appartement, jointe à la digestion, faisait qu'au bout de cinq minutes il s'endormait ; et il restait là, le menton sur ses deux mains, et les cheveux étalés comme une crinière jusqu'au pied de la lampe. Emma le regardait en haussant les épaules. Que n'avait-elle, au moins, pour mari un de ces hommes d'ardeurs taciturnes qui travaillent la nuit dans des livres, et porte enfin, à soixante ans, quand vient l'âge des rhumatismes, une brochette de croix [13], sur leur habit noir, mal fait. Elle aurait voulu que ce nom de Bovary, qui était le sien, fût illustre, le voir étalé chez des libraires, répété dans les journaux, connu par toute la France. Mais Charles n'avait point d'ambition ! Un médecin d'Yvetot, avec qui dernièrement il s'était trouvé en consultation, l'avait humilié quelque peu, au lit même du malade, devant les parents assemblés. Quand Charles lui raconta, le soir, cette anecdote, Emma s'emporta bien haut contre le confrère. Charles en fut attendri. Il la baisa au front avec une larme. Mais elle était exaspérée de honte, elle avait envie de le battre, elle alla dans le corridor ouvrir la fenêtre et huma l'air frais pour se calmer.

— Quel pauvre homme ! quel pauvre homme ! disait-elle tout bas, en se mordant les lèvres.

Elle se sentait, d'ailleurs, plus irritée de lui. Il prenait, avec l'âge, des allures épaisses ; il coupait, au dessert, le bouchon des bouteilles vides ; il se passait, après manger, la langue sur les dents ; il faisait, en avalant sa soupe, un gloussement à chaque gorgée, et, comme il commençait d'engraisser, ses yeux, déjà petits, semblaient remonter vers les tempes par la bouffissure de ses pommettes.

Emma, quelquefois, lui rentrait dans son gilet la bordure rouge de ses tricots, rajustait sa cravate, ou jetait à l'écart les gants déteints qu'il se disposait à passer ; et ce n'était pas, comme il croyait, pour lui ; c'était pour elle-même, par expansion d'égoïsme, agacement nerveux. Quelquefois aussi, elle lui parlait des choses qu'elle avait lues, comme d'un passage de roman, d'une pièce nouvelle ou de l'anecdote du *grand monde* que l'on racontait dans le feuilleton ; car, enfin, Charles était quelqu'un, une oreille toujours ouverte, une approbation toujours prête. Elle faisait bien des confidences à sa levrette ! Elle en eût fait aux bûches de la cheminée et au balancier de la pendule.

Au fond de son âme, cependant, elle attendait un événement. Comme les matelots en détresse, elle promenait sur la solitude de sa vie des yeux désespérés, cherchant au loin quelque voile blanche dans les brumes de l'horizon. Elle ne savait pas quel serait ce hasard, le vent qui le pousserait jusqu'à elle, vers quel rivage il la mènerait, s'il était chaloupe ou vaisseau à trois ponts, chargé d'angoisses ou plein de félicités jusqu'aux sabords. Mais, chaque matin, à son réveil, elle l'espérait pour la journée, et elle écoutait tous les bruits, se levait en sursaut, s'étonnait qu'il ne vînt pas ; puis, au coucher du soleil, toujours plus triste, désirait être au lendemain.

Le printemps reparut. Elle eut des étouffements aux premières chaleurs, quand les poiriers fleurirent.

Dès le commencement de juillet, elle compta sur ses doigts combien de semaines lui restaient pour arriver au mois d'octobre, pensant que le marquis d'Andervilliers, peut-être, donnerait encore un bal à la Vaubyessard. Mais tout septembre s'écoula sans lettres ni visites.

Après l'ennui de cette déception, son cœur, de nouveau, resta vide, et alors la série des mêmes journées recommença.

Elles allaient donc maintenant se suivre ainsi à la file, toujours pareilles, innombrables, et n'apportant rien ! Les autres existences, si plates qu'elles fussent, avaient du moins la chance d'un événement. Une aventure amenait parfois des péripéties à l'infini, et le décor changeait. Mais, pour elle, rien n'arrivait, Dieu

l'avait voulu ! L'avenir était un corridor tout noir, et
qui avait au fond sa porte bien fermée.

Elle abandonna la musique. Pourquoi jouer ? Qui
l'entendrait ? Puisqu'elle ne pourrait jamais, en robe de
velours à manches courtes, sur un piano d'Érard, dans
un concert, battant de ses doigts légers les touches
d'ivoire, sentir comme une brise, circuler autour d'elle
un murmure d'extase, ce n'était pas la peine de
s'ennuyer à étudier. Elle laissa dans l'armoire ses
cartons à dessin et la tapisserie. A quoi bon ? A quoi
bon ? La couture l'irritait.

— J'ai tout lu, se disait-elle.

Et elle restait à faire rougir les pincettes, ou regardait
la pluie tomber.

Comme elle était triste, le dimanche, quand on
sonnait les vêpres ! Elle écoutait, dans un hébétement
attentif, tinter un à un les coups fêlés de la cloche.
Quelque chat sur les toits, marchant lentement, bombait son dos aux rayons pâles du soleil. Le vent, sur la
grande route, soufflait des traînées de poussière. Au
loin, parfois, un chien hurlait : et la cloche, à temps
égaux, continuait sa sonnerie monotone qui se perdait
dans la campagne.

Cependant on sortait de l'église. Les femmes en
sabots cirés, les paysans en blouse neuve, les petits
enfants qui sautillaient nu-tête devant eux, tout rentrait chez soi. Et jusqu'à la nuit, cinq ou six hommes,
toujours les mêmes, restaient à jouer au bouchon,
devant la grande porte de l'auberge.

L'hiver fut froid. Les carreaux, chaque matin,
étaient chargés de givre, et la lumière, blanchâtre à
travers eux, comme par des verres dépolis, quelquefois
ne variait pas de la journée. Dès quatre heures du soir,
il fallait allumer la lampe.

Les jours qu'il faisait beau, elle descendait dans le
jardin. La rosée avait laissé sur les choux des guipures
d'argent avec de longs fils clairs qui s'étendaient de
l'un à l'autre. On n'entendait pas d'oiseaux, tout
semblait dormir, l'espalier couvert de paille et la vigne
comme un grand serpent malade sous le chaperon du

mur, où l'on voyait, en s'approchant, se traîner des cloportes à pattes nombreuses. Dans les sapinettes, près de la haie, le curé en tricorne qui lisait son bréviaire avait perdu le pied droit, et même le plâtre, s'écaillant à la gelée, avait fait des gales blanches sur sa figure.

Puis elle remontait, fermait la porte, étalait les charbons, et, défaillant à la chaleur du foyer, sentait l'ennui plus lourd qui retombait sur elle. Elle serait bien descendue causer avec la bonne, mais une pudeur la retenait.

Tous les jours, à la même heure, le maître d'école, en bonnet de soie noire, ouvrait les auvents de sa maison, et le garde champêtre passait, portant son sabre sur sa blouse. Soir et matin, les chevaux de la poste, trois par trois, traversaient la rue pour aller boire à la mare. De temps à autre, la porte d'un cabaret faisait tinter sa sonnette, et, quand il y avait du vent, l'on entendait grincer sur les deux tringles les petites cuvettes en cuivre du perruquier, qui servaient d'enseigne à sa boutique. Elle avait pour décoration une vieille gravure de modes collée contre un carreau et un buste de femme en cire, dont les cheveux étaient jaunes. Lui aussi, le perruquier, il se lamentait de sa vocation arrêtée, de son avenir perdu, et, rêvant quelque boutique dans une grande ville, comme à Rouen, par exemple, sur le port, près du théâtre, il restait toute la journée à se promener en long, depuis la mairie jusqu'à l'église, sombre, et attendant la clientèle. Lorsque madame Bovary levait les yeux, elle le voyait toujours là, comme une sentinelle en faction, avec son bonnet grec sur l'oreille et sa veste de lasting.

Dans l'après-midi, quelquefois, une tête d'homme apparaissait derrière les vitres de la salle, tête hâlée, à favoris noirs, et qui souriait lentement d'un large sourire doux à dents blanches. Une valse aussitôt commençait, et, sur l'orgue, dans un petit salon, des danseurs hauts comme le doigt, femmes en turban rose, Tyroliens en jaquette, singes en habit noir, messieurs en culotte courte, tournaient, tournaient entre les fauteuils, les canapés, les consoles, se répétant dans les morceaux de miroir que raccordait à leurs angles un filet de papier doré. L'homme faisait aller sa manivelle, regardant à droite, à gauche et vers les fenêtres. De temps à autre, tout en lançant contre la borne un long jet de salive brune, il soulevait du genou son instrument, dont la bretelle dure lui fatiguait l'épaule ; et, tantôt dolente et traînarde, ou joyeuse et précipitée, la musique de la boîte s'échappait en bourdonnant à travers un rideau de taffetas rose, sous une grille [14] de cuivre en arabesque. C'étaient des airs que l'on jouait ailleurs, sur les théâtres, que l'on chantait dans les salons, que l'on dansait le soir sous des lustres éclairés, échos du monde qui arrivaient jusqu'à Emma. Des sarabandes à n'en plus finir se déroulaient dans sa tête, et, comme une bayadère sur les fleurs d'un tapis, sa pensée bondissait avec les notes, se balançait de rêve en rêve, de tristesse en tristesse. Quand l'homme avait reçu l'aumône dans sa casquette, il rabattait une vieille couverture de laine bleue, passait son orgue sur son dos et s'éloignait d'un pas lourd. Elle le regardait partir.

Mais c'était surtout aux heures des repas qu'elle n'en pouvait plus, dans cette petite salle au rez-de-chaussée, avec le poêle qui fumait, la porte qui criait, les murs qui suintaient, les pavés humides ; toute l'amertume de l'existence lui semblait servie sur son assiette, et, à la fumée du bouilli, il montait du fond de son âme comme d'autres bouffées d'affadissement. Charles était long à manger ; elle grignotait quelques noisettes, ou bien, appuyée du coude, s'amusait, avec la pointe de son couteau, à faire des raies sur la toile cirée.

Elle laissait maintenant tout aller dans son ménage, et madame Bovary mère, lorsqu'elle vint passer à Tostes une partie du carême, s'étonna fort de ce changement. Elle, en effet, si soigneuse autrefois et délicate, elle restait à présent des journées entières sans s'habiller, portait des bas de coton gris, s'éclairait à la chandelle. Elle répétait qu'il fallait économiser, puisqu'ils n'étaient pas riches, ajoutant qu'elle était très contente, très heureuse, que Tostes lui plaisait beaucoup, et autres discours nouveaux qui fermaient la bouche à la belle-mère. Du reste, Emma ne semblait plus disposée à suivre ses conseils ; une fois même, madame Bovary s'étant avisée de prétendre que les maîtres devaient surveiller la religion de leurs domestiques, elle lui avait répondu d'un œil si colère et avec un sourire tellement froid, que la bonne femme ne s'y frotta plus.

Emma devenait difficile, capricieuse. Elle se commandait des plats pour elle, n'y touchait point, un jour ne buvait que du lait pur, et, le lendemain, des tasses de thé à la douzaine. Souvent, elle s'obstinait à ne pas sortir, puis elle suffoquait, ouvrait les fenêtres, s'habillait en robe légère. Lorsqu'elle avait bien rudoyé sa servante, elle lui faisait des cadeaux ou l'envoyait se promener chez les voisines, de même qu'elle jetait parfois aux pauvres toutes les pièces blanches de sa bourse, quoiqu'elle ne fût guère tendre cependant, ni facilement accessible à l'émotion d'autrui, comme la plupart des gens issus de campagnards, qui gardent toujours à l'âme quelque chose de la callosité des mains paternelles.

Vers la fin de février, le père Rouault, en souvenir de sa guérison, apporta lui-même à son gendre une dinde superbe, et il resta trois jours à Tostes. Charles étant à ses malades, Emma lui tint compagnie. Il fuma dans la chambre, cracha sur les chenets, causa culture, veaux, vaches, volailles et conseil municipal ; si bien qu'elle referma la porte, quand il fut parti, avec un sentiment de satisfaction qui la surprit elle-même. D'ailleurs, elle ne cachait plus son mépris pour rien, ni pour personne ; et elle se mettait quelquefois à exprimer des opinions singulières, blâmant ce que l'on approuvait, et approuvant des choses perverses ou immorales : ce qui faisait ouvrir de grands yeux à son mari.

Est-ce que cette misère durerait toujours ? Est-ce qu'elle n'en sortirait pas ? Elle valait bien, cependant, toutes celles qui vivaient heureuses ! Elle avait vu des duchesses à la Vaubyessard qui avaient la taille plus lourde et les façons plus communes, et elle exécrait l'injustice de Dieu ; elle s'appuyait la tête aux murs pour pleurer ; elle enviait les existences tumultueuses, les nuits masquées, les insolents plaisirs avec tous les éperduments qu'elle ne connaissait pas et qu'ils devaient donner.

Elle pâlissait et avait des battements de cœur. Charles lui administra de la valériane et des bains de camphre. Tout ce que l'on essayait semblait l'irriter davantage.

En de certains jours, elle bavardait avec une abondance fébrile ; à ces exaltations succédaient tout à coup des torpeurs où elle restait sans parler, sans bouger. Ce qui la ranimait alors, c'était de se répandre sur les bras un flacon d'eau de Cologne.

Comme elle se plaignait de Tostes continuellement, Charles imagina que la cause de sa maladie était sans doute dans quelque influence locale, et, s'arrêtant à cette idée, il songea sérieusement à aller s'établir ailleurs.

Dès lors, elle but du vinaigre pour se faire maigrir, contracta une petite toux sèche et perdit complètement l'appétit.

Il en coûtait à Charles d'abandonner Tostes, après quatre ans de séjour et au moment *où il commençait à s'y poser*. S'il le fallait, cependant ! Il la conduisit à Rouen, voir son ancien maître. C'était une maladie nerveuse : on devait la changer d'air.

Après s'être tourné de côté et d'autre, Charles apprit qu'il y avait, dans l'arrondissement de Neufchâtel, un fort bourg, nommé Yonville-l'Abbaye, dont le médecin, qui était un réfugié polonais, venait de décamper la semaine précédente. Alors il écrivit au pharmacien de l'endroit pour savoir quel était le chiffre de la population, la distance où se trouvait le confrère le plus voisin, combien par année gagnait son prédécesseur, etc. ; et, les réponses ayant été satisfaisantes, il se résolut à déménager vers le printemps, si la santé d'Emma ne s'améliorait pas.

Un jour qu'en prévision de son départ elle faisait des

rangements dans un tiroir, elle se piqua les doigts à quelque chose. C'était un fil de fer de son bouquet de mariage. Les boutons d'oranger étaient jaunes de poussière, et les rubans de satin, à liséré d'argent, s'effilochaient par le bord. Elle le jeta dans le feu. Il s'enflamma plus vite qu'une paille sèche. Puis ce fut comme un buisson rouge sur les cendres, et qui se rongeait lentement. Elle le regarda brûler. Les petites baies de carton éclataient, les fils d'archal se tordaient, le galon se fondait ; et les corolles de papier, racornies, se balançant le long de la plaque comme des papillons noirs, enfin s'envolèrent par la cheminée.

Quand on partit de Tostes, au mois de mars, madame Bovary était enceinte [15].

DEUXIÈME PARTIE

I

Yonville-l'Abbaye (ainsi nommé à cause d'une ancienne abbaye de Capucins dont les ruines n'existent même plus) est un bourg à huit lieues de Rouen, entre la route d'Abbeville et celle de Beauvais, au fond d'une vallée qu'arrose la Rieule, petite rivière qui se jette dans l'Andelle, après avoir fait tourner trois moulins vers son embouchure, et où il y a quelques truites, que les garçons, le dimanche, s'amusent à pêcher à la ligne.

On quitte la grande route à la Boissière et l'on continue à plat jusqu'au haut de la côte des Leux, d'où l'on découvre la vallée. La rivière qui la traverse en fait comme deux régions de physionomie distincte : tout ce qui est à gauche est en herbage, tout ce qui est à droite est en labour. La prairie s'allonge sous un bourrelet de collines basses pour se rattacher par-derrière aux pâturages du pays de Bray, tandis que, du côté de l'est, la plaine, montant doucement, va s'élargissant et étale à perte de vue ses blondes pièces de blé. L'eau qui court au bord de l'herbe sépare d'une raie blanche la couleur des prés et celle des sillons, et la campagne ainsi ressemble à un grand manteau déplié qui a un collet de velours bordé d'un galon d'argent.

Au bout de l'horizon, lorsqu'on arrive, on a devant soi les chênes de la forêt d'Argueil, avec les escarpements de la côte Saint-Jean, rayés du haut en bas par de longues traînées rouges, inégales ; ce sont les traces des pluies, et ces tons de brique, tranchant en filets minces sur la couleur grise de la montagne, viennent de la quantité de sources ferrugineuses qui coulent au-delà dans le pays d'alentour.

On est ici sur les confins de la Normandie, de la Picardie et de l'Ile-de-France, contrée bâtarde où le langage est sans accentuation, comme le paysage sans caractère. C'est là que l'on fait les pires fromages de Neufchâtel de tout l'arrondissement, et, d'autre part, la culture y est coûteuse, parce qu'il faut beaucoup de fumier pour engraisser ces terres friables pleines de sable et de cailloux.

Jusqu'en 1835, il n'y avait point de route praticable pour arriver à Yonville ; mais on a établi vers cette époque un chemin de *grande vicinalité* qui relie la route d'Abbeville à celle d'Amiens, et sert quelquefois aux rouliers allant de Rouen dans les Flandres. Cependant, Yonville-l'Abbaye est demeuré stationnaire, malgré ses *débouchés nouveaux*. Au lieu d'améliorer les cultures, on s'y obstine encore aux herbages, quelque dépréciés qu'ils soient, et le bourg paresseux, s'écartant de la plaine, a continué naturellement à s'agrandir vers la rivière. On l'aperçoit de loin, tout couché en long sur la rive, comme un gardeur de vaches qui fait la sieste au bord de l'eau.

Au bas de la côte, après le pont, commence une chaussée plantée de jeunes trembles, qui vous mène en droite ligne jusqu'aux premières maisons du pays. Elles sont encloses de haies, au milieu de cours pleines de bâtiments épars, pressoirs, charretteries et bouille-ries disséminées sous les arbres touffus portant des échelles, des gaules ou des faux accrochées dans leur branchage. Les toits de chaume, comme des bonnets de fourrure rabattus sur des yeux, descendent jusqu'au tiers à peu près des fenêtres basses, dont les gros verres bombés sont garnis d'un nœud dans le milieu, à la façon des culs de bouteilles. Sur le mur de plâtre que traversent en diagonale des lambourdes noires s'ac-croche parfois quelque maigre poirier, et les rez-de-chaussée ont à leur porte une petite barrière tournante pour les défendre des poussins, qui viennent picorer, sur le seuil, des miettes de pain bis trempé de cidre. Cependant les cours se font plus étroites, les habitations se rapprochent, les haies disparaissent ; un fagot de fougères se balance sous une fenêtre au bout d'un manche à balai ; il y a la forge d'un maréchal et ensuite un charron avec deux ou trois charrettes neuves, en dehors, qui empiètent sur la route. Puis, à travers une claire-voie, apparaît une maison blanche au-delà d'un rond de gazon que décore un Amour, le doigt posé sur la bouche ; deux vases en fonte sont à chaque bout du perron ; des panonceaux brillent à la porte ; c'est la maison du notaire, et la plus belle du pays.

L'église est de l'autre côté de la rue, vingt pas plus loin, à l'entrée de la place. Le petit cimetière qui l'entoure, clos d'un mur à hauteur d'appui, est si bien rempli de tombeaux, que les vieilles pierres à ras du sol font un dallage continu, où l'herbe a dessiné de soi-même des carrés verts réguliers. L'église a été rebâtie à neuf dans les dernières années du règne de Charles X. La voûte en bois commence à pourrir par le haut et, de place en place, a des enfonçures noires dans sa couleur bleue. Au-dessus de la porte, où seraient les orgues, se tient un jubé pour les hommes, avec un escalier tournant qui retentit sous les sabots.

Le grand jour, arrivant par les vitraux tout unis, éclaire obliquement les bancs rangés en travers de la muraille, que tapisse çà et là quelque paillasson cloué, ayant au-dessous de lui ces mots en grosses lettres : « Banc de M. un tel ». Plus loin, à l'endroit où le vaisseau se rétrécit, le confessionnal fait pendant à une statuette de la Vierge, vêtue d'une robe de satin, coiffée d'un voile de tulle semé d'étoiles d'argent, et tout empourprée aux pommettes comme une idole des îles Sandwich ; enfin une copie de la *Sainte Famille*, *envoi du ministre de l'Intérieur*, dominant le maître-autel entre quatre chandeliers, termine au fond la perspective. Les stalles du chœur, en bois de sapin, sont restées sans être peintes.

Les halles, c'est-à-dire un toit de tuiles supporté par une vingtaine de poteaux, occupent à elles seules la moitié environ de la grande place d'Yonville. La mairie, construite *sur les dessins d'un architecte de Paris,* est une manière de temple grec qui fait l'angle, à côté de la maison du pharmacien. Elle a, au rez-de-chaussée, trois colonnes ioniques et, au premier étage, une galerie à plein cintre, tandis que le tympan qui la termine est rempli par un coq gaulois, appuyé d'une patte sur la Charte et tenant de l'autre les balances de la justice.

Mais ce qui attire le plus les yeux, c'est, en face de l'auberge du *Lion d'or,* la pharmacie de M. Homais ! Le soir, principalement, quand son quinquet est allumé et que les bocaux rouges et verts qui embellissent sa devanture allongent au loin, sur le sol, leurs deux clartés de couleur, alors, à travers elles, comme dans des feux de Bengale, s'entrevoit l'ombre du pharmacien accoudé sur son pupitre. Sa maison, du haut en bas, est placardée d'inscriptions écrites en anglaise, en ronde, en moulée : « Eaux de Vichy, de Seltz et de Barèges, robs dépuratifs, médecine Raspail, racabout des Arabes, pastilles Darcet, pâte Regnault, bandages, bains, chocolats de santé, etc. » Et l'enseigne, qui tient toute la largeur de la boutique, porte en lettres d'or : *Homais, pharmacien.* Puis, au fond de la boutique, derrière les grandes balances scellées sur le comptoir, le mot *laboratoire* se déroule au-dessus d'une porte vitrée qui, à moitié de sa hauteur, répète encore une fois *Homais,* en lettres d'or, sur un fond noir.

Il n'y a plus ensuite rien à voir dans Yonville. La rue (la seule), longue d'une portée de fusil et bordée de quelques boutiques, s'arrête court au tournant de la route. Si on la laisse sur la droite et que l'on suive le bas de la côte Saint-Jean, bientôt on arrive au cimetière.

Lors du choléra, pour l'agrandir, on a abattu un pan de mur et acheté trois acres de terre à côté ; mais toute cette portion nouvelle est presque inhabitée, les tombes, comme autrefois, continuant à s'entasser vers la porte. Le gardien, qui est en même temps fossoyeur et bedeau à l'église (tirant ainsi des cadavres de la paroisse un double bénéfice), a profité du terrain vide pour y semer des pommes de terre. D'année en année, cependant, son petit champ se rétrécit, et, lorsqu'il survient une épidémie, il ne sait pas s'il doit se réjouir des décès ou s'affliger des sépultures.

— Vous vous nourrissez des morts, Lestiboudois ! lui dit enfin, un jour, M. le curé.

Cette parole sombre le fit réfléchir ; elle l'arrêta pour quelque temps ; mais, aujourd'hui encore, il continue la culture de ses tubercules, et même soutient avec aplomb qu'ils poussent naturellement.

Depuis les événements que l'on va raconter, rien, en effet, n'a changé à Yonville. Le drapeau tricolore de fer-blanc tourne toujours au haut du clocher de l'église ; la boutique du marchand de nouveautés agite encore au vent ses deux banderoles d'indienne ; les fœtus du pharmacien, comme des paquets d'amadou blanc, se pourrissent de plus en plus dans leur alcool bourbeux, et, au-dessus de la grande porte de l'auberge, le vieux lion d'or, déteint par les pluies, montre toujours aux passants sa frisure de caniche.

Le soir que les époux Bovary devaient arriver à Yonville [16], madame veuve Lefrançois, la maîtresse de cette auberge, était si fort affairée, qu'elle suait à grosses gouttes en remuant ses casseroles. C'était, le lendemain, jour de marché dans le bourg. Il fallait d'avance tailler les viandes, vider les poulets, faire de la soupe et du café. Elle avait, de plus, le repas de ses pensionnaires, celui du médecin, de sa femme et de leur bonne ; le billard retentissait d'éclats de rire ; trois meuniers, dans la petite salle, appelaient pour qu'on leur apportât de l'eau-de-vie ; le bois flambait, la braise craquait, et, sur la longue table de la cuisine, parmi les quartiers de mouton cru, s'élevaient des piles d'assiettes qui tremblaient aux secousses du billot où l'on hachait des épinards. On entendait, dans la basse-cour, crier les volailles que la servante poursuivait pour leur couper le cou.

Un homme en pantoufles de peau verte, quelque peu marqué de petite vérole et coiffé d'un bonnet de velours à gland d'or, se chauffait le dos contre la cheminée. Sa figure n'exprimait rien que la satisfaction de soi-même, et il avait l'air aussi calme dans la vie que le chardonneret suspendu au-dessus de sa tête, dans une cage d'osier : c'était le pharmacien.

— Artémise ! criait la maîtresse d'auberge, casse de la bourrée, emplis les carafes, apporte de l'eau-de-vie, dépêche-toi ! Au moins, si je savais quel dessert offrir à la société que vous attendez ! Bonté divine ! les commis du déménagement recommencent leur tintamarre dans le billard ! Et leur charrette qui est restée sous la grande porte ? L'*Hirondelle* est capable de la défoncer en arrivant ! Appelle Polyte pour qu'il la remise !... Dire que, depuis le matin, monsieur Homais, ils ont peut-être fait quinze parties et bu huit pots de cidre !... Mais ils vont me déchirer le tapis, continuait-elle en les regardant de loin, son écumoire à la main.

— Le mal ne serait pas grand, répondit M. Homais, vous en achèteriez un autre.

— Un autre billard ! s'exclama la veuve.

— Puisque celui-là ne tient plus, madame Lefrançois, je vous le répète, vous vous faites tort ! vous vous faites grand tort ! Et puis les amateurs, à présent, veulent des blouses étroites et des queues lourdes. On ne joue plus la bille ; tout est changé ! Il faut marcher avec son siècle ! Regardez Tellier, plutôt...

L'hôtesse devint rouge de dépit. Le pharmacien ajouta :

— Son billard, vous avez beau dire, est plus mignon que le vôtre ; et qu'on ait l'idée, par exemple, de monter une poule patriotique pour la Pologne ou les inondés de Lyon [17]...

— Ce ne sont pas des gueux comme lui qui nous font peur ! interrompit l'hôtesse, en haussant ses grosses épaules. Allez ! allez ! monsieur Homais, tant que le *Lion d'or* vivra, on y viendra. Nous avons du foin dans nos bottes, nous autres ! Au lieu qu'un de ces matins vous verrez le *Café français* fermé, et avec une

belle affiche sur les auvents !... Changer mon billard,
continuait-elle en se parlant à elle-même, lui qui m'est
si commode pour ranger ma lessive, et sur lequel, dans
le temps de la chasse, j'ai mis coucher jusqu'à six
voyageurs !... Mais ce lambin d'Hivert qui n'arrive
pas !

— L'attendez-vous pour le dîner de vos messieurs ?
demanda le pharmacien.

— L'attendre ? Et M. Binet donc ! A six heures
battant vous allez le voir entrer, car son pareil n'existe
pas sur la terre pour l'exactitude. Il lui faut toujours sa
place dans la petite salle ! On le tuerait plutôt que de le
faire dîner ailleurs ! et dégoûté qu'il est ! et si difficile
pour le cidre ! Ce n'est pas comme M. Léon ; lui, il
arrive quelquefois à sept heures, sept heures et demie
même ; il ne regarde seulement pas à ce qu'il mange.
Quel bon jeune homme ! Jamais un mot plus haut que
l'autre.

— C'est qu'il y a bien de la différence, voyez-vous,
entre quelqu'un qui a reçu de l'éducation et un ancien
carabinier qui est percepteur.

Six heures sonnèrent. Binet entra.

Il était vêtu d'une redingote bleue, tombant droit
d'elle-même tout autour de son corps maigre, et sa
casquette de cuir, à pattes nouées par des cordons sur
le sommet de sa tête, laissait voir, sous la visière
relevée, un front chauve, qu'avait déprimé l'habitude
du casque. Il portait un gilet de drap noir, un col de
crin, un pantalon gris, et, en toute saison, des bottes
bien cirées qui avaient deux renflements parallèles, à
cause de la saillie de ses orteils. Pas un poil ne dépassait
la ligne de son collier blond, qui, contournant la
mâchoire, encadrait comme la bordure d'une plate-
bande sa longue figure terne, dont les yeux étaient
petits et le nez busqué. Fort à tous les jeux de cartes,
bon chasseur et possédant une belle écriture, il avait
chez lui un tour, où il s'amusait à tourner des ronds de
serviette dont il encombrait sa maison, avec la jalousie
d'un artiste et l'égoïsme d'un bourgeois.

Il se dirigea vers la petite salle : mais il fallut d'abord

en faire sortir les trois meuniers ; et, pendant tout le temps que l'on fut à mettre son couvert, Binet resta silencieux à sa place, auprès du poêle ; puis il ferma la porte et retira sa casquette, comme d'usage.

— Ce ne sont pas les civilités qui lui useront la langue ! dit le pharmacien, dès qu'il fut seul avec l'hôtesse.

— Jamais il ne cause davantage, répondit-elle ; il est venu ici, la semaine dernière, deux voyageurs en draps, des garçons pleins d'esprit qui contaient, le soir, un tas de farces que j'en pleurais de rire : eh bien ! il restait là, comme une alose, sans dire un mot.

— Oui, fit le pharmacien, pas d'imagination, pas de saillies, rien de ce qui constitue l'homme de société !

— On dit pourtant qu'il a des moyens, objecta l'hôtesse.

— Des moyens ! répliqua M. Homais ; lui ! des moyens ? Dans sa partie, c'est possible, ajouta-t-il d'un ton plus calme.

Et il reprit :

— Ah ! qu'un négociant qui a des relations considérables, qu'un jurisconsulte, un médecin, un pharmacien soient tellement absorbés qu'ils en deviennent fantasques et bourrus même, je le comprends ; on en cite des traits dans l'histoire ! Mais, au moins, c'est qu'ils pensent à quelque chose. Moi, par exemple, combien de fois m'est-il arrivé de chercher ma plume sur mon bureau pour écrire une étiquette, et de trouver, en définitive, que je l'avais placée à mon oreille !

Cependant, madame Lefrançois alla sur le seuil regarder si l'*Hirondelle* n'arrivait pas. Elle tressaillit. Un homme vêtu de noir entra tout à coup dans la cuisine. On distinguait, aux dernières lueurs du crépuscule, qu'il avait une figure rubiconde et le corps athlétique.

— Qu'y a-t-il pour votre service, monsieur le curé ? demanda la maîtresse d'auberge, tout en atteignant sur la cheminée un des flambeaux de cuivre qui s'y trouvaient rangés en colonnade avec leurs chandelles ;

voulez-vous prendre quelque chose ? un doigt de cassis, un verre de vin ?

L'ecclésiastique refusa fort civilement. Il venait chercher son parapluie, qu'il avait oublié l'autre jour au couvent d'Ernemont, et, après avoir prié madame Lefrançois de le lui faire remettre au presbytère dans la soirée, il sortit pour se rendre à l'église, où sonnait l'*Angelus*.

Quand le pharmacien n'entendit plus sur la place le bruit de ses souliers, il trouva fort inconvenante sa conduite de tout à l'heure. Ce refus d'accepter un rafraîchissement lui semblait une hypocrisie des plus odieuses ; les prêtres godaillaient tous sans qu'on les vît, et cherchaient à ramener le temps de la dîme.

L'hôtesse prit la défense de son curé :

— D'ailleurs, il en plierait quatre comme vous sur son genou. Il a, l'année dernière, aidé nos gens à rentrer la paille ; il en portait jusqu'à six bottes à la fois, tant il est fort !

— Bravo ! dit le pharmacien. Envoyez donc vos filles à confesse à des gaillards d'un tempérament pareil ! Moi, si j'étais le gouvernement, je voudrais qu'on saignât les prêtres une fois par mois. Oui, madame Lefrançois, tous les mois, une large phlébotomie, dans l'intérêt de la police et des mœurs !

— Taisez-vous donc, monsieur Homais ! vous êtes un impie ! vous n'avez pas de religion !

Le pharmacien répondit :

— J'ai une religion, ma religion, et même j'en ai plus qu'eux tous, avec leurs mômeries et leurs jongleries ! J'adore Dieu, au contraire ! Je crois en l'Être suprême, à un Créateur, quel qu'il soit, peu m'importe, qui nous a placés ici-bas pour y remplir nos devoirs de citoyen et de père de famille ; mais je n'ai pas besoin d'aller, dans une église, baiser des plats d'argent et engraisser de ma poche un tas de farceurs qui se nourrissent mieux que nous ! Car on peut l'honorer aussi bien dans un bois, dans un champ, où même en contemplant la voûte éthérée, comme les anciens. Mon Dieu, à moi, c'est le Dieu de Socrate, de

Franklin, de Voltaire et de Béranger ! Je suis pour la
Profession de foi du vicaire savoyard et les immortels
principes de 89 ! Aussi je n'admets pas un bonhomme
du bon Dieu qui se promène dans son parterre la canne
à la main, loge ses amis dans le ventre des baleines,
meurt en poussant un cri et ressuscite au bout de trois
jours : choses absurdes en elles-mêmes et complètement opposées, d'ailleurs, à toutes les lois de la
physique ; ce qui nous démontre, en passant, que les
prêtres ont toujours croupi dans une ignorance turpide, où ils s'efforcent d'engloutir avec eux les populations.

Il se tut, cherchant des yeux un public autour de lui,
car, dans son effervescence, le pharmacien, un
moment, s'était cru en plein conseil municipal. Mais la
maîtresse d'auberge ne l'écoutait plus : elle tendait son
oreille à un roulement éloigné. On distingua le bruit
d'une voiture mêlé à un claquement de fers lâches qui
battaient la terre, et l'*Hirondelle*, enfin, s'arrêta devant
la porte.

C'était un coffre jaune porté par deux grandes roues
qui, montant jusqu'à la hauteur de la bâche, empêchaient les voyageurs de voir la route et leur salissaient
les épaules. Les petits carreaux de ses vasistas étroits
tremblaient dans leurs châssis quand la voiture était
fermée, et gardaient des taches de boue, çà et là, parmi
leur vieille couche de poussière, que les pluies d'orage
même ne lavaient pas tout à fait. Elle était attelée de
trois chevaux, dont le premier en arbalète, et, lorsqu'on descendait les côtes, elle touchait du fond en
cahotant.

Quelques bourgeois d'Yonville arrivèrent sur la
place ; ils parlaient tous à la fois, demandant des
nouvelles, des explications et des bourriches : Hivert
ne savait auquel répondre. C'était lui qui faisait à la
ville les commissions du pays. Il allait dans les
boutiques, rapportait des rouleaux de cuir au cordon-
nier, de la ferraille au maréchal, un baril de harengs
pour sa maîtresse, des bonnets de chez la modiste, des
toupets de chez le coiffeur ; et, le long de la route, en

s'en revenant, il distribuait ses paquets, qu'il jetait par-dessus les clôtures des cours, debout sur son siège, et criant à pleine poitrine, pendant que ses chevaux allaient tout seuls.

Un accident l'avait retardé ; la levrette de madame Bovary s'était enfuie à travers champs. On l'avait sifflée un grand quart d'heure. Hivert même était retourné d'une demi-lieue en arrière, croyant l'apercevoir à chaque minute ; mais il avait fallu continuer la route. Emma avait pleuré, s'était emportée ; elle avait accusé Charles de ce malheur. M. Lheureux, marchand d'étoffes, qui se trouvait avec elle dans la voiture, avait essayé de la consoler par quantité d'exemples de chiens perdus, reconnaissant leur maître au bout de longues années. On en citait un, disait-il, qui était revenu de Constantinople à Paris. Un autre avait fait cinquante lieues en ligne droite et passé quatre rivières à la nage ; et son père à lui-même avait possédé un caniche qui, après douze ans d'absence, lui avait tout à coup sauté sur le dos, un soir, dans la rue comme il allait dîner en ville.

II

Emma descendit la première, puis Félicité, M. Lheureux, une nourrice, et l'on fut obligé de réveiller Charles dans son coin, où il s'était endormi complètement, dès que la nuit était venue.

Homais se présenta ; il offrit ses hommages à Madame, ses civilités à Monsieur, dit qu'il était charmé d'avoir pu leur rendre quelque service, et ajouta d'un air cordial qu'il avait osé s'inviter lui-même, sa femme, d'ailleurs, était absente.

Madame Bovary, quand elle fut dans la cuisine, s'approcha de la cheminée. Du bout de ses deux doigts elle prit sa robe à la hauteur du genou, et, l'ayant ainsi remontée jusqu'aux chevilles, elle tendit à la flamme, par-dessus le gigot qui tournait, son pied chaussé d'une bottine noire. Le feu l'éclairait en entier, pénétrant

d'une lumière crue la trame de sa robe, les pores égaux
de sa peau blanche et même les paupières de ses yeux
qu'elle clignait de temps à autre. Une grande couleur
rouge passait sur elle selon le souffle du vent qui venait
par la porte entrouverte.

De l'autre côté de la cheminée, un jeune homme à
chevelure blonde la regardait silencieusement.

Comme il s'ennuyait beaucoup à Yonville, où il était
clerc chez maître Guillaumin, souvent M. Léon
Dupuis (c'était lui, le second habitué du *Lion d'or*)
reculait l'instant de son repas, espérant qu'il viendrait
quelque voyageur à l'auberge avec qui causer dans la
soirée. Les jours que sa besogne était finie, il lui fallait
bien, faute de savoir que faire, arriver à l'heure exacte,
et subir depuis la soupe jusqu'au fromage le tête-à-tête
de Binet. Ce fut donc avec joie qu'il accepta la
proposition de l'hôtesse de dîner en la compagnie des
nouveaux venus, et l'on passa dans la grande salle où
madame Lefrançois, par pompe, avait fait dresser les
quatre couverts.

Homais demanda la permission de garder son bonnet grec, de peur des coryzas.

Puis, se tournant vers sa voisine :

— Madame, sans doute, est un peu lasse ? On est si
épouvantablement cahoté dans notre *Hirondelle* !

— Il est vrai, répondit Emma ; mais le dérangement
m'amuse toujours : j'aime à changer de place.

— C'est une chose si maussade, soupira le clerc, que
de vivre cloué aux mêmes endroits !

— Si vous étiez comme moi, dit Charles, sans cesse
obligé d'être à cheval...

— Mais, reprit Léon, s'adressant à madame
Bovary, rien n'est plus agréable, il me semble ; quand
on le peut, ajouta-t-il.

— Du reste, disait l'apothicaire, l'exercice de la
médecine n'est pas fort pénible en nos contrées ; car
l'état de nos routes permet l'usage du cabriolet, et,
généralement, l'on paye assez bien, les cultivateurs
étant aisés. Nous avons, sous le rapport médical, à part
les cas ordinaires d'entérite, bronchite, affections

bilieuses, etc., de temps à autre quelques fièvres
intermittentes à la moisson, mais, en somme, peu de
choses graves, rien de spécial à noter, si ce n'est
beaucoup d'humeurs froides, et qui tiennent sans
doute aux déplorables conditions hygiéniques de nos
logements de paysans. Ah ! vous trouverez bien des
préjugés à combattre, monsieur Bovary ; bien des
entêtements de routine, où se heurteront quotidiennement tous les efforts de votre science ; car on a recours
encore aux neuvaines, aux reliques, au curé, plutôt que
de venir naturellement chez le médecin ou chez le
pharmacien. Le climat, pourtant, n'est point, à vrai
dire, mauvais, et même nous comptons dans la commune quelques nonagénaires. Le thermomètre (j'en ai
fait les observations) descend en hiver jusqu'à quatre
degrés et, dans la forte saison, touche vingt-cinq,
trente centigrades tout au plus, ce qui nous donne
vingt-quatre Réaumur au maximum, ou autrement
cinquante-quatre Fahrenheit (mesure anglaise), pas
davantage ! — et, en effet, nous sommes abrités des
vents du nord par la forêt d'Argueil d'une part ; des
vents d'ouest par la côte Saint-Jean de l'autre ; et cette
chaleur, cependant, qui à cause de la vapeur d'eau
dégagée par la rivière et la présence considérable de
bestiaux dans les prairies, lesquels exhalent, comme
vous savez, beaucoup d'ammoniaque, c'est-à-dire
azote, hydrogène et oxygène (non, azote et hydrogène
seulement), et qui, pompant à elle l'humus de la terre,
confondant toutes ces émanations différentes, les réunissant en un faisceau, pour ainsi dire, et se combinant
de soi-même avec l'électricité répandue dans l'atmosphère, lorsqu'il y en a, pourrait à la longue, comme
dans les pays tropicaux, engendrer des miasmes insalu-
bres ; — cette chaleur, dis-je, se trouve justement
tempérée du côté d'où elle vient ou plutôt d'où elle
viendrait, c'est-à-dire du côté sud, par les vents de sud-
est, lesquels, s'étant rafraîchis d'eux-mêmes en passant
sur la Seine, nous arrivent quelquefois tout d'un coup,
comme des brises de Russie !

— Avez-vous du moins quelques promenades dans

les environs ? continuait madame Bovary parlant au jeune homme.

— Oh ! fort peu, répondit-il. Il y a un endroit que l'on nomme la Pâture, sur le haut de la côte, à la lisière de la forêt. Quelquefois, le dimanche, je vais là, et j'y reste avec un livre, à regarder le soleil couchant.

— Je ne trouve rien d'admirable comme les soleils couchants, reprit-elle, mais au bord de la mer, surtout.

— Oh ! j'adore la mer, dit M. Léon.

— Et puis ne vous semble-t-il pas, répliqua madame Bovary, que l'esprit vogue plus librement sur cette étendue sans limites, dont la contemplation vous élève l'âme et donne des idées d'infini, d'idéal ?

— Il en est de même des paysages de montagnes, reprit Léon. J'ai un cousin qui a voyagé en Suisse l'année dernière, et qui me disait qu'on ne peut se figurer la poésie des lacs, le charme des cascades, l'effet gigantesque des glaciers. On voit des pins d'une grandeur incroyable, en travers des torrents, des cabanes suspendues sur des précipices, et, à mille pieds sous vous, des vallées entières quand les nuages s'entrouvrent. Ces spectacles doivent enthousiasmer, disposer à la prière, à l'extase [18] ! Aussi je ne m'étonne plus de ce musicien célèbre qui, pour exciter mieux son imagination, avait coutume d'aller jouer du piano devant quelque site imposant.

— Vous faites de la musique ? demanda-t-elle.

— Non, mais je l'aime beaucoup, répondit-il.

— Ah ! ne l'écoutez pas, madame Bovary, interrompit Homais en se penchant sur son assiette, c'est modestie pure. — Comment, mon cher ! Eh ! l'autre jour, dans votre chambre, vous chantiez l'*Ange Gardien* [19] à ravir. Je vous entendais du laboratoire ; vous détachiez cela comme un acteur.

Léon, en effet, logeait chez le pharmacien, où il avait une petite pièce au second étage, sur la place. Il rougit à ce compliment de son propriétaire, qui déjà s'était tourné vers le médecin et lui énumérait les uns après les autres les principaux habitants d'Yonville. Il racontait des anecdotes, donnait des renseignements. On ne savait pas au juste la fortune du notaire, et *il y avait la maison Tuvache* qui faisait beaucoup d'embarras.

Emma reprit :

— Et quelle musique préférez-vous ?

— Oh ! la musique allemande, celle qui porte à rêver.

— Connaissez-vous les Italiens ?

— Pas encore ; mais je les verrai l'année prochaine, quand j'irai habiter Paris, pour finir mon droit.

— C'est comme j'avais l'honneur, dit le pharmacien, de l'exprimer à monsieur votre époux, à propos de ce pauvre Yanoda qui s'est enfui ; vous vous trouverez, grâce aux folies qu'il a faites, jouir d'une des maisons les plus confortables d'Yonville. Ce qu'elle a principalement de commode pour un médecin, c'est une porte sur l'*Allée*, qui permet d'entrer et de sortir sans être vu. D'ailleurs, elle est fournie de tout ce qui est agréable à un ménage : buanderie, cuisine avec office, salon de famille, fruitier, etc. C'était un gaillard qui n'y regardait pas ! Il s'était fait construire, au bout du jardin, à côté de l'eau, une tonnelle tout exprès pour boire de la bière en été, et si Madame aime le jardinage, elle pourra...

— Ma femme ne s'en occupe guère, dit Charles ; elle aime mieux, quoiqu'on lui recommande l'exercice, toujours rester dans sa chambre, à lire.

— C'est comme moi, répliqua Léon ; quelle meilleure chose, en effet, que d'être le soir au coin du feu avec un livre, pendant que le vent bat les carreaux, que la lampe brûle ?...

— N'est-ce pas ? dit-elle, en fixant sur lui ses grands yeux noirs tout ouverts.

— On ne songe à rien, continuait-il, les heures passent. On se promène immobile dans des pays que l'on croit voir, et votre pensée, s'enlaçant à la fiction, se joue dans les détails ou poursuit le contour des aventures. Elle se mêle aux personnages ; il semble que c'est vous qui palpitez sous leurs costumes.

— C'est vrai ! c'est vrai ! disait-elle.

— Vous est-il arrivé parfois, reprit Léon, de rencontrer dans un livre une idée vague que l'on a eue, quelque image obscurcie qui revient de loin, et comme l'exposition entière de votre sentiment le plus délié ?

— J'ai éprouvé cela, répondit-elle.

— C'est pourquoi, dit-il, j'aime surtout les poètes. Je trouve les vers plus tendres que la prose, et qu'ils font bien mieux pleurer.

— Cependant ils fatiguent à la longue, reprit Emma ; et maintenant, au contraire, j'adore les histoires qui se suivent tout d'une haleine, où l'on a peur. Je déteste les héros communs et les sentiments tempérés, comme il y en a dans la nature.

— En effet, observa le clerc, ces ouvrages ne touchant pas le cœur, s'écartent, il me semble, du vrai but de l'Art. Il est si doux, parmi les désenchantements de la vie, de pouvoir se reporter en idée sur de nobles caractères, des affections pures et des tableaux de bonheur. Quant à moi, vivant ici, loin du monde, c'est ma seule distraction ; mais Yonville offre si peu de ressource !

— Comme Tostes, sans doute, reprit Emma ; aussi j'étais toujours abonnée à un cabinet de lecture.

— Si Madame veut me faire l'honneur d'en user, dit le pharmacien, qui venait d'entendre ces derniers mots, j'ai moi-même à sa disposition une bibliothèque composée des meilleurs auteurs : Voltaire, Rousseau, Delille, Walter Scott, l'*Écho des feuilletons*, etc., et je reçois, de plus, différentes feuilles périodiques, parmi lesquelles le *Fanal de Rouen*, quotidiennement, ayant l'avantage d'en être le correspondant pour les circonscriptions de Buchy, Forges, Neufchâtel, Yonville et les alentours.

Depuis deux heures et demie, on était à table ; car la servante Artémise, traînant nonchalamment sur les carreaux ses savates de lisière, apportait les assiettes les unes après les autres, oubliait tout, n'entendait à rien et sans cesse laissait entre-bâillée la porte du billard, qui battait contre le mur du bout de sa clenche.

Sans qu'il s'en aperçût, tout en causant, Léon avait

posé son pied sur un des barreaux de la chaise où madame Bovary était assise. Elle portait une petite cravate de soie bleue, qui tenait droit comme une fraise un col de batiste tuyauté ; et, selon les mouvements de tête qu'elle faisait, le bas de son visage s'enfonçait dans le linge ou en sortait avec douceur. C'est ainsi, l'un près de l'autre, pendant que Charles et le pharmacien devisaient, qu'ils entrèrent dans une de ces vagues conversations où le hasard des phrases vous ramène toujours au centre fixe d'une sympathie commune. Spectacles de Paris, titres de romans, quadrilles nouveaux, et le monde qu'ils ne connaissaient pas, Tostes où elle avait vécu, Yonville où ils étaient, ils examinèrent tout, parlèrent de tout jusqu'à la fin du dîner.

Quand le café fut servi, Félicité s'en alla préparer la chambre dans la nouvelle maison, et les convives bientôt levèrent le siège. Madame Lefrançois dormait auprès des cendres, tandis que le garçon d'écurie, une lanterne à la main, attendait M. et Madame Bovary pour les conduire chez eux. Sa chevelure rouge était entremêlée de brins de paille, et il boitait de la jambe gauche. Lorsqu'il eût pris de son autre main le parapluie de M. le curé, l'on se mit en marche.

Le bourg était endormi. Les piliers des halles allongeaient de grandes ombres. La terre était toute grise, comme par une nuit d'été.

Mais, la maison du médecin se trouvant à cinquante pas de l'auberge, il fallut presque aussitôt se souhaiter le bonsoir, et la compagnie se dispersa.

Emma, dès le vestibule, sentit tomber sur ses épaules, comme un linge humide, le froid du plâtre. Les murs étaient neufs, et les marches de bois craquèrent. Dans la chambre, au premier, un jour blanchâtre passait par les fenêtres sans rideaux. On entrevoyait des cimes d'arbres et, plus loin, la prairie, à demi noyée dans le brouillard, qui fumait au clair de lune, selon le cours de la rivière. Au milieu de l'appartement, pêle-mêle, il y avait des tiroirs de commode, des bouteilles, des tringles, des bâtons dorés avec des matelas sur des chaises et des cuvettes sur le parquet,

— les deux hommes qui avaient apporté les meubles
ayant tout laissé là, négligemment.

C'était la quatrième fois qu'elle couchait dans un
endroit inconnu. La première avait été le jour de son
entrée au couvent, la seconde celle de son arrivée à
Tostes, la troisième à la Vaubyessard, la quatrième
était celle-ci ; et chacune s'était trouvée faire dans sa vie
comme l'inauguration d'une phase nouvelle. Elle ne
croyait pas que les choses pussent se représenter les
mêmes à des places différentes, et, puisque la portion
vécue avait été mauvaise, sans doute ce qui restait à
consommer serait meilleur.

III

Le lendemain, à son réveil, elle aperçut le clerc sur la
place. Elle était en peignoir. Il leva la tête et la salua.
Elle fit une inclination rapide et referma la fenêtre.

Léon attendit pendant tout le jour que six heures du
soir fussent arrivées : mais, en entrant à l'auberge, il ne
trouva que M. Binet, attablé.

Ce dîner de la veille était pour lui un événement
considérable ; jamais, jusqu'alors, il n'avait causé pendant deux heures de suite avec une *dame*. Comment
donc avoir pu lui exposer, et en un tel langage,
quantité de choses qu'il n'aurait pas si bien dites
auparavant ? Il était timide d'habitude et gardait cette
réserve qui participe à la fois de la pudeur et de la
dissimulation. On trouvait à Yonville qu'il avait des
manières *comme il faut*. Il écoutait raisonner les gens
mûrs et ne paraissait point exalté en politique, chose
remarquable pour un jeune homme. Puis il possédait
des talents, il peignait à l'aquarelle, savait lire la clef de
sol, et s'occupait volontiers de littérature après son
dîner, quand il ne jouait pas aux cartes. M. Homais le
considérait pour son instruction ; madame Homais
l'affectionnait pour sa complaisance, car souvent il
accompagnait au jardin les petits Homais, marmots
toujours barbouillés, fort mal élevés et quelque peu

lymphatiques, comme leur mère. Ils avaient, pour les soigner, outre la bonne, Justin, l'élève en pharmacie, un arrière-cousin de M. Homais que l'on avait pris dans la maison par charité, et qui servait en même temps de domestique.

L'apothicaire se montra le meilleur des voisins. Il renseigna madame Bovary sur les fournisseurs, fit venir son marchand de cidre tout exprès, goûta la boisson lui-même, et veilla dans la cave à ce que la futaille fût bien placée ; il indiqua encore la façon de s'y prendre pour avoir une provision de beurre à bon marché, et conclut un arrangement avec Lestiboudois, le sacristain, qui, outre ses fonctions sacerdotales et mortuaires, soignait les principaux jardins d'Yonville à l'heure ou à l'année, selon le goût des personnes.

Le besoin de s'occuper d'autrui ne poussait pas seul le pharmacien à tant de cordialité obséquieuse, et il y avait là-dessous un plan.

Il avait enfreint la loi du 19 ventôse an XI, article 1er, qui défend à tout individu non porteur de diplôme l'exercice de la médecine ; si bien que, sur des dénonciations ténébreuses, Homais avait été mandé à Rouen, près M. le procureur du roi, en son cabinet particulier. Le magistrat l'avait reçu debout, dans sa robe, hermine à l'épaule et toque en tête. C'était le matin, avant l'audience. On entendait dans le corridor passer les fortes bottes des gendarmes, et comme un bruit lointain de grosses serrures qui se fermaient. Les oreilles du pharmacien lui tintèrent à croire qu'il allait tomber d'un coup de sang ; il entrevit des culs de basse-fosse, sa famille en pleurs, la pharmacie vendue, tous les bocaux disséminés ; et il fut obligé d'entrer dans un café prendre un verre de rhum avec de l'eau de Seltz, pour se remettre les esprits.

Peu à peu, le souvenir de cette admonition s'affaiblit, et il continuait, comme autrefois, à donner des consultations anodines dans son arrière-boutique. Mais le maire lui en voulait, des confrères étaient jaloux, il fallait tout craindre ; en s'attachant M. Bovary par des politesses, c'était gagner sa gratitude et empêcher qu'il

ne parlât plus tard, s'il s'apercevait de quelque chose.
Aussi, tous les matins, Homais lui apportait *le journal*,
et souvent, dans l'après-midi, quittait un instant la
pharmacie pour aller chez l'officier de santé faire la
conversation.

Charles était triste : la clientèle n'arrivait pas. Il
demeurait assis pendant de longues heures, sans parler, allait dormir dans son cabinet ou regardait coudre
sa femme. Pour se distraire, il s'employa chez lui
comme homme de peine, et même il essaya de peindre
le grenier avec un reste de couleur que les peintres
avaient laissé. Mais les affaires d'argent le préoccu-
paient. Il en avait tant dépensé pour les réparations de
Tostes, pour les toilettes de Madame et pour le
déménagement, que toute la dot, plus de trois mille
écus, s'était écoulée en deux ans. Puis, que de choses
endommagées ou perdues dans le transport de Tostes à
Yonville, sans compter le curé de plâtre, qui, tombant
de la charrette à un cahot trop fort, s'était écrasé en
mille morceaux sur le pavé de Quincampoix !

Un souci meilleur vint le distraire, à savoir la
grossesse de sa femme. A mesure que le terme en
approchait, il la chérissait davantage. C'était un autre
lien de la chair s'établissant, et comme le sentiment
continu d'une union plus complexe. Quand il voyait de
loin sa démarche paresseuse et sa taille tourner mollement sur ses hanches sans corset ; quand vis-à-vis, l'un
de l'autre, il la contemplait tout à l'aise et qu'elle
prenait, assise, des poses fatiguées dans son fauteuil,
alors son bonheur ne se tenait plus ; il se levait, il
l'embrassait, passait ses mains sur sa figure, l'appelait
petite maman, voulait la faire danser, et débitait,
moitié riant, moitié pleurant, toutes sortes de plaisanteries caressantes qui lui venaient à l'esprit. L'idée
d'avoir engendré le délectait. Rien ne lui manquait à
présent. Il connaissait l'existence humaine tout du
long, et il s'y attablait sur les deux coudes avec
sérénité.

Emma, d'abord, sentit un grand étonnement, puis
eut envie d'être délivrée, pour savoir quelle chose

c'était que d'être mère. Mais, ne pouvant faire les dépenses qu'elle voulait, avoir un berceau en nacelle avec des rideaux de soie rose et des béguins brodés, elle renonça au trousseau, dans un accès d'amertume, et le commanda d'un seul coup à une ouvrière du village, sans rien choisir ni discuter. Elle ne s'amusa donc pas à ces préparatifs où la tendresse des mères se met en appétit, et son affection, dès l'origine, en fut peut-être atténuée de quelque chose.

Cependant, comme Charles, à tous les repas, parlait du marmot, bientôt elle y songea d'une façon plus continue.

Elle souhaitait un fils ; il serait fort et brun, et l'appellerait Georges ; et cette idée d'avoir pour enfant un mâle était comme la revanche en espoir de toutes ses impuissances passées. Un homme, au moins, est libre ; il peut parcourir les passions et les pays, traverser les obstacles, mordre aux bonheurs les plus lointains. Mais une femme est empêchée continuellement. Inerte et flexible à la fois, elle a contre elle les mollesses de la chair avec les dépendances de la loi. Sa volonté, comme le voile de son chapeau retenu par un cordon, palpite à tous les vents, il y a toujours quelque désir qui entraîne, quelque convenance qui retient.

Elle accoucha un dimanche, vers six heures, au soleil levant.

— C'est une fille ! dit Charles.

Elle tourna la tête et s'évanouit.

Presque aussitôt, madame Homais accourut et l'embrassa, ainsi que la mère Lefrançois du *Lion d'or*. Le pharmacien, en homme discret, lui adressa seulement quelques félicitations provisoires, par la porte entrebâillée. Il voulut voir l'enfant et le trouva bien conformé.

Pendant sa convalescence, elle s'occupa beaucoup à chercher un nom pour sa fille. D'abord elle passa en revue tous ceux qui avaient des terminaisons italiennes, tels que Clara, Louisa, Amanda, Atala ; elle aimait assez Galsuinde, plus encore Yseult ou Léocadie. Charles désirait qu'on appelât l'enfant comme sa

mère ; Emma s'y opposait. On parcourut le calendrier
d'un bout à l'autre, et l'on consulta les étrangers.

— M. Léon, disait le pharmacien, avec qui j'en
causais l'autre jour, s'étonne que vous ne choisissiez
point Madeleine, qui est excessivement à la mode
maintenant.

Mais la mère Bovary se récria bien fort sur ce nom de
pécheresse. M. Homais, quant à lui, avait en prédilec-
tion tous ceux qui rappelaient un grand homme, un fait
illustre ou une conception généreuse, et c'est dans ce
système-là qu'il avait baptisé ses quatre enfants. Ainsi
Napoléon représentait la gloire et Franklin la liberté ;
Irma, peut-être, était une concession au romantisme ;
mais Athalie un hommage au plus immortel chef-
d'œuvre de la scène française. Car ses convictions
philosophiques n'empêchaient pas ses admirations
artistiques, le penseur, chez lui, n'étouffait point
l'homme sensible ; il savait établir des différences, faire
la part de l'imagination et celle du fanatisme. De cette
tragédie, par exemple, il blâmait les idées, mais il
admirait le style ; il maudissait la conception, mais il
applaudissait à tous les détails, et s'exaspérait contre
les personnages, en s'enthousiasmant de leurs discours. Lorsqu'il lisait les grands morceaux, il était
transporté ; mais, quand il songeait que les calotins en
tiraient avantage pour leur boutique, il était désolé, et,
dans cette confusion de sentiments où il s'embarrassait [20], il aurait voulu tout à la fois pouvoir couronner
Racine de ses deux mains et discuter avec lui pendant
un bon quart d'heure.

Enfin, Emma se souvint qu'au château de la Vaubyessard elle avait entendu la marquise appeler Berthe
une jeune femme ; dès lors ce nom-là fut choisi, et,
comme le père Rouault ne pouvait venir, on pria
M. Homais d'être parrain. Il donna pour cadeaux tous
produits de son établissement, à savoir : six boîtes de
jujubes, un bocal entier de racahout, trois coffins de
pâte à la guimauve, et, de plus, six bâtons de sucre
candi qu'il avait retrouvés dans un placard. Le soir de
la cérémonie, il y eut un grand dîner ; le curé s'y

trouvait ; on s'échauffa. M. Homais, vers les liqueurs, entonna *le Dieu des bonnes gens*, M. Léon chanta une barcarole, et madame Bovary mère, qui était la marraine, une romance du temps de l'Empire ; enfin M. Bovary père exigea que l'on descendît l'enfant, et se mit à le baptiser avec un verre de champagne qu'il lui versait de haut sur la tête. Cette dérision du premier des sacrements indigna l'abbé Bournisien ; le père Bovary répondit par une citation de *la Guerre des dieux*, le curé voulut partir : les dames suppliaient ; Homais s'interposa, et l'on parvint à faire rasseoir l'ecclésiastique, qui reprit tranquillement, dans sa soucoupe, sa demi-tasse de café à moitié bue.

M. Bovary père resta encore un mois à Yonville, dont il éblouit les habitants par un superbe bonnet de police à galons d'argent, qu'il portait le matin, pour fumer sa pipe sur la place. Ayant aussi l'habitude de boire beaucoup d'eau-de-vie, souvent il envoyait la servante au *Lion d'or* lui en acheter une bouteille, que l'on inscrivait au compte de son fils ; et il usa, pour parfumer ses foulards, toute la provision d'eau de Cologne qu'avait sa bru.

Celle-ci ne se déplaisait point dans sa compagnie. Il avait couru le monde : il parlait de Berlin, de Vienne, de Strasbourg, de son temps d'officier, des maîtresses qu'il avait eues, des grands déjeuners qu'il avait faits, puis il se montrait aimable, et parfois même, soit dans l'escalier ou au jardin, il lui saisissait la taille en s'écriant :

— Charles, prends garde à toi !

Alors la mère Bovary s'effraya pour le bonheur de son fils, et, craignant que son époux, à la longue, n'eût une influence immorale sur les idées de la jeune femme, elle se hâta de presser le départ. Peut-être avait-elle des inquiétudes plus sérieuses. M. Bovary était homme à ne rien respecter.

Un jour, Emma fut prise tout à coup du besoin de voir sa petite fille, qui avait été mise en nourrice chez la femme du menuisier, et, sans regarder à l'almanach si les six semaines de la Vierge [21] duraient encore, elle s'achemina vers la demeure de Rollet, qui se trouvait à l'extrémité du village, au bas de la côte, entre la grande route et les prairies.

Il était midi ; les maisons avaient leurs volets fermés, et les toits d'ardoises, qui reluisaient sous la lumière âpre du ciel bleu, semblaient à la crête de leurs pignons faire pétiller des étincelles. Un vent lourd soufflait. Emma se sentait faible en marchant ; les cailloux du trottoir la blessaient ; elle hésita si elle ne s'en retournerait pas chez elle ou entrerait quelque part pour s'asseoir.

A ce moment, M. Léon sortit d'une porte voisine, avec une liasse de papiers sous son bras. Il vint la saluer et se mit à l'ombre devant la boutique de Lheureux, sous la tente grise qui avançait.

Madame Bovary dit qu'elle allait voir son enfant, mais qu'elle commençait à être lasse.

— Si..., reprit Léon, n'osant poursuivre.

— Avez-vous affaire quelque part ? demanda-t-elle.

Et, sur la réponse du clerc, elle le pria de l'accompagner. Dès le soir, cela fut connu dans Yonville, et madame Tuvache, la femme du maire, déclara devant sa servante que *madame Bovary se compromettait*.

Pour arriver chez la nourrice, il fallait, après la rue, tourner à gauche, comme pour gagner le cimetière, et suivre, entre des maisonnettes et des cours, un petit sentier que bordaient des troènes. Ils étaient en fleur et les véroniques aussi, les églantiers, les orties et les ronces légères qui s'élançaient des buissons. Par le trou des haies, on apercevait, dans les *masures*, quelque pourceau sur un fumier, ou des vaches embricolées [22], frottant leurs cornes contre le tronc des arbres. Tous les deux, côte à côte, ils marchaient doucement, elle s'appuyant sur lui, et lui retenant son pas qu'il mesurait sur les siens ; devant eux un essaim de mouches voltigeait, en bourdonnant dans l'air chaud.

Ils reconnurent la maison à un vieux noyer qui l'ombrageait. Basse et couverte de tuiles brunes, elle avait en dehors, sous la lucarne de son grenier, un chapelet d'oignons suspendu. Des bourrées, debout contre la clôture d'épines, entouraient un carré de laitues, quelques pieds de lavande et des pois à fleurs montés sur des rames. De l'eau sale coulait en s'éparpillant sur l'herbe, et il y avait tout autour plusieurs guenilles indistinctes, des bas de tricot, une camisole d'indienne rouge et un grand drap de toile épaisse étalé en long sur la haie. Au bruit de la barrière, la nourrice parut, tenant sur son bras un enfant qui tétait. Elle tirait de l'autre main un pauvre marmot chétif, couvert de scrofules au visage, le fils d'un bonnetier de Rouen, que ses parents, trop occupés de leur négoce, laissaient à la campagne.

— Entrez, dit-elle ; votre petite est là qui dort.

La chambre, au rez-de-chaussée, la seule du logis, avait au fond, contre la muraille, un large lit sans rideaux, tandis que le pétrin occupait le côté de la fenêtre, dont une vitre était raccommodée avec un soleil de papier bleu. Dans l'angle, derrière la porte, des brodequins à clous luisants étaient rangés sous la dalle du lavoir, près d'une bouteille pleine d'huile qui portait une plume à son goulot ; un *Mathieu Laensberg* [23] traînait sur la cheminée poudreuse, parmi des pierres à fusil, des bouts de chandelle et des morceaux d'amadou. Enfin, la dernière superfluité de cet appartement était une Renommée soufflant dans des trompettes, image découpée sans doute à même quelque prospectus de parfumerie et que six pointes à sabot clouaient au mur.

L'enfant d'Emma dormait à terre, dans un berceau d'osier. Elle la prit avec la couverture qui l'enveloppait, et se mit à chanter doucement en se dandinant.

Léon se promenait dans la chambre ; il lui semblait étrange de voir cette belle dame en robe de nankin tout au milieu de cette misère. Madame Bovary devint rouge ; il se détourna, croyant que ses yeux peut-être avaient eu quelque impertinence. Puis elle recoucha la petite qui venait de vomir sur sa collerette. La nourrice aussitôt vint l'essuyer, protestant qu'il n'y paraîtrait pas.

— Elle m'en fait bien d'autres, disait-elle, et je ne

suis occupée qu'à la rincer continuellement ! Si vous aviez donc la complaisance de commander à Camus l'épicier qu'il me laisse prendre un peu de savon lorsqu'il m'en faut ? ce serait même plus commode pour vous, que je ne dérangerais pas.

— C'est bien, c'est bien ! dit Emma. Au revoir, mère Rollet !

Et elle sortit en essuyant ses pieds sur le seuil.

La bonne femme l'accompagna jusqu'au bout de la cour, tout en parlant du mal qu'elle avait à se relever la nuit.

— J'en suis si rompue quelquefois que je m'endors sur ma chaise ; aussi, vous devriez pour le moins me donner une petite livre de café moulu qui me ferait un mois et que je prendrais le matin avec du lait.

Après avoir subi ses remerciements, madame Bovary s'en alla ; et elle était quelque peu avancée dans le sentier, lorsqu'à un bruit de sabots elle tourna la tête : c'était la nourrice.

— Qu'y a-t-il ?

Alors la paysanne, la tirant à l'écart derrière un orme, se mit à lui parler de son mari, qui, avec son métier et six francs par an que le capitaine...

— Achevez plus vite, dit Emma.

— Eh bien ! reprit la nourrice poussant des soupirs entre chaque mot, j'ai peur qu'il ne se fasse une tristesse de me voir prendre du café toute seule ; vous savez, les hommes...

— Puisque vous en aurez, répétait Emma, je vous en donnerai !... Vous m'ennuyez !

— Hélas ! ma pauvre chère dame, c'est qu'il a, par suite de ses blessures, des crampes terribles à la poitrine. Il dit même que le cidre l'affaiblit.

— Mais dépêchez-vous, mère Rollet !

— Donc, reprit celle-ci faisant une révérence, si ce n'était pas vous demander trop[24]..., elle salua encore une fois — quand vous voudrez, — et son regard suppliait, — un cruchon d'eau-de-vie, dit-elle enfin, et j'en frotterai les pieds de votre petite, qui les a tendres comme la langue.

Débarrassée de la nourrice, Emma reprit le bras de M. Léon. Elle marcha rapidement pendant quelque temps ; puis elle se ralentit, et son regard, qu'elle promenait devant elle, rencontra l'épaule du jeune homme, dont la redingote avait un collet de velours noir. Ses cheveux châtains tombaient dessus, plats et bien peignés. Elle remarqua ses ongles, qui étaient plus longs qu'on ne les portait à Yonville. C'était une des grandes occupations du clerc que de les entretenir ; et il gardait, à cet usage, un canif tout particulier dans son écritoire.

Ils s'en revinrent à Yonville en suivant le bord de l'eau. Dans la saison chaude, la berge plus élargie découvrait jusqu'à leur base les murs des jardins, qui avaient un escalier de quelques marches descendant à la rivière. Elle coulait sans bruit, rapide et froide à l'œil ; de grandes herbes minces s'y courbaient ensemble, selon le courant qui les poussait, et comme des chevelures vertes abandonnées s'étalaient dans sa limpidité. Quelquefois, à la pointe des joncs ou sur la feuille des nénuphars, un insecte à pattes fines marchait ou se posait. Le soleil traversait d'un rayon les petits globules bleus des ondes qui se succédaient en se crevant ; les vieux saules ébranchés miraient dans l'eau leur écorce grise ; au-delà, tout alentour, la prairie semblait vide. C'était l'heure du dîner dans les fermes, et la jeune femme et son compagnon n'entendaient en marchant que la cadence de leurs pas sur la terre du sentier, les paroles qu'ils se disaient, et le frôlement de la robe d'Emma qui bruissait tout autour d'elle.

Les murs des jardins, garnis à leur chaperon de morceaux de bouteilles, étaient chauds comme le vitrage d'une serre. Dans les briques, des ravenelles avaient poussé, et, du bord de son ombrelle déployée, madame Bovary, tout en passant, faisait s'égrener en poussière jaune un peu de leurs fleurs flétries, ou bien quelque branche des chèvrefeuilles et des clématites qui pendaient au-dehors traînait un moment sur la soie, en s'accrochant aux effilés.

Ils causaient d'une troupe de danseurs espagnols,

que l'on attendait bientôt sur le théâtre de Rouen.

— Vous irez ? demanda-t-elle.

— Si je le peux, répondit-il.

N'avaient-ils rien autre chose à se dire ? Leurs yeux pourtant étaient pleins d'une causerie plus sérieuse ; et, tandis qu'ils s'efforçaient à trouver des phrases banales, ils sentaient une même langueur les envahir tous les deux ; c'était comme un murmure de l'âme, profond, continu, qui dominait celui des voix. Surpris d'étonnement à cette suavité nouvelle, ils ne songeaient pas à s'en raconter la sensation ou en découvrir la cause. Les bonheurs futurs, comme les rivages des tropiques, projettent sur l'immensité qui les précède leurs mollesses natales, une brise parfumée, et l'on s'assoupit dans cet enivrement, sans même s'inquiéter de l'horizon que l'on n'aperçoit pas.

La terre, à un endroit, se trouvait effondrée par le pas des bestiaux ; il fallut marcher sur de grosses pierres vertes, espacées dans la boue. Souvent, elle s'arrêtait une minute à regarder où poser sa bottine, — et, chancelant sur le caillou qui tremblait, les coudes en l'air, la taille penchée, l'œil indécis, elle riait alors, de peur de tomber dans les flaques d'eau.

Quand ils furent arrivés devant son jardin, madame Bovary poussa la petite barrière, monta les marches en courant et disparut.

Léon rentra à son étude. Le patron était absent ; il jeta un coup d'œil sur les dossiers, puis se tailla une plume, prit enfin son chapeau et s'en alla.

Il alla sur la Pâture, au haut de la côte d'Argueil, à l'entrée de la forêt ; il se coucha par terre sous les sapins et regarda le ciel à travers ses doigts.

— Comme je m'ennuie ! se disait-il, comme je m'ennuie !

Il se trouvait à plaindre de vivre dans ce village, avec Homais pour ami et M. Guillaumin pour maître. Ce dernier, tout occupé d'affaires, portant des lunettes à branches d'or et favoris rouges sur cravate blanche, n'entendait rien aux délicatesses de l'esprit, quoiqu'il affectât un genre raide et anglais qui avait ébloui le clerc dans les premiers temps. Quant à la femme du pharmacien, c'était la meilleure épouse de Normandie, douce comme un mouton, chérissant ses enfants, son père, sa mère, ses cousins, pleurant aux maux d'autrui, laissant tout aller dans son ménage, et détestant les corsets ; — mais si lente à se mouvoir, si ennuyeuse à écouter, d'un aspect si commun et d'une conversation si restreinte qu'il n'avait jamais songé, quoiqu'elle eût trente ans, qu'il en eût vingt, qu'ils couchassent porte à porte, et qu'il lui parlât chaque jour, qu'elle pût être une femme pour quelqu'un, ni qu'elle possédât de son sexe autre chose que la robe.

Et ensuite, qu'y avait-il ? Binet, quelques marchands, deux ou trois cabaretiers, le curé, et enfin M. Tuvache, le maire, avec ses deux fils, gens cossus, bourrus, obtus, cultivant leurs terres eux-mêmes, faisant des ripailles en famille, dévots d'ailleurs, et d'une société tout à fait insupportable.

Mais, sur le fond commun de tous ces visages humains, la figure d'Emma se détachait isolée et plus lointaine cependant ; car il sentait entre elle et lui comme de vagues abîmes.

Au commencement, il était venu chez elle plusieurs fois dans la compagnie du pharmacien. Charles n'avait point paru extrêmement curieux de le recevoir ; et Léon ne savait comment s'y prendre entre la peur d'être indiscret et le désir d'une intimité qu'il estimait presque impossible.

IV

Dès les premiers froids, Emma quitta sa chambre pour habiter la salle, longue pièce à plafond bas où il y avait, sur la cheminée, un polypier touffu s'étalant contre la glace. Assise dans son fauteuil, près de la fenêtre, elle voyait passer les gens du village sur le trottoir.

Léon, deux fois par jour, allait de son étude au *Lion d'or* ; Emma, de loin, l'entendait venir ; elle se penchait en écoutant; et le jeune homme glissait derrière le rideau, toujours vêtu de même façon et sans détourner la tête. Mais, au crépuscule, lorsque, le menton dans sa main gauche, elle avait abandonné sur ses genoux sa tapisserie commencée, souvent elle tressaillait à l'apparition de cette ombre glissant tout à coup. Elle se levait et commandait qu'on mît le couvert.

M. Homais arrivait pendant le dîner. Bonnet grec à la main, il entrait à pas muets pour ne déranger personne et toujours en répétant la même phrase : « Bonsoir la compagnie ! » Puis, quand il s'était posé à sa place, contre la table, entre les deux époux, il demandait au médecin des nouvelles de ses malades, et celui-ci le consultait sur la probabilité des honoraires. Ensuite, on causait de ce qu'il y avait *dans le journal*. Homais, à cette heure-là, le savait presque par cœur ; et il le rapportait intégralement, avec les réflexions du journaliste et toutes les histoires des catastrophes individuelles arrivées en France ou à l'étranger. Mais, le sujet se tarissant, il ne tardait pas à lancer quelques observations sur les mets qu'il voyait. Parfois même, se levant à demi, il indiquait délicatement à Madame le morceau le plus tendre, ou, se tournant vers la bonne, lui adressait des conseils pour la manipulation des ragoûts et l'hygiène des assaisonnements ; il parlait arôme, osmazome, suc et gélatine d'une façon à éblouir. La tête, d'ailleurs, plus remplie de recettes que sa pharmacie ne l'était de bocaux, Homais excellait à faire quantité de confitures, vinaigres et liqueurs douces, et il connaissait aussi toutes les inventions nouvelles de caléfacteurs économiques, avec l'art de conserver les fromages et de soigner les vins malades.

A huit heures, Justin venait le chercher pour fermer la pharmacie. Alors M. Homais le regardait d'un œil narquois, surtout si Félicité se trouvait là, s'étant aperçu que son élève affectionnait la maison du médecin.

— Mon gaillard, disait-il, commence à avoir des idées, et je crois, diable m'emporte, qu'il est amoureux de votre bonne !

Mais un défaut plus grave, et qu'il lui reprochait, c'était d'écouter continuellement les conversations. Le dimanche, par exemple, on ne pouvait le faire sortir du salon, où madame Homais l'avait appelé pour prendre les enfants, qui s'endormaient dans les fauteuils, en tirant avec leurs dos les housses de calicot, trop larges.

Il ne venait pas grand monde à ces soirées du pharmacien, sa médisance et ses opinions politiques ayant écarté de lui successivement différentes personnes respectables. Le clerc ne manquait pas de s'y trouver. Dès qu'il entendait la sonnette, il courait au-devant de madame Bovary, prenait son châle, et posait à l'écart, sous le bureau de la pharmacie, les grosses pantoufles de lisière qu'elle portait sur sa chaussure, quand il y avait de la neige.

On faisait d'abord quelques parties de trente et un ; ensuite M. Homais jouait à l'écarté avec Emma ; Léon, derrière elle, lui donnait des avis. Debout et les mains sur le dossier de sa chaise, il regardait les dents de son peigne qui mordaient son chignon. A chaque mouvement qu'elle faisait pour jeter les cartes, sa robe du côté droit remontait. De ses cheveux retroussés, il descendait une couleur brune sur son dos, et qui, s'apâlissant graduellement, peu à peu se perdait dans l'ombre. Son vêtement, ensuite, retombait des deux côtés sur le siège, en bouffant, plein de plis, et s'étalait jusqu'à terre. Quand Léon, parfois, sentait la semelle de sa botte poser dessus, il s'écartait comme s'il eût marché sur quelqu'un.

Lorsque la partie de cartes était finie, l'apothicaire et le médecin jouaient aux dominos, et Emma, changeant de place, s'accoudait sur la table à feuilleter *L'Illustration*. Elle avait apporté son journal de modes. Léon se mettait près d'elle ; ils regardaient ensemble les gravures et s'attendaient au bas des pages. Souvent elle le priait de lui dire des vers ; Léon les déclamait d'une voix traînante et qu'il faisait expirer soigneusement aux passages d'amour. Mais le bruit des dominos la contrariait ; M. Homais y était fort, il battait Charles à plein double-six. Puis les trois centaines terminées, ils s'allongeaient tous les deux devant le foyer et ne tardaient pas à s'endormir. Le feu se mourait dans les cendres ; la théière était vide ; Léon lisait encore, Emma l'écoutait, en faisant tourner machinalement l'abat-jour de la lampe, où étaient peints sur la gaze des pierrots dans des voitures et des danseuses de corde, avec leurs balanciers. Léon s'arrêtait, désignant d'un geste son auditoire endormi ; alors ils se parlaient à voix basse, et la conversation qu'ils avaient leur semblait plus douce parce qu'elle n'était pas entendue.

Ainsi s'établit entre eux une sorte d'association, un commerce continuel de livres et de romances ; M. Bovary, peu jaloux, ne s'en étonnait pas.

Il reçut pour sa fête une belle tête phrénologique, toute marquetée de chiffres jusqu'au thorax et peinte en bleu. C'était une attention du clerc. Il en avait bien d'autres, jusqu'à lui faire, à Rouen, ses commissions ; et le livre d'un romancier ayant mis à la mode la manie des plantes grasses, Léon en achetait pour Madame, qu'il rapportait sur ses genoux, dans l'*Hirondelle*, tout en se piquant les doigts à leurs poils durs.

Elle fit ajuster, contre sa croisée, une planchette à balustrade pour tenir ses potiches. Le clerc eut aussi son jardinet suspendu ; ils s'apercevaient soignant leurs fleurs à leur fenêtre.

Parmi les fenêtres du village, il y en avait une encore plus souvent occupée : car, le dimanche, depuis le matin jusqu'à la nuit, et chaque après-midi, si le temps était clair, on voyait à la lucarne d'un grenier le profil maigre de M. Binet penché sur son tour, dont le ronflement monotone s'entendait jusqu'au *Lion d'or*.

Un soir, en rentrant, Léon trouva dans sa chambre un tapis de velours et de laine avec des feuillages sur fond pâle. Il appela madame Homais, M. Homais, Justin, les enfants, la cuisinière ; il en parla à son patron ; tout le monde désira connaître ce tapis ; pourquoi la femme du médecin faisait-elle au clerc des *générosités* ? Cela parut drôle, et l'on pensa définitivement qu'elle devait être *sa bonne amie*.

Il le donnait à croire, tant il vous entretenait sans

cesse de ses charmes et de son esprit, si bien que Binet
lui répondit une fois fort brutalement :

— Que m'importe à moi, puisque je ne suis pas de
sa société !

Il se torturait à découvrir par quel moyen lui *faire sa
déclaration ;* et, toujours hésitant entre la crainte de lui
déplaire et la honte d'être si pusillanime, il en pleurait
de découragement et de désirs. Puis il prenait des
décisions énergiques ; il écrivait des lettres qu'il déchirait, s'ajournait à des époques qu'il reculait. Souvent il
se mettait en marche, dans le projet de tout oser ; mais
cette résolution l'abandonnait bien vite en la présence
d'Emma, et quand Charles, survenant, l'invitait à
monter dans son *boc*, pour aller voir ensemble quelque
malade aux environs, il acceptait aussitôt, saluait
Madame et s'en allait. Son mari, n'était-ce pas quelque
chose d'elle [25] ?

Quant à Emma, elle ne s'interrogea point pour
savoir si elle l'aimait. L'amour, croyait-elle, devait
arriver tout à coup, avec de grands éclats et des
fulgurations, — ouragan des cieux qui tombe sur la
vie, la bouleverse, arrache les volontés comme des
feuilles et emporte à l'abîme le cœur entier. Elle ne
savait pas que, sur la terrasse des maisons, la pluie fait
des lacs quand les gouttières sont bouchées, et elle fût
ainsi demeurée en sa sécurité, lorsqu'elle découvrit
subitement une lézarde dans le mur.

V

Ce fut un dimanche de février, une après-midi qu'il
neigeait.

Ils étaient tous, M. et Madame Bovary, Homais et
M. Léon, partis voir, à une demi-lieue d'Yonville,
dans la vallée, une filature de lin que l'on établissait.
L'apothicaire avait emmené avec lui Napoléon et
Athalie, pour leur faire faire de l'exercice, et Justin les
accompagnait portant des parapluies sur son épaule.

Rien pourtant n'était moins curieux que cette curiosité. Un grand espace de terrain vide, où se trouvaient
pêle-mêle, entre des tas de sable et de cailloux,
quelques roues d'engrenage déjà rouillées, entourait un
long bâtiment quadrangulaire que perçaient quantité
de petites fenêtres. Il n'était pas achevé d'être bâti et
l'on voyait le ciel à travers les lambourdes de la toiture.
Attaché à la poutrelle du pignon, un bouquet de paille
entremêlé d'épis faisait claquer au vent ses rubans
tricolores.

Homais parlait. Il expliquait à la *compagnie* l'importance future de cet établissement, supputait la force
des planchers, l'épaisseur des murailles, et regrettait
beaucoup de n'avoir pas de canne métrique, comme
M. Binet en possédait une pour son usage particulier.

Emma, qui lui donnait le bras, s'appuyait un peu sur
son épaule, et elle regardait le disque du soleil irradiant
au loin, dans la brume, sa pâleur éblouissante ; mais
elle tourna la tête : Charles était là. Il avait sa casquette
enfoncée sur les sourcils, et ses deux grosses lèvres
tremblotaient, ce qui ajoutait à son visage quelque
chose de stupide ; son dos même, son dos tranquille
était irritant à voir, et elle y trouvait étalée sur la
redingote toute la platitude du personnage.

Pendant qu'elle le considérait, goûtant ainsi dans
son irritation une sorte de volupté dépravée, Léon
s'avança d'un pas. Le froid qui le pâlissait semblait
déposer sur sa figure une langueur plus douce ; entre sa
cravate et son cou, le col de sa chemise, un peu lâche,
laissait voir la peau ; un bout d'oreille dépassait sous
une mèche de cheveux, et son grand œil bleu, levé vers
les nuages, parut à Emma plus limpide et plus beau
que ces lacs des montagnes où le ciel se mire.

— Malheureux ! s'écria tout à coup l'apothicaire.

Et il courut à son fils, qui venait de se précipiter
dans un tas de chaux pour peindre ses souliers en
blanc. Aux reproches dont on l'accablait Napoléon se
prit à pousser des hurlements, tandis que Justin lui
essuyait ses chaussures avec un torchis de paille. Mais
il eût fallu un couteau ; Charles offrit le sien.

— Ah ! se dit-elle, il porte un couteau dans sa poche, comme un paysan !

Le givre tombait, et l'on s'en retourna vers Yonville.

Madame Bovary, le soir, n'alla pas chez ses voisins, et, quand Charles fut parti, lorsqu'elle se sentit seule, le parallèle recommença dans la netteté d'une sensation presque immédiate et avec cet allongement de perspective que le souvenir donne aux objets. Regardant de son lit le feu clair qui brûlait, elle voyait encore, comme là-bas, Léon debout, faisant plier d'une main sa badine et tenant de l'autre Athalie, qui suçait tranquillement un morceau de glace. Elle le trouvait charmant ; elle ne pouvait s'en détacher ; elle se rappela ses autres attitudes en d'autres jours, des phrases qu'il avait dites, le son de sa voix, toute sa personne ; et elle répétait, en avançant ses lèvres comme pour un baiser :

— Oui, charmant ! charmant !... N'aime-t-il pas ? se demanda-t-elle. Qui donc ?... mais c'est moi !

Toutes les preuves à la fois s'en étalèrent, son cœur bondit. La flamme de la cheminée faisait trembler au plafond une clarté joyeuse ; elle se tourna sur le dos en s'étirant les bras.

Alors commença l'éternelle lamentation : « Oh ! si le ciel l'avait voulu ! Pourquoi n'est-ce pas ? Qui empêchait donc ?... »

Quand Charles, à minuit, rentra, elle eut l'air de s'éveiller, et, comme il fit du bruit en se déshabillant, elle se plaignit de la migraine ; puis demanda nonchalamment ce qui s'était passé dans la soirée.

— M. Léon, dit-il, est remonté de bonne heure.

Elle ne put s'empêcher de sourire, et elle s'endormit l'âme remplie d'un enchantement nouveau.

Le lendemain, à la nuit tombante, elle reçut la visite du sieur Lheureux, marchand de nouveautés. C'était un homme habile que ce boutiquier.

Né Gascon, mais devenu Normand, il doublait sa faconde méridionale de cautèle cauchoise. Sa figure grasse, molle et sans barbe, semblait teinte par une décoction de réglisse claire, et sa chevelure blanche rendait plus vif encore l'éclat rude de ses petits yeux noirs. On ignorait ce qu'il avait été jadis : porteballe, disaient les uns, banquier à Routot, selon les autres. Ce qu'il y a de sûr, c'est qu'il faisait, de tête, des calculs compliqués à effrayer Binet lui-même. Poli jusqu'à l'obséquiosité, il se tenait toujours les reins à demi courbés, dans la position de quelqu'un qui salue ou qui invite.

Après avoir laissé à la porte son chapeau garni d'un crêpe, il posa sur la table un carton vert et commença par se plaindre à Madame, avec force civilités, d'être resté jusqu'à ce jour sans obtenir sa confiance. Une pauvre boutique comme la sienne n'était pas faite pour attirer une *élégante*; il appuya sur le mot. Elle n'avait pourtant qu'à commander, et il se chargerait de lui fournir ce qu'elle voudrait, tant en mercerie que lingerie, bonneterie ou nouveautés; car il allait à la ville quatre fois par mois régulièrement. Il était en relation avec les plus fortes maisons. On pourrait parler de lui aux *Trois Frères*, à la *Barbe d'or* ou au *Grand Sauvage*; tous ces messieurs le connaissaient comme leurs poches! Aujourd'hui, donc, il venait montrer à Madame, en passant, différents articles qu'il se trouvait avoir, grâce à une occasion des plus rares. Et il retira de la boîte une demi-douzaine de cols brodés.

Madame Bovary les examina.

— Je n'ai besoin de rien, dit-elle.

Alors M. Lheureux exhiba délicatement trois écharpes algériennes, plusieurs paquets d'aiguilles anglaises, une paire de pantoufles en paille et, enfin, quatre coquetiers en coco, ciselés à jour par des forçats. Puis, les deux mains sur la table, le cou tendu, la taille penchée, il suivait, bouche béante, le regard d'Emma qui se promenait indécis parmi ces marchandises. De temps à autre, comme pour en chasser la poussière, il donnait un coup d'ongle sur la soie des écharpes, dépliées dans toute leur longueur; et elles frémissaient avec un bruit léger en faisant, à la lumière verdâtre du crépuscule, scintiller, comme de petites étoiles, les paillettes d'or de leur tissu.

— Combien coûtent-elles ?

— Une misère, répondit-il, une misère ; mais rien ne presse ; quand vous voudrez ; nous ne sommes pas des Juifs !

Elle réfléchit quelques instants, et finit encore par remercier M. Lheureux, qui répliqua sans s'émouvoir :

— Eh bien ! nous nous entendrons plus tard ; avec les dames je me suis toujours arrangé, si ce n'est avec la mienne, cependant !

Emma sourit.

— C'était pour vous dire, reprit-il d'un air bonhomme, après sa plaisanterie, que ce n'est pas l'argent qui m'inquiète... Je vous en donnerais, s'il le fallait.

Elle eut un geste de surprise.

— Ah ! fit-il vivement et à voix basse, je n'aurais pas besoin d'aller loin pour vous en trouver ; comptez-y !

Et il se mit à demander des nouvelles du père Tellier, le maître du *Café Français*, que M. Bovary soignait alors.

— Qu'est-ce qu'il a donc, le père Tellier ?... Il tousse qu'il en secoue toute sa maison, et j'ai bien peur que, prochainement, il ne faille plutôt un paletot de sapin qu'une camisole de flanelle ! Il a fait tant de bambôches quand il était jeune ! Ces gens-là, madame, n'avaient pas le moindre ordre ! Il s'est calciné avec l'eau-de-vie ! Mais c'est fâcheux, tout de même, de voir une connaissance s'en aller.

Et, tandis qu'il rebouclait son carton, il discourait ainsi sur la clientèle du médecin.

— C'est le temps, sans doute, dit-il en regardant les carreaux avec une figure rechignée, qui est la cause de ces maladies-là ? Moi aussi, je ne me sens pas en mon assiette ; il faudra même un de ces jours que je vienne consulter Monsieur, pour une douleur que j'ai dans le dos. Enfin, au revoir, madame Bovary ; à votre disposition ; serviteur très humble !

Et il referma la porte doucement.

Emma se fit servir à dîner dans sa chambre, au coin

du feu, sur un plateau ; elle fut longue à manger ; tout
lui sembla bon.

— Comme j'ai été sage ! se disait-elle en songeant
aux écharpes.

Elle entendit des pas dans l'escalier : c'était Léon.
Elle se leva, et prit sur la commode, parmi des
torchons à ourler, le premier de la pile. Elle semblait
fort occupée quand il parut.

La conversation fut languissante, madame Bovary
l'abandonnant à chaque minute, tandis qu'il demeurait
lui-même comme tout embarrassé. Assis sur une chaise
basse, près de la cheminée, il faisait tourner dans ses
doigts l'étui d'ivoire ; elle poussait son aiguille, ou, de
temps à autre, avec son ongle, fronçait les plis de la
toile. Elle ne parlait pas ; il se taisait, captivé par son
silence, comme il l'eût été par ses paroles.

— Pauvre garçon ! pensait-elle.

— En quoi lui déplais-je ? se demandait-il.

Léon, cependant, finit par dire qu'il devait, un de
ces jours, aller à Rouen, pour une affaire de son étude.

— Votre abonnement de musique est terminé, dois-
je le reprendre ?

— Non, répondit-elle.

— Pourquoi ?

— Parce que...

Et, pinçant ses lèvres, elle tira lentement une longue
aiguillée de fil gris.

Cet ouvrage irritait Léon. Les doigts d'Emma
semblaient s'y écorcher par le bout ; il lui vint en tête
une phrase galante, mais qu'il ne risqua pas.

— Vous l'abandonnez donc ? reprit-il.

— Quoi ? dit-elle vivement : la musique ? Ah ! mon
Dieu, oui ! N'ai-je pas ma maison à tenir, mon mari à
soigner, mille choses enfin, bien des devoirs qui
passent auparavant !

Elle regarda la pendule. Charles était en retard.
Alors elle fit la soucieuse. Deux ou trois fois elle
répéta :

— Il est si bon !

Le clerc affectionnait M. Bovary. Mais cette tendresse à son endroit l'étonna d'une façon désagréable ; néanmoins il continua son éloge, qu'il entendait faire à chacun, disait-il, et surtout au pharmacien.

— Ah ! c'est un brave homme, reprit Emma.

— Certes, reprit le clerc.

Et il se mit à parler de madame Homais, dont la tenue fort négligée leur prêtait à rire ordinairement.

— Qu'est-ce que cela fait ? interrompit Emma. Une bonne mère de famille ne s'inquiète pas de sa toilette.

Puis elle retomba dans son silence.

Il en fut de même les jours suivants ; ses discours, ses manières, tout changea. On la vit prendre à cœur son ménage, retourner à l'église régulièrement et tenir sa servante avec plus de sévérité.

Elle retira Berthe de nourrice. Félicité l'amenait quand il venait des visites, et madame Bovary la déshabillait afin de faire voir ses membres. Elle déclarait adorer les enfants ; c'était sa consolation, sa joie, sa folie, et elle accompagnait ses caresses d'expansions lyriques, qui, à d'autres qu'à des Yonvillais, eussent rappelé la Sachette de *Notre-Dame de Paris*.

Quand Charles rentrait, il trouvait auprès des cendres ses pantoufles à chauffer. Ses gilets maintenant ne manquaient plus de doublure, ni ses chemises de boutons, et même il y avait plaisir à considérer dans l'armoire tous les bonnets de coton rangés par piles égales. Elle ne rechignait plus, comme autrefois, à faire des tours dans le jardin ; ce qu'il proposait était toujours consenti, bien qu'elle ne devinât pas les volontés auxquelle elle se soumettait sans un murmure ; — et lorsque Léon le voyait au coin du feu, après le dîner, les deux mains sur son ventre, les deux pieds sur les chenets, la joue rougie par la digestion, les yeux humides de bonheur, avec l'enfant qui se traînait sur le tapis, et cette femme à taille mince qui, pardessus le dossier du fauteuil, venait le baiser au front :

— Quelle folie ! se disait-il, et comment arriver jusqu'à elle ?

Elle lui parut donc si vertueuse et inaccessible que toute espérance, même la plus vague, l'abandonna.

Mais, par ce renoncement, il la plaçait en des conditions extraordinaires. Elle se dégagea, pour lui, des qualités charnelles dont il n'avait rien à obtenir ; et elle alla, dans son cœur, montant toujours et s'en détachant à la manière magnifique d'une apothéose qui s'envole. C'était un de ces sentiments purs qui n'embarrassent pas l'exercice de la vie, que l'on cultive parce qu'ils sont rares, et dont la perte affligerait plus que la possession n'est réjouissante.

Emma maigrit, ses joues pâlirent, sa figure s'allongea. Avec ses bandeaux noirs, ses grands yeux, son nez droit, sa démarche d'oiseau, et toujours silencieuse maintenant, ne semblait-elle pas traverser l'existence en y touchant à peine, et porter au front la vague empreinte de quelque prédestination sublime ? Elle était si triste et si calme, si douce à la fois et si réservée, que l'on se sentait près d'elle pris par un charme glacial, comme l'on frissonne dans les églises sous le parfum des fleurs mêlé au froid des marbres. Les autres même n'échappaient point à cette séduction. Le pharmacien disait :

— C'est une femme de grands moyens et qui ne serait pas déplacée dans une sous-préfecture.

Les bourgeoises admiraient son économie, les clients sa politesse, les pauvres sa charité.

Mais elle était pleine de convoitises, de rage, de haine. Cette robe aux plis droits cachait un cœur bouleversé, et ces lèvres si pudiques n'en racontaient pas la tourmente. Elle était amoureuse de Léon, et elle recherchait la solitude, afin de pouvoir plus à l'aise se délecter en son image. La vue de sa personne troublait la volupté de cette méditation. Emma palpitait au bruit de ses pas : puis, en sa présence, l'émotion tombait, et il ne lui restait ensuite qu'un immense étonnement qui se finissait en tristesse.

Léon ne savait pas, lorsqu'il sortait de chez elle désespéré, qu'elle se levait derrière lui, afin de le voir dans la rue. Elle s'inquiétait de ses démarches ; elle épiait son visage ; elle inventa toute une histoire pour trouver prétexte à visiter sa chambre. La femme du

pharmacien lui semblait bien heureuse de dormir sous
le même toit ; et ses pensées continuellement s'abattaient sur cette maison, comme les pigeons du *Lion d'or*
qui venaient tremper là, dans les gouttières, leurs
pattes roses et leurs ailes blanches. Mais plus Emma
s'apercevait de son amour, plus elle le refoulait, afin
qu'il ne parût pas, et pour le diminuer. Elle aurait
voulu que Léon s'en doutât ; et elle imaginait des
hasards, des catastrophes qui l'eussent facilité. Ce qui
la retenait, sans doute, c'était la paresse ou l'épouvante, et la pudeur aussi. Elle songeait qu'elle l'avait
repoussé trop loin, qu'il n'était plus temps, que tout
était perdu. Puis l'orgueil, la joie de se dire : « Je suis
vertueuse », et de se regarder dans la glace en prenant
des poses résignées, la consolait un peu du sacrifice
qu'elle croyait faire.

Alors, les appétits de la chair, les convoitises
d'argent et les mélancolies de la passion, tout se
confondit dans une même souffrance ; — et au lieu
d'en détourner sa pensée, elle l'y attachait davantage,
s'excitant à la douleur et en cherchant partout les
occasions. Elle s'irritait d'un plat mal servi ou d'une
porte entrebâillée, gémissait du velours qu'elle n'avait
pas, du bonheur qui lui manquait, de ses rêves trop
hauts, de sa maison trop étroite [26].

Ce qui l'exaspérait, c'est que Charles n'avait pas l'air
de se douter de son supplice. La conviction où il était
de la rendre heureuse lui semblait une insulte imbécile,
et sa sécurité là-dessus de l'ingratitude. Pour qui donc
était-elle sage ? N'était-il pas, lui, l'obstacle à toute
félicité, la cause de toute misère, et comme l'ardillon
pointu de cette courroie complexe qui la bouclait de
tous côtés ?

Donc, elle reporta sur lui seul la haine nombreuse
qui résultait de ses ennuis, et chaque effort pour
l'amoindrir ne servait qu'à l'augmenter ; car cette peine
inutile s'ajoutait aux autres motifs de désespoir et
contribuait encore plus à l'écartement. Sa propre
douceur à elle-même lui donnait des rébellions. La
médiocrité domestique la poussait à des fantaisies

luxueuses, la tendresse matrimoniale en des désirs adultères. Elle aurait voulu que Charles la battît, pour pouvoir plus justement le détester, s'en venger. Elle s'étonnait parfois des conjectures atroces qui lui arrivaient à la pensée ; et il fallait continuer à sourire, s'entendre répéter qu'elle était heureuse, faire semblant de l'être, le laisser croire ?

Elle avait des dégoûts, cependant, de cette hypocrisie. Des tentations la prenaient de s'enfuir avec Léon, quelque part, bien loin, pour essayer une destinée nouvelle ; mais aussitôt il s'ouvrait dans son âme un gouffre vague, plein d'obscurité.

— D'ailleurs, il ne m'aime plus, pensait-elle ; que devenir ? quel secours attendre, quelle consolation, quel allégement ?

Elle restait brisée, haletante, inerte, sanglotant à voix basse et avec des larmes qui coulaient.

— Pourquoi ne point le dire à Monsieur ? lui demandait la domestique, lorsqu'elle entrait pendant ces crises.

— Ce sont les nerfs, répondait Emma ; ne lui en parle pas, tu l'affligerais.

— Ah ! oui, reprenait Félicité, vous êtes justement comme la Guérine, la fille au père Guérin, le pêcheur du Pollet[27], que j'ai connue à Dieppe, avant de venir chez vous. Elle était si triste, si triste, qu'à la voir debout sur le seuil de sa maison, elle vous faisait l'effet d'un drap d'enterrement tendu devant la porte. Son mal, à ce qu'il paraît, était une manière de brouillard qu'elle avait dans la tête, et les médecins n'y pouvaient rien, ni le curé non plus. Quand ça la prenait trop fort, elle s'en allait toute seule sur le bord de la mer, si bien que le lieutenant de la douane, en faisant sa tournée, souvent la trouvait étendue à plat ventre et pleurant sur les galets. Puis, après son mariage, ça lui a passé, dit-on.

— Mais, moi, reprenait Emma, c'est après le mariage que ça m'est venu.

VI

Un soir que la fenêtre était ouverte, et que, assise au bord, elle venait de regarder Lestiboudois, le bedeau, qui taillait le buis, elle entendit tout à coup sonner l'*Angelus*.

On était au commencement d'avril, quand les primevères sont écloses ; un vent tiède se roule sur les plates-bandes labourées, et les jardins, comme des femmes, semblent faire leur toilette pour les fêtes de l'été. Par les barreaux de la tonnelle et au-delà tout alentour, on voyait la rivière dans la prairie, où elle dessinait sur l'herbe des sinuosités vagabondes. La vapeur du soir passait entre les peupliers sans feuilles, estompant leurs contours d'une teinte violette, plus pâle et plus transparente qu'une gaze subtile arrêtée sur leurs branchages. Au loin, des bestiaux marchaient ; on n'entendait ni leurs pas ni leurs mugissements ; et la cloche, sonnant toujours, continuait dans les airs sa lamentation pacifique.

A ce tintement répété, la pensée de la jeune femme s'égarait dans ses vieux souvenirs de jeunesse et de pension. Elle se rappela les grands chandeliers, qui dépassaient sur l'autel les vases pleins de fleurs et le tabernacle à colonnettes. Elle aurait voulu, comme autrefois, être encore confondue dans la longue ligne des voiles blancs, que marquaient de noir çà et là les capuchons raides des bonnes sœurs inclinées su: leur prie-Dieu ; le dimanche, à la messe, quand elle relevait sa tête, elle apercevait le doux visage de la Vierge, parmi les tourbillons bleuâtres de l'encens qui montait. Alors un attendrissement la saisit : elle se sentit molle et tout abandonnée comme un duvet d'oiseau qui tournoie dans la tempête ; et ce fut sans en avoir conscience qu'elle s'achemina vers l'église, disposée à n'importe quelle dévotion, pourvu qu'elle y absorbât son âme et que l'existence entière y disparût.

Elle rencontra, sur la place, Lestiboudois, qui s'en

revenait ; car, pour ne pas rogner la journée, il préférait interrompre sa besogne, puis la reprendre, si bien qu'il tintait l'*Angelus* selon sa commodité. D'ailleurs, la sonnerie, faite plus tôt, avertissait les gamins de l'heure du catéchisme.

Déjà quelques-uns, qui se trouvaient arrivés, jouaient aux billes sur les dalles du cimetière. D'autres, à califourchon sur le mur, agitaient leurs jambes, en fauchant avec leurs sabots les grandes orties poussées entre la petite enceinte et les dernières tombes. C'était la seule place qui fût verte ; tout le reste n'était que pierres, et couvert continuellement d'une poudre fine, malgré le balai de la sacristie.

Les enfants en chaussons couraient là comme sur un parquet fait pour eux, et on entendait les éclats de leurs voix à travers le bourdonnement de la cloche. Il diminuait avec les oscillations de la grosse corde qui, tombant des hauteurs du clocher, traînait à terre par le bout. Des hirondelles passaient en poussant de petits cris, coupaient l'air au tranchant de leur vol, et rentraient vite dans leurs nids jaunes sous les tuiles du larmier. Au fond de l'église, une lampe brûlait, c'est-à-dire une mèche de veilleuse dans un verre suspendu. Sa lumière, de loin, semblait une tache blanchâtre qui tremblait sur l'huile. Un long rayon de soleil traversait toute la nef et rendait plus sombre encore les bas-côtés et les angles.

— Où est le curé ? demanda madame Bovary à un jeune garçon qui s'amusait à secouer le tourniquet dans son trou trop lâche.

— Il va venir, répondit-il.

En effet, la porte du presbytère grinça, l'abbé Bournisien parut ; les enfants, pêle-mêle, s'enfuirent dans l'église.

— Ces polissons-là ! murmura l'ecclésiastique, toujours les mêmes !

Et, ramassant un catéchisme en lambeaux qu'il venait de heurter avec son pied :

— Ça ne respecte rien !

Mais, dès qu'il aperçut madame Bovary :

— Excusez-moi, dit-il, je ne vous remettais pas.

Il fourra le catéchisme dans sa poche et s'arrêta, continuant à balancer entre deux doigts la lourde clef de la sacristie.

La lueur du soleil couchant qui frappait en plein son visage pâlissait le lasting de sa soutane, luisante sous les coudes, effiloquée par le bas. Des taches de graisse et de tabac suivaient sur sa poitrine large la ligne des petits boutons, et elles devenaient plus nombreuses en s'écartant de son rabat, où reposaient les plis abondants de sa peau rouge ; elle était semée de macules jaunes qui disparaissaient dans les poils rudes de sa barbe grisonnante. Il venait de dîner et respirait bruyamment.

— Comment vous portez-vous ? ajouta-t-il.

— Mal, répondit Emma ; je souffre.

— Eh bien ! moi aussi, reprit l'ecclésiastique. Ces premières chaleurs, n'est-ce pas, vous amollissent étonnamment ? Enfin, que voulez-vous ! nous sommes nés pour souffrir, comme dit saint Paul. Mais M. Bovary, qu'est-ce qu'il en pense ?

— Lui ! fit-elle avec un geste de dédain.

— Quoi ! répliqua le bonhomme tout étonné, il ne vous ordonne pas quelque chose ?

— Ah ! dit Emma, ce ne sont pas les remèdes de la terre qu'il me faudrait.

Mais le curé, de temps à autre, regardait dans l'église, où tous les gamins agenouillés se poussaient de l'épaule, et tombaient comme des capucins de cartes.

— Je voudrais savoir…, reprit-elle.

— Attends, attends, Riboudet, cria l'ecclésiastique d'une voix colère, je m'en vas aller te chauffer les oreilles, mauvais galopin !

Puis se tournant vers Emma :

— C'est le fils de Boudet le charpentier ; ses parents sont à leur aise et lui laissent faire ses fantaisies. Pourtant il apprendrait vite, s'il le voulait, car il est plein d'esprit. Et moi, quelquefois, par plaisanterie, je l'appelle donc Riboudet (comme la côte que l'on prend pour aller à Maromme), et je dis même : mon Ribou-

det. Ah ! ah ! Mont-Riboudet ! L'autre jour, j'ai rap-
porté ce mot-là à Monseigneur, qui en a ri... il a daigné
en rire. — Et M. Bovary, comment va-t-il ?

Elle semblait ne pas entendre. Il continua :

— Toujours fort occupé, sans doute ? Car nous
sommes certainement, lui et moi, les deux personnes
de la paroisse qui avons le plus à faire. Mais lui, il est le
médecin des corps, ajouta-t-il avec un rire épais, et
moi, je le suis des âmes !

Elle fixa sur le prêtre des yeux suppliants :

— Oui..., dit-elle, vous soulagez toutes les misères.

— Ah ! ne m'en parlez pas, madame Bovary ! Ce
matin même, il a fallu que j'aille dans le Bas-Diauville
pour une vache qui avait l'*enfle ;* ils croyaient que
c'était un sort. Toutes leurs vaches, je ne sais comment... Mais, pardon ! Longuemarre et Boudet ! sac à
papier ! voulez-vous bien finir !

Et, d'un bond, il s'élança dans l'église.

Les gamins, alors, se pressaient autour du grand
pupitre, grimpaient sur le tabouret du chantre,
ouvraient le missel ; et d'autres, à pas de loup, allaient
se hasarder bientôt jusque dans le confessionnal. Mais
le curé, soudain, distribua sur tous une grêle de
soufflets. Les prenant par le collet de la veste, il les
enlevait de terre et les reposait à deux genoux sur les
pavés du chœur, fortement, comme s'il eût voulu les y
planter.

— Allez, dit-il quand il fut revenu près d'Emma, et
en déployant son large mouchoir d'indienne, dont il
mit un angle entre ses dents, les cultivateurs sont bien
à plaindre !

— Il y en a d'autres, répondit-elle.

— Assurément ! les ouvriers des villes, par exemple.

— Ce ne sont pas eux...

— Pardonnez-moi ! j'ai connu là de pauvres mères
de famille, des femmes vertueuses, je vous assure, de
véritables saintes, qui manquaient même de pain.

— Mais celles, reprit Emma (et les coins de sa
bouche se tordaient en parlant), celles, monsieur le
curé, qui ont du pain, et qui n'ont pas...

— De feu l'hiver, dit le prêtre.

— Eh! qu'importe?

— Comment! qu'importe? il me semble, à moi, que lorsqu'on est bien chauffé, bien nourri..., car, enfin...

— Mon Dieu! mon Dieu! soupirait-elle.

— Vous vous trouvez gênée? fit-il, en s'avançant d'un air inquiet; c'est la digestion, sans doute? Il faut rentrer chez vous, madame Bovary, boire un peu de thé; ça vous fortifiera, ou bien un verre d'eau fraîche avec de la cassonade.

— Pourquoi?

Et elle avait l'air de quelqu'un qui se réveille d'un songe.

— C'est que vous passiez la main sur votre front. J'ai cru qu'un étourdissement vous prenait.

Puis, se ravisant:

— Mais vous me demandiez quelque chose? Qu'est-ce donc? Je ne sais plus.

— Moi? Rien..., rien..., répétait Emma.

Et son regard, qu'elle promenait autour d'elle, s'abaissa lentement sur le vieillard à soutane. Ils se considéraient tous les deux, face à face, sans parler.

— Alors, madame Bovary, dit-il enfin, faites excuse, mais le devoir avant tout, vous savez; il faut que j'expédie mes garnements. Voilà les premières communions qui vont venir. Nous serons encore surpris, j'en ai peur! Aussi, à partir de l'Ascension, je les tiens *recta* tous les mercredis une heure de plus. Ces pauvres enfants! on ne saurait les diriger trop tôt dans la voie du Seigneur, comme, du reste, il nous l'a recommandé lui-même par la bouche de son divin Fils... Bonne santé, madame; mes respects à monsieur votre mari.

Et il entra dans l'église, en faisant, dès la porte, une génuflexion.

Emma le vit qui disparaissait entre la double ligne de bancs, marchant à pas lourds, la tête un peu penchée sur l'épaule, et avec ses deux mains entrouvertes, qu'il portait en dehors.

Puis elle tourna sur ses talons, tout d'un bloc, comme une statue sur un pivot, et prit le chemin de sa maison. Mais la grosse voix du curé, la voix claire des gamins arrivaient encore à son oreille et continuaient derrière elle :

— Êtes-vous chrétien ?

— Oui, je suis chrétien.

— Qu'est-ce qu'un chrétien ?

— C'est celui qui, étant baptisé..., baptisé..., baptisé.

Elle monta les marches de son escalier en se tenant à la rampe, et, quand elle fut dans sa chambre, se laissa tomber dans un fauteuil.

Le jour blanchâtre des carreaux s'abaissait doucement avec des ondulations. Les meubles à leur place semblaient devenus plus immobiles et se perdre dans l'ombre comme dans un océan ténébreux. La cheminée était éteinte, la pendule battait toujours, et Emma vaguement s'ébahissait à ce calme des choses, tandis qu'il y avait en elle-même tant de bouleversements. Mais, entre la fenêtre et la table à ouvrage, la petite Berthe était là, qui chancelait sur ses bottines de tricot et essayait de se rapprocher de sa mère pour lui saisir, par le bout, les rubans de son tablier.

— Laisse-moi ! dit celle-ci en l'écartant avec la main.

La petite fille bientôt revint plus près encore contre ses genoux ; et, s'y appuyant des bras, elle levait vers elle son gros œil bleu, pendant qu'un filet de salive pure découlait de sa lèvre sur la soie du tablier.

— Laisse-moi ! répéta la jeune femme tout irritée.

Sa figure épouvanta l'enfant, qui se mit à crier.

— Eh ! laisse-moi donc ! fit-elle en la repoussant du coude.

Berthe alla tomber au pied de la commode, contre la patère de cuivre ; elle s'y coupa la joue, le sang sortit. Madame Bovary se précipita pour la relever, cassa le cordon de la sonnette, appela la servante de toutes ses forces, et elle allait commencer à se maudire, lorsque Charles parut. C'était l'heure du dîner, il rentrait.

— Regarde donc, cher ami, lui dit Emma d'une voix tranquille : voilà la petite qui, en jouant, vient de se blesser par terre.

Charles la rassura, le cas n'était point grave, et il alla chercher du diachylum.

Madame Bovary ne descendit pas dans la salle ; elle voulut demeurer seule à garder son enfant. Alors, en la contemplant dormir, ce qu'elle conservait d'inquiétude se dissipa par degrés, et elle se parut à elle-même bien sotte et bien bonne de s'être troublée tout à l'heure pour si peu de chose. Berthe, en effet, ne sanglotait plus. Sa respiration, maintenant, soulevait insensiblement la couverture de coton. De grosses larmes s'arrêtaient au coin de ses paupières à demi closes, qui laissaient voir entre les cils deux prunelles pâles, enfoncées ; le sparadrap, collé sur sa joue, en tirait obliquement la peau tendue.

— C'est une chose étrange, pensait Emma, comme cette enfant est laide !

Quand Charles, à onze heures du soir, revint de la pharmacie (où il avait été remettre, après le dîner, ce qui lui restait du diachylum), il trouva sa femme debout auprès du berceau.

— Puisque je t'assure que ce ne sera rien, dit-il en la baisant au front ; ne te tourmente pas, pauvre chérie, tu te rendras malade !

Il était resté longtemps chez l'apothicaire. Bien qu'il ne s'y fût pas montré fort ému, M. Homais, néanmoins, s'était efforcé de le raffermir, de lui *remonter le moral*. Alors on avait causé des dangers divers qui menaçaient l'enfance et de l'étourderie des domestiques. Madame Homais en savait quelque chose, ayant encore sur la poitrine les marques d'une écuellée de braise qu'une cuisinière, autrefois, avait laissé tomber dans son sarrau. Aussi ses bons parents prenaient-ils quantité de précautions. Les couteaux jamais n'étaient affilés, ni les appartements cirés. Il y avait aux fenêtres des grilles en fer et aux chambranles de fortes barres. Les petits Homais, malgré leur indépendance, ne pouvaient remuer sans un surveillant derrière eux ; au

moindre rhume, leur père les bourrait de pectoraux, et
jusqu'à plus de quatre ans ils portaient tous, impitoya-
blement, des bourrelets matelassés. C'était, il est vrai,
une manie de madame Homais ; son époux en était
intérieurement affligé, redoutant pour les organes de
l'intellect les résultats possibles d'une pareille com-
pression, et il s'échappait jusqu'à lui dire :

— Tu prétends donc en faire des Caraïbes ou des
Botocudos ?

Charles, cependant, avait essayé plusieurs fois
d'interrompre la conversation.

— J'aurais à vous entretenir, avait-il soufflé bas à
l'oreille du clerc, qui se mit à marcher devant lui dans
l'escalier.

— Se douterait-il de quelque chose ? se demandait
Léon. Il avait des battements de cœur et se perdait en
conjectures.

Enfin Charles, ayant fermé la porte, le pria de voir
lui-même à Rouen quels pouvaient être les prix d'un
beau daguerréotype ; c'était une surprise sentimentale
qu'il réservait à sa femme, une attention fine, son
portrait en habit noir. Mais il voulait auparavant *savoir
à quoi s'en tenir* ; ces démarches ne devaient pas
embarrasser M. Léon, puisqu'il allait à la ville toutes
les semaines, à peu près.

Dans quel but ? Homais soupçonnait là-dessous
quelque *histoire de jeune homme*, une intrigue. Mais il se
trompait, Léon ne poursuivait aucune amourette. Plus
que jamais il était triste, et madame Lefrançois s'en
apercevait bien à la quantité de nourriture qu'il laissait
maintenant sur son assiette. Pour en savoir plus long,
elle interrogea le percepteur ; Binet répliqua, d'un ton
rogue, qu'il n'était *point payé par la police*.

Son camarade, toutefois, lui paraissait fort singulier ;
car souvent Léon se renversait sur sa chaise en écartant
les bras et se plaignait vaguement de l'existence.

— C'est que vous ne prenez point assez de distractions, disait le percepteur.

— Lesquelles ?

— Moi, à votre place, j'aurais un tour !

— Mais je ne sais pas tourner, répondit le clerc.

— Oh! c'est vrai! faisait l'autre en caressant sa mâchoire, avec un air de dédain mêlé de satisfaction.

Léon était las d'aimer sans résultat ; puis il commençait à sentir cet accablement que vous cause la répétition de la même vie, lorsque aucun intérêt ne la dirige et qu'aucune espérance ne la soutient. Il était si ennuyé d'Yonville et des Yonvillais, que la vue de certaines gens, de certaines maisons l'irritait à n'y pouvoir tenir ; et le pharmacien, tout bonhomme qu'il était, lui devenait complètement insupportable. Cependant, la perspective d'une situation nouvelle l'effrayait autant qu'elle le séduisait.

Cette appréhension se tourna vite en impatience, et Paris alors agita pour lui, dans le lointain, la fanfare de ses bals masqués avec le rire de ses grisettes. Puisqu'il devait y terminer son droit, pourquoi ne partait-il pas ? Qui l'empêchait ? Et il se mit à faire des préparatifs intérieurs ; il arrangea d'avance ses occupations. Il se meubla, dans sa tête, un appartement. Il y mènerait une vie d'artiste ! Il y prendrait des leçons de guitare ! Il aurait une robe de chambre, un béret basque, des pantoufles de velours bleu ! Et même il admirait déjà sur sa cheminée deux fleurets en sautoir, avec une tête de mort et la guitare au-dessus.

La chose difficile était le consentement de sa mère ; rien pourtant ne paraissait plus raisonnable. Son patron même l'engageait à visiter une autre étude, où il pût se développer davantage. Prenant donc un parti moyen, Léon chercha quelque place de second clerc à Rouen, n'en trouva pas, il écrivit enfin à sa mère une longue lettre détaillée, où il exposait les raisons d'aller habiter Paris immédiatement. Elle y consentit.

Il ne se hâta point. Chaque jour, durant tout un mois, Hivert transporta pour lui d'Yonville à Rouen, de Rouen à Yonville, des coffres, des valises, des paquets ; et, quand Léon eut remonté sa garde-robe, fait rembourrer ses trois fauteuils, acheté une provision de foulards, pris, en un mot, plus de dispositions que pour un voyage autour du monde, il ajourna de semaine en semaine, jusqu'à ce qu'il reçût une seconde lettre maternelle où on le pressait de partir, puisqu'il désirait, avant les vacances, passer son examen.

Lorsque le moment fut venu des embrassades, madame Homais pleura ; Justin sanglotait ; Homais, en homme fort, dissimula son émotion ; il voulait lui-même porter le paletot de son ami jusqu'à la grille du notaire, qui emmenait Léon à Rouen dans sa voiture. Ce dernier avait juste le temps de faire ses adieux à M. Bovary.

Quand il fut au haut de l'escalier, il s'arrêta, tant il se sentait hors d'haleine. A son entrée, madame Bovary se leva vivement.

— C'est encore moi ! dit Léon.

— J'en étais sûre !

Elle se mordit les lèvres, et un flot de sang lui courut sous la peau, qui se colora tout en rose, depuis la racine des cheveux jusqu'au bord de sa collerette. Elle restait debout, s'appuyant de l'épaule contre la boiserie.

— Monsieur n'est donc pas là ? reprit-il.

— Il est absent.

Elle répéta :

— Il est absent.

Alors il y eut un silence. Ils se regardèrent ; et leurs pensées, confondues dans la même angoisse, s'étreignaient étroitement, comme deux poitrines palpitantes.

— Je voudrais bien embrasser Berthe, dit Léon.

Emma descendit quelques marches et elle appela Félicité.

Il jeta vite autour de lui un large coup d'œil qui s'étala sur les murs, les étagères, la cheminée, comme pour pénétrer tout, emporter tout.

Mais elle rentra, et la servante amena Berthe, qui secouait au bout d'une ficelle un moulin à vent la tête en bas.

Léon la baisa sur le cou à plusieurs reprises.

— Adieu, pauvre enfant ! adieu, chère petite, adieu !

Et il la remit à sa mère.

— Emmenez-la, dit celle-ci.

Ils restèrent seuls.

Madame Bovary, le dos tourné, avait la figure posée contre un carreau ; Léon tenait sa casquette à la main et la battait doucement le long de sa cuisse.

— Il va pleuvoir, dit Emma.

— J'ai un manteau, répondit-il.

— Ah !

Elle se détourna, le menton baissé et le front en avant. La lumière y glissait comme sur un marbre, jusqu'à la courbe des sourcils, sans que l'on pût savoir ce qu'Emma regardait à l'horizon ni ce qu'elle pensait au fond d'elle-même.

— Allons, adieu ! soupira-t-il.

Elle releva sa tête d'un mouvement brusque :

— Oui, adieu... partez !

Ils s'avancèrent l'un vers l'autre : il tendit la main, elle hésita.

— A l'anglaise donc, fit-elle, abandonnant la sienne, tout en s'efforçant de rire.

Léon la sentit entre ses doigts, et la substance même de tout son être lui semblait descendre dans cette paume humide.

Puis il ouvrit la main ; leurs yeux se rencontrèrent encore, et il disparut.

Quand il fut sous les halles, il s'arrêta, et il se cacha derrière un pilier, afin de contempler une dernière fois cette maison blanche avec ses quatre jalousies vertes. Il crut voir une ombre derrière la fenêtre, dans la chambre ; mais le rideau, se décrochant de la patère comme si personne n'y touchait, remua lentement ses longs plis obliques, qui d'un seul bond s'étalèrent tous, et il resta droit, plus immobile qu'un mur de plâtre. Léon se mit à courir.

Il aperçut de loin, sur la route, le cabriolet de son patron, et à côté un homme en serpillière qui tenait le cheval. Homais et M. Guillaumin causaient ensemble. On l'attendait.

— Embrassez-moi, dit l'apothicaire, les larmes aux

yeux. Voilà votre paletot, mon bon ami, prenez garde
au froid ! Soignez-vous ! ménagez-vous !

— Allons, Léon, en voiture ! dit le notaire.

Homais se pencha sur le garde-crotte et, d'une voix
entrecoupée par les sanglots, laissa tomber ces deux
mots tristes :

— Bon voyage !

— Bonsoir, répondit M. Guillaumin. Lâchez tout !

Ils partirent, et Homais s'en retourna.

Madame Bovary avait ouvert sa fenêtre sur le jardin,
et elle regardait les nuages.

Ils s'amoncelaient au couchant, du côté de Rouen, et
roulaient vite leurs volutes noires, d'où dépassaient
par-derrière les grandes lignes du soleil, comme les
flèches d'or d'un trophée suspendu, tandis que le reste
du ciel vide avait la blancheur d'une porcelaine. Mais
une rafale de vent fit se courber les peupliers, et tout à
coup la pluie tomba ; elle crépitait sur les feuilles
vertes. Puis le soleil reparut, les poules chantèrent, des
moineaux battaient des ailes dans les buissons
humides, et les flaques d'eau sur le sable emportaient
en s'écoulant les fleurs roses d'un acacia.

— Ah ! qu'il doit être loin déjà ! pensa-t-elle.

M. Homais, comme de coutume, vint à six heures et
demie, pendant le dîner.

— Eh bien ! dit-il en s'asseyant, nous avons donc
tantôt embarqué notre jeune homme ?

— Il paraît ! répondit le médecin.

Puis, se tournant sur sa chaise :

— Et quoi de neuf chez vous ?

— Pas grand-chose. Ma femme, seulement, a été
cette après-midi un peu émue. Vous savez, les femmes,
un rien les trouble ! la mienne surtout ! Et l'on aurait
tort de se révolter là contre, puisque leur organisation
nerveuse est beaucoup plus malléable que la nôtre.

— Ce pauvre Léon ! disait Charles, comment va-t-il
vivre à Paris !... S'y accoutumera-t-il ?

Madame Bovary soupira.

— Allons donc ! dit le pharmacien en claquant de la

langue, les parties fines chez le traiteur! les bals masqués! le champagne! tout cela va rouler, je vous assure.

— Je ne crois pas qu'il se dérange, objecta Bovary.

— Ni moi! reprit vivement M. Homais, quoiqu'il lui faudra pourtant suivre les autres, au risque de passer pour un jésuite. Et vous ne savez pas la vie que mènent ces farceurs-là, dans le quartier Latin, avec les actrices! Du reste, les étudiants sont fort bien vus à Paris. Pour peu qu'ils aient quelque talent d'agrément, on les reçoit dans les meilleures sociétés, et il y a même des dames du faubourg Saint-Germain qui en deviennent amoureuses, ce qui leur fournit, par la suite, les occasions de faire de très beaux mariages.

— Mais, dit le médecin, j'ai peur pour lui que... là-bas...

— Vous avez raison, interrompit l'apothicaire, c'est le revers de la médaille! et l'on y est obligé continuellement d'avoir la main posée sur son gousset. Ainsi, vous êtes dans un jardin public, je suppose; un quidam se présente, bien mis, décoré même, et qu'on prendrait pour un diplomate; il vous aborde : vous causez; il s'insinue, vous offre une prise ou vous ramasse votre chapeau. Puis on se lie davantage; il vous mène au café, vous invite à venir dans sa maison de campagne, vous fait faire, entre deux vins, toutes sortes de connaissances, et, les trois quarts du temps, ce n'est que pour flibuster votre bourse ou vous entraîner en des démarches pernicieuses.

— C'est vrai, répondit Charles; mais je pensais surtout aux maladies, à la fièvre typhoïde, par exemple, qui attaque les étudiants de la province.

Emma tressaillit.

— A cause du changement de régime, continua le pharmacien, et de la perturbation qui en résulte dans l'économie générale. Et puis, l'eau de Paris, voyez-vous! les mets des restaurateurs, toutes ces nourritures épicées finissent par vous échauffer le sang et ne valent pas, quoi qu'on en dise, un bon pot-au-feu. J'ai toujours, quant à moi, préféré la cuisine bourgeoise :

c'est plus sain ! Aussi, lorsque j'étudiais à Rouen la pharmacie, je m'étais mis en pension dans une pension ; je mangeais avec les professeurs.

Et il continua donc à exposer ses opinions générales et ses sympathies personnelles, jusqu'au moment où Justin vint le chercher pour un lait de poule qu'il fallait faire.

— Pas un instant de répit ! s'écria-t-il, toujours à la chaîne ! Je ne peux sortir une minute ! Il faut, comme un cheval de labour, être à suer sang et eau ! Quel collier de misère !

Puis, quand il fut sur la porte :

— A propos, dit-il, savez-vous la nouvelle ?

— Quoi donc ?

— C'est qu'il est fort probable, reprit Homais, en dressant ses sourcils et en prenant une figure des plus sérieuses, que les comices agricoles de la Seine-Inférieure se tiendront cette année à Yonville-l'Abbaye. Le bruit, du moins, en circule. Ce matin, le journal en touchait quelque chose. Ce serait, pour notre arrondissement, de la dernière importance ! Mais nous en causerons plus tard. J'y vois, je vous remercie ; Justin a la lanterne.

VII

Le lendemain fut, pour Emma, une journée funèbre. Tout lui parut enveloppé par une atmosphère noire qui flottait confusément sur l'extérieur des choses, et le chagrin s'engouffrait dans son âme avec des hurlements doux, comme fait le vent d'hiver dans les châteaux abandonnés. C'était cette rêverie que l'on a sur ce qui ne reviendra plus, la lassitude qui vous prend après chaque fait accompli, cette douleur, enfin, que vous apportent l'interruption de tout mouvement accoutumé, la cessation brusque d'une vibration prolongée.

Comme au retour de la Vaubyessard, quand les quadrilles tourbillonnaient dans sa tête, elle avait une

mélancolie morne, un désespoir engourdi. Léon réapparaissait plus grand, plus beau, plus suave, plus
vague [28], quoiqu'il fût séparé d'elle, il ne l'avait pas
quittée, il était là, et les murailles de la maison
semblaient garder son ombre. Elle ne pouvait détacher
sa vue de ce tapis où il avait marché, de ces meubles
vides où il s'était assis. La rivière coulait toujours, et
poussait lentement ses petits flots le long de la berge
glissante. Ils s'y étaient promenés bien des fois, à ce
même murmure des ondes, sur les cailloux couverts de
mousse. Quels bons soleils ils avaient eus ! Quelles
bonnes après-midi, seuls, à l'ombre, dans le fond du
jardin ! Il lisait tout haut, tête nue, posé sur un
tabouret de bâtons secs ; le vent frais de la prairie
faisait trembler les pages du livre et les capucines de la
tonnelle... Ah ! il était parti, le seul charme de sa vie, le
seul espoir possible d'une félicité ! Comment n'avait-
elle pas saisi ce bonheur-là, quand il se présentait !
Pourquoi ne l'avoir pas retenu à deux mains, à deux
genoux, quand il voulait s'enfuir ? Et elle se maudit de
n'avoir pas aimé Léon ; elle eut soif de ses lèvres.
L'envie la prit de courir le rejoindre, de se jeter dans
ses bras, de lui dire : « C'est moi, je suis à toi ! » Mais
Emma s'embarrassait d'avance aux difficultés de
l'entreprise, et ses désirs, s'augmentant d'un regret,
n'en devenaient que plus actifs.

Dès lors, ce souvenir de Léon fut comme le centre
de son ennui ; il y pétillait plus fort que, dans une
steppe de Russie, un feu de voyageurs abandonné sur
la neige. Elle se précipitait vers lui, elle se blottissait
contre, elle remuait délicatement ce foyer près de
s'éteindre, elle allait cherchant tout autour d'elle ce qui
pouvait l'aviver davantage ; et les réminiscences les
plus lointaines comme les plus immédiates occasions,
ce qu'elle éprouvait avec ce qu'elle imaginait, ses
envies de volupté qui se dispersaient, ses projets de
bonheur qui craquaient au vent comme des branchages
morts, sa vertu stérile, ses espérances tombées, la
litière domestique, elle ramassait tout, prenait tout, et
faisait servir tout à réchauffer sa tristesse.

Cependant les flammes s'apaisèrent, soit que la provision d'elle-même s'épuisât, ou que l'entassement fût trop considérable. L'amour peu à peu s'éteignit par l'absence, le regret s'étouffa sous l'habitude ; et cette lueur d'incendie qui empourprait son ciel pâle se couvrit de plus d'ombre et s'effaça par degrés. Dans l'assoupissement de sa conscience, elle prit même les répugnances du mari pour des aspirations vers l'amant, les brûlures de la haine pour des réchauffements de la tendresse ; mais, comme l'ouragan soufflait toujours, et que la passion se consuma jusqu'aux cendres, et qu'aucun secours ne vint, qu'aucun soleil ne parut, il fut de tous côtés nuit complète, et elle demeura perdue dans un froid horrible qui la traversait.

Alors les mauvais jours de Tostes recommencèrent. Elle s'estimait à présent beaucoup plus malheureuse, car elle avait l'expérience du chagrin, avec la certitude qu'il ne finirait pas.

Une femme qui s'était imposé de si grands sacrifices pouvait bien se passer des fantaisies. Elle s'acheta un prie-Dieu gothique, elle dépensa en un mois pour quatorze francs de citrons à se nettoyer les ongles ; elle écrivit à Rouen, afin d'avoir une robe en cachemire bleu ; elle choisit, chez Lheureux, la plus belle de ses écharpes ; elle se la nouait à la taille par-dessus sa robe de chambre ; et, les volets fermés, avec un livre à la main, elle restait étendue sur un canapé, dans cet accoutrement.

Souvent, elle variait sa coiffure : elle se mettait à la chinoise, en boucles molles, en nattes tressées ; elle se fit une raie sur le côté de la tête et roula ses cheveux en dessous, comme un homme.

Elle voulut apprendre l'italien : elle acheta des dictionnaires, une grammaire, une provision de papier blanc. Elle essaya des lectures sérieuses, de l'histoire et de la philosophie. La nuit, quelquefois, Charles se réveillait en sursaut, croyant qu'on venait le chercher pour un malade :

— J'y vais, balbutiait-il.

Et c'était le bruit d'une allumette qu'Emma frottait

afin de rallumer la lampe. Mais il en était de ses lectures comme de ses tapisseries, qui, toutes commencées, encombraient son armoire ; elle les prenait, les quittait, passait à d'autres.

Elle avait des accès, où on l'eût poussée facilement à des extravagances. Elle soutint un jour, contre son mari, qu'elle boirait bien un grand demi-verre d'eau-de-vie, et, comme Charles eut la bêtise de l'en défier, elle avala l'eau-de-vie jusqu'au bout.

Malgré ses airs évaporés (c'était le mot des bourgeoises d'Yonville), Emma, pourtant, ne paraissait pas joyeuse, et, d'habitude, elle gardait aux coins de la bouche cette immobile contraction qui plisse la figure des vieilles filles et celle des ambitieux déchus. Elle était pâle partout, blanche comme du linge ; la peau du nez se tirait vers les narines, ses yeux vous regardaient d'une manière vague. Pour s'être découvert trois cheveux gris sur les tempes, elle parla de sa vieillesse.

Souvent des défaillances la prenaient. Un jour même elle eut un crachement de sang, et, comme Charles s'empressait, laissant apercevoir son inquiétude :

— Ah bah ! répondit-elle, qu'est-ce que cela fait ?

Charles s'alla réfugier dans son cabinet ; et il pleura, les deux coudes sur la table, assis dans son fauteuil de bureau, sous la tête phrénologique.

Alors il écrivit à sa mère pour la prier de venir, et ils eurent ensemble de longues conférences au sujet d'Emma.

A quoi se résoudre ? Que faire, puisqu'elle se refusait à tout traitement ?

— Sais-tu ce qu'il faudrait à ta femme ? reprenait la mère Bovary. Ce seraient des occupations forcées, des ouvrages manuels ! Si elle était, comme tant d'autres, contrainte à gagner son pain, elle n'aurait pas ces vapeurs-là, qui lui viennent d'un tas d'idées qu'elle se fourre dans la tête, et du désœuvrement où elle vit.

— Pourtant elle s'occupe, disait Charles.

— Ah ! elle s'occupe ! A quoi donc ? A lire des romans, de mauvais livres, des ouvrages qui sont contre la religion et dans lesquels on se moque des prêtres par des discours tirés de Voltaire. Mais tout cela va loin, mon pauvre enfant, et quelqu'un qui n'a pas de religion finit toujours par tourner mal.

Donc, il fut résolu que l'on empêcherait Emma de lire des romans. L'entreprise ne semblait point facile. La bonne dame s'en chargea : elle devait, quand elle passerait par Rouen, aller en personne chez le loueur de livres et lui représenter qu'Emma cessait ses abonnements. N'aurait-on pas le droit d'avertir la police, si le libraire persistait quand même dans son métier d'empoisonneur ?

Les adieux de la belle-mère et de la bru furent secs. Pendant les trois semaines qu'elles étaient restées ensemble, elles n'avaient pas échangé quatre paroles, à part les informations et les compliments, quand elles se rencontraient à table, et le soir avant de se mettre au lit.

Madame Bovary mère partit un mercredi, qui était jour de marché à Yonville.

La place, dès le matin, était encombrée par une file de charrettes qui, toutes à cul et les brancards en l'air, s'étendaient le long des maisons depuis l'église jusqu'à l'auberge. De l'autre côté, il y avait des baraques de toile où l'on vendait des cotonnades, des couvertures et des bas de laine, avec des licous pour les chevaux et des paquets de rubans bleus, qui par le bout s'envolaient au vent. De la grosse quincaillerie s'étalait par terre, entre les pyramides d'œufs et les bannettes de fromages, d'où sortaient des pailles gluantes ; près des machines à blé, des poules qui gloussaient dans des cages plates passaient leurs cous par les barreaux. La foule, s'encombrant au même endroit sans en vouloir bouger, menaçait quelquefois de rompre la devanture de la pharmacie. Les mercredis, elle ne désemplissait pas et l'on s'y poussait, moins pour acheter des médicaments que pour prendre des consultations, tant était fameuse la réputation du sieur Homais, dans les villages circonvoisins. Son robuste aplomb avait fasciné les campagnards. Ils le regardaient comme un plus grand médecin que tous les médecins.

Emma était accoudée à sa fenêtre (elle s'y mettait souvent : la fenêtre, en province, remplace les théâtres et la promenade), et elle s'amusait à considérer la cohue des rustres, lorsqu'elle aperçut un monsieur vêtu d'une redingote de velours vert. Il était ganté de gants jaunes, quoiqu'il fût chaussé de fortes guêtres ; et il se dirigeait vers la maison du médecin, suivi d'un paysan marchant la tête basse d'un air tout réfléchi.

— Puis-je voir Monsieur ? demanda-t-il à Justin, qui causait sur le seuil avec Félicité.

Et, le prenant pour le domestique de la maison :

— Dites-lui que M. Rodolphe Boulanger, de la Huchette est là.

Ce n'était point par vanité territoriale que le nouvel arrivant avait ajouté à son nom la particule, mais afin de se faire mieux connaître. La Huchette, en effet, était un domaine près d'Yonville, dont il venait d'acquérir le château, avec deux fermes qu'il cultivait lui-même, sans trop se gêner cependant. Il vivait en garçon, et passait pour avoir *au moins quinze mille livres de rentes* [29] !

Charles entra dans la salle. M. Boulanger lui présenta son homme, qui voulait être saigné, parce qu'il éprouvait *des fourmis le long du corps*.

— Ça me purgera, objectait-il à tous les raisonnements.

Bovary commença donc d'apporter une bande et une cuvette, et pria Justin de la soutenir. Puis, s'adressant au villageois déjà blême :

— N'ayez point peur, mon brave.

— Non, non, répondit l'autre, marchez toujours !

Et, d'un air fanfaron, il tendit son gros bras. Sous la piqûre de la lancette, le sang jaillit et alla s'éclabousser contre la glace.

— Approche le vase ! exclama Charles.

— *Guête !* disait le paysan, on jurerait une petite fontaine qui coule ! Comme j'ai le sang rouge ! Ce doit être bon signe, n'est-ce pas ?

— Quelquefois, reprit l'officier de santé, l'on n'éprouve rien au commencement, puis la syncope se déclare, et plus particulièrement chez les gens bien constitués comme celui-ci.

Le campagnard, à ces mots, lâcha l'étui qu'il tournait entre ses doigts. Une saccade de ses épaules fit craquer le dossier de sa chaise. Son chapeau tomba.

— Je m'en doutais, dit Bovary en appliquant son doigt sur la veine.

La cuvette commençait à trembler aux mains de Justin ; ses genoux chancelèrent, il devint pâle.

— Ma femme ! ma femme ! appela Charles.

D'un bond, elle descendit l'escalier.

— Du vinaigre ! cria-t-il. Ah ! mon Dieu, deux à la fois.

Et, dans son émotion, il avait peine à poser la compresse.

— Ce n'est rien, disait tout tranquillement M. Boulanger, tandis qu'il prenait Justin entre ses bras.

Et il l'assit sur la table, lui appuyant le dos contre la muraille.

Madame Bovary se mit à lui retirer sa cravate. Il y avait un nœud aux cordons de sa chemise ; elle resta quelques minutes à remuer ses doigts légers dans le cou du jeune garçon ; ensuite elle versa du vinaigre sur son mouchoir de batiste ; elle lui en mouillait les tempes à petits coups et elle soufflait dessus, délicatement.

Le charretier se réveilla : mais la syncope de Justin durait encore, et ses prunelles disparaissaient dans leur sclérotique pâle, comme des fleurs bleues dans du lait.

— Il faudrait, dit Charles, lui cacher cela.

Madame Bovary prit la cuvette, pour la mettre sous la table ; dans le mouvement qu'elle fit en s'inclinant, sa robe (c'était une robe d'été à quatre volants, de couleur jaune, longue de taille, large de jupe), sa robe s'évasa autour d'elle sur les carreaux de la salle ; — et, comme Emma, baissée, chancelait un peu en écartant les bras, le gonflement de l'étoffe se crevait de place en place, selon les inflexions de son corsage. Ensuite, elle alla prendre une carafe d'eau, et elle faisait fondre des morceaux de sucre lorsque le pharmacien arriva. La servante l'avait été chercher dans l'algarade ; en apercevant son élève les yeux ouverts, il reprit haleine. Puis, tournant autour de lui, il le regardait de haut en bas.

— Sot! disait-il; petit sot, vraiment! sot en trois lettres! Grand-chose, après tout, qu'une phlébotomie! et un gaillard qui n'a peur de rien! une espèce d'écureuil, tel que vous le voyez, qui monte locher des noix à des hauteurs vertigineuses. Ah! oui, parle, vante-toi! voilà de belles dispositions à exercer plus tard la pharmacie; car tu peux te trouver appelé en des circonstances graves, par-devant les tribunaux, afin d'y éclairer la conscience des magistrats; et il faudra pourtant garder son sang-froid, raisonner, se montrer homme, ou bien passer pour un imbécile!

Justin ne répondait pas. L'apothicaire continuait:

— Qui t'a prié de venir? Tu importunes toujours monsieur et madame! Les mercredis, d'ailleurs, ta présence m'est plus indispensable. Il y a maintenant vingt personnes à la maison. J'ai tout quitté, à cause de l'intérêt que je te porte. Allons, va-t'en! cours! attends-moi, et surveille les bocaux!

Quand Justin, qui se rhabillait, fut parti, l'on causa quelque peu des évanouissements. Madame Bovary n'en avait jamais eu.

— C'est extraordinaire pour une dame! dit M. Boulanger. Du reste, il y a des gens bien délicats. Ainsi j'ai vu, dans une rencontre, un témoin perdre connaissance rien qu'au bruit des pistolets que l'on chargeait.

— Moi, dit l'apothicaire, la vue du sang des autres ne me fait rien du tout; mais l'idée seulement du mien qui coule suffirait à me causer des défaillances, si j'y réfléchissais trop.

Cependant M. Boulanger congédia son domestique, en l'engageant à se tranquilliser l'esprit, puisque sa fantaisie était passée.

— Elle m'a procuré l'avantage de votre connaissance, ajouta-t-il.

Et il regardait Emma durant cette phrase.

Puis il déposa trois francs sur le coin de la table, salua négligemment et s'en alla.

Il fut bientôt de l'autre côté de la rivière (c'était son

chemin pour s'en retourner à la Huchette); et Emma
l'aperçut dans la prairie, qui marchait sous les peupliers, se ralentissant de temps à autre, comme quelqu'un qui réfléchit.

— Elle est fort gentille! se disait-il; elle est fort
gentille, cette femme du médecin! De belles dents, les
yeux noirs, le pied coquet, et de la tournure comme
une Parisienne. D'où diable sort-elle? Où donc l'a-t-il
trouvée, ce gros garçon-là?

M. Rodolphe Boulanger avait trente-quatre ans; il
était de tempérament brutal et d'intelligence perspi-
cace, ayant d'ailleurs beaucoup fréquenté les femmes
et s'y connaissant bien. Celle-là lui avait paru jolie: il y
rêvait donc, et à son mari.

— Je le crois très bête. Elle en est fatiguée sans
doute. Il porte des ongles sales et une barbe de trois
jours. Tandis qu'il trottine à ses malades, elle reste à
ravauder des chaussettes. Et on s'ennuie! on voudrait
habiter la ville, danser la polka tous les soirs! Pauvre
petite femme! Ça bâille après l'amour, comme une
carpe après l'eau sur une table de cuisine. Avec trois
mots de galanterie, cela vous adorerait, j'en suis sûr! ce
serait tendre! charmant!... Oui, mais comment s'en
débarrasser ensuite?

Alors les encombrements du plaisir, entrevus en
perspective, le firent, par contraste, songer à sa
maîtresse. C'était une comédienne de Rouen, qu'il
entretenait; et, quand il se fut arrêté sur cette image,
dont il avait, en souvenir même, des rassasiements:

— Ah! Madame Bovary, pensa-t-il, est bien plus
jolie qu'elle, plus fraîche surtout. Virginie, décidément, commence à devenir trop grosse. Elle est si
fastidieuse avec ses joies. Et, d'ailleurs, quelle manie
de salicoques!

La campagne était déserte, et Rodolphe n'entendait
autour de lui que le battement régulier des herbes qui
fouettaient sa chaussure, avec le cri des grillons tapis
au loin sous les avoines; il revoyait Emma dans la salle,
habillée comme il l'avait vue, et il la déshabillait.

— Oh ! je l'aurai ! s'écria-t-il en écrasant, d'un coup de bâton, une motte de terre devant lui.

Et, aussitôt, il examina la partie politique de l'entreprise. Il se demandait :

— Où se rencontrer ? par quel moyen ? On aura continuellement le marmot sur les épaules, et la bonne, les voisins, le mari, toute sorte de tracasseries considérables. Ah bah ! dit-il, on y perd trop de temps !

Puis il recommença :

— C'est qu'elle a des yeux qui vous entrent au cœur comme des vrilles. Et ce teint pâle !... Moi, qui adore les femmes pâles !

Au haut de la côte d'Argueil, sa résolution était prise.

— Il n'y a plus qu'à chercher les occasions. Eh bien ! j'y passerai quelquefois, je leur enverrai du gibier, de la volaille ; je me ferai saigner, s'il le faut ; nous deviendrons amis, je les inviterai chez moi... Ah ! parbleu ! ajouta-t-il, voilà les Comices bientôt ; elle y sera, je la verrai. Nous commencerons, et hardiment, car c'est le plus sûr.

VIII

Ils arrivèrent, en effet, ces fameux Comices ! Dès le matin de la solennité, tous les habitants, sur leurs portes, s'entretenaient des préparatifs ; on avait enguirlandé de lierre le fronton de la mairie ; une tente, dans un pré, était dressée pour le festin, et, au milieu de la place, devant l'église, une espèce de bombarde devait signaler l'arrivée de M. le préfet et le nom des cultivateurs lauréats. La garde nationale de Buchy (il n'y en avait point à Yonville) était venue s'adjoindre au corps des pompiers, dont Binet était le capitaine. Il portait, ce jour-là, un col encore plus haut que de coutume ; et, sanglé dans sa tunique, il avait le buste si raide et immobile, que toute la partie vitale de sa personne semblait être descendue dans ses deux jambes, qui se levaient en cadence, à pas marqués,

d'un seul mouvement. Comme une rivalité subsistait
entre le percepteur et le colonel, l'un et l'autre, pour
montrer leurs talents, faisaient à part manœuvrer leurs
hommes. On voyait alternativement passer et repasser
les épaulettes rouges et les plastrons noirs. Cela ne
finissait pas et toujours recommençait ! Jamais il n'y
avait eu pareil déploiement de pompe ! Plusieurs
bourgeois, dès la veille, avaient lavé leurs maisons ; des
drapeaux tricolores pendaient aux fenêtres entrouvertes ; tous les cabarets étaient pleins ; et, par le beau
temps qu'il faisait, les bonnets empesés, les croix d'or
et les fichus de couleur paraissaient plus blancs que
neige, miroitaient au soleil clair, et relevaient de leur
bigarrure éparpillée la sombre monotonie des redingotes et des bourgerons bleus. Les fermières des
environs retiraient, en descendant de cheval, la grosse
épingle qui leur serrait autour du corps leur robe
retroussée de peur des taches ; et les maris, au
contraire, afin de ménager leurs chapeaux, gardaient
par-dessus des mouchoirs de poche, dont ils tenaient
un angle entre les dents.

La foule arrivait dans la grande rue par les deux
bouts du village. Il s'en dégorgeait des ruelles, des
allées, des maisons, et l'on entendait de temps à autre
retomber le marteau des portes, derrière les bourgeoises en gants de fil, qui sortaient pour aller voir la
fête. Ce que l'on admirait surtout, c'étaient deux longs
ifs couverts de lampions qui flanquaient une estrade où
s'allaient tenir les autorités ; et il y avait de plus, contre
les quatre colonnes de la mairie, quatre manières de
gaules, portant chacune un petit étendard de toile
verdâtre, enrichi d'inscriptions en lettres d'or. On
lisait sur l'un : « Au Commerce » ; sur l'autre : « A
l'Agriculture » ; sur le troisième : « A l'Industrie » et,
sur le quatrième : « Aux Beaux-Arts ».

Mais la jubilation qui épanouissait tous les visages
paraissait assombrir madame Lefrançois, l'aubergiste.
Debout sur les marches de sa cuisine, elle murmurait
dans son menton :

— Quelle bêtise ! Quelle bêtise avec leur baraque de

toile ! Croient-ils que le préfet sera bien aise de dîner là-bas, sous une tente, comme un saltimbanque ? Ils appellent ces embarras-là faire le bien du pays ! Ce n'était pas la peine, alors, d'aller chercher un gargotier à Neufchâtel ! Et pour qui ? pour des vachers ! des va-nu-pieds !...

L'apothicaire passa. Il avait un habit noir, un pantalon de nankin, des souliers de castor et, par extraordinaire, un chapeau, — un chapeau bas de forme.

— Serviteur ! dit-il ; excusez-moi, je suis pressé.

Et comme la grosse veuve lui demanda où il allait :

— Cela vous semble drôle, n'est-ce pas ? moi qui reste toujours plus confiné dans mon laboratoire que le rat du bonhomme dans son fromage.

— Quel fromage ? fit l'aubergiste.

— Non, rien ! ce n'est rien ! reprit Homais. Je voulais vous exprimer seulement, madame Lefrançois, que je demeure d'habitude tout reclus chez moi. Aujourd'hui, cependant, vu la circonstance, il faut bien que...

— Ah ! vous allez là-bas ? dit-elle avec un air de dédain.

— Oui, j'y vais, répliqua l'apothicaire étonné ; ne fais-je point partie de la commission consultative ?

La mère Lefrançois le considéra quelques minutes, et finit par répondre en souriant :

— C'est autre chose ! Mais qu'est-ce que la culture vous regarde ? Vous vous y entendez donc ?

— Certainement, je m'y entends, puisque je suis pharmacien, c'est-à-dire chimiste ! Et la chimie, madame Lefrançois, ayant pour objet la connaissance de l'action réciproque et moléculaire de tous les corps de la nature, il s'ensuit que l'agriculture se trouve comprise dans son domaine ! Et, en effet, composition des engrais, fermentation des liquides, analyse des gaz et influence des miasmes, qu'est-ce que tout cela, je vous le demande, si ce n'est de la chimie pure et simple ?

L'aubergiste ne répondit rien. Homais continua :

— Croyez-vous qu'il faille, pour être agronome, avoir soi-même labouré la terre ou engraissé des volailles ? Mais il faut connaître plutôt la constitution des substances dont il s'agit, les gisements géologiques, les actions atmosphériques, la qualité des terrains, des minéraux, des eaux, la densité des différents corps et leur capillarité ! Que sais-je ? Et il faut posséder à fond tous les principes d'hygiène, pour diriger, critiquer la construction des bâtiments, le régime des animaux, l'alimentation des domestiques ! Il faut encore, madame Lefrançois, posséder la botanique ; pouvoir discerner les plantes. Entendez-vous ? Quelles sont les salutaires d'avec les délétères ; quelles les improductives et quelles les nutritives ; s'il est bon de les arracher par-ci et de les ressemer par-là, de propager les unes, de détruire les autres ; bref, il faut se tenir au courant de la science par les brochures et papiers publics, être toujours en haleine, afin d'indiquer les améliorations...

L'aubergiste ne quittait point des yeux la porte du *Café Français*, et le pharmacien poursuivit :

— Plût à Dieu que nos agriculteurs fussent des chimistes, ou que du moins ils écoutassent davantage les conseils de la science ! Ainsi, moi, j'ai dernièrement écrit un fort opuscule, un mémoire de plus de soixante et douze pages, intitulé : *Du cidre, de sa fabrication et de ses effets, suivi de quelques réflexions nouvelles à ce sujet*, que j'ai envoyé à la Société agronomique de Rouen ; ce qui m'a même valu l'honneur d'être reçu parmi ses membres, section d'agriculture, classe de pomologie. Eh bien ! si mon ouvrage avait été livré à la publicité...

Mais l'apothicaire s'arrêta, tant madame Lefrançois paraissait préoccupée.

— Voyez-les donc ! disait-elle, on n'y comprend rien ! une gargote semblable !

Et, avec des haussements d'épaules qui tiraient sur sa poitrine les mailles de son tricot, elle montrait des deux mains le cabaret de son rival, d'où sortaient alors des chansons.

— Du reste, il n'en a pas pour longtemps, ajouta-t-elle ; avant huit jours, tout est fini.

Homais se recula de stupéfaction. Elle descendit ses trois marches, et, lui parlant à l'oreille :

— Comment ! vous ne savez pas cela ? On va le saisir cette semaine. C'est Lheureux qui le fait vendre. Il l'a assassiné de billets.

— Quelle épouvantable catastrophe ! s'écria l'apothicaire, qui avait toujours des expressions congruantes à toutes les circonstances imaginables.

L'hôtesse donc se mit à lui raconter cette histoire, qu'elle savait par Théodore, le domestique de M. Guillaumin, et, bien qu'elle exécrât Tellier, elle blâmait Lheureux. C'était un enjôleur, un rampant.

— Ah ! tenez, dit-elle, le voilà sous les halles : il salue madame Bovary, qui a un chapeau vert. Elle est même au bras de Boulanger.

— Madame Bovary ! fit Homais. Je m'empresse d'aller lui offrir mes hommages. Peut-être qu'elle sera bien aise d'avoir une place dans l'enceinte, sous le péristyle.

Et, sans écouter la mère Lefrançois, qui le rappelait pour lui en conter plus long, le pharmacien s'éloigna d'un pas rapide, sourire aux lèvres et jarret tendu, distribuant de droite et de gauche quantité de salutations et emplissant beaucoup d'espace avec les grandes basques de son habit noir, qui flottaient au vent derrière lui.

Rodolphe, l'ayant aperçu de loin, avait pris un train rapide ; mais madame Bovary s'essouffla ; il se ralentit donc et lui dit en souriant, d'un ton brutal :

— C'est pour éviter ce gros homme : vous savez, l'apothicaire.

Elle lui donna un coup de coude.

— Qu'est-ce que cela signifie ? se demanda-t-il.

Et il la considéra du coin de l'œil, tout en continuant à marcher.

Son profil était si calme, que l'on n'y devinait rien. Il se détachait en pleine lumière, dans l'ovale de sa capote qui avait des rubans pâles ressemblant à des feuilles de

roseau. Ses yeux aux longs cils courbes regardaient
devant elle, et, quoique bien ouverts, ils semblaient un
peu bridés par les pommettes, à cause du sang qui
battait doucement sous sa peau fine. Une couleur rose
traversait la cloison de son nez. Elle inclinait la tête sur
l'épaule, et l'on voyait entre ses lèvres le bout nacré de
ses dents blanches.

— Se moque-t-elle de moi ? songeait Rodolphe.

Ce geste d'Emma pourtant n'avait été qu'un avertis-
sement ; car M. Lheureux les accompagnait, et il leur
parlait de temps à autre, comme pour entrer en
conversation.

— Voici une journée superbe ! Tout le monde est
dehors ! Les vents sont à l'est.

Et madame Bovary, non plus que Rodolphe, ne lui
répondait guère, tandis qu'au moindre mouvement
qu'ils faisaient, il se rapprochait en disant : « Plaît-
il ? » et portait la main à son chapeau.

Quand ils furent devant la maison du maréchal, au
lieu de suivre la route jusqu'à la barrière, Rodolphe,
brusquement, prit un sentier, entraînant madame
Bovary ; il cria :

— Bonsoir, monsieur Lheureux ! Au plaisir !

— Comme vous l'avez congédié ! dit-elle en riant.

— Pourquoi, reprit-il, se laisser envahir par les
autres ? et, puisque, aujourd'hui, j'ai le bonheur d'être
avec vous...

Emma rougit. Il n'acheva point sa phrase. Alors il
parla du beau temps et du plaisir de marcher sur
l'herbe. Quelques marguerites étaient repoussées.

— Voici de gentilles pâquerettes, dit-il, et de quoi
fournir bien des oracles à toutes les amoureuses du
pays.

Il ajouta :

— Si j'en cueillais. Qu'en pensez-vous ?

— Est-ce que vous êtes amoureux ? fit-elle en
toussant un peu.

— Eh ! eh ! qui sait, répondit Rodolphe.

Le pré commençait à se remplir, et les ménagères

vous heurtaient avec leurs grands parapluies, leurs
paniers et leurs bambins. Souvent il fallait se déranger
devant une longue file de campagnardes, servantes en
bas bleus, à souliers plats, à bagues d'argent, et qui
sentaient le lait quand on passait près d'elles. Elles
marchaient en se tenant par la main, et se répandaient
ainsi sur toute la longueur de la prairie, depuis la ligne
des trembles jusqu'à la tente du banquet. Mais c'était
le moment de l'examen, et les cultivateurs, les uns
après les autres, entraient dans une manière d'hippo-
drome que formait une longue corde portée sur des
bâtons.

Les bêtes étaient là, le nez tourné vers la ficelle, et
alignant confusément leurs croupes inégales. Les porcs
assoupis enfonçaient en terre leur groin ; des veaux
beuglaient ; des brebis bêlaient ; les vaches, un jarret
replié, étalaient leur ventre sur le gazon, et, ruminant
lentement, clignaient leurs paupières lourdes sous les
moucherons qui bourdonnaient autour d'elles. Des
charretiers, les bras nus, retenaient par le licou des
étalons cabrés, qui hennissaient à pleins naseaux du
côté des juments. Elles restaient paisibles, allongeant la
tête et la crinière pendante, tandis que leurs poulains se
reposaient à leur ombre, ou venaient les téter quelquefois ; et, sur la longue ondulation de tous ces corps
tassés, on voyait se lever au vent, comme un flot,
quelque crinière blanche, ou bien saillir des cornes
aiguës et des têtes d'hommes qui couraient. A l'écart,
en dehors des lices, cent pas plus loin, il y avait un
grand taureau noir muselé, portant un cercle de fer à la
narine, et qui ne bougeait pas plus qu'une bête de
bronze. Un enfant en haillons le tenait par une corde.

Cependant, entre les deux rangées, des messieurs
s'avançaient d'un pas lourd, examinant chaque animal,
puis se consultaient à voix basse. L'un d'eux, qui
semblait plus considérable, prenait, tout en marchant,
quelques notes sur un album. C'était le président du
jury : M. Derozerays de la Panville. Sitôt qu'il reconnut Rodolphe, il s'avança vivement, et lui dit en
souriant d'un air aimable :

— Comment, monsieur Boulanger, vous nous abandonnez ?

Rodolphe protesta qu'il allait venir. Mais, quand le
président eut disparu :

— Ma foi, non, reprit-il, je n'irai pas : votre
compagnie vaut bien la sienne.

Et, tout en se moquant des Comices, Rodolphe,
pour circuler plus à l'aise, montrait au gendarme sa
pancarte bleue, et même il s'arrêtait parfois devant
quelque beau *sujet* que madame Bovary n'admirait
guère. Il s'en aperçut, et alors se mit à faire des
plaisanteries sur les dames d'Yonville, à propos de leur
toilette ; puis il s'excusa lui-même du négligé de la
sienne. Elle avait cette incohérence de choses communes et recherchées, où le vulgaire, d'habitude, croit
entrevoir la révélation d'une existence excentrique, les
désordres du sentiment, les tyrannies de l'art, et
toujours un certain mépris des conventions sociales, ce
qui le séduit ou l'exaspère. Ainsi, sa chemise de batiste
à manchettes plissées bouffait au hasard du vent, dans
l'ouverture de son gilet, qui était de coutil gris, et son
pantalon à larges raies découvrait aux chevilles ses
bottines de nankin, claquées de cuir verni. Elles étaient
si vernies, que l'herbe s'y reflétait. Il foulait avec elles
les crottins de cheval, une main dans la poche de sa
veste et son chapeau de paille mis de côté.

— D'ailleurs, ajouta-t-il, quand on habite la campagne...

— Tout est peine perdue, dit Emma.

— C'est vrai ! répliqua Rodolphe. Songer que pas
un seul de ces braves gens n'est capable de comprendre
même la tournure d'un habit !

Alors ils parlèrent de la médiocrité provinciale, des
existences qu'elle étouffait, des illusions qui s'y perdaient.

— Aussi, disait Rodolphe, je m'enfonce dans une
tristesse...

— Vous ! fit-elle avec étonnement. Mais je vous
croyais très gai ?

— Ah ! oui, d'apparence, parce qu'au milieu du

monde je sais mettre sur mon visage un masque railleur ; et, cependant, que de fois, à la vue d'un cimetière, au clair de lune, je me suis demandé si je ne ferais pas mieux d'aller rejoindre ceux qui sont à dormir...

— Oh ! Et vos amis ? dit-elle. Vous n'y pensez pas.

— Mes amis ? Lesquels donc ? En ai-je ? Qui s'inquiète de moi ?

Et il accompagna ces derniers mots d'une sorte de sifflement entre ses lèvres.

Mais ils furent obligés de s'écarter l'un de l'autre à cause d'un grand échaufaudage de chaises qu'un homme portait derrière eux. Il en était si surchargé, que l'on apercevait seulement la pointe de ses sabots, avec le bout de ses deux bras, écartés droit. C'était Lestiboudois, le fossoyeur, qui charriait dans la multitude les chaises de l'église. Plein d'imagination pour tout ce qui concernait ses intérêts, il avait découvert ce moyen de tirer parti des comices, et son idée lui réussissait, car il ne savait plus auquel entendre. En effet, les villageois, qui avaient chaud, se disputaient ces sièges dont la paille sentait l'encens, et s'appuyaient contre leurs gros dossiers ; salis par la cire des cierges, avec une certaine vénération.

Madame Bovary reprit le bras de Rodolphe ; il continua comme se parlant à lui-même :

— Oui ! tant de choses m'ont manqué ! Toujours seul ! Ah ! si j'avais eu un but dans la vie, si j'eusse rencontré une affection, si j'avais trouvé quelqu'un... Oh ! comme j'aurais dépensé toute l'énergie dont je suis capable, j'aurais surmonté tout, brisé tout !

— Il me semble pourtant, dit Emma, que vous n'êtes guère à plaindre.

— Ah ! vous trouvez ? fit Rodolphe.

— Car enfin..., reprit-elle, vous êtes libre.

Elle hésita :

— Riche.

— Ne vous moquez pas de moi, répondit-il.

Et elle jurait qu'elle ne se moquait pas, quand un

coup de canon retentit; aussitôt, on se poussa pêle-
mêle vers le village.

C'était une fausse alerte. M. le préfet n'arrivait pas;
et les membres du jury se trouvaient fort embarrassés,
ne sachant s'il fallait commencer la séance ou bien
attendre encore.

Enfin, au fond de la place, parut un grand landau de
louage, traîné par deux chevaux maigres, que fouettait
à tour de bras un cocher en chapeau blanc. Binet n'eut
que le temps de crier : « Aux armes! » et le colonel de
l'imiter. On courut vers les faisceaux. On se précipita.
Quelques-uns même oublièrent leur col. Mais l'équi-
page préfectoral sembla deviner cet embarras, et les
deux rosses accouplées, se dandinant sur leur chaînette, arrivèrent au petit trot devant le péristyle de la
mairie juste au moment où la garde nationale et les
pompiers s'y déployaient, tambour battant, et mar-
quant le pas.

— Balancez! cria Binet.

— Halte! cria le colonel. Par file à gauche!

Et, après un port d'armes où le cliquetis des
capucines se déroulant sonna comme un chaudron de
cuivre qui dégringole les escaliers, tous les fusils
retombèrent.

Alors on vit descendre du carrosse un monsieur vêtu
d'un habit court à broderie d'argent, chauve sur le
front, portant toupet à l'occiput, ayant le teint blafard
et l'apparence des plus bénignes. Ses deux yeux, fort
gros et couverts de paupières épaisses, se fermaient à
demi pour considérer la multitude, en même temps
qu'il levait son nez pointu et faisait sourire sa bouche
rentrée. Il reconnut le maire à son écharpe, et lui
exposa que M. le préfet n'avait pu venir. Il était, lui,
un conseiller de préfecture; puis il ajouta quelques
excuses. Tuvache y répondit par des civilités, l'autre
s'avoua confus; et ils restaient ainsi, face à face, et
leurs fronts se touchant presque, avec les membres du
jury tout alentour, le conseil municipal, les notables, la
garde nationale et la foule. M. le conseiller, appuyant
contre sa poitrine son petit tricorne noir, réitérait ses

salutations, tandis que Tuvache, courbé comme un arc, souriait aussi, bégayait, cherchait ses phrases, protestait de son dévouement à la monarchie, et de l'honneur que l'on faisait à Yonville.

Hippolyte, le garçon de l'auberge, vint prendre par la bride les chevaux du cocher, et tout en boitant de son pied bot, il les conduisit sous le porche du *Lion d'or* où beaucoup de paysans s'amassèrent à regarder la voiture. Le tambour battit, l'obusier tonna, et les messieurs à la file montèrent s'asseoir sur l'estrade, dans les fauteuils en Utrecht rouge qu'avait prêtés madame Tuvache.

Tous ces gens-là se ressemblaient. Leurs molles figures blondes, un peu hâlées par le soleil, avaient la couleur du cidre doux, et leurs favoris bouffants s'échappaient de grands cols roides, que maintenaient des cravates blanches à rosette bien étalée. Tous les gilets étaient de velours, à châle ; toutes les montres portaient au bout d'un long ruban quelque cachet ovale en cornaline ; et l'on appuyait ses deux mains sur ses deux cuisses, en écartant avec soin la fourche du pantalon, dont le drap non décati ruisselait plus brillamment que le cuir des fortes bottes.

Les dames de la société se tenaient derrière, sous le vestibule, entre les colonnes, tandis que le commun de la foule était en face, debout, ou bien assis sur des chaises. En effet, Lestiboudois avait apporté là toutes celles qu'il avait déménagées de la prairie, et même il courait à chaque minute en chercher d'autres dans l'église, et causait un tel encombrement par son commerce, que l'on avait grand-peine à parvenir jusqu'au petit escalier de l'estrade.

— Moi, je trouve, dit M. Lheureux (s'adressant au pharmacien, qui passait pour gagner sa place), que l'on aurait dû planter là deux mâts vénitiens : avec quelque chose d'un peu sévère et de riche comme nouveauté, c'eût été un fort joli coup d'œil.

— Certes, répondit Homais. Mais, que voulez-vous ! c'est le maire qui a tout pris sous son bonnet. Il n'a pas grand goût, ce pauvre Tuvache ; il est même complètement dénué de ce qui s'appelle le génie des arts.

Cependant Rodolphe, avec madame Bovary, était monté au premier étage de la mairie, dans la *salle des délibérations*, et, comme elle était vide, il avait déclaré que l'on y serait bien pour jouir du spectacle plus à son aise. Il prit trois tabourets autour de la table ovale, sous le buste du monarque, et, les ayant approchés de l'une des fenêtres, ils s'assirent l'un près de l'autre.

Il y eut une agitation sur l'estrade, de longs chuchotements, des pourparlers. Enfin, M. le Conseiller se leva. On savait maintenant qu'il s'appelait Lieuvain, et l'on se répétait son nom de l'un à l'autre, dans la foule. Quand il eut donc collationné quelques feuilles et appliqué dessus son œil pour y mieux voir, il commença :

« Messieurs,

« Qu'il me soit permis d'abord (avant de vous entretenir de l'objet de cette réunion d'aujourd'hui, et ce sentiment, j'en suis sûr, sera partagé par vous tous), qu'il me soit permis, dis-je, de rendre justice à l'administration supérieure, au gouvernement, au monarque, messieurs, à notre souverain, à ce roi bien aimé à qui aucune branche de la prospérité publique ou particulière n'est indifférente, et qui dirige à la fois d'une main si ferme et si sage le char de l'État parmi les périls incessants d'une mer orageuse, sachant d'ailleurs faire respecter la paix comme la guerre, l'industrie, le commerce, l'agriculture et les beaux-arts. »

— Je devrais, dit Rodolphe, me reculer un peu.
— Pourquoi ? dit Emma.

Mais, à ce moment, la voix du Conseiller s'éleva d'un ton extraordinaire. Il déclamait :

« Le temps n'est plus, messieurs, où la discorde civile ensanglantait nos places publiques où le propriétaire, le négociant, l'ouvrier lui-même, en s'endormant le soir d'un sommeil paisible, tremblaient de se voir réveillés tout à coup au bruit des tocsins incendiaires, où les maximes les plus subversives sapaient audacieusement les bases... »

— C'est qu'on pourrait, reprit Rodolphe, m'apercevoir d'en bas ; puis j'en aurais pour quinze jours à donner des excuses, et, avec ma mauvaise réputation...

— Oh ! vous vous calomniez, dit Emma.

— Non, non, elle est exécrable, je vous jure.

« Mais, messieurs, poursuivit le Conseiller, que si, écartant de mon souvenir ces sombres tableaux, je reporte mes yeux sur la situation actuelle de notre belle patrie : qu'y vois-je ? Partout fleurissent le commerce et les arts ; partout des voies nouvelles de communication, comme autant d'artères nouvelles dans le corps de l'État, y établissent des rapports nouveaux ; nos grands centres manufacturiers ont repris leur activité ; la religion, plus affermie, sourit à tous les cœurs ; nos ports sont pleins, la confiance renaît, et enfin la France respire !... »

— Du reste, ajouta Rodolphe, peut-être, au point de vue du monde, a-t-on raison ?

— Comment cela ? fit-elle.

— Eh quoi ! dit-il, ne savez-vous pas qu'il y a des âmes sans cesse tourmentées ? Il leur faut tour à tour le rêve et l'action, les passions les plus pures, les jouissances les plus furieuses, et l'on se jette ainsi dans toutes sortes de fantaisies, de folies.

Alors elle le regarda comme on contemple un voyageur qui a passé par des pays extraordinaires, et elle reprit :

— Nous n'avons pas même cette distraction, nous autres pauvres femmes !

— Triste distraction, car on n'y trouve pas le bonheur.

— Mais le trouve-t-on jamais ? demanda-t-elle.

— Oui, il se rencontre un jour, répondit-il.

« Et c'est là ce que vous avez compris, disait le
Conseiller. Vous, agriculteurs et ouvriers des campagnes ; vous, pionniers pacifiques d'une œuvre toute
de civilisation ! vous, hommes de progrès et de moralité ! vous avez compris, dis-je, que les orages politiques sont encore plus redoutables vraiment que les
désordres de l'atmosphère... »

— Il se rencontre un jour, répéta Rodolphe, un
jour, tout à coup et quand on en désespérait. Alors des
horizons s'entrouvrent, c'est comme une voix qui crie :
« Le voilà ! » Vous sentez le besoin de faire à cette
personne la confidence de votre vie, de lui donner tout,
de lui sacrifier tout ! On ne s'explique pas, on se
devine. On s'est entrevu dans ses rêves. (Et il la
regardait.) Enfin, il est là, ce trésor que l'on a tant
cherché, là, devant vous ; il brille, il étincelle. Cependant on en doute encore, on n'ose y croire ; on en reste
ébloui, comme si l'on sortait des ténèbres à la lumière.
Et, en achevant ces mots, Rodolphe ajouta la
pantomime à sa phrase. Il se passa la main sur le
visage, tel qu'un homme pris d'étourdissement ; puis il
la laissa retomber sur celle d'Emma. Elle retira la
sienne. Mais le Conseiller lisait toujours :

« Et qui s'en étonnerait, messieurs ? Celui-là seul qui
serait assez aveugle, assez plongé (je ne crains pas de le
dire), assez plongé dans les préjugés d'un autre âge
pour méconnaître encore l'esprit des populations agricoles. Où trouver, en effet, plus de patriotisme que
dans les campagnes, plus de dévouement à la cause
publique, plus d'intelligence en un mot ? Et je
n'entends pas, messieurs, cette intelligence superfi-
cielle, vain ornement des esprits oisifs, mais plus de
cette intelligence profonde et modérée, qui s'applique
par-dessus toute chose à poursuivre des buts utiles,
contribuant ainsi au bien de chacun, à l'amélioration
commune et au soutien des États, fruit du respect des
lois et de la pratique des devoirs... »

— Ah ! encore, dit Rodolphe. Toujours les devoirs, je suis assommé de ces mots-là. Ils sont un tas de vieilles ganaches en gilet de flanelle, et de bigotes à chaufferette et à chapelet, qui continuellement nous chantent aux oreilles : « Le devoir ! le devoir ! » Eh ! parbleu ! le devoir, c'est de sentir ce qui est grand, de chérir ce qui est beau, et non pas d'accepter toutes les conventions de la société, avec les ignominies qu'elle nous impose.

— Cependant..., cependant..., objectait madame Bovary.

— Eh non ! pourquoi déclamer contre les passions ? Ne sont-elles pas la seule belle chose qu'il y ait sur la terre, la source de l'héroïsme, de l'enthousiasme, de la poésie, de la musique, des arts, de tout enfin ?

— Mais il faut bien, dit Emma, suivre un peu l'opinion du monde et obéir à sa morale.

— Ah ! c'est qu'il y en a deux, répliqua-t-il. La petite, la convenue, celle des hommes, celle qui varie sans cesse et qui braille si fort, s'agite en bas, terre à terre, comme ce rassemblement d'imbéciles que vous voyez. Mais l'autre, l'éternelle, elle est tout autour et au-dessus, comme le paysage qui nous environne et le ciel bleu qui nous éclaire.

M. Lieuvain venait de s'essuyer la bouche avec son mouchoir de poche. Il reprit :

« Et qu'aurais-je à faire, messieurs, de vous démontrer ici l'utilité de l'agriculture ? Qui donc pourvoit à nos besoins ? Qui donc fournit à notre subsistance ? N'est-ce pas l'agriculteur ? L'agriculteur, messieurs, qui, ensemençant d'une main laborieuse les sillons féconds des campagnes, fait naître le blé, lequel broyé est mis en poudre au moyen d'ingénieux appareils, en sort sous le nom de farine et, de là, transporté dans les cités, est bientôt rendu chez le boulanger, qui en confectionne un aliment pour le pauvre comme pour le riche. N'est-ce pas l'agriculteur encore qui engraisse, pour nos vêtements, ses abondants troupeaux dans les pâturages ? Car comment nous vêtirions-nous, car comment nous nourririons-nous sans l'agriculteur ? Et même, messieurs, est-il besoin d'aller si loin chercher des exemples ? Qui n'a souvent réfléchi à toute l'importance que l'on retire de ce modeste animal, ornement de nos basses-cours, qui fournit à la fois un oreiller moelleux pour nos couches, sa chair succulente pour nos tables, et des œufs ? Mais je n'en finirais pas s'il fallait énumérer les uns après les autres les différents produits que la terre bien cultivée, telle qu'une mère généreuse, prodigue à ses enfants. Ici, c'est la vigne ; ailleurs, ce sont les pommiers à cidre ; là, le colza ; plus loin, les fromages ; et le lin ; messieurs, n'oublions pas le lin ! qui a pris dans ces dernières années un accroissement considérable et sur lequel j'appellerai plus particulièrement votre attention. »

Il n'avait pas besoin de l'appeler : car toutes les bouches de la multitude se tenaient ouvertes, comme pour boire ses paroles. Tuvache, à côté de lui, l'écoutait en écarquillant les yeux ; M. Dorozerais, de temps à autre, fermait doucement les paupières ; et plus loin, le pharmacien, avec son fils Napoléon entre les jambes, bombait sa main contre son oreille pour ne pas perdre une seule syllabe. Les autres membres du jury balançaient lentement leur menton dans leur gilet, en signe d'approbation. Les pompiers, au bas de l'estrade, se reposaient sur leurs baïonnettes ; et Binet, immobile, restait le coude en dehors, avec la pointe du sabre en l'air. Il entendait peut-être, mais il ne devait rien apercevoir à cause de la visière de son casque qui lui descendait sur le nez. Son lieutenant, le fils cadet du sieur Tuvache, avait encore exagéré le sien ; car il en portait un énorme et qui lui vacillait sur la tête, en laissant dépasser un bout de son foulard d'indienne. Il souriait là-dessous avec une douceur tout enfantine, et sa petite figure pâle, où des gouttes ruisselaient, avait une expression de jouissance, d'accablement et de sommeil.

La place jusqu'aux maisons était comble du monde. On y voyait des gens accoudés à toutes les fenêtres, d'autres debout sur toutes les portes, et Justin, devant la devanture de la pharmacie, paraissait tout fixé dans la contemplation de ce qu'il regardait. Malgré le silence, la voix de M. Lieuvain se perdait dans l'air. Elle vous arrivait par lambeaux de phrases, qu'interrompait çà et là le bruit des chaises dans la foule ; puis on entendait, tout à coup, partir derrière soi un long mugissement de bœuf, ou bien les bêlements des agneaux qui se répondaient au coin des rues. En effet, les vachers et les bergers avaient poussé leurs bêtes jusque-là, et elles beuglaient de temps à autre, tout en arrachant avec leur langue quelque bribe de feuillage qui leur pendait sur le museau.

Rodolphe s'était rapproché d'Emma, et il disait d'une voix basse, en parlant vite :

— Est-ce que cette conjuration du monde ne vous révolte pas ? Est-il un seul sentiment qu'il ne condamne ? Les instincts les plus nobles, les sympathies les plus pures sont persécutés, calomniés, et, s'il se rencontre enfin deux pauvres âmes, tout est organisé pour qu'elles ne puissent se joindre. Elles essayeront cependant, elles battront des ailes, elles s'appelleront. Oh ! n'importe, tôt ou tard, dans six mois, dix ans, elles se réuniront, s'aimeront, parce que la fatalité l'exige et qu'elles sont nées l'une pour l'autre.

Il se tenait les bras croisés sur ses genoux, et, ainsi levant la figure vers Emma, il la regardait de près, fixement. Elle distinguait dans ses yeux des petits rayons d'or, s'irradiant tout autour de ses pupilles noires, et même elle sentait le parfum de la pommade qui lustrait sa chevelure. Alors une mollesse la saisit, elle se rappela ce vicomte qui l'avait fait valser à la Vaubyessard, et dont la barbe exhalait, comme ces cheveux-là, cette odeur de vanille et de citron ; et, machinalement, elle entreferma les paupières pour la mieux respirer. Mais, dans ce geste qu'elle fit en se cambrant [30] sur sa chaise, elle aperçut au loin, tout au fond de l'horizon, la vieille diligence *L'Hirondelle*, qui descendait lentement la côte des Leux, en traînant après soi un long panache de poussière. C'était dans

cette voiture jaune que Léon, si souvent, était revenu
vers elle ; et par cette route là-bas qu'il était parti pour
toujours ! Elle crut le voir en face, à sa fenêtre, puis
tout se confondit, des nuages passèrent ; il lui sembla
qu'elle tournait encore dans la valse, sous le feu des
lustres, au bras du vicomte, et que Léon n'était pas
loin, qui allait venir [31]... et cependant elle sentait
toujours la tête de Rodolphe à côté d'elle. La douceur
de cette sensation pénétrait ainsi ses désirs d'autrefois,
et comme des grains de sable sous un coup de vent, ils
tourbillonnaient dans la bouffée subtile du parfum qui
se répandait sur son âme. Elle ouvrit les narines à
plusieurs reprises, fortement, pour aspirer la fraîcheur
des lierres autour des chapiteaux. Elle retira ses gants,
elle s'essuya les mains ; puis, avec son mouchoir, elle
s'éventait la figure, tandis qu'à travers le battement de
ses tempes elle entendait la rumeur de la foule et la voix
du Conseiller qui psalmodiait ses phrases.

« Continuez ! persévérez ! n'écoutez ni les sugges-
tions de la routine, ni les conseils trop hâtifs d'un
empirisme téméraire ! Appliquez-vous surtout à l'amélioration du sol, aux bons engrais, au développement
des races chevalines, bovines, ovines et porcines ! Que
ces comices soient pour vous comme des arènes
pacifiques où le vainqueur, en sortant, tendra la main
au vaincu et fraternisera avec lui, dans l'espoir d'un
succès meilleur ! Et vous, vénérables serviteurs ! hum-
bles domestiques, dont aucun gouvernement jusqu'à
ce jour n'avait pris en considération les pénibles
labeurs, venez recevoir la récompense de vos vertus
silencieuses, et soyez convaincus que l'État, désormais,
a les yeux fixés sur vous, qu'il vous encourage, qu'il
vous protège, qu'il fera droit à vos justes réclamations
et allégera, autant qu'il est en lui, le fardeau de vos
pénibles sacrifices ! »

M. Lieuvain se rassit alors ; M. Derozerays se leva,
commençant un autre discours. Le sien, peut-être, ne
fut point aussi fleuri que celui du Conseiller ; mais il se

recommandait par un caractère de style plus positif,
c'est-à-dire par des connaissances plus spéciales et des
considérations plus relevées. Ainsi, l'éloge du gouvernement y tenait moins de place ; la religion et l'agriculture en occupaient davantage. On y voyait le rapport
de l'une et de l'autre, et comment elles avaient
concouru toujours à la civilisation. Rodolphe, avec
madame Bovary, causait rêves, pressentiments,
magnétisme. Remontant au berceau des sociétés, l'ora-
teur nous dépeignait ces temps farouches où les
hommes vivaient de glands, au fond des bois. Puis ils
avaient quitté la dépouille des bêtes, endossé le drap,
creusé des sillons, planté la vigne. Était-ce un bien, et
n'y avait-il pas dans cette découverte plus d'inconvé-
nients que d'avantages ? M. Derozerays se posait ce
problème. Du magnétisme, peu à peu, Rodolphe en
était venu aux affinités, et, tandis que M. le Président
citait Cincinnatus à sa charrue, Dioclétien plantant ses
choux et les empereurs de la Chine inaugurant l'année
par des semailles, le jeune homme expliquait à la jeune
femme que ces attractions irrésistibles tiraient leur
cause de quelque existence antérieure.

— Ainsi, nous, disait-il, pourquoi nous sommes-
nous connus ? Quel hasard l'a voulu ? C'est qu'à travers
l'éloignement, sans doute, comme deux fleuves qui
coulent pour se rejoindre, nos pentes particulières nous
avaient poussés l'un vers l'autre.

Et il saisit sa main ; elle ne la retira pas.

« Ensemble de bonnes cultures ! cria le président.

— Tantôt, par exemple, quand je suis venu chez
vous...

« A M. Bizet, de Quincampoix. »

— Savais-je que je vous accompagnerais ?

« Soixante et dix francs ! »

— Cent fois même j'ai voulu partir, et je vous ai
suivie, je suis resté.

« Fumiers. »

— Comme je resterais ce soir, demain, les autres
jours, toute ma vie !

« A M. Caron, d'Argueil, une médaille d'or ! »

— Car jamais je n'ai trouvé dans la société de personne un charme aussi complet.

« A M. Bain, de Givry-Saint-Martin ! »

— Aussi, moi, j'emporterai votre souvenir.

« Pour un bélier mérinos... »

— Mais vous m'oublierez, j'aurai passé comme une ombre.

« A M. Belot, de Notre-Dame... »

— Oh ! non, n'est-ce pas, je serai quelque chose dans votre pensée, dans votre vie ?

« Race porcine, prix *ex æquo :* à MM. Lehérissé et Cullembourg ; soixante francs ! »

Rodolphe lui serrait la main, et il la sentait toute chaude et frémissante comme une tourterelle captive qui veut reprendre sa volée ; mais, soit qu'elle essayât de la dégager ou bien qu'elle répondît à cette pression, elle fit un mouvement des doigts ; il s'écria :

— Oh ! merci ! Vous ne me repoussez pas ! Vous êtes bonne ! Vous comprenez que je suis à vous ! Laissez que je vous voie, que je vous contemple !

Un coup de vent qui arriva par les fenêtres fronça le tapis de la table, et, sur la place, en bas, tous les grands bonnets des paysannes se soulevèrent, comme des ailes de papillons blancs qui s'agitent.

« Emploi de tourteaux de graines oléagineuses », continua le président.

Il se hâtait :

« Engrais flamand, — culture du lin, — drainage, baux à longs termes, — services de domestiques. »

Rodolphe ne parlait plus. Ils se regardaient. Un désir suprême faisait frissonner leurs lèvres sèches ; et mollement, sans efforts, leurs doigts se confondirent.

« Catherine-Nicaise-Elisabeth Leroux, de Sassetot-la-Guerrière, pour cinquante-quatre ans de service dans la même ferme, une médaille d'argent — du prix de vingt-cinq francs ! »

« Où est-elle, Catherine Leroux ? » répéta le Conseiller.

Elle ne se présentait pas, et l'on entendait des voix qui chuchotaient :

— Vas-y !

— Non.

— A gauche !

— N'aie pas peur !

— Ah ! qu'elle est bête !

— Enfin y est-elle ? s'écria Tuvache.

— Oui !... la voilà !

— Qu'elle approche donc !

Alors on vit s'avancer sur l'estrade une petite vieille femme de maintien craintif, et qui paraissait se ratatiner dans ses pauvres vêtements. Elle avait aux pieds de grosses galoches de bois, et, le long des hanches, un grand tablier bleu. Son visage maigre, entouré d'un béguin sans bordure, était plus plissé de rides qu'une pomme de reinette flétrie, et des manches de sa camisole rouge dépassaient deux longues mains, à articulations noueuses. La poussière des granges, la potasse des lessives et le suint des laines les avaient si bien encroûtées, éraillées, durcies, qu'elles semblaient sales quoiqu'elles fussent rincées d'eau claire ; et, à force d'avoir servi, elles restaient entrouvertes, comme pour présenter d'elles-mêmes l'humble témoignage de tant de souffrances subies. Quelque chose d'une rigidité monacale relevait l'expression de sa figure. Rien de triste ou d'attendri n'amollissait ce regard pâle. Dans la fréquentation des animaux, elle avait pris leur mutisme et leur placidité. C'était la première fois qu'elle se voyait au milieu d'une compagnie si nombreuse ; et, intérieurement effarouchée par les drapeaux, par les tambours, par les messieurs en habit noir et par la croix d'honneur du Conseiller, elle demeurait tout immobile, ne sachant s'il fallait s'avancer ou s'enfuir, ni pourquoi la foule la poussait et pourquoi les examinateurs lui souriaient. Ainsi se tenait, devant ces bourgeois épanouis, ce demi-siècle de servitude.

— Approchez, vénérable Catherine-Nicaise-Élisabeth Leroux ! dit M. le Conseiller, qui avait pris des mains du président la liste des lauréats.

Et tour à tour examinant la feuille de papier, puis la vieille femme, il répétait d'un ton paternel :

— Approchez, approchez !

— Êtes-vous sourde ? dit Tuvache, en bondissant sur son fauteuil.

Et il se mit à lui crier dans l'oreille :

— Cinquante-quatre ans de service ! Une médaille d'argent ! Vingt-cinq francs ! C'est pour vous.

Puis, quand elle eut sa médaille, elle la considéra. Alors un sourire de béatitude se répandit sur sa figure et on l'entendait qui marmottait en s'en allant :

— Je la donnerai au curé de chez nous, pour qu'il me dise des messes.

— Quel fanatisme ! s'exclama le pharmacien, en se penchant vers le notaire.

La séance était finie ; la foule se dispersa ; et, maintenant que les discours étaient lus, chacun reprenait son rang et tout rentrait dans la coutume : les maîtres rudoyaient les domestiques, et ceux-ci frappaient les animaux, triomphateurs indolents qui s'en retournaient à l'étable, une couronne verte entre les cornes.

Cependant les gardes nationaux étaient montés au premier étage de la mairie, avec des brioches embrochées à leurs baïonnettes, et le tambour du bataillon qui portait un panier de bouteilles. Madame Bovary prit le bras de Rodolphe ; il la reconduisit chez elle ; ils se séparèrent devant sa porte ; puis il se promena seul dans la prairie, tout en attendant l'heure du banquet.

Le festin fut long, bruyant, mal servi ; l'on était si tassé, que l'on avait peine à remuer les coudes, et les planches étroites qui servaient de bancs faillirent se rompre sous le poids des convives. Ils mangeaient abondamment. Chacun s'en donnait pour sa quote-part. La sueur coulait sur tous les fronts ; et une vapeur blanchâtre, comme la buée d'un fleuve par un matin d'automne, flottait au-dessus de la table, entre les quinquets suspendus. Rodolphe, le dos appuyé contre le calicot de la tente, pensait si fort à Emma, qu'il n'entendait rien. Derrière lui, sur le gazon, des domestiques empilaient des assiettes sales ; ses voisins parlaient, il ne leur répondait pas ; on lui emplissait son verre, et un silence s'établissait dans sa pensée, malgré les accroissements de la rumeur. Il rêvait à ce qu'elle avait dit et à la forme de ses lèvres ; sa figure, comme en un miroir magique, brillait sur la plaque des shakos ; les plis de sa robe descendaient le long des murs, et des journées d'amour se déroulaient à l'infini dans les perspectives de l'avenir.

Il la revit le soir, pendant le feu d'artifice ; mais elle était avec son mari, madame Homais et le pharmacien, lequel se tourmentait beaucoup sur le danger des fusées perdues ; et, à chaque moment, il quittait la compagnie pour aller faire à Binet des recommandations.

Les pièces pyrotechniques envoyées à l'adresse du sieur Tuvache avaient, par excès de précaution, été enfermées dans sa cave ; aussi la poudre humide ne s'enflammait guère et le morceau principal, qui devait figurer un dragon se mordant la queue, rata complètement. De temps à autre, il partait une pauvre chandelle romaine ; alors la foule béante poussait une clameur où se mêlait le cri des femmes à qui l'on chatouillait la taille pendant l'obscurité. Emma, silencieuse, se blottissait doucement contre l'épaule de Charles ; puis, le menton levé, elle suivait dans le ciel noir le jet lumineux des fusées. Rodolphe la contemplait à la lueur des lampions qui brûlaient.

Ils s'éteignirent peu à peu. Les étoiles s'allumèrent. Quelques gouttes de pluie vinrent à tomber. Elle noua son fichu sur sa tête nue.

A ce moment, le fiacre du Conseiller sortit de l'auberge. Son cocher, qui était ivre, s'assoupit tout à coup et l'on apercevait de loin, par-dessus la capote, entre les deux lanternes, la masse de son corps qui se balançait de droite et de gauche, selon le tangage des soupentes.

— En vérité, dit l'apothicaire, on devrait bien sévir contre l'ivresse ! Je voudrais que l'on inscrivit, hebdomadairement, à la porte de la mairie, sur un tableau *ad hoc,* les noms de tous ceux qui, durant la semaine, se serait intoxiqués avec des alcools. D'ailleurs, sous le rapport de la statistique, on aurait là comme des annales patentes qu'on irait au besoin... Mais excusez.

Et il courut encore vers le capitaine.

Celui-ci rentrait à sa maison. Il allait revoir son tour.

— Peut-être ne feriez-vous pas mal, lui dit Homais, d'envoyer un de vos hommes ou d'aller vous-même...

— Laissez-moi donc tranquille, répondit le percepteur, puisqu'il n'y a rien !

— Rassurez-vous, dit l'apothicaire, quand il fut revenu près de ses amis. M. Binet m'a certifié que les mesures étaient prises. Nulle flammèche ne sera tombée. Les pompes sont pleines. Allons dormir.

— Ma foi ! j'en ai besoin, fit madame Homais, qui bâillait considérablement ; mais, n'importe, nous avons eu pour notre fête une bien belle journée.

Rodolphe répéta d'une voix basse et avec un regard tendre :

— Oh ! oui, bien belle !

Et, s'étant salués, on se tourna le dos.

Deux jours après, dans le *Fanal de Rouen*, il y avait un grand article sur les comices. Homais l'avait composé, de verve, dès le lendemain :

« Pourquoi ces festons, ces fleurs, ces guirlandes ? Où courait cette foule, comme les flots d'une mer en furie, sous les torrents d'un soleil tropical qui répandait sa chaleur sur nos guérets ? »

Ensuite, il parlait de la condition des paysans. Certes, le gouvernement faisait beaucoup, mais pas assez ! « Du courage ? lui criait-il ; mille réformes sont indispensables, accomplissons-les. » Puis, abordant l'entrée du Conseiller, il n'oubliait point « l'air martial de notre milice », ni « nos plus sémillantes villageoises », ni les vieillards à tête chauve, « sorte de patriarches qui étaient là, et dont quelques-uns, débris de nos immortelles phalanges, sentaient encore battre leurs cœurs au son mâle des tambours ». Il se citait des premiers parmi les membres du jury, et même il rappelait, dans une note, que M. Homais, pharmacien, avait envoyé un Mémoire sur le cidre à la Société d'Agriculture. Quand il arrivait à la distribution des récompenses, il dépeignait la joie des lauréats en traits dithyrambiques. « Le père embrassait son fils, le frère le frère, l'époux l'épouse. Plus d'un montrait avec orgueil son humble médaille, et sans doute, revenu chez lui, près de sa bonne ménagère, il l'aura suspendue en pleurant aux murs discrets de sa chaumine.

« Vers six heures, un banquet, dressé dans l'herbage de M. Liegeard, a réuni les principaux assistants de la fête. La plus grande cordialité n'a cessé d'y régner. Divers toasts ont été portés : M. Lieuvain, au monarque ! M. Tuvache, au préfet ! M. Derozerays, à l'agriculture ! M. Homais, à l'industrie et aux beaux-arts, ces deux sœurs ! M. Leplichey, aux améliorations ! Le soir, un brillant feu d'artifice a tout à coup illuminé les airs. On eût dit un véritable kaléidoscope, un vrai décor d'opéra et, un moment, notre petite localité a pu se croire transportée au milieu d'un rêve des *Mille et Une Nuits*.

« Constatons qu'aucun événement fâcheux n'est venu troubler cette réunion de famille. »

Et il ajoutait :

« On y a seulement remarqué l'absence du clergé. Sans doute les sacristies entendent le progrès d'une autre manière. Libre à vous, messieurs de Loyola ! »

IX

Six semaines s'écoulèrent [32]. Rodolphe ne revint pas. Un soir, enfin, il parut.

— N'y retournons pas de sitôt, ce serait une faute.

Et, au bout de la semaine, il était parti pour la chasse.

Après la chasse, il avait songé qu'il était trop tard, puis il fit ce raisonnement :

— Mais, si du premier jour elle m'a aimé, elle doit, par l'impatience de me revoir, m'aimer davantage. Continuons donc !

Et il comprit que son calcul avait été bon, lorsque,
en entrant dans la salle, il aperçut Emma pâlir.

Elle était seule. Le jour tombait. Les petits rideaux
de mousseline, le long des vitres, épaississaient le
crépuscule, et la dorure du baromètre, sur qui frappait
un rayon de soleil, étalait des feux dans la glace, entre
les découpures du polypier.

Rodolphe resta debout ; et à peine si Emma répondit
à ses premières phrases de politesse.

— Moi, dit-il, j'ai eu des affaires. J'ai été malade.

— Gravement ? s'écria-t-elle.

— Eh bien ! fit Rodolphe en s'asseyant à ses côtés
sur un tabouret, non !... C'est que je n'ai pas voulu
revenir.

— Pourquoi ?

— Vous ne devinez pas ?

Il la regarda encore une fois, mais d'une façon si
violente qu'elle baissa la tête en rougissant. Il reprit :

— Emma...

— Monsieur ! fit-elle en s'écartant un peu.

— Ah ! vous voyez bien, répliqua-t-il d'une voix
mélancolique, que j'avais raison de vouloir ne pas
revenir ; car ce nom, ce nom qui remplit mon âme et
qui m'est échappé, vous me l'interdisez ! Madame
Bovary !... Eh ! tout le monde vous appelle comme
cela !... Ce n'est pas votre nom, d'ailleurs ; c'est le nom
d'un autre !

Il répéta :

— D'un autre !

Et il se cacha la figure entre les mains.

— Oui, je pense à vous continuellement !... Votre
souvenir me désespère ! Ah ! pardon !... Je vous
quitte... Adieu !... J'irai loin... si loin, que vous
n'entendrez plus parler de moi !... Et cependant...,
aujourd'hui..., je ne sais quelle force encore m'a
poussé vers vous ! Car on ne lutte pas contre le ciel, on
ne résiste point au sourire des anges ! on se laisse
entraîner par ce qui est beau, charmant, adorable !

C'était la première fois qu'Emma s'entendait dire ces
choses ; et son orgueil, comme quelqu'un qui se délasse

dans une étuve, s'étirait mollement et tout entier à la chaleur de ce langage.

— Mais, si je ne suis pas venu, continua-t-il, si je n'ai pu vous voir, ah ! du moins j'ai bien contemplé ce qui vous entoure. La nuit, toutes les nuits, je me relevais, j'arrivais jusqu'ici, je regardais votre maison, le toit qui brillait sous la lune, les arbres du jardin qui se balançaient à votre fenêtre, et une petite lampe, une lueur, qui brillait à travers les carreaux, dans l'ombre. Ah ! vous ne saviez guère qu'il y avait là, si près et si loin, un pauvre misérable...

Elle se tourna vers lui avec un sanglot.

— Oh ! vous êtes bon ! dit-elle.

— Non, je vous aime, voilà tout ! Vous n'en doutez pas ! Dites-le-moi ; un mot ! un seul mot !

Et Rodolphe, insensiblement, se laissait glisser du tabouret jusqu'à terre ; mais on entendit un bruit de sabots dans la cuisine, et la porte de la salle, il s'en aperçut, n'était pas fermée.

— Que vous seriez charitable, poursuivit-il en se relevant, de satisfaire une fantaisie !

C'était de visiter sa maison ; il désirait la connaître ; et madame Bovary n'y voyant point d'inconvénient, ils se levaient tous deux, quand Charles entra.

— Bonjour, docteur, lui dit Rodolphe.

Le médecin, flatté de ce titre inattendu, se répandit en obséquiosités, et l'autre en profita pour se remettre un peu.

— Madame m'entretenait, fit-il donc, de sa santé...

Charles l'interrompit : il avait mille inquiétudes, en effet ; les oppressions de sa femme recommençaient. Alors Rodolphe demanda si l'exercice du cheval ne serait pas bon.

— Certes ! excellent, parfait !... Voilà une idée ! Tu devrais la suivre.

Et, comme elle objectait qu'elle n'avait point de cheval, M. Rodolphe en offrit un ; elle refusa ses offres ; il n'insista pas ; puis, afin de motiver sa visite, il conta que son charretier, l'homme à la saignée, éprouvait toujours des étourdissements.

joncs. Au bruit de leurs pas dans l'herbe, des gre-
nouilles sautaient pour se cacher.

— J'ai tort, j'ai tort, disait-elle. Je suis folle de vous
entendre.

— Pourquoi ?... Emma ! Emma !

— Oh ! Rodolphe !... fit lentement la jeune femme
en se penchant sur son épaule.

Le drap de sa robe s'accrochait au velours de l'habit,
elle renversa son cou blanc, qui se gonflait d'un soupir
et, défaillante, tout en pleurs, avec un long frémisse-
ment et se cachant la figure, elle s'abandonna.

Les ombres du soir descendaient ; le soleil horizon-
tal, passant entre les branches, lui éblouissait les yeux.
Çà et là, tout autour d'elle, dans les feuilles ou par
terre, des taches lumineuses tremblaient, comme si des
colibris, en volant, eussent éparpillé leurs plumes. Le
silence était partout ; quelque chose de doux semblait
sortir des arbres ; elle sentait son cœur, dont les
battements recommençaient, et le sang circuler dans sa
chair comme un fleuve de lait. Alors, elle entendit tout
au loin, au-delà du bois, sur les autres collines, un cri
vague et prolongé, une voix qui se traînait, et elle
l'écoutait silencieusement, se mêlant comme une musique aux dernières vibrations de ses nerfs émus.
Rodolphe, le cigare aux dents, raccommodait avec son
canif une des deux brides cassée.

Ils s'en revinrent à Yonville, par le même chemin.
Ils revirent sur la boue les traces de leurs chevaux, côte
à côte, et les mêmes buissons, les mêmes cailloux dans
l'herbe. Rien autour d'eux n'avait changé ; et pour elle,
cependant, quelque chose était survenu de plus considérable que si les montagnes se fussent déplacées.
Rodolphe, de temps à autre, se penchait et lui prenait
sa main pour la baiser.

Elle était charmante, à cheval ! Droite, avec sa taille
mince, le genou plié sur la crinière de sa bête et un peu
colorée par le grand air, dans la rougeur du soir.

En entrant dans Yonville, elle caracola sur les pavés.
On la regardait des fenêtres.

Son mari, au dîner, lui trouva bonne mine ; mais elle

eut l'air de ne pas l'entendre lorsqu'il s'informa de sa promenade ; et elle restait le coude au bord de son assiette, entre les deux bougies qui brûlaient.

— Emma ! dit-il.

— Quoi ?

— Eh bien, j'ai passé cette après-midi chez M. Alexandre ; il a une ancienne pouliche encore fort belle, un peu couronnée seulement, et qu'on aurait, je suis sûr, pour une centaine d'écus...

Il ajouta :

— Pensant même que cela te serait agréable, je l'ai retenue..., je l'ai achetée... Ai-je bien fait ? Dis-moi donc.

Elle remua la tête en signe d'assentiment ; puis, un quart d'heure après :

— Sors-tu ce soir ? demanda-t-elle.

— Oui. Pourquoi ?

— Oh ! rien, rien, mon ami.

Et, dès qu'elle fut débarrassée de Charles, elle monta s'enfermer dans sa chambre.

D'abord, ce fut comme un étourdissement ; elle voyait les arbres, les chemins, les fossés, Rodolphe, et elle sentait encore l'étreinte de ses bras tandis que le feuillage frémissait et que les joncs sifflaient.

Mais, en s'apercevant dans la glace, elle s'étonna de son visage. Jamais elle n'avait eu les yeux si grands, si noirs, ni d'une telle profondeur. Quelque chose de subtil épandu sur sa personne la transfigurait.

Elle se répétait : « J'ai un amant ! un amant ! » se délectant à cette idée comme à celle d'une autre puberté qui lui serait survenue. Elle allait donc posséder enfin ces joies de l'amour, cette fièvre du bonheur dont elle avait désespéré. Elle entrait dans quelque chose de merveilleux où tout serait passion, extase, délire ; une immensité bleuâtre l'entourait, les sommets du sentiment étincelaient sous sa pensée, l'existence ordinaire n'apparaissait qu'au loin, tout en bas, dans l'ombre, entre les intervalles de ces hauteurs.

Alors elle se rappela les héroïnes des livres qu'elle avait lus, et la légion lyrique de ces femmes adultères se mit à chanter dans sa mémoire avec des voix de sœurs qui la charmaient. Elle devenait elle-même comme une partie véritable de ces imaginations et réalisait la longue rêverie de sa jeunesse, en se considérant dans ce type d'amoureuse qu'elle avait tant envié. D'ailleurs, Emma éprouvait une satisfaction de vengeance. N'avait-elle pas assez souffert ! Mais elle triomphait maintenant, et l'amour, si longtemps contenu, jaillissait tout entier avec des bouillonnements joyeux. Elle le savourait sans remords, sans inquiétude, sans trouble.

La journée du lendemain se passa dans une douceur nouvelle. Ils se firent des serments. Elle lui raconta ses tristesses. Rodolphe l'interrompait par ses baisers ; et elle lui demandait, en le contemplant les paupières à demi closes, de l'appeler encore par son nom et de répéter qu'il l'aimait. C'était dans la forêt, comme la veille, sous une hutte de sabotiers. Les murs en étaient de paille et le toit descendait si bas, qu'il fallait se tenir courbé. Ils étaient assis l'un contre l'autre, sur un lit de feuilles sèches.

A partir de ce jour-là, ils s'écrivirent régulièrement tous les soirs. Emma portait sa lettre au bout du jardin près de la rivière, dans une fissure de la terrasse. Rodolphe venait l'y chercher et en plaçait une autre, qu'elle accusait toujours d'être trop courte.

Un matin, que Charles était sorti dès avant l'aube, elle fut prise par la fantaisie de voir Rodolphe à l'instant. On pouvait arriver promptement à la Huchette, y rester une heure et être rentré dans Yonville que tout le monde encore serait endormi. Cette idée la fit haleter de convoitise ; elle se trouva bientôt au milieu de la prairie, où elle marchait à pas rapides, sans regarder derrière elle.

Le jour commençait à paraître. Emma, de loin, reconnut la maison de son amant, dont les deux girouettes à queue-d'aronde se découpaient en noir sur le crépuscule pâle.

Après la cour de la ferme, il y avait un corps de logis qui devait être le château. Elle y entra, comme si les

murs, à son approche, se fussent écartés d'eux-mêmes.
Un grand escalier droit montait vers le corridor. Emma
tourna la clenche d'une porte, et tout à coup, au fond
de la chambre, elle aperçut un homme qui dormait.
C'était Rodolphe. Elle poussa un cri.

— Te voilà ! te voilà ! répéta-t-il. Comment as-tu
fait pour venir ?... Ah ! ta robe est mouillée !

— Je t'aime ! répondit-elle en lui passant les bras
autour du cou.

Cette première audace lui ayant réussi, chaque fois
maintenant que Charles sortait de bonne heure, Emma
s'habillait vite et descendait à pas de loup le perron qui
conduisait au bord de l'eau.

Mais, quand la planche aux vaches était levée, il
fallait suivre les murs qui longeaient la rivière ; la berge
était glissante ; elle s'accrochait de la main, pour ne pas
tomber, aux bouquets de ravenelles flétries. Puis elle
prenait à travers des champs en labour, où elle
enfonçait, trébuchait et empêtrait ses bottines minces.
Son foulard, noué sur sa tête, s'agitait au vent dans les
herbages ; elle avait peur des bœufs, elle se mettait à
courir ; elle arrivait essoufflée, les joues roses, et
exhalant de toute sa personne un frais parfum de sève,
de verdure et de grand air. Rodolphe, à cette heure-là,
dormait encore. C'était comme une matinée de printemps qui entrait dans sa chambre.

Les rideaux jaunes, le long des fenêtres, laissaient
passer doucement une lourde lumière blonde. Emma
tâtonnait en clignant des yeux, tandis que les gouttes
de rosée suspendues à ses bandeaux faisaient comme
une auréole de topaze tout autour de sa figure.
Rodolphe, en riant, l'attirait à lui et il la pressait sur
son cœur.

Ensuite, elle examinait l'appartement, elle ouvrait
les tiroirs des meubles, elle se peignait avec son peigne
et se regardait dans le miroir à barbe. Souvent même,
elle mettait entre ses dents le tuyau d'une grosse pipe
qui était sur la table de nuit, parmi des citrons et des
morceaux de sucre, près d'une carafe d'eau.

Il leur fallait un bon quart d'heure pour les adieux.

Alors Emma pleurait ; elle aurait voulu ne jamais abandonner Rodolphe. Quelque chose de plus fort qu'elle la poussait vers lui, si bien qu'un jour, la voyant survenir à l'improviste, il fronça le visage, comme quelqu'un de contrarié.

— Qu'as-tu donc ? dit-elle. Souffres-tu ? Parle-moi !

Enfin il déclara, d'un air sérieux, que ses visites devenaient imprudentes et qu'elle se compromettait.

                                    X

Peu à peu, ces craintes de Rodolphe la gagnèrent. L'amour l'avait enivrée d'abord, elle n'avait songé à rien au-delà. Mais, à présent qu'il était indispensable à sa vie, elle craignait d'en perdre quelque chose, ou même qu'il ne fût troublé. Quand elle s'en revenait de chez lui, elle jetait tout alentour des regards inquiets, épiant chaque forme qui passait à l'horizon et chaque lucarne du village d'où l'on pouvait l'apercevoir. Elle écoutait les pas, les cris, le bruit des charrues ; et elle s'arrêtait plus blême et plus tremblante que les feuilles des peupliers qui se balançaient sur sa tête.

Un matin, qu'elle s'en retournait ainsi, elle crut distinguer tout à coup le long canon d'une carabine qui semblait la tenir en joue. Il dépassait obliquement le bord d'un petit tonneau, à demi enfoui entre les herbes, sur la marge d'un fossé. Emma, prête à défaillir de terreur, avança cependant, et un homme sortit du tonneau, comme ces diables à boudin qui se dressent du fond des boîtes. Il avait des guêtres bouclées jusqu'aux genoux, sa casquette enfoncée jusqu'aux yeux, les lèvres grelottantes et le nez rouge. C'était le capitaine Binet, à l'affût des canards sauvages.

— Vous auriez dû parler de loin ! s'écria-t-il. Quand on aperçoit un fusil, il faut toujours avertir.

Le percepteur, par là, tâchait de dissimuler la crainte qu'il venait d'avoir ; car, un arrêté préfectoral ayant interdit la chasse aux canards autrement qu'en bateau, M. Binet, malgré son respect pour les lois, se trouvait en contravention. Aussi croyait-il à chaque minute entendre arriver le garde champêtre. Mais cette inquiétude irritait son plaisir, et, tout seul dans son tonneau, il s'applaudissait de son bonheur et de sa malice.

A la vue d'Emma, il parut soulagé d'un grand poids, et aussitôt, entamant la conversation :

— Il ne fait pas chaud, *ça pique !*

Emma ne répondit rien. Il poursuivit :

— Et vous voilà sortie de bien bonne heure ?

— Oui, dit-elle en balbutiant ; je viens de chez la nourrice où est mon enfant.

— Ah ! fort bien ! fort bien ! Quant à moi, tel que vous me voyez, dès la pointe du jour, je suis là ; mais le temps est si crassineux, qu'à moins d'avoir la plume juste au bout...

— Bonsoir, monsieur Binet, interrompit-elle en lui tournant les talons.

— Serviteur, madame, reprit-il d'un ton sec.

Et il rentra dans son tonneau.

Emma se repentit d'avoir quitté si brusquement le percepteur. Sans doute, il allait faire des conjectures défavorables. L'histoire de la nourrice était la pire excuse, tout le monde sachant bien à Yonville que la petite Bovary, depuis un an, était revenue chez ses parents. D'ailleurs, personne n'habitait aux environs ; ce chemin ne conduisait qu'à la Huchette ; Binet, donc, avait deviné d'où elle venait, et il ne se tairait pas, il bavarderait, c'était certain ! Elle resta jusqu'au soir à se torturer l'esprit dans tous les projets de mensonges imaginables, et ayant sans cesse devant les yeux cet imbécile à carnassière.

Charles, après le dîner, la voyant soucieuse, voulut, par distraction, la conduire chez le pharmacien ; et la première personne qu'elle aperçut dans la pharmacie ce fut encore lui, le percepteur ! Il était debout devant le comptoir, éclairé par la lumière du bocal rouge, et il disait :

— Donnez-moi, je vous prie, une demi-once de vitriol.

— Justin, cria l'apothicaire, apporte-nous l'acide sulfurique.

Puis, à Emma, qui voulait monter dans l'appartement de madame Homais :

— Non, restez, ce n'est pas la peine, elle va descendre. Chauffez-vous au poêle en attendant... Excusez-moi... Bonjour, docteur (car le pharmacien se plaisait beaucoup à prononcer ce mot *docteur*, comme si, en l'adressant à un autre, il eût fait rejaillir sur lui-même quelque chose de la pompe qu'il y trouvait)... Mais prends garde de renverser les mortiers ! va plutôt chercher les chaises de la petite salle ; tu sais bien qu'on ne dérange pas les fauteuils du salon.

Et, pour remettre en place son fauteuil, Homais se précipitait hors du comptoir, quand Binet lui demanda une demi-once d'acide de sucre.

— Acide de sucre ? fit le pharmacien dédaigneusement. Je ne connais pas, j'ignore ! Vous voulez peut-être de l'acide oxalique ? C'est oxalique, n'est-il pas vrai ?

Binet expliqua qu'il avait besoin d'un mordant pour composer lui-même une eau de cuivre avec quoi dérouiller diverses garnitures de chasse. Emma tressaillit. Le pharmacien se mit à dire :

— En effet, le temps n'est pas propice, à cause de l'humidité.

— Cependant, reprit le percepteur d'un air finaud, il y a des personnes qui s'en arrangent.

Elle étouffait.

— Donnez-moi encore...

— Il ne s'en ira donc jamais ! pensait-elle.

— Une demi-once d'arcanson et de térébenthine, quatre onces de cire jaune, et trois demi-onces de noir animal, s'il vous plaît, pour nettoyer les cuirs vernis de mon équipement.

L'apothicaire commençait à tailler de la cire, quand madame Homais parut avec Irma dans ses bras, Napoléon à ses côtés et Athalie qui la suivait. Elle alla s'asseoir sur le banc de velours, contre la fenêtre, et le gamin s'accroupit sur un tabouret, tandis que sa sœur aînée rôdait autour de la boîte de jujube, près de son petit papa. Celui-ci emplissait des entonnoirs et bouchait des flacons, il collait des étiquettes, il confectionnait des paquets. On se taisait autour de lui ; et l'on entendait seulement de temps à autre tinter les poids dans les balances, avec quelques paroles basses du pharmacien donnant des conseils à son élève.

— Comment va votre jeune personne ? demanda tout à coup madame Homais.

— Silence ! exclama son mari, qui écrivait des chiffres sur le cahier de brouillon.

— Pourquoi ne l'avez-vous pas amenée ? reprit-elle à demi-voix.

— Chut ! chut ! fit Emma en désignant du doigt l'apothicaire.

Mais Binet, tout entier à la lecture de l'addition, n'avait rien entendu probablement. Enfin il sortit. Alors Emma, débarrassée, poussa un grand soupir.

— Comme vous respirez fort ! dit madame Homais.

— Ah ! c'est qu'il fait chaud, répondit-elle.

Ils avisèrent donc, le lendemain, à organiser leurs rendez-vous ; Emma voulait corrompre sa servante par un cadeau ; mais il eût mieux valu découvrir à Yonville quelque maison discrète. Rodolphe promit d'en chercher une.

Pendant tout l'hiver, trois ou quatre fois la semaine, à la nuit noire, il arrivait dans le jardin. Emma, tout exprès, avait retiré la clef de la barrière, que Charles crut perdue.

Pour l'avertir, Rodolphe jetait contre les persiennes une poignée de sable. Elle se levait en sursaut ; mais quelquefois il lui fallait attendre, car Charles avait la manie de bavarder au coin du feu, et il n'en finissait pas.

Elle se dévorait d'impatience ; si ses yeux l'avaient pu ils l'eussent fait sauter par les fenêtres. Enfin, elle commençait sa toilette de nuit ; puis elle prenait un livre et continuait à lire fort tranquillement, comme si la lecture l'eût amusée. Mais Charles, qui était au lit, l'appelait pour se coucher.

— Viens donc, Emma, disait-il, il est temps.

— Oui, j'y vais ! répondait-elle.

Cependant, comme les bougies l'éblouissaient, il se tournait vers le mur et s'endormait. Elle s'échappait, en retenant son haleine, souriante, palpitante, déshabillée.

Rodolphe avait un grand manteau ; il l'en enveloppait tout entière, et, passant le bras autour de sa taille, il l'entraînait sans parler jusqu'au fond du jardin.

C'était sous la tonnelle, sur ce même banc de bâtons pourris où autrefois Léon la regardait si amoureusement, durant les soirs d'été. Elle ne pensait guère à lui maintenant.

Les étoiles brillaient à travers les branches du jasmin sans feuilles. Ils entendaient derrière eux la rivière qui coulait, et, de temps à autre, sur la berge, le claquement des roseaux secs. Des massifs d'ombre, çà et là, se bombaient dans l'obscurité, et parfois, frissonnant tous d'un seul mouvement, ils se dressaient et se penchaient comme d'immenses vagues noires qui se fussent avancées pour les recouvrir. Le froid de la nuit les faisait s'étreindre davantage ; les soupirs de leurs lèvres leur semblaient plus forts ; leurs yeux, qu'ils entrevoyaient à peine, leur paraissaient plus grands, et, au milieu du silence, il y avait des paroles dites tout bas qui tombaient sur leur âme avec une sonorité cristalline et qui s'y répercutaient en vibrations multipliées.

Lorsque la nuit était pluvieuse, ils s'allaient réfugier dans le cabinet aux consultations, entre le hangar et l'écurie. Elle allumait un des flambeaux de la cuisine, qu'elle avait caché derrière les livres. Rodolphe s'installait là comme chez lui. La vue de la bibliothèque et du bureau, de tout l'appartement, enfin, excitait sa gaieté ; et il ne pouvait se retenir de faire sur Charles quantité de plaisanteries qui embarrassaient Emma. Elle eût désiré le voir plus sérieux, et même plus dramatique à l'occasion, comme cette fois où elle crut entendre dans l'allée un bruit de pas qui s'approchaient.

— On vient ! dit-elle.

Il souffla la lumière.

— As-tu tes pistolets ?

— Pourquoi ?

— Mais... pour te défendre, reprit Emma.

— Est-ce de ton mari ? Ah ! le pauvre garçon !

Et Rodolphe acheva sa phrase avec un geste qui signifiait : « Je l'écraserais d'une chiquenaude. »

Elle fut ébahie de sa bravoure, bien qu'elle y sentît une sorte d'indélicatesse et de grossièreté naïve qui la scandalisa.

Rodolphe réfléchit beaucoup à cette histoire de pistolets. Si elle avait parlé sérieusement, cela était fort ridicule, pensait-il, odieux même, car il n'avait, lui, aucune raison de haïr ce bon Charles, n'étant pas ce qui s'appelle dévoré de jalousie ; — et, à ce propos, Emma lui avait fait un grand serment qu'il ne trouvait pas non plus du meilleur goût.

D'ailleurs, elle devenait bien sentimentale. Il avait fallu échanger des miniatures, on s'était coupé des poignées de cheveux, et elle demandait à présent une bague, un véritable anneau de mariage, en signe d'alliance éternelle. Souvent elle lui parlait des cloches du soir ou des *voix de la nature* ; puis elle l'entretenait de sa mère, à elle, et de sa mère, à lui. Rodolphe l'avait perdue depuis vingt ans. Emma, néanmoins, l'en consolait avec des mièvreries de langage, comme on eût fait à un marmot abandonné, et même lui disait quelquefois, en regardant la lune :

— Je suis sûre que là-haut, ensemble, elles approuvent notre amour.

Mais elle était si jolie ! Il en avait possédé si peu d'une candeur pareille ! Cet amour sans libertinage était pour lui quelque chose de nouveau, et qui, le sortant de ses habitudes faciles, caressait à la fois son orgueil et sa sensualité. L'exaltation d'Emma, que son bon sens bourgeois dédaignait, lui semblait, au fond du cœur, charmante, puisqu'elle s'adressait à sa personne.

Alors, sûr d'être aimé, il ne se gêna pas, et insensiblement ses façons changèrent.

Il n'avait plus, comme autrefois, de ces mots si doux qui la faisaient pleurer, ni de ces véhémentes caresses qui la rendaient folle ; si bien que leur grand amour, où elle vivait plongée, parut se diminuer sous elle, comme l'eau d'un fleuve qui s'absorberait dans son lit, et elle aperçut la vase. Elle n'y voulait pas croire ; elle redoubla de tendresse ; et Rodolphe, de moins en moins, cacha son indifférence.

Elle ne savait pas si elle regrettait de lui avoir cédé ou si elle ne souhaitait point, au contraire, le chérir davantage. L'humiliation de se sentir faible se tournait en une rancune que les voluptés tempéraient. Ce n'était pas de l'attachement, c'était comme une séduction permanente. Il la subjuguait. Elle en avait presque peur.

Les apparences, néanmoins, étaient plus calmes que jamais, Rodolphe ayant réussi à conduire l'adultère selon sa fantaisie ; et, au bout de six mois, quand le printemps arriva, ils se trouvaient, l'un vis-à-vis de l'autre, comme deux mariés qui entretiennent tranquillement une flamme domestique.

C'était l'époque où le père Rouault envoyait son dinde, en souvenir de sa jambe remise. Le cadeau arrivait toujours avec une lettre. Emma coupa la corde qui la retenait au panier, elle lut les lignes suivantes :

« Mes chers enfants,

« J'espère que la présente vous trouvera en bonne santé et que celui-là vaudra bien les autres ; car il me semble un peu plus mollet, si j'ose dire, et plus massif. Mais, la prochaine fois, par changement, je vous donnerai un coq, à moins que vous ne teniez de préférence aux *picots*, et renvoyez-moi la bourriche, s'il vous plaît, avec les deux anciennes. J'ai eu un malheur à ma charretterie, dont la couverture, une nuit qu'il ventait fort, s'est envolée dans les arbres. La récolte non plus n'a pas été trop fameuse. Enfin, je ne sais pas

quand j'irai vous voir. Ça m'est tellement difficile de
quitter maintenant la maison, depuis que je suis seul,
ma pauvre Emma ! »

Et il y avait ici un intervalle entre les lignes, comme
si le bonhomme eût laissé tomber sa plume pour rêver
quelque temps.

« Quant à moi, je vais bien, sauf un rhume que j'ai
attrapé l'autre jour à la foire d'Yvetot, où j'étais parti
pour retenir un berger, ayant mis le mien dehors, par
suite de sa trop grande délicatesse de bouche. Comme
on est à plaindre avec tous ces brigands-là ! Du reste,
c'était aussi un malhonnête.

« J'ai appris d'un colporteur qui, en voyageant cet
hiver par votre pays, s'est fait arracher une dent, que
Bovary travaillait toujours dur. Ça ne m'étonne pas, et
il m'a montré sa dent ; nous avons pris un café
ensemble. Je lui ai demandé s'il t'avait vue, il m'a dit
que non, mais qu'il avait vu dans l'écurie deux
animaux, d'où je conclus que le métier roule. Tant
mieux, mes chers enfants, et que le bon Dieu vous
envoie tout le bonheur imaginable.

« Il me fait deuil de ne pas connaître encore ma bien-
aimée petite-fille Berthe Bovary. J'ai planté pour elle,
dans le jardin, sous ta chambre, un prunier de prunes
d'avoine, et je ne veux pas qu'on y touche, si ce n'est
pour lui faire plus tard des compotes, que je garderai
dans l'armoire, à son intention, quand elle viendra.

« Adieu, mes chers enfants. Je t'embrasse, ma fille,
vous aussi mon gendre, et la petite, sur les deux joues.

                    « Je suis, avec bien des compliments,
                              « Votre tendre père,
                                        « THÉODORE ROUAULT. »

Elle resta quelques minutes à tenir entre ses doigts
ce gros papier. Les fautes d'orthographe s'y enlaçaient
les unes aux autres, et Emma poursuivait la pensée
douce qui caquetait tout au travers comme une poule à
demi cachée dans une haie d'épine. On avait séché
l'écriture avec les cendres du foyer, car un peu de

poussière grise glissa de la lettre sur sa robe, et elle crut presque apercevoir son père se courbant vers l'âtre pour saisir les pincettes. Comme il y avait longtemps qu'elle n'était plus auprès de lui, sur l'escabeau dans la cheminée, quand elle faisait brûler le bout d'un bâton à la grande flamme des joncs marins qui pétillaient !... Elle se rappela des soirs d'été tout pleins de soleil. Les poulains hennissaient quand on passait, et galopaient, galopaient... Il y avait sous sa fenêtre une ruche à miel, et quelquefois les abeilles, tournoyant dans la lumière, frappaient contre les carreaux comme des balles d'or rebondissantes. Quel bonheur dans ce temps-là ! quelle liberté ! quel espoir ! quelle abondance d'illusions ! Il n'en restait plus maintenant ! Elle en avait dépensé à toutes les aventures de son âme, par toutes les conditions successives, dans la virginité, dans le mariage et dans l'amour ; — les perdant ainsi continuellement le long de sa vie, comme un voyageur qui laisse quelque chose de sa richesse à toutes les auberges de la route.

Mais qui donc la rendait si malheureuse ? Où était la catastrophe extraordinaire qui l'avait bouleversée ? Et elle releva la tête, regardant autour d'elle, comme pour chercher la cause de ce qui la faisait souffrir.

Un rayon d'avril chatoyait sur les porcelaines de l'étagère : le feu brûlait ; elle sentait sous ses pantoufles la douceur du tapis ; le jour était blanc, l'atmosphère tiède, et elle entendit son enfant qui poussait des éclats de rire.

En effet, la petite fille se roulait alors sur le gazon, au milieu de l'herbe qu'on fanait. Elle était couchée à plat ventre, au haut d'une meule. Sa bonne la retenait par la jupe. Lestiboudois ratissait à côté, et chaque fois qu'il s'approchait, elle se penchait en battant l'air de ses deux bras.

— Amenez-la-moi ! dit sa mère, se précipitant pour l'embrasser. Comme je t'aime, ma pauvre enfant ! comme je t'aime !

Puis, s'apercevant qu'elle avait le bout des oreilles un peu sale, elle sonna vite pour avoir de l'eau chaude et la nettoya, la changea de linge, de bas, de souliers, fit mille questions sur sa santé, comme au retour d'un voyage, et, enfin, la baisant encore et pleurant un peu, elle la remit aux mains de la domestique, qui restait fort ébahie devant cet excès de tendresse.

Rodolphe, le soir, la trouva plus sérieuse que d'habitude.

— Cela se passera, jugea-t-il ; c'est un caprice.

Et il manqua consécutivement à trois rendez-vous. Quand il revint, elle se montra froide et presque dédaigneuse.

— Ah ! tu perds ton temps, ma mignonne...

Et il eut l'air de ne pas remarquer ses soupirs mélancoliques, ni le mouchoir qu'elle tirait.

C'est alors qu'Emma se repentit [34] !

Elle se demanda même pourquoi donc elle exécrait Charles, et s'il n'eût pas été meilleur de le pouvoir aimer [35]. Mais il n'offrait pas grande prise à ces retours du sentiment, si bien qu'elle demeurait fort embarrassée dans sa velléité de sacrifice, lorsque l'apothicaire vint à propos lui fournir une occasion.

XI

Il avait lu dernièrement l'éloge d'une nouvelle méthode pour la cure des pieds bots ; et, comme il était partisan du progrès, il conçut cette idée patriotique que Yonville, pour *se mettre au niveau*, devait avoir des opérations de stréphopodie.

— Car, disait-il à Emma, que risque-t-on ? Examinez (et il énumérait sur ses doigts les avantages de la tentative) : succès presque certain, soulagement et embellissement du malade, célébrité vite acquise à l'opérateur. Pourquoi votre mari, par exemple, ne voudrait-il pas débarrasser ce pauvre Hippolyte, du *Lion d'or* ? Notez qu'il ne manquerait pas de raconter sa guérison à tous les voyageurs, et puis (Homais baissait la voix et regardait autour de lui) qui donc m'empêcherait d'envoyer au journal une petite note là-dessus ? Eh ! mon Dieu ! un article circule..., on en parle..., cela finit par faire la boule de neige ! Et qui sait ? qui sait ?

En effet, Bovary pouvait réussir ; rien n'affirmait à Emma qu'il ne fût pas habile, et quelle satisfaction pour elle que de l'avoir engagé à une démarche d'où sa réputation et sa fortune se trouveraient accrues ? Elle ne demandait qu'à s'appuyer sur quelque chose de plus solide que l'amour.

Charles, sollicité par l'apothicaire et par elle, se laissa convaincre. Il fit venir de Rouen le volume du docteur Duval, et, tous les soirs, se prenant la tête entre les mains, il s'enfonçait dans cette lecture.

Tandis qu'il étudiait les équins, les varus et les valgus, c'est-à-dire la stréphocatopodie, la stréphendo-podie et la stréphexopodie (ou, pour parler mieux, les différentes déviations du pied, soit en bas, en dedans ou en dehors), avec la stréphypopodie et la stréphano-podie (autrement dit : torsion en dessous et redresse-ment en haut), M. Homais, par toute sorte de raison-nements, exhortait le garçon d'auberge à se faire opérer.

— A peine sentiras-tu, peut-être, une légère dou-leur ; c'est une simple piqûre comme une petite saignée, moins que l'extirpation de certains cors.

Hippolyte, réfléchissant, roulait des yeux stupides.

— Du reste, reprenait le pharmacien, ça ne me regarde pas ! c'est pour toi ! par humanité pure ! Je voudrais te voir, mon ami, débarrassé de ta hideuse claudication, avec ce balancement de la région lom-baire, qui, bien que tu prétendes, doit te nuire considérablement dans l'exercice de ton métier.

Alors Homais lui représentait combien il se sentirait ensuite plus gaillard et plus ingambe, et même lui donnait à entendre qu'il s'en trouverait mieux pour plaire aux femmes, et le valet d'écurie se prenait à sourire lourdement. Puis il l'attaquait par la vanité :

— N'es-tu pas un homme, saprelotte ? Que serait-ce donc, s'il t'avait fallu servir, aller combattre sous les drapeaux ?... Ah ! Hippolyte !

Et Homais s'éloignait, déclarant qu'il ne comprenait

pas cet entêtement, cet aveuglement à se refuser aux bienfaits de la science.

Le malheureux céda, car ce fut comme une conjuration. Binet, qui ne se mêlait jamais des affaires d'autrui, madame Lefrançois, Artémise, les voisins, et jusqu'au maire, M. Tuvache, tout le monde l'engagea, le sermonna, lui faisait honte ; mais, ce qui acheva de le décider, *c'est que ça ne lui coûterait rien*. Bovary se chargeait même de fournir la machine pour l'opération. Emma avait eu l'idée de cette générosité ; et Charles y consentit, se disant au fond du cœur que sa femme était un ange.

Avec les conseils du pharmacien, et en recommençant trois fois, il fit donc construire par le menuisier, aidé du serrurier, une manière de boîte pesant huit livres environ, et où le fer, le bois, la tôle, le cuir, les vis et les écrous ne se trouvaient point épargnés.

Cependant, pour savoir quel tendon couper à Hippolyte, il fallait connaître d'abord quelle espèce de pied bot il avait.

Il avait un pied faisant avec la jambe une ligne presque droite, ce qui ne l'empêchait pas d'être tourné en dedans, de sorte que c'était un équin mêlé d'un peu de varus, ou bien un léger varus fortement accusé d'équin. Mais, avec cet équin, large en effet comme un pied de cheval, à peau rugueuse, à tendons secs, à gros orteils, et où les ongles noirs figuraient les clous d'un fer, le stréphopode, depuis le matin jusqu'à la nuit, galopait comme un cerf. On le voyait continuellement sur la place, sautiller tout autour des charrettes, en jetant en avant son support inégal. Il semblait même plus vigoureux de cette jambe-là que de l'autre. A force d'avoir servi, elle avait contracté comme des qualités morales de patience et d'énergie, et quand on lui donnait quelques gros ouvrages, il s'écorait dessus, préférablement.

Or, puisque c'était un équin, il fallait couper le tendon d'Achille, quitte à s'en prendre plus tard au muscle tibial antérieur pour se débarrasser du varus : car le médecin n'osait d'un seul coup risquer deux

opérations, et même il tremblait déjà, dans la peur
d'attaquer quelque région importante qu'il ne connaissait pas.

Ni Ambroise Paré, appliquant pour la première fois
depuis Celse, après quinze siècles d'intervalle, la
ligature immédiate d'une artère ; ni Dupuytren allant
ouvrir un abcès à travers une couche épaisse d'encé-
phale ; ni Gensoul, quand il fit la première ablation de
maxillaire supérieur, n'avaient certes le cœur si palpitant, la main si frémissante, l'intellect aussi tendu que
M. Bovary quand il approcha d'Hippolyte, son *téno-
tome* entre les doigts. Et, comme dans les hôpitaux, on
voyait, à côté, sur une table, un tas de charpie, des fils
cirés, beaucoup de bandes, une pyramide de bandes,
tout ce qu'il y avait de bandes chez l'apothicaire.
C'était M. Homais qui avait organisé dès le matin tous
ces préparatifs, autant pour éblouir la multitude que
pour s'illusionner lui-même. Charles piqua la peau ; on
entendit un craquement sec. Le tendon était coupé,
l'opération était finie. Hippolyte n'en revenait pas de
surprise ; il se penchait sur les mains de Bovary pour
les couvrir de baisers.

— Allons, calme-toi, disait l'apothicaire, tu témoi-
gneras plus tard ta reconnaissance envers ton bienfai-
teur !

Et il descendit conter le résultat à cinq ou six curieux
qui stationnaient dans la cour, et qui s'imaginaient
qu'Hippolyte allait reparaître marchant droit. Puis
Charles, ayant bouclé son malade dans le moteur
mécanique, s'en retourna chez lui, où Emma, tout
anxieuse, l'attendait sur la porte. Elle lui sauta au cou ;
ils se mirent à table ; il mangea beaucoup, et même il
voulut, au dessert, prendre une tasse de café, débauche
qu'il ne se permettait que le dimanche lorsqu'il y avait
du monde.

La soirée fut charmante, pleine de causeries, de
rêves en commun. Ils parlèrent de leur fortune future,
d'améliorations à introduire dans leur ménage ; il
voyait sa considération s'étendant, son bien-être augmentant, sa femme l'aimant toujours ; et elle se

trouvait heureuse de se rafraîchir dans un sentiment nouveau, plus sain, meilleur, enfin d'éprouver quelque tendresse pour ce pauvre garçon qui la chérissait. L'idée de Rodolphe, un moment, lui passa par la tête ; mais ses yeux se reportèrent sur Charles : elle remarqua même avec surprise qu'il n'avait point les dents vilaines.

Ils étaient au lit lorsque M. Homais, malgré la cuisinière, entra tout à coup dans la chambre, en tenant à la main une feuille de papier fraîche écrite. C'était la réclame qu'il destinait au *Fanal de Rouen*. Il la leur apportait à lire.

— Lisez vous-même, dit Bovary.

Il lut :

— « Malgré les préjugés qui recouvrent encore une partie de la face de l'Europe comme un réseau, la lumière cependant commence à pénétrer dans nos campagnes. C'est ainsi que, mardi, notre petite cité d'Yonville s'est vue le théâtre d'une expérience chirurgicale qui est en même temps un acte de haute philanthropie. M. Bovary, un de nos praticiens les plus distingués... »

— Ah ! c'est trop ! c'est trop ! disait Charles, que l'émotion suffoquait.

— Mais non, pas du tout ! comment donc !... « A opéré d'un pied bot... » Je n'ai pas mis le terme scientifique, parce que, vous savez, dans un journal..., tout le monde peut-être ne comprendrait pas ; il faut que les masses...

— En effet, dit Bovary. Continuez.

— Je reprends, dit le pharmacien. « M. Bovary, un de nos praticiens les plus distingués, a opéré d'un pied bot le nommé Hippolyte Tautain, garçon d'écurie depuis vingt-cinq ans à l'hôtel du *Lion d'or*, tenu par madame Lefrançois, sur la place d'Armes. La nouveauté de la tentative et l'intérêt qui s'attachait au sujet avait attiré un tel concours de population, qu'il y avait véritablement encombrement au seuil de l'établissement. L'opération, du reste, s'est pratiquée comme par enchantement et à peine si quelques gouttes de sang sont venues sur la peau, comme pour dire que le tendon rebelle venait enfin de céder sous les efforts de l'art. Le malade, chose étrange (nous l'affirmons *de visu*) n'accusa point de douleur. Son état jusqu'à présent ne laisse rien à désirer. Tout porte à croire que la convalescence sera courte, et qui sait même si, à la prochaine fête villageoise, nous ne verrons pas notre brave Hippolyte figurer dans des danses bachiques, au milieu d'un chœur de joyeux drilles, et ainsi prouver à tous les yeux, par sa verve et ses entrechats, sa complète guérison? Honneur donc aux savants généreux! Honneur à ces esprits infatigables qui consacrent leurs veilles à l'amélioration ou bien au soulagement de leur espèce! Honneur! trois fois honneur! N'est-ce pas le cas de s'écrier que les aveugles verront, les sourds entendront et les boiteux marcheront? Mais ce que le fanatisme autrefois promettait à ses élus, la science maintenant l'accomplit pour tous les hommes! Nous tiendrons nos lecteurs au courant des phases successives de cette cure remarquable. »

Ce qui n'empêcha pas que, cinq jours après, la mère Lefrançois n'arrivât tout effarée en s'écriant :

— Au secours! il se meurt!... j'en perds la tête!

Charles se précipita vers le *Lion d'or*, et le pharmacien, qui l'aperçut passant sur la place, sans chapeau, abandonna la pharmacie. Il parut lui-même, haletant, rouge, inquiet, et demandant à tous ceux qui montaient l'escalier :

— Qu'a donc notre intéressant stréphopode?

Il se tordait, le stréphopode, dans des convulsions atroces, si bien que le moteur mécanique où était enfermée sa jambe frappait contre la muraille à la défoncer.

Avec beaucoup de précautions, pour ne pas déranger la position du membre, on retira donc la botte, et l'on vit un spectacle affreux. Les formes du pied disparaissaient dans une telle bouffissure, que la peau tout entière semblait près de se rompre, et elle était couverte d'ecchymoses occasionnées par la fameuse machine. Hippolyte déjà s'était plaint d'en souffrir; on n'y avait pris garde ; il fallut reconnaître qu'il n'avait pas eu tort complètement et on le laissa libre quelques heures. Mais à peine l'œdème eut-il un peu disparu, que les deux savants jugèrent à propos de rétablir le membre dans l'appareil, et en l'y serrant davantage, pour accélérer les choses. Enfin, trois jours après, Hippolyte n'y pouvant plus tenir, ils retirèrent encore une fois la mécanique, tout en s'étonnant beaucoup du résultat qu'ils aperçurent. Une tuméfaction livide s'étendait sur la jambe, et avec des phlyctènes de place en place, par où suintait un liquide noir. Cela prenait une tournure sérieuse. Hippolyte commençait à s'ennuyer, et la mère Lefrançois l'installa dans la petite salle, près de la cuisine, pour qu'il eût au moins quelque distraction.

Mais le percepteur, qui tous les jours y dînait, se plaignit avec amertume d'un tel voisinage. Alors on transporta Hippolyte dans la salle du billard.

Il était là, geignant sous ses grosses couvertures, pâle, la barbe longue, les yeux caves, et, de temps à autre, tournant sa tête en sueur sur le sale oreiller où s'abattaient les mouches. Madame Bovary le venait voir. Elle lui apportait des linges pour ses cataplasmes, et le consolait, l'encourageait. Du reste, il ne manquait pas de compagnie, les jours de marché surtout, lorsque les paysans autour de lui poussaient les billes du billard, s'escrimaient avec les queues, fumaient, buvaient, chantaient, braillaient.

— Comment vas-tu ? disaient-ils en lui frappant sur l'épaule. Ah ! tu n'es pas fier, à ce qu'il paraît ! mais c'est ta faute. Il faudrait faire ceci, faire cela.

Et on lui racontait des histoires de gens qui avaient tous été guéris par d'autres remèdes que les siens ; puis, en manière de consolation, ils ajoutaient :

— C'est que tu t'écoutes trop ! lève-toi donc ! tu te dorlotes comme un roi ! Ah ! n'importe, vieux farceur ! tu ne sens pas bon !

La gangrène, en effet, montait de plus en plus. Bovary en était malade lui-même. Il venait à chaque

heure, à tout moment. Hippolyte le regardait avec des
yeux pleins d'épouvante et balbutiait en sanglotant :

— Quand est-ce que je serai guéri ?... Ah ! sauvez-
moi !... Que je suis malheureux ! que je suis malheureux !

Et le médecin s'en allait toujours en lui recommandant la diète.

— Ne l'écoute point, mon garçon, reprenait la mère
Lefrançois ; ils t'ont déjà bien assez martyrisé ! Tu vas
t'affaiblir encore. Tiens, avale !

Et elle lui présentait quelque bon bouillon, quelque
tranche de gigot, quelque morceau de lard, et parfois
des petits verres d'eau-de-vie, qu'il n'avait pas le
courage de porter à ses lèvres.

L'abbé Bournisien, apprenant qu'il empirait, fit
demander à le voir. Il commença par le plaindre de son
mal, tout en déclarant qu'il fallait s'en réjouir, puisque
c'était la volonté du Seigneur, et profiter vite de
l'occasion pour se réconcilier avec le ciel.

— Car, disait l'ecclésiastique d'un ton paternel, tu
négligeais un peu tes devoirs ; on te voyait rarement à
l'office divin ; combien y a-t-il d'années que tu ne t'es
approché de la sainte table ? Je comprends que tes
occupations, que le tourbillon du monde aient pu
t'écarter du soin de ton salut. Mais, à présent, c'est
l'heure d'y réfléchir. Ne désespère pas, cependant ; j'ai
connu de grands coupables qui, près de comparaître
devant Dieu (tu n'en es point encore là, je le sais bien),
avaient imploré sa miséricorde, et qui certainement
sont morts dans les meilleures dispositions. Espérons
que, tout comme eux, tu nous donneras de bons
exemples ! Ainsi, par précaution, qui donc t'empêcherait de réciter matin et soir un « Je vous salue, Marie,
pleine de grâce », et un « Notre Père, qui êtes aux
Cieux » ! Oui, fais cela ! pour moi, pour m'obliger.
Qu'est-ce que ça coûte ?... Me le promets-tu ?

Le pauvre diable promit. Le curé revint les jours
suivants. Il causait avec l'aubergiste et même racontait
des anecdotes entremêlées de plaisanteries, de calembours qu'Hippolyte ne comprenait pas. Puis, dès que

la circonstance le permettait, il retombait sur les matières de religion, en prenant une figure convenable.

Son zèle parut réussir ; car bientôt le stréphopode témoigna l'envie d'aller en pèlerinage à Bon-Secours, s'il se guérissait : à quoi M. Bournisien répondit qu'il ne voyait pas d'inconvénient ; deux précautions valaient mieux qu'une. *On ne risquait rien.*

L'apothicaire s'indigna contre ce qu'il appelait les *manœuvres du prêtre* ; elles nuisaient, prétendait-il, à la convalescence d'Hippolyte, et il répétait à madame Lefrançois :

— Laissez-le ! laissez-le ! vous lui perturbez le moral avec votre mysticisme !

Mais la bonne femme ne voulait plus l'entendre. Il était *cause de tout.* Par esprit de contradiction, elle accrocha même au chevet du malade un bénitier tout plein, avec une branche de buis.

Cependant la religion pas plus que la chirurgie ne paraissait le secourir, et l'invincible pourriture allait montant toujours des extrémités vers le ventre. On avait beau varier les potions et changer les cataplasmes, les muscles, chaque jour, se décollaient davantage, et enfin Charles répondit par un signe de tête affirmatif quand la mère Lefrançois lui demanda si elle ne pourrait point, en désespoir de cause, faire venir M. Canivet, de Neufchâtel, qui était une célébrité.

Docteur en médecine, âgé de cinquante ans, jouissant d'une bonne position et sûr de lui-même, le confrère ne se gêna pas pour rire dédaigneusement lorsqu'il découvrit cette jambe gangrenée jusqu'au genou. Puis, ayant déclaré net qu'il la fallait amputer, il s'en alla chez le pharmacien déblatérer contre les ânes qui avaient pu réduire un malheureux homme en un tel état. Secouant M. Homais par le bouton de sa redingote, il vociférait dans la pharmacie.

— Ce sont là des inventions de Paris ! Voilà les idées de ces messieurs de la Capitale ! C'est comme le strabisme, le chloroforme et la lithotritie, un tas de monstruosités que le gouvernement devrait défendre ! Mais on veut faire le malin, et l'on vous fourre des remèdes sans s'inquiéter des conséquences. Nous ne sommes pas si forts que cela, nous autres ; nous ne sommes pas des savants, des mirliflores, des jolis cœurs ; nous sommes des praticiens, des guérisseurs, et nous n'imaginerions pas d'opérer quelqu'un qui se porte à merveille ! Redresser des pieds bots ! est-ce qu'on peut redresser les pieds bots ? C'est comme si l'on voulait, par exemple, rendre droit un bossu !

Homais souffrait en écoutant ce discours, et il dissimulait son malaise sous un sourire de courtisan, ayant besoin de ménager M. Canivet, dont les ordonnances quelquefois arrivaient jusqu'à Yonville ; aussi ne prit-il pas la défense de Bovary, ne fit-il même aucune observation, et, abandonnant ses principes, il sacrifia sa dignité aux intérêts plus sérieux de son négoce.

Ce fut dans le village un événement considérable que cette amputation de cuisse par le docteur Canivet ! Tous les habitants, ce jour-là, s'étaient levés de meilleure heure, et la Grande-Rue, bien que pleine de monde, avait quelque chose de lugubre comme s'il se fût agi d'une exécution capitale. On discutait chez l'épicier sur la maladie d'Hippolyte ; les boutiques ne vendaient rien, et madame Tuvache, la femme du maire, ne bougeait pas de la fenêtre, par l'impatience où elle était de voir venir l'opérateur.

Il arriva dans son cabriolet qu'il conduisait lui-même. Mais, le ressort du côté droit s'étant à la longue affaissé sous le poids de sa corpulence, il se faisait que la voiture penchait un peu tout en allant, et l'on apercevait sur l'autre coussin, près de lui, une vaste boîte, recouverte de basane rouge, dont les trois fermoirs de cuivre brillaient magistralement.

Quand il fut entré comme un tourbillon sous le porche du *Lion d'or*, le docteur, criant très haut, ordonna de dételer son cheval, puis il alla dans l'écurie voir s'il mangeait bien l'avoine ; car, en arrivant chez ses malades, il s'occupait d'abord de sa jument et de son cabriolet. On disait même à ce propos : « Ah ! M. Canivet, c'est un original ! » Et on l'estimait davantage pour cet inébranlable aplomb. L'univers aurait pu crever jusqu'au dernier homme, qu'il n'eût pas failli à la moindre de ses habitudes.

Homais se présenta.

— Je compte sur vous, fit le docteur. Sommes-nous prêts ? En marche !

Mais l'apothicaire, en rougissant, avoua qu'il était trop sensible pour assister à une pareille opération.

— Quand on est simple spectateur, disait-il, l'imagination, vous savez, se frappe ! Et puis j'ai le système nerveux tellement...

— Ah bah ! interrompit Canivet, vous me paraissez, au contraire, porté à l'apoplexie. Et, d'ailleurs, cela ne m'étonne pas ; car, vous autres, messieurs les pharmaciens, vous êtes continuellement fourrés dans votre cuisine, ce qui doit finir par altérer votre tempérament. Regardez-moi, plutôt : tous les jours, je me lève à quatre heures, je fais ma barbe à l'eau froide (je n'ai jamais froid) et je ne porte pas de flanelle, je n'attrape aucun rhume, le coffre est bon ! Je vis tantôt d'une manière, tantôt d'une autre, en philosophe, au hasard de la fourchette. C'est pourquoi je ne suis point délicat comme vous et il m'est aussi parfaitement égal de découper un chrétien que la première volaille venue. Après ça, direz-vous, l'habitude..., l'habitude !...

Alors, sans aucun égard pour Hippolyte, qui suait d'angoisse entre ses draps, ces messieurs engagèrent une conversation où l'apothicaire compara le sang-froid d'un chirurgien à celui d'un général ; et ce rapprochement fut agréable à Canivet qui se répandit en paroles sur les exigences de son art. Il le considérait comme un sacerdoce, bien que les officiers de santé le déshonorassent. Enfin, revenant au malade, il examina les bandes apportées par Homais, les mêmes qui avaient comparu lors du pied bot, et demanda quelqu'un pour lui tenir le membre. On envoya chercher Lestiboudois, et M. Canivet, ayant retroussé ses manches, passa dans la salle de billard, tandis que l'apothicaire restait avec Arthémise et l'aubergiste, plus pâles toutes les deux [36] que leur tablier, et l'oreille tendue contre la porte.

Bovary, pendant ce temps-là, n'osait bouger de sa maison. Il se tenait en bas, dans la salle, assis au coin de la cheminée sans feu, le menton sur sa poitrine, les mains jointes, les yeux fixes. Quelle mésaventure ! pensait-il, quel désappointement ! Il avait pris pourtant toutes les précautions imaginables. La fatalité s'en était mêlée. N'importe ? si Hippolyte, plus tard, venait à mourir, c'est lui qui l'aurait assassiné. Et puis, quelle raison donnerait-il dans les visites, quand on l'interrogerait ? Peut-être, cependant, s'était-il trompé en quelque chose ? Il cherchait, ne trouvait pas. Mais les plus fameux chirurgiens se trompaient bien. Voilà ce qu'on ne voudrait jamais croire ! on allait rire, au contraire, clabauder ! Cela se répandrait jusqu'à Forges ! jusqu'à Neufchâtel ! jusqu'à Rouen ! partout ! Qui sait si des confrères n'écriraient pas contre lui ? Une polémique s'ensuivrait, il faudrait répondre dans les journaux. Hippolyte même pouvait lui faire un procès. Il se voyait déshonoré, ruiné, perdu ! Et son imagination, assaillie par une multitude d'hypothèses, ballottait au milieu d'elles comme un tonneau vide emporté à la mer et qui roule sur les flots.

Emma, en face de lui, le regardait ; elle ne partageait pas son humiliation, elle en éprouvait une autre : c'était de s'être imaginé qu'un pareil homme pût valoir quelque chose, comme si vingt fois déjà elle n'avait pas suffisamment aperçu sa médiocrité.

Charles se promenait de long en large, dans sa chambre. Ses bottes craquaient sur le parquet.

— Assieds-toi, dit-elle, tu m'agaces !

Il se rassit.

Comment donc avait-elle fait (elle qui était si intelligente !) pour se méprendre encore une fois ? Du reste, par quelle déplorable manie avoir ainsi abîmé son existence en sacrifices continuels ? Elle se rappela tous ses instincts de luxe, toutes les privations de son âme, les bassesses du mariage, du ménage, ses rêves tombant dans la boue comme des hirondelles blessées,

tout ce qu'elle avait désiré, tout ce qu'elle s'était
refusé, tout ce qu'elle aurait pu avoir ! Et pourquoi,
pourquoi ?

Au milieu du silence qui emplissait le village, un cri
déchirant traversa l'air. Bovary devint pâle à s'évanouir. Elle fronça les sourcils d'un geste nerveux, puis
continua. C'était pour lui, cependant, pour cet être,
pour cet homme qui ne comprenait rien, qui ne sentait
rien ! Car il était là, tout tranquillement, et sans même
se douter que le ridicule de son nom allait désormais la
salir comme lui. Elle avait fait des efforts pour l'aimer,
et elle s'était repentie en pleurant d'avoir cédé à un
autre.

— Mais c'était peut-être un valgus ? s'exclama soudain Bovary, qui méditait.

Au choc imprévu de cette phrase tombant sur sa
pensée comme une balle de plomb dans un plat
d'argent [37], Emma tressaillant leva la tête pour deviner
ce qu'il voulait dire ; et ils se regardèrent silencieusement, presque ébahis de se voir, tant ils étaient par leur
conscience éloignés l'un de l'autre. Charles la considérait avec le regard trouble d'un homme ivre, tout en
écoutant, immobile, les derniers cris de l'amputé qui se
suivaient en modulations traînantes, coupées de saccades aiguës, comme le hurlement lointain de quelque
bête qu'on égorge. Emma mordait ses lèvres blêmes,
et, roulant entre ses doigts un des brins du polypier
qu'elle avait cassé, elle fixait sur Charles la pointe
ardente de ses prunelles, comme deux flèches de feu
prêtes à partir. Tout en lui l'irritait maintenant, sa
figure, son costume, ce qu'il ne disait pas, sa personne
entière, son existence enfin. Elle se repentait, comme
d'un crime, de sa vertu passée, et ce qui en restait
encore s'écroulait sous les coups furieux de son orgueil.
Elle se délectait dans toutes les ironies mauvaises de
l'adultère triomphant. Le souvenir de son amant
revenait à elle avec des attractions vertigineuses ; elle y
jetait son âme, emportée vers cette image par un
enthousiasme nouveau ; et Charles lui semblait aussi
détaché de sa vie, aussi absent pour toujours, aussi

impossible et anéanti, que s'il allait mourir et qu'il eût agonisé sous ses yeux.

Il se fit un bruit de pas sur le trottoir. Charles regarda ; et, à travers la jalousie baissée, il aperçut au bord des halles, en plein soleil, le docteur Canivet qui s'essuyait le front avec son foulard. Homais, derrière lui, portait à la main une grande boîte rouge, et ils se dirigeaient tous les deux du côté de la pharmacie.

Alors, par tendresse subite et découragement, Charles se tourna vers sa femme en lui disant :

— Embrasse-moi donc, ma bonne !

— Laisse-moi ! fit-elle, toute rouge de colère.

— Qu'as-tu ? qu'as-tu ? répétait-il stupéfait. Calme-toi, reprends-toi ! Tu sais bien que je t'aime !... viens !

— Assez ! s'écria-t-elle d'un air terrible.

Et, s'échappant de la salle, Emma ferma la porte si fort, que le baromètre bondit de la muraille et s'écrasa par terre.

Charles s'affaissa dans son fauteuil, bouleversé, cherchant ce qu'elle pouvait avoir, imaginant une maladie nerveuse, pleurant, et sentant vaguement circuler autour de lui quelque chose de funeste et d'incompréhensible.

Quand Rodolphe, le soir, arriva dans le jardin, il trouva sa maîtresse qui l'attendait au bas du perron, sur la première marche. Ils s'étreignirent, et toute leur rancune se fondit comme une neige sous la chaleur de ce baiser.

XII

Ils recommencèrent à s'aimer. Souvent même, au milieu de la journée, Emma lui écrivait tout à coup ; puis, à travers les carreaux, faisait signe à Justin, qui, dénouant vite sa serpillière, s'envolait à la Huchette : Rodolphe arrivait ; c'était pour lui dire qu'elle s'ennuyait, que son mari était odieux et l'existence affreuse !

— Est-ce que j'y peux quelque chose ? s'écria-t-il un jour, impatienté.

— Ah ! si tu voulais !...

Elle était assise par terre, entre ses genoux, les bandeaux dénoués, le regard perdu.

— Quoi donc ? fit Rodolphe.

Elle soupira :

— Nous irions vivre ailleurs..., quelque part...

— Tu es folle, vraiment ! dit-il en riant. Est-ce possible ?

Elle revint là-dessus ; il eut l'air de ne pas comprendre et détourna la conversation. Ce qu'il ne comprenait pas, c'était tout ce trouble dans une chose aussi simple que l'amour. Elle avait un motif, une raison, et comme un auxiliaire à son attachement.

Cette tendresse, en effet, chaque jour s'accroissait davantage sous la répulsion du mari. Plus elle se livrait à l'un, plus elle exécrait l'autre ; jamais Charles ne lui paraissait aussi désagréable, avoir les doigts aussi carrés, l'esprit aussi lourd, les façons si communes qu'après ses rendez-vous avec Rodolphe, quand ils se trouvaient ensemble. Alors, tout en faisant l'épouse et la vertueuse, elle s'enflammait à l'idée de cette tête dont les cheveux noirs se tournaient en une boucle vers le front hâlé, de cette taille à la fois si robuste et si élégante, de cet homme, enfin, qui possédait tant d'expérience dans la raison, tant d'emportement dans le désir ! C'était pour lui qu'elle se limait les ongles avec un soin de ciseleur, et qu'il n'y avait jamais assez de *cold-cream* sur la peau, ni de patchouli dans ses mouchoirs. Elle se chargeait de bracelets, de bagues, de colliers. Quand il devait venir, elle emplissait de roses ses deux grands vases de verre bleu, et disposait son appartement et sa personne comme une courtisane qui attend un prince. Il fallait que la domestique fût sans cesse à blanchir du linge ; et, de toute la journée, Félicité ne bougeait de la cuisine, où le petit Justin, qui souvent lui tenait compagnie, la regardait travailler.

Le coude sur la longue planche où elle repassait, il considérait avidement toutes ces affaires de femmes étalées autour de lui : les jupons de basin, les fichus, les collerettes, et les pantalons à coulisse, vastes de hanches et qui se rétrécissaient par le bas.

— A quoi cela sert-il ? demandait le jeune garçon en passant sa main sur la crinoline ou les agrafes.

— Tu n'as donc jamais rien vu ? répondait en riant Félicité ; comme si ta patronne, madame Homais, n'en portait pas de pareils.

— Ah bien oui ! madame Homais !

Et il ajoutait d'un ton méditatif :

— Est-ce que c'est une dame comme Madame.

Mais Félicité s'impatientait de le voir tourner ainsi tout autour d'elle. Elle avait six ans de plus, et Théodore, le domestique de M. Guillaumin, commençait à lui faire la cour.

— Laisse-moi tranquille ! disait-elle en déplaçant son pot d'empois. Va-t'en plutôt piler des amandes ; tu es toujours à fourrager du côté des femmes ; attends, pour te mêler de ça, méchant mioche, que tu aies de la barbe au menton.

— Allons, ne vous fâchez pas, je m'en vais vous *faire ses bottines*.

Et aussitôt il atteignait sur le chambranle les chaussures d'Emma, tout empâtées de crotte — la crotte des rendez-vous — qui se détachait en poudre sous ses doigts, et qu'il regardait monter doucement dans un rayon de soleil.

— Comme tu as peur de les abîmer ! disait la cuisinière, qui n'y mettait pas tant de façons quand elle les nettoyait elle-même, parce que Madame, dès que l'étoffe n'était plus fraîche, les lui abandonnait.

Emma en avait une quantité dans son armoire, et qu'elle gaspillait à mesure, sans que jamais Charles se permît la moindre observation.

C'est ainsi qu'il déboursa trois cents francs pour une jambe de bois dont elle jugea convenable de faire cadeau à Hippolyte.

Le pilon en était garni de liège, et il avait des articulations à ressort, une mécanique compliquée recouverte d'un pantalon noir, que terminait une botte vernie. Mais Hippolyte, n'osant à tous les jours se servir d'une si belle jambe, supplia Madame Bovary de lui en procurer une autre plus commode. Le médecin, bien entendu, fit encore les frais de cette acquisition.

Donc, le garçon d'écurie peu à peu recommença son métier. On le voyait comme autrefois parcourir le village, et quand Charles entendait de loin, sur les pavés, le bruit sec de son bâton, il prenait bien vite une autre route.

C'était M. Lheureux, le marchand, qui s'était chargé de la commande ; cela lui fournit l'occasion de fréquenter Emma. Il causait avec elle des nouveaux déballages de Paris, de mille curiosités féminines, se montrait fort complaisant, et jamais ne réclamait d'argent. Emma s'abandonnait à cette facilité de satisfaire tous ses caprices. Ainsi, elle voulut avoir, pour donner à Rodolphe, une fort belle cravache qui se trouvait à Rouen dans un magasin de parapluies. M. Lheureux, la semaine d'après, la lui posa sur sa table.

Mais le lendemain il se présenta chez elle avec une facture de deux cent soixante et dix francs sans compter les centimes. Emma fut très embarrassée : tous les tiroirs du secrétaire étaient vides ; on devait plus de quinze jours à Lestiboudois, deux trimestres à la servante, quantité d'autres choses encore, et Bovary attendait impatiemment l'envoi de M. Derozerays, qui avait coutume, chaque année, de le payer vers la Saint-Pierre.

Elle réussit d'abord à éconduire Lheureux ; enfin il perdit patience : on le poursuivait, ses capitaux étaient absents, et, s'il ne rentrait dans quelques-uns, il serait forcé de lui reprendre toutes les marchandises qu'elle avait.

— Eh ! reprenez-les ! dit Emma.

— Oh ! c'est pour rire ! répliqua-t-il. Seulement, je ne regrette que la cravache. Ma foi, je la redemanderai à Monsieur.

— Non ! non ! fit-elle.

— Ah ! je te tiens ! pensa Lheureux.

Et, sûr de sa découverte, il sortit en répétant à demi-voix et avec son petit sifflement habituel :

— Soit ! nous verrons ! nous verrons !

Elle rêvait comment se tirer de là, quand la cuisinière entrant déposa sur la cheminée un petit rouleau
de papier bleu *de la part de M. Derozerays*. Emma sauta
dessus, l'ouvrit. Il y avait quinze napoléons. C'était le
compte. Elle entendit Charles dans l'escalier ; elle jeta
l'or au fond de son tiroir et prit la clef.

Trois jours après, Lheureux reparut.

— J'ai un arrangement à vous proposer, dit-il ; si,
au lieu de la somme convenue, vous vouliez prendre...

— La voilà ! fit-elle en lui plaçant dans la main
quatorze napoléons.

Le marchand fut stupéfait. Alors, pour dissimuler
son désappointement, il se répandit en excuses et en
offres de service qu'Emma refusa toutes ; puis elle resta
quelques minutes palpant dans la poche de son tablier
les deux pièces de cent sous qu'il lui avait rendues. Elle
se promettait d'économiser, afin de rendre plus tard...

— Ah bah ! songea-t-elle, il n'y pensera plus.

Outre la cravache à pommeau de vermeil, Rodolphe
avait reçu un cachet avec cette devise : *Amor nel Cor* ;
de plus, une écharpe pour se faire un cache-nez, et
enfin un porte-cigarette tout pareil à celui du Vicomte,
que Charles avait autrefois ramassé sur la route et
qu'Emma conservait. Cependant ces cadeaux l'humi-
liaient. Il en refusa plusieurs : elle insista, et Rodolphe
finit par obéir la trouvant tyrannique et trop envahis-
sante.

Puis elle avait d'étranges idées :

— Quand minuit sonnera, disait-elle, tu penseras à
moi !

Et, s'il avouait n'y avoir pas songé, c'étaient des
reproches en abondance, et qui se terminaient toujours
par l'éternel mot :

— M'aimes-tu ?

— Mais oui, je t'aime ! répondait-il.

— Beaucoup !

— Certainement !

— Tu n'en as pas aimé d'autres, hein ?

— Crois-tu m'avoir pris vierge ? exclamait-il en riant.

Emma pleurait, et il s'efforçait de la consoler, enjolivant de calembours ses protestations.

— Oh ! c'est que je t'aime ! reprenait-elle, je t'aime à ne pouvoir me passer de toi, sais-tu bien ? J'ai quelquefois des envies de te revoir où toutes les colères de l'amour me déchirent. Je me demande : « Où est-il ? Peut-être il parle à d'autres femmes ? Elles lui sourient, il s'approche... » Oh ! non, n'est-ce pas, aucune ne te plaît ? Il y en a de plus belles ; mais, moi, je sais mieux aimer ! Je suis ta servante et ta concubine ! tu es mon roi, mon idole ! tu es bon ! tu es beau ! tu es intelligent ! tu es fort !

Il s'était tant de fois entendu dire ces choses, qu'elles n'avaient pour lui rien d'original. Emma ressemblait à toutes les maîtresses ; et le charme de la nouveauté, peu à peu tombant comme un vêtement, laissait voir à nu l'éternelle monotonie de la passion, qui a toujours les mêmes formes et le même langage. Il ne distinguait pas, cet homme si plein de pratique, la dissemblance des sentiments sous la parité des expressions. Parce que des lèvres libertines ou vénales lui avaient murmuré des phrases pareilles, il ne croyait que faiblement à la candeur de celles-là ; on en devait rabattre, pensait-il, les discours exagérés cachant les affections médiocres : comme si la plénitude de l'âme ne débordait pas quelquefois par les métaphores les plus vides, puisque personne, jamais, ne peut donner l'exacte mesure de ses besoins, ni de ses conceptions ni de ses douleurs, et que la parole humaine est comme un chaudron fêlé où nous battons des mélodies à faire danser les ours, quand on voudrait attendrir les étoiles.

Mais, avec cette supériorité de critique appartenant à celui qui, dans n'importe quel engagement, se tient en arrière, Rodolphe aperçut en cet amour d'autres jouissances à exploiter. Il jugea toute pudeur incommode. Il la traita sans façon. Il en fit quelque chose de souple et de corrompu. C'était une sorte d'attachement idiot plein d'admiration pour lui, de volupté pour elle, une béatitude qui l'engourdissait ; et son âme s'enfonçait en cette ivresse et s'y noyait, ratatinée, comme le duc de Clarence dans son tonneau de malvoisie.

Par l'effet seul de ses habitudes amoureuses, madame Bovary changea d'allures. Ses regards devinrent plus hardis, ses discours plus libres ; elle eut même l'inconvenance de se promener avec M. Rodolphe une cigarette à la bouche, *comme pour narguer le monde ;* enfin, ceux qui doutaient encore ne doutèrent plus quand on la vit, un jour, descendre de l'*Hirondelle,* la taille serrée dans un gilet, à la façon d'un homme [38] ; et madame Bovary mère, qui, après une épouvantable scène avec son mari, était venue se réfugier chez son fils, ne fut pas la bourgeoise la moins scandalisée. Bien d'autres choses lui déplurent : d'abord Charles n'avait point écouté ses conseils pour l'interdiction des romans ; puis, *le genre de la maison* lui déplaisait ; elle se permit des observations et l'on se fâcha, une fois surtout, à propos de Félicité.

Madame Bovary mère, la veille au soir, en traversant le corridor, l'avait surprise dans la compagnie d'un homme, un homme à collier brun, d'environ quarante ans, et qui, au bruit de ses pas, s'était vite échappé de la cuisine. Alors Emma se prit à rire ; mais la bonne dame s'emporta, déclarant qu'à moins de se moquer des mœurs, on devait surveiller celles des domestiques.

— De quel monde êtes-vous ? dit la bru, avec un regard tellement impertinent que madame Bovary lui demanda si elle ne défendait point sa propre cause.

— Sortez ! fit la jeune femme se levant d'un bond.

— Emma !... maman !... s'écriait Charles pour les rapatrier.

Mais elles s'étaient enfuies toutes les deux dans leur exaspération. Emma trépignait en répétant :

— Ah ! quel savoir-vivre ! quelle paysanne !

Il courut à sa mère ; elle était hors de ses gonds, elle balbutiait :

— C'est une insolente ! une évaporée ! pire peut-être !

Et elle voulait partir immédiatement, si l'autre ne

venait lui faire des excuses. Charles retourna vers sa femme et la conjura de céder : il se mit à genoux ; elle finit par répondre :

— Soit ! j'y vais.

En effet, elle tendit la main à sa belle-mère avec une dignité de marquise, en lui disant :

— Excusez-moi, madame.

Puis, remontée chez elle, Emma se jeta tout à plat ventre sur son lit, et elle y pleura comme un enfant, la tête enfoncée dans l'oreiller.

Ils étaient convenus, elle et Rodolphe, qu'en cas d'événement extraordinaire, elle attacherait à la persienne un petit chiffon de papier blanc, afin que si, par hasard, il se trouvait à Yonville, il accourût dans la ruelle, derrière la maison. Emma fit le signal ; elle attendait depuis trois quarts d'heures quand, tout à coup, elle aperçut Rodolphe au coin des halles. Elle fut tentée d'ouvrir la fenêtre, de l'appeler ; mais déjà il avait disparu. Elle retomba désespérée.

Bientôt, pourtant, il lui sembla que l'on marchait sur le trottoir. C'était lui, sans doute ; elle descendit l'escalier, traversa la cour. Il était là, dehors. Elle se jeta dans ses bras.

— Prends donc garde, dit-il.

— Ah ! si tu savais ! reprit-elle.

Et elle se mit à lui raconter tout, à la hâte, sans suite, exagérant les faits, en inventant plusieurs, et prodiguant les parenthèses si abondamment qu'il n'y comprenait rien.

— Allons, mon pauvre ange, du courage, console-toi, patience !

— Mais voilà quatre ans que je patiente et que je souffre !... Un amour comme le nôtre devrait s'avouer à la face du ciel ! Ils sont à me torturer. Je n'y tiens plus ! Sauve-moi !

Elle se serrait contre Rodolphe. Ses yeux, pleins de larmes, étincelaient comme des flammes sous l'onde ; sa gorge haletait à coups rapides ; jamais il ne l'avait tant aimée ; si bien qu'il en perdit la tête et qu'il lui dit :

— Que faut-il faire ? Que veux-tu ?

— Emmène-moi ! s'écria-t-elle. Enlève-moi !... Oh !
je t'en supplie !

Et elle se précipita sur sa bouche, comme pour y
saisir le consentement inattendu qui s'en exhalait dans
un baiser.

— Mais..., reprit Rodolphe.

— Quoi donc ?

— Et ta fille ?

Elle réfléchit quelques minutes, puis répondit :

— Nous la prendrons, tant pis !

— Quelle femme ! se dit-il en la regardant s'éloigner.

Car elle venait de s'échapper dans le jardin. On
l'appelait.

La mère Bovary, les jours suivants, fut très étonnée
de !a métamorphose de sa bru. En effet, Emma se
montra plus docile, et même poussa la déférence
jusqu'à lui demander une recette pour faire mariner
des cornichons.

Était-ce afin de les mieux duper l'un et l'autre ! Ou
bien voulait-elle, par une sorte de stoïcisme voluptueux, sentir plus profondément l'amertume des
choses qu'elle allait abandonner ? Mais elle n'y prenait
garde, au contraire : elle vivait comme perdue dans la
dégustation anticipée de son bonheur prochain. C'était
avec Rodolphe un éternel sujet de causeries. Elle
s'appuyait sur son épaule, elle murmurait :

— Hein ! quand nous serons dans la malle-poste !...
Y songes-tu ? Est-ce possible ? Il me semble qu'au
moment où je sentirai la voiture s'élancer, ce sera
comme si nous montions en ballon, comme si nous
partions vers les nuages. Sais-tu que je compte les
jours ?... Et toi ?

Jamais madame Bovary ne fut aussi belle qu'à cette
époque ; elle avait cette indéfinissable beauté qui
résulte de la joie, de l'enthousiasme, du succès, et qui
n'est que l'harmonie du tempérament avec les circonstances. Ses convoitises, ses chagrins, l'expérience du
plaisir et ses illusions toujours jeunes, comme font aux

fleurs le fumier, la pluie, les vents et le soleil, l'avaient par gradation développée, et elle s'épanouissait enfin dans la plénitude de sa nature. Ses paupières semblaient taillées tout exprès pour ses longs regards amoureux où la prunelle se perdait, tandis qu'un souffle fort écartait ses narines minces et relevait le coin charnu de ses lèvres, qu'ombrageait à la lumière un peu de duvet noir [39]. On eût dit qu'un artiste habile en corruptions avait disposé sur sa nuque la torsade de ses cheveux ; ils s'enroulaient en une masse lourde, négligemment, et selon les hasards de l'adultère, qui les dénouait tous les jours. Sa voix, maintenant, prenait des inflexions plus molles, sa taille aussi ; quelque chose de subtil qui vous pénétrait se dégageait même des draperies de sa robe et de la cambrure de son pied. Charles, comme aux premiers temps de son mariage, la trouvait délicieuse et tout irrésistible.

Quand il rentrait au milieu de la nuit, il n'osait pas la réveiller. La veilleuse de porcelaine arrondissait au plafond une clarté tremblante, et les rideaux fermés du petit berceau faisaient comme une hutte blanche qui se bombait dans l'ombre, au bord du lit. Charles les regardait. Il croyait entendre l'haleine légère de son enfant. Elle allait grandir maintenant ; chaque saison, vite, amènerait un progrès, il la voyait déjà revenant de l'école à la tombée du jour, toute rieuse, avec sa brassière tachée d'encre, et portant au bras son panier ; puis il faudrait la mettre en pension, cela coûterait beaucoup ; comment faire ? Alors il réfléchissait. Il pensait à louer une petite ferme aux environs, et qu'il surveillerait lui-même, tous les matins, en allant voir ses malades. Il en économiserait le revenu, il le placerait à la caisse d'épargne ; ensuite il achèterait des actions, quelque part, n'importe où ; d'ailleurs la clientèle augmenterait ; il y comptait, car il voulait que Berthe fût bien élevée, qu'elle eût des talents, qu'elle apprît le piano. Ah ! qu'elle serait jolie, plus tard, à quinze ans, quand, ressemblant à sa mère, elle porterait comme elle, dans l'été, de grands chapeaux de paille ! On les prendrait de loin pour les deux sœurs. Il se la figurait travaillant le soir auprès d'eux, sous la lumière de la lampe ; elle lui broderait des pantoufles ; elle s'occuperait du ménage ; elle emplirait toute la maison de sa gentillesse et de sa gaieté. Enfin, ils songeraient à son établissement : on lui trouverait quelque brave garçon ayant un état solide ; il la rendrait heureuse ; cela durerait toujours.

Emma ne dormait pas, elle faisait semblant d'être endormie ; et, tandis qu'il s'assoupissait à ses côtés, elle se réveillait en d'autres rêves.

Au galop de quatre chevaux, elle était emportée depuis huit jours vers un pays nouveau, d'où ils ne reviendraient plus. Ils allaient, ils allaient, les bras enlacés, sans parler. Souvent, du haut d'une montagne, ils apercevaient tout à coup quelque cité splendide avec des dômes, des ponts, des navires, des forêts de citronniers et des cathédrales de marbre blanc, dont les clochers aigus portaient des nids de cigognes. On marchait au pas à cause des grandes dalles, et il y avait par terre des bouquets de fleurs que vous offraient des femmes habillées en corset rouge. On entendait sonner des cloches, hennir des mulets, avec le murmure des guitares et le bruit des fontaines, dont la vapeur s'envolant rafraîchissait des tas de fruits, disposés en pyramides au pied des statues pâles, qui souriaient sous les jets d'eau. Et puis ils arrivaient, un soir, dans un village de pêcheurs, où des filets bruns séchaient au vent, le long de la falaise et des cabanes. C'est là qu'ils s'arrêteraient pour vivre : ils habiteraient une maison basse à toit plat, ombragée d'un palmier, au fond d'un golfe, au bord de la mer. Ils se promèneraient en gondole, ils se balanceraient en hamac ; et leur existence serait facile et large comme leurs vêtements de soie, toute chaude et étoilée comme les nuits douces qu'ils contempleraient. Cependant, sur l'immensité de cet avenir qu'elle se faisait apparaître, rien de particulier ne surgissait : les jours, tous magnifiques, se ressemblaient comme des flots ; et cela se balançait à l'horizon infini, harmonieux, bleuâtre et couvert de soleil. Mais l'enfant se mettait à tousser dans son berceau, ou bien Bovary ronflait plus fort, et Emma ne s'endormait que le matin, quand l'aube blanchissait les carreaux et que déjà le petit Justin, sur la place, ouvrait les auvents de la pharmacie.

Elle avait fait venir M. Lheureux et lui avait dit :

— J'aurais besoin d'un manteau, un grand manteau, à long collet, doublé.

— Vous partez en voyage ? demanda-t-il.

— Non ! mais..., qu'importe, je compte sur vous, n'est-ce pas ? et vivement !

Il s'inclina.

— Il me faudrait encore, reprit-elle, une caisse..., pas trop lourde..., commode.

— Oui, oui, j'entends, de quatre-vingt-douze centimètres environ, sur cinquante, comme on les fait à présent.

— Avec un sac de nuit.

— Décidément, pensa Lheureux, il y a du grabuge là-dessous.

— Et tenez, dit madame Bovary en tirant sa montre de sa ceinture, prenez cela : vous vous paierez dessus.

Mais le marchand s'écria qu'elle avait tort ; ils se connaissaient ; est-ce qu'il doutait d'elle ? Quel enfantillage ! Elle insista cependant pour qu'il prît au moins la chaîne, et déjà Lheureux l'avait mise dans sa poche et s'en allait, quand elle le rappela.

— Vous laisserez tout chez vous. Quant au manteau — elle eut l'air de réfléchir — ne l'apportez pas non plus ; seulement, vous me donnerez l'adresse de l'ouvrier et avertirez qu'on le tienne à ma disposition.

C'était le mois prochain qu'ils devaient s'enfuir. Elle partirait d'Yonville comme pour aller faire des commissions à Rouen. Rodolphe aurait retenu des places, pris des passeports, et même écrit à Paris, afin d'avoir la malle entière jusqu'à Marseille, où ils achèteraient une calèche et, de là, continueraient sans s'arrêter, par la route de Gênes. Elle aurait eu soin d'envoyer chez Lheureux son bagage, qui serait directement porté à l'*Hirondelle*, de manière que personne ainsi n'aurait de soupçons ; et, dans tout cela, jamais il n'était question de son enfant. Rodolphe évitait d'en parler ; peut-être qu'elle n'y pensait pas.

Il voulut avoir encore deux semaines devant lui, pour terminer quelques dispositions ; puis, au bout de huit jours, il en demanda quinze autres, puis il se dit malade ; ensuite il fit un voyage ; le mois d'août se passa, et, après tous ces retards, ils arrêtèrent que ce serait irrévocablement pour le 4 septembre, un lundi.

Enfin le samedi, l'avant-veille, arriva.

Rodolphe vint le soir, plus tôt que de coutume.

— Tout est-il prêt ? lui demanda-t-elle.

— Oui.

Alors ils firent le tour d'une plate-bande, et allèrent s'asseoir près de la terrasse, sur la margelle du mur.

— Tu es triste, dit Emma.

— Non, pourquoi ?

Et cependant il la regardait singulièrement, d'une façon tendre.

— Est-ce de t'en aller ? reprit-elle, de quitter tes affections, ta vie ? Ah ! je comprends... Mais, moi, je n'ai rien au monde ! tu es tout pour moi. Aussi je serai tout pour toi, je te serai une famille, une patrie : je te soignerai, je t'aimerai.

— Que tu es charmante ! dit-il en la saisissant dans ses bras.

— Vrai ? fit-elle avec un rire de volupté. M'aimes-tu ? Jure-le donc !

— Si je t'aime ! si je t'aime ! mais je t'adore, mon amour !

La lune, toute ronde et couleur de pourpre, se levait à ras de terre, au fond de la prairie. Elle montait vite entre les branches des peupliers, qui la cachaient de place en place, comme un rideau noir, troué. Puis elle parut, élégante de blancheur, dans le ciel vide qu'elle éclairait ; et alors, se ralentissant, elle laissa tomber sur la rivière une grande tache, qui faisait une infinité d'étoiles, et cette lueur d'argent semblait s'y tordre jusqu'au fond à la manière d'un serpent sans tête couvert d'écailles lumineuses. Cela ressemblait aussi à quelque monstrueux candélabre, d'où ruisselaient, tout du long, des gouttes de diamant en fusion. La nuit douce s'étalait autour d'eux ; des nappes d'ombre emplissaient les feuillages. Emma, les yeux à demi clos aspirait avec de grands soupirs le vent frais qui soufflait. Ils ne se parlaient pas, trop perdus qu'ils étaient dans l'envahissement de leur rêverie. La tendresse des anciens jours leur revenait au cœur, abondante et silencieuse comme la rivière qui coulait, avec autant de mollesse qu'en apportait le parfum des seringas, et projetait dans leurs souvenirs des ombres plus démesurées et plus mélancoliques que celles des saules immobiles qui s'allongeaient sur l'herbe. Souvent quelque bête nocturne, hérisson ou belette, se mettant en chasse, dérangeait les feuilles, ou bien on entendait par moments une pêche mûre qui tombait toute seule de l'espalier.

— Ah ! la belle nuit ! dit Rodolphe.

— Nous en aurons d'autres ! reprit Emma.

Et, comme se parlant à elle-même :

— Oui, il fera bon voyager... Pourquoi ai-je le cœur triste, cependant ? Est-ce l'appréhension de l'inconnu..., l'effet des habitudes quittées..., ou plutôt... ? Non, c'est l'excès du bonheur ! Que je suis faible, n'est-ce pas ? Pardonne-moi !

— Il est encore temps ! s'écria-t-il. Réfléchis, tu t'en repentiras peut-être.

— Jamais ! fit-elle impétueusement.

Et, en se rapprochant de lui :

— Quel malheur donc peut-il me survenir ? Il n'y a pas de désert, pas de précipice ni d'océan que je ne traverserais avec toi. A mesure que nous vivrons ensemble ce sera comme une étreinte chaque jour plus serrée, plus complète ! Nous n'aurons rien qui nous trouble, pas de soucis, nul obstacle ! Nous serons seuls, tout à nous, éternellement... Parle donc, réponds-moi.

Il répondait à intervalles réguliers : « Oui... Oui !... »

Elle lui avait passé les mains dans ses cheveux, et elle répétait d'une voix enfantine, malgré de grosses larmes qui coulaient :

— Rodolphe ! Rodolphe !... Ah ! Rodolphe, cher petit Rodolphe !

Minuit sonna.

— Minuit ! dit-elle. Allons, c'est demain ! encore un jour !

Il se leva pour partir ; et, comme si ce geste qu'il faisait eût été le signal de leur fuite, Emma, tout à coup, prenant un air gai :

— Tu as les passeports ?

— Oui.

— Tu n'oublies rien ?

— Non.

— Tu en es sûr ?

— Certainement.

— C'est à l'hôtel *de Provence*, n'est-ce pas, que tu m'attendras !... à midi ?

Il fit un signe de tête.

— A demain, donc ! dit Emma dans une dernière caresse.

Et elle le regarda s'éloigner.

Il ne se détournait pas. Elle courut après lui, et, se penchant au bord de l'eau entre des broussailles :

— A demain ! s'écria-t-elle.

Il était déjà de l'autre côté de la rivière et marchait vite dans la prairie.

Au bout de quelques minutes, Rodolphe s'arrêta ; et, quand il la vit avec son vêtement blanc peu à peu s'évanouir dans l'ombre comme un fantôme, il fut pris d'un tel battement de cœur, qu'il s'appuya contre un arbre pour ne pas tomber.

— Quel imbécile je suis ! fit-il en jurant épouvantablement. N'importe, c'était une jolie maîtresse !

Et, aussitôt, la beauté d'Emma, avec tous les plaisirs de cet amour, lui réapparurent. D'abord il s'attendrit, puis il se révolta contre elle.

— Car, enfin, exclamait-il en gesticulant, je ne peux pas m'expatrier, avoir la charge d'une enfant.

Il se disait ces choses pour s'affermir davantage.

— Et, d'ailleurs, les embarras, la dépense... Ah ! non, non, mille fois non ! cela eût été trop bête !

XIII

A peine arrivé chez lui, Rodolphe s'assit brusquement à son bureau, sous la tête de cerf faisant trophée contre la muraille. Mais, quand il eut la plume entre les doigts, il ne sut rien trouver, si bien que, s'appuyant sur les deux coudes, il se mit à réfléchir. Emma lui semblait être reculée dans un passé lointain, comme si la résolution qu'il avait prise venait de placer entre eux, tout à coup, un immense intervalle.

Afin de ressaisir quelque chose d'elle, il alla chercher dans l'armoire, au chevet de son lit, une vieille boîte à biscuits de Reims où il enfermait d'habitude ses lettres de femmes, et il s'en échappa une odeur de poussière humide et de roses flétries. D'abord il aperçut un mouchoir de poche, couvert de gouttelettes pâles. C'était un mouchoir à elle, une fois qu'elle avait saigné du nez, en promenade ; il ne s'en souvenait plus. Il y avait auprès, se cognant à tous les angles, la miniature donnée par Emma ; sa toilette lui parut prétentieuse et son regard *en coulisse* du plus pitoyable effet ; puis, à force de considérer cette image et d'évoquer le souvenir du modèle, les traits d'Emma peu à peu se confondirent en sa mémoire, comme si la figure vivante et la figure peinte, se frottant l'une contre l'autre, se fussent réciproquement effacées. Enfin il lut de ses lettres ; elles étaient pleines d'explications relatives à leur voyage, courtes, techniques et pressantes comme des billets d'affaires. Il voulut revoir les longues, celles d'autrefois ; pour les trouver au fond de la boîte, Rodolphe dérangea toutes les autres [40], et machinalement il se mit à fouiller dans ce tas de papiers et de choses, y retrouvant pêle-mêle des bouquets, une jarretière, un masque noir, des épingles et des cheveux — des cheveux ! de bruns, de blonds ; quelques-uns, même, s'accrochant à la ferrure de la boîte, se cassaient quand on l'ouvrait.

Ainsi flânant parmi ses souvenirs, il examinait les

écritures et le style des lettres, aussi variés que leurs orthographes. Elles étaient tendres ou joviales, facétieuses, mélancoliques ; il y en avait qui demandaient de l'amour et d'autres qui demandaient de l'argent. A propos d'un mot, il se rappelait des visages, de certains gestes, un son de voix ; quelquefois, pourtant, il ne se rappelait rien [41].

En effet, ces femmes, accourant à la fois dans sa pensée, s'y gênaient les unes les autres et s'y rapetissaient, comme sous un même niveau d'amour qui les égalisait. Prenant donc à poignée les lettres confondues, il s'amusa pendant quelques minutes à les faire tomber en cascades de sa main droite dans sa main gauche. Enfin, ennuyé, assoupi, Rodolphe alla reporter la boîte dans l'armoire en se disant :

— Quel tas de blagues !...

Ce qui résumait son opinion ; car les plaisirs, comme des écoliers dans la cour d'un collège, avaient tellement piétiné sur son cœur, que rien de vert n'y poussait, et ce qui passait par là, plus étourdi que les enfants, n'y laissait pas même, comme eux, son nom gravé sur la muraille.

— Allons, se dit-il, commençons !

Il écrivit :

« Du courage, Emma ! du courage ! Je ne veux pas faire le malheur de votre existence... »

— Après tout, c'est vrai, pensa Rodolphe ; j'agis dans son intérêt ; je suis honnête.

« Avez-vous mûrement posé votre détermination ? Savez-vous l'abîme où je vous entraînais, pauvre ange ? Non, n'est-ce pas ? Vous alliez confiante et folle, croyant au bonheur, à l'avenir... Ah ! malheureux que nous sommes ! insensés ! »

Rodolphe s'arrêta pour trouver ici quelque bonne excuse.

— Si je lui disais que toute ma fortune est perdue ?... Ah ! non, et, d'ailleurs, cela n'empêcherait rien. Ce serait à recommencer plus tard. Est-ce qu'on peut faire entendre raison à des femmes pareilles ?

Il réfléchit, puis ajouta :

« Je ne vous oublierai pas, croyez-le bien, et j'aurai continuellement pour vous un dévouement profond ; mais, un jour, tôt ou tard, cette ardeur (c'est là le sort des choses humaines) se fût diminuée, sans doute ! Il nous serait venu des lassitudes, et qui sait même si je n'aurais pas eu l'atroce douleur d'assister à vos remords et d'y participer moi-même, puisque je les aurais causés. L'idée seule des chagrins qui vous arrivent me torture, Emma ! Oubliez-moi ! Pourquoi faut-il que je vous aie connue ? Pourquoi étiez-vous si belle ? Est-ce ma faute ? Ô mon Dieu ? non, non, n'en accusez que la fatalité ! »

— Voilà un mot qui fait toujours de l'effet, se dit-il.

« Ah ! si vous eussiez été une de ces femmes au cœur frivole comme on en voit, certes, j'aurais pu, par égoïsme, tenter une expérience alors sans danger pour vous. Mais cette exaltation délicieuse, qui fait à la fois votre charme et votre tourment, vous a empêchée de comprendre, adorable femme que vous êtes, la fausseté de notre position future. Moi non plus, je n'y avais pas réfléchi d'abord, et je me reposais à l'ombre de ce bonheur idéal comme à celle du mancenillier, sans prévoir les conséquences. »

— Elle va peut-être croire que c'est par avarice que j'y renonce... Ah ! n'importe ! tant pis, il faut en finir !

« Le monde est cruel, Emma. Partout où nous eussions été, il nous aurait poursuivis. Il vous aurait fallu subir les questions indiscrètes, la calomnie, le dédain, l'outrage peut-être. L'outrage à vous ! Oh !... Et moi qui voudrais vous faire asseoir sur un trône ! Moi qui emporte votre pensée comme un talisman ! Car je me punis par l'exil de tout le mal que je vous ai fait. Je pars. Où ! Je n'en sais rien, je suis fou ! Adieu ! Soyez toujours bonne ! Conservez le souvenir du malheureux qui vous a perdue. Apprenez mon nom à votre enfant, qu'il le redise dans ses prières. »

La mèche des deux bougies tremblait. Rodolphe se leva pour aller fermer la fenêtre, et, quand il se fut rassis :

— Il me semble que c'est tout. Ah ! encore ceci, de peur qu'elle vienne *à me relancer* :

« Je serai loin quand vous lirez ces tristes lignes ; car j'ai voulu m'enfuir au plus vite afin d'éviter la tentation de vous revoir. Pas de faiblesse ! Je reviendrai ; et peut-être que, plus tard, nous causerons ensemble très froidement de nos anciennes amours. Adieu ! »

Et il y avait un dernier adieu, séparé en deux mots : *A Dieu !* ce qu'il jugeait d'un excellent goût.

— Comment vais-je signer, maintenant ? se dit-il. Votre tout dévoué... Non. Votre ami ?... Oui, c'est cela.

« Votre ami. »

Il relut sa lettre. Elle lui parut bonne.

— Pauvre petite femme ! pensa-t-il avec attendrisse-ment. Elle va me croire plus insensible qu'un roc ; il eût fallu quelques larmes là-dessus ; mais, moi, je ne peux pas pleurer ; ce n'est pas ma faute. Alors, s'étant versé de l'eau dans un verre, Rodolphe y trempa son doigt et il laissa tomber de haut une grosse goutte, qui fit une tache pâle sur l'encre ; puis, cherchant à cacheter la lettre, le cachet *Amor nel Cor* se rencontra.

— Cela ne va guère à la circonstance... Ah ! bah ! qu'importe !

Après quoi, il fuma trois pipes, et alla se coucher.

Le lendemain, quand il fut debout (vers deux heures environ, il avait dormi tard), Rodolphe se fit cueillir une corbeille d'abricots. Il disposa la lettre dans le fond, sous des feuilles de vigne, et ordonna tout de suite à Girard, son valet de charrue, de porter cela délicatement chez madame Bovary. Il se servait de ce moyen pour correspondre avec elle, lui envoyant, selon la saison, des fruits ou du gibier.

— Si elle te demande de mes nouvelles, dit-il, tu répondras que je suis parti en voyage. Il faut remettre le panier à elle-même, en mains propres... Va, et prends garde !

Girard passa sa blouse neuve, noua son mouchoir

autour des abricots, et, marchant à grands pas lourds dans ses grosses galoches ferrées, prit tranquillement le chemin d'Yonville.

Madame Bovary, quand il arriva chez elle, arrangeait avec Félicité, sur la table de la cuisine, un paquet de linge.

— Voilà, dit le valet, ce que notre maître vous envoie.

Elle fut saisie d'une appréhension, et, tout en cherchant quelque monnaie dans sa poche, elle considérait le paysan d'un œil hagard, tandis qu'il la regardait lui-même avec ébahissement, ne comprenant pas qu'un pareil cadeau pût tant émouvoir quelqu'un. Enfin il sortit. Félicité restait. Elle n'y tenait plus ; elle courut dans la salle comme pour y porter les abricots, renversa le panier, arracha les feuilles, trouva la lettre, l'ouvrit [42], et, comme s'il y avait eu derrière elle un effroyable incendie, Emma se mit à fuir vers sa chambre, tout épouvantée.

Charles y était, elle l'aperçut ; il lui parla, elle n'entendit rien, et elle continua vivement à monter les marches, haletante, éperdue, ivre, et toujours tenant cette horrible feuille de papier, qui lui claquait dans les doigts comme une plaque de tôle. Au second étage, elle s'arrêta devant la porte du grenier, qui était fermée.

Alors elle voulut se calmer ; elle se rappela la lettre ; il fallait la finir, elle n'osait pas. D'ailleurs, où ? comment ? On la verrait.

— Ah ! non, ici, pensa-t-elle, je serai bien.

Emma poussa la porte et entra.

Les ardoises laissaient tomber d'aplomb une chaleur lourde, qui lui serrait les tempes et l'étouffait ; elle se traîna jusqu'à la mansarde close, dont elle tira le verrou, et la lumière éblouissante jaillit d'un bond.

En face, par-dessus les toits, la pleine campagne s'étalait à perte de vue. En bas, sous elle, la place du village était vide ; les cailloux du trottoir scintillaient, les girouettes des maisons se tenaient immobiles ; au coin de la rue, il partit d'un étage inférieur une sorte de ronflement à modulations stridentes. C'était Binet qui tournait.

Elle s'était appuyée contre l'embrasure de la mansarde et elle relisait la lettre avec des ricanements de colère. Mais plus elle y fixait d'attention, plus ses idées se confondaient. Elle le revoyait, elle l'entendait, elle l'entourait de ses deux bras ; et des battements de cœur, qui la frappaient sous la poitrine comme à grands coups de bélier, s'accéléraient l'un après l'autre, à intermittences inégales. Elle jetait les yeux autour d'elle avec l'envie que la terre croulât. Pourquoi n'en pas finir ? Qui la retenait donc ? Elle était libre. Et elle s'avança, elle regarda les pavés en se disant :

— Allons ! allons !

Le rayon lumineux qui montait d'en bas directement tirait vers l'abîme le poids de son corps. Il lui semblait que le sol de la place oscillant s'élevait le long des murs, et que le plancher s'inclinait par le bout, à la manière d'un vaisseau qui tangue. Elle se tenait tout au bord, presque suspendue, entourée d'un grand espace. Le bleu du ciel l'envahissait, l'air circulait dans sa tête creuse [43], elle n'avait qu'à céder, qu'à se laisser prendre ; et le ronflement du tour ne discontinuait pas, comme une voix furieuse qui l'appelait.

— Ma femme ! ma femme ! cria Charles.

Elle s'arrêta.

— Où es-tu donc ? Arrive !

L'idée qu'elle venait d'échapper à la mort faillit la faire s'évanouir de terreur ; elle ferma les yeux ; puis elle tressaillit au contact d'une main sur sa manche : c'était Félicité.

— Monsieur vous attend, madame ; la soupe est servie.

Et il fallut descendre ! il fallut se mettre à table !

Elle essaya de manger. Les morceaux l'étouffaient. Alors elle déplia sa serviette comme pour en examiner les reprises et voulut réellement s'appliquer à ce travail, compter les fils de la toile. Tout à coup, le souvenir de la lettre lui revint. L'avait-elle donc perdue ? Où la retrouver ? Mais elle éprouvait une telle lassitude dans l'esprit, que jamais elle ne put inventer un prétexte à sortir de table. Puis elle était devenue lâche ; elle avait peur de Charles ; il savait tout, c'était sûr ! En effet, il prononça ces mots, singulièrement :

— Nous ne sommes pas près, à ce qu'il paraît, de voir M. Rodolphe.

— Qui te l'a dit ? fit-elle en tressaillant.

— Qui me l'a dit ? répliqua-t-il un peu surpris de ce ton brusque ; c'est Girard, que j'ai rencontré tout à l'heure à la porte du *Café Français*. Il est parti en voyage, ou il doit partir.

Elle eut un sanglot.

— Quoi donc t'étonne ? Il s'absente ainsi de temps à autre pour se distraire, et, ma foi ! je l'approuve. Quand on a de la fortune et que l'on est garçon !... Du reste, il s'amuse joliment, notre ami ! c'est un farceur. M. Langlois m'a conté...

Il se tut, par convenance, à cause de la domestique qui entrait.

Celle-ci replaça dans la corbeille les abricots répandus sur l'étagère ; Charles, sans remarquer la rougeur de sa femme, se les fit apporter, en prit un et mordit à même.

— Oh ! parfait ! disait-il. Tiens, goûte.

Et il tendit la corbeille, qu'elle repoussa doucement.

— Sens donc : quelle odeur ! fit-il en la lui passant sous le nez à plusieurs reprises.

— J'étouffe ! s'écria-t-elle en se levant d'un bond.

Mais, par un effort de volonté, ce spasme disparut ; puis :

— Ce n'est rien ! dit-elle, ce n'est rien ! c'est nerveux ! Assieds-toi, mange !

Car elle redoutait qu'on ne fût à la questionner, à la soigner, qu'on ne la quittât plus.

Charles, pour lui obéir, s'était rassis, et il crachait dans sa main les noyaux des abricots, qu'il déposait ensuite dans son assiette.

Tout à coup, un tilbury bleu passa au grand trot sur la place. Emma poussa un cri et tomba roide par terre, à la renverse.

En effet, Rodolphe, après bien des réflexions, s'était décidé à partir pour Rouen. Or, comme il n'y a, de la Huchette à Buchy, pas d'autre chemin que celui d'Yonville, il lui avait fallu traverser le village, et Emma l'avait reconnu à la lueur des lanternes qui coupaient comme un éclair le crépuscule.

Le pharmacien, au tumulte qui se faisait dans la maison, s'y précipita. La table, avec toutes les assiettes, était renversée ; de la sauce, de la viande, les couteaux, la salière et l'huilier jonchaient l'appartement ; Charles appelait au secours ; Berthe, effarée, criait : et Félicité, dont les mains tremblaient, délaçait Madame, qui avait le long du corps des mouvements convulsifs.

— Je cours, dit l'apothicaire, chercher dans mon laboratoire un peu de vinaigre aromatique.

Puis, comme elle rouvrait les yeux en respirant le flacon :

— J'en étais sûr, fit-il ; cela vous réveillerait un mort.

— Parle-nous ! disait Charles, parle-nous ! Remets-toi ! C'est moi, ton Charles qui t'aime ! Me reconnais-tu ? Tiens, voilà ta petite fille : embrasse-la donc !

L'enfant avançait les bras vers sa mère pour se pendre à son cou. Mais, détournant la tête, Emma dit d'une voix saccadée :

— Non, non... personne !

Elle s'évanouit encore. On la porta sur son lit.

Elle restait [44] étendue, la bouche ouverte, les paupières fermées, les mains à plat, immobile, et blanche comme une statue de cire. Il sortait de ses yeux deux ruisseaux de larmes qui coulaient lentement sur l'oreiller.

Charles, debout, se tenait au fond de l'alcôve, et le pharmacien, près de lui, gardait ce silence méditatif qu'il est convenable d'avoir dans les occasions sérieuses de la vie.

— Rassurez-vous, dit-il en lui poussant le coude, je crois que le paroxysme est passé.

— Oui, elle repose un peu maintenant ! répondit

Charles, qui la regardait dormir. Pauvre femme!...
pauvre femme!... la voilà retombée!

Alors Homais demanda comment cet accident était
survenu. Charles répondit que cela l'avait saisie tout à
coup pendant qu'elle mangeait des abricots.

— Extraordinaire!... reprit le pharmacien. Mais il
se pourrait que les abricots eussent occasionné la
syncope! Il y a des natures si impressionnables à
l'encontre de certaines odeurs! et ce serait même une
belle question à étudier, tant sous le rapport pathologi-
que que sous le rapport physiologique. Les prêtres en
connaissaient l'importance, eux qui ont toujours mêlé
des aromates à leurs cérémonies. C'est pour vous
stupéfier l'entendement et provoquer des extases,
chose d'ailleurs facile à obtenir chez les personnes du
sexe, qui sont plus délicates que les autres. On en cite
qui s'évanouissent à l'odeur de la corne brûlée, du pain
tendre...

— Prenez garde de l'éveiller! dit à voix basse
Bovary.

— Et non seulement, continua l'apothicaire, les
humains sont en butte à ces anomalies, mais encore les
animaux. Ainsi, vous n'êtes pas sans savoir l'effet
singulièrement aphrodisiaque que produit le *nepeta
cataria*, vulgairement appelé herbe-au-chat, sur la gent
féline; et, d'autre part, pour citer un exemple que je
garantis authentique, Bridoux (un de mes anciens
camarades, actuellement établi rue Malpalu) possède
un chien qui tombe en convulsions dès qu'on lui
présente une tabatière. Souvent même il en fait
l'expérience devant ses amis, à son pavillon du bois
Guillaume. Croirait-on qu'un simple sternutatoire pût
exercer de tels ravages dans l'organisme d'un quadru-
pède? C'est extrêmement curieux, n'est-il pas vrai?

— Oui, dit Charles, qui n'écoutait pas.

— Cela nous prouve, reprit l'autre en souriant avec
un air de suffisance bénigne, les irrégularités sans
nombre du système nerveux. Pour ce qui est de
Madame, elle m'a toujours paru, je l'avoue, une vraie
sensitive. Aussi ne vous conseillerai-je point, mon bon

ami, aucun de ces prétendus remèdes qui, sous prétexte d'attaquer les symptômes, attaquent le tempérament. Non, pas de médicamentation oiseuse! du
régime, voilà tout! des sédatifs, des émollients, des
dulcifiants. Puis, ne pensez-vous pas qu'il faudrait
peut-être frapper l'imagination?

— En quoi? comment? dit Bovary.

— Ah! c'est là la question! Telle est effectivement
la question : *That is the question!* comme je lisais
dernièrement dans le journal.

Mais Emma, se réveillant, s'écria :

— Et la lettre? Et la lettre?

On crut qu'elle avait le délire; elle l'eut à partir de
minuit : une fièvre cérébrale s'était déclarée.

Pendant quarante-trois jours Charles ne la quitta
pas. Il abandonna tous ses malades; il ne se couchait
plus, il était continuellement à lui tâter le pouls, à lui
poser des sinapismes, des compresses d'eau froide. Il
envoyait Justin jusqu'à Neufchâtel chercher de la
glace; la glace se fondait en route; il le renvoyait. Il
appela M. Canivet en consultation; il fit venir de
Rouen le docteur Larivière, son ancien maître; il était
désespéré. Ce qui l'effrayait le plus, c'était l'abatte-
ment d'Emma; car elle ne parlait pas, n'entendait rien
et même semblait ne point souffrir, — comme si son
corps et son âme se fussent ensemble reposés de toutes
leurs agitations.

Vers le milieu d'octobre, elle put se tenir assise dans
son lit, avec des oreillers derrière elle. Charles pleura
quand il la vit manger sa première tartine de confitures. Les forces lui revinrent; elle se levait quelques
heures pendant l'après-midi, et, un jour qu'elle se
sentait mieux, il essaya de lui faire faire, à son bras, un
tour de promenade dans le jardin. Le sable des allées
disparaissait sous les feuilles mortes; elle marchait pas
à pas, en traînant ses pantoufles, et, s'appuyant de
l'épaule contre Charles, elle continuait à sourire.

Ils allèrent ainsi jusqu'au fond, près de la terrasse.
Elle se redressa lentement, se mit la main devant ses
yeux, pour regarder : elle regarda au loin, tout au loin;

mais il n'y avait à l'horizon que de grands feux d'herbe, qui fumaient sur les collines.

— Tu vas te fatiguer, ma chérie, dit Bovary.

Et, la poussant doucement pour la faire entrer sous la tonnelle :

— Assieds-toi donc sur ce banc : tu seras bien.

— Oh ! non, pas là, pas là ! fit-elle d'une voix défaillante.

Elle eut un étourdissement, et, dès le soir, sa maladie recommença, avec une allure plus incertaine, il est vrai, et des caractères plus complexes. Tantôt elle souffrait au cœur, puis dans la poitrine, dans le cerveau, dans les membres ; il lui survint des vomissements où Charles crut apercevoir les premiers symptômes d'un cancer.

Et le pauvre garçon, par là-dessus, avait des inquiétudes d'argent !

XIV

D'abord, il ne savait comment faire pour dédommager M. Homais de tous les médicaments pris chez lui ; et, quoiqu'il eût pu, comme médecin, ne pas les payer, néanmoins il rougissait un peu de cette obligation. Puis la dépense du ménage, à présent que la cuisinière était maîtresse, devenait effrayante ; les notes pleuvaient dans la maison ; les fournisseurs murmuraient ; M. Lheureux surtout le harcelait. En effet, au plus fort de la maladie d'Emma, celui-ci, profitant de la circonstance pour exagérer sa facture, avait vite apporté le manteau, le sac de nuit, deux caisses au lieu d'une, quantité d'autres choses encore. Charles eut beau dire qu'il n'en avait pas besoin, le marchand répondit arrogamment qu'on lui avait commandé tous ces articles et qu'il ne les reprendrait pas ; d'ailleurs, ce serait contrarier Madame dans sa convalescence ; Monsieur réfléchirait ; bref, il était résolu à le poursuivre en justice plutôt que d'abandonner ses droits et que d'emporter ses marchandises. Charles ordonna par la

suite de les renvoyer à son magasin ; Félicité oublia ; il
avait d'autres soucis ; on n'y pensa plus ; M. Lheureux
revin^t à la charge, et, tour à tour menaçant et
gémissant, manœuvra de telle façon que Bovary finit
par souscrire un billet à six mois d'échéance. Mais à
peine eut-il signé ce billet, qu'une idée audacieuse lui
surgit : c'était d'emprunter mille francs à M. Lheureux. Donc, il demanda, d'un air embarrassé, s'il n'y
avait pas moyen de les avoir, ajoutant que ce serait
pour un an et au taux que l'on voudrait. Lheureux
courut à sa boutique, en rapporta les écus et dicta un
autre billet, par lequel Bovary déclarait devoir payer à
son ordre, le 1er septembre prochain, la somme de mille
soixante et dix francs ; ce qui, avec les cent quatre-
vingts déjà stipulés, faisait juste douze cent cinquante.
Ainsi, prêtant à six pour cent, augmenté d'un quart de
commission, et les fournitures lui rapportant un bon
tiers pour le moins, cela devait, en douze mois, donner
cent trente francs de bénéfice ; et il espérait que
l'affaire ne s'arrêterait pas là, qu'on ne pourrait payer
les billets, qu'on les renouvellerait, et que son pauvre
argent, s'étant nourri chez le médecin comme dans une
maison de santé, lui reviendrait, un jour, considérablement plus dodu, et gros à faire craquer le sac.

Tout, d'ailleurs, lui réussissait. Il était adjudicataire
d'une fourniture de cidre pour l'hôpital de Neufchâtel ;
M. Guillaumin lui promettait des actions dans les
tourbières de Grumesnil, et il rêvait d'établir un
nouveau service de diligences entre Arcueil et Rouen,
qui ne tarderait pas, sans doute, à ruiner la guimbarde
du *Lion d'or*, et qui, marchant plus vite, étant à prix
plus bas et portant plus de bagages, lui mettrait ainsi
dans les mains tout le commerce d'Yonville.

Charles se demanda plusieurs fois par quel moyen,
l'année prochaine, pouvoir rembourser tant d'argent ;
et il cherchait, imaginait des expédients, comme de
recourir à son père ou de vendre quelque chose. Mais
son père serait sourd, et il n'avait, lui, rien à vendre.
Alors il découvrait de tels embarras, qu'il écartait vite
de sa conscience un sujet de méditation aussi désagréa-

ble. Il se reprochait d'en oublier Emma ; comme si, toutes ses pensées appartenant à cette femme, c'eût été lui dérober quelque chose que de n'y pas continuellement réfléchir.

L'hiver fut rude. La convalescence de Madame fut longue. Quand il faisait beau, on la poussait dans son fauteuil auprès de la fenêtre, celle qui regardait la Place, car elle avait maintenant le jardin en antipathie, et la persienne de ce côté restait constamment fermée. Elle voulut que l'on vendît le cheval ; ce qu'elle aimait autrefois, à présent lui déplaisait. Toutes ses idées paraissaient se borner au soin d'elle-même. Elle restait dans son lit à faire de petites collations, sonnait sa domestique pour s'informer de ses tisanes ou pour causer avec elle. Cependant, la neige sur le toit des halles jetait dans la chambre un reflet blanc, immobile ; ensuite, ce fut la pluie qui tombait. Et Emma quotidiennement attendait, avec une sorte d'anxiété, l'infaillible retour d'événements minimes, qui pourtant ne lui importaient guère. Le plus considérable était, le soir, l'arrivée de l'*Hirondelle*. Alors l'aubergiste criait et d'autres voix répondaient, tandis que le falot d'Hippolyte, qui cherchait des coffres sur la bâche, faisait comme une étoile dans l'obscurité. A midi, Charles rentrait ; ensuite il sortait ; puis elle prenait un bouillon, et, vers cinq heures, à la tombée du jour, les enfants qui s'en revenaient de la classe, traînant leurs sabots sur le trottoir, frappaient tous avec leurs règles la cliquette des auvents, les uns après les autres.

C'était à cette heure-là que M. Bournisien venait la voir. Il s'enquérait de sa santé, lui apportait des nouvelles et l'exhortait à la religion dans un petit bavardage câlin qui ne manquait pas d'agrément. La vue seule de sa soutane la réconfortait.

Un jour qu'au plus fort de sa maladie elle s'était crue agonisante, elle avait demandé la communion ; et, à mesure que l'on faisait dans sa chambre les préparatifs pour le sacrement, que l'on disposait en autel la commode encombrée de sirops et que Félicité semait par terre des fleurs de dahlia, Emma sentait quelque

chose de fort passant sur elle, qui la débarrassait de ses
douleurs, de toute perception, de tout sentiment. Sa
chair allégée ne pesait plus [45], une autre vie commençait; il lui sembla que son être, montant vers Dieu,
allait s'anéantir dans cet amour comme un encens
allumé qui se dissipe en vapeur. On aspergea d'eau
bénite les draps du lit; le prêtre retira du saint ciboire
la blanche hostie; et ce fut en défaillant d'une joie
céleste qu'elle avança les lèvres pour accepter le corps
du Sauveur qui se présentait. Les rideaux de son alcôve
se gonflaient mollement, autour d'elle, en façon de
nuées, et les rayons des deux cierges brûlant sur la
commode lui parurent être des gloires éblouissantes.
Alors elle laissa retomber sa tête, croyant entendre
dans les espaces le chant des harpes séraphiques et
apercevoir en un ciel d'azur, sur un trône d'or, au
milieu des saints tenant des palmes vertes, Dieu le Père
tout éclatant de majesté, et qui d'un signe faisait
descendre vers la terre des anges aux ailes de flamme
pour l'emporter dans leurs bras.

Cette vision splendide demeura dans sa mémoire
comme la chose la plus belle qu'il fût possible de rêver;
si bien qu'à présent elle s'efforçait d'en ressaisir la
sensation, qui continuait cependant, mais d'une
manière moins exclusive et avec une douceur aussi
profonde. Son âme, courbatue d'orgueil, se reposait
enfin dans l'humilité chrétienne; et, savourant le
plaisir d'être faible, Emma contemplait en elle-même
la destruction de sa volonté, qui devait faire aux
envahissements de la grâce une large entrée. Il existait
donc à la place du bonheur des félicités plus grandes,
un autre amour au-dessus de tous les autres amours,
sans intermittence ni fin, et qui s'accroîtrait éternellement! Elle entrevit, parmi les illusions de son espoir,
un état de pureté flottant au-dessus de la terre, se
confondant avec le ciel, et où elle aspira d'être. Elle
voulut devenir une sainte. Elle acheta des chapelets,
elle porta des amulettes; elle souhaitait avoir dans sa
chambre, au chevet de sa couche, un reliquaire
enchâssé d'émeraudes, pour le baiser tous les soirs.

Le curé s'émerveillait de ces dispositions, bien que la religion d'Emma, trouvait-il, pût, à force de ferveur, finir par friser l'hérésie et même l'extravagance. Mais, n'étant pas très versé dans ces matières, sitôt qu'elles dépassaient une certaine mesure, il écrivit à M. Boulard, libraire de Monseigneur, de lui envoyer *quelque chose de fameux pour une personne du sexe, qui était pleine d'esprit.* Le libraire, avec autant d'indifférence que s'il eût expédié de la quincaillerie à des nègres, vous emballa pêle-mêle tout ce qui avait cours pour lors dans le négoce des livres pieux. C'étaient de petits manuels par demandes et par réponses, des pamphlets d'un ton rogue dans la manière de M. de Maistre, et des espèces de romans à cartonnage rose et à style douceâtre, fabriqués par des séminaristes troubadours ou des bas-bleus repenties. Il y avait le *Pensez-y bien;* *l'Homme du monde aux pieds de Marie, par M. de***,* *décoré de plusieurs ordres; des Erreurs de Voltaire, à* *l'usage des jeunes gens,* etc.

Madame Bovary n'avait pas encore l'intelligence assez nette pour s'appliquer sérieusement à n'importe quoi; d'ailleurs, elle entreprit ces lectures avec trop de précipitation. Elle s'irrita contre les prescriptions du culte; l'arrogance des écrits polémiques lui déplut par leur acharnement à poursuivre des gens qu'elle ne connaissait pas; et les contes profanes relevés de religion lui parurent écrits dans une telle ignorance du monde, qu'ils l'écartèrent insensiblement des vérités dont elle attendait la preuve. Elle persista pourtant, et, lorsque le volume lui tombait des mains, elle se croyait prise par la plus fine mélancolie catholique qu'une âme éthérée pût concevoir.

Quant au souvenir de Rodolphe, elle l'avait descendu tout au fond de son cœur; et il restait là, plus solennel et plus immobile qu'une momie de roi dans un souterrain. Une exhalaison s'échappait de ce grand amour embaumé et qui, passant à travers tout, parfumait de tendresse l'atmosphère d'immaculation où elle voulait vivre. Quand elle se mettait à genoux sur son prie-Dieu gothique, elle adressait au Seigneur les mêmes paroles de suavité qu'elle murmurait jadis à son amant, dans les épanchements de l'adultère. C'était pour faire venir la croyance; mais aucune délectation ne descendait des cieux; et elle se relevait, les membres fatigués, avec le sentiment vague d'une immense duperie. Cette recherche, pensait-elle, n'était qu'un mérite de plus; et, dans l'orgueil de sa dévotion, Emma se comparait à ces grandes dames d'autrefois, dont elle avait rêvé la gloire sur un portrait de La Vallière, et qui, traînant avec tant de majesté la queue chamarrée de leurs longues robes, se retiraient en des solitudes pour y répandre aux pieds du Christ toutes les larmes d'un cœur que l'existence blessait.

Alors, elle se livra à des charités excessives. Elle cousait des habits pour les pauvres; elle envoyait du bois aux femmes en couches; et Charles, un jour, en rentrant, trouva dans la cuisine trois vauriens attablés qui mangeaient un potage. Elle fit revenir à la maison sa petite fille, que son mari, durant sa maladie, avait renvoyée chez la nourrice. Elle voulut lui apprendre à lire; Berthe avait beau pleurer, elle ne s'irritait plus. C'était un parti pris de résignation, une indulgence universelle. Son langage à propos de tout était plein d'impressions idéales. Elle disait à son enfant :

— Ta colique est-elle passée, mon ange ?

Madame Bovary mère ne trouvait rien à blâmer, sauf peut-être cette manie de tricoter des camisoles pour les orphelins, au lieu de raccommoder ses torchons. Mais, harassée de querelles domestiques, la bonne femme se plaisait en cette maison tranquille, et même elle y demeura jusques après Pâques, afin d'éviter les sarcasmes du père Bovary, qui ne manquait pas, tous les vendredis saints, de se commander une andouille.

Outre la compagnie de sa belle-mère, qui la raffermissait un peu par sa rectitude de jugement et ses façons graves, Emma, presque tous les jours, avait encore d'autres sociétés. C'était madame Langlois, madame Caron, madame Dubreuil, madame Tuvache et, régulièrement de deux à cinq heures, l'excellente madame Homais, qui n'avait jamais voulu croire, celle-là, à aucun des cancans que l'on débitait sur sa voisine. Les petits Homais aussi venaient la voir ; Justin les accompagnait. Il montait [46] avec eux dans la chambre, et il restait debout près de la porte, immobile, sans parler. Souvent même madame Bovary, n'y prenant garde, se mettait à sa toilette. Elle commençait par retirer son peigne, en secouant sa tête d'un mouvement brusque ; et, quand il aperçut la première fois cette chevelure entière qui descendait jusqu'aux jarrets en déroulant ses anneaux noirs, ce fut pour lui, le pauvre enfant, comme l'entrée subite dans quelque chose d'extraordinaire et de nouveau dont la splendeur l'effraya.

Emma, sans doute, ne remarquait pas ses empressements silencieux ni ses timidités. Elle ne se doutait point que l'amour, disparu de sa vie, palpitait là, près d'elle, sous cette chemise de grosse toile, dans ce cœur d'adolescent ouvert aux émanations de sa beauté. Du reste, elle enveloppait tout maintenant d'une telle indifférence, elle avait des paroles si affectueuses et des regards si hautains, des façons si diverses, que l'on ne distinguait plus l'égoïsme de la charité, ni la corruption de la vertu. Un soir, par exemple, elle s'emporta contre sa domestique, qui lui demandait à sortir et balbutiait en cherchant un prétexte, puis tout à coup :

— Tu l'aimes donc ? dit-elle.

Et, sans attendre la réponse de Félicité, qui rougissait, elle ajouta d'un air triste :

— Allons, cours-y ! amuse-toi !

Elle fit, au commencement du printemps, bouleverser le jardin d'un bout à l'autre, malgré les observations de Bovary ; il fut heureux, cependant, de lui voir enfin manifester une volonté quelconque. Elle en témoigna davantage à mesure qu'elle se rétablissait. D'abord, elle trouva moyen d'expulser la mère Rollet, la nourrice, qui avait pris l'habitude, pendant sa convalescence, de venir trop souvent à la cuisine avec ses deux nourrissons et son pensionnaire, plus endenté qu'un cannibale. Puis elle se dégagea de la famille Homais, congédia successivement toutes les autres

visites et même fréquenta l'église avec moins d'assi-
duité, à la grande approbation de l'apothicaire, qui lui
dit alors amicalement :

— Vous donniez un peu dans la calotte !

M. Bournisien, comme autrefois, survenait tous les
jours, en sortant du catéchisme. Il préférait rester
dehors à prendre l'air *au milieu du bocage;* il appelait
ainsi la tonnelle. C'était l'heure où Charles rentrait. Ils
avaient chaud ; on apportait du cidre doux, et ils
buvaient ensemble au complet rétablissement de
Madame.

Binet se trouvait là, c'est-à-dire un peu plus bas,
contre le mur de la terrasse, à pêcher des écrevisses.
Bovary l'invitait à se rafraîchir, et il s'entendait
parfaitement à déboucher les cruchons.

— Il faut, disait-il en promenant autour de lui et
jusqu'aux extrémités du paysage un regard satisfait,
tenir ainsi la bouteille d'aplomb sur la table, et, après
que les ficelles sont coupées, pousser le liège à petits
coups, doucement, doucement, comme on fait, d'ailleurs, à l'eau de Seltz, dans les restaurants.

Mais le cidre, pendant sa démonstration, souvent
leur jaillissait en plein visage, et alors l'ecclésiastique,
avec un rire opaque, ne manquait jamais cette plaisanterie :

— Sa bonté saute aux yeux !

Il était brave homme, en effet, et même, un jour, ne
fut point scandalisé du pharmacien, qui conseillait à
Charles, pour distraire Madame, de la mener au
théâtre de Rouen voir l'illustre ténor Lagardy. Homais
s'étonnant de ce silence, voulut savoir son opinion, et
le prêtre déclara qu'il regardait la musique comme
moins dangereuse pour les mœurs que la littérature.

Mais le pharmacien prit la défense des lettres. Le
théâtre, prétendait-il, servait à fonder les préjugés, et,
sous le masque du plaisir, enseignait la vertu.

— *Castigat ridendo mores,* monsieur Bournisien !
Ainsi, regardez la plupart des tragédies de Voltaire ;
elles sont semées habilement de réflexions philosophi-

ques qui en font pour le peuple une véritable école de
morale et de diplomatie.

— Moi, dit Binet, j'ai vu autrefois une pièce
intitulée *Le Gamin de Paris*, où l'on remarque le
caractère d'un vieux général qui est vraiment tapé ! Il
rembarre un fils de famille qui avait séduit une
ouvrière, qui à la fin...

— Certainement ! continuait Homais, il y a la
mauvaise littérature comme il y a la mauvaise pharmacie ; mais condamner en bloc le plus important des
beaux-arts me paraît une balourdise, une idée gothique, digne de ces temps abominables où l'on enfermait
Galilée.

— Je sais bien, objecta le curé, qu'il existe de bons
ouvrages, de bons auteurs ; cependant, ne serait-ce que
ces personnes de sexe différent réunies dans un
appartement enchanteur, orné de pompes mondaines,
et puis ces déguisements païens, ce fard, ces flambeaux, ces voix efféminées, tout cela doit finir par
engendrer un certain libertinage d'esprit et vous donner des pensées déshonnêtes, des tentations impures.
Telle est du moins l'opinion de tous les Pères. Enfin,
ajouta-t-il en prenant subitement un ton de voix
mystique, tandis qu'il roulait sur son pouce une prise
de tabac, si l'Église a condamné les spectacles, c'est
qu'elle avait raison ; il faut nous soumettre à ses
décrets.

— Pourquoi, demanda l'apothicaire, excommunie-
t-elle les comédiens ? car, autrefois, ils concouraient
ouvertement aux cérémonies du culte. Oui, on jouait,
on représentait au milieu du chœur des espèces de
farces appelées mystères, dans lesquelles les lois de la
décence souvent se trouvaient offensées.

L'ecclésiastique se contenta de pousser un gémissement, et le pharmacien poursuivit :

— C'est comme dans la Bible ; il y a..., savez-
vous..., plus d'un détail... piquant, des choses...
vraiment... gaillardes !

Et, sur un geste d'irritation que faisait M. Bournisien :

— Ah ! vous conviendrez que ce n'est pas un livre à mettre entre les mains d'une jeune personne, et je serais fâché qu'Athalie...

– Mais ce sont les protestants, et non pas nous, s'écria l'autre impatienté, qui recommandent la Bible !

— N'importe ! dit Homais, je m'étonne que, de nos jours, en un siècle de lumières, on s'obstine encore à proscrire un délassement intellectuel qui est inoffensif, moralisant et même hygiénique quelquefois, n'est-ce pas, docteur ?

— Sans doute, répondit le médecin nonchalamment, soit que, ayant les mêmes idées, il voulût n'offenser personne, ou bien qu'il n'eût pas d'idées.

La conversation semblait finie, quand le pharmacien jugea convenable de pousser une dernière botte.

— J'en ai connu, des prêtres, qui s'habillaient en bourgeois pour aller voir gigoter des danseuses.

— Allons donc ! fit le curé.

— Ah ! j'en ai connu !

Et, séparant les syllabes de sa phrase, Homais répéta :

— J'en-ai-connu.

— Eh bien ! ils avaient tort, dit Bournisien résigné à tout entendre.

— Parbleu ! ils en font bien d'autres ! exclama l'apothicaire.

— Monsieur !... reprit l'ecclésiastique avec des yeux si farouches, que le pharmacien en fut intimidé.

— Je veux seulement dire, répliqua-t-il alors d'un ton moins brutal, que la tolérance est le plus sûr moyen d'attirer les âmes à la religion.

— C'est vrai ! c'est vrai ! concéda le bonhomme en se rasseyant sur sa chaise.

Mais il n'y resta que deux minutes. Puis, dès qu'il fut parti, M. Homais dit au médecin :

— Voilà ce qui s'appelle une prise de bec ! Je l'ai roulé, vous avez vu, d'une manière !... Enfin, croyez-moi, conduisez Madame au spectacle, ne serait-ce que pour faire une fois dans votre vie enrager un de ces corbeaux-là, saprelotte ! Si quelqu'un pouvait me remplacer, je vous accompagnerais moi-même. Dépêchez-vous ! Lagardy ne donnera qu'une seule représentation ; il est engagé en Angleterre à des appointements considérables. C'est, à ce qu'on assure, un fameux lapin ! Il roule sur l'or ! il mène avec lui trois maîtresses et son cuisinier ! Tous ces grands artistes brûlent la chandelle par les deux bouts ; il leur faut une existence dévergondée qui excite un peu l'imagination. Mais ils meurent à l'hôpital, parce qu'ils n'ont pas eu l'esprit, étant jeunes, de faire des économies. Allons, bon appétit ; à demain !

Cette idée de spectacle germa vite dans la tête de Bovary ; car aussitôt il en fit part à sa femme, qui refusa tout d'abord, alléguant la fatigue, le dérangement, la dépense ; mais, par extraordinaire, Charles ne céda pas, tant il jugeait cette récréation lui devoir être profitable. Il n'y voyait aucun empêchement ; sa mère leur avait expédié trois cents francs sur lesquels il ne comptait plus, les dettes courantes n'avaient rien d'énorme, et l'échéance des billets à payer au sieur Lheureux était encore si longue, qu'il n'y fallait pas songer. D'ailleurs, imaginant qu'elle y mettait de la délicatesse, Charles insista davantage ; si bien qu'elle finit, à force d'obsessions, par se décider. Et, le lendemain [47], à huit heures, ils s'emballèrent dans l'*Hirondelle*.

L'apothicaire, que rien ne retenait à Yonville, mais qui se croyait contraint de n'en pas bouger, soupira en les voyant partir.

— Allons, bon voyage ! leur dit-il, heureux mortels que vous êtes !

Puis, s'adressant à Emma, qui portait une robe de soie bleue à quatre falbalas :

— Je vous trouve jolie comme un Amour ! Vous allez *faire florès* à Rouen.

La diligence descendait à l'hôtel de la *Croix-Rouge*, sur la place Beauvoisine. C'était une de ces auberges comme il y en a dans tous les faubourgs de province, avec de grandes écuries et de petites chambres à coucher, où l'on voit au milieu de la cour des poules picorant l'avoine sous les cabriolets crottés des commis voyageurs ; — bons vieux gîtes à balcon de bois vermoulu qui craquent au vent dans les nuits d'hiver, continuellement pleins de monde, de vacarme et de mangeaille, dont les tables noires sont poissées par les *glorias*, les vitres épaisses jaunies par les mouches, les serviettes humides tachées par le vin bleu ; et qui, sentant toujours le village, comme des valets de ferme habillés en bourgeois, ont un café sur la rue, et du côté de la campagne un jardin à légumes. Charles, immédiatement, se mit en courses. Il confondit l'avant-scène avec les galeries, le *parquet* avec les loges, demanda des explications, ne les comprit pas, fut renvoyé du contrôleur au directeur, revint à l'auberge, retourna au bureau, et, plusieurs fois ainsi, arpenta toute la longueur de la ville, depuis le théâtre jusqu'au boulevard.

Madame s'acheta un chapeau, des gants, un bouquet. Monsieur craignait beaucoup de manquer le commencement ; et, sans avoir eu le temps d'avaler le bouillon, ils se présentèrent devant les portes du théâtre, qui étaient encore fermées.

XV

La foule stationnait contre le mur, parquée symétriquement entre des balustrades. A l'angle des rues voisines, de gigantesques affiches répétaient en caractères baroques : « *Lucie de Lammermoor* [48]... Lagardy... Opéra... etc. » Il faisait beau ; on avait chaud ; la sueur coulait dans les frisures, tous les mouchoirs tirés épongeaient des fronts rouges ; et parfois un vent tiède, qui soufflait de la rivière, agitait mollement la bordure des tentes en coutil suspendues à la porte des estaminets. Un peu plus bas, cependant, on était rafraîchi par un courant d'air glacial qui sentait le suif, le cuir et l'huile. C'était l'exhalaison de la rue des Charrettes, pleine de grands magasins noirs où l'on roule des barriques.

De peur de paraître ridicule, Emma voulut, avant d'entrer, faire un tour de promenade sur le port, et Bovary, par prudence, garda les billets à sa main, dans la poche de son pantalon, qu'il appuyait contre son ventre.

Un battement de cœur la prit dès le vestibule. Elle sourit involontairement de vanité, en voyant la foule qui se précipitait à droite par l'autre corridor, tandis qu'elle montait l'escalier des *premières*. Elle eut plaisir comme un enfant à pousser de son doigt les larges portes tapissées ; elle aspira de toute sa poitrine l'odeur poussiéreuse des couloirs, et, quand elle fut assise dans sa loge, elle se cambra la taille avec une désinvolture de duchesse.

La salle commençait à se remplir, on tirait les lorgnettes de leurs étuis, et les abonnés, s'apercevant de loin, se faisaient des salutations. Ils venaient se délasser dans les beaux-arts des inquiétudes de la vente ; mais n'oubliant point *les affaires*, ils causaient encore cotons, trois-six ou indigo. On voyait là des têtes de vieux, inexpressives et pacifiques, et qui, blanchâtres de chevelure et de teint, ressemblaient à des médailles d'argent ternies par une vapeur de plomb. Les jeunes beaux se pavanaient au *parquet*, étalant, dans l'ouverture de leur gilet, leur cravate rose ou vert pomme ; et madame Bovary les admirait d'en haut, appuyant sur des badines à pommes d'or la paume tendue de leurs gants jaunes.

Cependant, les bougies de l'orchestre s'allumèrent ; le lustre descendit du plafond, versant, avec le rayonnement de ses facettes, une gaieté subite dans la salle ; puis les musiciens entrèrent les uns après les autres, et ce fut d'abord un long charivari de basses ronflant, de violons grinçant, de pistons trompettant, de flûtes et de flageolets qui piaulaient. Mais on entendit trois coups sur la scène ; un roulement de timbales commença, les instruments de cuivre plaquèrent des accords, et le rideau, se levant, découvrit un paysage.

C'était le carrefour d'un bois, avec une fontaine, à gauche, ombragée par un chêne. Des paysans et des

seigneurs, le plaid sur l'épaule, chantaient tous ensemble une chanson de chasse ; puis il survint un capitaine
qui invoquait l'ange du mal en levant au ciel ses deux
bras ; un autre parut ; ils s'en allèrent, et les chasseurs
reprirent.

Elle se retrouvait dans les lectures de sa jeunesse [49],
en plein Walter Scott. Il lui semblait entendre, à
travers le brouillard, le son des cornemuses écossaises
se répéter sur les bruyères. D'ailleurs, le souvenir du
roman facilitant l'intelligence du libretto, elle suivait
l'intrigue phrase à phrase, tandis que d'insaisissables
pensées qui lui revenaient se dispersaient aussitôt sous
les rafales de la musique. Elle se laissait aller au
bercement des mélodies et se sentait elle-même vibrer
de tout son être comme si les archets des violons se
fussent promenés sur ses nerfs. Elle n'avait pas assez
d'yeux pour contempler les costumes, les décors, les
personnages, les arbres peints qui tremblaient quand
on marchait, et les toques de velours, les manteaux, les
épées, toutes ces imaginations qui s'agitaient dans
l'harmonie comme dans l'atmosphère d'un autre
monde. Mais une jeune femme s'avança en jetant une
bourse à un écuyer vert. Elle resta seule, et alors on
entendit une flûte qui faisait comme un murmure de
fontaine ou comme des gazouillements d'oiseau. Lucie
entama d'un air grave sa cavatine en *sol* majeur ; elle se
plaignait d'amour, elle demandait des ailes. Emma, de
même, aurait voulu, fuyant la vie, s'envoler dans une
étreinte. Tout à coup, Edgar Lagardy parut.

Il avait une de ces pâleurs splendides qui donnent
quelque chose de la majesté des marbres aux races
ardentes du Midi. Sa taille vigoureuse était prise dans
un pourpoint de couleur brune ; un petit poignard
ciselé lui battait sur la cuisse gauche, et il roulait des
regards langoureusement en découvrant ses dents
blanches. On disait qu'une princesse polonaise, l'écoutant un soir chanter sur la plage de Biarritz, où il
radoubait des chaloupes, en était devenue amoureuse.
Elle s'était ruinée à cause de lui. Il l'avait plantée là
pour d'autres femmes, et cette célébrité sentimentale

ne laissait pas que de servir à sa réputation artistique. Le cabotin diplomate avait même soin de faire toujours glisser dans les réclames une phrase poétique sur la fascination de sa personne et la sensibilité de son âme. Un bel organe, un imperturbable aplomb, plus de tempérament que d'intelligence et plus d'emphase que de lyrisme, achevaient de rehausser cette admirable nature de charlatan, où il y avait du coiffeur et du toréador.

Dès la première scène, il enthousiasma. Il pressait Lucie dans ses bras, il la quittait, il revenait, il semblait désespéré : il avait des éclats de colère, puis des râles élégiaques d'une douceur infinie, et les notes s'échappaient de son cou nu, pleines de sanglots et de baisers. Emma se penchait pour le voir, égratignant avec ses ongles le velours de sa loge. Elle s'emplissait le cœur de ces lamentations mélodieuses qui se traînaient à l'accompagnement des contrebasses, comme des cris de naufragés dans le tumulte d'une tempête. Elle reconnaissait tous les enivrements et les angoisses dont elle avait manqué mourir. La voix de la chanteuse ne lui semblait être que le retentissement de sa conscience, et cette illusion qui la charmait quelque chose même de sa vie. Mais personne sur la terre ne l'avait aimée d'un pareil amour. Il ne pleurait pas comme Edgar, le dernier soir, au clair de lune, lorsqu'ils se disaient : « A demain ; à demain !... » La salle craquait sous les bravos ; on recommença la strette entière ; les amoureux parlaient des fleurs de leur tombe, de serments, d'exil, de fatalité, d'espérances, et, quand ils poussèrent l'adieu final, Emma jeta un cri aigu, qui se confondit avec la vibration des derniers accords.

— Pourquoi donc, demanda Bovary, ce seigneur est-il à la persécuter ?

— Mais non, répondit-elle ; c'est son amant.

— Pourtant il jure de se venger sur sa famille, tandis que l'autre, celui qui est venu tout à l'heure, disait : « J'aime Lucie et je m'en crois aimé. » D'ailleurs, il est parti avec son père, bras dessus, bras dessous. Car c'est bien son père, n'est-ce pas, le petit laid qui porte une plume de coq à son chapeau ?

Malgré les explications d'Emma, dès le duo récitatif où Gilbert expose à son maître Ashton ses abominables manœuvres, Charles, en voyant le faux anneau de fiançailles qui doit abuser Lucie, crut que c'était un souvenir d'amour envoyé par Edgar. Il avouait, du reste, ne pas comprendre l'histoire — à cause de la musique — qui nuisait beaucoup aux paroles.

— Qu'importe ? dit Emma ; tais-toi !

— C'est que j'aime, reprit-il en se penchant sur son épaule, à me rendre compte, tu sais bien.

— Tais-toi ! tais-toi ! fit-elle impatientée.

Lucie s'avançait, à demi soutenue par ses femmes, une couronne d'oranger dans les cheveux, et plus pâle que le satin blanc de sa robe. Emma rêvait au jour de son mariage ; et elle se revoyait là-bas, au milieu des blés, sur le petit sentier, quand on marchait vers l'église. Pourquoi donc n'avait-elle pas, comme celle-là, résisté, supplié ? Elle était joyeuse, au contraire, sans s'apercevoir de l'abîme où elle se précipitait... Ah ! si, dans la fraîcheur de sa beauté, avant les souillures du mariage et la désillusion de l'adultère, elle avait pu placer sa vie sur quelque grand cœur solide, alors la vertu, la tendresse, les voluptés et le devoir se confondant, jamais elle ne serait descendue d'une félicité si haute. Mais ce bonheur-là, sans doute, était un mensonge imaginé pour le désespoir de tout désir. Elle connaissait à présent la petitesse des passions que l'art exagérait. S'efforçant donc d'en détourner sa pensée, Emma voulait ne plus voir dans cette reproduction de ses douleurs qu'une fantaisie plastique bonne à amuser les yeux, et même elle souriait intérieurement d'une pitié dédaigneuse quand, au fond du théâtre, sous la portière de velours, un homme apparut en manteau noir.

Son grand chapeau à l'espagnole tomba dans un geste qu'il fit ; et aussitôt les instruments et les chanteurs entonnèrent le sextuor. Edgar, étincelant de furie, dominait tous les autres de sa voix plus claire ;

Ashton lui lançait en notes graves des provocations homicides ; Lucie poussait sa plainte aiguë ; Arthur modulait à l'écart des sons moyens, et la basse-taille du ministre ronflait comme un orgue, tandis que les voix de femmes, répétant ses paroles, reprenaient en chœur, délicieusement. Ils étaient tous sur la même ligne à gesticuler ; et la colère, la vengeance, la jalousie, la terreur, la miséricorde et la stupéfaction s'exhalaient à la fois de leurs bouches entrouvertes. L'amoureux outragé brandissait son épée nue : sa collerette de guipure se levait par saccades, selon les mouvements de sa poitrine, et il allait de droite et de gauche, à grands pas, faisant sonner contre les planches les éperons vermeils de ses bottes molles, qui s'évasaient à la cheville. Il devait avoir, pensait-elle, un intarissable amour, pour en déverser sur la foule à si larges effluves. Toutes ses velléités de dénigrement s'évanouissaient sous la poésie du rôle qui l'envahissait, et, entraînée vers l'homme par l'illusion du personnage, elle tâcha de se figurer sa vie, cette vie retentissante, extraordinaire, splendide, et qu'elle aurait pu mener, cependant, si le hasard l'avait voulu. Ils se seraient connus, ils se seraient aimés ! Avec lui, par tous les royaumes de l'Europe, elle aurait voyagé de capitale en capitale, partageant ses fatigues et son orgueil, ramassant les fleurs qu'on lui jetait, brodant elle-même ses costumes ; puis, chaque soir, au fond d'une loge, derrière la grille à treillis d'or, elle eût recueilli, béante, les expansions de cette âme qui n'aurait chanté que pour elle seule ; de la scène, tout en jouant, il l'aurait regardée ! Mais une folie la saisit : il la regardait, c'est sûr ! Elle eut envie de courir dans ses bras pour se réfugier en sa force, comme dans l'incarnation de l'amour même, et de lui dire, de s'écrier : « Enlève-moi, emmène-moi, partons ! A toi, à toi ! toutes mes ardeurs et tous mes rêves ! »

Le rideau se baissa.

L'odeur du gaz se mêlait aux haleines ; le vent des éventails rendait l'atmosphère plus étouffante. Emma voulut sortir ; la foule encombrait les corridors, et elle

retomba dans son fauteuil avec des palpitations qui la
suffoquaient. Charles, ayant peur de la voir s'évanouir,
courut à la buvette lui chercher un verre d'orgeat.

Il eut grand-peine à regagner sa place ; car on lui
heurtait les coudes à tous les pas, à cause du verre qu'il
tenait entre ses mains, et même il en versa les trois
quarts sur les épaules d'une Rouennaise en manches
courtes, qui, sentant le liquide froid lui couler dans les
reins, jeta des cris de paon, comme si on l'eût
assassinée. Son mari, qui était un filateur, s'emporta
contre le maladroit ; et, tandis qu'avec son mouchoir
elle épongeait les taches sur sa belle robe de taffetas
cerise, il murmurait d'un ton bourru les mots d'indem-
nité, de frais, de remboursement. Enfin, Charles arriva
près de sa femme, et lui disant tout essoufflé :

— J'ai cru, ma foi, que j'y resterais ! Il y a un
monde !... un monde !...

Il ajouta :

— Devine un peu qui j'ai rencontré là-haut ?
M. Léon !

— Léon ?

— Lui-même ! il va venir te présenter ses civilités.

Et, comme il achevait ces mots, l'ancien clerc
d'Yonville entra dans la loge.

Il tendit sa main avec un sans-façon de gentilhomme : et madame Bovary, machinalement, avança
la sienne, sans doute obéissant à l'attraction d'une
volonté plus forte. Elle ne l'avait pas sentie depuis ce
soir de printemps où il pleuvait sur les feuilles vertes,
quand ils se dirent adieu, debout au bord de la fenêtre.
Mais, vite, se rappelant à la convenance de la situation,
elle secoua dans un effort cette torpeur de ses souvenirs
et se mit à balbutier des phrases rapides.

— Ah ! bonjour... Comment ! vous voilà ?

— Silence ! cria une voix du parterre, car le troisième acte commençait.

— Vous êtes donc à Rouen ?

— Oui.

— Et depuis quand ?

— A la porte ! à la porte !

On se tournait vers eux ; ils se turent.

Mais, à partir de ce moment, elle n'écouta plus ; et le chœur des conviés, la scène d'Ashton et de son valet, grand duo en *ré* majeur, tout passa pour elle dans l'éloignement, comme si les instruments fussent devenus moins sonores et les personnages plus reculés : elle se rappelait les parties de cartes chez le pharmacien et la promenade chez la nourrice, les lectures sous la tonnelle, les tête-à-tête au coin du feu, tout ce pauvre amour si calme et si long, si discret, si tendre, et qu'elle avait oublié cependant. Pourquoi donc revenait-il ? Quelle combinaison d'aventures le replaçait dans sa vie ? Il se tenait derrière elle, s'appuyant de l'épaule contre la cloison ; et, de temps à autre, elle se sentait frissonner sous le souffle tiède de ses narines qui lui descendait dans la chevelure.

— Est-ce que cela vous amuse ? dit-il en se penchant sur elle de si près, que la pointe de sa moustache lui effleura la joue.

Elle répondit nonchalamment :

— Oh ! mon Dieu, non ! pas beaucoup.

Alors il fit la proposition de sortir du théâtre, pour aller prendre des glaces quelque part.

— Ah ! pas encore ! restons ! dit Bovary. Elle a les cheveux dénoués : cela promet d'être tragique.

Mais la scène de la folie n'intéressait point Emma, et le jeu de la chanteuse lui parut exagéré.

— Elle crie trop fort, dit-elle en se tournant vers Charles, qui écoutait.

— Oui... peut-être... un peu, répliqua-t-il, indécis entre la franchise de son plaisir et le respect qu'il portait aux opinions de sa femme.

Puis Léon dit en soupirant :

— Il fait une chaleur...

— Insupportable ! c'est vrai.

— Es-tu gênée ? demanda Bovary.

— Oui, j'étouffe : partons.

M. Léon posa délicatement sur ses épaules son long châle de dentelles, et ils allèrent tous les trois s'asseoir sur le port, en plein air, devant le vitrage d'un café. Il fut d'abord question de sa maladie, bien qu'Emma interrompît Charles de temps à autre, par crainte, disait-elle, d'ennuyer M. Léon ; et celui-ci leur raconta qu'il venait à Rouen passer deux ans dans une forte étude, afin de se rompre aux affaires, qui étaient différentes en Normandie de celles que l'on traitait à Paris. Puis il s'informa de Berthe, de la famille Homais, de la mère Lefrançois ; et, comme ils n'avaient, en présence du mari, rien de plus à se dire, bientôt la conversation s'arrêta.

Des gens qui sortaient du spectacle passèrent sur le trottoir, tout en fredonnant ou braillant à plein gosier : *O bel ange, ma Lucie !* Alors Léon, pour faire le dilettante, se mit à parler musique. Il avait vu Tamburini, Rubini, Persiani, Grisi ; et à côté d'eux, Lagardy, malgré ses grands éclats, ne valait rien.

— Pourtant, interrompit Charles qui mordait à petits coups son sorbet au rhum, on prétend qu'au dernier acte il est admirable tout à fait ; je regrette d'être parti avant la fin, car ça commençait à m'amuser.

— Au reste, reprit le clerc, il donnera bientôt une autre représentation.

Mais Charles répondit qu'ils s'en allaient dès le lendemain.

— A moins, ajouta-t-il en se tournant vers sa femme, que tu ne veuilles rester seule, mon petit chat ?

Et, changeant de manœuvre devant cette occasion inattendue qui s'offrait à son espoir, le jeune homme entama l'éloge de Lagardy dans le morceau final. C'était quelque chose de superbe, de sublime ! Alors Charles insista :

— Tu reviendras dimanche. Voyons, décide-toi ! tu as tort, si tu sens le moins du monde que cela te fait du bien.

Cependant les tables, alentour, se dégarnissaient ; un garçon vint discrètement se poster près d'eux ; Charles, qui comprit, tira sa bourse ; le clerc le retint par le bras, et même n'oublia point de laisser, en plus, deux pièces blanches, qu'il fit sonner contre le marbre.

— Je suis fâché, vraiment, murmura Bovary, de l'argent que vous...

L'autre eut un geste dédaigneux plein de cordialité, et, prenant son chapeau :

— C'est convenu, n'est-ce pas, demain à six heures ?

Charles se récria encore une fois qu'il ne pouvait s'absenter plus longtemps ; mais rien n'empêchait Emma...

— C'est que..., balbutia-t-elle avec un singulier sourire, je ne sais pas trop...

— Eh bien ! tu réfléchiras, nous verrons, la nuit porte conseil...

Puis à Léon, qui les accompagnait :

— Maintenant que vous voilà dans nos contrées, vous viendrez, j'espère, de temps à autre, nous demander à dîner ?

Le clerc affirma qu'il n'y manquerait pas, ayant d'ailleurs besoin de se rendre à Yonville pour une affaire de son étude. Et l'on se sépara devant le passage Saint-Herbland, au moment où onze heures et demie sonnaient à la cathédrale.

TROISIÈME PARTIE

I

M. Léon, tout en étudiant son droit, avait passablement fréquenté la *Chaumière*, où il obtint même de fort jolis succès près des grisettes, qui lui trouvaient l'*air distingué*. C'était le plus convenable des étudiants : il ne portait les cheveux ni trop longs ni trop courts, ne mangeait pas le 1er du mois l'argent de son trimestre, et se maintenait en de bons termes avec ses professeurs. Quant à faire des excès, il s'en était toujours abstenu, autant par pusillanimité que par délicatesse.

Souvent, lorsqu'il restait à lire dans sa chambre, ou bien assis le soir sous les tilleuls du Luxembourg, il laissait tomber son Code par terre, et le souvenir d'Emma lui revenait. Mais, peu à peu, ce sentiment s'affaiblit, et d'autres convoitises s'accumulèrent par-dessus, bien qu'il persistât cependant à travers elles ; car Léon ne perdait pas toute espérance, et il y avait pour lui comme une promesse incertaine qui se balançait dans l'avenir, tel un fruit d'or suspendu à quelque feuillage fantastique.

Puis, en la revoyant après trois années d'absence, sa passion se réveilla. Il fallait, pensait-il, se résoudre enfin à la vouloir posséder. D'ailleurs, sa timidité s'était usée au contact des compagnies folâtres, et il revenait en province, méprisant tout ce qui ne foulait pas d'un pied verni l'asphalte du boulevard. Auprès d'une Parisienne en dentelles, dans le salon de quelque docteur illustre, personnage à décorations et à voiture, le pauvre clerc, sans doute, eût tremblé comme un enfant ; mais ici, à Rouen, sur le port, devant la femme de ce petit médecin, il se sentait à l'aise, sûr d'avance qu'il éblouirait. L'aplomb dépend des milieux où il se pose : on ne parle pas à l'entresol comme au quatrième étage, et la femme riche semble avoir autour d'elle, pour garder sa vertu, tous ses billets de banque, comme une cuirasse, dans la doublure de son corset.

En quittant, la veille au soir, monsieur et madame Bovary, Léon, de loin, les avait suivis dans la rue ; puis les ayant vus s'arrêter à la *Croix Rouge*, il avait tourné les talons et passé toute la nuit à méditer un plan.

Le lendemain donc, vers cinq heures, il entra dans la cuisine de l'auberge, la gorge serrée, les joues pâles, et avec cette résolution des poltrons que rien n'arrête.

— Monsieur n'y est point, répondit un domestique.

Cela lui parut de bon augure. Il monta.

Elle ne fut pas troublée à son abord ; elle lui fit, au contraire, des excuses pour avoir oublié de lui dire où ils étaient descendus.

— Oh ! je l'ai deviné, reprit Léon.

— Comment ?

Il prétendit avoir été guidé vers elle au hasard, par un instinct. Elle se mit à sourire, et aussitôt, pour réparer sa sottise, Léon raconta qu'il avait passé sa matinée à la chercher successivement dans tous les hôtels de la ville.

— Vous vous êtes donc décidée à rester ? ajouta-t-il.

— Oui, dit-elle, et j'ai eu tort. Il ne faut pas s'accoutumer à des plaisirs impraticables, quand on a autour de soi mille exigences...

— Oh ! je m'imagine...

— Eh ! non, car vous n'êtes pas une femme, vous.

Mais les hommes avaient aussi leurs chagrins, et la conversation s'engagea par quelques réflexions philosophiques. Emma s'étendit beaucoup sur la misère des affections terrestres et l'éternel isolement où le cœur reste enseveli.

Pour se faire valoir, ou par une imitation naïve de cette mélancolie qui provoquait la sienne, le jeune homme déclara s'être ennuyé prodigieusement tout le temps de ses études. La procédure l'irritait, d'autres vocations l'attiraient et sa mère ne cessait, dans chaque lettre, de le tourmenter. Car ils précisaient de plus en plus les motifs de leur douleur, chacun, à mesure qu'il parlait, s'exaltant un peu dans cette confidence progressive. Mais ils s'arrêtaient quelquefois devant l'exposition complète de leur idée, et cherchaient alors à imaginer une phrase qui pût la traduire cependant. Elle ne confessa point sa passion pour un autre ; il ne dit pas qu'il l'avait oubliée.

Peut-être ne se rappelait-il plus ses soupers après le bal, avec des débardeuses ; et elle ne se souvenait pas sans doute des rendez-vous d'autrefois, quand elle courait le matin dans les herbes vers le château de son amant. Les bruits de la ville arrivaient à peine jusqu'à eux ; et la chambre semblait petite, tout exprès pour resserrer davantage leur solitude. Emma, vêtue d'un peignoir en basin, appuyait son chignon contre le dossier du vieux fauteuil ; le papier jaune de la muraille faisait comme un fond d'or derrière elle : et sa tête nue se répétait dans la glace avec la raie blanche au milieu, et le bout de ses oreilles dépassant sous ses bandeaux.

— Mais, pardon, dit-elle, j'ai tort ! je vous ennuie avec mes éternelles plaintes !

— Non, jamais ! jamais !

— Si vous saviez, reprit-elle, en levant au plafond ses beaux yeux qui roulaient une larme, tout ce que j'avais rêvé !

— Et moi, donc ! Oh ! j'ai bien souffert ! Souvent je sortais, je m'en allais, je me traînais le long des quais, m'étourdissant au bruit de la foule sans pouvoir bannir l'obsession qui me poursuivait. Il y a sur le boulevard, chez un marchand d'estampes, une gravure italienne qui représente une Muse. Elle est drapée d'une tunique et elle regarde la lune, avec des myosotis sur sa chevelure dénouée. Quelque chose incessamment me poussait là ; j'y suis resté des heures entières.

Puis, d'une voix tremblante :

— Elle vous ressemblait un peu.

Madame Bovary détourna la tête, pour qu'il ne vît pas sur ses lèvres l'irrésistible sourire qu'elle y sentait monter.

— Souvent, reprit-il, je vous écrivais des lettres qu'ensuite je déchirais.

Elle ne répondait pas. Il continua :

— Je m'imaginais quelquefois qu'un hasard vous amènerait. J'ai cru vous reconnaître au coin des rues : et je courais après tous les fiacres où flottait à la portière un châle, un voile pareil au vôtre...

Elle semblait déterminée à le laisser parler sans l'interrompre. Croisant les bras et baissant la figure, elle considérait la rosette de ses pantoufles, et elle faisait dans leur satin de petits mouvements, par intervalles, avec les doigts de son pied.

Cependant, elle soupira :

— Ce qu'il y a de plus lamentable, n'est-ce pas, c'est de traîner, comme moi, une existence inutile ? Si nos douleurs pouvaient servir à quelqu'un, on se consolerait dans la pensée du sacrifice !

Il se mit à vanter la vertu, le devoir et les immolations silencieuses, ayant lui-même un incroyable besoin de dévouement qu'il ne pouvait assouvir.

— J'aimerais beaucoup, dit-elle, à être une religieuse d'hôpital.

— Hélas ! répliqua-t-il, les hommes n'ont point de ces missions saintes, et je ne vois nulle part aucun métier..., à moins peut-être que celui de médecin...

Avec un haussement léger de ses épaules, Emma l'interrompit pour se plaindre de sa maladie où elle avait manqué mourir ; quel dommage ! elle ne souffrirait plus maintenant. Léon tout de suite envia *le calme du tombeau*, et même, un soir, il avait écrit son testament en recommandant qu'on l'ensevelît dans ce beau couvre-pied, à bandes de velours, qu'il tenait d'elle ; car c'est ainsi qu'ils auraient voulu avoir été, l'un et l'autre se faisant un idéal sur lequel ils ajustaient à présent leur vie passée. D'ailleurs, la parole est un laminoir qui allonge toujours les sentiments.

Mais à cette invention du couvre-pied :

— Pourquoi donc ? demanda-t-elle.

— Pourquoi ?

Il hésitait.

— Parce que je vous ai bien aimée !

Et, s'applaudissant d'avoir franchi la difficulté, Léon, du coin de l'œil, épia sa physionomie.

Ce fut comme le ciel, quand un coup de vent chasse les nuages. L'amas des pensées tristes qui les assombrissaient parut se retirer de ses yeux bleus ; tout son visage rayonna.

Il attendait. Enfin elle répondit :

— Je m'en étais toujours doutée…

Alors, ils se racontèrent les petits événements de cette existence lointaine, dont ils venaient de résumer, par un seul mot, les plaisirs et les mélancolies. Il se rappelait le berceau de clématite, les robes qu'elle avait portées, les meubles de sa chambre, toute sa maison.

— Et nos pauvres cactus, où sont-ils ?

— Le froid les a tués cet hiver.

— Ah ! que j'ai pensé à eux, savez-vous ? Souvent je les revoyais comme autrefois, quand, par les matins d'été, le soleil frappait sur les jalousies… et j'apercevais vos deux bras nus qui passaient entre les fleurs.

— Pauvre ami ! fit-elle en lui tendant la main.

Léon, bien vite, y colla ses lèvres. Puis, quand il eut largement respiré :

— Vous étiez, dans ce temps-là, pour moi, je ne sais quelle force incompréhensible qui captivait ma vie. Une fois, par exemple, je suis venu chez vous ; mais vous ne vous en souvenez pas, sans doute ?

— Si, dit-elle. Continuez.

— Vous étiez en bas, dans l'antichambre, prête à sortir, sur la dernière marche ; — vous aviez même un chapeau à petites fleurs bleues ; et, sans nulle invitation de votre part, malgré moi, je vous ai accompagnée. A chaque minute, cependant, j'avais de plus en plus conscience de ma sottise, et je continuais à marcher près de vous, n'osant vous suivre tout à fait, et ne voulant pas vous quitter. Quand vous entriez dans une boutique, je restais dans la rue, je vous regardais par le carreau défaire vos gants et compter la monnaie sur le comptoir. Ensuite vous avez sonné chez madame Tuvache, on vous a ouvert, et je suis resté comme un idiot devant la grande porte lourde, qui était retombée sur vous.

Madame Bovary, en l'écoutant, s'étonnait d'être si vieille ; toutes ces choses qui réapparaissaient lui semblaient élargir son existence ; cela faisait comme des immensités sentimentales où elle se reportait ; et elle disait de temps à autre, à voix basse et les paupières à demi fermées :

— Oui, c'est vrai !... c'est vrai !... c'est vrai...

Ils entendirent huit heures sonner aux différentes horloges du quartier Beauvoisine, qui est plein de pensionnats, d'églises et de grands hôtels abandonnés. Ils ne se parlaient plus ; mais ils sentaient, en se regardant, un bruissement dans leurs têtes, comme si quelque chose de sonore se fût réciproquement échappé de leurs prunelles fixes. Ils venaient de se joindre les mains ; et le passé, l'avenir, les réminiscences et les rêves, tout se trouvait confondu dans la douceur de cette extase. La nuit s'épaississait sur les murs, où brillaient encore, à demi perdues dans l'ombre, les grosses couleurs de quatre estampes représentant quatre scènes de la *Tour de Nesle*, avec une légende au bas, en espagnol et en français. Par la fenêtre à guillotine, on voyait un coin de ciel noir, entre des toits pointus.

Elle se leva pour allumer deux bougies sur la commode, puis elle vint se rasseoir.

— Eh bien ?... fit Léon.

— Eh bien ?... répondit-elle.

Et il cherchait comment renouer le dialogue interrompu, quand elle lui dit :

— D'où vient que personne, jusqu'à présent, ne m'a jamais exprimé des sentiments pareils ?

Le clerc se récria que les natures idéales étaient

difficiles à comprendre. Lui, du premier coup d'œil, il l'avait aimée ; et il se désespérait en pensant au bonheur qu'ils auraient eu si, par une grâce du hasard, se rencontrant plus tôt, ils se fussent attachés l'un à l'autre d'une manière indissoluble.

— J'y ai songé quelquefois, reprit-elle.

— Quel rêve ! murmura Léon.

Et, maniant délicatement le liséré bleu de sa longue ceinture blanche, il ajouta :

— Qui nous empêche donc de recommencer ?...

— Non, mon ami, répondit-elle. Je suis trop vieille... vous êtes trop jeune..., oubliez-moi ! D'autres vous aimeront..., vous les aimerez.

— Pas comme vous ! s'écria-t-il.

— Enfant que vous êtes ! Allons, soyons sage ! je le veux !

Elle lui représenta les impossibilités de leur amour, et qu'ils devaient se tenir, comme autrefois, dans les simples termes d'une amitié fraternelle.

Était-ce sérieusement qu'elle parlait ainsi ? Sans doute qu'Emma n'en savait rien elle-même, tout occupée par le charme de la séduction et la nécessité de s'en défendre ; et, contemplant le jeune homme d'un regard attendri, elle repoussait doucement les timides caresses que ses mains frémissantes essayaient.

— Ah ! pardon, dit-il en se reculant.

Et Emma fut prise d'un vague effroi, devant cette timidité, plus dangereuse pour elle que la hardiesse de Rodolphe quand il s'avançait les bras ouverts. Jamais aucun homme ne lui avait paru si beau. Une exquise candeur s'échappait de son maintien. Il baissait ses longs cils fins qui se recourbaient. Sa joue à l'épiderme suave rougissait — pensait-elle — du désir de sa personne, et Emma sentait une invincible envie d'y porter ses lèvres. Alors se penchant vers la pendule comme pour regarder l'heure :

— Qu'il est tard, mon Dieu ! dit-elle ; que nous bavardons !

Il comprit l'allusion et chercha son chapeau.

— J'en ai même oublié le spectacle ! Ce pauvre

Bovary qui m'avait laissée tout exprès ! M. Lormaux, de la rue Grand-Pont, devait m'y conduire avec sa femme.

Et l'occasion était perdue, car elle partait dès le lendemain.

— Vrai ? fit Léon.

— Oui.

— Il faut pourtant que je vous voie encore, reprit-il, j'avais à vous dire...

— Quoi ?

— Une chose... grave, sérieuse. Eh ! non, d'ailleurs, vous ne partirez pas, c'est impossible ! Si vous saviez... Écoutez-moi... Vous ne m'avez donc pas compris ? vous n'avez donc pas deviné ?...

— Cependant vous parlez bien, dit Emma.

— Ah ! des plaisanteries ! Assez, assez ! Faites, par pitié, que je vous revoie..., une fois..., une seule.

— Eh bien !...

Elle s'arrêta ; puis, comme se ravisant :

— Oh ! pas ici !

— Où vous voudrez.

— Voulez-vous...

Elle parut réfléchir, et, d'un ton bref :

— Demain, à onze heures, dans la cathédrale.

— J'y serai ! s'écria-t-il en saisissant ses mains, qu'elle dégagea.

Et, comme ils se trouvaient debout tous les deux, lui placé derrière elle et Emma baissant la tête, il se pencha vers son cou et la baisa longuement à la nuque.

— Mais vous êtes fou ! ah ! vous êtes fou ! disait-elle avec de petits rires sonores, tandis que les baisers se multipliaient.

Alors, avançant la tête par-dessus son épaule, il sembla chercher le consentement de ses yeux. Ils tombèrent sur lui, pleins d'une majesté glaciale.

Léon fit trois pas en arrière, pour sortir. Il resta sur le seuil. Puis il chuchota d'une voix tremblante :

— A demain.

Elle répondit par un signe de tête, et disparut comme un oiseau dans la pièce à côté.

Emma, le soir, écrivit au clerc une interminable lettre où elle se dégageait du rendez-vous ; tout maintenant était fini, et ils ne devaient plus, pour leur bonheur, se rencontrer. Mais, quand la lettre fut close, comme elle ne savait pas l'adresse de Léon, elle se trouva fort embarrassée.

— Je la lui donnerai moi-même, se dit-elle ; il viendra.

Léon, le lendemain, fenêtre ouverte et chantonnant sur le balcon, vernit lui-même ses escarpins, et à plusieurs couches. Il passa un pantalon blanc, des chaussettes fines, un habit vert, répandit dans son mouchoir tout ce qu'il possédait de senteurs, puis, s'étant fait friser, se défrisa, pour donner à sa chevelure plus d'élégance naturelle.

— Il est encore trop tôt ! pensa-t-il en regardant le coucou du perruquier, qui marquait neuf heures.

Il lut un vieux journal de modes, sortit, fuma un cigare, remonta trois rues, songea qu'il était temps et se dirigea lentement vers le parvis Notre-Dame.

C'était par un beau matin d'été. Des argenteries reluisaient aux boutiques des orfèvres, et la lumière qui arrivait obliquement sur la cathédrale posait des miroitements à la cassure des pierres grises ; une compagnie d'oiseaux tourbillonnaient dans le ciel bleu, autour des clochetons à trèfles ; la place, retentissante de cris, sentait des fleurs qui bordaient son pavé, roses, jasmins, œillets, narcisses et tubéreuses, espacés inégalement par des verdures humides, de l'herbe-au-chat et du mouron pour les oiseaux ; la fontaine, au milieu, gargouillait, et sous de larges parapluies, parmi des cantaloups s'étageant en pyramides, des marchandes, nu-tête, tournaient dans du papier des bouquets de violettes.

Le jeune homme en prit un. C'était la première fois qu'il achetait des fleurs pour une femme ; et sa poitrine, en les respirant, se gonfla d'orgueil, comme si cet hommage qu'il destinait à une autre se fût retourné vers lui.

Cependant il avait peur d'être aperçu ; il entra résolument dans l'église.

Le suisse, alors, se tenait sur le seuil, au milieu du portail à gauche, au-dessous de la *Marianne dansant,* plumet en tête, rapière au mollet, canne au poing, plus majestueux qu'un cardinal et reluisant comme un saint ciboire.

Il s'avança vers Léon, et, avec ce sourire de bénignité pateline que prennent les ecclésiastiques lorsqu'ils interrogent les enfants :

— Monsieur, sans doute, n'est pas d'ici ? Monsieur désire voir les curiosités de l'église ?

— Non, dit l'autre.

Et il fit d'abord le tour des bas-côtés. Puis il vint regarder sur la place. Emma n'arrivait pas. Il remonta jusqu'au chœur.

La nef se mirait dans les bénitiers pleins, avec le commencement des ogives et quelques portions de vitrail. Mais le reflet des peintures, se brisant au bord du marbre, continuait plus loin, sur les dalles, comme un tapis bariolé. Le grand jour du dehors s'allongeait dans l'église en trois rayons énormes, par les trois portails ouverts. De temps à autre, au fond, un sacristain passait en faisant devant l'autel l'oblique génuflexion des dévots pressés. Les lustres de cristal pendaient immobiles. Dans le chœur, une lampe d'argent brûlait ; et, des chapelles latérales, des parties sombres de l'église, il s'échappait quelquefois comme des exhalaisons de soupirs, avec le son d'une grille qui retombait, en répercutant son écho sous les hautes voûtes.

Léon, à pas sérieux, marchait auprès des murs. Jamais la vie ne lui avait paru si bonne. Elle allait venir tout à l'heure, charmante, agitée ; épiant derrière elle les regards qui la suivaient, — et avec sa robe à volants, son lorgnon d'or, ses bottines minces, dans toutes sortes d'élégances dont il n'avait pas goûté, et dans l'ineffable séduction de la vertu qui succombe. L'église, comme un boudoir gigantesque, se disposait autour d'elle ; les voûtes s'inclinaient pour recueillir dans l'ombre la confession de son amour : les vitraux resplendissaient pour illuminer son visage, et les encensoirs allaient brûler pour qu'elle apparût comme un ange, dans la fumée des parfums.

Cependant elle ne venait pas. Il se plaça sur une chaise et ses yeux rencontrèrent un vitrage bleu où l'on voit des bateliers qui portent des corbeilles. Il le regarda longtemps, attentivement, et il comptait les écailles des poissons et les boutonnières des pourpoints, tandis que sa pensée vagabondait à la recherche d'Emma.

Le suisse, à l'écart, s'indignait intérieurement contre cet individu, qui se permettait d'admirer seul la cathédrale. Il lui semblait se conduire d'une façon monstrueuse, le voler en quelque sorte, et presque commettre un sacrilège.

Mais un froufrou de soie sur les dalles, la bordure d'un chapeau, un camail noir... C'était elle ! Léon se leva et courut à sa rencontre.

Emma était pâle. Elle marchait vite.

— Lisez ! dit-elle en lui tendant un papier... Oh ! non.

Et brusquement elle retira sa main, pour entrer dans la chapelle de la Vierge, où, s'agenouillant contre une chaise, elle se mit en prière.

Le jeune homme fut irrité de cette fantaisie bigote ; puis il éprouva pourtant un certain charme à la voir, au milieu du rendez-vous, ainsi perdue dans les oraisons comme une marquise andalouse ; puis il ne tarda pas à s'ennuyer, car elle n'en finissait pas.

Emma priait, ou plutôt s'efforçait de prier, espérant qu'il allait lui descendre du ciel quelque résolution subite ; et, pour attirer le secours divin, elle s'emplissait les yeux des splendeurs du tabernacle, elle aspirait le parfum des juliennes blanches épanouies dans les grands vases, et prêtait l'oreille au silence de l'église, qui ne faisait qu'accroître le tumulte de son cœur.

Elle se relevait, et ils allaient partir, quand le suisse s'approcha vivement, en disant :

— Madame, sans doute, n'est pas d'ici ? Madame désire voir les curiosités de l'église ?

— Eh non ! s'écria le clerc.

— Pourquoi pas ? reprit-elle.

Car elle se raccrochait de sa vertu chancelante à la Vierge, aux sculptures, aux tombeaux, à toutes les occasions.

Alors, afin de procéder *dans l'ordre*, le suisse les conduisit jusqu'à l'entrée, près de la place, où, leur montrant avec sa canne un grand cercle de pavés noirs, sans inscriptions ni ciselures :

— Voilà, fit-il majestueusement, la circonférence de la belle cloche d'Amboise. Elle pesait quarante mille livres. Il n'y avait pas sa pareille dans toute l'Europe. L'ouvrier qui l'a fondue en est mort de joie...

— Partons, dit Léon.

Le bonhomme se remit en marche ; puis, revenu à la chapelle de la Vierge, il étendit les bras dans un geste synthétique de démonstration, et, plus orgueilleux qu'un propriétaire campagnard vous montrant ses espaliers :

— Cette simple dalle recouvre Pierre de Brézé, seigneur de la Varenne et de Brissac, grand maréchal de Poitou et gouverneur de Normandie, mort à la bataille de Montlhéry, 16 juillet 1465.

Léon, se mordant les lèvres, trépignait.

— Et, à droite, ce gentilhomme tout bardé de fer, sur un cheval qui se cabre, est son petit-fils Louis de Brézé, seigneur de Breval et de Montchauvet, comte de Maulevrier, baron de Mauny, chambellan du roi, chevalier de l'Ordre et pareillement gouverneur de Normandie, mort le 23 juillet 1531, un dimanche, comme l'inscription porte ; et au-dessous, cet homme prêt à descendre au tombeau vous figure exactement le même. Il n'est point possible, n'est-ce pas, de voir une plus parfaite représentation du néant ?

Madame Bovary prit son lorgnon. Léon, immobile, la regardait, n'essayant même plus de dire un seul mot, de faire un seul geste, tant il se sentait découragé devant ce double parti pris de bavardage et d'indifférence.

L'éternel guide continuait :

— Près de lui, cette femme à genoux qui pleure est son épouse, Diane de Poitiers, comtesse de Brézé, duchesse de Valentinois, née en 1499, morte en 1566 ; et, à gauche, celle qui porte un enfant, la sainte Vierge. Maintenant, tournez-vous de ce côté : voici les tombeaux d'Amboise. Ils ont été tous les deux cardinaux et archevêques de Rouen. Celui-là était un ministre du roi Louis XII. Il a fait beaucoup de bien à la cathédrale. On a trouvé dans son testament trente mille écus d'or pour les pauvres.

Et, sans s'arrêter, tout en parlant, il les poussa dans une chapelle encombrée par des balustrades, en dérangea quelques-unes, et découvrit une sorte de bloc, qui pouvait bien avoir été une statue mal faite.

— Elle décorait autrefois, dit-il avec un long gémissement, la tombe de Richard Cœur de Lion, roi d'Angleterre et duc de Normandie. Ce sont les calvinistes, monsieur, qui vous l'ont réduite en cet état. Ils l'avaient, par méchanceté, ensevelie dans de la terre, sous le siège épiscopal de Monseigneur. Tenez, voici la porte par où il se rend à son habitation, Monseigneur. Passons voir les vitraux de la Gargouille.

Mais Léon tira vivement une pièce blanche de sa poche et saisit Emma par le bras. Le suisse demeura tout stupéfait, ne comprenant point cette munificence intempestive, lorsqu'il restait encore à l'étranger tant de choses à voir. Aussi, le rappelant :

— Eh ! monsieur. La flèche ! la flèche !...

— Merci, fit Léon.

— Monsieur a tort ! Elle aura quatre cent quarante pieds, neuf de moins que la grande pyramide d'Égypte. Elle est toute en fonte, elle...

Léon fuyait ; car il lui semblait que son amour, qui, depuis deux heures bientôt, s'était immobilisé dans l'église comme les pierres, allait maintenant s'évaporer telle qu'une fumée, par cette espèce de tuyau tronqué de cage oblongue, de cheminée à jour, qui se hasarde si grotesquement sur la cathédrale, comme la tentative extravagante de quelque chaudronnier fantaisiste.

— Où allons-nous donc ? disait-elle.

Sans répondre, il continuait à marcher d'un pas rapide, et déjà madame Bovary trempait son doigt dans l'eau bénite, quand ils entendirent derrière eux un grand souffle haletant, entrecoupé régulièrement par le rebondissement d'une canne. Léon se détourna.

— Monsieur !

— Quoi ?

Et il reconnut le suisse, portant sous son bras et maintenant en équilibre contre son ventre une ving-taine environ de forts volumes brochés. C'étaient les ouvrages *qui traitaient de la cathédrale*.

— Imbécile ! grommela Léon s'élançant hors de l'église.

Un gamin polissonnait sur le parvis :

— Va me chercher un fiacre !

L'enfant partit comme une balle, par la rue des Quatre-Vents ; alors ils restèrent seuls quelques minutes, face à face et un peu embarrassés.

— Ah ! Léon !... Vraiment... je ne sais... si je dois... !

Elle minaudait. Puis, d'un air sérieux :

— C'est très inconvenant, savez-vous ?

— En quoi ? répliqua le clerc. Cela se fait à Paris !

Et cette parole, comme un irrésistible argument, la détermina.

Cependant le fiacre n'arrivait pas. Léon avait peur qu'elle ne rentrât dans l'église. Enfin le fiacre parut.

— Sortez du moins par le portail du nord ! leur cria le suisse, qui était resté sur le seuil, pour voir la *Résurrection*, le *Jugement dernier*, le *Paradis*, le *Roi David* et les *Réprouvés* dans les flammes d'enfer.

— Où Monsieur va-t-il ? demanda le cocher.

— Où vous voudrez ! dit Léon poussant Emma dans la voiture.

Et la lourde machine se mit en route.

Elle descendit la rue Grand-Pont, traversa la place

des Arts, le quai Napoléon, le pont Neuf et s'arrêta court devant la statue de Pierre Corneille.

— Continuez ! fit une voix qui sortait de l'intérieur.

La voiture repartit, et, se laissant, dès le carrefour La Fayette, emporter vers la descente, elle entra au grand galop dans la gare du chemin de fer.

— Non, tout droit ! cria la même voix.

Le fiacre sortit des grilles, et bientôt, arrivé sur le cours, trotta doucement, au milieu des grands ormes. Le cocher s'essuya le front, mit son chapeau de cuir entre ses jambes et poussa la voiture en dehors des contre-allées, au bord de l'eau, près du gazon.

Elle alla le long de la rivière, sur le chemin de halage pavé de cailloux secs, et, longtemps, du côté d'Oyssel, au-delà des îles.

Mais, tout à coup, elle s'élança d'un bond à travers Quatremares, Sotteville, la Grande-Chaussée, la rue d'Elbeuf, et il fit sa troisième halte devant le Jardin des Plantes.

— Marchez donc ! s'écria la voix plus furieusement.

Et aussitôt, reprenant sa course, elle passa par Saint-Sever, par le quai des Curandiers, par le quai aux Meules, encore une fois par le pont, par la place du Champ-de-Mars et derrière les jardins de l'hôpital, où des vieillards en veste noire se promènent au soleil, le long d'une terrasse toute verdie par des lierres. Elle remonta le boulevard Bouvreuil, parcourut le boulevard Cauchoise, puis tout le Mont-Riboudet jusqu'à la côte de Deville.

Elle revint ; et alors, sans parti pris ni direction, au hasard, elle vagabonda. On la vit à Saint-Pol, à Lescure, au mont Gargan, à la Rouge-Mare et place du Gaillardbois ; rue Maladrerie, rue Dinanderie, devant Saint-Romain, Saint-Vivien, Saint-Maclou, Saint-Nicaise, — devant la Douane, — à la Basse-Vieille-Tour, aux Trois-Pipes et au Cimetière Monumental. De temps à autre, le cocher, sur son siège, jetait aux cabarets des regards désespérés. Il ne comprenait pas quelle fureur de la locomotion poussait ces individus à ne vouloir point s'arrêter. Il essayait quelquefois, et aussitôt il entendait derrière lui partir des exclamations de colère. Alors il cinglait de plus belle ses deux rosses tout en sueur, mais sans prendre garde aux cahots, accrochant par-ci, par-là, ne s'en souciant, démoralisé, et presque pleurant de soif, de fatigue et de tristesse.

Et sur le port, au milieu des camions et des barriques, et dans les rues, au coin des bornes, les bourgeois ouvraient de grands yeux ébahis devant cette chose si extraordinaire en province, une voiture à stores tendus, et qui apparaissait ainsi continuellement, plus close qu'un tombeau et ballottée comme un navire.

Une fois, au milieu du jour, en pleine campagne, au moment où le soleil dardait le plus fort contre les vieilles lanternes argentées, une main nue passa sous les petits rideaux de toile jaune et jeta des déchirures de papier, qui se dispersèrent au vent et s'abattirent plus loin, comme des papillons blancs, sur un champ de trèfles rouges tout en fleur.

Puis, vers six heures, la voiture s'arrêta dans une ruelle du quartier Beauvoisine, et une femme en descendit qui marchait le voile baissé, sans détourner la tête.

II

En arrivant à l'auberge, madame Bovary fut étonnée de ne pas apercevoir la diligence. Hivert, qui l'avait attendue cinquante-trois minutes, avait fini par s'en aller.

Rien pourtant ne la forçait à partir ; mais elle avait donné sa parole qu'elle reviendrait le soir même. D'ailleurs, Charles l'attendait ; et déjà elle se sentait au cœur cette lâche docilité qui est, pour bien des femmes, comme le châtiment tout à la fois et la rançon de l'adultère.

Vivement elle fit sa malle, paya la note, prit dans la cour un cabriolet, et, pressant le palefrenier, l'encourageant, s'informant à toute minute de l'heure et des kilomètres parcourus, parvint à rattraper l'*Hirondelle* vers les premières maisons de Quincampoix.

A peine assise dans un coin, elle ferma les yeux et les rouvrit au bas de la côte, où elle reconnut de loin Félicité, qui se tenait en vedette devant la maison du maréchal. Hivert retint ses chevaux, et la cuisinière, se haussant jusqu'au vasistas, dit mystérieusement :

— Madame, il faut que vous alliez tout de suite chez M. Homais. C'est pour quelque chose de pressé.

Le village était silencieux comme d'habitude. Au coin des rues, il y avait de petits tas roses qui fumaient à l'air, car c'était le moment des confitures, et tout le monde, à Yonville, confectionnait sa provision le même jour. Mais on admirait devant la boutique du pharmacien un tas beaucoup plus large, et qui dépassait les autres de la supériorité qu'une officine doit avoir sur les fourneaux bourgeois, un besoin général sur des fantaisies individuelles.

Elle entra. Le grand fauteuil était renversé, et même le *Fanal de Rouen* gisait par terre, étendu entre les deux pilons. Elle poussa la porte du couloir ; et, au milieu de la cuisine, parmi les jarres brunes pleines de groseilles égrenées, du sucre râpé, du sucre en morceau, des balances sur la table, des bassines sur le feu, elle aperçut tous les Homais, grands et petits, avec des tabliers qui leur montaient jusqu'au menton et tenant des fourchettes à la main. Justin, debout, baissait la tête, et le pharmacien criait :

— Qui t'avait dit de l'aller chercher dans le capharnaüm ?

— Qu'est-ce donc ? Qu'y a-t-il ?

— Ce qu'il y a ? répondit l'apothicaire. On fait des confitures : elles cuisent ; mais elles allaient déborder à cause du bouillon trop fort, et je commande une autre bassine. Alors, lui, par mollesse, par paresse, a été prendre, suspendue à son clou, dans mon laboratoire, la clef du capharnaüm !

L'apothicaire appelait ainsi un cabinet, sous les toits, plein des ustensiles et des marchandises de sa profession. Souvent il y passait seul de longues heures

à étiqueter, à transverser, à reficeler ; et il le considérait
non comme un simple magasin, mais comme un
véritable sanctuaire, d'où s'échappaient ensuite, éla-
borés par ses mains, toutes sortes de pilules, bols,
tisanes, lotions et potions, qui allaient répandre aux
alentours sa célébrité. Personne au monde n'y mettait
les pieds ; et il le respectait si fort, qu'il le balayait lui-
même. Enfin, si la pharmacie, ouverte à tout venant,
était l'endroit où il étalait son orgueil, le capharnaüm
était le refuge où, se concentrant égoïstement, Homais
se délectait dans l'exercice de ses prédilections ; aussi
l'étourderie de Justin lui paraissait-elle monstrueuse
d'irrévérence ; et, plus rubicond que les groseilles, il
répétait :

— Oui, du capharnaüm ! la clef qui enferme les
acides avec les alcalis caustiques ! Avoir été prendre
une bassine de réserve ! une bassine à couvercle ! et
dont jamais peut-être je ne me servirai ! Tout a son
importance dans les opérations délicates de notre art !
Mais, que diable ! il faut établir des distinctions et ne
pas employer à des usages presque domestiques ce qui
est destiné pour les pharmaceutiques ! C'est comme si
on découpait une poularde avec un scalpel, comme si
un magistrat...

— Mais calme-toi ! disait madame Homais.

Et Athalie, le tirant par sa redingote :

— Papa ! papa !

— Non, laissez-moi ! reprenait l'apothicaire, laissez-moi ! fichtre ! autant s'établir épicier, ma parole
d'honneur ! Allons, va ! ne respecte rien ! casse ! brise !
lâche les sangsues ! brûle la guimauve ! marine des
cornichons dans les bocaux, lacère les bandages !

— Vous aviez pourtant..., dit Emma.

— Tout à l'heure ! — Sais-tu à quoi tu t'expo-
sais ?... N'as-tu rien vu, dans le coin, à gauche, sur la
troisième tablette ? Parle, réponds, articule quelque
chose !

— Je ne... sais pas, balbutia le jeune garçon.

— Ah ! tu ne sais pas ! Eh bien ! je sais, moi ! Tu as
vu une bouteille, en verre bleu, cachetée avec de la cire

jaune, qui contient une poudre blanche, sur laquelle même j'avais écrit : *Dangereux !* Et sais-tu ce qu'il y avait dedans ? De l'arsenic ! Et tu vas toucher à cela ! prendre une bassine qui est à côté !

— A côté ! s'écria madame Homais en joignant les mains. De l'arsenic ? Tu pouvais nous empoisonner tous !

Et les enfants se mirent à pousser des cris, comme s'ils avaient déjà senti dans leurs entrailles d'atroces douleurs.

— Ou bien empoisonner un malade ! continua l'apothicaire. Tu voulais donc que j'allasse sur le banc des criminels, en cour d'assises ? me voir traîner à l'échafaud ? Ignores-tu le soin que j'observe dans les manutentions, quoique j'en aie cependant une furieuse habitude. Souvent je m'épouvante moi-même, lorsque je pense à ma responsabilité ! Car le gouvernement nous persécute, et l'absurde législation qui nous régit est comme une véritable épée de Damoclès suspendue sur notre tête !

Emma ne songeait plus à demander ce qu'on lui voulait, et le pharmacien poursuivait en phrases haletantes :

— Voilà comme tu reconnais les bontés qu'on a pour toi ! voilà comme tu me récompenses des soins tout paternels que je te prodigue ! car, sans moi, où serais-tu ? Que ferais-tu ? Qui te fournit la nourriture, l'éducation, l'habillement, et tous les moyens de figurer un jour, avec honneur, dans les rangs de la société ! Mais il faut pour cela suer ferme sur l'aviron, et acquérir, comme on dit, du cal aux mains. *Fabricando fit faber, age quod agis.*

Il citait du latin, tant il était exaspéré. Il eût cité du chinois et du groënlandais, s'il eût connu ces deux langues ; car il se trouvait dans une de ces crises où l'âme entière montre indistinctement ce qu'elle enferme, comme l'Océan, qui, dans les tempêtes, s'entr'ouvre depuis les fucus de son rivage jusqu'au sable de ses abîmes.

Et il reprit :

— Je commence à terriblement me repentir de m'être chargé de ta personne ! J'aurais certes mieux fait de te laisser autrefois croupir dans ta misère et dans la crasse où tu es né ! Tu ne seras jamais bon qu'à être un gardeur de bêtes à cornes ! Tu n'as nulle aptitude pour les sciences ! A peine si tu sais coller une étiquette ! Et tu vis là, chez moi, comme un chanoine, comme un coq en pâte, à te goberger !

Mais Emma, se tournant vers madame Homais :

— On m'avait fait venir...

— Ah ! mon Dieu, interrompit d'un air triste la bonne dame, comment vous dirais-je bien ?... C'est un malheur !

Elle n'acheva pas. L'apothicaire tonnait :

— Vide-la ! écure-la ! reporte-la ! dépêche-toi donc ! Et, secouant Justin par le collet de son bourgeron, il fit tomber un livre de sa poche.

L'enfant se baissa. Homais fut plus prompt, et, ayant ramassé le volume, il le contemplait, les yeux écarquillés, la mâchoire ouverte.

— *L'amour... conjugal !* dit-il en séparant lentement ces deux mots. Ah ! très bien ! très bien ! très joli ! Et des gravures !... Ah ! c'est trop fort !

Madame Homais s'avança.

— Non, n'y touche pas !

Les enfants voulurent voir les images.

— Sortez ! fit-il impérieusement.

Et ils sortirent.

Il marcha d'abord de long en large, à grands pas, gardant le volume ouvert entre ses doigts, roulant les yeux, suffoqué, tuméfié, apoplectique. Puis il vint droit à son élève, et, se plantant devant lui les bras croisés :

— Mais tu as donc tous les vices, petit malheureux ?... Prends garde, tu es sur une pente !... Tu n'as donc pas réfléchi qu'il pouvait, ce livre infâme, tomber entre les mains de mes enfants, mettre l'étincelle dans leur cerveau, ternir la pureté d'Athalie, corrompre Napoléon ! il est déjà formé comme un homme. Es-tu bien sûr, au moins, qu'ils ne l'aient pas lu ? Peux-tu me certifier... ?

— Mais, enfin, monsieur, fit Emma, vous aviez à me dire... ?

— C'est vrai, madame... Votre beau-père est mort !

En effet le sieur Bovary père venait de décéder l'avant-veille, tout à coup, d'une attaque d'apoplexie, au sortir de table ; et, par excès de précaution pour la sensibilité d'Emma, Charles avait prié M. Homais de lui apprendre avec ménagement cette horrible nouvelle.

Il avait médité sa phrase, il l'avait arrondie, polie, rythmée ; c'était un chef-d'œuvre de prudence et de transition, de tournures fines et de délicatesse ; mais la colère avait emporté la rhétorique.

Emma, renonçant à avoir aucun détail, quitta donc la pharmacie ; car M. Homais avait repris le cours de ses vitupérations. Il se calmait cependant, et, à présent, il grommelait d'un ton paterne, tout en s'éventant avec son bonnet grec.

— Ce n'est pas que je désapprouve entièrement l'ouvrage ! L'auteur était médecin. Il y a là-dedans certains côtés scientifiques qu'il n'est pas mal à un homme de connaître et, j'oserais dire, qu'il faut qu'un homme connaisse. Mais plus tard, plus tard ! Attends du moins que tu sois homme toi-même et que ton tempérament soit fait.

Au coup de marteau d'Emma, Charles, qui l'attendait, s'avança les bras ouverts et lui dit avec des larmes dans la voix :

— Ah ! ma chère amie...

Et il s'inclina doucement pour l'embrasser. Mais, au contact de ses lèvres, le souvenir de l'autre la saisit, et elle se passa la main sur son visage en frissonnant.

Cependant elle répondit :

— Oui, je sais..., je sais...

Il lui montra la lettre où sa mère narrait l'événement, sans aucune hypocrisie sentimentale. Seulement, elle regrettait que son mari n'eût pas reçu les secours de la religion, étant mort à Doudeville, dans la rue, sur le seuil d'un café, après un repas patriotique avec d'anciens officiers.

Emma rendit la lettre ; puis, au dîner, par savoir-vivre, elle affecta quelque répugnance. Mais, comme il la reforçait, elle se mit résolument à manger, tandis que Charles, en face d'elle, demeurait immobile, dans une posture accablée.

De temps à autre, relevant la tête, il lui envoyait un long regard tout plein de détresse. Une fois il soupira :

— J'aurais voulu le revoir encore !

Elle se taisait. Enfin, comprenant qu'il fallait parler :

— Quel âge avait-il, ton père ?

— Cinquante-huit ans !

— Ah !

Et ce fut tout.

Un quart d'heure après il ajouta :

— Ma pauvre mère ?... que va-t-elle devenir, à présent ?

Elle fit un geste d'ignorance.

A la voir si taciturne, Charles la supposait affligée et il se contraignait à ne rien dire, pour ne pas aviver cette douleur qui l'attendrissait. Cependant, secouant la sienne :

— T'es-tu bien amusée, hier ? demanda-t-il.

— Oui.

Quand la nappe fut ôtée, Bovary ne se leva pas. Emma non plus ; et, à mesure qu'elle l'envisageait, la monotonie de ce spectacle bannissait peu à peu tout apitoiement de son cœur. Il lui semblait chétif, faible, nul, enfin être un pauvre homme, de toutes les façons. Comment se débarrasser de lui ? Quelle interminable soirée ! Quelque chose de stupéfiant comme une vapeur d'opium l'engourdissait.

Ils entendirent dans le vestibule le bruit sec d'un bâton sur les planches. C'était Hippolyte qui apportait les bagages de Madame.

Pour les déposer, il décrivit péniblement un quart de cercle avec son pilon.

— Il n'y pense même plus ! se dit-elle en regardant

le pauvre diable, dont la grosse chevelure rouge dégouttait de sueur.

Bovary cherchait un patard au fond de sa bourse ; et, sans paraître comprendre tout ce qu'il y avait pour lui d'humiliation dans la seule présence de cet homme qui se tenait là, comme le reproche personnifié de son incurable ineptie :

— Tiens ! tu as un joli bouquet ! dit-il en remarquant sur la cheminée les violettes de Léon.

— Oui, fit-elle avec indifférence ; c'est un bouquet que j'ai acheté tantôt... à une mendiante.

Charles prit les violettes, et, rafraîchissant dessus ses yeux tout rouges de larmes, il les humait délicatement. Elle les retira vite de sa main, et alla les porter dans un verre d'eau.

Le lendemain, madame Bovary mère arriva. Elle et son fils pleurèrent beaucoup. Emma, sous prétexte d'ordres à donner, disparut.

Le jour d'après, il fallut aviser ensemble aux affaires de deuil. On alla s'asseoir, avec les boîtes à ouvrage, au bord de l'eau, sous la tonnelle.

Charles pensait à son père, et il s'étonnait de sentir tant d'affection pour cet homme qu'il avait cru jusqu'alors n'aimer que très médiocrement. Madame Bovary mère pensait à son mari. Les pires jours d'autrefois lui réapparaissaient enviables. Tout s'effaçait sous le regret instinctif d'une si longue habitude ; et, de temps à autre, tandis qu'elle poussait son aiguille, une grosse larme descendait le long de son nez et s'y tenait un moment suspendue.

Emma pensait qu'il y avait quarante-huit heures à peine, ils étaient ensemble, loin du monde, tout en ivresse, et n'ayant pas assez d'yeux pour se contempler. Elle tâchait de ressaisir les plus imperceptibles détails de cette journée disparue. Mais la présence de la belle-mère et du mari la gênait. Elle aurait voulu ne rien entendre, ne rien voir, afin de ne pas déranger le recueillement de son amour qui allait se perdant, quoi qu'elle fît, sous les sensations extérieures.

Elle décousait la doublure d'une robe, dont les

bribes s'éparpillaient autour d'elle ; la mère Bovary,
sans lever les yeux, faisait crier ses ciseaux, et Charles,
avec ses pantoufles de lisière et sa vieille redingote
brune qui lui servait de robe de chambre, restait les
deux mains dans ses poches et ne parlait pas non plus ;
près d'eux, Berthe, en petit tablier blanc, raclait avec
sa pelle le sable des allées.

Tout à coup, ils virent entrer par la barrière
M. Lheureux, le marchand d'étoffes.

Il venait offrir ses services, *eu égard à la fatale
circonstance*. Emma répondit qu'elle croyait pouvoir
s'en passer. Le marchand ne se tint pas pour battu.

— Mille excuses, dit-il ; je désirerais avoir un entre-
tien particulier.

Puis, d'une voix basse :

— C'est relativement à cette affaire…, vous savez ?

Charles devint cramoisi jusqu'aux oreilles.

— Ah ! oui…, effectivement.

Et, dans son trouble, se tournant vers sa femme :

— Ne pourrais-tu pas…, ma chérie… ?

Elle parut le comprendre, car elle se leva, et Charles
dit à sa mère :

— Ce n'est rien ! sans doute quelque bagatelle de
ménage.

Il ne voulait point qu'elle connût l'histoire du billet,
redoutant ses observations.

Dès qu'ils furent seuls, M. Lheureux se mit, en
termes assez nets, à féliciter Emma sur la succession,
puis à causer de choses indifférentes, des espaliers, de
la récolte et de sa santé à lui, qui allait toujours *couci-
couci, entre le zist et le zest*. En effet, il se donnait un mal
de cinq cents diables, bien qu'il ne fît pas, malgré les
propos du monde, de quoi avoir seulement du beurre
sur son pain.

Emma le laissait parler. Elle s'ennuyait si prodigieusement depuis deux jours !

— Et vous voilà tout à fait rétablie ? continuait-il.
Ma fois, j'ai vu votre pauvre mari dans de beaux états !
C'est un brave garçon, quoique nous ayons eu ensem-
ble des difficultés.

Elle demanda lesquelles, car Charles lui avait caché la contestation des fournitures.

— Mais vous le savez bien ! fit Lheureux. C'était pour vos fantaisies, les boîtes de voyage.

Il avait baissé son chapeau sur ses yeux, et les deux mains derrière le dos, souriant et sifflotant, il la regardait en face, d'une manière insupportable. Soupçonnait-il quelque chose ? Elle demeurait perdue dans toutes sortes d'appréhensions. A la fin, pourtant, il reprit :

— Nous nous sommes rapatriés, et je venais encore lui proposer un arrangement.

C'était de renouveler le billet signé par Bovary. Monsieur, du reste, agirait à sa guise ; il ne devait point se tourmenter, maintenant surtout qu'il allait avoir une foule d'embarras.

— Et même il ferait mieux de s'en décharger sur quelqu'un, sur vous, par exemple ; avec une procuration, ce serait commode, et alors nous aurions ensemble de petites affaires...

Elle ne comprenait pas. Il se tut. Ensuite, passant à son négoce, Lheureux déclara que Madame ne pouvait se dispenser de lui prendre quelque chose. Il lui enverrait un barège noir, douze mètres, de quoi faire une robe.

— Celle que vous avez là est bonne pour la maison. Il vous en faut une autre pour les visites. J'ai vu ça, moi, du premier coup, en entrant. J'ai l'œil américain.

Il n'envoya point l'étoffe, il l'apporta. Puis il revint pour l'aunage ; il revint sous d'autres prétextes, tâchant chaque fois de se rendre aimable, serviable, s'inféodant, comme eût dit Homais, et toujours glissant à Emma quelques conseils sur la procuration. Il ne parlait point du billet. Elle n'y songeait pas ; Charles, au début de sa convalescence, lui en avait bien conté quelque chose ; mais tant d'agitations avaient passé dans sa tête, qu'elle ne s'en souvenait plus. D'ailleurs, elle se garda d'ouvrir aucune discussion d'intérêt ; la mère Bovary en fut surprise, et attribua son changement d'humeur aux sentiments religieux qu'elle avait contractés étant malade.

Mais, dès qu'elle fut partie, Emma ne tarda pas à émerveiller Bovary par son bon sens pratique. Il allait falloir prendre des informations, vérifier les hypothèques, voir s'il y avait lieu à une licitation ou à une liquidation.

Elle citait des termes techniques, au hasard, prononçait les grands mots d'ordre, d'avenir, de prévoyance, et continuellement exagérait les embarras de la succession : si bien qu'un jour elle lui montra le modèle d'une autorisation générale pour « gérer et administrer ses affaires, faire tous emprunts, signer et endosser tous billets, payer toutes sommes, etc. ». Elle avait profité des leçons de Lheureux.

Charles, naïvement, lui demanda d'où venait ce papier.

— De M. Guillaumin.

Et, avec le plus grand sang-froid du monde, elle ajouta :

— Je ne m'y fie pas trop. Les notaires ont si mauvaise réputation ! Il faudrait peut-être consulter... Nous ne connaissons que... Oh ! personne.

— A moins que Léon..., répliqua Charles, qui réfléchissait.

Mais il était difficile de s'entendre par correspondance. Alors elle s'offrit à faire ce voyage. Il la remercia. Elle insista. Ce fut un assaut de prévenances. Enfin, elle s'écria d'un ton de mutinerie factice :

— Non, je t'en prie, j'irai.

— Comme tu es bonne ! dit-il en la baisant au front.

Dès le lendemain, elle s'embarqua dans l'*Hirondelle* pour aller à Rouen consulter M. Léon : et elle y resta trois jours.

III

Ce furent trois jours pleins, exquis, splendides, une vraie lune de miel.

Ils étaient à l'*hôtel de Boulogne,* sur le port. Et ils vivaient là, volets fermés, portes closes, avec des fleurs par terre et des sirops à la glace, qu'on leur apportait dès le matin.

Vers le soir, ils prenaient une barque couverte et allaient dîner dans une île.

C'était l'heure où l'on entend, au bord des chantiers, retentir le maillet des calfats contre la coque des vaisseaux. La fumée du goudron s'échappait d'entre les arbres, et l'on voyait sur la rivière de larges gouttes grasses, ondulant inégalement sous la couleur pourpre du soleil, comme des plaques de bronze florentin, qui flottaient.

Ils descendaient au milieu des barques amarrées, dont les longs câbles obliques frôlaient un peu le dessus de la barque.

Les bruits de la ville insensiblement s'éloignaient, le roulement des charrettes, le tumulte des voix, le jappement des chiens sur le pont des navires. Elle dénouait son chapeau et ils abordaient à leur île.

Ils se plaçaient dans la salle basse d'un cabaret, qui avait à sa porte des filets noirs suspendus. Ils mangeaient de la friture d'éperlans, de la crème et des cerises. Ils se couchaient sur l'herbe ; ils s'embrassaient à l'écart sous les peupliers ; et ils auraient voulu, comme deux Robinsons, vivre perpétuellement dans ce petit endroit, qui leur semblait, en leur béatitude, le plus magnifique de la terre. Ce n'était pas la première fois qu'ils apercevaient des arbres, du ciel bleu, du gazon, qu'ils entendaient l'eau couler et la brise soufflant dans le feuillage ; mais ils n'avaient sans doute jamais admiré tout cela, comme si la nature n'existait pas auparavant, ou qu'elle n'eût commencé à être belle que depuis l'assouvissance de leurs désirs.

A la nuit, ils repartaient. La barque suivait le bord des îles. Ils restaient au fond, tous les deux cachés par l'ombre, sans parler. Les avirons carrés sonnaient entre les volets de fer ; et cela marquait dans le silence comme un battement de métronome, tandis qu'à l'arrière la bauce qui traînait ne discontinuait pas son petit clapotement doux dans l'eau.

Une fois, la lune parut ; alors ils ne manquèrent pas à faire des phrases, trouvant l'astre mélancolique et plein de poésie ; même elle se mit à chanter :

> Un soir, t'en souvient-il ? nous voguions, etc. [50].

Sa voix harmonieuse et faible se perdait sur les flots ; et le vent emportait les roulades que Léon écoutait passer, comme des battements d'ailes, autour de lui.

Elle se tenait en face, appuyée contre la cloison de la chaloupe, où la lune entrait par un des volets ouverts. Sa robe noire, dont les draperies s'élargissaient en éventail, l'amincissait, la rendait plus grande. Elle avait la tête levée, les mains jointes, et les deux yeux vers le ciel. Parfois l'ombre des saules la cachait en entier, puis elle réapparaissait tout à coup, comme une vision, dans la lumière de la lune.

Léon, par terre, à côté d'elle, rencontra sous sa main un ruban de soie ponceau.

Le batelier l'examina et finit par dire :

— Ah ! c'est peut-être à une compagnie que j'ai promenée l'autre jour. Ils sont venus un tas de farceurs, messieurs et dames, avec des gâteaux, du champagne, des cornets à pistons, tout le tremblement ! Il y en avait un surtout, un grand bel homme, à petites moustaches, qui était joliment amusant ! et ils disaient comme ça :

« Allons, conte-nous quelque chose..., Adolphe..., Dodolphe..., je crois. »

Elle frissonna.

— Tu souffres ? fit Léon en se rapprochant d'elle.

— Oh ! ce n'est rien. Sans doute la·fraîcheur de la nuit.

— Et qui ne doit pas manquer de femmes, non plus, ajouta doucement le vieux matelot, croyant dire une politesse à l'étranger.

Puis, crachant dans ses mains, il reprit ses avirons.

Il fallut pourtant se séparer ! Les adieux furent

tristes. C'était chez la mère Rolet qu'il devait envoyer ses lettres ; et elle lui fit des recommandations si précises à propos de la double enveloppe, qu'il admira grandement son astuce amoureuse.

— Ainsi, tu m'affirmes que tout est bien ? dit-elle dans le dernier baiser.

— Oui, certes ! — Mais pourquoi donc, songea-t-il après, en s'en revenant seul par les rues, tient-elle si fort à cette procuration ?

IV

Léon, bientôt, prit devant ses camarades un air de supériorité, s'abstint de leur compagnie, et négligea complètement les dossiers.

Il attendait ses lettres ; il les relisait. Il lui écrivait. Il l'évoquait de toute la force de son désir et de ses souvenirs. Au lieu de diminuer par l'absence, cette envie de la revoir s'accrut, si bien qu'un samedi matin il s'échappa de son étude.

Lorsque, du haut de la côte, il aperçut dans la vallée le clocher de l'église avec son drapeau de fer-blanc qui tournait au vent, il sentit cette délectation mêlée de vanité triomphante et d'attendrissement égoïste que doivent avoir les millionnaires, quand ils reviennent visiter leur village.

Il alla rôder autour de sa maison. Une lumière brillait dans la cuisine. Il guetta son ombre derrière les rideaux. Rien ne parut.

La mère Lefrançois, en le voyant, fit de grandes exclamations, et elle le trouva « grandi et minci », tandis qu'Arthémise, au contraire, le trouva « forci et bruni ».

Il dîna dans la petite salle, comme autrefois, mais seul, sans le percepteur ; car Binet, *fatigué* d'attendre l'*Hirondelle*, avait définitivement avancé son repas d'une heure, et, maintenant, il dînait à cinq heures juste, encore prétendait-il le plus souvent que la *vieille patraque retardait*.

Léon pourtant se décida ; il alla frapper à la porte du médecin. Madame était dans sa chambre, d'où elle ne descendit qu'un quart d'heure après. Monsieur parut enchanté de le revoir ; mais il ne bougea de la soirée, ni de tout le jour suivant.

Il la vit seule, le soir, très tard, derrière le jardin, dans la ruelle ; — dans la ruelle, comme avec l'autre ! Il faisait de l'orage, et ils causaient sous un parapluie, à la lueur des éclairs.

Leur séparation devenait intolérable.

— Plutôt mourir ! disait Emma.

Elle se tordait sur son bras, tout en pleurant.

— Adieu !... adieu !... quand te reverrai-je ?

Ils revinrent sur leurs pas pour s'embrasser encore ; et ce fut là qu'elle lui fit la promesse de trouver bientôt, par n'importe quel moyen, l'occasion permanente de se voir en liberté, au moins une fois par semaine, Emma n'en doutait pas. Elle était, d'ailleurs, pleine d'espoir. Il allait lui venir de l'argent.

Aussi, elle acheta pour sa chambre une paire de rideaux jaunes à larges raies, dont M. Lheureux lui avait vanté le bon marché ; elle rêva un tapis, et Lheureux, affirmant « que ce n'était pas la mer à boire », s'engagea poliment à lui en fournir un. Elle ne pouvait plus se passer de ses services. Vingt fois dans la journée elle l'envoyait chercher, et aussitôt il plantait là ses affaires, sans se permettre un murmure. On ne comprenait point davantage pourquoi la mère Rolet déjeunait chez elle tous les jours, et même lui faisait des visites en particulier.

Ce fut vers cette époque, c'est-à-dire vers le commencement de l'hiver, qu'elle parut prise d'une grande ardeur musicale.

Un soir que Charles l'écoutait, elle recommença quatre fois de suite le même morceau, et toujours en se dépitant, tandis que, sans y remarquer la différence, il s'écriait :

— Bravo !... très bien !... Tu as tort ! va donc !

— Eh ! non ! c'est exécrable ! j'ai les doigts rouillés.

Le lendemain, il la pria *de lui jouer encore quelque chose.*

— Soit, pour te faire plaisir !

Et Charles avoua qu'elle avait un peu perdu. Elle se trompait de portée, barbouillait ; puis, s'arrêtant court :

— Ah ! c'est fini ! il faudrait que je prisse des leçons ; mais...

Elle se mordit les lèvres, et ajouta :

— Vingt francs par cachet, c'est trop cher !

— Oui, en effet... un peu..., dit Charles tout en ricanant niaisement. Pourtant, il me semble que l'on pourrait peut-être à moins ; car il y a des artistes sans réputation qui souvent valent mieux que les célébrités.

— Cherche-les, dit Emma.

Le lendemain, en rentrant, il la contempla d'un œil finaud, et ne put à la fin retenir cette phrase :

— Quel entêtement tu as quelquefois ! J'ai été à Barfeuchères aujourd'hui. Eh bien ! madame Liégeard m'a certifié que ses trois demoiselles, qui sont à la Miséricorde, prenaient des leçons moyennant cinquante sous la séance, et d'une fameuse maîtresse encore !

Elle haussa les épaules, et ne rouvrit plus son instrument.

Mais lorsqu'elle passait auprès (si Bovary se trouvait là), elle soupirait :

— Ah ! mon pauvre piano !

Et quand on venait la voir, elle ne manquait pas de vous apprendre qu'elle avait abandonné la musique et ne pouvait maintenant s'y remettre, pour des raisons majeures. Alors on la plaignait. C'était dommage ! elle qui avait un si beau talent ! On en parla même à Bovary. On lui faisait honte, et surtout le pharmacien :

— Vous avez tort ! Il ne faut jamais laisser en friche les facultés de la nature. D'ailleurs, songez, mon bon ami, qu'en engageant Madame à étudier, vous économisez pour plus tard sur l'éducation musicale de votre enfant ! Moi, je trouve que les mères doivent instruire elles-mêmes leurs enfants. C'est une idée de Rousseau, peut-être un peu neuve encore, mais qui finira par triompher, j'en suis sûr, comme l'allaitement maternel, et la vaccination.

Charles revint donc encore une fois sur cette question du piano. Emma répondit avec aigreur qu'il valait mieux le vendre. Ce pauvre piano, qui lui avait causé tant de vaniteuses satisfactions, le voir s'en aller, c'était pour Bovary comme l'indéfinissable suicide d'une partie d'elle-même.

— Si tu voulais..., disait-il, de temps à autre, une leçon, cela ne serait pas, après tout, extrêmement ruineux.

— Mais les leçons, répliquait-elle, ne sont profitables que suivies.

Et voilà comme elle s'y prit pour obtenir de son époux la permission d'aller à la ville, une fois la semaine, voir son amant. On trouva même, au bout d'un mois, qu'elle avait fait des progrès considérables.

V

C'était le jeudi. Elle se levait, et elle s'habillait silencieusement pour ne point éveiller Charles, qui lui aurait fait des observations sur ce qu'elle s'apprêtait de trop bonne heure. Ensuite elle marchait de long en large ; elle se mettait devant les fenêtres et regardait la Place. Le petit jour circulait entre les piliers des halles, et la maison du pharmacien, dont les volets étaient fermés, laissait apercevoir dans la couleur pâle de l'aurore les majuscules de son enseigne.

Quand la pendule marquait sept heures et un quart, elle s'en allait au *Lion d'or*, dont Artémise, en bâillant, venait lui ouvrir la porte. Celle-ci déterrait pour Madame les charbons enfouis sous les cendres. Emma restait seule dans la cuisine. De temps à autre, elle sortait. Hivert attelait sans se dépêcher, et en écoutant, d'ailleurs, la mère Lefrançois, qui, passant par un guichet sa tête en bonnet de coton, le chargeait de commissions et lui donnait des explications à troubler un tout autre homme. Emma battait la semelle de ses bottines contre les pavés de la cour.

Enfin, lorsqu'il avait mangé sa soupe, endossé sa limousine, allumé sa pipe et empoigné son fouet, il s'installait tranquillement sur le siège.

L'*Hirondelle* partait au petit trot, et, durant trois quarts de lieue, s'arrêtait de place en place pour prendre des voyageurs, qui la guettaient debout, au bord du chemin, devant la barrière des cours. Ceux qui avaient prévenu la veille se faisaient attendre ; quelques-uns même étaient encore au lit dans leur maison ; Hivert appelait, criait, sacrait, puis il descendait de son siège et allait frapper de grands coups contre les portes. Le vent soufflait par les vasistas fêlés.

Cependant les quatre banquettes se garnissaient, la voiture roulait, les pommiers à la file se succédaient ; et la route, entre ses deux longs fossés pleins d'eau jaune, allait continuellement se rétrécissant vers l'horizon.

Emma la connaissait d'un bout à l'autre ; elle savait qu'après un herbage il y avait un poteau, ensuite un orme, une grange ou une cahute de cantonnier ; quelquefois même, afin de se faire des surprises, elle fermait les yeux. Mais elle ne perdait jamais le sentiment net de la distance à parcourir.

Enfin, les maisons de briques se rapprochaient, la terre résonnait sous les roues, l'*Hirondelle* glissait entre des jardins, où l'on apercevait, par une claire-voie, des statues, un vignot, des ifs taillés et une escarpolette. Puis, d'un seul coup d'œil, la ville apparaissait.

Descendant tout en amphithéâtre et noyée dans le brouillard, elle s'élargissait au-delà des ponts, confusément. La pleine campagne remontait ensuite d'un mouvement monotone, jusqu'à toucher au loin la base indécise du ciel pâle. Ainsi vu d'en haut, le paysage tout entier avait l'air immobile comme une peinture ; les navires à l'ancre se tassaient dans un coin ; le fleuve arrondissait sa courbe au pied des collines vertes, et des îles, de forme oblongue, semblaient sur l'eau de grands poissons noirs arrêtés. Les cheminées des usines poussaient d'immenses panaches bruns qui s'envolaient par le bout. On entendait le ronflement des fonderies avec le carillon clair des églises qui se dressaient dans la brume. Les arbres des boulevards, sans feuilles, faisaient des broussailles violettes au milieu des maisons, et les toits, tout reluisants de pluie, miroitaient inégalement, selon la hauteur des quartiers. Parfois un coup de vent emportait les nuages vers la côte Sainte-Catherine, comme des flots aériens qui se brisaient en silence contre une falaise.

Quelque chose de vertigineux se dégageait pour elle de ces existences amassées, et son cœur s'en gonflait abondamment, comme si les cent vingt mille âmes qui palpitaient là eussent envoyé toutes à la fois la vapeur des passions qu'elle leur supposait. Son amour s'agrandissait devant l'espace, et s'emplissait de tumulte aux bourdonnements vagues qui montaient. Elle le reversait au-dehors, sur les places, sur les promenades, sur les rues, et la vieille cité normande s'étalait à ses yeux comme une capitale démesurée, comme une Babylone où elle entrait. Elle se penchait des deux mains par le vasistas, en humant la brise ; les trois chevaux galopaient. Les pierres grinçaient dans la boue, la diligence se balançait, et Hivert, de loin, hélait les carrioles sur la route, tandis que les bourgeois qui avaient passé la nuit au Bois-Guillaume descendaient la côte tranquillement dans leur petite voiture de famille.

On s'arrêtait à la barrière ; Emma débouclait ses socques, mettait d'autres gants, rajustait son châle, et, vingt pas plus loin, elle sortait de l'*Hirondelle*.

La ville alors s'éveillait. Des commis, en bonnet grec, frottaient la devanture des boutiques, et des femmes qui tenaient des paniers sur la hanche poussaient par intervalles un cri sonore, au coin des rues. Elle marchait les yeux à terre, frôlant les murs, et souriant de plaisir sous son voile noir baissé.

Par peur d'être vue, elle ne prenait pas ordinairement le chemin le plus court. Elle s'engouffrait dans les ruelles sombres, et elle arrivait tout en sueur vers le bas de la rue Nationale, près de la fontaine qui est là. C'est le quartier du théâtre, des estaminets et des filles.

Souvent une charrette passait près d'elle, portant quelque décor qui tremblait. Des garçons en tablier versaient du sable sur des dalles, entre des arbustes verts. On sentait l'absinthe, le cigare et les huîtres.

Elle tournait une rue ; elle le reconnaissait à sa chevelure frisée qui s'échappait de son chapeau.

Léon, sur le trottoir, continuait à marcher. Elle le suivait jusqu'à l'hôtel ; il montait, il ouvrait la porte, il entrait... Quelle étreinte !

Puis les paroles, après les baisers, se précipitaient. On se racontait les chagrins de la semaine, les pressentiments, les inquiétudes pour les lettres ; mais à présent tout s'oubliait, et ils se regardaient face à face, avec des rires de volupté et des appellations de tendresse.

Le lit était un grand lit d'acajou en forme de nacelle. Les rideaux de levantine rouge, qui descendaient du plafond, se cintraient trop bas près du chevet évasé ; — et rien au monde n'était beau comme sa tête brune et sa peau blanche se détachant sur cette couleur pourpre, quand, par un geste de pudeur, elle fermait ses deux bras nus, en se cachant la figure dans les mains.

Le tiède appartement, avec son tapis discret, ses ornements folâtres et sa lumière tranquille, semblait tout commode pour les intimités de la passion. Les bâtons se terminant en flèche, les patères de cuivre et les grosses boules de chenets reluisaient tout à coup, si le soleil entrait. Il y avait sur la cheminée, entre les candélabres, deux de ces grandes coquilles roses où l'on entend le bruit de la mer quand on les applique à son oreille.

Comme ils aimaient cette bonne chambre pleine de gaieté, malgré sa splendeur un peu fanée ! Ils retrouvaient toujours les meubles à leur place, et parfois des épingles à cheveux qu'elle avait oubliées, l'autre jeudi ; sous le socle de la pendule. Ils déjeunaient au coin du feu, sur un petit guéridon incrusté de palissandre. Emma découpait, lui mettait les morceaux dans son assiette en débitant toutes sortes de chatteries ; et elle riait d'un rire sonore et libertin quand la mousse du vin de Champagne débordait du verre léger sur les bagues de ses doigts. Ils étaient si complètement perdus en la possession d'eux-mêmes, qu'ils se croyaient là dans leur maison particulière, et devant y vivre jusqu'à la mort, comme deux éternels jeunes époux. Ils disaient *notre* chambre, *notre* tapis, *nos* fauteuils, même elle disait *mes* pantoufles, un cadeau de Léon, une fantaisie qu'elle avait eue. C'étaient des pantoufles en satin rose, bordées de cygne. Quand elle s'asseyait sur ses genoux, sa jambe, alors trop courte, pendait en l'air ; et la mignarde chaussure, qui n'avait pas de quartier, tenait seulement par les orteils à son pied nu.

Il savourait pour la première fois l'inexprimable délicatesse des élégances féminines. Jamais il n'avait rencontré cette grâce de langage, cette réserve du vêtement, ces poses de colombe assoupie. Il admirait l'exaltation de son âme et les dentelles de sa jupe. D'ailleurs, n'était-ce pas *une femme du monde*, et une femme mariée ! une vraie maîtresse enfin ?

Par la diversité de son humeur, tour à tour mystique ou joyeuse, babillarde, taciturne, emportée, nonchalante, elle allait rappelant en lui mille désirs, évoquant des instincts ou des réminiscences. Elle était l'amoureuse de tous les romans, l'héroïne de tous les drames, le vague *elle* de tous les volumes de vers. Il retrouvait sur ses épaules la couleur ambrée de l'*odalisque au bain ;* elle avait le corsage long des châtelaines féodales ; elle ressemblait aussi à la *femme pâle de Barcelone,* mais elle était par-dessus tout Ange !

Souvent, en la regardant, il lui semblait que son âme, s'échappant vers elle, se répandait comme une onde sur le contour de sa tête, et descendait entraînée dans la blancheur de sa poitrine.

Il se mettait par terre, devant elle ; et, les deux coudes sur les genoux, il la considérait avec un sourire, et le front tendu.

Elle se penchait vers lui et murmurait, comme suffoquée d'enivrement :

— Oh ! ne bouge pas ! ne parle pas ! regarde-moi ! Il sort de tes yeux quelque chose de si doux, qui me fait tant de bien !

Elle l'appelait enfant :

— Enfant, m'aimes-tu ?

Et elle n'entendait guère sa réponse, dans la précipitation de ses lèvres qui lui montaient à la bouche.

Il y avait sur la pendule un petit Cupidon de bronze, qui minaudait en arrondissant les bras sous une guirlande dorée. Ils en rirent bien des fois ; mais, quand il fallait se séparer, tout leur semblait sérieux.

Immobiles l'un devant l'autre, ils se répétaient :

— A jeudi !... A jeudi !

Tout à coup elle lui prenait la tête dans les deux mains, le baisait vite au front en s'écriant : « Adieu ! » et s'élançait dans l'escalier.

Elle allait rue de la Comédie, chez un coiffeur, se faire arranger ses bandeaux. La nuit tombait ; on allumait le gaz dans la boutique.

Elle entendait la clochette du théâtre qui appelait les cabotins à la représentation ; et elle voyait, en face, passer des hommes à figure blanche et des femmes en toilette fanée, qui entraient par la porte des coulisses.

Il faisait chaud dans ce petit appartement trop bas, où le poêle bourdonnait au milieu des perruques et des pommades. L'odeur des fers, avec ces mains grasses qui lui maniaient la tête, ne tardait pas à l'étourdir, et elle s'endormait un peu sous son peignoir. Souvent le garçon, en la coiffant, lui proposait des billets pour le bal masqué.

Puis elle s'en allait ! Elle remontait les rues ; elle arrivait à la *Croix rouge* ; elle reprenait ses socques, qu'elle avait cachés le matin sous une banquette, et se tassait à sa place, parmi les voyageurs impatientés. Quelques-uns descendaient au bas de la côte. Elle restait seule dans la voiture.

A chaque tournant, on apercevait de plus en plus tous les éclairages de la ville qui faisaient une large vapeur lumineuse au-dessus des maisons confondues. Emma se mettait à genoux sur les coussins, et elle égarait ses yeux dans cet éblouissement. Elle sanglotait, appelait Léon, et lui envoyait des paroles tendres, et des baisers qui se perdaient au vent.

absorbée, l'entretenait par tous les artifices de sa tendresse, et tremblait un peu qu'il ne se perdît plus tard.

Souvent elle lui disait, avec des douceurs de voix mélancolique :

— Ah ! tu me quitteras, toi !... tu te marieras !... tu seras comme les autres.

Il demandait :

— Quels autres ?

— Mais les hommes, enfin, répondait-elle.

Puis elle ajoutait, en le repoussant d'un geste langoureux :

— Vous êtes tous des infâmes !

Un jour qu'ils causaient philosophiquement des désillusions terrestres, elle vint à dire (pour expérimenter sa jalousie ou cédant peut-être à un besoin d'épanchement trop fort) qu'autrefois, avant lui, elle avait aimé quelqu'un, « pas comme toi ! » reprit-elle vite, protestant sur la tête de sa fille *qu'il ne s'était rien passé.*

Le jeune homme la crut, et néanmoins la questionna pour savoir ce qu'il faisait.

— Il était capitaine de vaisseau, mon ami.

N'était-ce pas prévenir toute recherche, et en même temps se poser très haut par cette prétendue fascination exercée sur un homme qui devait être de nature belliqueuse et accoutumé à des hommages ?

Le clerc sentit alors l'infimité de sa position ; il envia des épaulettes, des croix, des titres. Tout cela devait lui plaire ; il s'en doutait à ses habitudes dispendieuses.

Cependant Emma taisait quantité de ses extravagances, telle que l'envie d'avoir, pour l'amener à Rouen, un tilbury bleu, attelé d'un cheval anglais, et conduit par un groom en bottes à revers. C'était Justin qui lui en avait inspiré le caprice, en la suppliant de le prendre chez elle comme valet de chambre ; et, si cette privation n'atténuait pas à chaque rendez-vous le plaisir de l'arrivée, elle augmentait certainement l'amertume du retour.

Souvent, lorsqu'ils parlaient ensemble de Paris, elle finissait par murmurer :

— Ah ! que nous serions bien là pour vivre !

— Ne sommes-nous pas heureux ? reprenait doucement le jeune homme, en lui passant la main sur ses bandeaux.

— Oui, c'est vrai, disait-elle, je suis folle : embrasse-moi !

Elle était pour son mari plus charmante que jamais, lui faisait des crèmes à la pistache et jouait des valses après dîner. Il se trouvait donc le plus fortuné des mortels, et Emma vivait sans inquiétude, lorsqu'un soir, tout à coup :

— C'est mademoiselle Lempereur, n'est-ce pas, qui te donne des leçons ?

— Oui.

— Eh bien ! je l'ai vue tantôt, reprit Charles, chez madame Liégeard. Je lui ai parlé de toi : elle ne te connaît pas.

Ce fut comme un coup de foudre. Cependant elle répliqua d'un air naturel :

— Ah ! sans doute, elle aura oublié mon nom !

— Mais il y a peut-être à Rouen, dit le médecin, plusieurs demoiselles Lempereur qui sont maîtresses de piano ?

— C'est possible !

Puis vivement :

— J'ai pourtant ses reçus, tiens ! regarde.

Et elle alla au secrétaire, fouilla tous les tiroirs, confondit les papiers et finit si bien par perdre la tête, que Charles l'engagea fort à ne point se donner tant de mal pour ces misérables quittances.

— Oh ! je les trouverai, dit-elle.

En effet, dès le vendredi suivant, Charles, en passant une de ses bottes dans le cabinet noir où l'on serrait ses habits, sentit une feuille de papier entre le cuir et sa chaussette, il la prit et lut :

« Reçu, pour trois mois de leçons, plus diverses fournitures, la somme de soixante-cinq francs. FÉLICIE LEMPEREUR, professeur de musique. »

— Comment diable est-ce dans mes bottes ?

— Ce sera, sans doute, répondit-elle, tombé du

vieux carton aux factures, qui est sur le bord de la planche.

A partir de ce moment, son existence ne fut plus qu'un assemblage de mensonges, où elle enveloppait son amour comme dans des voiles, pour le cacher.

C'était un besoin, une manie, un plaisir, au point que, si elle disait avoir passé, hier, par le côté droit d'une rue, il fallait croire qu'elle avait pris par le côté gauche.

Un matin qu'elle venait de partir, selon sa coutume, assez légèrement vêtue, il tomba de la neige tout à coup ; et comme Charles regardait le temps à la fenêtre, il aperçut M. Bournisien dans le boc du sieur Tuvache qui le conduisait à Rouen. Alors il descendit confier à l'ecclésiastique un gros châle pour qu'il le remît à Madame, sitôt qu'il arriverait à la *Croix rouge*. A peine fut-il à l'auberge que Bournisien demanda où était la femme du médecin d'Yonville. L'hôtelière répondit qu'elle fréquentait fort peu son établissement. Aussi, le soir, en reconnaissant madame Bovary dans l'*Hirondelle*, le curé lui conta son embarras, sans paraître, du reste, y attacher de l'importance ; car il entama l'éloge d'un prédicateur qui pour lors faisait merveilles à la cathédrale, et que toutes les dames couraient entendre.

N'importe, s'il n'avait point demandé d'explications, d'autres, plus tard, pourraient se montrer moins discrets. Aussi jugea-t-elle utile de descendre chaque fois à la *Croix rouge*, de sorte que les bonnes gens de son village qui la voyaient dans l'escalier ne se doutaient de rien.

Un jour, pourtant, M. Lheureux la rencontra qui sortait de l'hôtel de *Boulogne* au bras de Léon ; et elle eut peur, s'imaginant qu'il bavarderait. Il n'était pas si bête.

Mais, trois jours après, il entra dans sa chambre, ferma la porte et dit :

— J'aurais besoin d'argent.

Elle déclara ne pouvoir lui en donner. Lheureux se répandit en gémissements, et rappela toutes les complaisances qu'il avait eues.

En effet, des deux billets souscrits par Charles, Emma jusqu'à présent n'en avait payé qu'un seul. Quant au second, le marchand, sur sa prière, avait consenti à le remplacer par deux autres, qui même avaient été renouvelés à une fort longue échéance. Puis il tira de sa poche une liste de fournitures non soldées, à savoir : les rideaux, le tapis, l'étoffe pour les fauteuils, plusieurs robes et divers articles de toilette, dont la valeur se montait à la somme de deux mille francs environ.

Elle baissa la tête ; il reprit :

— Mais, si vous n'avez pas d'espèces, vous avez *du bien*.

Et il indiqua une méchante masure sise à Barneville, près d'Aumale, qui ne rapportait pas grand-chose. Cela dépendait autrefois d'une petite ferme vendue par M. Bovary père, car Lheureux savait tout, jusqu'à la contenance d'hectares, avec le nom des voisins.

— Moi, à votre place, disait-il, je me libérerais, et j'aurais encore le surplus de l'argent.

Elle objecta la difficulté d'un acquéreur ; il donna l'espoir d'en trouver ; mais elle demanda comment faire pour qu'elle pût vendre.

— N'avez-vous pas la procuration ? répondit-il.

Ce mot lui arriva comme une bouffée d'air frais.

— Laissez-moi la note, dit Emma.

— Oh ! ce n'est pas la peine ! reprit Lheureux.

Il revint la semaine suivante, et se vanta d'avoir, après force démarches, fini par découvrir un certain Langlois qui, depuis longtemps, guignait la propriété sans faire connaître son prix.

— N'importe le prix ! s'écria-t-elle.

Il fallait attendre, au contraire, tâter ce gaillard-là. La chose valait la peine d'un voyage, et, comme elle ne pouvait faire ce voyage, il offrit de se rendre sur les lieux, pour s'aboucher avec Langlois. Une fois revenu, il annonça que l'acquéreur proposait quatre mille francs.

Emma s'épanouit à cette nouvelle.

— Franchement, ajouta-t-il, c'est bien payé.

Elle toucha la moitié de la somme immédiatement, et, quand elle fut pour solder son mémoire, le marchand lui dit :

— Cela me fait de la peine, parole d'honneur, de vous voir vous dessaisir tout d'un coup d'une somme aussi *conséquente* que celle-là.

Alors elle regarda les billets de banque ; et, rêvant au nombre illimité de rendez-vous que ces deux mille francs représentaient :

— Comment ! comment ! balbutia-t-elle.

— Oh ! reprit-il en riant d'un air bonhomme, on met tout ce que l'on veut sur les factures. Est-ce que je ne connais pas les ménages ?

Et il la considérait fixement, tout en tenant à sa main deux longs papiers qu'il faisait glisser entre ses ongles. Enfin, ouvrant son portefeuille, il étala sur la table quatre billets à ordre, de mille francs chacun.

— Signez-moi cela, dit-il, et gardez tout.

Elle se récria, scandalisée.

— Mais, si je vous donne le surplus, répondit effrontément M. Lheureux, n'est-ce pas vous rendre service, à vous ?

Et, prenant une plume, il écrivit au bas du mémoire : « Reçu de madame Bovary quatre mille francs ».

— Qui vous inquiète, puisque vous toucherez dans six mois l'arriéré de votre baraque, et que je vous place l'échéance du dernier billet pour après le payement ?

Emma s'embarrassait un peu dans ses calculs, et les oreilles lui tintaient comme si des pièces d'or, s'éventrant de leurs sacs, eussent sonné tout autour d'elle sur le parquet. Enfin Lheureux expliqua qu'il avait un sien ami Vinçart, banquier à Rouen, lequel allait escompter ces quatre billets, puis il remettrait lui-même à Madame le surplus de la dette réelle.

Mais, au lieu de deux mille francs, il n'en apporta que dix-huit cents, car l'ami Vinçart (comme *de juste*) en avait prélevé deux cents, pour frais de commission et d'escompte.

Puis il réclama négligemment une quittance.

— Vous comprenez..., dans le commerce..., quelquefois... Et avec la date, s'il vous plaît, la date.

Un horizon de fantaisies réalisables s'ouvrit alors devant Emma. Elle eut assez de prudence pour mettre en réserve mille écus, avec quoi furent payés, lorsqu'ils échurent, les trois premiers billets ; mais le quatrième, par hasard, tomba dans la maison un jeudi, et Charles, bouleversé, attendit patiemment le retour de sa femme pour avoir des explications.

Si elle ne l'avait point instruit de ce billet, c'était afin de lui épargner des tracas domestiques ; elle s'assit sur ses genoux, le caressa, roucoula, fit une longue énumération de toutes les choses indispensables prises à crédit.

— Enfin, tu conviendras que, vu la quantité, ce n'est pas trop cher.

Charles, à bout d'idées, bientôt eut recours à l'éternel Lheureux, qui jura de calmer les choses, si Monsieur lui signait deux billets, dont l'un de sept cents francs, payable dans trois mois. Pour se mettre en mesure, il écrivit à sa mère une lettre pathétique. Au lieu d'envoyer la réponse, elle vint elle-même ; et, quand Emma voulut savoir s'il en avait tiré quelque chose :

— Oui, répondit-il. Mais elle demande à connaître la facture.

Le lendemain, au point du jour, Emma courut chez M. Lheureux le prier de refaire une autre note, qui ne dépassât point mille francs ; car, pour montrer celle de quatre mille, il eût fallu dire qu'elle en avait payé les deux tiers, avouer conséquemment la vente de l'immeuble, négociation bien conduite par le marchand, et qui ne fut effectivement connue que plus tard.

Malgré le prix très bas de chaque article, madame Bovary mère ne manqua point de trouver la dépense exagérée.

— Ne pouvait-on se passer d'un tapis ? Pourquoi avoir renouvelé l'étoffe des fauteuils ? De mon temps, on avait dans une maison un seul fauteuil, pour les personnes âgées, — du moins, c'était comme cela chez

ma mère, qui était une honnête femme, je vous assure.
— Tout le monde ne peut être riche ! Aucune fortune
ne tient contre le coulage ! Je rougirais de me dorloter
comme vous faites ! et pourtant, moi, je suis vieille, j'ai
besoin de soins... En voilà ! en voilà, des ajustements !
des flaflas ! Comment ! de la soie pour doublure à deux
francs !... tandis qu'on trouve du jaconas à dix sous, et
même à huit sous, qui fait parfaitement l'affaire !

Emma, renversée sur la causeuse, répliquait le plus
tranquillement possible :
— Eh ! madame, assez ! assez !...

L'autre continuait à la sermonner, prédisant qu'ils
finiraient à l'hôpital. D'ailleurs, c'était la faute de
Bovary. Heureusement qu'il avait promis d'anéantir
cette procuration...
— Comment ?
— Ah ! il me l'a juré, reprit la bonne femme.

Emma ouvrit la fenêtre, appela Charles, et le pauvre
garçon fut contraint d'avouer la parole arrachée par sa
mère.

Emma disparut, puis rentra vite en lui tendant
majestueusement une grosse feuille de papier.
— Je vous remercie, dit la vieille femme.

Et elle jeta dans le feu la procuration.

Emma se mit à rire d'un rire strident, éclatant,
continu : elle avait une attaque de nerfs.
— Ah ! mon Dieu ! s'écria Charles. Eh ! tu as tort
aussi, toi ! tu viens lui faire des scènes !...

Sa mère, en haussant les épaules, prétendait que *tout
cela c'étaient des gestes.*

Mais Charles, pour la première fois se révoltant, prit
la défense de sa femme, si bien que madame Bovary
mère voulut s'en aller. Elle partit dès le lendemain, et,
sur le seuil, comme il essayait à la retenir, elle
répliqua :
— Non, non ! Tu l'aimes mieux que moi, et tu as
raison, c'est dans l'ordre. Au reste, tant pis ! tu
verras !... Bonne santé !... car je ne suis pas près,
comme tu dis, de venir lui faire des scènes.

Charles n'en resta pas moins fort penaud vis-à-vis

d'Emma, celle-ci ne cachant point la rancune qu'elle lui gardait pour avoir manqué de confiance ; il fallut bien des prières avant qu'elle consentît à reprendre sa procuration, et même il l'accompagna chez M. Guillaumin pour lui en faire une seconde, toute pareille.

— Je comprends cela, dit le notaire, un homme de science ne peut s'embarrasser aux détails pratiques de la vie.

Et Charles se sentit soulagé par cette réflexion pateline, qui donnait à sa faiblesse les apparences flatteuses d'une préoccupation supérieure.

Quel débordement, le jeudi d'après, à l'hôtel, dans leur chambre, avec Léon ! Elle rit, pleura, chanta, dansa, fit monter des sorbets, voulut fumer des cigarettes, lui parut extravagante, mais adorable, superbe.

Il ne savait pas quelle réaction de tout son être la poussait davantage à se précipiter sur les jouissances de la vie. Elle devenait irritable, gourmande et voluptueuse ; et elle se promenait avec lui dans les rues, tête haute, sans peur, disait-elle, de se compromettre. Parfois, cependant, Emma tressaillit à l'idée soudaine de rencontrer Rodolphe ; car il lui semblait, bien qu'ils fussent séparés pour toujours, qu'elle n'était pas complètement affranchie de sa dépendance.

Un soir, elle ne rentra point à Yonville. Charles en perdait la tête, et la petite Berthe, ne voulant pas se coucher sans sa maman, sanglotait à se rompre la poitrine. Justin était parti au hasard sur la route. M. Homais en avait quitté sa pharmacie.

Enfin, à onze heures, n'y tenant plus, Charles attela son boc, sauta dedans, fouetta sa bête et arriva vers deux heures du matin à la *Croix rouge*. Personne. Il pensa que le clerc peut-être l'avait vue ; mais où demeurait-il ? Charles, heureusement, se rappela l'adresse de son patron. Il y courut.

Le jour commençait à paraître. Il distingua des panonceaux au-dessus d'une porte ; il frappa. Quelqu'un, sans ouvrir, lui cria le renseignement demandé, tout en ajoutant force injures contre ceux qui dérangeaient le monde pendant la nuit.

La maison que le clerc habitait n'avait ni sonnette, ni
marteau, ni portier. Charles donna de grands coups de
poing contre les auvents. Un agent de police vint à
passer ; alors il eut peur et s'en alla.

— Je suis fou, se disait-il ; sans doute on l'aura
retenue à dîner chez M. Lormeaux.

La famille Lormeaux n'habitait plus Rouen.

— Elle sera restée à soigner madame Dubreuil. Eh !
madame Dubreuil est morte depuis dix mois !... Où
est-elle donc !

Une idée lui vint. Il demanda, dans un café,
l'*Annuaire*, et chercha vite le nom de mademoiselle
Lempereur, qui demeurait rue de la Renelle-des-
Maroquiniers, n° 74.

Comme il entrait dans cette rue, Emma parut elle-
même à l'autre bout ; il se jeta sur elle plutôt qu'il ne
l'embrassa, en s'écriant :

— Qui t'a retenue, hier ?

— J'ai été malade.

— Et de quoi ?... Où ?... Comment ?...

Elle se passa la main sur le front, et répondit :

— Chez mademoiselle Lempereur.

— J'en étais sûr ! J'y allais.

— Oh ! ce n'est pas la peine, dit Emma. Elle vient
de sortir tout à l'heure ; mais, à l'avenir, tranquillise-
toi. Je ne suis pas libre, tu comprends, si je sais que le
moindre retard te bouleverse ainsi.

C'était une manière de permission qu'elle se donnait
de ne point se gêner dans ses escapades. Aussi en
profita-t-elle tout à son aise, largement. Lorsque
l'envie la prenait de voir Léon, elle partait sous
n'importe quel prétexte, et, comme il ne l'attendait pas
ce jour-là, elle allait le chercher à son étude.

Ce fut un grand bonheur, les premières fois ; mais
bientôt il ne cacha plus la vérité, à savoir : que son
patron se plaignait fort de ces dérangements.

— Ah bah ! viens donc, disait-elle.

Et il s'esquivait.

Elle voulut qu'il se vêtît tout en noir et se laissât pousser une pointe au menton, pour ressembler aux portraits Louis XIII[51]. Elle désira connaître son logement, le trouva médiocre ; il en rougit, elle n'y prit garde, puis lui conseilla d'acheter des rideaux pareils aux siens, et, comme il objectait la dépense :

— Ah ! ah ! tu tiens à tes petits écus ! dit-elle en riant.

Il fallait que Léon, chaque fois, lui racontât toute sa conduite, depuis le dernier rendez-vous. Elle demanda des vers, des vers pour elle, *une pièce d'amour* en son honneur ; jamais il ne put parvenir à trouver la rime du second vers, et il finit par copier un sonnet dans un keepsake.

Ce fut moins par vanité que dans le seul but de lui complaire. Il ne discutait pas ses idées ; il acceptait tous ses goûts ; il devenait sa maîtresse plutôt qu'elle n'était la sienne. Elle avait des paroles tendres avec des baisers[52] qui lui emportaient l'âme. Où donc avait-elle appris cette corruption, presque immatérielle à force d'être profonde et dissimulée ?

VI

Dans les voyages qu'il faisait pour la voir, Léon souvent avait dîné chez le pharmacien, et s'était cru contraint, par politesse, de l'inviter à son tour.

— Volontiers ! avait répondu M. Homais ; il faut, d'ailleurs, que je me retrempe un peu, car je m'encroûte ici. Nous irons au spectacle, au restaurant, nous ferons des folies !

— Ah ! bon ami ! murmura tendrement madame Homais, effrayée des périls vagues qu'il se disposait à courir.

— Eh bien, quoi ? tu trouves que je ne ruine pas assez ma santé à vivre parmi les émanations continuelles de la pharmacie ! Voilà, du reste, le caractère des femmes : elles sont jalouses de la Science, puis s'opposent à ce que l'on prenne les plus légitimes distractions. N'importe, comptez sur moi, un de ces jours, je tombe à Rouen et nous ferons sauter ensemble les *monacos*.

L'apothicaire, autrefois, se fût bien gardé d'une telle expression ; mais il donnait maintenant dans un genre folâtre et parisien qu'il trouvait du meilleur goût, et comme madame Bovary, sa voisine, il interrogeait le clerc curieusement sur les mœurs de la capitale, même il parlait argot afin d'éblouir... les bourgeois, disant *turne, bazar, chicard, chicandard, Breda-street*, et *Je me la casse*, pour : Je m'en vais.

Donc, un jeudi, Emma fut surprise de rencontrer, dans la cuisine du *Lion d'or*, M. Homais en costume de voyageur, c'est-à-dire couvert d'un vieux manteau qu'on ne lui connaissait pas, tandis qu'il portait d'une main une valise et, de l'autre, la chancelière de son établissement. Il n'avait confié son projet à personne, dans la crainte d'inquiéter le public par son absence.

L'idée de revoir les lieux où s'était passée sa jeunesse l'exaltait sans doute, car tout le long du chemin il n'arrêta pas de discourir ; puis, à peine arrivé, il sauta vivement de la voiture pour se mettre en quête de Léon ; et le clerc eut beau se débattre, M. Homais l'entraîna vers le grand café de *Normandie*, où il entra majestueusement, sans retirer son chapeau, estimant fort provincial de se découvrir dans un endroit public.

Emma attendit Léon trois quarts d'heure. Enfin elle courut à [53] son étude, et, perdue dans toute sorte de conjectures, l'accusant d'indifférence et se reprochant à elle-même sa faiblesse, elle passa l'après-midi le front collé contre les carreaux.

Ils étaient encore, à deux heures, attablés i'un devant l'autre. La grande salle se vidait ; le tuyau du poêle, en forme de palmier, arrondissait au plafond blanc sa gerbe dorée ; et près d'eux, derrière le vitrage, en plein soleil, un petit jet d'eau gargouillait dans un bassin de marbre où, parmi du cresson et des asperges, trois homards engourdis s'allongeaient jusqu'à des cailles, toutes couchées en pile, sur le flanc.

Homais se délectait. Quoiqu'il se grisât de luxe

encore plus que de bonne chère, le vin de Pomard,
cependant, lui excitait un peu les facultés, et lorsque
apparut l'omelette au rhum, il exposa sur les femmes
des théories immorales. Ce qui le séduisait par-dessus
tout, c'était le *chic*. Il adorait une toilette élégante dans
un appartement bien meublé, et, quant aux qualités
corporelles, ne détestait pas le *morceau*.

Léon contemplait la pendule avec désespoir. L'apothicaire buvait, mangeait, parlait.

— Vous devez être, dit-il tout à coup, bien privé à
Rouen. Du reste, vos amours ne logent pas loin.

Et, comme l'autre rougissait :

— Allons, soyez franc ! Nierez-vous qu'à Yonville... ?

Le jeune homme balbutia.

— Chez madame Bovary, vous ne courtisiez
point... ?

— Et qui donc ?

— La bonne !

Il ne plaisantait pas ; mais, la vanité l'emportant sur
toute prudence, Léon, malgré lui, se récria. D'ailleurs
il n'aimait que les femmes brunes.

— Je vous approuve, dit le pharmacien : elles ont
plus de tempérament.

Et, se penchant à l'oreille de son ami, il indiqua les
symptômes auxquels on reconnaissait qu'une femme
avait du tempérament. Il se lança même dans une
digression ethnographique : l'Allemande était vapo-
reuse, la Française libertine, l'Italienne passionnée.

— Et les négresses ? demanda le clerc.

— C'est un goût d'artiste, dit Homais. — Garçon !
deux demi-tasses !

— Partons-nous ? reprit à la fin Léon s'impatien-
tant.

— *Yes*.

Mais il voulut, avant de s'en aller, voir le maître de
l'établissement et lui adressa quelques félicitations.

Alors le jeune homme, pour être seul, allégua qu'il
avait affaire.

— Ah ! je vous escorte ! dit Homais.

Et, tout en descendant les rues avec lui, il parlait de sa femme, de ses enfants, de leur avenir et de sa pharmacie, racontait en quelle décadence elle était autrefois, et le point de perfection où il l'avait montée.

Arrivé devant l'hôtel de *Boulogne*, Léon le quitta brusquement, escalada l'escalier, et trouva sa maîtresse en grand émoi.

Au nom du pharmacien, elle s'emporta. Cependant, il accumulait de bonnes raisons ; ce n'était pas sa faute, ne connaissait-elle pas M. Homais ? Pouvait-elle croire qu'il préférât sa compagnie ? Mais elle se détournait ; il la retint ; et, s'affaissant sur les genoux, il lui entoura la taille de ses deux bras, dans une pose langoureuse toute pleine de concupiscence et de supplication.

Elle était debout ; ses grands yeux enflammés le regardaient sérieusement et presque d'une façon terrible. Puis des larmes les obscurcirent, ses paupières roses s'abaissèrent, elle abandonna ses mains, et Léon les portait à sa bouche lorsque parut un domestique, avertissant Monsieur qu'on le demandait.

— Tu vas revenir ? dit-elle.

— Oui.

— Mais quand ?

— Tout à l'heure.

— C'est un *truc*, dit le pharmacien en apercevant Léon. J'ai voulu interrompre cette visite qui me paraissait vous contrarier. Allons chez Bridoux prendre un verre de garus.

Léon jura qu'il lui fallait retourner à son étude. Alors l'apothicaire fit des plaisanteries sur les paperasses, la procédure.

— Laissez donc un peu Cujas et Barthole, que diable ! Qui vous empêche ? Soyez un brave ! Allons chez Bridoux ; vous verrez son chien. C'est très curieux !

Et comme le clerc s'obstinait toujours :

— J'y vais aussi. Je lirai un journal en vous attendant, ou je feuilletterai un Code.

Léon, étourdi par la colère d'Emma, le bavardage de M. Homais et peut-être les pesanteurs du déjeuner, restait indécis et comme sous la fascination du pharmacien qui répétait :

— Allons chez Bridoux! c'est à deux pas, rue Malpalu.

Alors, par lâcheté, par bêtise, par cette inqualifiable sentiment qui nous entraîne aux actions les plus antipathiques, il se laissa conduire chez Bridoux; et ils le trouvèrent dans sa petite cour, surveillant trois garçons qui haletaient à tourner la grande roue d'une machine pour faire de l'eau de Seltz. Homais leur donna des conseils; il embrassa Bridoux; on prit le garus. Vingt fois Léon voulut s'en aller; mais l'autre l'arrêtait par le bras en lui disant :

— Tout à l'heure! je sors. Nous irons au *Fanal de Rouen*, voir ces messieurs. Je vous présenterai à Thomassin.

Il s'en débarrassa pourtant et courut d'un bond jusqu'à l'hôtel. Emma n'y était plus.

Elle venait de partir, exaspérée. Elle le détestait maintenant. Ce manque de parole au rendez-vous lui semblait un outrage, et elle cherchait encore d'autres raisons pour s'en détacher : il était incapable d'héroïsme, faible, banal, plus mou qu'une femme, avare, d'ailleurs, et pusillanime.

Puis, se calmant, elle finit par découvrir qu'elle l'avait sans doute calomnié. Mais le dénigrement de ceux que nous aimons toujours nous en détache quelque peu. Il ne faut pas toucher aux idoles : la dorure en reste aux mains.

Ils en vinrent à parler plus souvent de choses indifférentes à leur amour; et, dans les lettres qu'Emma lui envoyait, il était question de fleurs, de vers, de la lune et des étoiles, ressources naïves d'une passion affaiblie, qui essayait de s'aviver à tous les secours extérieurs. Elle se promettait continuellement, pour son prochain voyage, une félicité profonde; puis elle s'avouait ne rien sentir d'extraordinaire. Cette déception s'effaçait vite sous un espoir nouveau, et Emma revenait à lui plus enflammée, plus avide. Elle se déshabillait brutalement, arrachant le lacet mince de son corset, qui sifflait autour de ses hanches comme une couleuvre qui glisse. Elle allait sur la pointe de ses pieds nus regarder encore une fois si la porte était fermée, puis elle faisait d'un seul geste tomber ensemble tous ses vêtements ; — et, pâle, sans parler, sérieuse, elle s'abattait contre sa poitrine, avec un long frisson.

Cependant, il y avait sur ce front couvert de gouttes froides, sur ces lèvres balbutiantes, dans ces prunelles égarées, dans l'étreinte de ces bras, quelque chose d'extrême, de vague et de lugubre, qui semblait à Léon se glisser entre eux, subtilement, comme pour les séparer.

Il n'osait lui faire des questions ; mais, la discernant si expérimentée, elle avait dû passer, se disait-il, par toutes les épreuves de la souffrance et du plaisir. Ce qui le charmait autrefois l'effrayait un peu maintenant. D'ailleurs, il se révoltait contre l'absorption, chaque jour plus grande, de sa personnalité. Il en voulait à Emma de cette victoire permanente. Il s'efforçait même à ne pas la chérir ; puis, au craquement de ses bottines, il se sentait lâche, comme les ivrognes à la vue des liqueurs fortes.

Elle ne manquait point, il est vrai, de lui prodiguer toutes sortes d'attentions, depuis les recherches de table jusqu'aux coquetteries du costume et aux langueurs du regard. Elle apportait d'Yonville des roses dans son sein, qu'elle lui jetait à la figure, montrait des inquiétudes pour sa santé, lui donnait des conseils sur sa conduite, et, afin de le retenir davantage, espérant que le ciel peut-être s'en mêlerait, elle lui passa autour du cou une médaille de la Vierge. Elle s'informait, comme une mère vertueuse, de ses camarades. Elle lui disait :

— Ne les vois pas, ne sors pas, ne pense qu'à nous, aime-moi !

Elle aurait voulu pouvoir surveiller sa vie, et l'idée lui vint de le faire suivre dans les rues. Il y avait toujours, près de l'hôtel, une sorte de vagabond qui

accostait les voyageurs et qui ne refuserait pas... Mais
sa fierté se révolta.

— Eh ! tant pis ! qu'il me trompe, que m'importe !
Est-ce que j'y tiens ?

Un jour qu'ils s'étaient quittés de bonne heure, et
qu'elle s'en revenait seule par le boulevard, elle aperçut
les murs de son couvent ; alors elle s'assit sur un banc,
à l'ombre des ormes. Quel calme dans ce temps-là !
Comme elle enviait les ineffables sentiments d'amour
qu'elle tâchait, d'après des livres, de se figurer.

Les premiers mois de son mariage, ses promenades à
cheval dans la forêt, le vicomte qui valsait, et Lagardy
chantant, tout repassa devant ses yeux... Et Léon lui
parut soudain dans le même éloignement que les
autres.

— Je l'aime pourtant ! se disait-elle.

N'importe ! elle n'était pas heureuse, ne l'avait
jamais été. D'où venait donc cette insuffisance de la
vie, cette pourriture instantanée des choses où elle
s'appuyait ?... Mais, s'il y avait quelque part un être
fort et beau, une nature valeureuse, pleine à la fois
d'exaltation et de raffinements, un cœur de poète sous
une forme d'ange, lyre aux cordes d'airain, sonnant
vers le ciel des épithalames élégiaques, pourquoi, par
hasard, ne le trouverait-elle pas ? Oh ! quelle impossibilité ! Rien, d'ailleurs, ne valait la peine d'une
recherche ; tout mentait ! Chaque sourire cachait un
bâillement d'ennui, chaque joie une malédiction, tout
plaisir son dégoût, et les meilleurs baisers ne vous
laissaient sur la lèvre qu'une irréalisable envie d'une
volupté plus haute.

Un râle métallique se traîna dans les airs et quatre
coups se firent entendre à la cloche du couvent. Quatre
heures ! et il lui semblait qu'elle était là, sur ce banc,
depuis l'éternité. Mais un infini de passions peut tenir
dans une minute, comme une foule dans un petit
espace.

Emma vivait tout occupée des siennes, et ne
s'inquiétait pas plus de l'argent qu'une archiduchesse.

Une fois, pourtant, un homme d'allure chétive,

rubicond et chauve, entra chez elle, se déclarant envoyé par M. Vinçart, de Rouen. Il retira les épingles qui fermaient la poche latérale de sa longue redingote verte, les piqua sur sa manche et tendit poliment un papier.

C'était un billet de sept cents francs, souscrit par elle, et que Lheureux, malgré toutes ses protestations, avait passé à l'ordre de Vinçart.

Elle expédia chez lui sa domestique. Il ne pouvait venir.

Alors, l'inconnu, qui était resté debout, lançant de droite et de gauche des regards curieux que dissimulaient ses gros sourcils blonds, demanda d'un air naïf :

— Quelle réponse apporter à M. Vinçart ?

— Eh bien ! répondit Emma, dites-lui... que je n'en ai pas... Ce sera la semaine prochaine... Qu'il attende... oui, la semaine prochaine.

Et le bonhomme s'en alla sans souffler mot.

Mais, le lendemain, à midi, elle reçut un protêt ; et la vue du papier timbré, où s'étalait à plusieurs reprises et en gros caractères : « Maître Hareng, huissier à Buchy », l'effraya si fort, qu'elle courut en toute hâte chez le marchand d'étoffes.

Elle le trouva dans sa boutique, en train de ficeler un paquet.

— Serviteur ! dit-il, je suis à vous.

Lheureux n'en continua pas moins sa besogne, aidé par une jeune fille de treize ans environ, un peu bossue, et qui lui servait à la fois de commis et de cuisinière.

Puis, faisant claquer ses sabots sur les planches de la boutique, il monta devant Madame au premier étage, et l'introduisit dans un étroit cabinet, où un gros bureau en bois de sape supportait quelques registres, défendus transversalement par une barre de fer cadenassée. Contre le mur, sous des coupons d'indienne, on entrevoyait un coffre-fort, mais d'une telle dimension, qu'il devait contenir autre chose que des billets et de l'argent. M. Lheureux, en effet, prêtait sur gages, et c'est là qu'il avait mis la chaîne en or de madame

Bovary, avec les boucles d'oreilles du pauvre père Tellier, qui, enfin contraint de vendre, avait acheté à Quincampoix un maigre fonds d'épicerie, où il se mourait de son catarrhe, au milieu de ses chandelles moins jaunes que sa figure.

Lheureux s'assit dans son large fauteuil de paille, en disant :

— Quoi de neuf ?

— Tenez.

Et elle lui montra le papier.

— Eh bien ! qu'y puis-je ?

Alors, elle s'emporta, rappelant la parole qu'il avait donnée de ne pas faire circuler ses billets ; il en convenait.

— Mais j'ai été forcé moi-même, j'avais le couteau sur la gorge.

— Et que va-t-il arriver, maintenant ? dit-elle.

— Oh ! c'est bien simple : un jugement du tribunal, et puis la saisie... ; *bernique !*

Emma se retenait pour ne pas le battre. Elle lui demanda doucement s'il n'y avait pas moyen de calmer M. Vinçart.

— Ah bien, oui ! calmer Vinçart ; vous ne le connaissez guère ; il est plus féroce qu'un Arabe.

Pourtant il fallait que M. Lheureux s'en mêlât.

— Écoutez donc ! il me semble que, jusqu'à présent, j'ai été assez bon pour vous.

Et, déployant un de ses registres :

— Tenez !

Puis remontant la page avec son doigt :

— Voyons... voyons... Le 3 août, deux cents francs... Au 17 juin, cent cinquante... 23 mars, quarante-six... En avril...

Il s'arrêta, comme craignant de faire quelque sottise.

— Et je ne dis rien des billets souscrits par Monsieur, un de sept cents francs, un autre de trois cents ! Quant à vos petits acomptes, aux intérêts, ça n'en finit pas, on s'y embrouille. Je ne m'en mêle plus !

Elle pleurait, elle l'appela même « son bon monsieur Lheureux ». Mais il se rejetait toujours sur ce « mâtin de Vinçart ». D'ailleurs, il n'avait pas un centime, personne à présent ne le payait, on lui mangeait la laine sur le dos, un pauvre boutiquier comme lui ne pouvait faire d'avances.

Emma se taisait ; et M. Lheureux, qui mordillonnait les barbes d'une plume, sans doute s'inquiéta de son silence, car il reprit :

— Au moins, si un de ces jours j'avais quelques rentrées... je pourrais...

— Du reste, dit-elle, dès que l'arriéré de Barneville...

— Comment ?...

Et, en apprenant que Langlois n'avait pas encore payé, il parut fort surpris. Puis, d'une voix mielleuse :

— Et nous convenons, dites-vous... ?

— Oh ! de ce que vous voudrez !

Alors, il ferma les yeux pour réfléchir, écrivit quelques chiffres, et, déclarant qu'il aurait grand mal, que la chose était scabreuse et qu'il se *saignait*, il dicta quatre billets de deux cent cinquante francs chacun, espacés les uns des autres à un mois d'échéance.

— Pourvu que Vinçart veuille m'entendre ! Du reste, c'est convenu, je ne lanterne pas, je suis rond comme une pomme.

Ensuite il lui montra négligemment plusieurs marchandises nouvelles, mais dont pas une, dans son opinion, n'était digne de Madame.

— Quand je pense que voilà une robe à sept sous le mètre, et certifiée bon teint ! Ils gobent cela pourtant ! On ne leur conte pas ce qui en est, vous pensez bien, voulant, par cet aveu de coquinerie envers les autres, la convaincre tout à fait de sa probité.

Puis il la rappela, pour lui montrer trois aunes de guipure qu'il avait trouvées dernièrement « dans une *vendue* ».

— Est-ce beau ! disait Lheureux : on s'en sert beaucoup maintenant, comme tête de fauteuils, c'est le genre.

Et, plus prompt qu'un escamoteur, il enveloppa la

guipure de papier bleu et la mit dans les mains d'Emma.

— Au moins, que je sache... ?

— Ah ! plus tard, reprit-il en lui tournant les talons.

Dès le soir, elle pressa Bovary d'écrire à sa mère pour qu'elle leur envoyât bien vite tout l'arriéré de l'héritage. La belle-mère répondit n'avoir plus rien : La liquidation était close, et il leur restait, outre Barneville, six cents livres de rentes, qu'elle leur servirait exactement.

Alors Madame expédia des factures chez deux ou trois clients, et bientôt usa largement de ce moyen, qui lui réussissait. Elle avait toujours soin d'ajouter, en post-scriptum : « N'en parlez pas à mon mari, vous savez comme il est fier... Excusez-moi... Votre servante... » Il y eut quelques réclamations ; elle les intercepta.

Pour se faire de l'argent, elle se mit à vendre ses vieux gants, ses vieux chapeaux, la vieille ferraille ; et elle marchandait avec rapacité, — son sang de paysanne la poussant au gain. Puis, dans ses voyages à la ville, elle brocantait[54] des babioles, que M. Lheureux, à défaut d'autres, lui prendrait certainement. Elle s'acheta des plumes d'autruche, de la porcelaine chinoise et des bahuts ; elle empruntait à Félicité, à madame Lefrançois, à l'hôtelière de la *Croix rouge*, à tout le monde, n'importe où. Avec l'argent qu'elle reçut enfin de Barneville, elle paya deux billets, les quinze cents autres francs s'écoulèrent. Elle s'engagea de nouveau, et toujours ainsi !

Parfois, il est vrai, elle tâchait de faire des calculs, mais elle découvrait des choses si exorbitantes, qu'elle n'y pouvait croire. Alors elle recommençait, s'embrouillait vite, plantait tout là et n'y pensait plus.

La maison était bien triste, maintenant ! On en voyait sortir les fournisseurs avec des figures furieuses. Il y avait des mouchoirs traînant sur les fourneaux ; et la petite Berthe, au grand scandale de madame Homais, portait des bas percés. Si Charles, timide-

ment, hasardait une observation, elle répondait avec
brutalité que ce n'était point sa faute !

Pourquoi ces emportements ? Il expliquait tout par
son ancienne maladie nerveuse ; et, se reprochant
d'avoir pris pour des défauts ses infirmités, il s'accusait
d'égoïsme, avait envie de courir l'embrasser.

— Oh ! non, se disait-il, je l'ennuierais !

Et il restait.

Après le dîner, il se promenait seul dans le jardin ; il
prenait la petite Berthe sur ses genoux, et, déployant
son journal de médecine, essayait de lui apprendre à
lire. L'enfant, qui n'étudiait jamais, ne tardait pas à
ouvrir de grands yeux tristes et se mettait à pleurer.
Alors il la consolait ; il allait lui chercher de l'eau dans
l'arrosoir pour faire des rivières sur le sable, ou cassait
les branches des troènes pour planter des arbres dans
les plates-bandes, ce qui gâtait peu le jardin, tout
encombré de longues herbes ; on devait tant de journées à Lestiboudois ! Puis l'enfant avait froid et
demandait sa mère.

— Appelle ta bonne, disait Charles. Tu sais bien,
ma petite, que ta maman ne veut pas qu'on la dérange.

L'automne commençait et déjà les feuilles tombaient, — comme il y a deux ans, lorsqu'elle était
malade ! — Quand donc tout cela finira-t-il !... Et il
continuait à marcher, les deux mains derrière le dos.

Madame était dans sa chambre. On n'y montait pas.
Elle restait là tout le long du jour, engourdie, à peine
vêtue, et, de temps à autre, faisant fumer des pastilles
du sérail qu'elle avait achetées à Rouen, dans la
boutique d'un Algérien. Pour ne pas avoir, la nuit,
auprès d'elle cet homme étendu qui dormait, elle finit,
à force de grimaces, par le reléguer au second étage ; et
elle lisait jusqu'au matin des livres extravagants où il y
avait des tableaux orgiaques avec des situations sanglantes. Souvent une terreur la prenait, elle poussait un
cri. Charles accourait.

— Ah ! va-t'en ! disait-elle.

Ou, d'autres fois, brûlée plus fort par cette flamme
intime que l'adultère avivait, haletante, émue, tout en

désir, elle ouvrait sa fenêtre, aspirait l'air froid, éparpillait au vent sa chevelure trop lourde, et, regardant les étoiles, souhaitait des amours de prince. Elle pensait à lui, à Léon. Elle eût alors tout donné pour un seul de ces rendez-vous, qui la rassasiaient.

C'était ses jours de gala. Elle les voulait splendides ! et, lorsqu'il ne pouvait payer seul la dépense, elle complétait le surplus libéralement, ce qui arrivait à peu près toutes les fois. Il essaya de lui faire comprendre qu'ils seraient aussi bien ailleurs, dans quelque hôtel plus modeste ; mais elle trouva des objections.

Un jour, elle tira de son sac six petites cuillers en vermeil (c'était le cadeau de noces du père Rouault), en le priant d'aller immédiatement porter cela, pour elle, au mont-de-piété ; et Léon obéit, bien que cette démarche lui déplût. Il avait peur de se compromettre.

Puis, en y réfléchissant, il trouva que sa maîtresse prenait des allures étranges, et qu'on n'avait peut-être pas tort de vouloir l'en détacher.

En effet, quelqu'un avait envoyé à sa mère une longue lettre anonyme, pour la prévenir qu'il *se perdait avec une femme mariée;* et aussitôt la bonne dame, entrevoyant l'éternel épouvantail des familles, c'est-à-dire la vague créature pernicieuse, la sirène, le monstre, qui habite fantastiquement les profondeurs de l'amour, écrivit à maître Dubocage, son patron, lequel fut parfait dans cette affaire. Il le tint durant trois quarts d'heure, voulant lui dessiller les yeux, l'avertir du gouffre. Une telle intrigue nuirait plus tard à son établissement. Il le supplia de rompre, et, s'il ne faisait ce sacrifice dans son propre intérêt, qu'il le fît au moins pour lui, Dubocage !

Léon enfin avait juré de ne plus revoir Emma ; et il se reprochait de n'avoir pas tenu sa parole, considérant tout ce que cette femme pourrait encore lui attirer d'embarras et de discours, sans compter les plaisanteries de ses camarades, qui se débitaient le matin, autour du poêle. D'ailleurs, il allait devenir premier clerc : c'était le moment d'être sérieux. Aussi renonçait-il à la flûte, aux sentiments exaltés, à l'imagina-

tion : — car tout bourgeois, dans l'échauffement de sa
jeunesse, ne fût-ce qu'un jour, une minute, s'est cru
capable d'immenses passions, de hautes entreprises.
Le plus médiocre libertin a rêvé des sultanes ; chaque
notaire porte en soi les débris d'un poète.

Il s'ennuyait maintenant lorsque Emma, tout à
coup, sanglotait sur sa poitrine ; et son cœur, comme
les gens qui ne peuvent endurer qu'une certaine dose
de musique, s'assoupissait d'indifférence au vacarme
d'un amour dont il ne distinguait plus les délicatesses.

Ils se connaissaient trop pour avoir ces ébahissements de la possession qui en centuplaient la joie. Elle
était aussi dégoûtée de lui qu'il était fatigué d'elle.
Emma retrouvait dans l'adultère toutes les platitudes
du mariage.

Mais comment pouvoir s'en débarrasser ? Puis, elle
avait beau se sentir humiliée de la bassesse d'un tel
bonheur, elle y tenait par habitude ou par corruption ;
et, chaque jour, elle s'y acharnait davantage, tarissant
toute félicité à la vouloir trop grande. Elle accusait
Léon de ses espoirs déçus, comme s'il l'avait trahie ; et
même elle souhaitait une catastrophe qui amenât leur
séparation, puisqu'elle n'avait pas le courage de s'y
décider.

Elle n'en continuait pas moins à lui écrire des lettres
amoureuses, en vertu de cette idée, qu'une femme doit
toujours écrire à son amant.

Mais, en écrivant, elle percevait un autre homme, un
fantôme fait de ses plus ardents souvenirs, de ses
lectures les plus belles, de ses convoitises les plus
fortes ; et il devenait à la fin si véritable, et accessible,
qu'elle en palpitait émerveillée, sans pouvoir néanmoins le nettement imaginer, tant il se perdait comme
un dieu, sous l'abondance de ses attributs. Il habitait la
contrée bleuâtre où les échelles de soie se balancent à
des balcons, sous le souffle des fleurs, dans la clarté de
la lune. Elle le sentait près d'elle, il allait venir et
l'enlèverait tout entière dans un baiser. Ensuite elle
retombait à plat, brisée ; car ces élans d'amour vague la
fatiguaient plus que de grandes débauches.

Elle éprouvait maintenant une courbature incessante et universelle. Souvent même, Emma recevait des assignations, du papier timbré qu'elle regardait à peine. Elle aurait voulu ne plus vivre, ou continuellement dormir.

Le jour de la mi-carême, elle ne rentra pas à Yonville ; elle alla le soir au bal masqué. Elle mit un pantalon de velours et des bas rouges, avec une perruque à catogan et un lampion sur l'oreille. Elle sauta toute la nuit, au son furieux des trombones ; on faisait cercle autour d'elle ; et elle se trouva le matin sur le péristyle du théâtre parmi cinq ou six masques, débardeuses ou matelots, des camarades de Léon, qui parlaient d'aller souper.

Les cafés d'alentour étaient pleins. Ils avisèrent sur le port un restaurant des plus médiocres, dont le maître leur ouvrit, au quatrième étage, une petite chambre.

Les hommes chuchotèrent dans un coin, sans doute se consultant sur la dépense. Il y avait un clerc, deux carabins et un commis : quelle société pour elle ! Quant aux femmes, Emma s'aperçut vite, au timbre de leurs voix, qu'elles devaient être, presque toutes, du dernier rang. Elle eut peur alors, recula sa chaise et baissa les yeux.

Les autres se mirent à manger. Elle ne mangea pas ; elle avait le front en feu, des picotements aux paupières et un froid de glace à la peau. Elle sentait dans sa tête le plancher du bal, rebondissant encore sous la pulsation rythmique des mille pieds qui dansaient. Puis, l'odeur du punch avec la fumée des cigares l'étourdit. Elle s'évanouissait : on la porta devant la fenêtre.

Le jour commençait à se lever, et une grande tache de couleur pourpre s'élargissait dans le ciel pâle du côté de Sainte-Catherine. La rivière livide frissonnait au vent ; il n'y avait personne sur les ponts ; les réverbères s'éteignaient.

Elle se ranima cependant, et vint à penser à Berthe, qui dormait là-bas, dans la chambre de sa bonne. Mais une charrette pleine de longs rubans de fer passa, en envoyée aux aguets pour détourner Bovary ; et elles installèrent vivement sous les toits le gardien de la saisie, qui jura de s'y tenir.

Charles, pendant la soirée, lui parut soucieux. Emma l'épiait d'un regard plein d'angoisse, croyant apercevoir dans les rides de son visage des accusations. Puis, quand ses yeux se reportaient sur la cheminée garnie d'écrans chinois, sur les larges rideaux, sur les fauteuils, sur toutes ces choses enfin qui avaient adouci l'amertume de sa vie, un remords la prenait, ou plutôt un regret immense et qui irritait la passion, loin de l'anéantir. Charles tisonnait avec placidité, les deux pieds sur les chenets.

Il y eut un moment où le gardien, sans doute s'ennuyant dans sa cachette, fit un peu de bruit.

— On marche là-haut ? dit Charles.

— Non ! reprit-elle, c'est une lucarne restée ouverte que le vent remue.

Elle partit pour Rouen, le lendemain dimanche, afin d'aller chez tous les banquiers dont elle connaissait le nom. Ils étaient à la campagne ou en voyage. Elle ne se rebuta pas, et ceux qu'elle put rencontrer, elle leur demandait de l'argent, protestant qu'il lui en fallait, qu'elle le rendrait. Quelques-uns lui rirent au nez ; tous refusèrent.

A deux heures, elle courut chez Léon, frappa contre sa porte. On n'ouvrit pas. Enfin il parut.

— Qui t'amène ?

— Cela te dérange !

— Non..., mais...

Et il avoua que le propriétaire n'aimait point que l'on reçût « des femmes ».

— J'ai à te parler, reprit-elle.

Alors il atteignit sa clef. Elle l'arrêta.

— Oh ! non, là-bas, chez nous.

Et ils allèrent dans leur chambre, à l'hôtel de *Boulogne*.

Elle but en arrivant un grand verre d'eau. Elle était très pâle. Elle lui dit :

— Léon, tu vas me rendre un service.

Et, le secouant par ses deux mains, qu'elle serrait étroitement, elle ajouta :

— Écoute, j'ai besoin de huit mille francs !

— Mais tu es folle !

— Pas encore !

Et, aussitôt, racontant l'histoire de la saisie, elle lui exposa sa détresse ; car Charles ignorait tout : sa belle-mère la détestait, le père Rouault ne pouvait rien ; mais lui, Léon, il allait se mettre en course pour trouver cette indispensable somme...

— Comment veux-tu... ?

— Quel lâche tu fais ! s'écria-t-elle.

Alors il dit bêtement :

— Tu t'exagères le mal. Peut-être qu'avec un millier d'écus ton bonhomme se calmerait.

Raison de plus pour tenter quelque démarche ; il n'était pas possible que l'on ne découvrît point trois mille francs. D'ailleurs, Léon pouvait s'engager à sa place.

— Va ! essaye ! il le faut ! cours !... Oh ! tâche ! tâche ! je t'aimerai bien !

Il sortit, revint au bout d'une heure, et dit avec une figure solennelle :

— J'ai été chez trois personnes... inutilement !

Puis ils restèrent assis l'un en face de l'autre, aux deux coins de la cheminée, immobiles, sans parler. Emma haussait les épaules tout en trépignant. Il l'entendit qui murmurait :

— Si j'étais à ta place, moi, j'en trouverais bien !

— Où donc ?

— A ton étude !

Et elle le regarda.

Une hardiesse infernale s'échappait de ses prunelles enflammées, et les paupières se rapprochaient d'une façon lascive et encourageante ; — si bien que le jeune homme se sentit faiblir sous la muette volonté de cette femme qui lui conseillait un crime. Alors il eut peur, et, pour éviter tout éclaircissement, il se frappa le front en s'écriant :

— Morel doit revenir cette nuit ! Il ne me refusera

pas, j'espère (c'était un de ses amis, le fils d'un négociant fort riche), et je t'apporterai cela demain, ajouta-t-il.

Emma n'eut point l'air d'accueillir cet espoir avec autant de joie qu'il l'avait imaginé. Soupçonnait-elle le mensonge ? Il reprit en rougissant :

— Pourtant, si tu ne me voyais pas à trois heures, ne m'attends plus, ma chérie. Il faut que je m'en aille, excuse-moi. Adieu !

Il serra sa main, mais il la sentit tout inerte. Emma n'avait plus la force d'aucun sentiment.

Quatre heures sonnèrent ; et elle se leva pour s'en retourner à Yonville, obéissant comme un automate à l'impulsion des habitudes.

Il faisait beau ; c'était un de ces jours du mois de mars clairs et âpres, où le soleil reluit dans un ciel tout blanc. Des Rouennais endimanchés se promenaient d'un air heureux. Elle arriva sur la place du Parvis. On sortait des vêpres ; la foule s'écoulait par les trois portails, comme un fleuve par les trois arches d'un pont, et, au milieu, plus immobile qu'un roc, se tenait le suisse.

Alors elle se rappela ce jour où, tout anxieuse et pleine d'espérance, elle était entrée sous cette grande nef qui s'étendait devant elle moins profonde que son amour ; et elle continua de marcher, en pleurant sous son voile, étourdie, chancelante, près de défaillir.

— Gare ! cria une voix sortant d'une porte cochère qui s'ouvrait.

Elle s'arrêta pour laisser passer un cheval noir, piaffant dans les brancards d'un tilbury que conduisait un gentleman en fourrure de zibeline. Qui était-ce donc ? Elle le connaissait... La voiture s'élança et disparut.

Mais c'était lui, le vicomte ! Elle se détourna ; la rue était déserte. Et elle fut si accablée, si triste, qu'elle s'appuya contre un mur pour ne pas tomber.

Puis elle pensa qu'elle s'était trompée. Au reste, elle n'en savait rien. Tout, en elle-même et au-dehors, l'abandonnait. Elle se sentait perdue, roulant au hasard dans des abîmes indéfinissables ; et ce fut presque avec joie qu'elle aperçut, en arrivant à la *Croix rouge*, ce bon Homais qui regardait charger sur l'*Hirondelle* une grande boîte pleine de provisions pharmaceutiques ; il tenait à sa main, dans un foulard, six *cheminots* [55] pour son épouse.

Madame Homais aimait beaucoup ces petits pains lourds, en forme de turban, que l'on mange dans le carême avec du beurre salé : dernier échantillon des nourritures gothiques, qui remonte peut-être au siècle des croisades, et dont les robustes Normands s'emplissaient autrefois, croyant voir sur la table, à la lueur des torches jaunes, entre les brocs d'hypocras et les gigantesques charcuteries, des têtes de Sarrasins à dévorer. La femme de l'apothicaire les croquait comme eux, héroïquement, malgré sa détestable dentition ; aussi, toutes les fois que M. Homais faisait un voyage à la ville, il ne manquait pas de lui en rapporter, qu'il prenait toujours chez le grand faiseur, rue Massacre.

— Charmé de vous voir ! dit-il en offrant la main à Emma pour l'aider à monter dans l'*Hirondelle*.

Puis il suspendit les *cheminots* aux lanières du filet, et resta nu-tête et les bras croisés, dans une attitude pensive et napoléonienne.

Mais, quand l'aveugle, comme d'habitude, apparut au bas de la côte, il s'écria :

— Je ne comprends pas que l'autorité tolère encore de si coupables industries ! On devrait enfermer ces malheureux, que l'on forcerait à quelque travail. Le Progrès, ma parole d'honneur, marche à pas de tortue ! Nous pataugeons en pleine barbarie !

L'aveugle tendait son chapeau, qui ballottait au bord de la portière, comme une poche de la tapisserie déclouée.

— Voilà, dit le pharmacien, une affection scrofuleuse !

Et, bien qu'il connût ce pauvre diable, il feignit de le voir pour la première fois, murmura les mots de *cornée*, *cornée opaque*, *sclérotique*, *facies*, puis lui demanda d'un ton paterne :

— Y a-t-il longtemps, mon ami, que tu as cette épouvantable infirmité ? Au lieu de t'enivrer au cabaret, tu ferais mieux de suivre un régime.

Il l'engageait à prendre de bon vin, de bonne bière, de bons rôtis. L'aveugle continuait sa chanson ; il paraissait, d'ailleurs, presque idiot. Enfin, M. Homais ouvrit sa bourse.

— Tiens, voilà un sou, rends-moi deux liards : et n'oublie pas mes recommandations, tu t'en trouveras bien.

Hivert se permit tout haut quelque doute sur leur efficacité. Mais l'apothicaire certifia qu'il le guérirait lui-même, avec une pommade antiphlogistique de sa composition, et il donna son adresse :

— M. Homais, près des halles, suffisamment connu.

— Eh bien ! pour la peine, dit Hivert, tu vas nous *montrer la comédie*.

L'aveugle s'affaissa sur ses jarrets, et, la tête renversée, tout en roulant ses yeux verdâtres et tirant la langue, il se frottait l'estomac à deux mains, tandis qu'il poussait une sorte de hurlement sourd, comme un chien affamé. Emma, prise de dégoût, lui envoya, par-dessus l'épaule, une pièce de cinq francs. C'était toute sa fortune. Il lui semblait beau de la jeter ainsi.

La voiture était repartie, quand, soudain, M. Homais se pencha en dehors du vasistas et cria :

— Pas de farineux ni de laitage ! Porter de la laine sur la peau et exposer les parties malades à la fumée de baies de genièvre !

Le spectacle des objets connus qui défilaient devant ses yeux peu à peu détournait Emma de sa douleur présente. Une intolérable fatigue l'accablait, et elle arriva chez elle hébétée, découragée, presque endormie.

— Advienne que pourra ! se disait-elle.

Et puis, qui sait ? pourquoi, d'un moment à l'autre, ne surgirait-il pas un événement extraordinaire ? Lheureux même pouvait mourir.

Elle fut, à neuf heures du matin, réveillée par un

bruit de voix sur la place. Il y avait un attroupement
autour des halles pour lire une grande affiche collée
contre un des poteaux, et elle vit Justin qui montait sur
une borne et qui déchirait l'affiche. Mais, à ce
moment, le garde champêtre lui posa la main sur le
collet. M. Homais sortit de la pharmacie, et la mère
Lefrançois, au milieu de la foule, avait l'air de pérorer.

— Madame! madame! s'écria Félicité en entrant,
c'est une abomination!

Et la pauvre fille, émue, lui tendit un papier jaune
qu'elle venait d'arracher à la porte. Emma lut d'un clin
d'œil que tout son mobilier était à vendre.

Alors elles se considérèrent silencieusement. Elles
n'avaient, la servante et la maîtresse, aucun secret l'une
pour l'autre. Enfin Félicité soupira :

— Si j'étais de vous, madame, j'irais chez M. Guillaumin.

— Tu crois?

Et cette interrogation voulait dire :

— Toi qui connais la maison par le domestique, est-
ce que le maître quelquefois aurait parlé de moi?

— Oui, allez-y, vous ferez bien.

Elle s'habilla, mit sa robe noire avec sa capote à
grains de jais; et, pour qu'on ne la vît pas (il y avait
toujours beaucoup de monde sur la place), elle prit en
dehors du village, par le sentier au bord de l'eau.

Elle arriva tout essoufflée devant la grille du notaire;
le ciel était sombre et un peu de neige tombait.

Au bruit de la sonnette, Théodore, en gilet rouge,
parut sur le perron; il vint lui ouvrir presque familièrement, comme à une connaissance, et l'introduisit dans
la salle à manger.

Un large poêle de porcelaine bourdonnait sous un
cactus qui emplissait la niche, et, dans les cadres de
bois noir, contre la tenture de papier de chêne, il y
avait la *Esméralda* de Steuben, avec la *Putiphar* de
Schopin. La table servie, deux réchauds d'argent, le
bouton des portes en cristal, le parquet et les meubles,
tout reluisait d'une propreté méticuleuse, anglaise; les

carreaux étaient décorés, à chaque angle, par des verres de couleur.

— Voilà une salle à manger, pensait Emma, comme il m'en faudrait une.

Le notaire entra, serrant du bras gauche contre son corps sa robe de chambre à palmes, tandis qu'il ôtait et remettait vite de l'autre main sa toque de velours marron, prétentieusement posée sur le côté droit, où retombaient les bouts de trois mèches blondes qui, prises à l'occiput, contournaient son crâne chauve.

Après qu'il eut offert un siège, il s'assit pour déjeuner, tout en s'excusant beaucoup de l'impolitesse.

— Monsieur, dit-elle, je vous prierais...

— De quoi, madame ? J'écoute.

Elle se mit à lui exposer sa situation.

Maître Guillaumin la connaissait, étant lié secrètement avec le marchand d'étoffes, chez lequel il trouvait toujours des capitaux pour les prêts hypothécaires qu'on lui demandait à contracter.

Donc, il savait (et mieux qu'elle) la longue histoire de ces billets, minimes d'abord, portant comme endosseurs des noms divers, espacés à de longues échéances et renouvelés continuellement, jusqu'au jour où, ramassant tous les protêts, le marchand avait chargé son ami Vinçart de faire en son nom propre les poursuites qu'il fallait, ne voulant point passer pour un tigre parmi ses concitoyens.

Elle entremêla son récit de récriminations contre Lheureux, récriminations auxquelles le notaire répondait de temps à autre par une parole insignifiante. Mangeant sa côtelette et buvant son thé, il baissait le menton dans sa cravate bleu de ciel, piquée par deux épingles de diamants que rattachait une chaînette d'or, et il souriait d'un singulier sourire, d'une façon douceâtre et ambiguë. Mais, s'apercevant qu'elle avait les pieds humides :

— Approchez-vous donc du poêle... plus haut..., contre la porcelaine.

Elle avait peur de la salir. Le notaire reprit d'un ton galant :

— Les belles choses ne gâtent rien.

Alors elle tâcha de l'émouvoir, et, s'émotionnant elle même, elle vint à lui conter l'étroitesse de son ménage, ses tiraillements, ses besoins. Il comprenait cela : une femme élégante ! et, sans s'interrompre de manger, il s'était tourné vers elle complètement, si bien qu'il frôlait du genou sa bottine, dont la semelle se recourbait tout en fumant contre le poêle.

Mais, lorsqu'elle lui demanda mille écus, il serra les lèvres, puis se déclara très peiné de n'avoir pas eu autrefois la direction de sa fortune, car il y avait cent moyens fort commodes, même pour une dame, de faire valoir son argent. On aurait pu, soit dans les tourbières de Grumesnil ou les terrains du Havre, hasarder presque à coup sûr d'excellentes spéculations ; et il la laissa se dévorer de rage à l'idée des sommes fantastiques qu'elle aurait certainement gagnées.

— D'où vient-il, reprit-il, que vous n'êtes pas venue chez moi ?

— Je ne sais trop, dit-elle.

— Pourquoi, hein ? Je vous faisais donc bien peur ? C'est moi, au contraire, qui devrais me plaindre ! A peine si nous nous connaissons ! Je vous suis pourtant très dévoué : vous n'en doutez plus, j'espère ?

Il tendit sa main, prit la sienne, la couvrit d'un baiser vorace, puis la garda sur son genou ; et il jouait avec ses doigts délicatement, tout en lui contant mille douceurs.

Sa voix fade susurrait, comme un ruisseau qui coule ; une étincelle jaillissait de sa pupille à travers le miroitement de ses lunettes, et ses mains s'avançaient dans la manche d'Emma, pour lui palper le bras. Elle sentait contre sa joue le souffle d'une respiration haletante. Cet homme la gênait horriblement.

Elle se leva d'un bond et lui dit :

— Monsieur, j'attends !

— Quoi donc ! fit le notaire, qui devint tout à coup extrêmement pâle.

— Cet argent.

— Mais...

Puis, cédant à l'irruption d'un désir trop fort :
— Eh bien, oui !...

Il se traînait à genoux vers elle, sans égard pour sa robe de chambre.

— De grâce, restez ! je vous aime !

Il la saisit par la taille.

Un flot de pourpre monta vite au visage de madame Bovary. Elle se recula d'un air terrible, en s'écriant :

— Vous profitez impudemment de ma détresse, monsieur ! Je suis à plaindre, mais pas à vendre !

Et elle sortit.

Le notaire resta fort stupéfait, les yeux fixés sur ses belles pantoufles en tapisserie. C'était un présent de l'amour. Cette vue à la fin le consola. D'ailleurs, il songeait qu'une aventure pareille l'aurait entraîné trop loin.

— Quel misérable ! quel goujat !... quelle infamie ! se disait-elle, en fuyant d'un pied nerveux sous les trembles de la route. Le désappointement de l'insuccès renforçait l'indignation de sa pudeur outragée ; il lui semblait que la Providence s'acharnait à la poursuivre, et, s'en rehaussant d'orgueil, jamais elle n'avait eu tant d'estime pour elle-même ni tant de mépris pour les autres. Quelque chose de belliqueux la transportait. Elle aurait voulu battre les hommes, leur cracher au visage, les broyer tous ; et elle continuait à marcher rapidement devant elle, pâle, frémissante, enragée, furetant d'un œil en pleurs l'horizon vide, et comme se délectant à la haine qui l'étouffait.

Quand elle aperçut sa maison, un engourdissement la saisit. Elle ne pouvait plus avancer ; il le fallait, cependant ; d'ailleurs, où fuir ?

Félicité l'attendait sur la porte.

— Eh bien ?

— Non ! dit Emma.

Et, pendant un quart d'heure, toutes les deux, elles avisèrent les différentes personnes d'Yonville disposées peut-être à la secourir. Mais, chaque fois que Félicité nommait quelqu'un, Emma répliquait :

— Est-ce possible ! Ils ne voudront pas !

— Et monsieur qui va rentrer !

— Je le sais bien... Laisse-moi seule.

Elle avait tout tenté. Il n'y avait plus rien à faire maintenant ; et quand Charles paraîtrait, elle allait donc lui dire :

— Retire-toi. Ce tapis où tu marches n'est plus à nous. De ta maison, tu n'as pas un meuble, une épingle, une paille, et c'est moi qui t'ai ruiné, pauvre homme !

Alors ce serait un grand sanglot, puis il pleurerait abondamment, et enfin, la surprise passée, il pardonnerait.

— Oui, murmurait-elle en grinçant des dents, il me pardonnera, lui qui n'aurait pas assez d'un million à m'offrir pour que je l'excuse de m'avoir connue... Jamais ! jamais !

Cette idée de la supériorité de Bovary sur elle l'exaspérait. Puis, qu'elle avouât ou n'avouât pas, tout à l'heure, tantôt, demain, il n'en saurait pas moins la catastrophe ; donc il fallait attendre cette horrible scène et subir le poids de sa magnanimité. L'envie lui vint de retourner chez Lheureux : à quoi bon ? d'écrire à son père : il était trop tard ; et peut-être qu'elle se repentait maintenant de n'avoir pas cédé à l'autre, lorsqu'elle entendit le trot d'un cheval dans l'allée. C'était lui, il ouvrait la barrière, il était plus blême que le mur de plâtre. Bondissant dans l'escalier, elle s'échappa vivement par la place ; et la femme du maire, qui causait devant l'église avec Lestiboudois, la vit entrer chez le percepteur.

Elle courut le dire à madame Caron. Ces deux dames montèrent dans le grenier ; et, cachées par du linge étendu sur des perches, se postèrent commodément pour apercevoir tout l'intérieur de Binet.

Il était seul, dans sa mansarde, en train d'imiter, avec du bois, une de ces ivoireries indescriptibles, composées de croissants, de sphères creusées les unes dans les autres, le tout droit comme un obélisque et ne servant à rien ; et il entamait la dernière pièce, il touchait au but ? Dans le clair-obscur de l'atelier, la

poussière blonde s'envolait de son outil, comme une
aigrette d'étincelles sous les fers d'un cheval au galop :
les deux roues tournaient, ronflaient ; Binet souriait, le
menton baissé, les narines ouvertes et semblait enfin
perdu dans un de ces bonheurs complets, n'appartenant sans doute qu'aux occupations médiocres, qui
amusent l'intelligence par des difficultés faciles, et
l'assouvissent en une réalisation au-delà de laquelle il
n'y a pas à rêver.

— Ah ! la voici ! fit madame Tuvache.

Mais il n'était guère possible, à cause du tour,
d'entendre ce qu'elle disait.

Enfin, ces dames crurent distinguer le mot *francs*, et
la mère Tuvache souffla tout bas :

— Elle le prie, pour obtenir un retard à ses contributions.

— L'apparence ! reprit l'autre.

Elles la virent qui marchait de long en large,
examinant contre les murs les ronds de serviette, les
chandeliers, les pommes de rampe, tandis que Binet se
caressait la barbe avec satisfaction.

— Viendrait-elle lui commander quelque chose ? dit
madame Tuvache.

— Mais il ne vend rien ! objecta sa voisine.

Le percepteur avait l'air d'écouter, tout en écarquillant les yeux, comme s'il ne comprenait pas. Elle
continuait d'une manière tendre, suppliante. Elle se
rapprocha ; son sein haletait ; ils ne parlaient plus.

— Est-ce qu'elle lui fait des avances ? dit madame
Tuvache.

Binet était rouge jusqu'aux oreilles. Elle lui prit les
mains.

— Ah ! c'est trop fort !

Et sans doute qu'elle lui proposait une abomination ;
car le percepteur, — il était brave, pourtant, il avait
combattu à Bautzen et à Lutzen [56], fait la campagne de
France, et même été *porté pour la croix*, — tout à coup,
comme à la vue d'un serpent, se recula bien loin en
s'écriant :

— Madame ! y pensez-vous ?...

— On devrait fouetter ces femmes-là ? dit madame Tuvache.

— Où est-elle donc ? reprit madame Caron.

Car elle avait disparu durant ces mots ; puis, l'apercevant qui enfilait la Grande-Rue et tournait à droite comme pour gagner le cimetière, elles se perdirent en conjectures.

— Mère Rolet, dit-elle en arrivant chez la nourrice, j'étouffe ! délacez-moi.

Elle tomba sur le lit ; elle sanglotait. La mère Rolet la couvrit d'un jupon et resta debout près d'elle. Puis, comme elle ne répondait pas, la bonne femme s'éloigna, prit son rouet et se mit à filer du lin.

— Oh ! finissez ! murmura-t-elle, croyant entendre le tour de Binet.

— Qui la gêne ? se demandait la nourrice. Pourquoi vient-elle ici ?

Elle y était accourue, poussée par une sorte d'épouvante qui la chassait de sa maison.

Couchée sur le dos, immobile et les yeux fixes, elle discernait vaguement les objets, bien qu'elle y appliquât son attention avec une persistance idiote. Elle contemplait les écaillures de la muraille, deux tisons fumant bout à bout, et une longue araignée qui marchait au-dessus de sa tête dans la fente de la poutrelle. Enfin, elle rassembla ses idées. Elle se souvenait... Un jour, avec Léon... Oh ! comme c'était loin... Le soleil brillait sur la rivière et les clématites embaumaient... Alors, emportée dans ses souvenirs comme dans un torrent qui bouillonne, elle arriva bientôt à se rappeler la journée de la veille.

— Quelle heure est-il ? demanda-t-elle.

La mère Rolet sortit, leva les doigts de sa main droite du côté que le ciel était le plus clair, et rentra lentement en disant :

— Trois heures, bientôt.

— Ah ! merci ! merci !

Car il allait venir. C'était sûr ! Il aurait trouvé de l'argent. Mais il irait peut-être là-bas, sans se douter qu'elle fût là ; et elle commanda à la nourrice de courir chez elle pour l'amener.

— Dépêchez-vous !

— Mais, ma chère dame, j'y vais ! j'y vais !

Elle s'étonnait, à présent, de n'avoir pas songé à lui tout d'abord ; hier, il avait donné sa parole, il n'y manquerait pas ; et elle se voyait déjà chez Lheureux, étalant sur son bureau les trois billets de banque. Puis il faudrait inventer une histoire qui expliquât les choses à Bovary. Laquelle ?

Cependant la nourrice était bien longue à revenir. Mais, comme il n'y avait point d'horloge dans la chaumière, Emma craignait de s'exagérer peut-être la longueur du temps. Elle se mit à faire des tours de promenade dans le jardin, pas à pas ; elle alla dans le sentier le long de la haie, et s'en retourna vivement, espérant que la bonne femme serait rentrée par une autre route. Enfin, lasse d'attendre, assaillie de soup-çons qu'elle repoussait, ne sachant plus si elle était là depuis un siècle ou une minute, elle s'assit dans un coin et ferma les yeux, se boucha les oreilles. La barrière grinça : elle fit un bond ; avant qu'elle eût parlé, la mère Rolet lui avait dit :

— Il n'y a personne chez vous !

— Comment ?

— Oh ! personne ! Et monsieur pleure. Il vous appelle. On vous cherche.

Emma ne répondit rien. Elle haletait, tout en roulant les yeux autour d'elle, tandis que la paysanne, effrayée de son visage, se reculait instinctivement, la croyant folle. Tout à coup elle se frappa le front, poussa un cri, car le souvenir de Rodolphe, comme un grand éclair dans une nuit sombre, lui avait passé dans l'âme. Il était si bon, si délicat, si généreux ! Et, d'ailleurs, s'il hésitait à lui rendre ce service, elle saurait bien l'y contraindre en rappelant d'un seul clin d'œil leur amour perdu. Elle partit donc vers la Huchette, sans s'apercevoir qu'elle courait s'offrir à ce qui l'avait tantôt si fort exaspérée, ni se douter le moins du monde de cette prostitution.

VIII

Elle se demandait tout en marchant : « Que vais-je dire ? Par où commencerai-je ? » Et, à mesure qu'elle avançait, elle reconnaissait les buissons, les arbres, les joncs marins sur la colline, le château là-bas. Elle se retrouvait dans les sensations de sa première tendresse, et son pauvre cœur comprimé s'y dilatait amoureusement. Un vent tiède lui soufflait au visage ; la neige, se fondant, tombait goutte à goutte des bourgeons sur l'herbe.

Elle entra, comme autrefois, par la petite porte du parc, puis arriva à la cour d'honneur, que bordait un double rang de tilleuls touffus. Ils balançaient, en sifflant, leurs longues branches. Les chiens au chenil aboyèrent tous, et l'éclat de leurs voix retentissait sans qu'il parût personne.

Elle monta le large escalier droit, à balustres de bois, qui conduisait au corridor pavé de dalles poudreuses où s'ouvraient plusieurs chambres à la file, comme dans les monastères ou les auberges. La sienne était au bout, tout au fond, à gauche. Quand elle vint à poser les doigts sur la serrure, ses forces subitement l'abandonnèrent. Elle avait peur qu'il ne fût pas là, le souhaitait presque, et c'était pourtant son seul espoir, la dernière chance du salut. Elle se recueillit une minute, et, retrempant son courage au sentiment de la nécessité présente, elle entra.

Il était devant le feu, les deux pieds sur le chambranle, en train de fumer une pipe.

— Tiens ! c'est vous ! dit-il en se levant brusquement.

— Oui, c'est moi !... je voudrais, Rodolphe, vous demander un conseil.

Et, malgré tous ses efforts, il lui était impossible de desserrer la bouche.

— Vous n'avez pas changé, vous êtes toujours charmante !

— Oh! reprit-elle amèrement, ce sont de tristes charmes, mon ami, puisque vous les avez dédaignés.

Alors il entama une explication de sa conduite, s'excusant en termes vagues, faute de pouvoir inventer mieux.

Elle se laissa prendre à ses paroles, plus encore à sa voix et par le spectacle de sa personne ; si bien qu'elle fit semblant de croire, ou crut-elle peut-être, au prétexte de leur rupture ; c'était un secret d'où dépendaient l'honneur et même la vie d'une troisième personne.

— N'importe! fit-elle en le regardant tristement, j'ai bien souffert !

Il répondit d'un ton philosophique :

— L'existence est ainsi !

— A-t-elle du moins, reprit Emma, été bonne pour vous depuis notre séparation ?

— Oh! ni bonne... ni mauvaise.

— Il aurait peut-être mieux valu ne jamais nous quitter.

— Oui..., peut-être !

— Tu crois ? dit-elle en se rapprochant.

Et elle soupira :

— Ô Rodolphe ! si tu savais !... je t'ai bien aimé !

Ce fut alors qu'elle prit sa main, et ils restèrent quelque temps les doigts entrelacés, — comme le premier jour, aux Comices ! Par un geste d'orgueil, il se débattait sous l'attendrissement. Mais, s'affaissant contre sa poitrine, elle lui dit :

— Comment voulais-tu que je vécusse sans toi ? On ne peut pas se déshabituer du bonheur ! J'étais désespérée ! j'ai cru mourir ! Je te conterai tout cela, tu verras. Et toi, tu m'as fuie !...

Car, depuis trois ans, il l'avait soigneusement évitée, par suite de cette lâcheté naturelle qui caractérise le sexe fort ; et Emma continuait avec des gestes mignons de tête, plus câline qu'une chatte amoureuse :

— Tu en aimes d'autres, avoue-le. Oh! je les comprends, va! je les excuse ; tu les auras séduites, comme tu m'avais séduite. Tu es un homme, toi ! tu as tout ce qu'il faut pour te faire chérir. Mais nous recommencerons, n'est-ce pas ? Nous nous aimerons ! Tiens, je ris, je suis heureuse !... parle donc !

Et elle était ravissante à voir, avec son regard où tremblait une larme, comme l'eau d'un orage dans un calice bleu.

Il l'attira sur ses genoux, et il caressait du revers de la main ses bandeaux lisses, où, dans la clarté du crépuscule, miroitait comme une flèche d'or un dernier rayon du soleil. Elle penchait le front ; il finit par la baiser sur les paupières, tout doucement, du bout de ses lèvres.

— Mais tu as pleuré ! dit-il. Pourquoi ?

Elle éclata en sanglots. Rodolphe crut que c'était l'explosion de son amour ; comme elle se taisait, il prit ce silence pour une dernière pudeur, et alors il s'écria[57] :

— Ah ! pardonne-moi ! tu es la seule qui me plaise. J'ai été imbécile et méchant ! Je t'aime, je t'aimerai toujours ! Qu'as-tu ? dis-le donc !

Il s'agenouillait.

— Eh bien !... je suis ruinée, Rodolphe ! Tu vas me prêter trois mille francs !

— Mais... mais..., dit-il en se relevant peu à peu, tandis que sa physionomie prenait une expression grave.

— Tu sais, continuait-elle vite, que mon mari avait placé toute sa fortune chez un notaire ; il s'est enfui. Nous avons emprunté ; les clients ne payaient pas. Du reste la liquidation n'est pas finie ; nous en aurons plus tard. Mais, aujourd'hui, faute de trois mille francs, on va nous saisir ; c'est à présent, à l'instant même ; et comptant sur ton amitié, je suis venue.

— Ah ! pensa Rodolphe, qui devint très pâle tout à coup, c'est pour cela qu'elle est venue !

Enfin il dit d'un air très calme :

— Je ne les ai pas, chère madame.

Il ne mentait point. Il les eût eus qu'il les aurait donnés, sans doute, bien qu'il soit généralement désagréable de faire de si belles actions : une demande pécuniaire, de toutes les bourrasques qui tombent sur l'amour, étant la plus froide et la plus déracinante.

Elle resta d'abord quelques minutes à le regarder.

— Tu ne les as pas !

Elle répéta plusieurs fois :

— Tu ne les as pas !... J'aurais dû m'épargner cette dernière honte. Tu ne m'as jamais aimée ! tu ne vaux pas mieux que les autres !

Elle se trahissait, elle se perdait.

Rodolphe l'interrompit, affirmant qu'il se trouvait « gêné » lui-même.

— Ah ! je te plains ! dit Emma. Oui, considérablement !...

Et, arrêtant ses yeux sur une carabine damasquinée qui brillait dans la panoplie :

— Mais, lorsqu'on est si pauvre, on ne met pas d'argent à la crosse de son fusil ! On n'achète pas une pendule avec des incrustations d'écailles ! continuait-elle en montrant l'horloge de Boulle ; ni des sifflets de vermeil pour ses fouets — elle les touchait ! — ni des breloques pour sa montre ! Oh ! rien ne lui manque ! jusqu'à un porte-liqueurs dans sa chambre ; car tu t'aimes, tu vis bien, tu as un château, des fermes, des bois ; tu chasses à courre, tu voyages à Paris... Eh ! quand ce ne serait que cela, s'écria-t-elle en prenant sur la cheminée ses boutons de manchettes, que la moindre de ces niaiseries ! on en peut faire de l'argent !... Oh ! je n'en veux pas ! garde-les.

Et elle lança bien loin les deux boutons, dont la chaîne d'or se rompit en cognant contre la muraille.

— Mais, moi, je t'aurais tout donné, j'aurais tout vendu, j'aurais travaillé de mes mains, j'aurais mendié sur les routes, pour un sourire, pour un regard, pour t'entendre dire : « Merci ! » Et tu restes là tranquillement dans ton fauteuil, comme si déjà tu ne m'avais pas fait assez souffrir ? Sans toi, sais-tu bien, j'aurais pu vivre heureuse ! Qui t'y forçait ? Était-ce une gageure ? Tu m'aimais cependant, tu le disais... Et tout à l'heure encore... Ah ! il eût mieux valu me chasser !

J'ai les mains chaudes de tes baisers, et voilà la place, sur le tapis, où tu jurais à mes genoux une éternité d'amour. Tu m'y as fait croire : tu m'as, pendant deux ans, traînée dans le rêve le plus magnifique et le plus suave !... Hein ? nos projets de voyage, tu te rappelles ? Oh ! ta lettre, ta lettre ! elle m'a déchiré le cœur ! Et puis, quand je reviens vers lui, vers lui, qui est riche, heureux, libre ! pour implorer un secours que le premier venu rendrait, suppliante et lui rapportant toute ma tendresse, il me repousse, parce que ça lui coûterait trois mille francs !

— Je ne les ai pas ! répondit Rodolphe avec ce calme parfait dont se recouvrent, comme d'un bouclier, les colères résignées.

Elle sortit. Les murs tremblaient, le plafond l'écrasait ; et elle repassa par la longue allée, en trébuchant contre les tas de feuilles mortes que le vent dispersait. Enfin elle arriva au saut-de-loup devant la grille ; elle se cassa les ongles contre la serrure, tant elle se dépêchait pour l'ouvrir. Puis, cent pas plus loin, essoufflée, près de tomber, elle s'arrêta. Et alors, se détournant, elle aperçut encore une fois l'impassible château, avec le parc, les jardins, les trois cours, et toutes les fenêtres de la façade.

Elle resta perdue de stupeur, et n'ayant plus conscience d'elle-même que par le battement de ses artères, qu'elle croyait entendre s'échapper comme une assourdissante musique qui emplissait la campagne. Le sol, sous ses pieds, était plus mou qu'une onde, et les sillons lui parurent d'immenses vagues brunes, qui déferlaient. Tout ce qu'il y avait dans sa tête de réminiscences, d'idées, s'échappait à la fois, d'un seul bond, comme les mille pièces d'un feu d'artifice. Elle vit son père, le cabinet de Lheureux, leur chambre là-bas, un autre paysage. La folie la prenait, elle eut peur, et parvint à se ressaisir, d'une manière confuse, il est vrai ; car elle ne se rappelait point la cause de son horrible état, c'est-à-dire la question d'argent. Elle ne souffrait que de son amour, et sentait son âme l'abandonner par ce souvenir, comme les blessés, en

agonisant, sentent l'existence qui s'en va par leur plaie
qui saigne.

La nuit tombait, des corneilles volaient.

Il lui sembla tout à coup que des globules couleur de
feu éclataient dans l'air comme des balles fulminantes
en s'aplatissant, et tournaient, tournaient, pour aller se
fondre dans la neige, entre les branches des arbres [58].
Au milieu de chacun d'eux, la figure de Rodolphe
apparaissait. Ils se multiplièrent, et ils se rapprochaient, la pénétraient ; tout disparut. Elle reconnut les
lumières des maisons, qui rayonnaient de loin dans le
brouillard.

Alors sa situation, telle qu'un abîme, se représenta.
Elle haletait à se rompre la poitrine. Puis, dans un
transport d'héroïsme qui la rendait presque joyeuse,
elle descendit la côte en courant, traversa la planche
aux vaches, le sentier, l'allée, les halles, et arriva
devant la boutique du pharmacien.

Il n'y avait personne. Elle allait entrer ; mais, au
bruit de la sonnette, on pouvait venir ; et, se glissant
par la barrière, retenant son haleine, tâtant les murs,
elle s'avança jusqu'au seuil de la cuisine, où brûlait une
chandelle posée sur le fourneau. Justin, en manches de
chemise, emportait un plat.

— Ah ! ils dînent. Attendons.

Il revint. Elle frappa contre la vitre. Il sortit.

— La clef ! celle d'en haut, où sont les...

— Comment !

Et il la regardait, tout étonné par la pâleur de son
visage, qui tranchait en blanc sur le fond noir de la
nuit. Elle lui apparut extraordinairement belle, et
majestueuse comme un fantôme ; sans comprendre ce
qu'elle voulait, il pressentait quelque chose de terrible.

Mais elle reprit vivement, à voix basse, d'une voix
douce, dissolvante :

— Je la veux ! Donne-la-moi.

Comme la cloison était mince, on entendait le
cliquetis des fourchettes sur les assiettes dans la salle à
manger.

Elle prétendit avoir besoin de tuer les rats qui l'empêchaient de dormir.

— Il faudrait que j'avertisse monsieur.

— Non ! reste !

Puis, d'un air indifférent :

— Eh ! ce n'est pas la peine, je lui dirai tantôt. Allons, éclaire-moi !

Elle entra dans le corridor où s'ouvrait la porte du laboratoire. Il y avait contre la muraille une clef étiquetée *Capharnaüm*.

— Justin ! cria l'apothicaire, qui s'impatientait.

— Montons !

Et il la suivit.

La clef tourna dans la serrure, et elle alla droit vers la troisième tablette, tant son souvenir la guidait bien, saisit le bocal bleu, en arracha le bouchon, y fourra sa main, et, la retirant pleine d'une poudre blanche, elle se mit à manger à même.

— Arrêtez ! s'écria-t-il en se jetant sur elle.

— Tais-toi ! on viendrait...

Il se désespérait, voulait appeler.

— N'en dis rien, tout retomberait sur ton maître !

Puis elle s'en retourna subitement apaisée, et presque dans la sérénité d'un devoir accompli.

Quand Charles, bouleversé par la nouvelle de la saisie, était rentré à la maison, Emma venait d'en sortir. Il cria, pleura, s'évanouit, mais elle ne revint pas. Où pouvait-elle être ? Il envoya Félicité chez Homais, chez M. Tuvache, chez Lheureux, au *Lion d'or*, partout ; et, dans les intermittences de son angoisse, il voyait sa considération anéantie, leur fortune perdue, l'avenir de Berthe brisé ! Par quelle cause !... pas un mot ! Il attendit jusqu'à six heures du soir. Enfin, n'y pouvant plus tenir, et imaginant qu'elle était partie pour Rouen, il alla sur la grande route, fit une demi-lieue, ne rencontra personne, attendit encore et s'en revint.

Elle était rentrée.

— Qu'y avait-il ?... Pourquoi ?... Explique-moi ?...

Elle s'assit à son secrétaire, et écrivit une lettre qu'elle cacheta lentement, ajoutant la date du jour et l'heure. Puis elle dit d'un ton solennel :

— Tu la liras demain ; d'ici là, je t'en prie, ne m'adresse pas une seule question !... Non, pas une !

— Mais...

— Oh ! laisse-moi !

Et elle se coucha tout du long sur son lit.

Une saveur âcre qu'elle sentait dans sa bouche la réveilla. Elle entrevit Charles et referma les yeux.

Elle s'épiait curieusement, pour discerner si elle ne souffrait pas. Mais non ! rien encore. Elle entendait le battement de la pendule, le bruit du feu, et Charles, debout près de sa couche, qui respirait.

— Ah ! c'est bien peu de chose, la mort ! pensait-elle : je vais dormir, et tout sera fini !

Elle but une gorgée d'eau et se tourna vers la muraille.

Cet affreux goût d'encre continuait.

— J'ai soif !... oh ! j'ai bien soif ! soupira-t-elle.

— Qu'as-tu donc ? dit Charles, qui lui tendait un verre.

— Ce n'est rien !... Ouvre la fenêtre... j'étouffe !

Et elle fut prise d'une nausée si soudaine, qu'elle eut à peine le temps de saisir son mouchoir sous l'oreiller.

— Enlève-le ! dit-elle vivement ; jette-le !

Il la questionna ; elle ne répondit pas. Elle se tenait immobile, de peur que la moindre émotion ne la fît vomir. Cependant, elle sentait un froid de glace qui lui montait des pieds jusqu'au cœur.

— Ah ! voilà que ça commence ! murmura-t-elle.

— Que dis-tu ?

Elle roulait sa tête avec un geste doux, plein d'angoisse, et tout en ouvrant continuellement les mâchoires, comme si elle eût porté sur sa langue quelque chose de très lourd. A huit heures, les vomissements reparurent.

Charles observa qu'il y avait au fond de la cuvette une sorte de gravier blanc, attaché aux parois de la porcelaine.

— C'est extraordinaire ! c'est singulier ! répéta-t-il.
Mais elle dit d'une voix forte :

— Non, tu te trompes !

Alors, délicatement et presque en la caressant, il lui passa la main sur l'estomac. Elle jeta un cri aigu. Il se recula tout effrayé.

Puis elle se mit à geindre, faiblement d'abord. Un grand frisson lui secouait les épaules, et elle devenait plus pâle que le drap où s'enfonçaient ses doigts crispés. Son pouls, inégal, était presque insensible maintenant.

Des gouttes suintaient sur sa figure bleuâtre, qui semblait comme figée dans l'exhalaison d'une vapeur métallique. Ses dents claquaient, ses yeux agrandis regardaient vaguement autour d'elle, et à toutes les questions elle ne répondait qu'en hochant la tête ; même elle sourit deux ou trois fois. Peu à peu, ses gémissements furent plus forts. Un hurlement sourd lui échappa ; elle prétendit qu'elle allait mieux et qu'elle se lèverait tout à l'heure. Mais les convulsions la saisirent ; elle s'écria :

— Ah ! c'est atroce, mon Dieu !

Il se jeta à genoux contre son lit.

— Parle ! qu'as-tu mangé ? Réponds, au nom du ciel !

Et il la regardait avec des yeux d'une tendresse comme elle n'en avait jamais vu.

— Eh bien, là... là !... dit-elle d'une voix défaillante.

Il bondit au secrétaire, brisa le cachet et lut tout haut ! *Qu'on n'accuse personne...* Il s'arrêta, se passa la main sur les yeux, et relut encore.

— Comment ! Au secours ! A moi !

Et il ne pouvait que répéter ce mot : « Empoisonnée ! empoisonnée ! » Félicité courut chez Homais, qui l'exclama sur la place ; madame Lefrançois l'entendit au *Lion d'or* ; quelques-uns se levèrent pour l'apprendre à leurs voisins, et toute la nuit le village fut en éveil.

Éperdu, balbutiant, près de tomber, Charles tournait dans la chambre. Il se heurtait aux meubles, s'arrachait les cheveux, et jamais le pharmacien n'avait cru qu'il pût y avoir de si épouvantable spectacle.

Il revint chez lui pour écrire à M. Canivet et au docteur Larivière. Il perdait la tête ; il fit plus de quinze brouillons. Hippolyte partit à Neufchâtel, et Justin talonna si fort le cheval de Bovary, qu'il le laissa dans la côte du Bois-Guillaume, fourbu et aux trois quarts crevé.

Charles voulut feuilleter son dictionnaire de médecine ; il n'y voyait pas, les lignes dansaient.

— Du calme ! dit l'apothicaire. Il s'agit seulement d'administrer quelque puissant antidote. Quel est le poison ?

Charles montra la lettre. C'était de l'arsenic.

— Eh bien ! reprit Homais, il faudrait en faire l'analyse.

Car il savait qu'il faut, dans tous les empoisonnements, faire une analyse ; et l'autre, qui ne comprenait pas, répondit :

— Ah ! faites ! faites ! sauvez-la...

Puis, revenu près d'elle, il s'affaissa par terre sur le tapis, et il restait la tête appuyée contre le bord de sa couche à sangloter.

— Ne pleure pas ! lui dit-elle. Bientôt je ne te tourmenterai plus !

— Pourquoi ? Qui t'a forcée ?

Elle répliqua :

— Il le fallait, mon ami.

— N'étais-tu pas heureuse ? Est-ce ma faute ? J'ai fait tout ce que j'ai pu, pourtant !

— Oui..., c'est vrai..., tu es bon, toi !

Et elle lui passait la main dans les cheveux, lentement. La douceur de cette sensation surchargeait sa tristesse ; il sentait tout son être s'écrouler de désespoir à l'idée qu'il fallait la perdre, quand, au contraire, elle avouait pour lui plus d'amour que jamais ; et il ne trouvait rien ; il ne savait pas, il n'osait, l'urgence d'une résolution immédiate achevant de le bouleverser.

Elle en avait fini, songeait-elle avec toutes les

trahisons, les bassesses et les innombrables convoitises qui la torturaient. Elle ne haïssait personne, maintenant ; une confusion de crépuscule s'abattait en sa pensée, et de tous les bruits de la terre Emma n'entendait plus que l'intermittente lamentation de ce pauvre cœur, douce et indistincte, comme le dernier écho d'une symphonie qui s'éloigne.

— Amenez-moi la petite, dit-elle en se soulevant du coude.

— Tu n'es pas plus mal, n'est-ce pas ? demanda Charles.

— Non ! non !

L'enfant arriva sur le bras de sa bonne, dans sa longue chemise de nuit, d'où sortaient ses pieds nus, sérieuse et presque rêvant encore. Elle considérait avec étonnement la chambre tout en désordre, et clignait des yeux, éblouie par les flambeaux qui brûlaient sur les meubles. Ils lui rappelaient sans doute les matins du jour de l'an ou de la mi-carême, quand, ainsi réveillée de bonne heure à la clarté des bougies, elle venait dans le lit de sa mère pour y recevoir ses étrennes, car elle se mit à dire :

— Où est-ce donc, maman ?

Et, comme tout le monde se taisait :

— Mais je ne vois pas mon petit soulier.

Félicité la penchait vers le lit, tandis qu'elle regardait toujours du côté de la cheminée.

— Est-ce nourrice qui l'aurait pris ? demanda-t-elle.

Et, à ce nom, qui la reportait dans le souvenir de ses adultères et de ses calamités, madame Bovary détourna sa tête, comme au dégoût d'un autre poison plus fort qui lui remontait à la bouche. Berthe, cependant, restait posée sur le lit.

— Oh ! comme tu as de grands yeux, maman ! comme tu es pâle ! comme tu sues !...

Sa mère la regardait.

— J'ai peur ! dit la petite en se reculant.

Emma prit sa main pour la baiser ; elle se débattait.

— Assez ! qu'on l'emmène ! s'écria Charles, qui sanglotait dans l'alcôve.

Puis les symptômes s'arrêtèrent un moment ; elle paraissait moins agitée ; et, à chaque parole insignifiante, à chaque souffle de sa poitrine un peu plus calme, il reprenait espoir. Enfin, lorsque Canivet entra, il se jeta dans ses bras en pleurant.

— Ah ! c'est vous ! merci ! vous êtes bon ! Mais tout va mieux. Tenez, regardez-la...

Le confrère ne fut nullement de cette opinion, et, n'y allant pas, comme il le disait lui-même, *par quatre chemins*, il prescrivit de l'émétique, afin de dégager complètement l'estomac.

Elle ne tarda pas à vomir du sang. Ses lèvres se serrèrent davantage. Elle avait les membres crispés, le corps couvert de taches brunes, et son pouls glissait sous les doigts comme un fil tendu, comme une corde de harpe près de se rompre.

Puis elle se mettait à crier, horriblement. Elle maudissait le poison, l'invectivait, le suppliait de se hâter, et repoussait de ses bras raidis tout ce que Charles, plus agonisant qu'elle, s'efforçait de lui faire boire. Il était debout, son mouchoir sur les lèvres, râlant, pleurant, suffoqué par des sanglots qui le secouaient jusqu'aux talons ; Félicité courait çà et là dans la chambre ; Homais, immobile, poussait de gros soupirs, et M. Canivet, gardant toujours son aplomb, commençait néanmoins à se sentir troublé.

— Diable !... cependant... elle est purgée, et, du moment que la cause cesse...

— L'effet doit cesser, dit Homais ; c'est évident.

— Mais sauvez-la ! s'exclamait Bovary.

Aussi, sans écouter le pharmacien qui hasardait encore cette hypothèse : « C'est peut-être un paroxysme salutaire », Canivet allait administrer de la thériaque, lorsqu'on entendit le claquement d'un fouet ; toutes les vitres frémirent, et une berline de poste, qu'enlevaient à plein poitrail trois chevaux crottés jusqu'aux oreilles, débusqua d'un bond au coin des halles. C'était le docteur Larivière [59].

L'apparition d'un dieu n'eût pas causé plus d'émoi. Bovary leva les mains, Canivet s'arrêta court, et

Homais retira son bonnet grec bien avant que le docteur fût entré.

Il appartenait à la grande école chirurgicale sortie du tablier de Bichat, à cette génération, maintenant disparue, de praticiens philosophes qui, chérissant leur art d'un amour fanatique, l'exerçaient avec exaltation et sagacité ! Tout tremblait dans son hôpital quand il se mettait en colère, et ses élèves le vénéraient si bien, qu'ils s'efforçaient, à peine établis, de l'imiter le plus possible ; de sorte que l'on retrouvait sur eux, par les villes d'alentour, sa longue douillette de mérinos et son large habit noir, dont les parements déboutonnés couvraient un peu ses mains charnues, de fort belles mains, et qui n'avaient jamais de gants, comme pour être plus promptes à plonger dans les misères. Dédaigneux des croix, des titres et des académies, hospitalier, libéral, paternel avec les pauvres et pratiquant la vertu sans y croire, il eût presque passé pour un saint si la finesse de son esprit ne l'eût fait craindre comme un démon. Son regard, plus tranchant que ses bistouris, vous descendait droit dans l'âme et désarticulait tout mensonge à travers les allégations et les pudeurs. Et il allait ainsi, plein de cette majesté débonnaire que donnent la conscience d'un grand talent, de la fortune, et quarante ans d'une existence laborieuse et irréprochable.

Il fronça les sourcils dès la porte, en apercevant la face cadavéreuse d'Emma étendue sur le dos, la bouche ouverte. Puis, tout en ayant l'air d'écouter Canivet, il se passait l'index sous les narines et répétait :

— C'est bien, c'est bien.

Mais il fit un geste lent des épaules. Bovary l'observa : ils se regardèrent ; et cet homme, si habitué pourtant à l'aspect des douleurs, ne put retenir une larme qui tomba sur son jabot.

Il voulut emmener Canivet dans la pièce voisine. Charles le suivit.

— Elle est bien mal, n'est-ce pas ? Si l'on posait des sinapismes ? je ne sais quoi ! Trouvez donc quelque chose, vous qui en avez tant sauvé !

Charles lui entourait le corps de ses deux bras, et il le contemplait d'une manière effarée, suppliante, à demi pâmé contre sa poitrine.

— Allons, mon pauvre garçon, du courage ! Il n'y a plus rien à faire.

Et le docteur Larivière se détourna.

— Vous partez ?

— Je vais revenir.

Il sortit, comme pour donner un ordre au postillon, avec le sieur Canivet, qui ne se souciait pas non plus de voir Emma mourir entre ses mains.

Le pharmacien les rejoignit sur la place. Il ne pouvait, par tempérament, se séparer des gens célèbres. Aussi conjura-t-il M. Larivière de lui faire cet insigne honneur d'accepter à déjeuner.

On envoya bien vite prendre des pigeons au *Lion d'or*, tout ce qu'il y avait de côtelettes à la boucherie, de la crème chez Tuvache, des œufs chez Lestiboudois, et l'apothicaire aidait lui-même aux préparatifs, tandis que madame Homais disait, en tirant les cordons de sa camisole :

— Vous ferez excuse, monsieur ; car, dans notre malheureux pays, du moment qu'on n'est pas prévenu la veille...

— Les verres à pattes !!! souffla Homais.

— Au moins, si nous étions à la ville, nous aurions la ressource des pieds farcis.

— Tais-toi !... A table, docteur !

Il jugea bon, après les premiers morceaux, de fournir quelques détails sur la catastrophe :

— Nous avons eu d'abord un sentiment de siccité au pharynx, puis des douleurs intolérables à l'épigastre, superpurgation, coma.

— Comment s'est-elle donc empoisonnée ?

— Je l'ignore, docteur, et même je ne sais pas trop où elle a pu se procurer cet acide arsénieux.

Justin, qui apportait alors une pile d'assiettes, fut saisi d'un tremblement.

— Qu'as-tu ? dit le pharmacien.

Le jeune homme, à cette question, laissa tout tomber par terre, avec un grand fracas.

— Imbécile ! s'écria Homais, maladroit ! lourdaud ! fichu âne !

Mais, soudain, se maîtrisant :

— J'ai voulu, docteur, tenter une analyse, et *primo*, j'ai délicatement introduit dans un tube...

— Il aurait mieux valu, dit le chirurgien, lui introduire vos doigts dans la gorge.

Son confrère se taisait, ayant tout à l'heure reçu confidentiellement une forte semonce à propos de son émétique, de sorte que ce bon Canivet, si arrogant et verbeux lors du pied bot, était très modeste aujourd'hui ; il souriait sans discontinuer, d'une manière approbative.

Homais s'épanouissait dans son orgueil d'amphitryon, et l'affligeante idée de Bovary contribuait vaguement à son plaisir, par un retour égoïste qu'il faisait sur lui-même. Puis la présence du Docteur le transportait. Il étalait son érudition, il citait pêle-mêle les cantharides, l'upas, le mancenillier, la vipère...

— Et même j'ai lu que différentes personnes s'étaient trouvées intoxiquées, docteur, et comme foudroyées par des boudins qui avaient subi une trop véhémente fumigation ! Du moins, c'était dans un fort beau rapport, composé par une de nos sommités pharmaceutiques, un de nos maîtres, l'illustre Cadet de Gassicourt !

Madame Homais réapparut, portant une de ces vacillantes machines que l'on chauffe avec de l'esprit-de-vin ; car Homais tenait à faire son café sur la table, l'ayant, d'ailleurs, torréfié lui-même, porphyrisé lui-même, mixtionné lui-même.

— *Saccharum*, docteur, dit-il en offrant du sucre.

Puis il fit descendre tous ses enfants, curieux d'avoir l'avis du chirurgien sur leur constitution.

Enfin, M. Larivière allait partir, quand madame Homais lui demanda une consultation pour son mari. Il s'épaississait le sang à s'endormir chaque soir après le dîner.

— Oh ! ce n'est pas le *sens* qui le gêne.

Et, souriant un peu de ce calembour inaperçu, le docteur ouvrit la porte. Mais la pharmacie regorgeait de monde, et il eut grand-peine à pouvoir se débarrasser du sieur Tuvache, qui redoutait pour son épouse une fluxion de poitrine, parce qu'elle avait coutume de cracher dans les cendres ; puis de M. Binet, qui éprouvait parfois des fringales, et de madame Caron, qui avait des picotements ; de Lheureux, qui avait des vertiges ; de Lestiboudois, qui avait un rhumatisme ; de madame Lefrançois, qui avait des aigreurs. Enfin les trois chevaux détalèrent, et l'on trouva généralement qu'il n'avait point montré de complaisance.

L'attention publique fut distraite par l'apparition de M. Bournisien, qui passait sous les halles avec les saintes huiles.

Homais, comme il le devait à ses principes, compara les prêtres à des corbeaux qu'attire l'odeur des morts ; la vue d'un ecclésiastique lui était personnellement désagréable, car la soutane le faisait rêver au linceul, et il exécrait l'une un peu par épouvante de l'autre.

Néanmoins, ne reculant pas devant ce qu'il appelait *sa mission*, il retourna chez Bovary en compagnie de Canivet, que M. Larivière, avant de partir, avait engagé fortement à cette démarche ; et même, sans les représentations de sa femme, il eût emmené avec lui ses deux fils, afin de les accoutumer aux fortes circonstances, pour que ce fût une leçon, un exemple, un tableau solennel qui leur restât plus tard dans la tête.

La chambre, quand ils entrèrent, était toute pleine d'une solennité lugubre [60]. Il y avait sur la table à ouvrage, recouverte d'une serviette blanche, cinq ou six petites boules de coton dans un plat d'argent, près d'un gros crucifix, entre deux chandeliers qui brûlaient. Emma, le menton contre sa poitrine, ouvrait démesurément les paupières : et ses pauvres mains se traînaient sur les draps, avec ce geste hideux et doux des agonisants qui semblent vouloir déjà se recouvrir du suaire. Pâle comme une statue, et les yeux rouges comme des charbons, Charles, sans pleurer, se tenait en face d'elle au pied du lit, tandis que le prêtre, appuyé sur un genou, marmottait des paroles basses.

Elle tourna sa figure lentement, et parut saisie de joie à voir tout à coup l'étole violette, sans doute retrouvant au milieu d'un apaisement extraordinaire la volupté perdue de ses premiers élancements mystiques, avec des visions de béatitude éternelle qui commençaient.

Le prêtre se releva pour prendre le crucifix ; alors elle allongea le cou comme quelqu'un qui a soif, et, collant ses lèvres sur le corps de l'Homme-Dieu, elle y déposa de toute sa force expirante le plus grand baiser d'amour qu'elle eût jamais donné. Ensuite il récita le *Misereatur* et l'*Indulgentiam*, trempa son pouce droit dans l'huile et commença les onctions : d'abord sur les yeux, qui avaient tant convoité toutes les somptuosités terrestres ; puis sur les narines, friandes de brises tièdes et de senteurs amoureuses ; puis sur la bouche, qui s'était ouverte pour le mensonge, qui avait gémi d'orgueil et crié dans la luxure ; puis sur les mains, qui se délectaient aux contacts suaves, et enfin sur la plante des pieds, si rapides autrefois quand elle courait à l'assouvissement de ses désirs, et qui maintenant ne marcheraient plus.

Le curé s'essuya les doigts, jeta dans le feu les brins de coton trempés d'huile, et revint s'asseoir près de la moribonde pour lui dire qu'elle devait à présent joindre ses souffrances à celles de Jésus-Christ et s'abandonner à la miséricorde divine.

En finissant ses exhortations, il essaya de lui mettre dans la main un cierge bénit, symbole des gloires célestes dont elle allait tout à l'heure être environnée. Emma, trop faible, ne put fermer les doigts, et le cierge, sans M. Bournisien, serait tombé à terre.

Cependant elle n'était pas aussi pâle, et son visage avait une expression de sérénité, comme si le sacrement l'eût guérie.

Le prêtre ne manqua point d'en faire l'observation ; il expliqua même à Bovary que le Seigneur, quelquefois, prolongeait l'existence des personnes lorsqu'il le jugeait convenable pour le salut ; et Charles se rappela un jour où, ainsi près de mourir, elle avait reçu la communion.

— Il ne fallait peut-être pas se désespérer, pensa-t-il.

En effet, elle regarda tout autour d'elle, lentement, comme quelqu'un qui se réveille d'un songe, puis, d'une voix distincte, elle demanda son miroir, et elle resta penchée dessus quelque temps ; jusqu'au moment où de grosses larmes lui découlèrent des yeux. Alors elle se renversa la tête en poussant un soupir et retomba sur l'oreiller.

Sa poitrine aussitôt se mit à haleter rapidement. La langue tout entière lui sortit hors de la bouche ; ses yeux, en roulant, pâlissaient comme deux globes de lampe qui s'éteignent, à la croire déjà morte, sans l'effrayante accélération de ses côtes, secouées par un souffle furieux, comme si l'âme eût fait des bonds pour se détacher. Félicité s'agenouilla devant le crucifix, et le pharmacien lui-même fléchit un peu les jarrets, tandis que M. Canivet regardait vaguement sur la place. Bournisien s'était remis en prière, la figure inclinée contre le bord de la couche, avec sa longue soutane noire qui traînait derrière lui dans l'appartement. Charles était de l'autre côté, à genoux, les bras étendus vers Emma. Il avait pris ses mains et il les serrait, tressaillant à chaque battement de son cœur, comme au contrecoup d'une ruine qui tombe. A mesure que le râle devenait plus fort, l'ecclésiastique précipitait ses oraisons : elles se mêlaient aux sanglots étouffés de Bovary, et quelquefois tout semblait disparaître dans le sourd murmure des syllabes latines, qui tintaient comme un glas de cloche.

Tout à coup, on entendit sur le trottoir un bruit de gros sabots, avec le frôlement d'un bâton ; et une voix s'éleva, une voix rauque, qui chantait :

> Souvent la chaleur d'un beau jour
> Fait rêver fillette à l'amour.

Emma se releva comme un cadavre que l'on galvanise, les cheveux dénoués, la prunelle fixe, béante.

> Pour amasser diligemment
> Les épis que la faux moissonne,
> Ma Nanette va s'inclinant
> Vers le sillon qui nous les donne.

— L'aveugle ! s'écria-t-elle.

Et Emma se mit à rire, d'un rire atroce, frénétique, désespéré, croyant voir la face hideuse du misérable, qui se dressait dans les ténèbres éternelles comme un épouvantement.

> Il souffla bien fort ce jour-là,
> Et le jupon court s'envola !

Une convulsion la rabattit sur le matelas. Tous s'approchèrent. Elle n'existait plus.

IX

Il y a toujours, après la mort de quelqu'un, comme une stupéfaction qui se dégage, tant il est difficile de comprendre cette survenue du néant et de se résigner à croire. Mais, quand il s'aperçut pourtant de son immobilité, Charles se jeta sur elle en criant :

— Adieu ! adieu !

Homais et Canivet l'entraînèrent hors de la chambre.

— Modérez-vous !

— Oui, disait-il en se débattant, je serai raisonnable, je ne ferai pas de mal. Mais laissez-moi ! je veux la voir ! c'est ma femme !

Et il pleurait.

— Pleurez, reprit le pharmacien, donnez cours à la nature, cela vous soulagera !

Devenu plus faible qu'un enfant, Charles se laissa conduire en bas, dans la salle, et M. Homais, bientôt, s'en retourna chez lui.

Il fut, sur la place, accosté par l'aveugle, qui, s'étant traîné jusqu'à Yonville, dans l'espoir de la pommade antiphlogistique, demandait à chaque passant où demeurait l'apothicaire.

— Allons, bon ! comme si je n'avais pas d'autres chiens à fouetter ! Ah ! tant pis, reviens plus tard !

Et il entra précipitamment dans la pharmacie.

Il avait à écrire deux lettres, à faire une potion calmante pour Bovary, à trouver un mensonge qui pût cacher l'empoisonnement et à le rédiger en article pour le *Fanal*, sans compter les personnes qui l'attendaient, afin d'avoir des informations ; et, quand les Yonvillais eurent tous entendu son histoire d'arsenic qu'elle avait pris pour du sucre, en faisant une crème à la vanille, Homais, encore une fois, retourna chez Bovary.

Il le trouva seul (M. Canivet venait de partir), assis dans le fauteuil, près de la fenêtre, et contemplant d'un regard idiot les pavés de la salle.

— Il faudrait à présent, dit le pharmacien, fixer vous-même l'heure de la cérémonie.

— Pourquoi ? Quelle cérémonie ?

Puis, d'une voix balbutiante et effrayée :

— Oh ! non, n'est-ce pas ? non, je veux la garder.

Homais, par contenance, prit une carafe sur l'étagère pour arroser les géraniums.

— Ah ! merci, dit Charles, vous êtes bon !

Et il n'acheva pas, suffoquant sous une abondance de souvenirs que ce geste du pharmacien lui rappelait.

Alors, pour le distraire, Homais jugea convenable de causer un peu horticulture ; les plantes avaient besoin d'humidité. Charles baissa la tête en signe d'approbation.

— Du reste, les beaux jours maintenant vont revenir.

— Ah ! fit Bovary.

L'apothicaire, à bout d'idées, se mit à écarter doucement les petits rideaux du vitrage.

— Tiens, voilà M. Tuvache qui passe.

Charles répéta comme une machine :

— M. Tuvache qui passe.

Homais n'osa lui reparler des dispositions funèbres ; ce fut l'ecclésiastique qui parvint à l'y résoudre.

Il s'enferma dans son cabinet, prit une plume, et, après avoir sangloté quelque temps, il écrivit :

Je veux qu'on l'enterre dans sa robe de noces, avec des souliers blancs, une couronne. On lui étalera ses cheveux sur les épaules ; trois cercueils, un de chêne, un d'acajou, un de plomb. Qu'on ne me dise rien, j'aurai de la force. On lui mettra par-dessus toute une grande pièce de velours vert. Je le veux. Faites-le.

Ces messieurs s'étonnèrent beaucoup des idées romanesques de Bovary, et aussitôt le pharmacien alla lui dire :

— Ce velours me paraît une superfétation. La dépense, d'ailleurs…

— Est-ce que cela vous regarde ? s'écria Charles. Laissez-moi ! vous ne l'aimiez pas ! Allez-vous-en !

L'ecclésiastique le prit par-dessous le bras pour lui faire faire un tour de promenade dans le jardin. Il discourait sur la vanité des choses terrestres. Dieu était bien grand, bien bon ; on devait sans murmure se soumettre à ses décrets, même le remercier.

Charles éclata en blasphèmes.

— Je l'exècre, votre Dieu !

— L'esprit de la révolte est encore en vous, soupira l'ecclésiastique.

Bovary était loin. Il marchait à grands pas, le long du mur, près de l'espalier, et il grinçait des dents, il levait au ciel des regards de malédiction ; mais pas une feuille seulement n'en bougea.

Une petite pluie tombait. Charles, qui avait la poitrine nue, finit par grelotter ; il rentra s'asseoir dans la cuisine.

A six heures, on entendit un bruit de ferraille sur la place : c'était l'*Hirondelle* qui arrivait ; et il resta le front contre les carreaux, à voir descendre les uns après les autres tous les voyageurs. Félicité lui étendit un matelas dans le salon ; il se jeta dessus et s'endormit.

Bien que philosophe, M. Homais respectait les morts. Aussi, sans garder rancune au pauvre Charles, il revint le soir pour faire la veillée du cadavre, apportant avec lui trois volumes, et un portefeuille, afin de prendre des notes.

M. Bournisien s'y trouvait, et deux grands cierges brûlaient au chevet du lit, que l'on avait tiré hors de l'alcôve.

L'apothicaire, à qui le silence pesait, ne tarda pas à formuler quelques plaintes sur cette « infortunée jeune femme » ; et le prêtre répondit qu'il ne restait plus maintenant qu'à prier pour elle.

— Cependant, reprit Homais, de deux choses l'une : ou elle est morte en état de grâce (comme s'exprime l'Église), et alors elle n'a nul besoin de nos prières ; ou bien elle est décédée impénitente (c'est, je crois, l'expression ecclésiastique), et alors...

Bournisien l'interrompit, répliquant d'un ton bourru qu'il n'en fallait pas moins prier.

— Mais, objecta le pharmacien, puisque Dieu connaît tous nos besoins, à quoi peut servir la prière ?

— Comment ! fit l'ecclésiastique, la prière ! Vous n'êtes donc pas chrétien ?

— Pardonnez ! dit Homais. J'admire le christianisme. Il a d'abord affranchi les esclaves, introduit dans le monde une morale...

— Il ne s'agit pas de cela ! Tous les textes...

— Oh ! oh ! quant aux textes, ouvrez l'histoire ; on sait qu'ils ont été falsifiés par les Jésuites.

Charles entra, et, s'avançant vers le lit, il tira lentement les rideaux.

Emma avait la tête penchée sur l'épaule droite. Le coin de sa bouche, qui se tenait ouverte, faisait comme un trou noir au bas de son visage, les deux pouces restaient infléchis dans la paume des mains ; une sorte de poussière blanche lui parsemait les cils, et ses yeux commençaient à disparaître dans une pâleur visqueuse qui ressemblait à une toile mince, comme si des araignées avaient filé dessus. Le drap se creusait depuis ses seins jusqu'à ses genoux, se relevant ensuite à la pointe des orteils ; et il semblait à Charles que des masses infinies, qu'un poids énorme pesait sur elle.

L'horloge de l'église sonna deux heures. On entendait le gros murmure de la rivière qui coulait dans les ténèbres, au pied de la terrasse. M. Bournisien, de temps à autre, se mouchait bruyamment, et Homais faisait grincer sa plume sur le papier.

— Allons, mon bon ami, dit-il, retirez-vous, ce spectacle vous déchire !

Charles une fois parti, le pharmacien et le curé recommencèrent leurs discussions.

— Lisez Voltaire ! disait l'un ; lisez d'Holbach, lisez l'*Encyclopédie* !

— Lisez les *Lettres de quelques juifs portugais* ! disait l'autre ; lisez la *Raison du christianisme*, par Nicolas, ancien magistrat !

Ils s'échauffaient, ils étaient rouges, ils parlaient à la fois, sans s'écouter ; Bournisien se scandalisait d'une telle audace ; Homais s'émerveillait d'une telle bêtise ; et ils n'étaient pas loin de s'adresser des injures, quand Charles, tout à coup, reparut. Une fascination l'attirait. Il remontait continuellement l'escalier.

Il se posait en face d'elle pour la mieux voir, et il se perdait en cette contemplation, qui n'était plus douloureuse à force d'être profonde.

Il se rappelait des histoires de catalepsie, les miracles du magnétisme ; et il se disait qu'en le voulant extrêmement, il parviendrait peut-être à la ressusciter. Une fois même il se pencha vers elle, et il cria tout bas : « Emma ! Emma ! » Son haleine, fortement poussée, fit trembler la flamme des cierges contre le mur.

Au petit jour, madame Bovary mère arriva ; Charles, en l'embrassant, eut un nouveau débordement de pleurs. Elle essaya, comme avait tenté le pharmacien, de lui faire quelques observations sur les dépenses de l'enterrement. Il s'emporta si fort qu'elle se tut, et même il la chargea de se rendre immédiatement à la ville pour acheter ce qu'il fallait.

Charles resta seul toute l'après-midi ; on avait conduit Berthe chez madame Homais ; Félicité se

tenait en haut, dans la chambre, avec la mère Lefrançois.

Le soir, il reçut des visites. Il se levait, vous serrait
les mains sans pouvoir parler, puis on s'asseyait auprès
des autres, qui faisaient devant la cheminée un grand
demi-cercle. La figure basse et le jarret sur le genou, ils
dandinaient leur jambe, tout en poussant par intervalles un gros soupir ; et chacun s'ennuyait d'une façon
démesurée ; c'était pourtant à qui ne partirait pas.

Homais, quand il revint à neuf heures (on ne voyait
que lui sur la place, depuis deux jours), était chargé
d'une provision de camphre, de benjoin et d'herbes
aromatiques. Il portait aussi un vase plein de chlore,
pour bannir les miasmes. A ce moment, la domestique,
madame Lefrançois et la mère Bovary tournaient
autour d'Emma, en achevant de l'habiller ; et elles
abaissèrent le long voile raide, qui la recouvrit jusqu'à
ses souliers de satin.

Félicité sanglotait :

— Ah ! ma pauvre maîtresse ! ma pauvre maîtresse !

— Regardez-la, disait en soupirant l'aubergiste,
comme elle est mignonne encore ! Si l'on ne jurerait
pas qu'elle va se lever tout à l'heure.

Puis elles se penchèrent pour lui mettre sa couronne.

Il fallut soulever un peu la tête, et alors un flot de
liquides noirs sortit, comme un vomissement, de sa
bouche.

— Ah ! mon Dieu ! la robe, prenez garde ! s'écria
madame Lefrançois. Aidez-nous donc ! disait-elle au
pharmacien. Est-ce que vous avez peur, par hasard ?

— Moi, peur ? répliqua-t-il en haussant les épaules.
Ah bien, oui ! J'en ai vu d'autres à l'Hôtel-Dieu, quand
j'étudiais la pharmacie ! Nous faisions du punch dans
l'amphithéâtre aux dissections ! Le néant n'épouvante
pas un philosophe ; et même, je le dis souvent, j'ai
l'intention de léguer mon corps aux hôpitaux, afin de
servir plus tard à la Science.

En arrivant, le curé demanda comment se portait
Monsieur ; et, sur la réponse de l'apothicaire, il reprit :

— Le coup, vous comprenez, est encore trop récent !

Alors Homais le félicita de n'être pas exposé, comme tout le monde, à perdre une compagne chérie ; d'où s'ensuivit une discussion sur le célibat des prêtres.

— Car, disait le pharmacien, il n'est pas naturel qu'un homme se passe de femmes ! on a vu des crimes...

— Mais, sabre de bois ! s'écria l'ecclésiastique, comment voulez-vous qu'un individu pris dans le mariage puisse garder, par exemple, le secret de la confession ?

Homais attaqua la confession. Bournisien la défendit ; il s'étendit sur les restitutions qu'elle faisait opérer. Il cita différentes anecdotes de voleurs devenus honnêtes tout à coup. Des militaires, s'étant approchés du tribunal de la pénitence, avaient senti les écailles leur tomber des yeux. Il y avait à Fribourg un ministre...

Son compagnon dormait. Puis, comme il étouffait un peu dans l'atmosphère trop lourde de la chambre, il ouvrit la fenêtre, ce qui réveilla le pharmacien.

— Allons, une prise ! lui dit-il. Acceptez, cela dissipe.

Des aboiements continus se traînaient au loin, quelque part.

— Entendez-vous un chien qui hurle ? dit le pharmacien.

— On prétend qu'ils sentent les morts, répondit l'ecclésiastique. C'est comme les abeilles ; elles s'envolent de la ruche au décès des personnes. — Homais ne releva pas ces préjugés, car il s'était rendormi.

M. Bournisien, plus robuste, continua quelque temps à remuer tout bas les lèvres ; puis, insensiblement, il baissa le menton, lâcha son gros livre noir et se mit à ronfler.

Ils étaient en face l'un de l'autre, le ventre en avant, la figure bouffie, l'air renfrogné, après tant de désaccord se rencontrant enfin dans la même faiblesse humaine; et ils ne bougeaient pas plus que le cadavre à côté d'eux qui avait l'air de dormir.

Charles, en entrant, ne les réveilla point. C'était la dernière fois. Il venait lui faire ses adieux.

Les herbes aromatiques fumaient encore, et des tourbillons de vapeur bleuâtre se confondaient au bord de la croisée avec le brouillard qui entrait. Il y avait quelques étoiles, et la nuit était douce.

La cire des cierges tombait par grosses larmes sur les draps du lit. Charles les regardait brûler, fatiguant ses yeux contre le rayonnement de leur flamme jaune.

Des moires frissonnaient sur la robe de satin, blanche comme un clair de lune. Emma disparaissait dessous; et il lui semblait que, s'épandant au-dehors d'elle-même, elle se perdait confusément dans l'entourage des choses, dans le silence, dans la nuit, dans le vent qui passait, dans les senteurs humides qui montaient.

Puis, tout à coup, il la voyait dans le jardin de Tostes, sur le banc, contre la haie d'épines, ou bien à Rouen, dans les rues, sur le seuil de leur maison, dans la cour des Bertaux. Il entendait encore le rire des garçons en gaieté qui dansaient sous les pommiers; la chambre était pleine du parfum de sa chevelure, et sa robe lui frissonnait dans les bras avec un bruit d'étincelles. C'était la même, celle-là!

Il fut longtemps à se rappeler ainsi toutes les félicités disparues, ses attitudes, ses gestes, le timbre de sa voix. Après un désespoir, il en venait un autre et toujours, intarissablement, comme les flots d'une marée qui déborde.

Il eut une curiosité terrible : lentement, du bout des doigts, en palpitant, il releva son voile. Mais il poussa un cri d'horreur qui réveilla les deux autres. Ils l'entraînèrent en bas, dans la salle.

Puis Félicité vint dire qu'il demandait des cheveux.

— Coupez-en! répliqua l'apothicaire.

Et, comme elle n'osait, il s'avança lui-même, les ciseaux à la main. Il tremblait si fort, qu'il piqua la peau des tempes en plusieurs places. Enfin, se raidissant contre l'émotion, Homais donna deux ou trois grands coups au hasard, ce qui fit des marques blanches dans cette belle chevelure noire.

Le pharmacien et le curé se replongèrent dans leurs occupations, non sans dormir de temps à autre, ce dont ils s'accusaient réciproquement à chaque réveil nouveau. Alors M. Bournisien aspergeait la chambre d'eau bénite et Homais jetait un peu de chlore par terre.

Félicité avait soin de mettre pour eux, sur la commode, une bouteille d'eau-de-vie, un fromage et une grosse brioche. Aussi l'apothicaire, qui n'en pouvait plus, soupira, vers quatre heures du matin :

— Ma foi, je me sustenterais avec plaisir !

L'ecclésiastique ne se fit point prier ; il sortit pour aller dire sa messe, revint ; puis ils mangèrent et trinquèrent, tout en ricanant un peu, sans savoir pourquoi, excités par cette gaieté vague qui nous prend après des séances de tristesse ; et, au dernier petit verre, le prêtre dit au pharmacien, tout en lui frappant sur l'épaule :

— Nous finirons par nous entendre !

Ils rencontrèrent en bas, dans le vestibule, les ouvriers qui arrivaient. Alors, Charles, pendant deux heures, eut à subir le supplice du marteau qui résonnait sur les planches. Puis on la descendit dans son cercueil de chêne que l'on emboîta dans les deux autres ; mais, comme la bière était trop large, il fallut boucher les interstices avec la laine d'un matelas. Enfin, quand les trois couvercles furent rabotés, cloués, soudés, on l'exposa devant la porte ; on ouvrit toute grande la maison, et les gens d'Yonville commencèrent à affluer.

Le père Rouault arriva. Il s'évanouit sur la place en apercevant le drap noir.

X

Il n'avait reçu la lettre du pharmacien que trente-six heures après l'événement ; et, par égard pour sa sensibilité, M. Homais l'avait rédigée de telle façon qu'il était impossible de savoir à quoi s'en tenir.

Le bonhomme tomba d'abord comme frappé d'apoplexie. Ensuite il comprit qu'elle n'était pas morte. Mais elle pouvait l'être... Enfin il avait passé sa blouse, pris son chapeau, accroché un éperon à son soulier et était parti ventre à terre ; et, tout le long de la route, le père Rouault, haletant, se dévora d'angoisses. Une fois même, il fut obligé de descendre. Il n'y voyait plus, il entendait des voix autour de lui, il se sentait devenir fou.

Le jour se leva, il aperçut trois poules noires qui dormaient dans un arbre ; il tressaillit, épouvanté de ce présage. Alors il promit à la sainte Vierge trois chasubles pour l'église, et qu'il irait pieds nus depuis le cimetière des Bertaux jusqu'à la chapelle de Vassonville.

Il entra dans Maromme en hélant les gens de l'auberge, enfonça la porte d'un coup d'épaule, bondit au sac d'avoine, versa dans la mangeoire une bouteille de cidre doux, et renfourcha son bidet, qui faisait feu des quatre fers.

Il se disait qu'on la sauverait sans doute ; les médecins découvriraient un remède, c'était sûr. Il se rappela toutes les guérisons miraculeuses qu'on lui avait contées.

Puis elle lui apparaissait morte. Elle était là, devant lui, étendue sur le dos, au milieu de la route. Il tirait la bride et l'hallucination disparaissait.

A Quincampoix, pour se donner du cœur, il but trois cafés l'un sur l'autre.

Il songea qu'on s'était trompé de nom en écrivant. Il chercha la lettre dans sa poche, l'y sentit, mais n'osa pas l'ouvrir.

Il en vint à supposer que c'était peut-être une *farce*, une vengeance de quelqu'un, une fantaisie d'homme en goguette ; et, d'ailleurs, si elle était morte, on le saurait ? Mais non ! la campagne n'avait rien d'extraordinaire : le ciel était bleu, les arbres se balançaient ; un troupeau de moutons passa. Il aperçut le village ; on le

vit accourant tout penché sur son cheval, qu'il bâton-
nait à grands coups, et dont les sangles dégouttelaient
de sang.

Quand il eut repris connaissance, il tomba tout en
pleurs dans les bras de Bovary :

— Ma fille ! Emma ! mon enfant ! expliquez-moi... ?

Et l'autre répondit avec des sanglots :

— Je ne sais pas, je ne sais pas ! C'est une malédiction !

L'apothicaire les sépara.

— Ces horribles détails sont inutiles. J'en instruirai
monsieur. Voici le monde qui vient. De la dignité,
fichtre ! de la philosophie !

Le pauvre garçon voulut paraître fort, et il répéta
plusieurs fois :

— Oui..., du courage !

— Eh bien ! s'écria le bonhomme, j'en aurai, nom
d'un tonnerre de Dieu ! Je m'en vas la conduire
jusqu'au bout.

La cloche tintait. Tout était prêt. Il fallut se mettre
en marche.

Et, assis dans une stalle du chœur, l'un près de
l'autre, ils virent passer devant eux et repasser continuellement les trois chantres qui psalmodiaient. Le
serpent soufflait à pleine poitrine. M. Bournisien, en
grand appareil, chantait d'une voix aiguë ; il saluait le
tabernacle, élevait les mains, étendait les bras. Lestiboudois circulait dans l'église avec sa latte de baleine ;
près du lutrin, la bière reposait entre quatre rangs de
cierges. Charles avait envie de se lever pour les
éteindre.

Il tâchait cependant de s'exciter à la dévotion, de
s'élancer dans l'espoir d'une vie future, où il la
reverrait. Il imaginait qu'elle était partie en voyage,
bien loin, depuis longtemps. Mais, quand il pensait
qu'elle se trouvait là-dessous, et que tout était fini,
qu'on l'emportait dans la terre, il se prenait d'une rage
farouche, noire, désespérée. Parfois, il croyait ne plus
rien sentir ; et il savourait cet adoucissement de sa
douleur, tout en se reprochant d'être un misérable.

On entendit sur les dalles comme le bruit sec d'un bâton ferré qui les frappait à temps égaux. Cela venait du fond, et s'arrêta court dans les bas-côtés de l'église. Un homme en grosse veste brune s'agenouilla péniblement. C'était Hippolyte, le garçon du *Lion d'or*. Il avait mis sa jambe neuve.

L'un des chantres vint faire le tour de la nef pour quêter, et les gros sous, les uns après les autres, sonnaient dans le plat d'argent.

— Dépêchez-vous donc! je souffre, moi! s'écria Bovary, tout en lui jetant avec colère une pièce de cinq francs.

L'homme d'église le remercia par une longue révérence.

On chantait, on s'agenouillait, on se relevait, cela n'en finissait pas! Il se rappela qu'une fois, dans les premiers temps, ils avaient ensemble assisté à la messe, et ils s'étaient mis de l'autre côté, à droite, contre le mur. La cloche recommença. Il y eut un grand mouvement de chaises. Les porteurs glissèrent leurs trois bâtons sous la bière, et l'on sortit de l'église.

Justin alors parut sur le seuil de la pharmacie. Il y rentra tout à coup, pâle, chancelant.

On se tenait aux fenêtres pour voir passer le cortège. Charles, en avant, se cambrait la taille. Il affectait un air brave et saluait d'un signe ceux qui, débouchant des ruelles ou des portes, se rangeaient dans la foule. Les six hommes, trois de chaque côté, marchaient au petit pas et en haletant un peu. Les prêtres, les chantres et les deux enfants de chœur récitaient le *De Profundis*; et leurs voix s'en allaient sur la campagne, montant et s'abaissant avec des ondulations. Parfois ils disparaissaient aux détours du sentier; mais la grande croix d'argent se dressait toujours entre les arbres.

Les femmes suivaient, couvertes de mantes noires à capuchon rabattu; elles portaient à la main un gros cierge qui brûlait, et Charles se sentait défaillir à cette continuelle répétition de prières et de flambeaux, sous ces odeurs affadissantes de cire et de soutane. Une brise fraîche soufflait, les seigles et les colzas verdoyaient, des gouttelettes de rosée tremblaient au bord du chemin, sur les haies d'épines. Toutes sortes de bruits joyeux emplissaient l'horizon : le claquement d'une charrette roulant au loin dans les ornières, le cri d'un coq qui se répétait ou la galopade d'un poulain que l'on voyait s'enfuir sous les pommiers. Le ciel pur était tacheté de nuages roses ; des fumignons [61] bleuâtres se rabattaient sur les chaumières couvertes d'iris ; Charles, en passant, reconnaissait les cours. Il se souvenait de matins comme celui-ci, où, après avoir visité quelque malade, il en sortait, et retournait vers elle.

Le drap noir, semé de larmes blanches, se levait de temps à autre en découvrant la bière. Les porteurs fatigués se ralentissaient ; et elle avançait par saccades continues, comme une chaloupe qui tangue à chaque flot.

On arriva.

Les hommes continuèrent jusqu'en bas, à une place dans le gazon où la fosse était creusée.

On se rangea tout autour ; et tandis que le prêtre parlait, la terre rouge, rejetée sur les bords, coulait par les coins sans bruit, continuellement.

Puis, quand les quatre cordes furent disposées, on poussa la bière dessus. Il la regarda descendre. Elle descendait toujours.

Enfin on entendit un choc ; les cordes en grinçant remontèrent. Alors Bournisien prit la bêche que lui tendait Lestiboudois ; de sa main gauche, tout en aspergeant de la droite, il poussa vigoureusement une large pelletée ; et le bois du cercueil, heurté par les cailloux, fit ce bruit formidable qui nous semble être le retentissement de l'éternité.

L'ecclésiastique passa le goupillon à son voisin. C'était M. Homais. Il le secoua gravement, puis le tendit à Charles, qui s'affaissa jusqu'aux genoux dans la terre, et il en jetait à pleines mains tout en criant : « Adieu ! » Il lui envoyait des baisers ; il se traînait vers la fosse pour s'y engloutir avec elle.

On l'emmena ; et il ne tarda pas à s'apaiser, éprou-

vant peut-être, comme tous les autres, la vague satisfaction d'en avoir fini.

Le père Rouault, en revenant, se mit tranquillement
à fumer une pipe ; ce que Homais, dans son for
intérieur, jugea peu convenable. Il remarqua de même
que M. Binet s'était abstenu de paraître, que Tuvache
« avait filé » après la messe, et que Théodore, le
domestique du notaire, portait un habit bleu, « comme
si l'on ne pouvait pas trouver un habit noir, puisque
c'est l'usage, que diable » ! Et, pour communiquer ses
observations, il allait d'un groupe à l'autre. On y
déplorait la mort d'Emma, et surtout Lheureux, qui
n'avait pas manqué de venir à l'enterrement.

— Cette pauvre petite dame ! quelle douleur pour
son mari !

L'apothicaire reprenait : .

— Sans moi, savez-vous bien, il se serait porté sur
lui-même à quelque attentat funeste !

— Une si bonne personne ! Dire pourtant que je l'ai
encore vue samedi dernier dans ma boutique !

— Je n'ai pas eu le loisir, dit Homais, de préparer
quelques paroles que j'aurais jetées sur sa tombe.

En rentrant, Charles se déshabilla, et le père Rouault
repassa sa blouse neuve. Elle était neuve, et, comme il
s'était, pendant la route, souvent essuyé les yeux avec
les manches, elle avait déteint sur sa figure ; et la trace
des pleurs y faisait des lignes dans la couche de
poussière qui la salissait.

Madame Bovary mère était avec eux. Ils se taisaient
tous les trois. Enfin le bonhomme soupira :

— Vous rappelez-vous, mon ami, que je suis venu à
Tostes une fois, quand vous veniez de perdre votre
première défunte. Je vous consolais dans ce temps-là !
Je trouvais quoi dire ; mais à présent...

Puis, avec un long gémissement qui souleva toute sa
poitrine :

— Ah ! c'est la fin pour moi, voyez-vous ! J'ai vu
partir ma femme..., mon fils après..., et voilà ma fille,
aujourd'hui !

Il voulut s'en retourner tout de suite aux Bertaux,

disant qu'il ne pourrait pas dormir dans cette maison-là. Il refusa même de voir sa petite-fille.

— Non ! non ! ça me ferait trop de deuil. Seulement vous l'embrasserez bien ! Adieu !... vous êtes un bon garçon ! Et puis, jamais je n'oublierai ça, dit-il en se frappant la cuisse, n'ayez peur ! vous recevrez toujours votre dinde.

Mais, quand il fut au haut de la côte, il se détourna, comme autrefois il s'était détourné sur le chemin de Saint-Victor, en se séparant d'elle. Les fenêtres du village étaient tout en feu sous les rayons obliques du soleil qui se couchait dans la prairie. Il mit sa main devant ses yeux, et il aperçut à l'horizon un enclos de murs où des arbres, çà et là, faisaient des bouquets noirs entre des pierres blanches, puis il continua sa route, au petit trot, car son bidet boitait.

Charles et sa mère restèrent le soir, malgré leur fatigue, fort longtemps à causer ensemble. Ils parlèrent des jours d'autrefois et de l'avenir. Elle viendrait habiter Yonville, elle tiendrait son ménage, ils ne se quitteraient plus. Elle fut ingénieuse et caressante, se réjouissant intérieurement à ressaisir une affection qui depuis tant d'années lui échappait. Minuit sonna. Le village, comme d'habitude, était silencieux, et Charles, éveillé, pensait toujours à elle.

Rodolphe, qui, pour se distraire, avait battu le bois toute la journée, dormait tranquillement dans son château ; et Léon, là-bas, dormait aussi.

Il y en avait un autre qui, à cette heure-là, ne dormait pas.

Sur la fosse, entre les sapins, un enfant pleurait agenouillé, et sa poitrine, brisée par les sanglots, haletait dans l'ombre, sous la pression d'un regret immense, plus doux que la lune et plus insondable que la nuit. La grille tout à coup craqua. C'était Lestiboudois ; il venait chercher sa bêche qu'il avait oubliée tantôt. Il reconnut Justin escaladant le mur, et sut alors à quoi s'en tenir sur le malfaiteur qui lui dérobait ses pommes de terre.

XI

Charles, le lendemain, fit revenir la petite. Elle demanda sa maman. On lui répondit qu'elle était absente, qu'elle lui rapporterait des joujoux. Berthe en reparla plusieurs fois ; puis, à la longue, elle n'y pensa plus. La gaieté de cette enfant navrait Bovary, et il avait à subir les intolérables consolations du pharmacien.

Les affaires d'argent bientôt recommencèrent, M. Lheureux excitant de nouveau son ami Vinçart, et Charles s'engagea pour des sommes exorbitantes ; car jamais il ne voulut consentir à laisser vendre le moindre des meubles qui *lui* avaient appartenu. Sa mère en fut exaspérée. Il s'indigna plus fort qu'elle. Il avait changé tout à fait. Elle abandonna la maison.

Alors chacun se mit à *profiter*. Mademoiselle Lempereur réclama six mois de leçons, bien qu'Emma n'en eût jamais pris une seule (malgré cette facture acquittée qu'elle avait fait voir à Bovary) : c'était une convention entre elles deux ; le loueur de livres réclama trois ans d'abonnement ; la mère Rolet réclama le port d'une vingtaine de lettres ; et, comme Charles demandait des explications, elle eut la délicatesse de répondre :

— Ah ! je ne sais rien ! c'était pour ses affaires.

A chaque dette qu'il payait, Charles croyait en avoir fini. Il en survenait d'autres, continuellement.

Il exigea l'arriéré d'anciennes visites. On lui montra les lettres que sa femme avait envoyées. Alors il fallut faire des excuses.

Félicité portait maintenant les robes de Madame ; non pas toutes, car il en avait gardé quelques-unes, et il les allait voir dans son cabinet de toilette où il s'enfermait ; elle était à peu près de sa taille, souvent Charles, en l'apercevant par-derrière, était saisi d'une illusion, et s'écriait :

— Oh ! reste ! reste !

Mais, à la Pentecôte, elle décampa d'Yonville,

enlevée par Théodore, et en volant tout ce qui restait de la garde-robe.

Ce fut vers cette époque que Madame veuve Dupuis eut l'honneur de lui faire part du « mariage de M. Léon Dupuis, son fils, notaire à Yvetot, avec mademoiselle Léocadie Lebœuf[62], de Bondeville ». Charles, parmi les félicitations qu'il lui adressa, écrivit cette phrase :

« Comme ma pauvre femme aurait été heureuse ! »

Un jour qu'errant sans but dans la maison, il était monté jusqu'au grenier, il sentit sous sa pantoufle une boulette de papier fin. Il l'ouvrit et il lut : « Du courage, Emma ! du courage ! Je ne veux pas faire le malheur de votre existence. » C'était la lettre de Rodolphe tombée à terre entre des caisses, qui était restée là, et que le vent de la lucarne venait de pousser vers la porte. Et Charles demeura tout immobile et béant à cette même place où jadis, encore plus pâle que lui, Emma, désespérée, avait voulu mourir. Enfin, il découvrit un petit R au bas de la seconde page. Qu'était-ce[63] ? Il se rappela les assiduités de Rodolphe, sa disparition soudaine et l'air contraint qu'il avait eu en le rencontrant depuis, deux ou trois fois. Mais le ton respectueux de la lettre l'illusionna.

— Ils se sont peut-être aimés platoniquement, se dit-il.

D'ailleurs, Charles n'était pas de ceux qui descendent au fond des choses ; il recula devant les preuves, et sa jalousie incertaine se perdit dans l'immensité de son chagrin.

On avait dû, pensait-il, l'adorer. Tous les hommes, à coup sûr, l'avaient convoitée. Elle lui en parut plus belle ; et il en conçut un désir permanent, furieux, qui enflammait son désespoir et qui n'avait pas de limites, parce qu'il était maintenant irréalisable.

Pour lui plaire, comme si elle vivait encore, il adopta ses prédilections, ses idées ; il s'acheta des bottes vernies, il prit l'usage des cravates blanches. Il mettait du cosmétique à ses moustaches, il souscrivit comme elle des billets à ordre. Elle le corrompait par delà le tombeau.

Il fut obligé de vendre l'argenterie pièce à pièce, ensuite il vendit les meubles du salon. Tous les appartements se dégarnirent ; mais la chambre, sa chambre à elle, était restée comme autrefois. Après son dîner, Charles montait là. Il poussait devant le feu la table ronde, et il approchait *son* fauteuil. Il s'asseyait en face. Une chandelle brûlait dans un des flambeaux dorés. Berthe, près de lui, enluminait des estampes.

Il souffrait, le pauvre homme, à la voir si mal vêtue, avec ses brodequins sans lacet et l'emmanchure de ses blouses déchirées jusqu'aux hanches, car la femme de ménage n'en prenait guère de souci. Mais elle était si douce, si gentille, et sa petite tête se penchait si gracieusement en laissant retomber sur ses joues roses sa bonne chevelure blonde, qu'une délectation infinie l'envahissait, plaisir tout mêlé d'amertume comme ces vins mal faits qui sentent la résine. Il raccommodait ses joujoux, lui fabriquait des pantins avec du carton, ou recousait le ventre déchiré de ses poupées. Puis, s'il rencontrait des yeux la boîte à ouvrage, un ruban qui traînait ou même une épingle restée dans une fente de la table, il se prenait à rêver, et il avait l'air si triste, qu'elle devenait triste comme lui.

Personne à présent ne venait les voir ; car Justin s'était enfui à Rouen, où il est devenu garçon épicier, et les enfants de l'apothicaire fréquentaient de moins en moins la petite, M. Homais ne se souciant pas, vu la différence de leurs conditions sociales, que l'intimité se prolongeât.

L'aveugle, qu'il n'avait pu guérir avec sa pommade, était retourné dans la côte du Bois-Guillaume, où il narrait aux voyageurs la vaine tentative du pharmacien, à tel point que Homais, lorsqu'il allait à la ville, se dissimulait derrière les rideaux de l'*Hirondelle*, afin d'éviter sa rencontre. Il l'exécrait ; et, dans l'intérêt de sa propre réputation, voulant s'en débarrasser à toute force, il dressa contre lui une batterie cachée, qui décelait la profondeur de son intelligence et la scélératesse de sa vanité. Durant six mois consécutifs, on put donc lire dans le *Fanal de Rouen* des entrefilets ainsi conçus :

« Toutes les personnes qui se dirigent vers les fertiles contrées de la Picardie auront remarqué, sans doute, dans la côte du Bois-Guillaume, un misérable atteint d'une horrible plaie faciale. Il vous importune, vous persécute et prélève un véritable impôt sur les voyageurs. Sommes-nous encore à ces temps monstrueux du Moyen Age, où il était permis aux vagabonds d'étaler par nos places publiques la lèpre et les scrofules qu'ils avaient rapportées de la croisade ? »

Ou bien :

« Malgré les lois contre le vagabondage, les abords de nos grandes villes continuent à être infestés par des bandes de pauvres. On en voit qui circulent isolément, et qui, peut-être, ne sont pas les moins dangereux. A quoi songent nos édiles ? »

Puis Homais inventait des anecdotes :

« Hier, dans la côte du Bois-Guillaume, un cheval ombrageux... » Et suivait le récit d'un accident occasionné par la présence de l'aveugle.

Il fit si bien qu'on l'incarcéra. Mais on le relâcha. Il recommença, et Homais aussi recommença. C'était une lutte. Il eut la victoire ; car son ennemi fut condamné à une réclusion perpétuelle dans un hospice.

Ce succès l'enhardit ; et dès lors il n'y eut plus dans l'arrondissement un chien écrasé, une grange incendiée, une femme battue, dont aussitôt il ne fit part au public, toujours guidé par l'amour du progrès et la haine des prêtres. Il établissait des comparaisons entre les écoles primaires et les frères ignorantins, au détriment de ces derniers, rappelait la Saint-Barthélemy à propos d'une allocation de cent francs faite à l'église, et dénonçait des abus, lançait des boutades. C'était son mot. Homais sapait ; il devenait dangereux.

Cependant il étouffait dans les limites étroites du journalisme, et bientôt il lui fallut le livre, l'ouvrage ! Alors il composa une *Statistique générale du canton d'Yonville, suivie d'observations climatologiques*, et la

statistique le poussa vers la philosophie. Il se préoc-
cupa des grandes questions : problème social, morali-
sation des classes pauvres, pisciculture, caoutchouc,
chemins de fer, etc. Il en vint à rougir d'être un
bourgeois. Il affectait le *genre artiste*, il fumait ! Il
s'acheta deux statuettes *chic* Pompadour, pour décorer
son salon.

Il n'abandonnait point la pharmacie ; au contraire ! il
se tenait au courant des découvertes. Il suivait le grand
mouvement des chocolats. C'est le premier qui ait fait
venir dans la Seine-Inférieure du *cho-ca* et de la
revalentia. Il s'éprit d'enthousiasme pour les chaînes
hydro-électriques Pulvermacher ; il en portait une lui-
même ; et, le soir, quand il retirait son gilet de flanelle,
madame Homais restait, tout éblouie devant la spirale
d'or sous laquelle il disparaissait, et sentait redoubler
ses ardeurs pour cet homme plus garrotté qu'un Scythe
et splendide comme un mage.

Il eut de belles idées à propos du tombeau d'Emma.
Il proposa d'abord un tronçon de colonne avec une
draperie, ensuite une pyramide, puis un temple de
Vesta, une manière de rotonde... ou bien « un amas de
ruines ». Et, dans tous les plans, Homais ne démordait
point du saule pleureur, qu'il considérait comme le
symbole obligé de la tristesse.

Charles et lui firent ensemble un voyage à Rouen,
pour voir des tombeaux, chez un entrepreneur de
sépultures — accompagnés d'un artiste peintre, un
nommé Vaufrylard, ami de Bridoux, et qui, tout le
temps, débita des calembours. Enfin, après avoir
examiné une centaine de dessins, s'être commandé un
devis et avoir fait un second voyage à Rouen, Charles
se décida pour un mausolée qui devait porter sur ses
deux faces principales « un génie tenant une torche
éteinte ».

Quant à l'inscription, Homais ne trouvait rien de
beau comme : *Sta viator*, et il en restait là ; il se creusait
l'imagination ; il répétait continuellement : *Sta viator*... Enfin, il découvrit : *amabilem conjugem calcas !!*
qui fut adopté.

Une chose étrange, c'est que Bovary, tout en pensant à Emma continuellement, l'oubliait ; et il se désespérait à sentir cette image lui échapper de la mémoire au milieu des efforts qu'il faisait pour la retenir. Chaque nuit, pourtant, il la rêvait ; c'était toujours le même rêve : il s'approchait d'elle ; mais, quand il venait à l'étreindre, elle tombait en pourriture dans ses bras.

On le vit pendant une semaine entrer le soir à l'église. M. Bournisien lui fit même deux ou trois visites, puis l'abandonna. D'ailleurs, le bonhomme tournait à l'intolérance, au fanatisme, disait Homais ; il fulminait contre l'esprit du siècle et ne manquait pas, tous les quinze jours, au sermon, de raconter l'agonie de Voltaire, lequel mourut en dévorant ses excréments, comme chacun sait.

Malgré l'épargne où vivait Bovary, il était loin de pouvoir amortir ses anciennes dettes. Lheureux refusa de renouveler aucun billet. La saisie devint imminente. Alors il eut recours à sa mère, qui consentit à lui laisser prendre une hypothèque sur ses biens, mais en lui envoyant force récriminations contre Emma ; et elle demandait, en retour de son sacrifice, un châle échappé aux ravages de Félicité. Charles le lui refusa. Ils se brouillèrent.

Elle fit les premières ouvertures de raccommodement, en lui proposant de prendre chez elle la petite, qui la soulagerait dans sa maison. Charles y consentit. Mais, au moment du départ, tout courage l'abandonna. Alors ce fut une rupture définitive, complète.

A mesure que ses affections disparaissaient, il se resserrait plus étroitement à l'amour de son enfant. Elle l'inquiétait cependant ; car elle toussait quelquefois, et avait des plaques rouges aux pommettes.

En face de lui s'étalait, florissante et hilare, la famille du pharmacien, que tout au monde contribuait à satisfaire. Napoléon l'aidait au laboratoire, Athalie lui brodait [64] un bonnet grec, Irma découpait des rondelles de papier pour couvrir les confitures, et Franklin récitait tout d'une haleine la table de Pythagore. Il était le plus heureux des pères, le plus fortuné des hommes.

Erreur ! une ambition sourde le rongeait : Homais désirait la croix. Les titres ne lui manquaient point :

1° S'être, lors du choléra, signalé par un dévouement sans bornes ; 2° avoir publié, et à mes frais, différents ouvrages d'utilité publique, tels que... (et il rappelait son mémoire intitulé : *Du cidre, de sa fabrication et de ses effets ;* plus des observations sur le puceron laniger, envoyées à l'Académie ; son volume de statistique, et jusqu'à sa thèse de pharmacien) ; sans compter que je suis membre de plusieurs sociétés savantes (il l'était d'une seule).

— Enfin, s'écriait-il, en faisant une pirouette, quand ce ne serait que de me signaler aux incendies !

Alors Homais inclinait vers le Pouvoir. Il rendit secrètement à M. le préfet de grands services dans les élections. Il se vendit enfin, il se prostitua. Il adressa même au souverain une pétition où il le suppliait *de lui faire justice ;* il l'appelait *notre bon roi* et le comparait à Henri IV.

Et, chaque matin, l'apothicaire se précipitait sur le journal pour y découvrir sa nomination : elle ne venait pas. Enfin, n'y tenant plus, il fit dessiner dans son jardin un gazon figurant l'étoile de l'honneur, avec deux petits tortillons d'herbe qui partaient du sommet pour imiter le ruban. Il se promenait autour, les bras croisés, en méditant sur l'ineptie du gouvernement et l'ingratitude des hommes.

Par respect, ou par une sorte de sensualité qui lui faisait mettre de la lenteur dans ses investigations, Charles n'avait pas encore ouvert le compartiment secret d'un bureau de palissandre dont Emma se servait habituellement. Un jour, enfin, il s'assit devant, tourna la clef et poussa le ressort. Toutes les lettres de Léon s'y trouvaient. Plus de doute, cette fois ! Il dévora jusqu'à la dernière, fouilla dans tous les coins, tous les meubles, tous les tiroirs, derrière les murs, sanglotant, hurlant, éperdu, fou. Il découvrit une boîte, la défonça d'un coup de pied. Le portrait de

Rodolphe lui sauta en plein visage, au milieu des billets doux bouleversés.

On s'étonna de son découragement. Il ne sortait plus, ne recevait personne, refusait même d'aller voir ses malades. Alors on prétendit qu'il *s'enfermait pour boire*.

Quelquefois, pourtant, un curieux se haussait par-dessus la haie du jardin, et apercevait avec ébahissement cet homme à barbe longue, couvert d'habits sordides, farouche, et qui pleurait tout haut en marchant.

Le soir, dans l'été, il prenait avec lui sa petite fille et la conduisait au cimetière. Ils s'en revenaient à la nuit close, quand il n'y avait plus d'éclairé sur la place que la lucarne de Binet.

Cependant la volupté de sa douleur était incomplète, car il n'avait autour de lui personne qui la partageât ; et il faisait des visites à la mère Lefrançois afin de pouvoir parler d'*elle*. Mais l'aubergiste ne l'écoutait que d'une oreille, ayant comme lui des chagrins, car M. Lheureux venait enfin d'établir les *Favorites du Commerce*, et Hivert, qui jouissait d'une grande réputation pour les commissions, exigeait un surcroît d'appointements et menaçait de s'engager « à la Concurrence ».

Un jour qu'il était allé au marché d'Argueil pour y vendre son cheval, — dernière ressource, — il rencontra Rodolphe.

Ils pâlirent en s'apercevant. Rodolphe, qui avait seulement envoyé sa carte, balbutia d'abord quelques excuses, puis s'enhardit et même poussa l'aplomb (il faisait très chaud, on était au mois d'août) jusqu'à l'inviter à prendre une bouteille de bière au cabaret.

Accoudé en face de lui, il mâchait son cigare tout en causant, et Charles se perdait en rêveries devant cette figure qu'elle avait aimée. Il lui semblait revoir quelque chose d'elle. C'était un émerveillement. Il aurait voulu être cet homme.

L'autre continuait à parler culture, bestiaux, engrais, bouchant avec des phrases banales tous les interstices où pouvait se glisser une allusion. Charles

ne l'écoutait pas ; Rodolphe s'en apercevait, et il suivait
sur la mobilité de sa figure le passage des souvenirs.
Elle s'empourprait peu à peu, les narines battaient vite,
les lèvres frémissaient ; il y eut même un instant où
Charles, plein d'une fureur sombre, fixa ses yeux
contre Rodolphe qui, dans une sorte d'effroi, s'interrompit. Mais bientôt la même lassitude funèbre réapparut sur son visage.

— Je ne vous en veux pas, dit-il.

Rodophe était resté muet. Et Charles, la tête dans
ses deux mains, reprit d'une voix éteinte et avec
l'accent résigné des douleurs infinies :

— Non, je ne vous en veux plus !

Il ajouta même un grand mot, le seul qu'il ait jamais
dit :

— C'est la faute de la fatalité !

Rodolphe, qui avait conduit cette fatalité, le trouva
bien débonnaire pour un homme dans sa situation,
comique même, et un peu vil.

Le lendemain, Charles alla s'asseoir sur le banc,
dans la tonnelle. Des jours passaient par le treillis ; les
feuilles de vigne dessinaient leurs ombres sur le sable,
le jasmin embaumait, le ciel était bleu, des cantharides
bourdonnaient autour des lis en fleur, et Charles
suffoquait comme un adolescent sous les vagues
effluves amoureux qui gonflaient son cœur chagrin.

A sept heures, la petite Berthe, qui ne l'avait pas vu
de toute l'après-midi, vint le chercher pour dîner.

Il avait la tête renversée contre le mur, les yeux clos,
la bouche ouverte, et tenait dans ses mains une longue
mèche de cheveux noirs.

— Papa, viens donc ! dit-elle.

Et, croyant qu'il voulait jouer, elle le poussa doucement. Il tomba par terre. Il était mort.

Trente-six heures après, sur la demande de l'apothicaire, M. Canivet accourut. Il l'ouvrit et ne trouva
rien.

Quand tout fut vendu, il resta douze francs soixante
et quinze centimes qui servirent à payer le voyage de
mademoiselle Bovary chez sa grand-mère. La bonne

femme mourut dans l'année même ; le père Rouault étant paralysé, ce fut une tante qui s'en chargea. Elle est pauvre et l'envoie, pour gagner sa vie, dans une filature de coton.

Depuis la mort de Bovary, trois médecins se sont succédé à Yonville sans pouvoir y réussir, tant M. Homais les a tout de suite battus en brèche. Il fait une clientèle d'enfer ; l'autorité le ménage et l'opinion publique le protège.

Il vient de recevoir la croix d'honneur.

FIN

NOTES ET VARIANTES

1. *Quos ego :* Cf. Virgile, *Enéide*, 1, 135. Menace prononcée par Neptune à l'égard des vents. La parodie du style épique est un des traits intéressants de ce début.

2. Le manuscrit autographe portait ici un passage qui sera supprimé dans le texte imprimé : « Combien peu il nous ressemblait à tous. Il ne souhaitait point l'incendie du collège, disait « monsieur » en parlant du « Pion », et ne se plaignait pas continuellement, de la nourriture ! »

3. La rue Eau-de-Robec, dite « l'Eau de Robec » du nom d'une rivière (le Robec) qui traverse Rouen en charriant les eaux usées des fabriques de la ville. L'aspect sordide qu'elle donne à cette rue dont elle baigne le pied des maisons explique la dénomination d' « ignoble petite Venise » que lui confère plus loin Flaubert. On sait que le romancier rêvait d'écrire l'histoire « de la jeune fille qui meurt vierge et mystique, entre son père et sa mère, dans une petite ville de province, [...] au bord d'une rivière grande comme l'Eau-de-Robec » (*Correspondance*, II, 253). D'un projet à l'autre, le détail s'est maintenu.

4. L' « officiat de santé » institué par la loi du 19 ventôse au XI conférait le droit d'exercer la médecine à des étudiants qui n'étaient pas tenus d'être bacheliers et devaient être âgés de dix-sept ans. Ce grade, qui permettait d'exercer la médecine dans le seul département où les candidats avaient été déclarés admis, fut supprimé par la loi du 30 novembre 1892. (Cf. note de R. Dumesnil, éd. Les Belles Lettres, Paris, 1945, II, 269.)

5. Le manuscrit autographe porte : « par le dessus des portes ouvert ».

6. *Masure*, normandisme pour désigner la basse-cour. (Cf. Léon Bopp, *Commentaire sur « Madame Bovary »*, Neuchâtel, A la Baconnière, 1951, p. 154.)

7. Dans les premiers temps... Ms. aut. : « Au milieu de leur entourage rustique, Charles et Emma faisaient comme une société particulière. Ils causaient des feuilletons du Journal en déjeunant. Dans les premiers temps. »

8. *Gloria :* café mêlé d'eau-de-vie ou de rhum.

9. Ms. aut. : « ou le pauvre Jésus, qui tombe en marchant sous sa croix ». Cette leçon est préférable.

10. Ici le manuscrit autographe faisait une longue place aux « conversations des bourgeois dans le bal » que Flaubert s'est résolu à grand-peine à sacrifier : « Le livre y a-t-il gagné ? Ce qu'il y a de sûr, c'est que l'ensemble maintenant a plus de mouvement » (à Louis Bouilhet, 1er juin 1856).

11. *érifler*, forme normande d'érafler.

12. rangés en ligne... L'édition Charpentier portait par erreur « rangées en ligne ».

13. une brochette de croix... Nous rectifions ici l'édition Charpentier qui portait « une brochette en croix ».

14. sous une grille de cuivre... L'édition Charpentier portait : « sous une griffe de cuivre ». Il faut rétablir ici la leçon du manuscrit autographe.

15. Plus avancé dans sa rédaction, un peu plus tard, lors de la scène des Comices, Flaubert juge ainsi, dans une lettre à Louis Bouilhet (décembre 1853), la première partie de son roman : « J'ai relu hier toute la première partie. Cela m'a paru maigre. Mais ça marche. Le pire de la chose est que les préparatifs psychologiques, pittoresques, grotesques, etc. qui précèdent, étant fort longs, *exigent*, je crois, un développement d'action qui soit en rapport avec eux. Il ne faut pas que le prologue emporte le récit (quelque déguisé et fondu que soit le récit), et j'aurai fort à faire pour établir une proportion à peu près égale entre les aventures et les pensées. (*Corresp.*, III, 394.)

16. La scène qui commence ici a donné beaucoup de peine au romancier : « Je n'ai jamais de ma vie rien écrit de plus difficile que ce que je fais maintenant, du dialogue trivial ! cette scène d'auberge va peut-être me demander trois mois, je n'en sais rien, j'ai envie de pleurer par moments, tant je sens mon impuissance. Mais je crèverai plutôt que de l'escamoter. » (*Corresp.*, III, 24-25.)

17. Allusion à des événements contemporains. En 1840, la crue conjuguée de la Saône et du Rhône provoqua à Lyon de graves désastres. Quant à l'insurrection de Varsovie, qui eut lieu le 29 novembre 1830, elle donna lieu, sous la monarchie de Juillet, à des quêtes et manifestations. (Cf. note de R. Dumesnil, *op. cit.*, II, p. 281.)

18. Au moment où il rédige cette scène, Flaubert note dans une lettre à Louise Colet la parenté des propos de ses personnages avec les clichés de la presse d'alors.

Ainsi chez Eugène Guinot, chroniqueur au *Pays* : « De temps en temps je m'en repasse la fantaisie. Je lui ai découvert ce matin, en parlant de la Suisse des phrases textuelles, à peu de choses près, de mon monsieur et de ma dame parlant de la Suisse (dans Bovary). O bêtise humaine, te connais-je donc ? » (III, 243.)

Que Flaubert, en écrivant ces lignes, ait une intention sourdement polémique à l'égard du romantisme n'est guère douteux si l'on songe, en outre, qu'au moment où il écrit son roman, il lit *La Nouvelle Héloïse*, entreprise qualifiée ironiquement de « rude lecture » dans une lettre à Louis Bouilhet du 10 octobre 1855 (datation proposée par J. Bruneau qui s'interroge par ailleurs : « Pourquoi Flaubert relisait-il *La Nouvelle Héloïse* de Jean-Jacques Rousseau ? à cause de la mort de Julie, en prévision de celle d'Emma Bovary ? » — *Correspondance*, II, 1269.)

On sait que Flaubert avait commencé par vouer une admiration entière à Rousseau : il considérait déjà dans une lettre à Ernest Chevalier du 11 octobre 1838 les *Confessions* comme « la vraie école de style » (I, 32), puis quelques jours plus tard, au même, comme « une œuvre admirable » (I, 33); il l'apostrophe ensuite, dans une lettre au même du 30 novembre 1838 : « Pauvre Rousseau, qu'on a tant calomnié, parce que ton cœur était plus élevé que celui des autres, il est de tes pages où je me suis senti fondre en délices et en amoureuses rêveries ! » (I, 36.) Cette admiration laisse peu à peu la place au dénigrement (lettre à Louise Colet du 15 janvier 1854, IV, 12) et à la haine (lettre à Mme Roger des Genettes datée approximativement, IV, 364). L'animosité ne fait donc guère de doute pour la période où Flaubert écrit *Madame Bovary*. Elle prend volontiers les allures de l'ironie et se fait même ici grossière caricature. Flaubert écrit à Louise Colet le 9 octobre 1852 qu'il travaille « à faire une conversation d'un jeune homme et d'une jeune dame sur la littérature, la mer, les montagnes, la musique, tous les sujets poétiques enfin »; il indique ensuite que ce passage sera « d'une grande intention de grotesque », avant de conclure : « Ce sera, je crois, la première fois que l'on verra un livre qui se moque de sa jeune première et de son jeune premier. L'ironie n'enlève rien au pathétique. Elle l'outre au contraire » (II, 172). On peut se demander dès lors si l'ironie ne prend pas pour cible la célèbre lettre à Julie : « Tantôt d'immenses roches pendaient en ruine au-dessus de ma tête. Tantôt de hautes et bruyantes cascades m'inondaient de leur épais brouillard. Tantôt un torrent éternel ouvrait à mes côtés un abîme dont les yeux n'osaient sonder la profondeur » (*La Nouvelle Héloïse*, Classiques Garnier, p. 50). « En effet c'est une impression générale qu'éprouvent tous les hommes, quoiqu'ils ne l'observent pas tous, que sur les hautes montagnes, où l'air est pur et subtil, on se sent plus de facilité dans la respiration, plus de légèreté dans le corps, plus de sérénité dans l'esprit ; les plaisirs y sont moins ardents, les passions plus modérées. Les méditations y prennent je ne sais quel caractère grand et sublime, proportionné aux objets qui nous frappent, je ne sais quelle volupté tranquille qui n'a rien d'âcre, et de sensuel. Il semble qu'en s'élevant au-dessus du séjour des hommes, on y laisse tous les sentiments bas et terrestres, et qu'à mesure qu'on approche des régions éthérées, l'âme contracte quelque chose de leur inaltérable pureté » (*ibid.*, p. 52).

19. *L'Ange gardien :* romance de Pauline Duchambge (1778-1858) (cf. note de R. Dumesnil, *op. cit.*, II, p. 283).

20. A propos de ce passage, Flaubert écrit le 22 décembre 1852 à Louise Colet : « Bouilhet m'a fait corriger dernièrement cette expression " et dans le mélange de sentiments où il s'embarrassait ", parce qu'on ne s'embarrasse pas dans un liquide. Il faut que les

métaphores soient rigoureuses et justes d'un bout à l'autre. »
(III, 70.)

21. *Les six semaines de la Vierge* : période qui sépare la Nativité
(25 décembre) de la Purification (2 février) et qui devait s'écouler
entre l'accouchement et les relevailles.

22. *embricolées* : expression normande qui, selon L. Bopp, « s'applique à un animal muni de la bricole, sorte de collier de bois qui
l'empêche de brouter les feuilles des arbres » (*op. cit.*, p. 154).

23. *Mathieu Laensberg* : almanach très répandu dans les campagnes au XIXᵉ siècle (cf. note de R. Dumesnil, *op. cit.*, II, p. 285).

24. si ce n'était pas vous demander trop... L'édition Charpentier
portait : « si ce n'était pas trop vous demander trop » (*sic*). A
l'évidence, Flaubert a hésité sur la place de l'adverbe, et la coquille
de l'édition Charpentier ne permet guère d'établir celle qu'il avait
finalement préférée. Il nous a donc paru plus sage de rétablir ici la
leçon du manuscrit autographe.

25. quelque chose d'elle ? Ms. aut. : « quelque chose d'elle ? Chez
le pharmacien, un soir Mme Bovary tout en cousant, laissa tomber
son gant par terre. Léon le poussa sous la table, puis quand on fut
couché, il descendit à tâtons, le trouva sans peine et revint dans son
lit. C'était un gant de couleur jaune, avec de petites rides sur les
phalanges ; et la peau semblait soulevée davantage au grand morceau
du pouce, à cet endroit de la main, où il y a le plus de chair. Léon
cligna les yeux, et il l'entrevit au poignet d'Emma, boutonné, tendu,
agissant coquettement en mille fonctions indéterminées. Il le huma,
il le baisa, il y passa les quatre doigts de sa main droite et s'endormit
la bouche dessus. »

26. de sa maison trop étroite... Ms. aut. : « de sa maison trop
étroite. Comme une éponge que l'on promène sur un mur, traînant
son cœur sur la surface de sa vie, elle le tordait avec acharnement et
en faisait couler un continuel ennui. Elle espérait en acquérir
l'habitude, mais le dégoût était trop fort, ou son tempérament trop
faible. »

27. *Le Pollet* : faubourg de Dieppe.

28. plus vague... Ms. aut. : « plus vague ; il était nombreux
comme une foule, plein de luxe lui-même et d'irritations. Mais au
souvenir de la vaisselle d'argent et des couteaux de nacre, elle n'avait
pas tressailli si fort qu'en se rappelant le rire de sa voix et la rangée de
ses dents blanches. Des conversations lui revenaient à la mémoire,
plus mélodieuses et pénétrantes que le chant des flûtes et que
l'accord des cuivres ; des regards qu'elle avait surpris lançaient des
feux, comme les girandoles de cristal, et l'odeur de sa chevelure et la
douceur de son haleine lui faisaient se gonfler sa poitrine mieux qu'à
la bouffée des serres chaudes et qu'au parfum des magnolias. »

29. « au moins quinze mille livres de rentes » !... L'édition
Charpentier portait, sans doute par erreur, « au moins quinze mille
de rente » !

30. en se cambrant... L'édition Charpentier portait « en se
cabrant ».

31. « qui allait venir ». Le manuscrit autographe et les principales

éditions du texte portent : « Qu'il allait venir ». Cette leçon nous paraît moins bonne que celle de l'édition Charpentier. Le froissement de syntaxe dit ici le trouble de l'héroïne.

32. *Six semaines s'écoulèrent.* Au moment de commencer ce chapitre, Flaubert écrit le 18 avril 1854 à Louise Colet : « Bouilhet n'a pas été mécontent de ce que je lui ai lu. J'ai fait, je crois, un grand pas, à savoir la transition insensible de la partie psychologique à la dramatique. Maintenant, je vais entrer dans l'action, et mes passions vont être effectives. Je n'aurai plus autant de demi-teintes à ménager. Cela sera plus amusant, pour le lecteur du moins. Il y aura en septembre prochain trois ans que je suis sur ce livre. Cela est long, trois ans passés sur la même idée, à écrire du même style (de ce style-là surtout, où ma personnalité est aussi absente que celle de l'empereur de Chine), à vivre toujours avec les mêmes personnages, dans le même milieu, à se battre les flancs toujours pour la même illusion. »

33. *et des nappes de violettes.* Le manuscrit autographe porte « et des nappes violettes ». La leçon qu'adopte l'édition Charpentier semble le résultat d'une coquille.

34. *C'est alors qu'Emma se repentit !...* Ms. aut. : « — il ne m'aime plus ! » se dit Emma. Et c'est alors qu'elle se repentit.

35. *de le pouvoir aimer...* Ms. aut. : « de le pouvoir aimer. Elle eût désiré lui faire comme une réparation de tout le mauvais vouloir qu'elle s'était sentie contre lui ».

36. *toutes les deux...* L'édition Charpentier portait « tous les deux ». Il s'agit là manifestement d'une coquille.

37. Il y a souvent chez Flaubert comme une matérialité du langage. *Madame Bovary* nous livre ainsi quelques exemples proprement antinominalistes, où la parole, ou la phrase offrent l'image d'un *flatus vocis* déchu de son abstraction, retombant lourdement du côté de la matière : les idées reçues, dans la conversation de Charles « plate comme un trottoir de rue », ne sont plus riches de généralité, mais retrouvent une singularité épaisse en défilant « dans leur costume ordinaire » ; au plus fort de leur intimité, Rodolphe et Emma échangent des paroles qui semblent sans auteur, tant leur matérialité se plie aux lois de la pesanteur et de la mécanique : « [...] et, au milieu du silence il y avait des paroles dites tout bas qui s'y répercutaient en vibrations multipliées ». L'exclamation de Charles émettant l'hypothèse du *valgus* connaît un sort identique : « Au choc imprévu de cette phrase tombant sur sa pensée comme une balle de plomb dans un plat d'argent, Emma tressaillant leva la tête pour deviner ce qu'il voulait dire ». L'image physique d'une parole soudainement réifiée était tout aussi saisissante dans une version antérieure du texte peignant l'embarras de Charles à la faculté de médecine : « Et quant à ses professeurs, à ces hommes graves, dont la parole tombait dans son oreille, comme des pierres dans un puits, allait y causant des cercles de vibrations attentives, qui s'irradiaient une à une sur toute la surface de son cerveau, à peine s'il osait les regarder en face » (*Madame Bovary*, éd. Pommier-Leleu, p. 143). Citons enfin Homais, figure de l'idéologue, qui regrette pourtant

après la mort d'Emma de n'avoir pu préparer quelques paroles qu'il aurait « jetées sur sa tombe ».

38. Dès le début du roman, Emma nous est présentée portant « comme un homme, passé entre deux boutons de son corsage, un lorgnon d'écaille ». De même, pour sa première promenade à cheval avec Rodolphe, Emma portait un « chapeau d'homme ». Plus généralement, l'héroïne se plaint constamment de sa condition de femme. Enceinte, elle souhaite un fils : « Un homme, au moins, est libre ; [...] une femme est empêchée continuellement. Inerte et flexible à la fois, elle a contre elle les mollesses de la chair avec les dépendances de la loi. » Enfin, regardant Rodolphe, l'homme d'action aux discours passionnés, comme un héros, Mme Bovary soupire : « — Nous n'avons pas même cette distraction, nous autres pauvres femmes. »

Baudelaire fut le premier à insister sur la nature « virile » d'Emma dans son article publié dans *L'Artiste* du 18 octobre 1857 sous le titre : « M. Gustave Flaubert. *Madame Bovary.* — *La Tentation de saint Antoine* », et repris dans *L'Art romantique*. Selon le poète, Flaubert, « malgré tout son zèle de comédien, [...] n'a pas pu ne pas infuser un sang viril dans les veines de sa créature, et [...] madame Bovary, pour ce qu'il y a en elle de plus énergique et de plus ambitieux, et aussi de plus rêveur, [...] est restée un homme ». « Comme la Pallas armée, sortie du cerveau de Zeus, ce bizarre androgyne a gardé toutes les séductions d'une âme virile dans un charmant corps féminin » (*Œuvres complètes*, Bibliothèque de la Pléiade, t. II, p. 81). La part des obsessions propres à Baudelaire lui-même est grande dans ce jugement critique. Il n'est que de se référer aux « qualités viriles » que le poète reconnaît à ce « presque mâle », qui représente à ses yeux l'originale synthèse de l' « homme d'action » et du « poète hystérique » :

« 1° L'imagination, faculté suprême et tyrannique, substituée au cœur, ou à ce qu'on appelle le cœur, [...] qui domine généralement dans la femme comme dans l'animal ;

2° Énergie soudaine d'action, rapidité de décision, fusion mystique du raisonnement et de la passion qui caractérise les hommes créés pour agir ;

3° Goût immodéré de la séduction, de la domination et même de tous les moyens vulgaires de séduction, descendant jusqu'au charlatanisme du costume, des parfums et de la pommade, — le tout se résumant en deux mots : dandysme, amour exclusif de la domination » (*ibid.*, p. 82).

39. ... le coin charnu de ses lèvres, qu'ombrageait à la lumière un peu de duvet noir... On trouvera une notation semblable dans le portrait de Mme Arnoux dans *L'Éducation sentimentale*. Les héroïnes de Flaubert doivent toutes à Elisa Schlésinger leurs cheveux noirs et leur pâleur, qu'il s'agisse de la fille de joie de *Novembre*, de Mme Renaud de la première *Éducation sentimentale* ou d'Emma. Une lettre de Flaubert à sa mère, de Rome le 8 avril 1851, fixe cette attirance sur une « *Vierge* de Murillo ».

40. les autres... Ms. aut. : « les autres. Ses yeux tombèrent sur

cette phrase " n'oublie pas le homard, amour d'homme ", c'était de Virginie son ancienne maîtresse, puis sur celle-là : " Vous êtes un monstre ". " Allons, toujours la même chanson ! " »

41. il ne se rappelait rien... Ms. aut. : « rien. Jamais il ne put découvrir d'où lui était venu ce billet : " Comme j'ai eu peur hier ! à tantôt, au coin du boulevard, en fiacre. " »

42. l'ouvrit... Ms. aut. : « l'ouvrit. — Ah ! c'est que j'ai lu trop vite ! » se dit-elle d'abord, et elle recommença. Mais bientôt elle sentit son cœur qui se déchirait ».

43. dans sa tête creuse... Ms. aut. : « dans sa tête creuse, et elle sentait venir avec délices les accroissements de ce vertige qui facilitait sa résolution ».

44. Elle restait... Ms. aut. : « Elle y fut prise d'un sommeil lourd, presque cataleptique, elle restait ».

45. ne pesait plus... par erreur, l'édition Charpentier portait « ne pensait plus ».

46. Les petits Homais aussi venaient la voir ; Justin les accompagnait. Il montait. Ms. aut. : « Elle arrivait escortée de ses quatre marmots traînant après eux l'incroyable cadeau du médecin, qu'avaient acheté de compagnie le percepteur et le marchand d'étoffes. Sur sa prière, en effet, ces deux messieurs s'étaient ensemble transportés à Rouen et répétant dans toutes les boutiques leur invariable phrase « nous voudrions pour une personne qui a de la reconnaissance envers quelqu'un quelque chose de joli » ils avaient fini par découvrir une curiosité qui coûta cinquante écus et qui ne valait pas trois liards.

C'était une manière de disque en bois, garni de grelots tout autour, et sur lequel quantité de petits bonshommes parmi des maisonnettes peintes en rouge s'occupaient à des professions différentes. L'ensemble représentait une ville. La cathédrale, au milieu, était ornée sous son portique de personnages en verre filé, qui se pressaient pour un baptême. Plus loin un âne à poil de lapin, portait dans des cacolets, des noyaux de prune en guise de cantaloups, et sous les tentes de la poissonnerie, des saumons de plâtre avec leurs rougeurs à la gueule, ressemblaient à des cigares en chocolat. On voyait un vendeur de moutarde brouettant son tonneau et un charcutier qui ouvrait un cochon ; puis des arbres, frisés comme des perruques et dans une confusion de couleurs bleue, blanche, grise, dans un pêle-mêle de lignes disgracieuses et de positions impossibles, des veaux, des chevaux, des charrettes, des laitières, car il y en avait pour tous les goûts, pour tous les sexes. Ainsi quatre soldats à panache, entouraient un obusier, tandis que des blanchisseuses lavaient du linge absent dans un bassin sans eau, — où s'accumulait d'ailleurs, toute la poussière de ce hideux édifice — et s'il n'était pas des plus neufs c'est qu'on ne fabriquait point souvent de pareilles choses. Celle-là même affirmait le marchand, avait été autrefois « destinée au Roi de Rome ». L'apothicaire en fut si enthousiasmé, qu'il la plaça dans son salon ; et il la montrait aux personnes qui venaient à la pharmacie en s'écriant invariablement « moi je trouve que c'est un morceau digne d'être dédié à un musée ! »

47. Et, le lendemain... L'édition Charpentier portait : « et, lendemain ». Leçon évidemment erronée.

48. Opéra de Donizetti (1797-1848).

49. de sa jeunesse... Charpentier : « de la jeunesse ».

50. « Un soir, t'en souvient-il ? Nous voguions, etc. »
On reconnaîtra ici le début d'un vers du *Lac* de Lamartine :
« Un soir, t'en souvient-il ? nous voguions en silence ;
On n'entendait au loin, sur l'onde et sous les cieux,
Que le bruit des rameurs qui frappaient en cadence

Tes flots harmonieux. » (*Méditations poétiques*, « Le Lac », Bibliothèque de la Pléiade, p. 38.) Après un court engouement de jeunesse pour Lamartine (on se reportera notamment à une lettre du 24 juin 1837 à E. Chevalier, I, 24-25), Flaubert ne peut, très vite, se garder de jugements sévères : « c'est à lui que nous devons tous les embêtements bleuâtres du lyrisme poitrinaire », lit-on dans une lettre à L. Colet du 6 avril 1853 (II, 299) ; les amis et épigones de Lamartine sont des « phraseurs, poseurs, avaleurs de clair de lune » (lettre à L. Colet du 2 juillet 1853, II, 371) ; il est encore accusé, au même titre que Rousseau et Chateaubriand, d'avoir transmis à son époque « les chloroses gothiques » (lettre à L. Colet du 15 janvier 1854, II, 509) ; on se reportera également à II, 83, 310, 318, 432. Lamartine, quant à lui, — Flaubert s'en étonnera dans une lettre à Elisa Schlésinger du 14 janvier 1857 (II, 665) — semble avoir fort goûté *Madame Bovary*, comme en témoigne la lettre du romancier à son frère Achille du 25 janvier 1857 (II, 674).

51. aux portraits Louis XIII... L'édition Charpentier portait : « aux portraits de Louis XIII ». Il nous semble préférable de rétablir ici la leçon du manuscrit autographe.

52. des paroles tendres avec des baisers... Ms. aut. : « des paroles tendres qui lui enflammaient la chair avec des baisers dévorateurs ».

53. Enfin elle courut... Ms. aut. : « Enfin l'impatience la prenant, elle courut ».

54. elle brocantait... L'édition Charpentier portait : « elle brocanterait ». Il nous semble préférable de rétablir ici la leçon du manuscrit autographe.

55. six cheminots : sorte de pâtisserie — spécialité rouennaise — que Flaubert évoque dans une lettre à L. Bouilhet du 24 mai 1855.

56. à Bautzen et à Lutzen : victoires remportées sur les Prussiens par Napoléon Ier en 1813.

57. et alors il s'écria... Ms. aut. : « et alors, emporté par l'exaspération de la chair, il s'écria ».

58. De tels phénomènes hallucinatoires étaient fréquents chez Flaubert. « Il ne se passe pas de jour, écrit-il le 7 juin 1844 à son ami d'enfance Ernest Chevalier, sans que je ne voie de temps à autre passer devant mes yeux comme des paquets de cheveux ou des feux de Bengale. » (I, 150.) Le romancier se souvient sans doute, dans ce passage de *Madame Bovary*, de telles expériences, dont il se promettait d'ailleurs explicitement de faire matière littéraire : « Ma maladie de nerfs [...] m'a fait connaître de curieux phénomènes psychologiques dont personne n'a l'idée, ou plutôt que personne n'a

sentis. Je m'en vengerai à quelque jour, en l'utilisant dans un livre (ce roman métaphysique et à apparitions, dont je t'ai parlé) », écrit-il à Louise Colet le 31 mars 1853 (III, 146).

La première attaque manifeste de sa maladie nerveuse frappa Flaubert le 1er janvier 1844, alors qu'il revenait de visiter en compagnie de son frère, l'emplacement choisi pour la construction d'un chalet à Deauville. Du Camp raconte l'épisode dans ses *Souvenirs littéraires* en lui donnant une date erronée (octobre 1843). Une lettre de Flaubert à Louise Colet du 2 septembre 1853 permet de restituer la date de l'incident. Quant à la nature exacte du mal, elle a longtemps été l'objet de controverses : les contemporains de Flaubert, les Goncourt, le docteur G. Pouchet, diagnostiquaient l'épilepsie. Le *Journal* des Goncourt est explicite sur ce point : « Ce matin, Pouchet m'entraîne dans une allée écartée et me dit : " il n'est pas mort d'un coup de sang, il est mort d'une attaque d'épilepsie [...] avec tous les symptômes, avec l'écume à la bouche... Tenez, sa nièce désirait qu'on moulât sa main... on ne l'a pas pu... elle avait gardé une si terrible contracture... " (11 mai 1880, éd. Ricatte, t. XII, p. 74). » René Dumesnil a tenté, pour sa part, de prouver qu'il ne s'agissait que d'une névrose (« La maladie et la mort de Flaubert » dans *Flaubert, l'homme et l'œuvre*, 1947). Des arguments en faveur de l'épilepsie ont également été avancés. On se reportera notamment à l'ouvrage du docteur Gallet, *Quel diagnostic aurions-nous fait si nous avions soigné Flaubert?* (thèse de médecine, Foulon, 1960) et à l'article du docteur Galerant, « Flaubert vu par les médecins d'aujourd'hui », *Europe*, sept.-oct.-nov. 1969, p. 107 à 112. J. Pommier, dans des communications capitales, doute quant à lui de la nature exacte du mal de Flaubert. Se fondant sur le témoignage de L. Colet relatant une crise de l'écrivain le 9 août 1852, il conclut certes à une affection de type épileptique mais s'interroge à la fois sur sa forme et son origine précises. Une lettre du docteur Achille Flaubert, frère du romancier, probablement adressée au docteur Jules Cloquet du 17 janvier 1860, évoque les « accidents épileptiformes » de Flaubert, que le médecin lexicographe Littré définit comme se rapprochant des « accidents de l'épilepsie sans dépendre de la même cause ». Il semble donc qu'il faille distinguer le mal de Flaubert de l'épilepsie proprement dite, comme le faisaient les médecins de son entourage. Sur ce point et sur la question du lien de cette pathologie épileptiforme avec l'affection syphilitique du romancier (héréditaire ou née d'une cause spécifique ?), on se reportera aux articles de J. Pommier dans *Le Progrès médical*, 10-24 août 1947, p. 281-298, dans *Les Alcaloïdes*, octobre 1949, p. 8-10, repris et actualisés dans « Les maladies de Flaubert », *Dialogues avec le passé*, Nizet, 1967, p. 281-299. — Quant aux conséquences de la maladie sur la création de Flaubert, elles ne laissent pas non plus d'être contestées. Pour Maxime Du Camp, en tout cas, les choses sont claires : « C'est de ce moment-là que date l'inconcevable difficulté qu'il éprouvait à travailler, difficulté qu'il sembla s'étudier à accroître et dont il avait fini par tirer vanité. Il aimait à montrer ces pages couvertes de ratures, où parfois il avait grand-peine à se reconnaître. Cela tient à ce que ses conceptions étaient confuses et qu'il n'arrivait à les clarifier que par l'exécution, pareil à ces peintres si nombreux qui, sachant imparfaitement le dessin, ne parviennent à la forme qu'à force de " patocher " la couleur. [...] Ma conviction est inébranlable : Gustave Flaubert a été un écrivain d'un talent rare ; sans le mal nerveux dont il fut saisi, il eût été un homme de génie » (*Souvenirs littéraires*, Hachette, 1962, p. 40-41). Alphonse Daudet livre à Goncourt un témoignage convergent : « Il [Daudet] me parle aussi de l'espèce de vacillement que le bromure apporte à sa mémoire, le forçant, dit-il, à se raccrocher à des *jambages* de souvenirs ; et à ce propos, il émet une observation curieuse affirmant que la lutte de Flaubert avec les mots a dû venir de la masse énorme de bromure qu'il avait absorbée » (*Journal*, 31 mai 1886, éd. Ricatte, t. XIV, p. 129-130). Michelet semble avoir été d'un avis contraire, si l'on en croit du moins encore le *Journal* des Goncourt : « Quand Flaubert eut des clous, l'année dernière, Michelet dit à un de ses amis : " Qu'il ne se soigne pas, il n'aurait plus son talent ! " » (*Ibid.*, 17 février 1865, t. VII, p. 52).

59. Flaubert a prêté au docteur Larivière bien des traits de son père Achille-Cléophas Flaubert, chirurgien en chef de l'Hôtel-Dieu de Rouen (1784-1846).

60. Sur la scène de l'extrême-onction qui commence ici, on se reportera au débat contradictoire de l'accusation et de la défense.

61. des fumignons... L'édition Charpentier portait : « des lumignons ». Leçons sans doute erronée.

62. Léocadie Lebœuf. Si l'on se rappelle qu'Emma, recherchant un prénom pour sa fille à naître « aimait assez Galsuinde, plus encore Yseult ou Léocadie », on se demande si Léon ne retrouvera pas, dans son mariage, sa maîtresse Emma (Léocadie) Bovary (Lebœuf) — Doit-on, dès lors, interpréter littéralement la phrase de Charles, félicitant le clerc de son mariage : « Comme ma pauvre femme aurait été heureuse ! »

63. Qu'était-ce ? La leçon du manuscrit autographe : Qui était-ce ? est préférable.

64. lui brodait... Charpentier : « lui bordait ».

RÉQUISITOIRE, PLAIDOIRIE ET JUGEMENT

DU

PROCÈS INTENTÉ A L'AUTEUR

DEVANT LE

TRIBUNAL CORRECTIONNEL DE PARIS

(6ᵉ Chambre)

PRÉSIDENCE DE M. DUBARLE

Audiences des 29 janvier et 7 février 1857

MINISTÈRE PUBLIC
contre M. Gustave FLAUBERT

RÉQUISITOIRE

de m. l'avocat impérial
M. Ernest PINARD

Messieurs, en abordant ce débat, le ministère public est en présence d'une difficulté qu'il ne peut pas se dissimuler. Elle n'est pas dans la nature même de la prévention : offenses à la morale publique et à la religion, ce sont là sans doute des expressions un peu vagues, un peu élastiques, qu'il est nécessaire de préciser. Mais, enfin, quand on parle à des esprits droits et pratiques, il est facile de s'entendre à cet égard, de distinguer si telle page d'un livre porte atteinte à la religion ou à la morale. La difficulté n'est pas dans notre prévention, elle est plutôt, elle est davantage dans l'étendue de l'œuvre que vous avez à juger. Il s'agit d'un roman tout entier. Quand on soumet à votre appréciation un article de journal, on voit tout de suite où le délit commence et où il finit ; le ministère public lit l'article et le soumet à votre appréciation. Ici il ne s'agit pas d'un article de journal, mais d'un roman tout entier qui commence le 1er octobre, finit le 15 décembre, et se compose de six livraisons, dans la *Revue de Paris*, 1856. Que faire dans cette situation ? Quel est le rôle du ministère public ? Lire tout le roman ? C'est impossible. D'un autre côté, ne lire que les textes incriminés, c'est s'exposer à un reproche très fondé. On pourrait nous dire : si vous n'exposez pas le procès dans toutes ses parties, si vous passez ce qui précède et ce qui suit les passages incriminés, il est évident que vous étouffez le débat en restreignant le terrain de la discussion. Pour éviter ce double inconvénient, il n'y a qu'une marche à suivre, et la voici, c'est de vous raconter d'abord tout le roman sans en lire, sans en incriminer aucun passage, et puis de lire, d'incriminer en citant le texte, et enfin de répondre aux objections qui

pourraient s'élever contre le système général de la prévention.

Quel est le titre du roman ? *Madame Bovary*. C'est un titre
qui ne dit rien par lui-même. Il en a un second entre
parenthèses : *Mœurs de province*. C'est encore là un titre qui
n'explique pas la pensée de l'auteur, mais qui la fait
pressentir. L'auteur n'a pas voulu suivre tel ou tel système
philosophique vrai ou faux, il a voulu faire des tableaux de
genre, et vous allez voir quels tableaux !!! Sans doute c'est le
mari qui commence et qui termine le livre, mais le portrait le
plus sérieux de l'œuvre, qui illumine les autres peintures,
c'est évidemment celui de Mme Bovary.

Ici je raconte, je ne cite pas. On prend le mari au collège,
et, il faut le dire, l'enfant annonce déjà ce que sera le mari. Il
est excessivement lourd et timide, si timide que lorsqu'il
arrive au collège et qu'on lui demande son nom, il commence
par répondre *Charbovari*. Il est si lourd qu'il travaille sans
avancer. Il n'est jamais le premier, il n'est jamais le dernier
non plus de sa classe ; c'est le type, sinon de la nullité, au
moins de celui du ridicule au collège. Après les études du
collège, il vint étudier la médecine à Rouen, dans une
chambre au quatrième, donnant sur la Seine, que sa mère lui
avait louée chez un teinturier de sa connaissance. C'est là
qu'il fait ses études médicales et qu'il arrive petit à petit à
conquérir, non pas le grade de docteur en médecine, mais
celui d'officier de santé. Il fréquentait les cabarets, il
manquait les cours, mais il n'avait au demeurant d'autre
passion que celle de jouer aux dominos. Voilà M. Bovary.

Il va se marier. Sa mère lui trouve une femme : la veuve
d'un huissier de Dieppe ; elle est vertueuse et laide, elle a
quarante-cinq ans et 1 200 livres de rente. Seulement le
notaire qui avait le capital de la rente partit un beau matin
pour l'Amérique, et Mme Bovary jeune fut tellement frap-
pée, tellement impressionnée par ce coup inattendu, qu'elle
en mourut. Voilà le premier mariage, voilà la première scène.

M. Bovary, devenu veuf, songea à se remarier. Il interroge
ses souvenirs ; il n'a pas besoin d'aller bien loin, il lui vient
tout de suite à l'esprit la fille d'un fermier du voisinage qui
avait singulièrement excité les soupçons de Mme Bovary,
Mlle Emma Rouault. Le fermier Rouault n'avait qu'une fille,
élevée aux Ursulines de Rouen. Elle s'occupait peu de la
ferme ; son père désirait la marier. L'officier de santé se
présente, il n'est pas difficile sur la dot, et vous comprenez
qu'avec de telles dispositions de part et d'autre les choses

vont vite. Le mariage est accompli. M. Bovary est aux
genoux de sa femme, il est le plus heureux des hommes, le
plus aveugle des maris; sa seule préoccupation est de
prévenir les désirs de sa femme.

Ici le rôle de M. Bovary s'efface; celui de Mme Bovary
devient l'œuvre sérieuse du livre.

Messieurs, Mme Bovary a-t-elle aimé son mari ou cherché
à l'aimer? Non, et dès le commencement il y eut ce qu'on
peut appeler la scène de l'initiation. A partir de ce moment,
un autre horizon s'étale devant elle, une vie nouvelle lui
apparaît. Le propriétaire du château de la Vaubyessard avait
donné une grande fête. On avait invité l'officier de santé, on
avait invité sa femme, et là il y eut pour elle comme une
initiation à toutes les ardeurs de la volupté! Elle avait aperçu
le duc de Laverdière, qui avait eu des succès à la cour; elle
avait valsé avec un vicomte et éprouvé un trouble inconnu. A
partir de ce moment, elle avait vécu d'une vie nouvelle; son
mari, tout ce qui l'entourait, lui était devenu insupportable.
Un jour, en cherchant dans un meuble, elle avait rencontré
un fil de fer qui lui avait déchiré le doigt; c'était le fil de son
bouquet de mariage. Pour essayer de l'arracher à l'ennui qui
la consumait, M. Bovary fit le sacrifice de sa clientèle, et vint
s'installer à Yonville. C'est ici que vient la scène de la
première chute. Nous sommes à la seconde livraison. Mme
Bovary arrive à Yonville, et là, première personne qu'elle
rencontre, sur laquelle elle fixe ses regards, ce n'est pas le
notaire de l'endroit, c'est l'unique clerc de ce notaire, Léon
Dupuis. C'est un tout jeune homme qui fait son droit et qui
va partir pour la capitale. Tout autre que M. Bovary aurait
été inquiété des visites du jeune clerc, mais M. Bovary est si
naïf qu'il croit à la vertu de sa femme; Léon, inexpérimenté,
éprouvait le même sentiment. Il est parti, l'occasion est
perdue, mais les occasions se retrouvent facilement. Il y avait
dans le voisinage d'Yonville un M. Rodolphe Boulanger
(vous voyez que je raconte). C'était un homme de trente-
quatre ans, d'un tempérament brutal; il avait eu beaucoup de
succès auprès des conquêtes faciles; il avait alors pour
maîtresse une actrice; il aperçut Mme Bovary, elle était
jeune, charmante; il résolut d'en faire sa maîtresse. La chose
était facile, il lui suffit de trois occasions. La première fois il
était venu aux Comices agricoles, la seconde fois il lui avait
rendu une visite, la troisième fois il lui avait fait faire une
promenade à cheval que le mari avait jugée nécessaire à la
santé de sa femme; et c'est alors, dans une première visite de

la forêt, que la chute a lieu. Les rendez-vous se multiplieront au château de Rodolphe, surtout dans le jardin de l'officier de santé. Les amants arrivent jusqu'aux limites extrêmes de la volupté! Mme Bovary veut se faire enlever par Rodolphe, Rodolphe n'ose pas dire non, mais il lui écrit une lettre où il cherche à lui prouver, par beaucoup de raisons, qu'il ne peut pas l'enlever. Foudroyée à la réception de cette lettre, Mme Bovary a une fièvre cérébrale, à la suite de laquelle une fièvre typhoïde se déclare. La fièvre tua l'amour, mais resta la malade. Voilà la deuxième scène.

J'arrive à la troisième. La chute avec Rodolphe avait été suivie d'une réaction religieuse, mais elle avait été courte; Mme Bovary va tomber, de nouveau. Le mari avait jugé le spectacle utile à la convalescence de sa femme, et il l'avait conduite à Rouen. Dans une loge, en face de celle qu'occupaient M. et Mme Bovary, se trouvait Léon Dupuis, ce jeune clerc de notaire qui fait son droit à Paris, et qui en est revenu singulièrement instruit, singulièrement expérimenté. Il va voir Mme Bovary; il lui propose un rendez-vous. Mme Bovary lui indique la cathédrale. Au sortir de la cathédrale, Léon lui propose de monter dans un fiacre. Elle résiste d'abord, mais Léon lui dit que cela se fait ainsi à Paris, et alors, plus d'obstacle. La chute a lieu dans le fiacre! Les rendez-vous se multiplient pour Léon comme pour Rodolphe, chez l'officier de santé et puis dans une chambre qu'on avait louée à Rouen. Enfin elle arriva jusqu'à la fatigue même de ce second amour, et c'est ici que commence la scène de détresse, c'est la dernière du roman.

Mme Bovary avait prodigué, jeté les cadeaux à la tête de Rodolphe et de Léon, elle avait mené une vie de luxe, et, pour faire face à tant de dépenses, elle avait souscrit de nombreux billets à ordre. Elle avait obtenu de son mari une procuration générale pour gérer le patrimoine commun; elle avait rencontré un usurier qui se faisait souscrire des billets, lesquels n'étant pas payés à l'échéance, étaient renouvelés, sous le nom d'un compère. Puis étaient venus le papier timbré, les protêts, les jugements, la saisie, et enfin l'affiche de la vente du mobilier de M. Bovary qui ignorait tout. Réduite aux plus cruelles extrémités, Mme Bovary demande de l'argent à tout le monde et n'en obtient de personne. Léon n'en a pas, et il recule épouvanté à l'idée d'un crime qu'on lui suggère pour s'en procurer. Parcourant tous les degrés de l'humiliation, Mme Bovary va chez Rodolphe; elle ne réussit pas, Rodolphe n'a pas trois mille francs. Il ne lui reste plus

qu'une issue. De s'excuser auprès de son mari ? Non ; de
s'expliquer avec lui ? Mais ce mari aurait la générosité de lui
pardonner, et c'est là une humiliation qu'elle ne peut pas
accepter : elle s'empoisonne. Viennent alors des scènes
douloureuses. Le mari est là, à côté du corps glacé de sa
femme. Il fait apporter sa robe de noces, il ordonne qu'on
l'en enveloppe et qu'on enferme sa dépouille dans un triple
cercueil.

Un jour, il ouvre le secrétaire et il y trouve le portrait de
Rodolphe, ses lettres et celles de Léon. Vous croyez que
l'amour va tomber alors ? Non, non, il s'excite, au contraire,
il s'exalte pour cette femme que d'autres ont possédée, en
raison de ces souvenirs de volupté qu'elle lui a laissés ; et dès
ce moment il néglige sa clientèle, sa famille, il laisse aller au
vent les dernières parcelles de son patrimoine, et un jour on
le trouve mort dans la tonnelle de son jardin, tenant dans ses
mains une longue mèche de cheveux noirs.

Voilà le roman ; je l'ai raconté tout entier en n'en
supprimant aucune scène. On l'appelle *Madame Bovary ;*
vous pouvez lui donner un autre titre, et l'appeler avec
justesse : *Histoire des adultères d'une femme de province.*

Messieurs, la première partie de ma tâche est remplie ; j'ai
raconté, je vais citer, et après les citations viendra l'incrimination qui porte sur deux délits : offense à la morale
publique, offense à la morale religieuse. L'offense à la morale
publique est dans les tableaux lascifs que je mettrai sous vos
yeux, l'offense à la morale religieuse dans des images
voluptueuses mêlées aux choses sacrées. J'arrive aux citations. Je serai court, car vous lirez le roman tout entier. Je me
bornerai à vous citer quatre scènes, ou plutôt quatre
tableaux. La première, ce sera celle des amours et de la chute
avec Rodolphe ; la seconde, la transition religieuse entre les
deux adultères ; la troisième, ce sera la chute avec Léon, c'est
le deuxième adultère, et, enfin, la quatrième, que je veux
citer, c'est la mort de Mme Bovary.

Avant de soulever ces quatre coins du tableau, permettez-
moi de me demander quelle est la couleur, le coup de pinceau
de M. Flaubert, car, enfin, son roman est un tableau, et il
faut savoir à quelle école il appartient, quelle est la couleur
qu'il emploie, et quel est le portrait de son héroïne.

La couleur générale de l'auteur, permettez-moi de vous le
dire, c'est la couleur lascive, avant, pendant et après ces
chutes ! Elle est enfant, elle a dix ou douze ans, elle est au
couvent des Ursulines. A cet âge où la jeune fille n'est pas

toujours la poésie de l'adultère. Voilà, messieurs, les situations que M. Flaubert aime à peindre, et malheureusement il
ne les peint que trop bien.

J'ai raconté trois scènes : la scène avec Rodolphe, et vous y
avez vu la chute dans la forêt, la glorification de l'adultère, et
cette femme dont la beauté devient plus grande avec cette
poésie. J'ai parlé de la transition religieuse, et vous y avez vu
la prière emprunter à l'adultère son langage. J'ai parlé de la
seconde chute, je vous ai déroulé les scènes qui se passent
avec Léon. Je vous ai montré la scène du fiacre — supprimée
— mais je vous ai montré le tableau de la chambre et du lit.
Maintenant que nous croyons nos convictions faites, arrivons
à la dernière scène, à celle du supplice.

Des coupures nombreuses y ont été faites, à ce qu'il paraît,
par la *Revue de Paris*. Voici en quels termes M. Flaubert s'en
plaint :

« Des considérations que je n'ai pas à apprécier ont
contraint la *Revue de Paris* à faire une suppression dans le
numéro du 1er décembre. Ses scrupules s'étant renouvelés à
l'occasion du présent numéro, elle a jugé convenable d'enlever encore plusieurs passages. En conséquence, je déclare
dénier la responsabilité des lignes qui suivent ; le lecteur est
donc prié de n'y voir que des fragments et non pas un
ensemble. »

Passons donc sur ces fragments et arrivons à la mort. Elle
s'empoisonne. Elle s'empoisonne, pourquoi ? « Ah ! c'est
bien peu de chose, la mort, pensa-t-elle ; je vais m'endormir
et tout sera fini. » Puis, sans un remords, sans un aveu, sans
une larme de repentir sur ce suicide qui s'achève et les
adultères de la veille, elle va recevoir le sacrement des
mourants. Pourquoi le sacrement, puisque, dans sa pensée de
tout à l'heure, elle va au néant ? Pourquoi, quand il n'y a pas
une larme, pas un soupir de Madeleine sur son crime
d'incrédulité, sur son suicide, sur ses adultères ?

Après cette scène, vient celle de l'extrême-onction. Ce sont
des paroles saintes et sacrées pour tous. C'est avec ces
paroles-là que nous avons endormi nos aïeux, nos pères ou
nos proches, et c'est avec elles qu'un jour nos enfants nous
endormiront. Quand on veut les reproduire, il faut le faire
exactement ; il ne faut pas du moins les accompagner d'une
image voluptueuse sur la vie passée.

Vous le savez, le prêtre fait les onctions saintes sur le front,
sur les oreilles, sur la bouche, sur les pieds, en prononçant
ces phrases liturgiques : *Quidquid per pedes, per aures, per*

pectus, etc., toujours suivies des mots *misericordia*... péché
d'un côté, miséricorde de l'autre. Il faut les reproduire
exactement, ces paroles saintes et sacrées ; si vous ne les
reproduisez pas exactement, au moins n'y mettez rien de
voluptueux.

« Elle tourna sa figure lentement et parut saisie de joie à
voir tout à coup l'étole violette, sans doute retrouvant au
milieu d'un apaisement extraordinaire la volupté perdue de
ses premiers élancements mystiques, avec des visions de
béatitude éternelle qui commençaient.

« Le prêtre se releva pour prendre le crucifix ; alors elle
allongea le cou comme quelqu'un qui a soif, et collant ses
lèvres sur le corps de l'Homme-Dieu, elle y déposa de toute
sa force expirante le plus grand baiser d'amour qu'elle eût
jamais donné. Ensuite il récita le *Misereatur* et l'*Indulgentiam*,
trempa son pouce droit dans l'huile et commença les
onctions ; d'abord sur les yeux, qui avaient tant convoité
toutes les somptuosités terrestres ; puis sur les narines,
friandes de brises tièdes et de senteurs amoureuses ; puis la
bouche, qui s'était ouverte pour le mensonge, qui avait gémi
d'orgueil et crié dans la luxure ; puis sur les mains, qui se
délectaient aux contacts suaves, et enfin sur la plante des
pieds, si rapides autrefois quand elle courait à l'assouvissance
de ses désirs, et qui maintenant ne marcheraient plus. »

Maintenant, il y a les prières des agonisants que le prêtre
récite tout bas, où à chaque verset se trouvent les mots :
« Ame chrétienne, partez pour une région plus haute. » On
les murmure au moment où le dernier souffle du mourant
s'échappe de ses lèvres. Le prêtre les récite, etc.

« A mesure que le râle devenait plus fort, l'ecclésiastique
précipitait ses oraisons ; elles se mêlaient aux sanglots
étouffés de Bovary, et quelquefois tout semblait disparaître
dans le sourd murmure des syllabes latines qui tintaient
comme un glas lugubre. »

L'auteur a jugé à propos d'alterner ces paroles, de leur
faire une sorte de réplique. Il fait intervenir sur le trottoir un
aveugle qui entonne une chanson dont les paroles profanes
sont une sorte de réponse aux prières des agonisants.

« Tout à coup on entendit sur le trottoir un bruit de gros
sabots, avec le frôlement d'un bâton, et une voix s'éleva, une
voix rauque, qui chantait :

> « *Souvent la chaleur d'un beau jour*
> *Fait rêver fillette à l'amour.*

Il souffla bien fort ce jour-là,
Et le jupon court s'envola. »

C'est à ce moment que Mme Bovary meurt.

Ainsi voilà le tableau : d'un côté, le prêtre qui récite les prières des agonisants ; de l'autre, le joueur d'orgue, qui excite chez la mourante « un rire atroce, frénétique, désespéré, croyant voir la face hideuse du misérable qui se dressait dans les ténèbres éternelles comme un épouvantement... Une convulsion la rabattit sur le matelas. Tous s'approchèrent. Elle n'existait plus. »

Et puis ensuite, lorsque le corps est froid, la chose qu'il faut respecter par-dessus tout, c'est le cadavre que l'âme a quitté. Quand le mari est là, à genoux, pleurant sa femme, quand il a étendu sur elle le linceul, tout autre se serait arrêté, et c'est le moment où M. Flaubert donna le dernier coup de pinceau.

« Le drap se creusait depuis ses seins jusqu'à ses genoux, se relevant ensuite à la pointe des orteils. »

Voilà la scène de la mort. Je l'ai abrégée, je l'ai groupée en quelque sorte. C'est à vous de juger et d'apprécier si c'est là le mélange du sacré au profane, ou si ce ne serait pas plutôt le mélange du sacré au voluptueux.

J'ai raconté le roman, je l'ai incriminé ensuite, et permettez-moi de le dire, le genre que M. Flaubert cultive, celui qu'il réalise sans les ménagements de l'art, mais avec toutes les ressources de l'art, c'est le genre descriptif, la peinture réaliste. Voyez jusqu'à quelle limite il arrive. Dernièrement un numéro de l'*Artiste* me tombait sous la main ; il ne s'agit pas d'incriminer l'*Artiste*, mais de savoir quel est le genre de M. Flaubert, et je vous demande la permission de vous citer quelques lignes de l'écrit qui n'engagent en rien l'écrit poursuivi contre M. Flaubert, et j'y voyais à quel degré M. Flaubert excelle dans la peinture ; il aime à peindre les tentations, surtout les tentations auxquelles a succombé Mme Bovary. Eh bien ! je trouve un modèle du genre dans les quelques lignes qui suivent de l'*Artiste* du mois de janvier, signées *Gustave Flaubert*, sur la tentation de saint Antoine. Mon Dieu ! c'est un sujet sur lequel on peut dire beaucoup de choses, mais je ne crois pas qu'il soit possible de donner plus de vivacité à l'image, plus de trait à la peinture que dans ces mots d'Apollinaire à saint Antoine : « — Est-ce la science ? Est-ce la gloire ! Veux-tu rafraîchir tes yeux sur des jasmins humides ? Veux-tu sentir ton corps s'enfoncer comme dans une onde dans la chair douce des femmes pâmées ? »

Eh bien ! c'est la même couleur, la même énergie de pinceau, la même vivacité d'expression !

Il faut se résumer. J'ai analysé le livre, j'ai raconté, sans oublier une page, j'ai incriminé ensuite, c'était la seconde partie de ma tâche ; j'ai précisé quelques portraits, j'ai montré Mme Bovary au repos, vis-à-vis de son mari, vis-à-vis de ceux qu'elle ne devait pas tenter, et je vous ai fait toucher les couleurs lascives de ce portrait ! Puis, j'ai analysé quelques grandes scènes : la chute avec Rodolphe, la transition religieuse, les amours avec Léon, la scène de la mort, et dans toutes j'ai trouvé le double délit d'offense à la morale publique et à la religion.

Je n'ai besoin que de deux scènes ; l'outrage à la morale, est-ce que vous ne le verrez pas dans la chute avec Rodolphe ? Est-ce que vous ne le verrez pas dans cette glorification de l'adultère ? Est-ce que vous ne le verrez pas surtout dans ce qui se passe avec Léon ? Et puis, l'outrage à la morale religieuse, je le trouve dans le trait sur la confession, p. 30 de la 1re livraison, numéro du 1er octobre, dans la transition religieuse, p. 548 et 550 du 15 novembre, et enfin dans la dernière scène de la mort.

Vous avez devant vous, messieurs, trois inculpés : M. Flaubert, l'auteur du livre, M. Pichat qui l'a accueilli, et M. Pillet qui l'a imprimé. En cette matière, il n'y a pas de délit sans publicité, et tous ceux qui ont concouru à la publicité doivent être également atteints. Mais nous nous hâtons de le dire, le gérant de la *Revue* et l'imprimeur ne sont qu'en seconde ligne. Le principal prévenu, c'est l'auteur, c'est M. Flaubert, M. Flaubert qui, averti par la note de la rédaction, proteste contre la suppression qui est faite à son œuvre. Après lui vient au second rang M. Laurent Pichat, auquel vous demanderez compte non de cette suppression qu'il a faite, mais de celles qu'il aurait dû faire, et, enfin, vient en dernière ligne l'imprimeur, qui est une sentinelle avancée contre le scandale. M. Pillet, d'ailleurs, est un homme honorable contre lequel je n'ai rien à dire. Nous ne vous demandons qu'une chose, de lui appliquer la loi. Les imprimeurs doivent lire ; quand ils n'ont pas lu ou fait lire, c'est à leurs risques et périls qu'ils impriment. Les imprimeurs ne sont pas des machines ; ils ont un privilège, ils prêtent serment, ils sont dans une situation spéciale, ils sont responsables. Encore une fois, ils sont, si vous me permettez l'expression, comme des sentinelles avancées ; s'ils laissent passer le délit, c'est comme s'ils laissaient passer l'ennemi. Atténuez la peine autant que vous voudrez vis-à-vis de Pillet ; soyez même indulgents vis-à-vis du gérant de la *Revue ;* quant à Flaubert , le principal coupable, c'est à lui que vous devez réserver vos sévérités !

Ma tâche remplie, il faut attendre les objections ou les prévenir. On nous dira comme objection générale : mais, après tout, le roman est moral au fond, puisque l'adultère est puni ?

A cette objection, deux réponses : je suppose l'œuvre morale, par hypothèse, une conclusion morale ne pourrait pas amnistier les détails lascifs qui peuvent s'y trouver. Et puis je dis : l'œuvre au fond n'est pas morale.

Je dis, messieurs, que des détails lascifs ne peuvent pas être couverts par une conclusion morale, sinon on pourrait raconter toutes les orgies imaginables, décrire toutes les turpitudes d'une femme publique, en la faisant mourir sur un grabat à l'hôpital. Il serait permis d'étudier et de montrer toutes ses poses lascives. Ce serait aller contre toutes les règles du bon sens. Ce serait placer le poison à la portée de tous et le remède à la portée d'un bien petit nombre, s'il y avait un remède. Qui est-ce qui lit le roman de M. Flaubert ? Sont-ce des hommes qui s'occupent d'économie politique ou sociale ? Non ! les pages légères de *Madame Bovary* tombent en des mains plus légères, dans des mains de jeunes filles, quelquefois de femmes mariées. Eh bien ! lorsque l'imagination aura été séduite, lorsque cette séduction sera descendue jusqu'au cœur, lorsque le cœur aura parlé aux sens, est-ce que vous croyez qu'un raisonnement bien froid sera bien fort contre cette séduction des sens et du sentiment ! Et puis, il ne faut pas que l'homme se drape trop dans sa force et dans sa vertu, l'homme porte les instincts d'en bas et les idées d'en haut, et, chez tous, la vertu n'est que la conséquence d'un effort, bien souvent pénible. Les peintures lascives ont généralement plus d'influence que les froids raisonnements. Voilà ce que je réponds à cette théorie, voilà ma première réponse, mais j'en ai une seconde.

Je soutiens que le roman de *Madame Bovary*, envisagé au point de vue philosophique, n'est point moral. Sans doute, Mme Bovary meurt empoisonnée ; elle a beaucoup souffert, c'est vrai ; mais elle meurt à son heure et à son jour, mais elle meurt, non parce qu'elle est adultère, mais parce qu'elle l'a voulu ; elle meurt dans tout le prestige de sa jeunesse et de sa beauté ; elle meurt après avoir eu deux amants, laissant un mari qui l'aime, qui l'adore, qui trouvera le portrait de Rodolphe, qui trouvera ses lettres et celles de Léon, qui lira les lettres d'une femme deux fois adultère, et qui, après cela, l'aimera encore davantage au-delà du tombeau. Qui peut condamner cette femme dans le livre ! Personne. Telle est la conclusion. Il n'y a pas dans le livre un personnage qui puisse la condamner. Si vous y trouvez un personnage sage, si vous y trouvez un seul principe en vertu duquel l'adultère soit stigmatisé, j'ai tort. Donc, si, dans tout le livre, il n'y a pas un personnage qui puisse lui faire courber la tête, s'il n'y a pas une idée, une ligne en vertu de laquelle l'adultère soit flétri, c'est moi qui ai raison, le livre est immoral !

Serait-ce au nom de l'honneur conjugal que le livre serait condamné ? Mais l'honneur conjugal est représenté par un mari béat, qui, après la mort de sa femme, rencontrant Rodolphe, cherche sur le visage de l'amant les traits de la femme qu'il aime (liv. du 15 décembre, p. 289). Je vous le demande, est-ce au nom de l'honneur conjugal que vous pouvez stigmatiser cette femme, quand il n'y a pas dans le livre un seul mot où le mari ne s'incline devant l'adultère.

Serait-ce au nom de l'opinion publique ? Mais l'opinion publique est personnifiée dans un être grotesque, dans le pharmacien Homais, entouré de personnages ridicules que cette femme domine.

Le condamnerez-vous au nom du sentiment religieux ? Mais ce sentiment, vous l'avez personnifié dans le curé Bournisien, prêtre à peu près aussi grotesque que le pharmacien, ne croyant qu'aux souffrances physiques, jamais aux souffrances morales, à peu près matérialiste.

Le condamnerez-vous au nom de la conscience de l'auteur ? Je ne sais pas ce que pense la conscience de l'auteur ; mais, dans son chapitre X, le seul philosophique de l'œuvre (livr. du 15 déc.), je lis la phrase suivante :

« Il y a toujours après la mort de quelqu'un comme une stupéfaction qui se dégage, tant il est difficile de comprendre cette survenue du néant et de se résigner à y croire. »

Ce n'est pas un cri d'incrédulité, mais c'est du moins un cri de scepticisme. Sans doute il est difficile de le comprendre et d'y croire ; mais, enfin, pourquoi cette stupéfaction qui se manifeste à la mort ? Pourquoi ? Parce que cette survenue est quelque chose qui est un mystère, parce qu'il est difficile de le comprendre et de le juger, mais il faut s'y résigner. Et moi je dis que si la mort est la survenue du néant, que si le mari béant sent croître son amour en apprenant les adultères de sa femme, que si l'opinion est représentée par des êtres grotesques, que si le sentiment religieux est représenté par un prêtre ridicule, une seule personne a raison, règne, domine : c'est Emma Bovary. Messaline a raison contre Juvénal.

Voilà la conclusion philosophique du livre, tirée non par l'auteur, mais par un homme qui réfléchit et approfondit les choses, par un homme qui a cherché dans le livre un personnage qui pût dominer cette femme. Il n'y en a pas. Le seul personnage qui y domine, c'est Mme Bovary. Il faut donc chercher ailleurs que dans le livre, il faut chercher dans cette morale chrétienne qui est le fond des civilisations modernes. Pour cette morale, tout s'explique et s'éclaircit.

En son nom l'adultère est stigmatisé, condamné, non pas parce que c'est une imprudence qui expose à des désillusions et à des regrets, mais parce que c'est un crime pour la famille. Vous stigmatisez et vous condamnez le suicide, non pas parce que c'est une folie, le fou n'est pas responsable ; non pas parce que c'est une lâcheté, il demande quelquefois un certain courage physique, mais parce qu'il est le mépris du devoir dans la vie qui s'achève, et le cri de l'incrédulité dans la vie qui commence.

Cette morale stigmatise la littérature réaliste, non pas qu'elle peint les passions : la haine, la vengeance, l'amour ; le monde ne vit que là-dessus, et l'art doit les peindre ; mais quand elle les peint sans frein, sans mesure. L'art sans règle n'est plus l'art ; c'est comme une femme qui quitterait tout vêtement. Imposer à l'art l'unique règle de la décence publique, ce n'est pas l'asservir, mais l'honorer. On ne grandit qu'avec une règle. Voilà, messieurs, les principes que nous professons, voilà une doctrine que nous défendons avec conscience.

PLAIDOIRIE
DU DÉFENSEUR Mᵉ SÉNARD

Messieurs, M. Gustave Flaubert est accusé devant vous d'avoir fait un mauvais livre, d'avoir, dans ce livre, outragé la morale publique et la religion. M. Gustave Flaubert est auprès de moi ; il affirme devant vous qu'il a fait un livre honnête ; il affirme devant vous que la pensée de son livre, depuis la première ligne jusqu'à la dernière, est une pensée morale, religieuse, et que, si elle n'était pas dénaturée (nous avons vu pendant quelques instants ce que peut un grand talent pour dénaturer une pensée), elle serait (et elle reviendra tout à l'heure) pour vous ce qu'elle a été déjà pour les lecteurs du livre, une pensée éminemment morale et religieuse pouvant se traduire par ces mots : l'excitation à la vertu par l'horreur du vice.

Je vous apporte ici l'affirmation de M. Gustave Flaubert, et je la mets hardiment en regard du réquisitoire du ministère public, car cette affirmation est grave ; elle l'est par la personne qui l'a faite, elle l'est par les circonstances qui ont présidé à l'exécution du livre que je vais vous faire connaître.

L'affirmation est déjà grave par la personne qui la fait, et, permettez-moi de vous le dire, M. Gustave Flaubert n'était pas pour moi un inconnu qui eût besoin auprès de moi de recommandations, qui eût des renseignements à me donner, je ne dis pas sur sa moralité, mais sur sa dignité. Je viens ici, dans cette enceinte, remplir un devoir de conscience, après avoir lu le livre, après avoir senti s'exhaler par cette lecture tout ce qu'il y a en moi d'honnête et de profondément religieux. Mais, en même temps que je viens remplir un devoir de conscience, je viens remplir un devoir d'amitié. Je me rappelle, je ne saurais oublier que son père a été pour moi un vieil ami. Son père, de l'amitié duquel je me suis longtemps honoré, honoré jusqu'au dernier jour, son père et, permettez-moi de le dire, son illustre père, a été pendant plus de trente années chirurgien en chef de l'Hôtel-Dieu de Rouen. Il a été le protecteur de Dupuytren ; en donnant à la science de grands enseignements, il l'a dotée de grands noms ; je n'en veux citer qu'un seul, Cloquet. Il n'a pas seulement laissé lui-même un beau nom dans la science, il y a laissé de grands souvenirs, pour d'immenses services rendus à l'humanité. Et en même temps que je me souviens de mes liaisons avec lui, je veux vous le dire, son fils, qui est traduit en police correctionnelle pour outrage à la morale et à la religion, son fils est l'ami de mes enfants, comme j'étais l'ami de son père. Je sais sa pensée, je sais ses intentions, et l'avocat a ici le droit de se poser comme la caution personnelle de son client.

Messieurs, un grand nom et de grands souvenirs obligent. Les enfants de M. Flaubert ne lui ont pas failli. Ils étaient trois, deux fils et une fille, morte à vingt et un ans. L'aîné a été jugé digne de succéder à son père : et c'est lui qui, aujourd'hui, remplit déjà depuis plusieurs années la mission que son père a remplie pendant trente ans. Le plus jeune, le voici : il est à votre barre. En leur laissant une fortune considérable et un grand nom, leur père leur a laissé le besoin d'être des hommes d'intelligence et de cœur, des hommes utiles. Le frère de mon client s'est lancé dans une carrière où les services rendus sont de chaque jour. Celui-ci a dévoué sa vie à l'étude, aux lettres, et l'ouvrage qu'on poursuit en ce moment devant vous est son premier ouvrage. Ce premier ouvrage, messieurs, qui provoque les passions, au dire de M. l'Avocat impérial, est le résultat de longues études, de longues méditations. M. Gustave Flaubert est un homme d'un caractère sérieux porté par sa nature aux choses graves, aux choses tristes. Ce n'est pas l'homme que le ministère public, avec quinze ou vingt lignes mordues çà et là, est venu vous présenter comme un faiseur de tableaux lascifs. Non ; il y a dans sa nature, je le répète, tout ce qu'on peut imaginer au monde de plus grave, de plus sérieux, mais en même temps de plus triste. Son livre, en rétablissant seulement une phrase, en mettant à côté des quelques lignes citées les quelques lignes qui précèdent et qui suivent, reprendra bientôt devant vous sa véritable couleur, en même temps qu'il fera connaître les intentions de l'auteur. Et, de la parole trop habile que vous avez entendue, il ne restera dans vos souvenirs qu'un sentiment d'admiration profonde pour un talent qui peut tout transformer.

Je vous ai dit que M. Gustave Flaubert était un homme sérieux et grave. Ses études, conformes à la nature de son esprit, ont été sérieuses et larges. Elles ont embrassé non seulement toutes les branches de la littérature, mais le droit. M. Flaubert est un homme qui ne s'est pas contenté des observations que pouvait lui fournir le milieu où il a vécu, il a interrogé d'autres milieux :

Qui mores multorum vidit et urbes.

Après la mort de son père et ses études de collège, il a visité l'Italie et, de 1848 à 1851, parcouru ces contrées de l'Orient, l'Égypte, la Palestine, l'Asie Mineure, dans lesquelles, sans doute, l'homme qui les parcourt, en y apportant une grande intelligence, peut acquérir quelque chose d'élevé, de poétique, ces couleurs, ce prestige de style que le ministère public faisait tout à l'heure ressortir, pour établir le délit qu'il nous impute. Ce prestige de style, ces qualités littéraires resteront, ressortiront avec éclat de ces débats, mais ne pourront en aucune façon laisser prise à l'incrimination.

De retour depuis 1852, M. Gustave Flaubert a écrit et cherché à produire dans un grand cadre le résultat d'études attentives et sérieuses, le résultat de ce qu'il avait recueilli dans ses voyages.

Quel est le cadre qu'il a choisi, le sujet qu'il a pris, et comment l'a-t-il traité ? Mon client est de ceux qui n'appartiennent à aucune des écoles dont j'ai trouvé, tout à l'heure, le nom dans le réquisitoire. Mon Dieu ! il appartient à l'école réaliste, en ce sens qu'il s'attache à la réalité des choses. Il appartiendrait à l'école psychologique en ce sens que ce n'est pas la matérialité des choses qui le pousse, mais le sentiment humain, le développement des passions dans le milieu où il est placé. Il appartiendrait à l'école romantique moins peut-être qu'à toute autre, car si le romantisme apparaît dans son livre, de même que si le réalisme y apparaît, ce n'est pas par quelques expressions ironiques, jetées çà et là, que le ministère public a prises au sérieux. Ce que M. Flaubert a voulu surtout, ç'a été de prendre un sujet d'études dans la vie réelle, ç'a été de créer, de constituer des types vrais dans la classe moyenne et d'arriver à un résultat utile. Oui, ce qui a le plus préoccupé mon client dans l'étude à laquelle il s'est livré, c'est précisément ce but utile, poursuivi en mettant en scène trois ou quatre personnages de la société actuelle vivant dans les conditions de la vie réelle, et présentant aux yeux du lecteur le tableau vrai de ce qui se rencontre le plus souvent dans le monde.

Le ministère public, résumant son opinion sur *Madame Bovary*, a dit : Le second titre de cet ouvrage est : *Histoire des adultères d'une femme de province.* Je proteste énergiquement contre ce titre. Il me prouverait à lui seul, si je ne l'avais pas senti d'un bout à l'autre de votre réquisitoire, la préoccupation sous l'empire de laquelle vous avez constamment été. Non ! le second titre de cet ouvrage n'est pas : *Histoire des adultères d'une femme de province;* il est, s'il vous faut absolument un second titre : histoire de l'éducation trop souvent donnée en province ; histoire des périls auxquels elle peut conduire, histoire de la dégradation, de la friponnerie, du suicide considéré comme conséquence d'une première faute, et d'une faute amenée elle-même par de premiers torts auxquels souvent une jeune femme est entraînée ; histoire de l'éducation, histoire d'une vie déplorable dont trop souvent l'éducation est la préface. Voilà ce que M. Flaubert a voulu peindre, et non pas les adultères d'une femme de province ; vous le reconnaîtrez bientôt en parcourant l'ouvrage incriminé.

Maintenant le ministère public a aperçu dans tout cela, par-dessus tout, la couleur lascive. S'il m'était possible de prendre le nombre des lignes du livre que le ministère public a découpées, et de le mettre en parallèle avec le nombre des autres lignes qu'il a laissées de côté, nous serions dans la proportion totale de un à cinq cents, et vous verriez que cette proportion de un à cinq cents n'est pas une couleur lascive, n'est nulle part ; elle n'existe que sous la condition des découpures et des commentaires.

Maintenant, qu'est-ce que M. Gustave Flaubert a voulu peindre ? d'abord une éducation donnée à une femme au-dessus de la condition dans laquelle elle est née, comme il arrive, il faut bien le dire, trop souvent chez nous ; ensuite, le mélange d'éléments disparates qui se produit ainsi dans l'intelligence de la femme, et puis, quand vient le mariage, comme le mariage ne se proportionne pas à l'éducation, mais aux conditions dans lesquelles la femme est née, l'auteur a expliqué tous les faits qui se passent dans la position qui lui est faite.

Que montre-t-il encore ? Il montre une femme allant au vice par la mésalliance, et du vice au dernier degré de la dégradation et du malheur. Tout à l'heure, quand, par la lecture de différents passages, j'aurai fait connaître le livre

dans son ensemble, je demanderai au tribunal la liberté
d'accepter la question en ces termes : Ce livre, mis dans les
mains d'une jeune femme, pourrait-il avoir pour effet de
l'entraîner vers des plaisirs faciles, vers l'adultère, ou de lui
montrer, au contraire, le danger dès les premiers pas, et de la
faire frissonner d'horreur ? La question ainsi posée, c'est
votre conscience qui la résoudra.

Je dis ceci, quant à présent : M. Flaubert a voulu peindre
la femme qui, au lieu de chercher à s'arranger dans la
condition qui lui est donnée, avec sa situation, avec sa
naissance ; au lieu de chercher à se faire à la vie qui lui
appartient, reste préoccupée de mille aspirations étrangères
puisées dans une éducation trop élevée pour elle ; qui, au lieu
de s'accommoder des devoirs de sa position, d'être la femme
tranquille du médecin de campagne avec lequel elle passe ses
jours, au lieu de chercher le bonheur dans sa maison, dans
son union, le cherche dans d'interminables rêvasseries, et
puis, qui, bientôt, rencontrant sur sa route un jeune homme
qui coquette avec elle, joue avec elle le même jeu (mon Dieu !
ils sont inexpérimentés l'un et l'autre), s'excite en quelque
sorte par degrés, s'effraye quand, recourant à la religion de
ses premières années, elle n'y trouve pas une force suffisante ;
et nous verrons tout à l'heure pourquoi elle ne l'y trouve pas.
Cependant l'ignorance du jeune homme et sa propre ignorance la préservent d'un premier danger. Mais elle est bientôt
rencontrée par un homme comme il y en a tant, comme il y
en a trop dans le monde, qui se saisit d'elle, pauvre femme
déjà déviée, et l'entraîne. Voilà ce qui est capital, ce qu'il
fallait voir, ce qu'est le livre lui-même.

Le ministère public s'irrite, et je crois qu'il s'irrite à tort,
au point de vue de la conscience et du cœur humain, de ce
que, dans la première scène, Mme Bovary trouve une sorte
de plaisir, de joie, à avoir brisé sa prison, et rentre chez elle
en disant : « J'ai un amant. » Vous croyez que ce n'est pas là
le premier cri du cœur humain ! La preuve est entre vous et
moi. Mais il fallait regarder un peu plus loin, et vous auriez
vu que, si le premier moment, le premier instant de cette
chute excite chez cette femme une sorte de transport de joie,
de délire, à quelques lignes plus loin la déception arrive, et,
suivant l'expression de l'auteur, elle semble à ses propres
yeux humiliée.

Oui, la déception, la douleur, le remords lui arrivent à
l'instant même. L'homme auquel elle s'était confiée, livrée,
ne l'avait prise que pour s'en servir un instant comme d'un

jouet ; le remords la ronge, la déchire. Ce qui vous a choqué,
ç'a été d'entendre appeler cela les désillusions de l'adultère ;
vous auriez mieux aimé les *souillures* chez un écrivain qui
faisait poser cette femme, laquelle n'ayant pas compris le
mariage, se sentait souillée par le contact d'un mari ; laquelle,
ayant cherché ailleurs son idéal, avait trouvé les désillusions
de l'adultère. Ce mot vous a choqué ; au lieu des *désillusions*,
vous auriez voulu les *souillures* de l'adultère. Le tribunal
jugera. Quant à moi, si j'avais à faire poser le même
personnage, je lui dirais : Pauvre femme ! si vous croyez que
les baisers de votre mari sont quelque chose de monotone,
d'ennuyeux, si vous n'y trouvez — c'est le mot qui a été
signalé — que les platitudes du mariage, s'il vous semble voir
une souillure dans cette union à laquelle l'amour n'a pas
présidé, prenez-y garde, vos rêves sont une illusion, et vous
serez un jour cruellement détrompée. Celui qui crie bien fort,
messieurs, qui se sert du mot souillure pour exprimer ce que
nous avons appelé désillusion, celui-là dit un mot vrai, mais
vague, qui n'apprend rien à l'intelligence. J'aime mieux celui
qui ne crie pas fort, qui ne prononce pas le mot de souillure,
mais qui avertit la femme de la déception, de la désillusion,
qui lui dit : Là où vous croyez trouver l'amour, vous ne
trouverez que le libertinage ; là où vous croyez trouver le
bonheur, vous ne trouverez que les amertumes. Un mari qui
va tranquillement à ses affaires, qui vous embrasse, qui met
son bonnet de coton et mange la soupe avec vous est un mari
prosaïque qui vous révolte ; vous aspirez à un homme qui
vous aime, qui vous idolâtre, pauvre enfant ! cet homme sera
un libertin, qui vous aura prise une minute pour jouer avec
vous. L'illusion se sera produite la première fois, peut-être la
seconde ; vous serez rentrée chez vous indignée, en chantant la
chanson de l'adultère : « J'ai un amant ! » La troisième fois
vous n'aurez pas besoin d'arriver jusqu'à lui, la désillusion
sera venue. Cet homme que vous aviez rêvé, aura perdu tout
son prestige ; vous aurez retrouvé dans l'amour les platitudes
du mariage ; et vous les aurez retrouvées avec le mépris, le
dédain, le dégoût et le remords poignant.

Voilà, messieurs, ce que M. Flaubert a dit, ce qu'il a peint,
ce qui est à chaque ligne de son livre ; voilà ce qui distingue
son œuvre de toutes les œuvres du même genre. C'est que
chez lui les grands travers de la société figurent à chaque
page ; c'est que chez lui l'adultère marche plein de dégoût et
de honte. Il a pris dans les relations habituelles de la vie
l'enseignement le plus saisissant qui puisse être donné à une

jeune femme. Oh ! mon Dieu, celles de nos jeunes femmes qui ne trouvent pas dans les principes honnêtes, élevés, dans une religion sévère de quoi se tenir fermes dans l'accomplissement de leurs devoirs de mères, qui ne le trouvent pas surtout dans cette résignation, cette science pratique de la vie qui nous dit qu'il faut s'accommoder de ce que nous avons, mais qui portent leurs rêveries au-dehors, ces jeunes femmes les plus honnêtes, les plus pures qui, dans le prosaïsme de leur ménage, sont quelquefois tourmentées par ce qui se passe autour d'elles, un livre comme celui-là, soyez-en sûrs, en fait réfléchir plus d'une. Voilà ce que M. Flaubert a fait.

Et prenez bien garde à une chose : M. Flaubert n'est pas un homme qui vous peint un charmant adultère, pour faire arriver ensuite le *Deus ex machina*, non ; vous avez sauté trop vite de la page que vous avez lue à la dernière. L'adultère, chez lui, n'est qu'une suite de tourments, de regrets, de remords ; et puis il arrive à une expiation finale, épouvantable. Elle est excessive. Si M. Flaubert pèche, c'est par excès, et je vous dirai tout à l'heure de qui est ce mot. L'expiation ne se fait pas attendre ; et c'est en cela que le livre est éminemment moral et utile, c'est qu'il ne promet pas à la jeune femme quelques-unes de ces belles années au bout desquelles elle peut dire : après cela, on peut mourir. Non ! Dès le second jour arrive l'amertume, la désillusion. Le dénouement pour la moralité se trouve à chaque ligne du livre.

Ce livre est écrit avec une puissance d'observation à laquelle M. l'Avocat impérial a rendu justice : et c'est ici que j'appelle votre attention, parce que si l'accusation n'a pas de cause, il faut qu'elle tombe. Ce livre est écrit avec une puissance vraiment remarquable d'observation dans les moindres détails. Un article de l'*Artiste*, signé Flaubert, a servi encore de prétexte à l'accusation. Que M. l'Avocat impérial veuille remarquer d'abord que cet article est étranger à l'incrimination ; qu'il veuille remarquer ensuite que nous le tenons pour très innocent et très moral aux yeux du tribunal, à une condition, que M. l'Avocat impérial aura la bonté de le lire en entier, au lieu de le déchiqueter. Ce qui a saisi dans le livre de M. Flaubert, c'est ce que quelques comptes rendus ont appelé une fidélité toute daguerrienne dans la reproduction du type de toutes les choses, dans la nature intime de la pensée, du cœur humain, — et cette reproduction devient plus saisissante encore par la magie du style. Remarquez bien que s'il n'avait appliqué cette fidélité

qu'aux scènes de dégradation, vous pourriez dire avec
raison : l'auteur s'est complu à peindre la dégradation avec
cette puissance de description qui lui est propre. De la
première à la dernière page de son livre, il s'attache sans
aucune espèce de réserve à tous les faits de la vie d'Emma, à
son enfance dans la maison paternelle, à son éducation dans
le couvent, il ne fait grâce de rien. Mais ceux qui ont lu
comme moi du commencement à la fin, diront — chose
notable dont vous lui saurez gré, qui non seulement sera
l'absolution pour lui, mais qui aurait dû écarter de lui toute
espèce de poursuite — que, quand il arrive aux parties
difficiles, précisément à la dégradation, au lieu de faire
comme quelques auteurs classiques que le ministère public
connaît bien, mais qu'il a oubliés pendant qu'il écrivait son
réquisitoire et dont j'ai apporté ici des passages, non pas pour
vous les lire, mais pour que vous les parcouriez dans la
chambre du conseil (j'en citerai quelques lignes tout à
l'heure), au lieu de faire comme nos grands auteurs classiques, nos grands maîtres, qui, lorsqu'ils ont rencontré des
scènes de l'union des sens chez l'homme et la femme, n'ont
pas manqué de tout décrire, M. Flaubert se contente d'un
mot. Là, toute sa puissance descriptive disparaît, parce que
sa pensée est chaste, parce que là où il pourrait écrire à sa
manière et avec toute la magie du style, il sent qu'il y a des
choses qui ne peuvent pas être abordées, décrites. Le
ministère public trouve qu'il a trop dit encore. Quand je lui
montrerai des hommes qui, dans de grandes œuvres philosophiques, se sont complus à la description de ces choses, et
qu'en regard je placerai l'homme qui possède la science
descriptive à un si haut degré et qui, loin de l'employer,
s'arrête et s'abstient, j'aurai bien le droit de demander raison
à l'accusation qui est produite.

Toutefois, messieurs, de même qu'il se plaît à nous décrire
le riant berceau où se joue Emma encore enfant, avec son
feuillage, avec ses petites fleurs roses ou blanches qui
viennent de s'épanouir, et ses sentiers embaumés ; — de
même, quand elle sera sortie de là, quand elle ira dans
d'autres chemins, dans des chemins où elle trouvera de la
fange, quand elle y salira ses pieds, quand les taches mêmes
rejailliront plus haut sur elle, il ne faudrait pas qu'il le dît !
Mais ce serait supprimer complètement le livre, je vais plus
loin : l'élément moral, sous prétexte de le défendre, car si la
faute ne peut pas être montrée, si elle ne peut pas être
indiquée, si dans un tableau de la vie réelle qui a pour but de

montrer par la pensée le péril, la chute, l'expiation, si vous voulez empêcher de peindre tout cela, c'est évidemment ôter au livre sa conclusion.

Ce livre n'a pas été pour mon client l'objet d'une distraction de quelques heures, il représente deux ou trois années d'études incessantes. Et je vais vous dire maintenant quelque chose de plus : M. Flaubert qui, après tant d'années de travaux, tant d'études, tant de voyages, tant de notes recueillies dans les auteurs qu'il a lus — vous verrez, mon Dieu ! où il a puisé, car c'est quelque chose d'étrange qui se chargera de le justifier, — vous le verrez, lui aux couleurs lascives, tout imprégné de Bossuet et de Massillon. C'est dans l'étude de ces auteurs que nous allons le retrouver tout à l'heure, cherchant, non pas à les plagier, mais à reproduire dans ses descriptions les pensées, les couleurs employées par eux. Quand, après tout ce travail fait avec tant d'amour, quand son œuvre a son but, est-ce que vous croyez que, plein de confiance en lui-même et malgré tant d'études et de méditations, il a voulu immédiatement se lancer dans la lice ! Il l'aurait fait, sans doute, s'il eût été un inconnu dans le monde, si son nom lui eût appartenu en toute propriété, s'il eût cru pouvoir en disposer et le livrer comme bon lui semblait ; mais, je le répète, il est de ceux chez lesquels noblesse oblige : il s'appelle Flaubert, il est le second fils de M. Flaubert ; il voulait se tracer une voie dans la littérature, en respectant profondément la morale et la religion, — non pas par inquiétude du parquet, un tel intérêt ne pourrait se présenter à sa pensée, — mais par dignité personnelle, ne voulant pas laisser son nom à la tête d'une publication, si elle ne semblait pas, à quelques personnes en lesquelles il avait foi, digne d'être publiée. M. Flaubert a lu, par fragments et en totalité même, devant quelques amis haut placés dans les lettres, les pages qu'un jour il devrait livrer à l'impression, et j'affirme qu'aucun d'eux n'a été offensé de ce qui excite en ce moment si vivement la sévérité de M. l'Avocat impérial. Personne même n'y a songé. On a seulement examiné, étudié la valeur littéraire du livre. Quant au but moral, il est si évident, il est écrit à chaque ligne en termes si peu équivoques, qu'il n'était pas même besoin de le mettre en question. Rassuré sur la valeur du livre, encouragé d'ailleurs par les hommes les plus éminents de la presse, M. Flaubert ne songe plus qu'à le livrer à l'impression, à la publicité. Je le répète, tout le monde a été unanime pour rendre hommage au mérite littéraire, au style et en même temps à la pensée excellente qui préside à l'œuvre depuis la première jusqu'à la dernière ligne. Et quand la poursuite est venue, ce n'est pas lui seulement qui a été surpris, profondément affligé ; mais, permettez-moi de vous le dire, c'est nous qui ne comprenions pas cette poursuite, c'est moi tout le premier, qui avais lu le livre avec un intérêt très vif, à mesure que la publication en a été faite ; ce sont des amis intimes. Mon Dieu ! il y a des nuances qui quelquefois pourraient nous échapper dans nos habitudes, mais qui ne peuvent pas échapper à des femmes d'une grande intelligence, d'une grande pureté, d'une grande chasteté. Il n'y a pas de nom qui puisse se prononcer dans cette audience, mais si je vous disais ce qui a été dit à M. Flaubert, ce qui m'a été dit à moi-même par des mères de famille qui avaient lu ce livre, si je vous disais leur étonnement après avoir reçu de cette lecture une impression si bonne qu'elles ont cru devoir en remercier l'auteur, si je vous disais leur étonnement, leur douleur, quand elles ont appris que ce livre devait être considéré comme contraire à la morale publique, à leur foi religieuse, à la foi de toute leur vie, mon Dieu ! mais il y aurait dans la réunion de ces appréciations mêmes de quoi me fortifier, si j'avais besoin d'être fortifié au moment de combattre les attaques du ministère public.

Pourtant, au milieu de toutes ces appréciations de la littérature contemporaine, il y en a une que je veux vous dire. Il y en a une, qui n'est pas seulement respectée par nous à raison d'un beau et d'un grand caractère, qui, au milieu même de l'adversité, de la souffrance, contre lesquelles il lutte courageusement chaque jour, grand par le souvenir de beaucoup d'actions inutiles à rappeler ici, mais grand par des œuvres littéraires qu'il faut rappeler parce que c'est là ce qui fait sa compétence, grand surtout par la pureté qui existe dans toutes ses œuvres, par la chasteté de tous ses écrits : Lamartine.

Lamartine ne connaissait pas mon client ; il ne savait pas qu'il existât. Lamartine à la campagne, chez lui, avait lu, dans chacun des numéros de la *Revue de Paris*, la publication de *Madame Bovary*, et Lamartine avait trouvé là des impressions telles, qu'elles se sont reproduites toutes les fois que je vais vous dire maintenant.

Il y a quelques jours, Lamartine est revenu à Paris, et le lendemain il s'est informé de la demeure de M. Gustave Flaubert. Il a envoyé à la *Revue* savoir la demeure d'un M. Gustave Flaubert, qui avait publié dans le recueil des articles sous le titre de *Madame Bovary*. Il a chargé son secrétaire d'aller faire à M. Flaubert tous ses compliments, de lui exprimer toute la satisfaction qu'il avait éprouvée en lisant son œuvre, et lui témoigner le désir de voir l'auteur nouveau, se révélant par un essai pareil.

Mon client est allé chez Lamartine ; et il a trouvé chez lui non pas seulement un homme qui l'a encouragé, mais un homme qui lui a dit : « Vous m'avez donné la meilleure œuvre que j'aie lue depuis vingt ans. » C'étaient, en un mot, des éloges tels que mon client, dans sa modestie, osait à peine me les répéter. Lamartine lui prouvait qu'il avait lu les livraisons, et le lui prouvait de la manière la plus gracieuse, en lui disant des pages tout entières. Seulement Lamartine ajoutait : « En même temps que je vous ai lu sans restriction jusqu'à la dernière page, j'ai blâmé les dernières. Vous m'avez fait mal, vous m'avez fait littéralement souffrir ! L'expiation est hors de proportion avec le crime ; vous avez créé une mort affreuse, effroyable ! Assurément la femme qui souille le lit conjugal doit s'attendre à une expiation, mais celle-ci est horrible, c'est un supplice comme on n'en a jamais vu. Vous avez été trop loin, vous m'avez fait mal aux nerfs ; cette puissance de description qui s'est appliquée aux derniers instants de la mort m'a laissé une indicible souffrance ! » Et quand Gustave Flaubert lui demandait : « Mais, monsieur de Lamartine, est-ce que vous comprenez que je sois poursuivi, pour avoir fait une œuvre pareille, devant le tribunal de police correctionnelle, pour offense à la morale publique et religieuse ? » Lamartine lui répondait : « Je crois avoir été toute ma vie l'homme qui, dans ses œuvres littéraires comme dans ses autres, a le mieux compris ce que c'était que la morale publique et religieuse ; mon cher enfant, il n'est pas possible qu'il se trouve en France un tribunal pour vous condamner. Il est déjà très regrettable qu'on se soit ainsi mépris sur le caractère de votre œuvre et qu'on ait ordonné de la poursuivre, mais il n'est pas possible, pour l'honneur de notre pays et de notre époque, qu'il se trouve un tribunal pour vous condamner. »

Voilà ce qui se passait hier, entre Lamartine et Flaubert, et j'ai le droit de vous dire que cette appréciation est de celles qui valent la peine d'être pesées.

Ceci bien entendu, voyons comment il se pourrait faire que ma conscience à moi me dît que *Madame Bovary* est un bon livre, une bonne action ? Et je vous demande la permission d'ajouter que je ne suis pas facile sur ces sortes de choses, la

facilité n'est pas dans mes habitudes. Des œuvres littéraires,
j'en tiens à la main qui, quoique émanées de nos grands
écrivains, n'ont jamais arrêté deux minutes mes yeux. Je vous
en ferai passer dans la chambre du conseil quelques lignes
que je ne me suis jamais complu à lire, et je vous demanderai
la permission de vous dire que lorsque je suis arrivé à la fin de
l'œuvre de M. Flaubert, j'ai été convaincu qu'une coupure
faite par la *Revue de Paris* a été cause de tout ceci. Je vous
demanderai, de plus, la permission de joindre mon appréciation à l'appréciation plus élevée, plus éclairée que je viens de
rappeler.

Voici, messieurs, un portefeuille rempli des opinions de
tous les littérateurs de notre temps, et parmi lesquels se
trouvent les plus distingués, sur l'œuvre dont il s'agit, et sur
l'émerveillement qu'ils ont éprouvé en lisant cette œuvre
nouvelle, en même temps si morale et si utile !

Maintenant, comment une œuvre pareille a-t-elle pu
encourir une poursuite ? Voulez-vous me permettre de vous
le dire ? La *Revue de Paris*, dont le comité de lecture avait lu
l'œuvre en son entier, car le manuscrit lui avait été envoyé
longtemps avant la publication, n'y avait rien trouvé à redire.
Quand on est arrivé à imprimer le cahier du 1er décembre
1856, un des directeurs de la *Revue* s'est effarouché de la
scène dans un fiacre. Il a dit : « Ceci n'est pas convenable,
nous allons le supprimer. » Flaubert s'est offensé de la
suppression. Il n'a pas voulu qu'elle eût lieu sans qu'une note
fût placée au bas de la page. C'est lui qui a exigé la note. C'est
lui qui, pour son amour-propre d'auteur, ne voulant pas que
son œuvre fût mutilée, ni que, d'un autre côté, il y eût
quelque chose qui donnât des inquiétudes à la *Revue*, a dit :
« Vous supprimerez si bon vous semble, mais vous déclarerez
que vous avez supprimé » ; et alors on convint de la note
suivante :

« La direction s'est vue dans la nécessité de supprimer ici
un passage qui ne pouvait convenir à la rédaction de la *Revue
de Paris* ; nous en donnons acte à l'auteur. »

Voici le passage supprimé, je vais vous le lire. Nous en
avons une épreuve, que nous avons eu beaucoup de peine à
nous procurer. En voici la première partie, qui n'a pas une
seule correction : un mot a été corrigé sur la seconde :

« Où allons-nous ? — Où vous voudrez, dit Léon poussant
Emma dans la voiture. Les stores s'abaissèrent, et la lourde
machine se mit en route.

« Elle descendit la rue du Grand Pont, traversa la place des

Arts, le quai Napoléon, le pont Neuf, et s'arrêta court devant la statue de Pierre Corneille.

« — Continuez ! fit une voix qui sortait de l'intérieur.

« La voiture repartit, et se laissant, dès le carrefour Lafayette, emporter par la descente, elle entra au grand galop dans la gare du chemin de fer.

« — Non ! tout droit ! » cria la même voix.

« Le fiacre sortit des grilles, et bientôt arrivé sur le Cours, trotta doucement, au milieu des grands ormes. Le cocher s'essuya le front, mit son chapeau de cuir entre ses jambes et poussa la voiture en dehors des contre-allées, au bord de l'eau, près du gazon.

« Elle alla le long de la rivière, sur le chemin de halage pavé de cailloux secs, — et, longtemps, du côté d'Oyssel, au-delà des îles.

« Mais, tout à coup, elle s'élança d'un bond à travers Quatremares, Sotteville, la grande chaussée, la rue d'Elbeuf, et fit sa troisième halte devant le Jardin des Plantes.

« — Marchez donc ! s'écria la voix plus furieusement.

« Et aussitôt, reprenant sa course, elle passa par Saint-Sever, par le quai des Curandiers, par le quai aux Meules, encore une fois par le pont, par la place du Champ-de-Mars, et derrière les jardins de l'Hôpital où des vieillards en veste noire se promènent au soleil, le long d'une terrasse toute verdie par des lierres. Elle remonta le boulevard Bouvreuil, parcourut le boulevard Cauchoise, puis tout le mont Riboudet jusqu'à la côte de Deville !

« Elle revint ; et alors, sans parti pris ni direction, au hasard, elle vagabonda. On la vit à Saint-Paul, à Lescure, au mont Gargan, à la Rouge-Mare et place du Gaillarbois, rue Maladrerie, rue Dinanderie, devant Saint-Romain, Saint-Vivien, Saint-Maclou, Saint-Nicaise, devant la Douane, à la basse Vieille-Tour, aux Trois-Pipes et au Cimetière-Monumental ! De temps à autre, le cocher, sur son siège, jetait aux cabarets des regards désespérés. Il ne comprenait pas quelle fureur de locomotion poussait ces individus à ne vouloir point s'arrêter. Il essayait quelquefois ; et aussitôt il entendait derrière lui partir des exclamations de colère. Alors il cinglait de plus belle ses deux rosses tout en sueur, mais sans prendre garde aux cahots, accrochant par-ci, par-là, ne s'en souciant, démoralisé, et presque pleurant de soif, de fatigue et de tristesse.

« Et sur le port, au milieu des camions et des barriques, et dans les rues au coin des bornes les bourgeois ouvraient de grands yeux ébahis devant cette chose si extraordinaire en province, une voiture à stores tendus, et qui apparaissait ainsi continuellement, plus close qu'un tombeau et ballottée comme un navire.

« Une fois, au milieu du jour, en pleine campagne, au moment où le soleil dardait le plus fort contre les vieilles lanternes argentées, une main nue passa sous les petits rideaux de toile jaune et jeta des déchirures de papier, qui se dispersèrent au vent, et s'abattirent plus loin, comme des papillons blancs, sur un champ de trèfles rouges, tout en fleur.

« Puis, vers six heures, la voiture s'arrêta dans une ruelle du quartier Beauvoisine ; et une femme en descendit qui marchait le voile baissé, sans détourner la tête.

« En arrivant à l'auberge, Mme Bovary fut étonnée de ne pas apercevoir la diligence. Hivert, qui l'avait attendue cinquante-trois minutes, avait fini par s'en aller.

« Rien pourtant ne la forçait à partir ; mais elle avait donné sa parole qu'elle reviendrait le soir même. D'ailleurs, Charles l'attendait ; et déjà elle se sentait au cœur cette lâche docilité qui est pour bien des femmes comme le châtiment tout à la fois et la rançon de l'adultère. »

M. Flaubert me fait remarquer que le ministère public lui a reproché cette dernière phrase.

M. l'Avocat impérial. — Non, je l'ai indiquée.

Me Sénard. — Ce qui est certain, c'est que s'il y avait un reproche, il tomberait devant ces mots : « Le châtiment tout à la fois et la rançon de l'adultère. » Au surplus, cela pourrait faire la matière d'un reproche tout aussi fondé que les autres ; car dans tout ce que vous avez reproché, il n'y a rien qui puisse se soutenir sérieusement.

Or, messieurs, cette espèce de course fantastique ayant déplu à la rédaction de la *Revue*, la suppression en fut faite. Ce fut là un excès de réserve de la part de la *Revue* ; et très certainement ce n'est pas un excès de réserve qui pouvait donner matière à un procès ; vous allez voir cependant comment elle a donné matière au procès. Ce qu'on ne voit pas, ce qui est supprimé ainsi paraît une chose fort étrange. On a supposé beaucoup de choses qui n'existaient pas, comme vous l'avez vu par la lecture du passage primitif. Mon Dieu, savez-vous ce qu'on a supposé ? Qu'il y avait probablement dans le passage supprimé quelque chose d'analogue à ce que vous aurez la bonté de lire dans un des plus merveilleux romans sortis de la plume d'un honorable membre de l'Académie française, M. Mérimée.

M. Mérimée, dans un roman intitulé *La Double Méprise*, raconte une scène qui se passe dans une chaise de poste. Ce n'est pas la localité de la voiture qui a de l'importance, c'est, comme ici, dans le détail de ce qui se fait dans son intérieur. Je ne veux pas abuser de l'audience, je ferai passer le livre au ministère public et au tribunal. Si nous avions écrit la moitié ou le quart de ce qu'a écrit M. Mérimée, j'éprouverais quelque embarras dans la tâche qui m'est donnée, ou plutôt je la modifierais. Au lieu de dire ce que j'ai dit, ce que j'affirme, que M. Flaubert a écrit un bon livre, un livre honnête, utile, moral, je dirais : la littérature a ses droits ; M. Mérimée a fait une œuvre littéraire très remarquable, et il ne faut pas se montrer si difficile sur les détails quand l'ensemble est irréprochable. Je m'en tiendrais là, j'absoudrais et vous absoudriez. Eh ! mon Dieu ! ce n'est pas par omission qu'un auteur peut pécher en pareille matière. Et, d'ailleurs, vous aurez le détail de ce qui se passa dans le fiacre. Mais comme mon client, lui, s'était contenté de faire une course, et que l'intérieur ne s'était révélé que par « une main nue qui passa sous les petits rideaux de toile jaune et jeta des déchirures de papier qui se dispersèrent au vent et s'abattirent plus loin comme des papillons blancs sur un champ de trèfles rouges tout en fleurs » ; comme mon client s'était contenté de cela, personne n'en savait rien, et tout le monde supposait — par la suppression même — qu'il avait dit au moins autant que le membre de l'Académie française. Vous avez vu qu'il n'en était rien.

Eh bien ! cette malheureuse suppression, c'est le procès, c'est-à-dire que, dans les bureaux qui sont chargés, avec infiniment de raison, de surveiller tous les écrits qui peuvent offenser la morale publique, quand on a vu cette coupure, on s'est tenu en éveil. Je suis obligé de l'avouer, et messieurs de la *Revue de Paris* me permettront de dire cela, ils ont donné le coup de ciseaux deux mots trop loin ; il fallait le donner avant qu'on montât dans le fiacre ; couper après, ce n'était plus la peine. La coupure a été très malheureuse ; mais si vous avez commis cette petite faute, messieurs de la *Revue*, assurément vous l'expiez bien aujourd'hui.

On a dit dans les bureaux : prenons garde à ce qui va suivre ; quand le numéro suivant est venu, on a fait la guerre aux syllabes. Les gens des bureaux ne sont pas obligés de tout lire ; et quand ils ont vu qu'on avait écrit qu'une femme avait

retiré tous ses vêtements, ils se sont effarouchés sans aller
plus loin. Il est vrai qu'à la différence de nos grands maîtres,
M. Flaubert ne s'est pas donné la peine de décrire l'albâtre de
ses bras nus, de sa gorge, etc. Il n'a pas dit comme un poète
que nous aimons :

> *Je vis de ses beaux flancs l'albâtre ardent et pur,*
> *Lis, chêne, corail, roses, veines d'azur.*
> *Telle enfin qu'autrefois tu me l'avais montrée,*
> *De sa nudité seule embellie et parée,*
> *Quand nos nuits s'envolaient, quand le mol oreiller*
> *La vit sous tes baisers dormir et s'éveiller.*

Il n'a rien dit de semblable à ce qu'a dit André Chénier.
Mais enfin il a dit : « Elle s'abandonna... Ses vêtements
tombèrent. »

Elle s'abandonna ! Eh quoi ! toute description est donc
interdite ! Mais quand on incrimine, on devrait tout lire, et
M. l'Avocat impérial n'a pas tout lu. Le passage qu'il
incrimine ne s'arrête pas où il s'est arrêté ; il y a le correctif
que voici :

« Cependant il y avait sur ce front couvert de gouttes
froides, sur ces lèvres balbutiantes, dans ces prunelles
égarées, dans l'étreinte de ces bras quelque chose d'extrême,
de vague et de lugubre qui semblait à Léon se glisser entre
eux subtilement comme pour les séparer. »

Dans les bureaux on n'a pas lu cela. M. l'Avocat impérial
tout à l'heure n'y prenait pas garde. Il n'a vu que ceci : « Puis
elle faisait d'un seul geste tomber ensemble tous ses vêtements », et il s'est écrié : outrage à la morale publique !
Vraiment, il est trop facile d'accuser avec un pareil système.
Dieu garde les auteurs de dictionnaires de tomber sous la
main de M. l'Avocat impérial ! Quel est celui qui échapperait
à une condamnation si, au moyen de découpures, non de
phrases mais de mots, on s'avisait de faire une liste de tous les
mots qui pourraient offenser la morale ou la religion ?

La première pensée de mon client, qui a malheureusement
rencontré de la résistance, avait été celle-ci : « Il n'y a qu'une
seule chose à faire : imprimer immédiatement, non pas avec
des coupures, mais dans son entier, l'œuvre telle qu'elle est
sortie de mes mains, en rétablissant la scène du fiacre. »
J'étais tout à fait de son avis, c'était la meilleure défense de
mon client que l'impression complète de l'ouvrage avec
l'indication de quelques points, sur lesquels nous aurions

plus spécialement prié le tribunal de porter son attention. J'avais donné moi-même le titre de cette publication : *Mémoire de M. Gustave Flaubert contre la prévention d'outrage à la morale religieuse dirigée contre lui.* J'avais écrit de ma main : *Tribunal de police correctionnelle, sixième chambre,* avec l'indication du président et du ministère public. Il y avait une préface dans laquelle on lisait : « On m'accuse avec des phrases prises çà et là dans mon livre ; je ne puis me défendre qu'avec mon livre. » Demander à des juges la lecture d'un roman tout entier, c'est leur demander beaucoup, mais nous sommes devant des juges qui aiment la vérité, qui la veulent ; qui, pour la connaître, ne reculeront devant aucune fatigue ; nous sommes devant des juges qui veulent la justice, qui la veulent énergiquement et qui liront, sans aucune espèce d'hésitation, tout ce que nous les supplierons de lire. J'avais dit à M. Flaubert : « Envoyez tout de suite cela à l'impression et mettez au bas mon nom à côté du vôtre : SÉNARD, *avocat.* » On avait commencé l'impression ; la déclaration était faite pour cent exemplaires que nous voulions faire tirer ; l'impression marchait avec une rapidité extrême, on y passait les jours et les nuits, lorsque nous est venue la défense de continuer l'impression, non pas d'un livre, mais d'un mémoire dans lequel l'œuvre incriminée se trouvait avec des notes explicatives ! On a réclamé au parquet de M. le Procureur impérial, — qui nous a dit que la défense était absolue, qu'elle ne pouvait pas être levée.

Eh bien, soit ! Nous n'aurons pas publié le livre avec nos notes et nos observations, mais si votre première lecture, messieurs, vous avait laissé un doute, je vous le demande en grâce, vous en feriez une seconde. Vous aimez, vous voulez la vérité ; vous ne pouvez pas être de ceux qui, quand on leur porte deux lignes de l'écriture d'un homme, sont assurés de le faire pendre à quelque condition que ce soit. Vous ne voulez pas qu'un homme soit jugé sur des découpures, plus ou moins habilement faites. Vous ne voulez pas cela ; vous ne voulez pas nous priver des ressources ordinaires de la défense. Eh bien ! vous avez le livre, et quoique ce soit moins commode que ce que nous voulions faire, vous ferez vous-même les divisions, les observations, les rapprochements, parce que vous voulez la vérité, et qu'il faut que ce soit la vérité qui serve de base à votre jugement, et la vérité sortira de l'examen sérieux du livre.

Cependant je ne puis pas m'en tenir là. Le ministère public attaque le livre, il faut que je prenne le livre même pour le défendre, que je complète les citations qu'il en a faites, et que, sur chaque passage incriminé, je montre le néant de l'incrimination ; ce sera toute ma défense.

Je n'essayerai pas, assurément, d'opposer aux appréciations élevées, animées, pathétiques, dont le ministère public a entouré tout ce qu'il a dit, des appréciations du même genre ; la défense n'aurait pas le droit de prendre de telles allures ; elle se contentera de citer les textes tels qu'ils sont.

Et d'abord, je déclare que rien n'est plus faux que ce qu'on a dit tout à l'heure de la couleur lascive. La couleur lascive ! Où donc avez-vous pris cela ? Mon client a dépeint dans *Madame Bovary* quelle femme ? Eh ! mon Dieu ! c'est triste à dire, mais cela est vrai, une jeune fille, née comme elles le sont presque toutes, honnête ; c'est du moins le plus grand nombre, mais bien fragiles quand l'éducation, au lieu de les fortifier, les a amollies ou jetées dans une mauvaise voie. Il a pris une jeune fille ; est-ce une nature perverse ! Non, c'est une nature impressionnable, accessible à l'exaltation.

M. l'Avocat impérial a dit : Cette jeune fille, on la présente constamment comme lascive. Mais non ! on la représente née à la campagne, née à la ferme, où elle s'occupe de tous les travaux de son père, et où aucune espèce de lascivité n'avait pu passer dans son esprit ou dans son cœur. On la représente ensuite, au lieu de suivre la destinée qui lui appartenait tout naturellement d'être élevée pour la ferme dans laquelle elle devait vivre ou dans un milieu analogue, on la représente sous l'autorité imprévoyante d'un père qui s'imagine de faire élever au couvent cette fille née à la ferme, qui devait épouser un fermier, un homme de la campagne. La voilà conduite dans un couvent hors de sa sphère. Il n'y a rien qui ne soit grave dans la parole du ministère public, il ne faut donc rien laisser sans réponse. Ah ! vous avez parlé de ses petits péchés ; en citant quelques lignes de la première livraison, vous avez dit : « Quand elle allait à confesse, elle inventait de petits péchés, afin de rester là plus longtemps, à genoux dans l'ombre... sous le chuchotement du prêtre. » Vous vous êtes déjà gravement trompé sur l'appréciation de mon client. Il n'a pas fait la faute que vous lui reprochez, l'erreur est tout entière de votre côté, d'abord sur l'âge de la jeune fille. Comme elle n'est entrée au couvent qu'à treize ans, il est évident qu'elle en avait quatorze lorsqu'elle allait à confesse. Ce n'était donc pas une enfant de dix ans comme il vous a plu de le dire ; vous vous êtes trompé là-dessus matériellement. Mais je n'en suis pas sur l'invraisemblance d'une enfant de

dix ans qui aime à rester au confessionnal « sous le chuchotement du prêtre ». Ce que je veux, c'est que vous lisiez les
lignes qui précèdent, ce qui n'est pas facile, j'en conviens. Et
voilà l'inconvénient pour nous de n'avoir pas un mémoire :
avec un mémoire nous n'aurions pas à chercher dans six
volumes.

J'appelais votre attention sur ce passage, pour restituer à
Madame Bovary son véritable caractère. Voulez-vous me
permettre de vous dire ce qui me paraît bien grave, ce que
M. Flaubert a compris et qu'il a mis en relief ? il y a une
espèce de religion qui est celle qu'on parle généralement aux
jeunes filles et qui est la plus mauvaise de toutes. On peut, à
cet égard, différer dans les appréciations. Quant à moi, je
déclare nettement ceci : que je ne connais rien de beau,
d'utile, de nécessaire pour soutenir, non pas seulement les
femmes dans le chemin de la vie, mais les hommes eux-
mêmes qui ont quelquefois de bien pénibles épreuves à
traverser ; que je ne connais rien de plus utile et de plus
nécessaire que le sentiment religieux, mais le sentiment
religieux grave et, permettez-moi d'ajouter, sévère.

Je veux que mes enfants comprennent un Dieu, non pas un
Dieu dans les abstractions du panthéisme, non, mais un être
suprême avec lequel ils sont en rapport, vers lequel ils
s'élèvent pour le prier, et qui, en même temps, les grandit et
les fortifie. Cette pensée-là, voyez-vous, qui est ma pensée,
qui est la vôtre, c'est la force dans les mauvais jours, la force
dans ce qu'on appelle le monde, le refuge, ou, mieux encore,
la force des faibles. C'est cette pensée-là qui donne à la
femme cette consistance qui la fait se résigner sur les mille
petites choses de la vie, qui la fait rapporter à Dieu ce qu'elle
peut souffrir, et lui demander la grâce de remplir son devoir.
Cette religion-là, messieurs, c'est le christianisme, c'est la
religion qui établit les rapports entre Dieu et l'homme. Le
christianisme, en faisant intervenir entre Dieu et nous une
sorte de puissance intermédiaire, nous rend Dieu plus
accessible, et cette communication avec lui plus facile. Que la
mère de celui qui se fit Homme-Dieu reçoive aussi les prières
de la femme, je ne vois rien encore là qui altère ni la pureté,
ni la sainteté religieuse, ni le sentiment lui-même. Mais voici
où commence l'altération. Pour accommoder la religion à
toutes les natures, on fait intervenir toutes sortes de petites
choses chétives, misérables, mesquines. La pompe des
cérémonies, au lieu d'être cette grande pompe qui nous saisit
l'âme, cette pompe dégénère en petit commerce de reliques,

de médailles, de petits bons dieux, de petites bonnes vierges.
A quoi, messieurs, se prend l'esprit des enfants curieux,
ardents, tendres, l'esprit des jeunes filles surtout ? A toutes
ces images, affaiblies, atténuées, misérables de l'esprit religieux. Elles se font alors de petites religions de pratique, de
petites dévotions de tendresse, d'amour et au lieu d'avoir
dans leur âme le sentiment de Dieu, le sentiment du devoir,
elles s'abandonnent à des rêvasseries, à de petites pratiques, à
de petites dévotions. Et puis vient la poésie, et puis viennent,
il faut bien le dire, mille pensées de charité, de tendresse,
d'amour mystique, mille formes qui trompent les jeunes
filles, qui sensualisent la religion. Ces pauvres enfants,
naturellement crédules et faibles, se prennent à tout cela,
à la poésie, à la rêvasserie, au lieu de s'attacher à quelque
chose de raisonnable et de sévère. D'où il arrive que vous
avez beaucoup de femmes fort dévotes, qui ne sont pas
religieuses du tout. Et quand le vent les pousse hors du
chemin où elles devraient marcher, au lieu de trouver la
force, elles ne trouvent que toute espèce de sensualités qui les
égarent.

Ah ! vous m'avez accusé d'avoir, dans le tableau de la
société moderne, confondu l'élément religieux avec le sensua-
lisme ! Accusez donc la société au milieu de laquelle nous
sommes, mais n'accusez pas l'homme qui, comme Bossuet,
s'écrie : Réveillez-vous et prenez garde au péril ! Mais venir
dire aux pères de famille : Prenez garde, ce ne sont pas là de
bonnes habitudes à donner à vos filles, il y a dans tous ces
mélanges de mysticisme quelque chose qui sensualise la
religion ; venir dire cela, c'est dire la vérité. C'est pour cela
que vous accusez Flaubert, c'est pour cela que j'exalte sa
conduite. Oui, il a bien fait d'avertir, ainsi, les familles des
dangers de l'exaltation chez les jeunes personnes qui s'en
prennent aux petites pratiques, au lieu de s'attacher à une
religion forte et sévère qui les soutiendrait au jour de la
faiblesse. Et, maintenant, vous allez voir d'où vient l'intention des petits péchés « sous le chuchotement du prêtre ».
Lisons la page 30.

« Elle avait lu *Paul et Virginie* et elle avait rêvé la
maisonnette de bambous, le nègre Domingo, le chien Fidèle,
mais surtout l'amitié douce de quelque bon petit frère, qui va
chercher pour vous des fruits rouges dans des grands arbres
plus hauts que les clochers ou qui court pieds nus sur le
sable, vous apportant un nid d'oiseaux. » Est-ce lascif cela,
messieurs ? Continuons.

M. l'Avocat impérial. — Je n'ai pas dit que ce passage fût lascif.

Me Sénard. — Je vous en demande bien pardon, c'est précisément dans ce passage que vous avez relevé une phrase lascive, et vous n'avez pu la trouver lascive qu'en l'isolant de ce qui précédait et de ce qui suivait :

« Au lieu de suivre la messe, elle regardait dans son livre les vignettes pieuses bordées d'azur qui servent de signets, et elle aimait la brebis malade, le sacré-cœur percé de flèches aiguës, ou le pauvre Jésus qui tombe en marchant sous sa croix. Elle essaya, par mortification, de rester tout un jour sans manger. Elle cherchait dans sa tête quelque vœu à accomplir. »

N'oubliez pas cela ; quand on invente de petits péchés à confesse et qu'on cherche dans sa tête quelque vœu à accomplir, ce que vous trouverez à la ligne qui précède, évidemment on a eu les idées un peu faussées, quelque part. Et je vous demande maintenant si j'ai à discuter votre passage ! Mais je continue :

« Le soir, avant la prière, on faisait dans l'étude une lecture religieuse. C'était, pendant la semaine, quelque résumé d'histoire sainte ou les conférences de l'abbé Frayssinous et, le dimanche, des passages du *Génie du Christianisme*, par récréation. Comme elle écouta, les premières fois, la lamentation sonore des mélancolies romantiques se répétant à tous les échos de la terre et de l'éternité ! Si son enfance se fût écoulée dans l'arrière-boutique obscure d'un quartier marchand, elle se serait peut-être alors ouverte aux envahissements lyriques de la nature, qui, d'ordinaire, ne nous arrivent que par la traduction des écrivains. Mais elle connaissait trop la campagne ; elle savait le bêlement des troupeaux, les laitages, les charrues. Habituée aux aspects calmes, elle se tournait, au contraire, vers les accidentés. Elle n'aimait la mer qu'à cause de ses tempêtes, et la verdure seulement lorsqu'elle était clairsemée parmi les ruines. Il fallait qu'elle pût retirer des choses une sorte de profit personnel ; et elle rejetait comme inutile tout ce qui ne contribuait pas à la consommation immédiate de son cœur, étant de tempérament plus sentimental qu'artistique, cherchant des émotions et non des paysages. »

Vous allez voir avec quelles délicates précautions l'auteur introduit cette vieille sainte fille, et comment, pour enseigner la religion, il va se glisser dans le couvent un élément nouveau, l'introduction du roman apporté par une étrangère.

N'oubliez jamais ceci quand il s'agira d'apprécier la morale religieuse.

« Il y avait au couvent une vieille fille qui venait tous les mois, pendant huit jours, travailler à la lingerie. Protégée par l'archevêché comme appartenant à une ancienne famille de gentilshommes ruinée sous la Révolution, elle mangeait au réfectoire à la table des bonnes sœurs et faisait avec elles, après le repas, un petit bout de causette avant de remonter à son ouvrage. Souvent les pensionnaires s'échappaient de l'étude pour l'aller voir. Elle savait par cœur des chansons galantes du siècle passé, qu'elle chantait à demi-voix en poussant son aiguille. Elle contait des histoires, vous apprenait des nouvelles, faisait en ville vos commissions, et prêtait aux grandes, en cachette, quelque roman qu'elle avait toujours dans les poches de son tablier, et dont la bonne demoiselle elle-même avalait de longs chapitres dans les intervalles de sa besogne. »

Ceci n'est pas seulement merveilleux littérairement parlant : l'absolution ne peut pas être refusée à l'homme qui écrit ces admirables passages, pour signaler à tous les périls d'une éducation de ce genre, pour indiquer à la jeune femme les écueils de la vie dans laquelle elle va s'engager. Continuons :

« Ce n'étaient qu'amours, amants, amantes, dames persécutées s'évanouissant dans des pavillons solitaires, postillons qu'on tue à tous les relais, chevaux qu'on crève à toutes les pages, forêts sombres, troubles du cœur, serments, sanglots, larmes et baisers, nacelles au clair de lune, rossignols dans les bosquets, *Messieurs* braves comme des lions, doux comme des agneaux, vertueux comme on ne l'est pas, toujours bien mis et qui pleurent comme des urnes. Pendant six mois, à quinze ans, Emma se graissa donc les mains à cette poussière des vieux cabinets de lecture. Avec Walter Scott, plus tard, elle s'éprit de choses historiques, rêva bahuts, salles de gardes et ménestrels. Elle aurait voulu vivre dans quelque vieux manoir, comme ces châtelaines au long corsage qui, sous le trèfle des ogives, passaient leurs jours le coude sur la pierre et le menton dans la main à regarder venir du fond de la campagne un cavalier à plume blanche, qui galope sur un cheval noir. Elle eut, dans ce temps-là, le culte de Marie Stuart et des vénérations enthousiastes à l'endroit des femmes illustres ou infortunées. Jeanne d'Arc, Héloïse, Agnès Sorel, la belle Ferronnière et Clémence Isaure, pour elle se détachaient comme des comètes sur l'immensité

ténébreuse de l'histoire, où saillissaient encore çà et là, mais
plus perdus dans l'ombre et sans aucun rapport entre eux,
saint Louis avec son chêne, Bayard mourant, quelques
férocités de Louis XI, un peu de Saint-Barthélemy, le
panache du Béarnais et toujours le souvenir des assiettes
peintes où Louis XIV était vanté.

« A la classe de musique, dans les romances qu'elle
chantait, il n'était question que de petits anges aux ailes d'or,
de madones, de lagunes, de gondoliers, pacifiques compositions qui laissaient entrevoir, à travers la niaiserie du style et
les imprudences de la note, l'attirante fantasmagorie de
réalités sentimentales. »

Comment, vous ne vous êtes pas souvenu de cela, quand
cette pauvre fille de la campagne rentrée à la ferme, ayant
trouvé à épouser un médecin de village, est invitée à une
soirée d'un château, sur laquelle vous avez cherché à appeler
l'attention du tribunal, pour montrer quelque chose de lascif
dans une valse qu'elle vient de danser ! Vous ne vous êtes pas
souvenu de cette éducation, quand cette pauvre femme
enlevée par une invitation qui est venue la prendre au foyer
vulgaire de son mari, pour la mener à ce château, quand elle a
vu ces beaux messieurs, ces belles dames, ce vieux duc qui,
disait-on, avait eu des bonnes fortunes à la cour !... M. l'Avocat impérial a eu de beaux mouvements, à propos de la reine
Antoinette ! Il n'y a pas un de nous, assurément, qui ne se
soit associé par la pensée à votre pensée. Comme vous, nous
avons frémi au nom de cette victime des révolutions ; mais ce
n'est pas de Marie-Antoinette qu'il s'agit ici, c'est du château
de la Vaubyessard.

Il y avait là un vieux duc qui avait eu — disait-on — des
rapports avec la reine, et sur lequel se portaient tous les
regards. Et quand cette jeune femme, voyant se réaliser tous
les rêves fantastiques de sa jeunesse, se trouve ainsi transportée au milieu de ce monde, vous vous étonnez de l'enivrement qu'elle a ressenti ; vous l'accusez d'avoir été lascive !
Mais accusez donc la valse elle-même, cette danse de nos
grands bals modernes où, dit un auteur qui l'a décrite, la
femme « s'appuie la tête sur l'épaule du cavalier, dont la
jambe l'embarrasse ». Vous trouvez que dans la description
de Flaubert Mme Bovary est lascive. Mais il n'y a pas un
homme, et je ne vous excepte pas, qui, ayant assisté à un bal,
ayant vu cette sorte de valse, n'ait eu en sa pensée le désir que
sa femme ou sa fille s'abstînt de ce plaisir qui a quelque chose
de farouche. Si, comptant sur la chasteté qui enveloppe une

jeune fille, on la laisse quelquefois se livrer à ce plaisir que la
mode a consacré, il faut beaucoup compter sur cette enveloppe de chasteté, et quoiqu'on y compte, il n'est pas
impossible d'exprimer les impressions que M. Flaubert a
exprimées au nom des mœurs et de la chasteté.

La voilà au château de la Vaubyessard, la voilà qui regarde
ce vieux duc, qui étudie tout avec transport, et vous vous
écriez : Quels détails ! Qu'est-ce à dire ? Les détails sont
partout, quand on ne cite qu'un passage.

« Mme Bovary remarqua que plusieurs dames n'avaient
pas mis leurs gants dans leurs verres.

« Cependant, au haut bout de la table, seul parmi toutes
ces femmes, courbé sur son assiette remplie, et la serviette
nouée dans le dos comme un enfant, un vieillard mangeait,
laissant tomber de sa bouche des gouttes de sauce. Il avait des
yeux éraillés et portait une petite queue enroulée d'un ruban
noir. C'était le beau-père du marquis, le vieux duc de
Laverdière, l'ancien favori du comte d'Artois, dans le temps
des parties de chasse au Vaudreuil, chez le marquis de
Conflans, et qui avait été, disait-on, l'amant de la reine
Marie-Antoinette, entre MM. de Coigny et de Lauzun. »

Défendez la reine, défendez-la surtout devant l'échafaud,
dites que par son titre elle avait droit au respect, mais
supprimez vos accusations, quand on se contentera de dire
qu'il avait été, disait-on, l'amant de la reine. Est-ce que c'est
sérieusement que vous nous reprocherez d'avoir insulté à la
mémoire de cette femme infortunée ?

« Il avait mené une vie bruyante de débauches, pleine de
duels, de paris, de femmes enlevées, avait dévoré sa fortune
et effrayé toute sa famille. Un domestique derrière sa chaise
lui nommait tout haut dans l'oreille les plats qu'il désignait
du doigt en bégayant. Et sans cesse les yeux d'Emma
revenaient d'eux-mêmes sur ce vieil homme à lèvres pendantes, comme sur quelque chose d'extraordinaire et d'auguste. Il avait vécu à la Cour et couché dans le lit des reines !

« On versa du vin de Champagne à la glace. Emma
frissonna de toute sa peau en sentant ce froid à sa bouche.
Elle n'avait jamais vu de grenades ni mangé d'ananas. »

Vous voyez que ces descriptions sont charmantes, incon-
testablement, mais qu'il n'est pas possible d'y prendre çà et là
une ligne pour créer une espèce de couleur contre laquelle ma
conscience proteste. Ce n'est pas la couleur lascive, c'est la
couleur du livre ; c'est l'élément littéraire, et en même temps
l'élément moral.

La voilà, cette jeune fille dont vous avez fait l'éducation, la voilà devenue femme. M. l'Avocat impérial a dit : Essaye-t-elle même d'aimer son mari ? Vous n'avez pas lu le livre ; si vous l'aviez lu, vous n'auriez pas fait cette objection.

La voilà, messieurs, cette pauvre femme, elle rêvassera d'abord. A la page 34 vous verrez ses rêvasseries. Et il y a plus, il y a quelque chose dont M. l'Avocat impérial n'a pas parlé, et qu'il faut que je vous dise, ce sont ses impressions quand sa mère mourut ; vous verrez si c'est lascif, cela ! Ayez la bonté de prendre la page 33 et de me suivre :

« Quand sa mère mourut, elle pleura beaucoup les premiers jours. Elle se fit faire un tableau funèbre avec les cheveux de la défunte, et, dans une lettre qu'elle envoyait aux Bertaux, toute pleine de réflexions tristes sur la vie, elle demandait qu'on l'ensevelît plus tard dans le même tombeau. Le bonhomme la crut malade, et vint la voir. Emma fut intérieurement satisfaite de se sentir arrivée, du premier coup, à ce rare idéal des existences pâles où ne parviennent jamais les cœurs médiocres. Elle se laissa donc glisser dans les méandres lamartiniens, écouta les harpes sur les lacs, tous les chants de cygnes mourants, toutes les chutes de feuilles, les vierges pures qui montent au ciel, et la voix de l'Éternel discourant dans les vallons. Elle s'ennuya, n'en voulut point convenir, continua par habitude, ensuite par vanité, et fut enfin surprise de se sentir apaisée, et sans plus de tristesse au cœur que de rides sur son front. »

Je veux répondre aux reproches de M. l'Avocat impérial, qu'elle ne fait aucun effort pour aimer son mari.

M. l'Avocat impérial. — Je ne lui ai pas reproché cela ; j'ai dit qu'elle n'avait pas réussi.

Me Sénard. — Si j'ai mal compris, si vous n'avez pas fait ce reproche, c'est la meilleure réponse qui puisse être faite. Je croyais vous l'avoir entendu faire ; mettons que je me sois trompé. Au surplus, voici ce que je lis à la fin de la page 36 :

« Cependant, d'après des théories qu'elle croyait bonnes, elle voulut se donner de l'amour. Au clair de lune, dans le jardin, elle récitait tout ce qu'elle savait par cœur de rimes passionnées, et lui chantait en soupirant des adagios mélancoliques ; mais elle se trouvait ensuite aussi calme qu'auparavant, et Charles n'en paraissait ni plus amoureux, ni plus remué.

« Quand elle eut ainsi un peu battu le briquet de son cœur sans en faire jaillir une étincelle, incapable, d'ailleurs, de comprendre ce qu'elle n'éprouvait pas, comme de croire à tout ce qui ne se manifestait point par des formes convenues, elle se persuada sans peine que la passion de Charles n'avait plus rien d'exorbitant. Ses expansions étaient devenues régulières ; il l'embrassait à de certaines heures. C'était une habitude parmi les autres, et comme un dessert prévu d'avance, après la monotonie du dîner. »

A la page 37 nous trouverons une foule de choses semblables. Maintenant, voici le péril qui va commencer. Vous savez comment elle avait été élevée ; c'est ce que je vous supplie de ne pas oublier un instant.

Il n'y a pas un homme l'ayant lu, qui ne dise, ce livre à la main, que M. Flaubert n'est pas seulement un grand artiste, mais un homme de cœur, pour avoir dans les six dernières pages déversé toute l'horreur et le mépris sur la femme, et tout l'intérêt sur le mari. Il est encore un grand artiste, comme on l'a dit, parce qu'il n'a pas transformé le mari, parce qu'il l'a laissé jusqu'à la fin ce qu'il était, un bon homme, vulgaire, médiocre, remplissant les devoirs de sa profession, aimant bien sa femme, mais dépourvu d'éducation, manquant d'élévation dans la pensée. Il est de même au lit de mort de sa femme. Et, pourtant, il n'y a pas un individu dont le souvenir revienne avec plus d'intérêt. Pourquoi ? Parce qu'il a gardé jusqu'à la fin la simplicité, la droiture du cœur ; parce que jusqu'à la fin il a rempli son devoir, dont sa femme s'était écarté. Sa mort est aussi belle, aussi touchante, que la mort de sa femme est hideuse. Sur le cadavre de la femme, l'auteur a montré les taches que lui ont laissées les vomissements du poison ; elles ont sali le linceul blanc dans lequel elle va être ensevelie, il a voulu en faire un objet de dégoût ; mais il y a un homme qui est sublime, c'est le mari, sur le bord de cette fosse. Il y a un homme qui est grand, sublime, dont la mort est admirable, c'est le mari, qui, après avoir vu successivement se briser par la mort de sa femme tout ce qui pouvait lui rester d'illusions au cœur, embrasse par la pensée sa femme sous une tombe. Mettez-le, je vous en prie, dans vos souvenirs, l'auteur a été au-delà, — Lamartine le lui a dit, — de ce qui était permis, pour rendre la mort de la femme hideuse et l'expiation plus terrible. L'auteur a su concentrer tout l'intérêt sur l'homme qui n'avait pas dévié de la ligne du devoir, qui est resté avec son caractère médiocre, sans doute, l'auteur ne pouvait pas changer son caractère ; mais avec toute la générosité de son cœur, et il a accumulé toutes les horreurs sur la mort de la femme qui l'a trompé, ruiné, qui s'est livrée aux usuriers, qui a mis en circulation des billets faux, et enfin est arrivée au suicide. Nous verrons si elle est naturelle la mort de cette femme qui, si elle n'avait pas trouvé le poison pour en finir, aurait été brisée par l'excès même du malheur qui l'étreignait. Voilà ce qu'a fait l'auteur. Son livre ne serait pas lu, s'il l'eût fait autrement, si, pour montrer où peut conduire une éducation aussi périlleuse que celle de Madame Bovary, il n'avait pas prodigué les images charmantes et les tableaux énergiques qu'on lui reproche.

M. Flaubert fait constamment ressortir la supériorité du mari sur la femme, et quelle supériorité, s'il vous plaît ? Celle du devoir rempli, tandis qu'Emma s'en écarte ! Et puis la voilà placée sur la pente de cette mauvaise éducation, la voilà partie après la scène du bal avec un jeune enfant, Léon, inexpérimenté comme elle. Elle coquettera avec lui, mais elle n'osera pas aller plus loin ; rien ne se fera. Vient ensuite Rodolphe qui la prendra, lui, cette femme ! Après l'avoir regardée un instant, il se dit : Elle est bien cette femme ! et elle sera à lui, car elle est légère et sans expérience. Quant à la chute, vous relirez les pages 42, 43 et 44. Je n'ai qu'un mot à vous dire sur cette scène, il n'y a pas de détails, pas de description, aucune image qui nous peigne le trouble des sens ; un seul mot nous indique la chute : « elle s'abandonna ». Je vous prierai, encore, d'avoir la bonté de relire les détails de la chute de Clarisse Harlowe, que je ne sache pas avoir été décrite dans un mauvais livre. M. Flaubert a substitué Rodolphe à Lovelace, et Emma à Clarisse. Vous comparerez les deux auteurs et les deux ouvrages ; et vous apprécierez.

Mais je rencontre ici l'indignation de M. l'Avocat impérial. Il est choqué de ce que le remords ne suit pas de près la chute, de ce qu'au lieu d'en exprimer les amertumes, elle se dit avec satisfaction : « J'ai un amant. » Mais l'auteur ne serait pas dans le vrai si, au moment où la coupe est encore aux lèvres, il faisait sentir toute l'amertume de la liqueur enchanteresse. Celui qui écrirait comme l'entend M. l'Avocat impérial, pourrait être moral, mais il dirait ce qui n'est pas dans la nature. Non, ce n'est pas au moment de la première faute, que le sentiment de la faute se réveille ; sans cela elle ne serait pas commise. Non, ce n'est pas au moment où elle est dans l'illusion qui l'enivre, que la femme peut être avertie par cet enivrement même de la faute immense qu'elle a commise. Elle n'en rapporte que l'ivresse ; elle rentre chez elle, heureuse, étincelante, elle chante dans son cœur : « Enfin j'ai un amant. » Mais cela dure-t-il longtemps ? Vous avez lu les

pages 424 et 425. A deux pages de là, s'il vous plaît, à la page
428, le sentiment du dégoût de l'amant ne se manifeste pas
encore, mais elle est déjà sous l'impression de la crainte, de
l'inquiétude. Elle examine, elle regarde, elle ne voudrait
jamais abandonner Rodolphe :

« Quelque chose de plus fort qu'elle la poussait vers lui, si
bien qu'un jour, la voyant survenir à l'improviste, il fronça le
visage comme quelqu'un de contrarié.

« — Qu'as-tu donc ? dit-elle. Souffres-tu ? Parle-moi !

« Et enfin il déclara d'un air sérieux que ses visites
devenaient imprudentes et qu'elle se compromettait.

« Peu à peu, cependant, ces craintes de Rodolphe la
gagnèrent. L'amour l'avait enivrée d'abord, et elle n'avait
songé à rien au-delà. Mais à présent qu'il était indispensable à
sa vie, elle craignait d'en perdre quelque chose, ou même
qu'il ne fût troublé. Quand elle s'en revenait de chez lui, elle
jetait tout à l'entour des regards inquiets, épiait chaque forme
qui passait à l'horizon, et chaque lucarne du village d'où l'on
pouvait l'apercevoir. Elle écoutait les pas, les cris, le bruit des
charrues, et elle s'arrêtait plus blême et plus tremblante que
les feuilles des peupliers qui se balançaient sur sa tête. »

Vous voyez bien qu'elle ne s'y méprend pas ; elle sent bien
qu'il y a quelque chose qui n'est pas ce qu'elle avait rêvé.
Prenons les pages 433 et 434, et vous en serez encore plus
convaincus.

« Lorsque la nuit était pluvieuse, ils s'allaient réfugier dans
le cabinet aux consultations, entre le hangar et l'écurie. Elle
allumait un des flambeaux de la cuisine, qu'elle avait caché
derrière les livres. Rodolphe s'installait là comme chez lui.
Cependant, la vue de la bibliothèque et du bureau, de tout
l'appartement enfin, excitait sa gaieté, et il ne pouvait se
retenir de faire sur Charles quantité de plaisanteries qui
embarrassaient Emma. Elle eût désiré le voir plus sérieux et
même plus dramatique à l'occasion, comme cette fois où elle
crut entendre dans l'allée un bruit de pas qui s'approchait.

« — On vient ! dit-elle.

« Il souffla la lumière.

« — As-tu tes pistolets ?

« — Pourquoi ?

« — Mais... pour te défendre, reprit Emma.

« — Est-ce de ton mari ? Ah ! le pauvre garçon !

« Et Rodolphe acheva sa phrase avec un geste qui signifiait : je l'écraserais d'une chiquenaude.

« Elle fut ébahie de sa bravoure, bien qu'elle y sentît une

sorte d'indélicatesse et de grossièreté naïve, qui la scandalisa.

« Rodolphe réfléchit beaucoup à cette histoire de pistolets. Si elle avait parlé sérieusement, cela était fort ridicule, pensait-il, odieux même, car il n'avait, lui, aucune raison de haïr ce bon Charles, n'étant pas ce qui s'appelle dévoré de jalousie ; — et à ce propos Emma lui avait fait un grand serment, qu'il ne trouvait pas, non plus, du meilleur goût.

« D'ailleurs, elle devenait bien sentimentale. Il avait fallu s'échanger des miniatures, on s'était coupé des poignées de cheveux, et elle demandait à présent une bague, un véritable anneau de mariage, en signe d'alliance éternelle. Souvent elle lui parlait des cloches du soir, ou des voix de la nature, puis elle l'entretenait de sa mère à elle, et de sa mère à lui. »

Elle l'ennuyait enfin.

Puis, page 453 : « Il (Rodolphe) n'avait plus, comme autrefois, de ces mots si doux qui la faisaient pleurer, ni de ces véhémentes caresses qui la rendaient folle ; — si bien que leur grand amour, où elle vivait plongée, parut se diminuer sous elle comme l'eau d'un fleuve qui s'absorberait dans son lit, et elle aperçut la vase. Elle n'y voulut pas croire ; elle redoubla de tendresse ; et Rodolphe, de moins en moins, cacha son indifférence.

« Elle ne savait pas si elle regrettait de lui avoir cédé, ou si elle ne souhaitait point, au contraire, le chérir davantage. L'humiliation de se sentir faible se tournait en une rancune que les voluptés tempéraient. Ce n'était pas de l'attachement, mais comme une séduction permanente. Il la subjuguait. Elle en avait presque peur. »

Et vous craignez, monsieur l'Avocat impérial, que les jeunes femmes lisent cela ! Je suis moins effrayé, moins timide que vous. Pour mon compte personnel, je comprends à merveille que le père de famille dise à sa fille : Jeune femme, si ton cœur, si ta conscience, si le sentiment religieux, si la voix du devoir ne suffisaient pas pour te faire marcher dans la droite voie, regarde, mon enfant, regarde combien d'ennuis, de souffrances, de douleurs et de désolations attendent la femme qui va chercher le bonheur ailleurs que chez elle ! Ce langage ne vous blesserait pas dans la bouche d'un père, eh bien ! M. Flaubert ne dit pas autre chose ; c'est la peinture la plus vraie, la plus saisissante de ce que la femme qui a rêvé le bonheur en dehors de sa maison trouve immédiatement.

Mais marchons, nous arrivons à toutes les aventures de la

désillusion. Vous m'opposez les caresses de Léon à la page 60. Hélas ! elle va payer bientôt la rançon de l'adultère ; et cette rançon vous la trouverez terrible, à quelques pages plus loin de l'ouvrage que vous incriminez. Elle a cherché le bonheur dans l'adultère, la malheureuse ! Et elle y a trouvé, outre le dégoût et la fatigue que la monotonie du mariage peut donner à une femme qui ne marche pas dans la voie du devoir, elle y a trouvé la désillusion, le mépris de l'homme auquel elle s'était livrée. Est-ce qu'il manque quelque chose à ce mépris ? Oh non ! et vous ne le nierez pas, le livre est sous vos yeux : Rodolphe, qui s'est révélé si vil, lui donne une dernière preuve d'égoïsme et de lâcheté. Elle lui dit : « Emmène-moi ! Enlève-moi ! J'étouffe, je ne puis plus respirer dans la maison de mon mari dont j'ai fait la honte et le malheur. » Il hésite ; elle insiste, enfin il promet, et le lendemain elle reçoit de lui une lettre foudroyante, sous laquelle elle tombe, écrasée, anéantie. Elle tombe malade, elle est mourante. La livraison qui suit vous la montre dans toutes les convulsions d'une âme qui se débat, qui peut-être serait ramenée au devoir par l'excès de sa souffrance, mais malheureusement elle rencontre bientôt l'enfant avec lequel elle avait joué quand elle était inexpérimentée. Voilà le mouvement du roman, et puis vient l'expiation.

Mais M. l'Avocat impérial m'arrête et me dit : Quand il serait vrai que le but de l'ouvrage soit bon d'un bout à l'autre, est-ce que vous pouviez vous permettre des détails obscènes, comme ceux que vous vous êtes permis ?

Très certainement, je ne pouvais pas me permettre de tels détails, mais m'en suis-je permis ? Où sont-ils ? J'arrive ici aux passages les plus incriminés. Je ne parle plus de l'aventure du fiacre. Le tribunal a eu satisfaction à cet égard ; j'arrive aux passages que vous avez signalés comme contraires à la morale publique et qui forment un certain nombre de pages du numéro du 1er décembre ; et pour faire disparaître tout l'échafaudage de votre accusation je n'ai qu'une chose à faire : restituer ce qui précède et ce qui suit vos citations, substituer, en un mot, le texte complet à vos découpures.

Au bas de la page 72, Léon, après avoir été mis en rapport avec Homais le pharmacien, vient à l'hôtel de Bourgogne ; et puis le pharmacien vient le chercher.

« Mais Emma venait de partir, exaspérée ; ce manque de parole au rendez-vous lui semblait un outrage.

« Puis, se calmant, elle finit par découvrir qu'elle l'avait sans doute calomnié. Mais le dénigrement de ceux que nous

aimons toujours nous en détache quelque peu. Il ne faut pas
toucher aux idoles ; la dorure en reste aux mains.

« Ils en vinrent à parler plus souvent de choses indifférentes à leur amour... »

Mon Dieu ! C'est pour les lignes que je viens de vous lire
que nous sommes traduits devant vous. Écoutez maintenant :

« Ils en vinrent à parler plus souvent de choses indifférentes à leur amour ; et dans les lettres qu'Emma lui
envoyait, il était question de fleurs, de vers, de la lune et des
étoiles, ressources naïves d'une passion affaiblie, qui essayait
de s'aviver à tous les secours extérieurs. Elle se promettait
continuellement, pour son prochain voyage, une félicité
profonde ; puis elle s'avouait ne rien sentir d'extraordinaire.
Mais cette déception s'effaçait vite, sous un espoir nouveau ;
et Emma revenait à lui plus enflammée, plus haletante, plus
avide. Elle se déshabillait brutalement, arrachant le lacet
mince de son corset qui sifflait autour de ses hanches comme
une couleuvre qui glisse. Elle allait sur la pointe de ses pieds
nus regarder encore une fois si la porte était fermée, puis elle
faisait d'un seul geste tomber ensemble tous ses vêtements :
— et pâle, sans parler, sérieuse, elle s'abattait contre sa
poitrine, avec un long frisson. »

Vous vous êtes arrêté là, monsieur l'Avocat impérial ;
permettez-moi de continuer :

« Cependant, il y avait sur ce front couvert de gouttes
froides, sur ces lèvres balbutiantes, dans ces prunelles
égarées, dans l'étreinte de ces bras, quelque chose d'extrême,
de vague et de lugubre, qui semblait à Léon se glisser entre
eux, subtilement, comme pour les séparer. »

Vous appelez cela de la couleur lascive ; vous dites que cela
donnerait le goût de l'adultère ; vous dites que voilà des pages
qui peuvent exciter, émouvoir les sens, — des pages lascives !
Mais la mort est dans ces pages. Vous n'y pensez pas,
monsieur l'Avocat impérial, vous vous effarouchez de trouver là les mots de *corset*, de *vêtements qui tombent* ; et vous vous
attachez à ces trois ou quatre mots de corset et de vêtements
qui tombent ! Voulez-vous que je montre comme quoi un
corset peut paraître dans un livre classique, et très classique ?
C'est ce que je me donnerai le plaisir de faire tout à l'heure.

« Elle se déshabillait... (ah ! monsieur l'Avocat impérial,
que vous avez mal compris ce passage !) elle se déshabillait,
brutalement (la malheureuse), arrachant le lacet mince de son
corset qui sifflait autour de ses hanches, comme une couleu-

vre qui glisse ; et pâle, sans parler, sérieuse, elle s'abattait
contre sa poitrine, avec un long frisson... Il y avait sur ce
front couvert de gouttes froides... dans l'étreinte de ces bras,
quelque chose de vague et de lugubre... »

C'est ici qu'il faut se demander où est la couleur lascive ? et
où est la couleur sévère ? et si les sens de la jeune fille aux
mains de laquelle tomberait ce livre peuvent être émus,
excités, — comme à la lecture d'un livre classique entre tous
les classiques, que je citerai tout à l'heure, et qui a été
réimprimé mille fois, sans que jamais procureur impérial, ou
royal, ait songé à le poursuivre. Est-ce qu'il y a quelque chose
d'analogue dans ce que je viens de vous lire ? Est-ce que ce
n'est pas, au contraire, l'excitation à l'horreur du vice que
« ce quelque chose de lugubre qui se glisse entre eux pour les
séparer » ? Continuons, je vous prie.

« Il n'osait lui faire de questions ; mais, la discernant si
expérimentée, elle avait dû passer disait-il, par toutes les
épreuves de la souffrance et du plaisir. Ce qui le charmait
autrefois l'effrayait un peu maintenant. D'ailleurs, il se
révoltait contre l'absorption, chaque jour plus grande, de sa
personnalité. Il en voulait à Emma de cette victoire permanente. Il s'efforçait même à ne pas la chérir ; puis, au
craquement de ses bottines, il se sentait lâche, comme les
ivrognes à la vue des liqueurs fortes. »

Est-ce que c'est lascif, cela ?

Et puis, prenez le dernier paragraphe :

« Un jour qu'ils s'étaient quittés de bonne heure, et qu'elle
s'en revenait seule par le boulevard, elle aperçut les murs de
son couvent ; alors elle s'assit sur un banc, à l'ombre des
ormes. Quel calme dans ce temps-là ! Comme elle enviait les
ineffables sentiments d'amour qu'elle tâchait, d'après les
livres, de se figurer !

« Les premiers mois de son mariage, ses promenades à
cheval dans la forêt, le vicomte qui valsait, et Lagardy
chantant, tout repassa devant ses yeux. »

N'oubliez donc pas ceci, monsieur l'Avocat impérial,
quand vous voulez juger la pensée de l'auteur, quand vous
voulez trouver absolument la couleur lascive là où je ne puis
trouver qu'un excellent livre.

« Et Léon lui parut soudain dans le même éloignement que
les autres. " Je l'aime pourtant ", se disait-elle ; elle n'était
pas heureuse, ne l'avait jamais été. D'où venait donc cette
insuffisance de la vie, cette pourriture instantanée des choses
où elle s'appuyait ? »

Est-ce lascif, cela ?

« Mais s'il y avait quelque part un être fort et beau, une nature valeureuse, pleine à la fois d'exaltation et de raffinement, un cœur de poète sous une forme d'ange, lyre aux cordes d'airain sonnant vers le ciel des épithalames élégiaques, pourquoi, par hasard, ne le trouverait-elle pas ? Oh ! quelle impossibilité ! Rien, d'ailleurs, ne valait la peine d'une recherche, tout mentait ! Chaque sourire cachait un bâillement d'ennui, chaque jour une malédiction, tout plaisir son dégoût, et les meilleurs baisers ne vous laissaient sur la lèvre que l'irréalisable envie d'une volupté plus haute.

« Un râle metallique se traîna dans les airs, et quatre coups se firent entendre à la cloche du couvent. Quatre heures ! et il lui semblait qu'elle était là, sur ce banc, depuis l'éternité. »

Il ne faut pas chercher au bout d'un livre quelque chose pour expliquer ce qui est au bout d'un autre. J'ai lu le passage incriminé sans y ajouter un mot, pour défendre une œuvre qui se défend par elle-même. Continuons la lecture de ce passage incriminé au point de vue de la morale :

« Madame était dans sa chambre. On n'y montait pas. Elle restait là tout le long du jour, engourdie, à peine vêtue, et de temps à autre faisait fumer des pastilles du sérail, qu'elle avait achetées à Rouen, dans la boutique d'un Algérien. Pour ne pas avoir, la nuit, contre sa chair, cet homme étendu qui dormait, elle finit, à force de grimaces, par le reléguer au second étage ; et elle lisait jusqu'au matin des livres extravagants où il y avait des tableaux orgiaques avec des situations sanglantes. » (Ceci donne envie de l'adultère, n'est-ce pas ?) « Souvent une terreur la prenait, elle poussait un cri. Charles accourait. — Ah ! va-t'en, disait-elle ; ou, d'autres fois, brûlé plus fort par cette flamme intime que l'adultère avivait, haletante, émue, tout en désir, elle ouvrait la fenêtre, aspirait l'air froid, éparpillait au vent sa chevelure trop lourde et regardait les étoiles, souhaitait des amours de prince. Elle pensait à lui, à Léon. Elle eût alors tout donné pour un seul de ces rendez-vous qui la rassasiaient.

« C'était ses jours de gala. Elle les voulait splendides, et, lorsqu'il ne pouvait payer seul la dépense, elle complétait le surplus libéralement ; ce qui arrivait à peu près toutes les fois. Il essaya de lui faire comprendre qu'ils seraient aussi bien ailleurs, dans quelque hôtel plus modeste, mais elle trouva des objections. »

Vous voyez comme tout ceci est simple quand on lit tout ;

mais, avec les découpures de M. l'Avocat impérial, le plus petit mot devient une montagne.

M. l'Avocat impérial. — Je n'ai cité aucune de ces phrases-là, et puisque vous en voulez citer que je n'ai point incriminées, il ne fallait pas passer à pieds joints sur la page 50.

Me Sénard. — Je ne passe rien, j'insiste sur les phrases incriminées dans la citation. Nous sommes cités pour les pages 77 et 78.

M. l'Avocat impérial. — Je parle des citations faites à l'audience, et je croyais que vous m'imputiez d'avoir cité les lignes que vous venez de lire.

Me Sénard. — Monsieur l'Avocat impérial, j'ai cité tous les passages à l'aide desquels vous vouliez constituer un délit qui maintenant est brisé. Vous avez développé à l'audience ce que bon vous semblait, et vous avez eu beau jeu. Heureusement nous avions le livre, le défenseur savait le livre ; s'il ne l'avait pas su, sa position eût été bien étrange, permettez-moi de vous le dire. Je suis appelé à m'expliquer sur tels et tels passages, et à l'audience on y substitue d'autres passages. Si je n'avais possédé le livre comme je le possède, la défense eût été difficile. Maintenant, je vous montre par une analyse fidèle que le roman, loin de devoir être présenté comme lascif, doit être au contraire considéré comme une œuvre éminemment morale. Après avoir fait cela, je prends les passages qui ont motivé la citation en police correctionnelle ; et après avoir fait suivre vos découpures de ce qui précède et de ce qui suit, l'accusation est si faible, qu'elle vous révolte vous-même, au moment où je les lis ! Ces mêmes passages que vous signaliez comme incriminables, il y a un instant, j'ai cependant bien le droit de les citer moi-même, pour vous faire voir le néant de votre accusation.

Je reprends ma citation où j'en suis resté, au bas de la page 78 :

« Il (Léon) s'ennuyait maintenant lorsque Emma, tout à coup, sanglotait sur sa poitrine ; et son cœur, comme les gens qui ne peuvent endurer qu'une certaine dose de musique, s'assoupissait d'indifférence au vacarme d'un amour dont il ne distinguait plus les délicatesses.

« Ils se connaissaient trop pour avoir ces ébahissements de la possession qui en centuplent la joie. Elle était aussi dégoûtée de lui qu'il était fatigué d'elle. Emma retrouvait dans l'adultère toutes les platitudes du mariage. »

Platitudes du mariage ! Celui qui a découpé ceci, a dit :

Comment, voilà un monsieur qui dit que dans le mariage il n'y a que des platitudes ! C'est une attaque au mariage, c'est un outrage à la morale ! Convenez, monsieur l'Avocat impérial, qu'avec des découpures artistement faites on peut aller loin en fait d'incrimination. Qu'est-ce que l'auteur a appelé les platitudes du mariage ? Cette monotonie qu'Emma avait redoutée, qu'elle avait voulu fuir, et qu'elle retrouvait sans cesse dans l'adultère, ce qui était précisément la désillusion. Vous voyez donc bien que quand, au lieu de découper des membres de phrases et des mots, on lit ce qui précède et ce qui suit, il ne reste plus rien à l'incrimination ; et vous comprenez à merveille que mon client, qui sait sa pensée, doit être un peu révolté de la voir ainsi travestir. Continuons :

« Elle était aussi dégoûtée de lui qu'il était fatigué d'elle. Emma retrouvait dans l'adultère toutes les platitudes du mariage.

« Mais comment pouvoir s'en débarrasser ? Puis elle avait beau se sentir humiliée de la bassesse d'un tel bonheur, elle y tenait encore, par habitude ou par corruption ; et chaque jour elle s'y acharnait davantage, tarissant toute félicité à la vouloir trop grande. Elle accusait Léon de ses espoirs déçus, comme s'il l'avait trahie ; et même elle souhaitait une catastrophe qui amenât leur séparation, puisqu'elle n'avait pas le courage de s'y décider.

« Elle n'en continuait pas moins à lui écrire des lettres amoureuses, en vertu de cette idée : qu'une femme doit toujours écrire à son amant.

« Mais, en écrivant, elle percevait un autre homme, un fantôme, fait de ses plus ardents souvenirs. » Ceci n'est plus incriminé : « ensuite elle retombait à plat, brisée, car ses élans d'amour vague la fatiguaient plus que de grandes débauches. »

« Elle éprouvait maintenant une courbature incessante et universelle... Elle recevait du papier timbré qu'elle regardait à peine. Elle aurait voulu ne plus vivre ou continuellement dormir. »

J'appelle cela une excitation à la vertu, par l'horreur du vice, ce que l'auteur annonce lui-même, et ce que le lecteur le plus distrait ne peut pas ne pas voir, sans un peu de mauvaise volonté.

Et maintenant quelque chose de plus, pour vous faire apercevoir quelle espèce d'homme vous avez à juger. Pour vous montrer non pas quelle espèce de justification je puis

prendre, mais si M. Flaubert a eu la couleur lascive et où il
prend ses inspirations, laissez-moi mettre sur votre bureau ce
livre usé par lui, et dans les passages duquel il s'est inspiré
pour dépeindre cette concupiscence, les entraînements de
cette femme qui cherche le bonheur dans les plaisirs illicites,
qui ne peut pas l'y rencontrer, qui cherche encore, qui
cherche de plus en plus, et ne le rencontre jamais. Où
Flaubert a pris ses inspirations, messieurs ? C'est dans ce
livre que voilà ; écoutez :

« ILLUSION DES SENS.

« Quiconque donc s'attache au sensible, il faut qu'il erre
nécessairement d'objets en objets et se trompe pour ainsi
dire, en changeant de place ; ainsi la concupiscence, c'est-
à-dire l'amour des plaisirs, est toujours changeant, parce que
toute son ardeur languit et meurt dans la continuité, et que
c'est le changement qui le fait revivre. Aussi qu'est-ce autre
chose que la vie des sens, qu'un mouvement alternatif de
l'appétit au dégoût et du dégoût à l'appétit, l'âme flottante
toujours incertaine entre l'ardeur qui se ralentit et l'ardeur
qui se renouvelle ? *Inconstantia, concupiscentia*. Voilà ce que
c'est que la vie des sens. Cependant, dans ce mouvement
perpétuel, on ne laisse pas de se divertir par l'image d'une
liberté errante. »

Voilà ce que c'est que la vie des sens. Qui a dit cela ? qui a
écrit les paroles que vous venez d'entendre, sur ces excitations et ces ardeurs incessantes ? Quel est le livre que
M. Flaubert feuillette jour et nuit, et dont il s'est inspiré
dans les passages qu'incrimine M. l'Avocat impérial ? C'est
Bossuet ! Ce que je viens de vous lire, c'est un fragment d'un
discours de Bossuet sur les *plaisirs illicites*. Je vous ferai voir
que tous ces passages incriminés ne sont, non pas des
plagiats, — l'homme qui s'est approprié une idée n'est pas un
plagiaire, — mais que des imitations de Bossuet. En voulez-
vous un autre exemple ? Le voici :

« SUR LE PÉCHÉ.

« Et ne me demandez pas, chrétiens, de quelle sorte se fera
ce grand changement de nos plaisirs en supplices ; la chose
est prouvée par les Écritures. C'est le Véritable qui le dit,
c'est le Tout-Puissant qui le fait. Et toutefois, si vous
regardez la nature des passions auxquelles vous abandonnez
votre cœur, vous comprendrez aisément qu'elles peuvent
devenir un supplice intolérable. Elles ont toutes, en elles-
mêmes, des peines cruelles, des dégoûts, des amertumes.
Elles ont toutes une infinité qui se fâche de ne pouvoir être

assouvie ; ce qui mêle dans elles toutes des emportements, qui dégénèrent en une espèce de fureur non moins pénible que déraisonnable. L'amour, s'il m'est permis de le nommer dans cette chaire, a ses incertitudes, ses agitations violentes et ses résolutions irrésolues et l'enfer de ses jalousies. »

Et plus loin :

« Eh ! qu'y a-t-il donc de plus aisé que de faire de nos passions une peine insupportable de nos péchés, en leur ôtant, comme il est très juste, ce peu de douceur par où elles nous séduisent, et leur laissant seulement les inquiétudes cruelles et l'amertume dont elles abondent ? Nos péchés contre nous, nos péchés sur nous, nos péchés au milieu de nous : trait perçant contre notre sein, poids insupportable sur notre tête, poison dévorant dans nos entrailles. »

Tout ce que vous venez d'entendre n'est-il pas là pour vous montrer les amertumes des passions ? Je vous laisse ce livre tout marqué, tout flétri par le pouce de l'homme studieux qui y a pris sa pensée. Et celui qui s'est inspiré à une source pareille, celui-là qui a décrit l'adultère dans les termes que vous venez d'entendre, celui-là est poursuivi pour outrage à la morale publique et religieuse !

Quelques lignes encore sur la *Femme pécheresse*, et vous allez voir comment M. Flaubert, ayant à peindre ces ardeurs a su s'inspirer de son modèle :

« Mais punis de notre erreur sans en être détrompés, nous cherchons dans le changement un remède de notre méprise ; nous errons d'objet en objet ; et s'il en est enfin quelqu'un qui nous fixe, ce n'est pas que nous soyons contents de notre choix, c'est que nous sommes loués de notre inconstance. »

. . . .

« Tout lui paraît vide, faux, dégoûtant dans les créatures : loin d'y retrouver ces premiers charmes, dont son cœur avait eu tant de peine à se défendre, elle n'en voit plus que le frivole, le danger et la vanité. »

. . . .

« Je ne parle pas d'un engagement de passion ; quelles frayeurs que le mystère n'éclate ! que de mesures à garder du côté de la bienséance et de la gloire ! que d'yeux à éviter ! que de surveillants à tromper ! que de retours à craindre sur la fidélité de ceux qu'on a choisis pour les ministres et les confidents de sa passion ! quels rebuts à essuyer de celui, peut-être, à qui on a sacrifié son honneur et sa liberté, et dont on n'oserait se plaindre ! A tout cela, ajoutez ces moments cruels où la passion moins vive nous laisse le loisir de

retomber sur nous-mêmes, et de sentir toute l'indignité de
notre état ; ces moments où le cœur, né pour les plaisirs plus
solides, se lasse de ses propres idoles, et trouve son supplice
dans ses dégoûts et dans son inconstance. Monde profane ! si
c'est là cette félicité que tu nous vantes tant, favorises-en tes
adorateurs ; et punis-les, en les rendant ainsi heureux, de la
foi qu'ils ont ajoutée si légèrement à tes promesses. »

Laissez-moi vous dire ceci : quand un homme, dans le
silence des nuits, a médité sur les causes des entraînements
de la femme ; quand il les a trouvées dans l'éducation et que,
pour les exprimer, se défiant de ses observations personnelles, il a été se mûrir aux sources que je viens d'indiquer ;
quand il ne s'est laissé aller à prendre la plume qu'après s'être
inspiré des pensées de Bossuet et de Massillon, permettez-
moi de vous demander s'il y a un mot pour vous exprimer ma
surprise, ma douleur en voyant traduire cet homme en police
correctionnelle — pour quelques passages de son livre, et
précisément pour les idées et les sentiments les plus vrais et
les plus élevés qu'il ait pu rassembler ! Voilà ce que je vous
prie de ne pas oublier relativement à l'inculpation d'outrage à
la morale religieuse. Et puis, si vous me le permettez, je
mettrai en regard de tout ceci, sous vos yeux, ce que
j'appelle, moi, des atteintes à la morale, c'est-à-dire la
satisfaction des sens sans amertume, sans ces *larges gouttes de
sueur* glacée, qui tombent du front chez ceux qui s'y livrent ;
et je ne vous citerai pas des livres licencieux dans lesquels les
auteurs ont cherché à exciter les sens, je vous citerai un livre
— qui est donné en prix dans les collèges, mais je vous
demanderai la permission de ne vous dire le nom de l'auteur
qu'après que je vous en aurai lu un passage. Voici ce passage,
je vous ferai passer le volume ; c'est un exemplaire qui a été
donné en prix à un élève de collège : j'aime mieux vous
remettre cet exemplaire que celui de M. Flaubert :

« Le lendemain, je fus reconduit dans son appartement.
Là je sentis tout ce qui peut porter à la volupté. On avait
répandu dans la chambre les parfums les plus agréables. Elle
était sur un lit qui n'était fermé que par des guirlandes de
fleurs ; elle y paraissait languissamment couchée. Elle me
tendit la main, et me fit asseoir auprès d'elle. Tout, jusqu'au
voile qui lui couvrait le visage, avait de la grâce. Je voyais la
forme de son beau corps. Une simple toile qui se mouvait sur
elle me faisait tour à tour perdre et trouver des beautés
ravissantes. » Une simple toile, quand elle était étendue sur
un cadavre, vous a paru une image lascive ; ici elle est

étendue sur la femme vivante. « Elle remarqua que mes yeux étaient occupés, et quand elle les vit s'enflammer, la toile sembla s'ouvrir d'elle-même ; je vis tous les trésors d'une beauté divine. Dans ce moment, elle me serra la main ; mes yeux errèrent partout. Il n'y a, m'écriai-je, que ma chère Ardasire qui soit aussi belle ; mais j'atteste les dieux que ma fidélité… Elle se jeta à mon cou, et me serra dans ses bras. Tout d'un coup, la chambre s'obscurcit, son voile s'ouvrit ; elle me donna un baiser. Je fus tout hors de moi ; une flamme subite coula dans mes veines et échauffa tous mes sens. L'idée d'Ardasire s'éloigna de moi. Un reste de souvenir… mais il ne me paraissait qu'un songe… J'allais… J'allais la préférer à elle-même. Déjà j'avais porté mes mains sur son sein ; elles couraient rapidement partout ; l'amour ne se montrait que par sa fureur ; il se précipitait à la victoire ; un moment de plus, et Ardasire ne pouvait pas se défendre. »

Qui a écrit cela ? Ce n'est pas même l'auteur de la *Nouvelle Héloïse*, c'est M. le Président de Montesquieu ! Ici, pas une amertume, pas un dégoût, tout est sacrifié à la beauté littéraire, et on donne cela en prix aux élèves de rhétorique, sans doute pour leur servir de modèle dans les amplifications ou les descriptions qu'on leur donne à faire. Montesquieu décrit dans les *Lettres persanes* une scène qui ne peut pas même être lue. Il s'agit d'une femme que cet auteur place entre deux hommes qui se la disputent. Cette femme ainsi placée entre deux hommes fait des rêves — qui lui paraissent fort agréables.

En sommes-nous là, monsieur l'Avocat impérial ! Faudra-t-il encore vous citer Jean-Jacques Rousseau dans les *Confessions* et ailleurs ! Non, je dirai seulement au tribunal que si, à propos de sa description de la voiture dans la *Double Méprise*, M. Mérimée était poursuivi, il serait immédiatement acquitté. On ne verrait dans son livre qu'une œuvre d'art, de grandes beautés littéraires. On ne le condamnerait pas plus qu'on ne condamne les peintres ou les statuaires qui ne se contentent pas de traduire toute la beauté du corps, mais toutes les ardeurs, toutes les passions. Je n'en suis pas là ; je vous demande de reconnaître que M. Flaubert n'a pas chargé ses images, et qu'il n'a fait qu'une chose : toucher de la main la plus ferme la scène de la dégradation. A chaque ligne de son livre il fait ressortir la désillusion, et, au lieu de terminer par quelque chose de gracieux, il s'attache à nous montrer cette femme arrivant, après le mépris, l'abandon, la ruine de sa maison, à la mort la plus épouvantable. En un mot, je ne puis que répéter ce que j'ai dit en commençant la plaidoirie, que M. Flaubert est l'auteur d'un bon livre, d'un livre qui est l'excitation à la vertu par l'horreur du vice.

J'ai maintenant à examiner l'outrage à la religion. L'outrage à la religion commis par M. Flaubert ! Et en quoi, s'il vous plaît ? M. l'Avocat impérial a cru voir en lui un sceptique. Je puis répondre à M. l'Avocat impérial qu'il se trompe. Je n'ai pas ici de profession de foi à faire, je n'ai que le livre à défendre, c'est ce qui fait que je me borne à ce simple mot. Mais, quant au livre, je défie M. l'Avocat impérial d'y trouver quoi que ce soit qui ressemble à un outrage à la religion. Vous avez vu comment la religion a été introduite dans l'éducation d'Emma, et comment cette religion, faussée de mille manières, ne pouvait pas retenir Emma sur la pente qui l'entraînait. Voulez-vous savoir en quelle langue M. Flaubert parle de la religion ? Écoutez quelques lignes que je prends dans la première livraison, pages 231, 232 et 233.

« Un soir que la fenêtre était ouverte, et qu'assise au bord elle venait de regarder Lestiboudois, le bedeau, qui taillait le buis, elle entendit tout à coup sonner l'*Angélus*.

« On était au commencement d'avril, quand les primevères sont écloses ; un vent tiède se roule sur les plates-bandes labourées, et les jardins comme des femmes semblent faire leur toilette pour les fêtes de l'été. Par les barreaux de la tonnelle et au-delà, tout autour, on voyait la rivière dans la prairie, où elle dessinait sur l'herbe des sinuosités vagabondes. La vapeur du soir passait entre les peupliers sans feuilles, estompant leurs contours d'une teinte violette, plus pâle et transparente qu'une gaze subtile arrêtée sur leurs branchages. Au loin, des bestiaux marchaient ; on n'entendait ni leurs pas, ni les mugissements, et la cloche sonnant toujours, continuait dans les airs sa lamentation pacifique.

« A ce tintement répété, la pensée de la jeune femme s'égarait dans ses vieux souvenirs de jeunesse et de pension. Elle se rappela les grands chandeliers qui dépassaient de l'autel, les vases pleins de fleurs et le tabernacle à colonnettes. Elle aurait voulu comme autrefois être encore confondue dans la longue ligne de voiles blancs que marquaient de noir, çà et là, les capuchons raides des bonnes sœurs inclinées sur leur prie-Dieu. »

Voilà la langue dans laquelle le sentiment religieux est exprimé ; et à entendre M. l'Avocat impérial, le scepticisme

règne d'un bout à l'autre dans le livre de M. Flaubert. Où
donc, je vous prie, trouvez-vous là du scepticisme ?

M. l'Avocat impérial. — Je n'ai pas dit qu'il y en eût là-
dedans.

*M*e *Sénard.* — S'il n'y en a pas là-dedans, où donc y en a-
t-il ? Dans vos découpures, évidemment. Mais voici l'ouvrage
tout entier, que le tribunal le juge, et il verra que le sentiment
religieux y est si fortement empreint, que l'accusation de
scepticisme est une vraie calomnie. Et maintenant, monsieur
l'Avocat impérial me permettra-t-il de lui dire que ce n'était
pas la peine d'accuser l'auteur de scepticisme avec tant de
fracas ? Poursuivons :

« Le dimanche à la messe, quand elle relevait sa tête, elle
apercevait le doux visage de la Vierge parmi les tourbillons
bleuâtres de l'encens qui montait. Alors un attendrissement
la saisit, elle se sentit molle et tout abandonnée, comme un
duvet d'oiseau qui tournoie dans la tempête, et ce fut sans en
avoir conscience qu'elle s'achemina vers l'église, disposée à
n'importe quelle dévotion, pourvu qu'elle y absorbât son âme
et que l'existence entière y disparût. »

Ceci, messieurs, est le premier appel à la religion, pour
retenir Emma sur la pente des passions. Elle est tombée, la
pauvre femme, puis repoussée du pied par l'homme auquel
elle s'est abandonnée. Elle est presque morte, elle se relève,
elle se ranime ; et vous allez voir maintenant ce qui est écrit
(numéro du 15 novembre 1856, p. 548) :

« Un jour qu'au plus fort de sa maladie elle s'était crue
agonisante, elle avait demandé la communion ; et à mesure
que l'on faisait dans sa chambre les préparatifs pour le
sacrement, que l'on disposait en autel la commode encombrée de sirops, et que Félicité semait par terre des fleurs de
dahlia, Emma sentait quelque chose de fort pesant sur elle,
qui la débarrassait de ses douleurs, de toute perception, de
tout sentiment. Sa chair allégée ne pesait plus, une autre vie
commençait ; il lui sembla que son être, montant vers
Dieu... » (Vous voyez dans quelle langue M. Flaubert parle
des choses religieuses.) Il lui sembla que son être, montant
vers Dieu, allait s'anéantir dans cet amour, comme un encens
allumé qui se dissipe en vapeur. On aspergea d'eau bénite les
draps du lit ; le prêtre retira du saint ciboire la blanche
hostie : et ce fut en défaillant d'une joie céleste qu'elle avança
les lèvres pour accepter le corps du Sauveur qui se présentait. »

J'en demande pardon à M. l'Avocat impérial, j'en

demande pardon au tribunal, j'interromps ce passage, mais j'ai besoin de dire que c'est l'auteur qui parle, et de vous faire remarquer dans quels termes il s'exprime sur le mystère de la communion ; j'ai besoin, avant de reprendre cette lecture, que le tribunal saisisse la valeur littéraire empruntée à ce tableau ; j'ai besoin d'insister sur ces expressions qui appartiennent à l'auteur :

« Et ce fut en défaillant d'une joie céleste qu'elle avança les lèvres pour accepter le corps du Sauveur qui se présentait. Les rideaux de son alcôve se bombaient mollement autour d'elle en façon de nuées, et les rayons des deux cierges brûlant sur la commode lui parurent être des gloires éblouissantes. Alors elle laissa retomber sa tête, croyant entendre dans les espaces le chant des harpes séraphiques, et apercevoir en un ciel d'azur, sur un trône d'or, au milieu des saints tenant des palmes vertes, Dieu le père, tout éclatant de majesté, et qui d'un signe faisait descendre vers la terre des anges aux ailes de flammes, pour l'emporter dans leurs bras. »

Il continue :

« Cette vision splendide demeura dans sa mémoire comme la chose la plus belle qu'il fût possible de rêver ; si bien qu'à présent elle s'efforçait d'en ressaisir la sensation qui continuait cependant, mais d'une manière moins exclusive et avec une douceur aussi profonde. Son âme, courbaturée d'orgueil, se reposait enfin dans l'humilité chrétienne ; et, savourant le plaisir d'être faible, Emma contemplait en elle-même la destruction de sa volonté, qui devait faire aux envahissements de la grâce une large entrée. Il existait donc à la place du bonheur des félicités plus grandes, un autre amour au-dessus de tous les amours, sans intermittences ni fin, et qui s'accroîtrait éternellement ! Elle entrevit, parmi les illusions de son espoir, un état de pureté flottant au-dessus de la terre, se confondant avec le ciel et où elle soupira d'être. Elle voulut devenir une sainte. Elle acheta des chapelets ; elle porta des amulettes ; elle souhaitait avoir dans sa chambre, au chevet de sa couche, un reliquaire enchâssé d'émeraudes, pour le baiser tous les soirs. »

Voilà des sentiments religieux ! Et si vous vouliez vous arrêter un instant sur la pensée principale de l'auteur, je vous demanderais de tourner la page et de lire les trois lignes suivantes du deuxième alinéa :

« Elle s'irrita contre les prescriptions du culte ; l'arrogance des écrits polémiques lui déplut par leur acharnement à poursuivre des gens qu'elle ne connaissait pas, et des contes profanes relevés de la religion lui parurent écrits dans une telle ignorance du monde, qu'ils l'écartèrent insensiblement des vérités dont elle attendait la preuve. »

Voilà le langage de M. Flaubert. Maintenant, s'il vous plaît, arrivons à une autre scène, à la scène de l'extrême-onction. Oh ! monsieur l'Avocat impérial, combien vous vous êtes trompé quand, vous arrêtant aux premiers mots, vous avez accusé mon client de mêler le sacré au profane, quand il s'est contenté de traduire ces belles formules de l'extrême-onction, au moment où le prêtre touche tous les organes de nos sens, au moment où, selon l'expression du rituel, il dit : *Per istam unctionem, et suam piissimam misericordiam, indulgeat tibi Dominus quidquid deliquisti.*

Vous avez dit : il ne faut pas toucher aux choses saintes. De quel droit travestissez-vous ces saintes paroles : « Que Dieu dans sa sainte miséricorde, vous pardonne toutes les fautes que vous avez commises par la vue, par le goût, par l'ouïe, etc. ? »

Tenez, je vais vous lire le passage incriminé, et ce sera toute ma vengeance. J'ose dire ma vengeance, car l'auteur a besoin d'être vengé. Oui, il faut que M. Flaubert sorte d'ici, non seulement acquitté, mais vengé ! vous allez voir de quelles lectures il est nourri. Le passage incriminé est à la page 271 du numéro du 15 décembre ; il est ainsi conçu :

« Pâle comme une statue, et les yeux rouges comme des charbons, Charles, sans pleurer, se tenait en face d'elle, au pied du lit, tandis que le prêtre, appuyé sur un genou, marmottait des paroles basses... »

Tout ce tableau est magnifique, et la lecture en est irrésistible ; mais tranquillisez-vous, je ne la prolongerai pas outre mesure. Voici maintenant l'incrimination :

« Elle tourna sa figure lentement, et parut saisie de joie à voir tout à coup l'étole violette, sans doute retrouvant au milieu d'un apaisement extraordinaire la volupté perdue de ses premiers élancements mystiques, avec des visions de béatitude éternelle qui commençaient.

« Le prêtre se releva pour prendre le crucifix ; alors elle allongea le cou comme quelqu'un qui a soif, et, collant ses lèvres sur le corps de l'Homme-Dieu, elle y déposa, de toute sa force expirante, le plus grand baiser d'amour qu'elle eût jamais donné. »

L'extrême-onction n'est pas encore commencée ; mais on me reproche ce baiser. Je n'irai pas chercher dans sainte

Thérèse, que vous connaissez peut-être, mais dont le souvenir est trop éloigné ; je n'irai pas même chercher dans Fénelon le mysticisme de Mme Guyon, ni des mysticismes plus modernes dans lesquels je trouve bien d'autres raisons. Je ne veux pas demander à ces écoles, que vous qualifiez de christianisme sensuel, l'explication de ce baiser ; c'est à Bossuet, à Bossuet lui-même que je veux la demander :

« Obéissez et tâchez au reste d'entrer dans les dispositions de Jésus en communiant, qui sont des dispositions d'union, de jouissance et d'amour : tout l'Évangile le crie. Jésus veut qu'on soit avec lui ; il veut jouir, il veut qu'on jouisse de lui. Sa sainte chair est le milieu de cette union et de cette chaste jouissance : il se donne. »

Je reprends la lecture du passage incriminé :

« Ensuite il récita le *Misereatur* et *l'Indulgentiam*, trempa son pouce droit dans l'huile et commença les onctions : d'abord sur les yeux, qui avaient tant convoité les somptuosités terrestres ; puis sur les narines, friandes de brises tièdes et de senteurs amoureuses ; puis sur la bouche, qui s'était ouverte pour le mensonge, qui avait gémi d'orgueil et crié dans la luxure ; puis sur les mains, qui se délectaient aux contacts suaves, et enfin sur la plante des pieds, si rapides autrefois quand elle courait à l'assouvissement de ses désirs, et qui maintenant ne marcheraient plus.

« Le curé s'essuya les doigts, jeta dans le feu les brins de coton trempés d'huile, et revint s'asseoir près de la moribonde pour lui dire qu'à présent elle devait joindre ses souffrances à celles de Jésus-Christ, et s'abandonner à la miséricorde divine.

« En faisant ses exhortations, il essaya de lui mettre dans la main un cierge béni, symbole des gloires célestes dont elle allait être tout à l'heure environnée. Mais Emma, trop faible, ne put fermer les doigts, et le cierge, sans M. Bournisien, serait tombé par terre.

« Cependant elle n'était plus aussi pâle, et son visage avait une expression de sérénité, comme si le sacrement l'eût guérie.

« Le prêtre ne manqua point d'en faire l'observation ; et il expliqua même à Bovary que le Seigneur, quelquefois, prolongeait l'existence des personnes lorsqu'il le jugeait convenable pour leur salut. Et Charles se rappela un jour, où ainsi, près de mourir, elle avait reçu la communion, il ne fallait peut-être pas se désespérer, pensait-il. »

Maintenant, quand une femme meurt, et que le prêtre va

lui donner l'extrême-onction ; quand on fait de cela une scène mystique et que nous traduisons avec une fidélité scrupuleuse les paroles sacramentelles, on dit que nous touchons aux choses saintes. Nous avons porté une main téméraire aux choses saintes, parce que au *deliquisti per oculos, per os, per aurem, per manus et per pedes,* nous avons ajouté le péché que chacun de ces organes avait commis. Nous ne sommes pas les premiers qui ayons marché dans cette voie. M. Sainte-Beuve, dans un livre que vous connaissez, met aussi une scène d'extrême-onction, et voici comment il s'exprime :

« Oh ! oui donc, à ces yeux d'abord, comme au plus noble et au plus vif des sens ; à ces yeux, pour ce qu'ils ont vu, regardé de tendre, de trop perfide en d'autres yeux, de trop mortel ; pour ce qu'ils ont lu et relu d'attachant et de trop chéri ; pour ce qu'ils ont versé de vaines larmes sur les biens fragiles et sur les créatures infidèles ; pour le sommeil qu'ils ont tant de fois oublié, le soir en y songeant !

« A l'ouïe aussi, pour ce qu'elle a entendu et s'est laissé dire de trop doux, de trop flatteur et enivrant ; pour ce son que l'oreille dérobe lentement aux paroles trompeuses ; pour ce qu'elle y boit de miel caché.

« A cet odorat ensuite, pour les trop subtils et voluptueux parfums des soirs de printemps au fond des bois, pour les fleurs reçues le matin tous les jours, respirées avec tant de complaisance !

« Aux lèvres, pour ce qu'elles ont prononcé de trop confus ou de trop avoué ; pour ce qu'elles n'ont pas répliqué en certains moments ou ce qu'elles n'ont pas révélé à certaines personnes, pour ce qu'elles ont chanté dans la solitude de trop mélodieux et de trop plein de larmes ; pour leur murmure inarticulé, pour leur silence !

« Au cou au lieu de la poitrine, pour l'ardeur du désir selon l'expression consacrée *(propter ardorem libidinis) ;* oui, pour la douleur des affections, des rivalités, pour le trop d'angoisse des humaines tendresses, pour les larmes qui suffoquent un gosier sans voix, pour tout ce qui fait battre un cœur ou ce qui le ronge !

« Aux mains aussi, pour avoir serré une main qui n'était pas saintement liée ; pour avoir reçu des pleurs trop brûlants ; pour avoir peut-être commencé d'écrire, sans l'achever, quelque réponse non permise !

« Aux pieds, pour n'avoir pas fui, pour avoir suffi aux longues promenades solitaires, pour ne pas s'être lassés assez tôt au milieu des entretiens qui sans cesse recommençaient ! »

Vous n'avez pas poursuivi cela. Voilà deux hommes qui, chacun dans leur sphère, ont pris la même chose, et qui ont, à chacun des sens, ajouté le péché, la faute. Est-ce que vous auriez voulu leur interdire de traduire la formule du rituel : *Quidquid deliquisti per oculos, per aurem*, etc. ?

M. Flaubert a fait ce qu'a fait M. Sainte-Beuve, sans pour cela être un plagiaire. Il a usé du droit, qui appartient à tout écrivain, d'ajouter à ce qu'a dit un autre écrivain, de compléter un sujet. La dernière scène du roman de *Madame Bovary* a été faite comme toute l'étude de ce type, avec les documents religieux. M. Flaubert a fait la scène de l'extrême-onction avec un livre que lui avait prêté un vénérable ecclésiastique de ses amis, qui a lu cette scène, qui en a été touché jusqu'aux larmes, et qui n'a pas imaginé que la majesté de la religion pût en être offensée. Ce livre est intitulé : *Explication historique, dogmatique, morale, liturgique et canonique du catéchisme, avec la réponse aux objections tirées des sciences contre la religion, par M. l'Abbé Ambroise Guillois, curé de Notre-Dame-du-Pré, au Mans, 6ᵉ édition*, etc., ouvrage approuvé par son Éminence le cardinal Gousset, NN. SS. les Évêques et Archevêques du Mans, de Tours, de Bordeaux, de Cologne, etc., tome 3ᵉ, imprimé au Mans par Charles Monnoyer, 1851. Or, vous allez voir dans ce livre, comme vous avez vu tout à l'heure dans Bossuet, les principes et en quelque sorte le texte des passages qu'incrimine M. l'Avocat impérial. Ce n'est plus maintenant M. Sainte-Beuve, un artiste, un fantaisiste littéraire que je cite ; écoutez l'Église elle-même.

« L'extrême-onction peut rendre la santé du corps si elle est utile pour la gloire de Dieu... » et le prêtre dit que cela arrive souvent. Maintenant voici l'extrême-onction :

« Le prêtre adresse au malade une courte exhortation, s'il est en état de l'entendre, pour le disposer à recevoir dignement le sacrement qu'il va lui administrer.

« Le prêtre fait ensuite les onctions sur le malade avec le stylet, ou l'extrémité du pouce droit qu'il trempe chaque fois dans l'huile des infirmes. Ces onctions doivent être faites surtout aux cinq parties du corps que la nature a données à l'homme comme les organes des sensations, savoir : aux yeux, aux oreilles, aux narines, à la bouche et aux mains.

« A mesure que le prêtre fait les onctions (nous avons suivi de point en point le Rituel, nous l'avons copié), il prononce les paroles qui y répondent.

« *Aux yeux, sur la paupière fermée :* Par cette onction sainte et par sa pieuse miséricorde, que Dieu vous pardonne tous les péchés que vous avez commis par la vue. Le malade doit, dans ce moment, détester de nouveau tous les péchés qu'il a commis par la vue : tant de regards indiscrets, tant de curiosités criminelles, tant de lectures qui ont fait naître en lui une foule de pensées contraires à la foi et aux mœurs. »

Qu'a fait M. Flaubert ? Il a mis dans la bouche du prêtre, en réunissant les deux parties, ce qui doit être dans sa pensée et en même temps dans la pensée du malade. Il a copié purement et simplement.

« *Aux oreilles :* Par cette onction sainte et par sa pieuse miséricorde, que Dieu vous pardonne tous les péchés que vous avez commis par le sens de l'ouïe. Le malade doit, dans ce moment, détester de nouveau toutes les fautes dont il s'est rendu coupable, en écoutant avec plaisir des médisances, des calomnies, des propos déshonnêtes, des chansons obscènes.

« *Aux narines :* Par cette onction sainte et par sa grande miséricorde, que le Seigneur vous pardonne tous les péchés que vous avez commis par l'odorat. Dans ce moment, le malade doit détester de nouveau tous les péchés qu'il a commis par l'odorat, toutes les recherches raffinées et voluptueuses des parfums, toutes les sensualités, tout ce qu'il a respiré des odeurs de l'iniquité. — *A la bouche, sur les lèvres :* Par cette onction sainte et par sa grande miséricorde, que le Seigneur vous pardonne tous les péchés que vous avez commis par le sens du goût et par la parole. Le malade doit, dans ce moment, détester de nouveau tous les péchés qu'il a commis, en proférant des jurements et des blasphèmes..., en faisant des excès dans le boire et dans le manger... — *Sur les mains :* Par cette onction sainte et par sa grande miséricorde, que le Seigneur vous pardonne tous les péchés que vous avez commis par le sens du toucher. Le malade doit, dans ce moment, détester de nouveau tous les larcins, toutes les injustices dont il a pu se rendre coupable, toutes les libertés plus ou moins criminelles qu'il s'est permises. Les prêtres reçoivent l'onction des mains en dehors, parce qu'ils l'ont déjà reçue en dedans au moment de leur ordination et les autres malades en dedans. — *Sur les pieds :* Par cette onction sainte et par sa grande miséricorde, que Dieu vous pardonne tous les péchés que vous avez commis par vos démarches. Le malade doit, dans ce moment, détester de nouveau tous les pas qu'il a faits dans les voies de l'iniquité, tant de promenades scandaleuses, tant d'entrevues criminelles... L'onction des pieds se fait sur le dessus ou sous la plante,

selon la commodité du malade, et aussi selon l'usage du
diocèse où l'on se trouve. La pratique la plus commune
semble être de la faire à la plante des pieds.

« Et enfin à la poitrine (M. Sainte-Beuve a copié, nous ne
l'avons pas fait parce qu'il s'agissait de la poitrine d'une
femme). *Propter ardorem libidinis*, etc.

« *A la poitrine :* Par cette onction sainte et par sa grande
miséricorde, que le Seigneur vous pardonne tous les péchés
que vous avez commis par l'ardeur des passions. Le malade
doit, en ce moment, détester de nouveau toutes les mauvaises
pensées, tous les mauvais désirs auxquels il s'est abandonné,
tous les sentiments de haine, de vengeance qu'il a nourris
dans son cœur. »

Et nous pourrions, d'après le Rituel, parler d'autre chose
encore que de la poitrine, mais Dieu sait quelle sainte colère
nous aurions excitée chez le ministère public, si nous avions
parlé des reins :

« *Aux reins (ab lumbos) :* Par cette sainte onction, et par sa
grande miséricorde, que le Seigneur vous pardonne tous les
péchés que vous avez commis par les mouvements déréglés
de la chair. »

Si nous avions dit cela, de quelle foudre n'auriez-vous pas
tenté de nous accabler, monsieur l'Avocat impérial ! et
cependant le Rituel ajoute :

« Le malade doit, dans ce moment, détester de nouveau
tant de plaisirs illicites, tant de délectations charnelles... »

Voilà le Rituel, et vous y avez vu l'article incriminé ; il n'y
a pas une raillerie, tout y est sérieux et émouvant. Et, je vous
le répète, celui qui a donné à mon client ce livre, et qui a vu
mon client en faire l'usage qu'il en a fait, lui a serré la main
avec des larmes. Vous voyez donc, monsieur l'Avocat
impérial, combien est téméraire — pour ne pas me servir
d'une expression qui, pour être exacte, serait plus sévère —
l'accusation que nous avions touché aux choses saintes. Vous
voyez maintenant que nous n'avons pas mêlé le profane au
sacré, quand, à chacun des sens, nous avons indiqué le péché
commis par ce sens, puisque c'est le langage de l'Église elle-
même.

Insisterai-je, maintenant, sur les autres détails du délit
d'outrage à la religion ? Voilà que le ministère public me dit :
« Ce n'est plus la religion, c'est la morale de tous les temps
que vous avez outragée ; vous avez insulté la mort ! »
Comment ai-je insulté la mort ? Parce qu'au moment où cette

femme meurt, il passe dans la rue un homme que, plus d'une fois, elle avait rencontré demandant l'aumône près de la voiture dans laquelle elle revenait des rendez-vous adultères, l'aveugle qu'elle avait accoutumé de voir, l'aveugle qui chantait sa chanson pendant que la voiture montait lentement la côte, à qui elle jetait une pièce de monnaie, et dont l'aspect la faisait frissonner. Cet homme passe dans la rue ; et, au moment où la miséricorde divine pardonne ou promet le pardon de la malheureuse qui expie ainsi par une mort affreuse les fautes de sa vie, la raillerie humaine lui apparaît sous la forme de la chanson qui passe sous sa fenêtre. Mon Dieu ! vous trouvez qu'il y a là un outrage ; mais M. Flaubert ne fait que ce qu'ont fait Shakespeare et Goethe, qui, à l'instant suprême de la mort, ne manquent pas de faire entendre quelque chant, soit de plainte, soit de raillerie, qui rappelle à celui qui s'en va dans l'éternité quelque plaisir dont il ne jouira plus, ou quelque faute à expier.

Lisons :

« En effet, elle regarda tout autour d'elle lentement, comme quelqu'un qui se réveille d'un songe ; puis, d'une voix distincte, elle demanda son miroir ; elle resta penchée dessus quelque temps jusqu'au moment où de grosses larmes lui découlèrent des yeux. Alors elle se renversa la tête en poussant un soupir et retomba sur l'oreiller.

« Sa poitrine aussitôt se mit à haleter rapidement. »

Je ne puis pas lire, je suis comme Lamartine : « L'expiation va pour moi au-delà de la vérité... » Je ne croyais pourtant pas faire une mauvaise action, monsieur l'Avocat impérial, en lisant ces pages à mes filles qui sont mariées, honnêtes filles qui ont reçu de bons exemples, de bonnes leçons, et que jamais, jamais on n'a mises, par une indiscrétion, hors de la voie la plus étroite, hors des choses qui peuvent et doivent être entendues... Il m'est impossible de continuer cette lecture, je m'en tiendrai rigoureusement aux passages incriminés :

« Les bras étendus et à mesure que le râle devenait plus fort (Charles était de l'autre côté, cet homme que vous ne voyez jamais, et qui est admirable), et à mesure que le râle devenait plus fort, l'ecclésiastique précipitait ses oraisons ; elles se mêlaient aux sanglots étouffés de Bovary, et quelquefois tout semblait disparaître dans le sourd murmure des syllabes latines, qui tintaient comme un glas de cloche.

« Tout à coup on entendit sur le trottoir un bruit de gros

le mari. Ce n'est pas un ecclésiastique éminent, c'est un ecclésiastique ordinaire, un curé de campagne. Et de même que nous n'avons insulté personne, que nous n'avons exprimé aucun sentiment, aucune pensée qui pût être injurieuse pour le mari, nous n'avons pas davantage insulté l'ecclésiastique qui était là. Je n'ai qu'un mot à dire là-dessus.

Voulez-vous des livres dans lesquels les ecclésiastiques jouent un rôle déplorable ? Prenez *Gil-Blas*, *Le Chanoine*, de Balzac ; *Notre-Dame de Paris*, de Victor Hugo. Si vous voulez des prêtres qui soient la honte du clergé, prenez-les ailleurs, vous ne les trouveriez pas dans *Madame Bovary*. Qu'est-ce que j'ai montré, moi ? Un curé de campagne qui est dans ses fonctions de curé de campagne ce qu'est M. Bovary, un homme ordinaire. L'ai-je représenté libertin, gourmand, ivrogne ? Je n'ai pas dit un mot de cela. Je l'ai représenté remplissant son ministère, non pas avec une intelligence élevée, mais comme sa nature l'appelait à le remplir. J'ai mis en contact avec lui et en état de discussions presque perpétuelles un type qui vivra — comme a vécu la création de M. Prudhomme — comme vivront quelques autres créations de notre temps, tellement étudiées et prises sur le vrai, qu'il n'y a pas possibilité qu'on les oublie ; c'est le pharmacien de campagne, le voltairien, le sceptique, l'incrédule, l'homme qui est en querelle perpétuelle avec le curé. Mais dans ces querelles avec le curé, qui est-ce qui est continuellement battu, bafoué, ridiculisé ? C'est Homais, c'est lui à qui on a donné le rôle le plus comique parce qu'il est le plus vrai, celui qui peint le mieux notre époque sceptique, un enragé, ce qu'on appelle le prêtrophobe. Permettez-moi encore de vous lire la page 206. C'est la bonne femme de l'auberge qui offre quelque chose à son curé :

« — Qu'y a-t-il pour votre service, monsieur le curé ? demanda la maîtresse d'auberge tout en atteignant sur la cheminée un des flambeaux de cuivre qui s'y trouvaient rangés en colonnade avec leurs chandelles. Voulez-vous prendre quelque chose ? Un doigt de cassis, un verre de vin ?

« L'ecclésiastique refusa fort civilement. Il venait chercher son parapluie qu'il avait oublié l'autre jour au couvent d'Ernemont, et, après avoir prié Mme Lefrançois de le lui faire remettre au presbytère dans la soirée, il sortit pour se rendre à l'église où l'on sonnait l'*Angélus*.

« Quand le pharmacien n'entendit plus sur la place le bruit de ses souliers, il trouva fort inconvenante sa conduite de tout à l'heure. Ce refus d'accepter un rafraîchissement lui sem-

blait une hypocrisie des plus odieuses ; les prêtres godaillaient tous sans qu'on les vît et cherchaient à ramener le
temps de la dîme.

« L'hôtesse prit la défense de son curé :

« — D'ailleurs, il en plierait quatre comme vous sur son
genou. Il a, l'année dernière, aidé nos gens à rentrer la paille,
il en portait jusqu'à six bottes à la fois, tant il est fort !

« — Bravo ! fit le pharmacien. Envoyez donc vos filles à
confesse à des gaillards d'un tempérament pareil ! Moi, si
j'étais le gouvernement, je voudrais qu'on saignât les prêtres
une fois par mois. Oui, madame Lefrançois, tous les mois
une large phlébotomie, dans l'intérêt de la police et des
mœurs !

« — Taisez-vous donc, monsieur Homais, vous êtes un
impie, vous n'avez pas de religion !

« Le pharmacien répondit :

« — J'ai une religion, ma religion, et même j'en ai plus
qu'eux tous avec leurs mômeries et leurs jongleries. J'adore
Dieu, au contraire ! Je crois en l'Être suprême, à un créateur
quel qu'il soit, peu m'importe, qui nous a placés ici-bas pour
y remplir nos devoirs de citoyen et de père de famille ; mais je
n'ai pas besoin d'aller dans une église baiser des plats
d'argent et engraisser de ma poche un tas de farceurs qui se
nourrissent mieux que nous. Car on peut l'honorer aussi bien
dans un bois, dans un champ, ou même en contemplant la
voûte éthérée, comme les anciens. Mon Dieu, à moi, c'est le
Dieu de Socrate, de Franklin, de Voltaire et de Béranger ! Je
suis pour la *Profession de foi du vicaire savoyard* et les
immortels principes de 89 ! Aussi je n'admets pas un
bonhomme de Bon-Dieu qui se promène dans son parterre la
canne à la main, loge ses amis dans le ventre des baleines,
meurt en poussant un cri et ressuscite au bout de trois jours
— choses absurdes en elles-mêmes et complètement opposées, d'ailleurs, à toutes les lois de la physique, ce qui nous
démontre, en passant, que les prêtres ont toujours croupi
dans une ignorance turpide, où ils s'efforcent d'engloutir
avec eux les populations.

« Il se tut, cherchant des yeux un public autour de lui, car,
dans son effervescence, le pharmacien, un moment, s'était
cru en plein conseil municipal. Mais la maîtresse d'auberge
ne l'écoutait plus. »

Qu'est-ce qu'il y a là ? Un dialogue, une scène, comme il y
en avait chaque fois que Homais avait occasion de parler des
prêtres.

Maintenant il y a quelque chose de mieux dans le dernier passage, page 271 :

« Mais l'attention publique fut distraite par l'apparition de M. Bournisien, qui passait sous les halles avec les saintes huiles.

« Homais, comme il le devait à ses principes, compara les prêtres à des corbeaux qu'attire l'odeur des morts ; la vue d'un ecclésiastique qui lui était personnellement désagréable, car la soutane le faisait rêver au linceul, et il exécrait l'une un peu par épouvante de l'autre. »

Notre vieil ami, celui qui nous a prêté le catéchisme, était fort heureux de ce passage ; il nous disait : C'est d'une vérité frappante ; c'est bien le portrait du prêtrophobe que « la soutane fait rêver au linceul et qui exècre l'une un peu par épouvante de l'autre ». C'était un impie, et il exécrait la soutane, un peu par impiété peut-être, mais beaucoup plus parce qu'elle le faisait rêver au linceul.

Permettez-moi de résumer tout ceci.

Je défends un homme qui, s'il avait rencontré une critique littéraire sur la forme de son livre, sur quelques expressions, sur trop de détails, sur un point ou sur un autre, aurait accepté cette critique littéraire du meilleur cœur du monde. Mais se voir accusé d'outrage à la morale et à la religion ! M. Flaubert n'en revient pas ; et il proteste ici devant vous avec tout l'étonnement et toute l'énergie dont il est capable contre une telle accusation.

Vous n'êtes pas de ceux qui condamnent des livres sur quelques lignes, vous êtes de ceux qui jugent avant tout la pensée, les moyens de mise en œuvre, et qui vous poserez cette question par laquelle j'ai commencé ma plaidoirie, et par laquelle je la finis : La lecture d'un tel livre donne-t-elle l'amour du vice, inspire-t-elle l'horreur du vice ? L'expiation si terrible de la faute ne pousse-t-elle pas, n'excite-t-elle pas à la vertu ? La lecture de ce livre ne peut pas produire sur vous une impression autre que celle qu'elle a produite sur nous, à savoir : que ce livre est excellent dans son ensemble, et que les détails en sont irréprochables. Toute la littérature classique nous autorisait à des peintures et à des scènes bien autres que celles que nous nous sommes permises. Nous aurions pu, sous ce rapport, la prendre pour modèle, nous ne l'avons pas fait ; nous nous sommes imposé une sobriété dont vous nous tiendrez compte. Que s'il était possible que, par un mot ou par un autre, M. Flaubert eût dépassé la mesure qu'il s'était imposée, je n'aurais pas seulement à vous rappeler que c'est une première œuvre, mais j'aurais à vous dire qu'alors même qu'il se serait trompé, son erreur serait sans dommage pour la morale publique. Et le faisant venir en police correctionnelle — lui, que vous connaissez maintenant un peu par son livre, lui que vous aimez déjà un peu, j'en suis sûr, et que vous aimeriez davantage si vous le connaissiez davantage —, il est bien assez, il est déjà trop cruellement puni. A vous maintenant de statuer. Vous avez jugé le livre dans son ensemble et dans ses détails ; il n'est pas possible que vous hésitiez !

JUGEMENT

Le tribunal a consacré une partie de l'audience de la huitaine dernière aux débats d'une poursuite exercée contre MM. Léon Laurent-Pichat et Auguste-Alexis Pillet, le premier gérant, le second imprimeur du recueil périodique *La Revue de Paris*, et M. Gustave Flaubert, homme de lettres, tous trois prévenus : 1° Laurent-Pichat, d'avoir, en 1856, en publiant dans les numéros des 1er et 15 décembre de la *Revue de Paris* des fragments d'un roman intitulé *Madame Bovary* et, notamment, divers fragments contenus dans les pages 73, 77, 78, 272, 273, commis les délits d'outrage à la morale publique et religieuse et aux bonnes mœurs ; 2° Pillet et Flaubert d'avoir, Pillet en imprimant pour qu'ils fussent publiés, Flaubert en écrivant et remettant à Laurent-Pichat pour être publiés, les fragments du roman intitulé *Madame Bovary*, sus-désignés, aidé et assisté, avec connaissance, Laurent-Pichat dans les faits qui ont préparé, facilité et consommé les délits sus-mentionnés, et de s'être ainsi rendus complices de ces délits prévus par les articles 1er et 8 de la loi du 17 mai 1819, et 59 et 60 du Code pénal.

M. Pinard, substitut, a soutenu la prévention.

Le tribunal, après avoir entendu la défense présentée par Me Sénard pour M. Flaubert, Me Desmarest pour M. Pichat et Me Faverie pour l'imprimeur, a remis à l'audience de ce jour (7 février) le prononcé du jugement, qui a été rendu en ces termes :

« Attendu que Laurent-Pichat, Gustave Flaubert et Pillet sont inculpés d'avoir commis les délits d'outrage à la morale publique et religieuse et aux bonnes mœurs ; le premier, comme auteur, en publiant dans le recueil périodique intitulé *La Revue de Paris*, dont il est directeur gérant, et dans les numéros des 1er et 15 octobre, 1er et 15 novembre, 1er et 15 décembre 1856, un roman intitulé *Madame Bovary*,

Gustave Flaubert et Pillet, comme complices, l'un en four-
nissant le manuscrit, et l'autre en imprimant ledit roman ;

« Attendu que les passages particulièrement signalés du
roman dont il s'agit, lequel renferme près de 300 pages, sont
contenus, aux termes de l'ordonnance du renvoi devant le
tribunal correctionnel, dans les pages 73, 77 et 78 (numéro
du 1er décembre), et 271, 272 et 273 (numéro du 15 décembre
1856) ;

« Attendu que les passages incriminés, envisagés abstracti-
vement et isolément, présentent effectivement soit des
expressions, soit des images, soit des tableaux que le bon
goût réprouve et qui sont de nature à porter atteinte à de
légitimes et honorables susceptibilités ;

« Attendu que les mêmes observations peuvent s'appliquer
justement à d'autres passages non définis par l'ordonnance de
renvoi et qui, au premier abord, semblent présenter l'exposition de théories qui ne seraient pas moins contraires aux
bonnes mœurs, aux institutions, qui sont la base de la société,
qu'au respect dû aux cérémonies les plus augustes du culte ;

« Attendu qu'à ces divers titres l'ouvrage déféré au tribunal mérite un blâme sévère, car la mission de la littérature
doit être d'orner et de recréer l'esprit en élevant l'intelligence
et en épurant les mœurs plus encore que d'imprimer le
dégoût du vice en offrant le tableau des désordres qui
peuvent exister dans la société ;

« Attendu que les prévenus, et en particulier Gustave
Flaubert, repoussent énergiquement l'inculpation dirigée
contre eux, en articulant que le roman soumis au jugement
du tribunal a un but éminemment moral ; que l'auteur a eu
principalement en vue d'exposer les dangers qui résultent
d'une éducation non appropriée au milieu dans lequel on doit
vivre, et que, poursuivant cette idée, il a montré la femme,
personnage principal de son roman, aspirant vers un monde
et une société pour lesquels elle n'était pas faite, malheureuse
de la condition modeste dans laquelle le sort l'aurait placée,
oubliant d'abord ses devoirs de mère, manquant ensuite à ses
devoirs d'épouse, introduisant successivement dans sa maison l'adultère et la ruine, et finissant misérablement par le
suicide, après avoir passé par tous les degrés de la dégradation la plus complète et être descendue jusqu'au vol ;

« Attendu que cette donnée, morale sans doute dans son
principe, aurait dû être complétée dans ses développements
par une certaine sévérité de langage et par une réserve
contenue, en ce qui touche particulièrement l'exposition des

tableaux et des situations que le plan de l'auteur lui faisait placer sous les yeux du public ;

« Attendu qu'il n'est pas permis, sous prétexte de peinture de caractère ou de couleur locale, de reproduire dans leurs écarts les faits, dits et gestes des personnages qu'un écrivain s'est donné mission de peindre ; qu'un pareil système, appliqué aux œuvres de l'esprit aussi bien qu'aux productions des beaux-arts, conduirait à un réalisme qui serait la négation du beau et du bon et qui, enfantant des œuvres également offensantes pour les regards et pour l'esprit, commettrait de continuels outrages à la morale publique et aux bonnes mœurs ;

« Attendu qu'il y a des limites que la littérrature, même la plus légère, ne doit pas dépasser, et dont Gustave Flaubert et co-inculpés paraissent ne s'être pas suffisamment rendu compte ;

« Mais attendu que l'ouvrage dont Flaubert est l'auteur est une œuvre qui paraît avoir été longuement et sérieusement travaillée, au point de vue littéraire et de l'étude des caractères ; que les passages relevés par l'ordonnance de renvoi, quelque répréhensibles qu'ils soient, sont peu nombreux si on les compare à l'étendue de l'ouvrage ; que ces passages, soit dans les idées qu'ils exposent, soit dans les situations qu'ils représentent, rentrent dans l'ensemble des caractères que l'auteur a voulu peindre, tout en les exagérant et en les imprégnant d'un réalisme vulgaire et souvent choquant ;

« Attendu que Gustave Flaubert proteste de son respect pour les bonnes mœurs et tout ce qui se rattache à la morale religieuse ; qu'il n'apparaît pas que son livre ait été, comme certaines œuvres, écrit dans le but unique de donner une satisfaction aux passions sensuelles, à l'esprit de licence et de débauche, ou de ridiculiser des choses qui doivent être entourées du respect de tous ;

« Qu'il a eu le tort seulement de perdre parfois de vue les règles que tout écrivain qui se respecte ne doit jamais franchir, et d'oublier que la littérature, comme l'art, pour accomplir le bien qu'elle est appelée à produire, ne doit pas seulement être chaste et pure dans sa forme et dans son expression ;

« Dans ces circonstances, attendu qu'il n'est pas suffisamment établi que Pichat, Gustave Flaubert et Pillet se soient rendus coupables des délits qui leur sont imputés ;

« Le tribunal les acquitte de la prévention portée contre eux et les renvoie sans dépens. »

APPENDICE

MADAME BOVARY ET LE DICTIONNAIRE DES IDÉES REÇUES[1]

Les idées reçues rencontrent en Emma un écho privilégié et trouvent en Homais un porte-parole éloquent. Elles traversent et imprègnent en outre l'ensemble du roman et autorisent un rapprochement systématique entre *Madame Bovary* et le dictionnaire.

Le Dictionnaire des idées reçues	*Madame Bovary*
ACTRICE. La perte des fils de famille. Sont d'une lubricité fantastique. Elles dorment le jour, font des orgies la nuit, mangent des millions et finissent à l'hôpital. (486) ARTISTES. Tous farceurs. [...] Gagnent des sommes folles mais les jettent par les fenêtres... (489-490)	« Dans les cabinets de restaurant où l'on soupe après minuit, riait, à la clarté des bougies, la foule bigarrée des gens de lettres et des actrices. Ils étaient, ceux-là prodigues comme des rois... » (119) C'est [Lagardy], à ce qu'on assure, un fameux lapin ! il roule sur l'or ! il mène avec lui trois maîtresses et son cuisinier ! Tous ces grands artistes brûlent la chandelle par les deux bouts ; il leur faut une existence dévergondée qui excite un peu l'imagination. Mais, ils meurent à l'hôpital parce qu'ils n'ont pas eu l'esprit,

1. Les références au *Dictionnaire* sont empruntées à l'édition de Claudine Gothot-Mersch, Paris, Gallimard, Folio, 1979.

étant jeunes, de faire des économies. (289)

« Et vous ne savez pas la vie que mènent ces farceurs-là, [...], avec les actrices, etc. » (187)

AFFAIRES. Passent avant tout. (486)
COTON. Une des bases de la société dans la Seine-Inférieure. (502)

« La salle [du Théâtre des Arts] commençait à se remplir, on tirait les lorgnettes de leurs étuis, et les abonnés s'apercevant, de loin, se faisaient des salutations. Ils venaient se délasser dans les beaux-arts des inquiétudes de la vente ; mais n'oubliant point *les affaires*, ils causaient encore coton, trois-six ou indigo. » (291)

AGRICULTURE. Une des mamelles de l'État (l'État est du genre masculin, mais ça ne fait rien). (486)

M. Lieuvain :
« Et qu'aurais-je à faire, messieurs, de vous démontrer ici l'utilité de l'agriculture ? » (211)

ALCOOLISME. Cause de toutes les maladies modernes. (487)

« En vérité, dit l'apothicaire, on devrait bien sévir contre l'ivresse. Je voudrais que l'on inscrivît hebdomadairement, à la porte de la mairie sur un tableau *ad hoc*, les noms de tous ceux qui, durant la semaine, se seraient intoxiqués avec des alcools. » (219-220)

ALLEMAGNE. Toujours précédée de « blonde », « rêveuse », [...] ! (487)

« Oh ! la musique allemande, celle qui porte à rêver. »

ANGE. Fait bien en Amour, et en Littérature. (488)

A la classe de musique, dans les romances qu'elle chantait, il n'était question que de petits anges aux ailes d'or, [...]. (97)

... Venait ensuite la société des duchesses : on y était pâle... Les femmes, pauvres anges ! portaient du point d'Angleterre au bas de leur jupon... (119)

« Soyez mon amie, ma sœur, mon ange. » (227)

... Savez-vous l'abîme où je vous entraînais, pauvre ange ?... » (Lettre de Rodolphe à Emma.) (270)

Il retrouvait sur ses épaules la couleur ambrée de l'*odalisque au bain*... elle ressemblait aussi à la *femme pâle de Barcelone :* mais elle était par-dessus tout Ange. (338)

APPARTEMENT. [...] appartement de garçon [...] ; ça sent le tabac et le lit y est constamment défait.
On doit y trouver des choses extraordinaires. (488)

Ensuite, elle examinait l'appartement, elle ouvrait les tiroirs des meubles, elle se peignait avec son peigne et se regardait dans le miroir à barbe. Souvent même, elle mettait entre ses dents le tuyau d'une grosse pipe qui était sur la table de nuit, parmi des citrons et des morceaux de sucre, près d'une carafe d'eau. (231)

BANQUET. La plus franche cordialité ne cesse d'y régner ; [...]. (491)

Vers six heures, un banquet, [...], a réuni les principaux assistants de la fête. La plus grande cordialité n'a cessé d'y régner. (221)

BASE. Les bases de la Société : [...]. (492)

M. Lieuvain :
« Le temps n'est plus messieurs, [...], où les maximes les plus subversives sapaient audacieusement les bases... » (208-209)

BAYADÈRE. Mot qui entraîne l'imagination. (492)

Et vous y étiez aussi, sultans à longues pipes, pâmés sous des tonnelles, aux bras des bayadères, [...]. (98)

BONNET GREC. Indispensable à l'homme de cabinet — donne de la majesté au visage. (493)

M. Homais arrivait pendant le dîner. Bonnet grec à la main, [...]. (162)

BRUNES. Plus chaudes que les blondes. (494)

D'ailleurs, il n'aimait que les femmes brunes.
« — Je vous approuve, dit le pharmacien ; elles ont plus de tempérament. » (253)

CAMPAGNE. Tout y est permis. [...] Pas de toilette — on retire ses habits. (495)

Charles :
« Il portait toujours de fortes bottes [...]. Il disait *que c'était bien assez bon pour la campagne.* » (102)
Rodolphe et Emma :
« — D'ailleurs, ajouta-t-il, quand on habite la campagne...
« — Tout est peine perdue, dit Emma. » (204)

Les gens de la campagne meilleurs que ceux de la ville. (495)

M. Lieuvain :
« Où trouver, en effet, plus de patriotisme que dans les campagnes, plus de dévouement à la cause publique, plus d'intelligence en un mot ? » (210)

CARABIN. Dîne et dort près des cadavres. Il y en a qui en mangent. (496)
DISSECTION. Outrage à la majesté de la mort. (507)

« Moi peur ? répliqua-t-il [Homais] en haussant les épaules. Ah, bien oui ! J'en ai vu bien d'autres à l'Hôtel-Dieu, quand j'étudiais la pharmacie. Nous faisions du punch dans l'amphithéâtre aux dissections... » (406)

CHIRURGIEN. Les chirurgiens ont le cœur dur. (499)

[Le Dr Canivet à Homais] : « ... il m'est aussi

parfaitement égal de découper un chrétien que la première volaille venue. » (251)

CHRISTIANISME. A affranchi les esclaves. (499)

« — Pardonnez ! dit Homais. J'admire le christianisme. Il a d'abord affranchi les esclaves, [...]. » (404)

CONSERVATOIRE. Il est indispensable d'être abonné au Conservatoire (501).

Léon :
« Votre abonnement de musique est terminé, dois-je le reprendre ? » (170)

CUJAS. Inséparable de « Barthole ». On ne sait pas ce qu'ils ont fait ; n'importe ! dites à tout homme de cabinet : « Vous êtes enfoncé dans Cujas et Barthole. » (503)

« — Laissez donc un peu Cujas et Barthole, que diable ! » (354)

CYGNE. « Blanc comme un cygne », attendu qu'il y en a des noirs. « Chant du cygne » parce qu'il ne chante pas. (503)

Tous les chants de cygnes mourants, [...]. (99)

DÉJEUNER DE GARÇONS. Exige des huîtres, du vin blanc et des gaudrioles. (505)

« — Allons donc ! dit le pharmacien en claquant la langue, les parties fines chez le traiteur ! les bals masqués ! le champagne ! tout cela va rouler, je vous l'assure ! » (187)

DEVOIRS. Les autres en ont envers vous, mais on n'en a pas envers les autres. (506)

« Ah ! encore, dit Rodolphe. Toujours les devoirs, je suis assommé de ces mots-là. » (211)

DORMIR (trop). Épaissit le sang. (509)

Il s'épaississait le sang à s'endormir chaque soir après le dîner. (397)

EAU. L'eau de Paris donne des coliques. (510)

Et puis, l'eau de Paris, voyez-vous ! (187)

ÉCHARPE. Poétique. (510)

... elle choisit, chez Lheureux, la plus belle des écharpes ; elle se la nouait à la taille, par-dessus sa robe de chambre ; et, les volets fermés, avec un livre à la main, elle restait étendue sur un canapé, dans cet accoutrement. (190)

ÉDILES. Tonner contre à propos du pavage des rues — A quoi songent nos édiles ? (511)

« A quoi songent nos édiles ? » (419)

ENCEINTE. Faire entrer ce mot dans tout discours solennel : « Dans cette enceinte. » (512)

« Peut-être qu'elle sera bien aise d'avoir une place dans l'enceinte [...]. » (201)

ENFANTS. Affecter pour eux une tendresse lyrique — quand il y a du monde. (512)

Elle retira Berthe de nourrice. Félicité l'amenait quand il venait des visites et madame Bovary la déshabillait afin de faire voir ses membres. Elle déclarait adorer les enfants ; c'était sa consolation, sa joie, sa folie, et elle accompagnait ses caresses d'expansions lyriques, [...] (171)

ENTERREMENT.
— « Et dire que nous avons dîné ensemble il y a huit jours. Qui est-ce qui aurait dit ça ! » (derrière le corbillard). (512)

« — Une si bonne personne ! Dire pourtant que je l'ai encore vue samedi dernier dans ma boutique ! » (414)

EXERCICE. Entretient la santé. En faire beaucoup. Préserve de toutes les maladies. (515)

L'apothicaire avait emmené avec lui Napoléon et Athalie, pour leur faire faire de l'exercice, [...]. (165)

« Alors Rodolphe demanda si l'exercice du cheval ne serait pas bon.

— Certes ! excellent, parfait ! voilà une idée ! [...]
La santé avant tout ! »
(223-224)

FARCE. Il faut en faire lorsqu'on est en partie de campagne avec des dames. (515)

« Ils sont venus un tas de
farceurs, messieurs et
dames, avec des gâteaux, du
champagne, des cornets à
pistons, tout le tremble-
ment ! » (330)

FATALITÉ. Mot exclusive-
ment romantique. (515)

« Oh n'importe, tôt ou
tard, dans six mois, dix ans,
elles [deux pauvres âmes] se
réuniront, s'aimeront, parce
que la fatalité l'exige et
qu'elles sont nées l'une pour
l'autre. » (213)

« Oh mon Dieu !, non,
non n'en accusez que la fatalité !
— Voilà un mot qui fait
toujours de l'effet, se dit-il
[Rodolphe]. (271)

« — C'est la faute de la
fatalité ! » (424)

FRISER. FRISURE. Ne
convient pas à un homme.
(520)

« Il [Léon] passa un pan-
talon blanc, [...], puis
s'étant fait friser, se défrisa,
pour donner à sa chevelure
plus d'élégance naturelle. »
(311)

GOTHIQUE. Style d'archi-
tecture portant plus à la
dévotion que les autres.
(524)

Les naïves, une larme sur
la joue, becquetaient une
tourterelle à travers les barreaux d'une cage gothique,
[...]. (98)
Mais sa chambre, à elle,
était restée comme autrefois,
comme la veille de sa mort,
pas une babiole chinoise
n'avait été retirée du bahut
gothique.
(Pommier-Leleu, p. 633.)

GROG. N'est pas comme il faut.

Le père de Charles Bovary boit des « grogs au kirsch » à la noce de son fils. (89)

HABIT. Dernier terme de la cérémonie et du dérangement. (525)

« L'apothicaire passa. Il portait un habit noir... »
« Mᵉ Hareng, boutonné dans un mince habit noir, en cravate blanche... » (369)

HARPE. Produit des harmonies célestes. (526)

Elle [...] écouta les harpes sur les lacs, [...] (99)

JOURNAL. Lire le matin un article de ces feuilles sérieuses et graves, et le soir, en société, amener adroitement la conversation sur le sujet étudié afin de pouvoir briller. (535)

Ensuite on causait de ce qu'il y avait *dans le journal*. Homais, à cette heure-là, le savait presque par cœur ; et il le rapportait intégralement, avec les réflexions du journaliste et toutes les histoires des catastrophes individuelles arrivées en France ou à l'étranger. (162)

LORGNON. Insolent et distingué. (537)

« Elle [Emma] portait, comme un homme, passé entre deux boutons de son corsage, un lorgnon d'écaille. » (75)

LUNE. Inspire la mélancolie. (538)

[...] nacelles au clair de lune, [...]. (96)
D'autres, rêvant sur des sofas près d'un billet décacheté, contemplaient la lune. (98)
« Que de fois [dit Rodolphe] à la vue d'un cimetière, au clair de lune, je me suis demandé si je ne ferais pas mieux d'aller rejoindre ceux qui sont à dormir... » (205)
« Une fois la lune parut ; alors ils ne manquèrent pas à

faire des phrases, trouvant l'astre mélancolique... » (330)

MAGNÉTISME. Joli sujet de conversation et qui sert à faire des femmes. (538)

« Rodolphe, avec Mme Bovary, causait rêves, pressentiments, magnétisme... » (215)

MENDICITÉ. Devrait être interdite et ne l'est jamais. (540)

« Il [l'Aveugle] vous importune, vous persécute, et prélève un véritable impôt sur les voyageurs [...]. Malgré les lois contre le vagabondage, les abords de nos grandes villes continuent à être infestés par des bandes de pauvres. » (419)

MER. Image de l'infini. Donne de grandes pensées. (540)

« Oh! j'adore la mer, dit M. Léon.
— Et puis, ne vous semble-t-il pas, répliqua Madame Bovary, que l'esprit vogue plus librement sur cette étendue sans limites, dont la contemplation nous élève l'âme et donne des idées d'infini, d'idéal... » (146)

NÉGRESSES. Plus chaudes que les blanches. (543)

« — Et les négresses? demanda le clerc.
— C'est un goût d'artiste, dit Homais. » (353)

NOTAIRES. Maintenant ne pas s'y fier. (543)

Emma:
« — Je ne m'y fie pas trop. Les notaires ont si mauvaise réputation ! » (328)

PALMIER. Donne de la couleur locale. (545)

« [...] et vous surtout, paysages blafards des contrées dithyrambiques, qui souvent nous montrez à la fois des palmiers, des sapins, [...]. » (98)

PARIS. Paradis des femmes, [...] (545).

Paris, plus vague que l'océan, miroitait donc aux yeux d'Emma dans une atmosphère vermeille. (118)

PAUVRE. S'occuper d'eux tient lieu de toutes les vertus. (546)

Emma :
« Alors, elle se livra à des charités excessives. Elle cousait des habits pour les pauvres ; [...]. » (284)

PRÊTRE. On devrait les châtrer. Couchent avec leur bonne et ont des enfants qu'ils appellent leurs « neveux ». (547)

« Moi, si j'étais le gouvernement, je voudrais qu'on saignât les prêtres une fois par mois. » (141)

« — J'en ai connu, des prêtres qui s'habillaient en bourgeois pour aller voir gigoter des danseuses. [...]
— Parbleu ! ils en font bien d'autres ! » (288)

PUNCH. Soirée de garçons. (548)

« Il [...] sut faire du punch et connut enfin l'amour. » (69)

« Puis l'odeur du punch avec la fumée des cigares l'étourdit. » (365)

RELIGION. Encore une des bases de la Société. (549)

« Je crois en l'Être suprême, à un Créateur, quel qu'il soit, peu m'importe, qui nous a placés ici-bas pour y remplir nos devoirs de citoyen et de père de famille ; [...]. » (141)

RINCE-BOUCHE. Signe de richesse dans une maison. (549)

« Quand ils avaient, le dimanche, quelque voisin à dîner, elle trouvait moyen d'offrir un plat coquet [...] et même elle parlait d'acheter des rince-bouches pour le dessert. » (101-102)

RUINES. Font rêver et donnent de la poésie à un paysage. (550)

Elle n'aimait la mer qu'à cause de ses tempêtes, et la verdure seulement lorsqu'elle était clairsemée parmi les ruines. (96)

... et vous surtout, paysages blafards des contrées dithyrambiques, qui souvent nous montrez [...] au premier plan des ruines romaines, puis des chameaux accroupis ;... (98)

TOILETTE DES DAMES.
Trouble l'imagination.

« Souvent même Madame Bovary, n'y prenant garde, se mettait à sa toilette. Elle commençait par retirer son peigne, en secouant sa tête d'un mouvement brusque ; et quand il [Justin] aperçut la première fois cette chevelure entière qui descendait jusqu'aux jarrets en déroulant ses anneaux noirs, ce fut pour lui, le pauvre enfant, comme l'entrée subite dans quelque chose d'extraordinaire et de nouveau dont la splendeur l'effraya. » (285)

TOUR. Indispensable à avoir dans son grenier, à la campagne, pour les jours de pluie. (553)

« — Moi, à votre place, j'aurais un tour ! » (182)

NOTE BIBLIOGRAPHIQUE

PRINCIPALES ÉDITIONS

Madame Bovary, Paris, L. Conard, 1930.

Madame Bovary, Ébauches et fragments inédits, éd. G. Leleu, Paris, L. Conard, 1936, 2 vol.

Madame Bovary, texte établi et présenté par R. Dumesnil, Paris, Les Belles Lettres, coll. « Les Textes français », 1945, 2 vol.

Madame Bovary, nouvelle version précédée des scénarios inédits, éd. J. Pommier et G. Leleu, Paris, Corti, 1949.

Madame Bovary, éd. Cl. Gothot-Mersch, Paris, Garnier frères, 1971.

Madame Bovary : mœurs de province, éd. présentée, établie et annotée par T. Laget, Paris, Gallimard, coll. « Folio », 2001.

Madame Bovary : roman, éd. présentée, annotée et commentée par A. Romestaing, Paris, Larousse, 2001.

Signalons aussi :

Plans et scénarios de Madame Bovary, présentation, transcription et notes par Y. Leclerc, Paris, CNRS Éditions/Zulma, « Manuscrits » 1995.

Transcription intégrale des manuscrits de *Madame Bovary*, sous la responsabilité de D. Girard et Y. Leclerc, Bibliothèque municipale de Rouen et Centre Flaubert : http://www.univ-rouen.fr/flaubert/02manus/mbtrans.htm

OUVRAGES ET ARTICLES CONSACRÉS EN TOUT OU EN PARTIE À *MADAME BOVARY*

ADERT, L., « Critique de Proust en lecteur de Flaubert. Remarque sur le style et la métaphore dans le texte flaubertien », in *Saggi e Riccerhe di letteratura francese*, vol. XXIX, Rome, Bulzoni Editore, 1990, p. 191-200.

AJAC, B., « Flaubert », in *Littérature française*, t. VII, *De Chateaubriand à Baudelaire*, par M. Milner et Cl. Pichois, Paris, Arthaud, 1985, p. 336-352.

—, « Le livre sur rien », *Feuilles*, n° 10, automne 1984, p. 42-49.

AUERBACH, E., *Mimesis*, Paris, Gallimard, 1968.

BANCQUART, M.-C., « L'Espace dans *Madame Bovary* », *Les Amis de Flaubert*, n° 50, p. 31-37.

BARBEY D'AUREVILLY, J.-A., « *Madame Bovary* », *Le Pays*, 6 octobre 1857.

BARDÈCHE, M., *L'Œuvre de Flaubert*, Paris, Les Sept Couleurs, 1974.

BAUDELAIRE, Ch., « M. Gustave Flaubert. *Madame Bovary – La Tentation de saint Antoine* », *L'Artiste*, 18 octobre 1857, repris dans *Œuvres complètes*, édition Cl. Pichois, Paris, Gallimard, coll. « Bibliothèque de la Pléiade », t. II, 1976, p. 76-86.

BOURGET, P., « La Genèse du roman contemporain (Flaubert, Balzac, Stendhal) », *La Vie littéraire*, 15-22 août, 5 septembre 1878.

—, « Chronique. M. Gustave Flaubert », *Le Parlement*, 13 mai 1880.

—, « Gustave Flaubert », *Nouvelle Revue*, t. XVI, 15 juin 1882, p. 865-895.

BOVET, E., « Le Réalisme de Flaubert », *R.H.L.F.*, mars 1911, p. 1-36.

BROMBERT, V., *The Novels of Flaubert. A Study of Themes and Technics*, Princeton, Princeton University Press, 1966.

BRUNEAU, J., *Les Débuts littéraires de Gustave Flaubert*, Paris, Colin, 1962.

BUISINE, A. (sous la dir. de), *Emma Bovary*, collectif comprenant des contributions de J. Bellemin-Noël, A. Fonyi, Y. Leclerc, E. Marder, J. Pedraza, Paris, Autrement, « Figures mythiques », 1997.

BUTOR, M., *Improvisation sur Flaubert*, Paris, La Différence, 1984.

CHESSEX, J., *Flaubert ou le Désert en abîme*, Paris, Grasset, 1991.

CROUZET, M., « Le Style épique dans *Madame Bovary* », *Europe*, sept.-nov. 1969, p. 151-172.

CULLER, J., *Flaubert. The Uses of Uncertainty*, revised edition, Cornell University Press, 1985.

DANGER, P., « La Perception du monde extérieur dans l'œuvre romanesque de Flaubert », *L'Information littéraire*, n° 5, 1972, p. 209-212.

—, *Sensations et objets dans le roman de Flaubert*, Colin, 1973.

DEBRAY-GENETTE, R. (textes recueillis et présentés par), *Flaubert*, Paris, Firmin-Didot, coll. « Miroir de la Critique », 1970.

—, « Science et écriture », *Littérature*, n° 15, octobre 1974, p. 41-51.

—, « Flaubert », *Essais de critique génétique*, Paris, Flammarion, 1979.

—, (présenté par), *Flaubert à l'œuvre*, Paris, Flammarion, 1980.

—, *Métamorphoses du récit. Autour de Flaubert*, Paris, 1988, Seuil, coll. « Poétique ».

DU CAMP, M., *Souvenirs littéraires*, Paris, Hachette, 1962.

DUCHET, Cl., « Roman et objets dans *Madame Bovary* », *Europe*, sept.-nov. 1969, p. 172-202.

—, « Pour une socio-critique ou variations sur un incipit », *Littérature*, n° 1, fév. 1971, p. 5-14.

—, « Signifiance et in-signifiance : le discours italique dans *Madame Bovary* », *La Production du sens chez Flaubert*, Actes du colloque de Cerisy-la-Salle (21-28 juin 1974), Paris, Union générale d'édition, coll. « 10/18 », 1975, p. 16-41.

—, « Corps et société : le réseau des mains dans *Madame Bovary* », dans *La Lecture sociologique du texte romanesque*, Toronto, 1976, p. 217-237.

—, « Une écriture de la socialité », *Poétique*, n° 16, 1973, p. 446-454.

DUFOUR, Ph., *Flaubert ou la Prose du silence*, Paris, Nathan, 1997.

DURRY, M.-J., *Flaubert et ses projets inédits*, Paris, Nizet, 1950.

GENETTE, G., « Le Travail de Flaubert », *Tel quel*, n° 14, été 1963, p. 51-57.

—, *Figures II*, Seuil, 1966 ; rééd. 1979.

GOTHOT-MERSCH, Cl., *La Genèse de « Madame Bovary »*, Paris, Corti, 1966 ; Genève, Slatkine Reprints, 1980.

—, « Le Dialogue dans l'œuvre de Flaubert », *Europe*, sept.-nov. 1969, p. 112-128.

—, « Le Point de vue dans *Madame Bovary* », *C.A.I.E.F.*, n° 23, mai 1971, p. 243-259.

HAIG, St., *The Madame Bovary Blues : The Pursuit of Illusion in Nineteenth-Century French Fiction*, Bâton Rouge, Louisiana State University Press, 1987.

HERSCHBERG-PIERROT, A., « Clichés, stéréotypie et stratégie discursive, discours de Lieuvain (*Madame Bovary*, II, 8) », *Littérature*, n° 36, décembre 1979.

LECLERC, Y., *Crimes écrits. La littérature en procès au XIXe siècle*, Paris, Plon, 1991.

LEVAILLANT, « Flaubert et la matière », *Europe*, sept.-nov. 1969, p. 202-209.

MARTINEZ, M., *Madame Bovary – Gustave Flaubert*, coll. « Parcours de lecture », Paris, Bertrand-Lacoste, 1991.

MAUPASSANT, G. DE, *Étude sur Gustave Flaubert*, introduction aux *Lettres de Gustave Flaubert à George Sand*, Paris, Charpentier, 1889.

MITTERAND, H., « Flaubert et le style », *Les Mots de Flaubert*, n° 27, déc. 1965, p. 4-10.

NAAMAN, A., *Les Débuts de Gustave Flaubert et sa technique de la description*, Paris, Nizet, 1962.

NEEFS, J., « *Madame Bovary* », Paris, Hachette, coll. « Poche critique », 1972.

—, « La Figuration réaliste. L'exemple de *Madame Bovary* », *Poétique*, n° 16, 1973, p. 466-476.

PICHOIS, Cl., *Le Romantisme II, 1843-1869, Littérature française*, t. XIII, Paris, Arthaud, 1979.

POMMIER, J. et LELEU, G., *Du nouveau sur « Madame Bovary* », dans *R.H.L.F.*, 1947, p. 211-244.

POULET, G., *Les Métamorphoses du cercle*, Paris, Plon, 1961.

PROUST, M., *Chroniques*, Paris, Gallimard, coll. « N.R.F. », 1927.

RICHARD, J.-P., *Littérature et Sensation*, Paris, Seuil, 1954, édition revue en 1970.

ROUSSET, J., « *Madame Bovary* ou le livre sur rien », dans *Forme et Signification*, Paris, Corti, 1966, p. 109-133.

SAINTE-BEUVE, « *Madame Bovary* », *Le Moniteur universel*, 4 mai 1857.

SARRAUTE, N., *Flaubert le précurseur*, dans *Preuves*, fév. 1965, p. 3-11.

SARTRE, J.-P., « La Conscience de classe chez Flaubert », *Les Temps modernes*, mai 1966, p. 1921-1951 et juin 1966, p. 2113-2153.

—, *L'Idiot de la famille, Gustave Flaubert de 1821 à 1857*, Paris, Gallimard, 1971 (t. I et II), 1972 (t. III).

THIBAUDET, A., *Gustave Flaubert*, Paris, Plon, 1922.

THOREL-CAILLETEAU, S., *Réalisme et naturalisme*, Paris, Hachette, 1998.

WETHERILL, P.-M., *Flaubert et la création littéraire*, Paris, Nizet, 1964.

SOMMAIRE BIOGRAPHIQUE

1784 : Naissance d'Achille-Cléophas Flaubert, troisième et dernier enfant de vétérinaire à Bagneux et de Marie-Apolline Millon. Le père du romancier épouse en 1812 Justine-Caroline Fleuriot, fille d'un médecin de Pont-l'Évêque. Il devient en 1819 chirurgien en chef de l'Hôtel-Dieu de Rouen.

1821 : 12 décembre : naissance à l'Hôtel-Dieu de Rouen de Gustave Flaubert. Son frère aîné, Achille né en 1812, sera chirurgien et sa sœur cadette, Caroline (1824-1846), mourra prématurément.

1832 : En février, Flaubert entre en huitième au collège de Rouen.

1834 : Rencontre avec Louis Bouilhet. Ils rédigent le journal manuscrit « Art et progrès ».
Flaubert s'intéresse à *Don Quichotte*, lit le *Werther* de Goethe et Byron.

1836 : Nombreux contes et nouvelles historiques : *La Peste à Florence, Un parfum à sentir, Rage et impuissance, Bibliomanie, Chronique normande du XIe siècle*.
Pendant les vacances d'été à Trouville, rencontre avec celle qui sera la grande passion de sa vie, Élisa Foucault, future épouse de l'éditeur de musique Maurice Schlésinger. Elle sera Marie Arnoux, l'héroïne de *L'Éducation sentimentale*.

1837 : Première publication de Flaubert dans *Le Colibri*, journal littéraire de Rouen : *Une leçon d'histoire naturelle : genre commis*.
Flaubert rédige *Rêve d'enfer, Passion et Vertu* (qui préfigure à certains égards *Madame Bovary*), *Quidquid Volueris*.

1838 : Il achève *Loys XI*, drame en cinq actes et compose sa première œuvre autobiographique *Les Mémoires d'un fou*, ainsi que *Agonies, La Danse des Morts* et *Ivre et Mort*.

1839 : *Smarh* (qui annonce la *Tentation de saint Antoine*), *Le Garçon*. Flaubert est renvoyé du collège de Rouen.

1840 : Reçu bachelier en août, le jeune homme part pour un voyage dans les Pyrénées et en Corse avec le Dr Cloquet. A Marseille, rencontre avec Eulalie Foucaud de Langlade.

1841 : Inscription à la faculté de droit de Paris.

1842 : Flaubert rédige *Novembre*, deuxième récit autobiographique. Lors de ses vacances, il se lie d'amitié avec Gertrude et Harriett Collier.

A Paris, où il vit maintenant, Flaubert fréquente les familles Pradier, Collier et Schlésinger.

1843 : Flaubert fait la connaissance de Maxime Du Camp. Échec à son deuxième examen de droit.

Rédaction de la première version de *L'Éducation sentimentale*.

1844 : Première attaque nerveuse de nature sans doute épileptique. Flaubert renonce à ses études de droit. Le Dr Flaubert acquiert la propriété de Croisset où l'écrivain passera la plus grande partie de sa vie.

1845 : Mariage de Caroline Flaubert avec Émile Hamard, que les Flaubert accompagneront dans leur voyage de noces en Italie. A Gênes, Flaubert est frappé par un tableau de Brueghel qui lui inspirera la *Tentation de saint Antoine*. Il achève sa première *Éducation sentimentale*.

1846 : Mort du Dr Flaubert le 15 janvier puis de Caroline (23 mars) sœur du romancier qui vient de donner naissance à une petite fille, Désirée Caroline. Flaubert s'établit définitivement à Croisset avec sa mère et sa nièce.

En mai, il commence *La Tentation de saint Antoine*.

29 juillet : rencontre avec Louise Colet qui devient sa maîtresse. La correspondance avec « la Muse » se poursuivra jusqu'en 1855.

1847 : Mai-juillet : voyage en Anjou, Bretagne et Normandie avec Maxime Du Camp. Les deux amis renoncent à publier le récit en alternance : *Par les champs et les grèves*.

1848 : Révolution de février à laquelle Flaubert assiste avec Bouilhet. Mort d'Alfred Le Poittevin.

Première rupture avec Louise Colet.

Flaubert commence *La Tentation de saint Antoine*.

1849 : 12 septembre : achève *La Tentation de saint Antoine* qu'il lit à Bouilhet et Du Camp qui jugent sévèrement l'œuvre. Flaubert part avec Du Camp pour un voyage en Orient : Égypte, Beyrouth, Jérusalem, Baalbeck, Tripoli,

Constantinople (c'est lors de ce voyage en Turquie qu'il apprend la mort de Balzac), Grèce, Italie.

Flaubert est de retour à Croisset en juin 1851.

Il renoue avec Louise Colet et commence *Madame Bovary* le 19 septembre 1851.

1854 : Rupture définitive avec Louise Colet.

1856 : Publication de *Madame Bovary* dans la *Revue de Paris*. Pour les besoins de la censure, Du Camp supprime des passages sans l'accord de Flaubert.

Flaubert travaille à nouveau *La Tentation de saint Antoine*.

1857 : Procès de *Madame Bovary*. Flaubert est acquitté.

Le roman, qui paraît en avril chez Michel Lévy, connaît un grand succès.

Septembre : Flaubert commence *Salammbô*.

1858 : Séjour à Carthage et à Tunis pour la préparation de son roman.

1859-1862 : Fréquents séjours à Paris. Flaubert travaille à *Salammbô* qui paraît en novembre 1862.

1863 : Début de la correspondance avec George Sand.

Flaubert compose en collaboration avec Louis Bouilhet et d'Osmoy une féerie, *Le Château des cœurs*.

1864-1869 : Flaubert fréquente la princesse Mathilde, le prince Napoléon, Taine, les Goncourt. Il participe aux dîners Magny.

Il rédige *L'Éducation sentimentale*.

1864 : Mariage de sa nièce Caroline avec Ernest Octave Philippe dit Commanville.

1865-1866 : Voyage à Londres.

1867 : En mars, Flaubert revoit peut-être Élisa Schlésinger. En juin, il assiste à un bal des Tuileries.

1869 : Mort de Louis Bouilhet.

Publication de *L'Éducation sentimentale*. Mauvaise critique.

1870 : Flaubert découvre le *Traité théologico-politique* de Spinoza, qui l'enthousiasme.

Mai-juin : Flaubert rédige la Préface aux *Dernières Chansons* de Louis Bouilhet.

A partir de juillet, il entame la rédaction de la troisième version de la *Tentation de saint Antoine*.

La guerre éclate avec la Prusse. En septembre, Flaubert est nommé lieutenant de la garde nationale.

En décembre, la maison de Croisset est occupée par les Prussiens ; Flaubert se réfugie à Rouen chez les Commanville.

1871 : 28 janvier : armistice.

En avril, Flaubert se réinstalle à Croisset.

Il lit Bichat et Cabanis.

Novembre : Élisa Schlésinger lui rend visite.

Flaubert continue à travailler à *La Tentation*.

1872 : 17 janvier : alors que le projet de monument de Bouilhet à Rouen échoue, Flaubert publie dans *Le Temps*, une *Lettre au conseil municipal de Rouen*.

6 avril : mort de la mère du romancier.

Flaubert achève pendant l'été *La Tentation de saint Antoine*.

1873 : Début de son amitié pour Guy de Maupassant.

Flaubert écrit une pièce *Le Candidat* qui entre en répétition au Vaudeville en décembre.

1874 : 11 mars : Première du *Candidat* au Vaudeville. Échec de la pièce, que Flaubert retire à la quatrième représentation.

Avril : publication chez Charpentier de *La Tentation de saint Antoine*.

L'œuvre connaît un grand succès de vente mais non de critique.

6 août : Flaubert commence *Bouvard et Pécuchet*.

1875 : La situation financière des Commanville devient catastrophique. Flaubert doit donner congé de son appartement à Paris, rue Murillo et vendre sa ferme de Deauville (200 000 F). Il connaîtra la gêne jusqu'à sa mort.

Septembre : séjour à Concarneau chez son ami G. Pouchet. Flaubert commence *La Légende de saint Julien l'Hospitalier*.

1876 : 8 mars : mort de Louise Colet, dont Flaubert est vivement affecté. Il achève *Saint Julien*, rédige *Un cœur simple* et commence *Hérodias*.

7 juin : mort de George Sand. Flaubert se rend à ses obsèques le 10 juin. Enthousiasme pour *La Prière sur l'Acropole* de Renan.

Flaubert lit avec passion la correspondance de Balzac qui vient de paraître.

1877 : 1ᵉʳ février : Flaubert s'installe à Paris après avoir achevé *Hérodias*. Il publie chez Charpentier les *Trois contes* en avril et travaille à *Bouvard*.

1878 : Excursion à Étretat avec Guy de Maupassant pour la préparation de *Bouvard et Pécuchet*. Flaubert songe à écrire un ouvrage sur la bataille des Thermopyles.

1879 : Les embarras financiers sont toujours aigus. A son insu, des amis de Flaubert (dont Taine et Tourgueneff) sollicitent en vain pour le romancier un poste de conservateur à la Mazarine.

Plus tard, il se voit accorder par le ministère Ferry un poste hors cadre (3 000 F par an). Flaubert touchera cette pension pendant les dix derniers mois de sa vie.

1880 : Le 8 mai, Flaubert meurt d'une attaque, laissant inachevé *Bouvard et Pécuchet*.

TABLE

DERNIÈRES PARUTIONS

GF Flammarion

08/07/139125-VII-2008 – Impr. MAURY Imprimeur, 45330 Malesherbes.
N° d'édition L01EHPNFG1306C003. – Septembre 1986. – Printed in France.